Dora Feria

Magic Fading

Das Verblassen der Magie

Urban Fantasy

Bibliografische Information der Deutschen Nationalbibliothek: Die
Deutsche Nationalbibliothek verzeichnet diese Publikation in der
Deutschen Nationalbibliografie; detaillierte bibliografische Daten sind im
Internet über http://dnb.dnb.de abrufbar.

Die automatisierte Analyse des Werkes, um daraus Informationen
insbesondere über Muster, Trends und Korrelationen gemäß §44b UrhG
(„Text und Data Mining") zu gewinnen, ist untersagt.

© 2025 Dora Feria

Lektorat: Jacqueline Luft – Lektorat Silbenganz
Korrektorat: Jacqueline Luft – Lektorat Silbenganz
Coverdesign und Umschlaggestaltung: Florin Sayer-Gabor -
www.100covers4you.com
Unter Verwendung von Grafiken von Adobe Stock: Doaibu_PNG,
ArtBackground, tichr, Tetiana
Buchsatz: Carina Kriesten (Buchsatz@nocami.de)
Foto: Focus Blue Fotografie

Verlag: BoD · Books on Demand GmbH, Überseering 33, 22297
Hamburg, bod@bod.de

Druck: Libri Plureos GmbH, Friedensallee 273, 22763 Hamburg

ISBN: 978-3-7693-9850-2

Dora Feria
Magic Fading
Das Verblassen der Magie

KAPITEL 1

Seltsam, dass ein jeder diesem Ort seinen Stempel aufdrückt, sinnierte Nikolaj. Beim Betreten des verlassenen Fabrikgebäudes zerbrachen knirschend unter jedem Schritt Scherben alter Fenstergläser. Dank feiernder Jugendlichen war der Boden mit Müll übersät, die alten Mauern beschmiert mit buntem Graffiti. Krakelige Schriftzüge verdeutlichten, wer wann mit wem hier gewesen war. An manchen Stellen prangten rot die Zeichen des ehemaligen Naziregimes.

Die eisige Luft verwandelte seinen Atem in rauchig-weiße Gebilde. Doch nicht nur die Kälte dieser Februarnacht brachte ihn trotz der allerorts entfachten Feuer zum Schaudern, sondern auch die energetische Macht, die dieser Ort verströmte. Eine dunkle Energie, die durch seine Nerven rauschte und vibrieren ließ. Prickelnd stellten sich die Nackenhaare auf, als würde ihn sein Körper vor Gefahr warnen.

Nikolajs Instinkt verriet ihm, dass er sich hier an einem unheilvollen Ort aufhielt und es besser wäre, so schnell wie möglich zu verschwinden. Unbehaglich schlang er die Arme um seinen Körper und zwang seine Füße weiterzugehen.

7

Nikolaj wusste, dass in den Zeiten, als die Nationalsozialisten unter Hitler dieses Land im Griff gehabt hatten, ein großer Teil seines Volkes hier umgekommen war. Die Mauern verströmten noch immer das jahrzehntealte Leid. Das ursprüngliche Arbeitslager für Strafgefangene wurde 1940 zu einem Konzentrationslager für als asozial Eingestufte, unter ihnen eine große Anzahl inhaftierter Poutnik und Roma, die die Zwangsarbeit nicht überlebten. Nach dem Zweiten Weltkrieg entstand dort ein Schlachthof mit Schweinemastbetrieb.

Hier hatten die Soldaten der SA den Menschen in der Zeit des NS-Regimes auf bestialische Weise ihren Lebensfunken entrissen. Dies hatte eine unerträglich düstere Energie erschaffen, die ein enormes magisches Kraftpotenzial in sich barg.

Kein Wunder, überlegte Nikolaj, dass sich Luladja, die mächtigste Hexe ihrer Gemeinschaft, diesen Ort für das Ritual ausgesucht hatte. Ein weiteres Indiz dafür, wie kritisch die Situation wurde. Ausgerechnet diesen Ort als Energiequelle zu verwenden, zeugte von Verzweiflung und davon, dass das Ritual funktionieren musste. Wenn es nicht klappte, würde alles verloren sein.

Unbeholfen wischte sich Nikolaj mit dem Handrücken über die brennenden Augen und versuchte sich einzureden, dass der Qualm einer nahen Feuerstelle schuld an seinen Tränen war.

Nahezu alle von ihnen waren anwesend und unterstützten Luladja beim Bündeln der Energie für die Anrufung. Unter normalen Umständen wäre der Rat, bestehend aus den mächtigsten Hexen und Ältesten, fähig gewesen, das Ritual allein durchzuführen. Doch seitdem ihre magischen Kräfte immer schwächer wurden, wurde die vereinte Macht der gesamten Sippschaft gebraucht. Egal, ob die Magie aktiv ausgeübt wurde oder nicht, die Essenz war in jedem von ihnen vorhanden.

Unzählige Kerzen und Fackeln waren von den Männern und Frauen entlang der Mauern aufgestellt worden. Die in der Zugluft wild flackernden Flammen tauchten die ohnehin schon bedrückende Szenerie in ein bedrohliches Licht. Auf dem Boden kniend zeichneten Männer und Frauen mit weißer Kreide verschlungene Symbole. Tags zuvor hatten Nikolaj und einige andere die Fläche von Schutt und Müll gesäubert, sodass dieser Teil der Halle einen starken Kontrast zum Eingangsbereich bildete. Ordnung inmitten des Chaos. Die jüngeren Mädchen verteilten Schälchen mit rauchendem Inhalt zwischen den Symbolen.

Der Duft verbrannter Kräuter und Harze stieg Nikolaj in die Nase. Ein Windstoß, der durch eines der zerstörten Fenster fuhr, hüllte ihn in beißenden Qualm ein. Der Rauch brannte unangenehm in Nase und Augen. Mit tränendem Blick sah er sich nach einem Platz um, wo er in Ruhe sein Instrument stimmen konnte. Vorsichtig bewegte er sich dicht an den Wänden entlang, um die Leute nicht bei ihrer Arbeit zu stören. Im hinteren Teil der Schlachthalle entdeckte er eine Wandnische, die ihm für seine Zwecke geeignet erschien.

»Sie sieht schon die ganze Zeit zu dir rüber«, raunte Rado, der sich wenige Augenblicke später zu ihm gesellte.

»Hmm«, machte Nikolaj desinteressiert, sah aber doch in die Richtung, in die sein Cousin mit dem Kinn gedeutet hatte. Dabei kreuzte sich sein Blick mit dem von Lyalya, die in gespielter Scheu den Kopf senkte. Nikolaj seufzte tief.

»Du bist ein richtiger Glückspilz«, nahm Rado das Gespräch wieder auf. »Sie wird eine Schönheit und kochen kann sie so gut wie ihre Mutter.« Mit einem verträumten Gesichtsausdruck zupfte Rado an den Saiten seiner Gitarre und beobachtete die Mädchen, die jetzt kichernd zu ihnen herüberschauten.

»Dann heirate du sie doch.« Nikolaj schnaubte genervt. Zum wiederholten Male fragte er sich, warum gut zu kochen eine besonders löbliche Eigenschaft für Mädchen sein sollte. Ihm fielen spontan ein paar andere ein, die ihm weit wichtiger wären.

Lachend unterbrach Rado seine Gedanken. »Würde ich ja, aber ihre Eltern haben sich ausgerechnet für dich hässlichen Bastard entschieden.« Lässig lehnte er neben Nikolaj und stützte sich mit einem Fuß an der Mauer ab. Prüfend testete er den Ton einer Saite der Gitarre, die auf seinem Oberschenkel abstützte. Zufrieden nickend zupfte er an der nächsten. »Ich kann dich verstehen«, begann sein Cousin von Neuem, nachdem er einen weiteren Ton perfektioniert hatte. »Sie ist noch ein

9

wenig jung, aber warte mal, bis Lyalya achtzehn ist. Außerdem scheint sie dich zu mögen.«

»Jaaa, kann sein.« Genervt rollte Nikolaj mit den Augen. Verärgert beobachtete er die Mädchen, die kichernd und tuschelnd zu den beiden jungen Männern hinübersahen. Die Szene stand völlig unpassend und im krassen Gegensatz zu dem Ort, an dem sie sich befanden. Aber vielleicht war das einfach die Art der Mädchen, mit der bedrückenden Atmosphäre umzugehen?

Unter seinem empörten Blick lief Lyalya prompt rot an und senkte ihren Kopf, wobei ihr das lange schwarze Haar ins Gesicht fiel und es wie durch einen Vorhang verbarg. Trotzdem hatte er das vergnügte Funkeln in ihren Augen bemerkt.

»Mich fragt niemand«, meinte er aufgebracht.

»Magst du sie nicht?« Rado musterte ihn erstaunt.

»Doch, wie eine Schwester!« Nikolajs Gedanken kehrten zu dem Tag zurück, an dem Rado und er über das kleine Mädchen im Flur gestolpert waren, das weinend vor der Tür gesessen hatte. Ihre Familie war erst vor Kurzem in die Wohnung gegenüber eingezogen und Lyalya vor einem lautstarken Streit zwischen ihren Eltern geflüchtet. Er und sein Cousin hatten sich neben sie gesetzt, ihr jeder einen Arm um die Schultern gelegt und sie wortlos getröstet, während sich die Erwachsenen heiser brüllten. Von da an waren sie unzertrennlich. Hatten den Erwachsenen Streiche gespielt und sich um eine Katze gekümmert, die im Keller ihre Jungen bekommen hatte oder sich um das letzte Stück Kuchen gestritten. Einmal hatte er sich ihretwegen geprügelt. Eine Gruppe älterer Jungs hatte sie auf dem Heimweg verfolgt und zwischen überquellende Müllcontainer gedrängt. Sie als stinkende Diebin bezeichnet und bedroht. Eine Schulfreundin von Lyalya hatte seinen Cousin und ihn geholt. Sie waren gerade rechtzeitig gekommen, um zu verhindern, dass einer der Jungs Lyalyas lange Zöpfe mit einem Taschenmesser abschnitt. Nikolaj starrte auf die lange Narbe, die sich über den Handrücken zog. An dem Tag hatte er auch zum ersten Mal Bekanntschaft mit der Polizei gemacht. Obwohl sie zu dem Zeitpunkt noch minderjährig waren, hatten die Beamten Rado und ihn in Handschellen abgeführt und auch Lyalya auf die Wache mitgenommen. Stundenlang waren sie dort festgehalten worden, ohne die Möglichkeit, ihre Eltern oder seine Tante zu informieren. Er schnaubte laut und verdrängte die Erinnerung an diese Stunden, in denen sie völlig verängstigt im Verhörzimmer saßen. Die anderen waren nicht mal verwarnt worden. Gewaltsam zog Nikolaj den Bogen über die Saiten und entlockte der Geige durch die unsanfte Bewegung einen durchdringenden Misston, der die Umstehenden zusammenzucken und sich zu ihm umdrehen ließ. »Jetzt nerv mich nicht!«

Achselzuckend murmelte Rado etwas, das für Nikolaj wie ein Man-wird-doch-noch-fragen-Dürfen klang.

»Du weißt ja, dass dich niemand dazu zwingt«, stellte sein Cousin in neutralem Ton fest.

Vorsichtig drehte Nikolaj an den Wirbeln seines eigenen Instruments. Die Kälte hatte der Violine nicht gutgetan, er musste alle Saiten nachstimmen. »Ich weiß«, sagte er nach einer Weile, in der nur einzelne Töne der beiden Instrumente zu hören waren. »Aber erwartet wird es trotzdem.« Frustriert setzte Nikolaj seine Geige ab. »Ganz davon abgesehen, dass ich damit nicht nur Lyalya und ihre gesamte Familie vor den Kopf stoßen würde, sondern auch euch. Das will ich nicht.«

»Mach dir um uns keine Gedanken.« Lässig winkte Rado ab. »Gibt es denn jemand anderes?«, erkundigte er sich und hob fragend die Augenbrauen.

»Nein! Aber was wäre, wenn ich gar niemanden heiraten will oder, wer weiß, vielleicht will ich keine von uns, sondern eine, die keine Poutnik ist?«

»Na ja«, meinte Rado wenig begeistert und musterte Nikolaj ernst, bevor er zögernd fortfuhr: »Du weißt ja, heutzutage kann dich keiner daran hindern, aber …«

»Aber wahrscheinlich würde man mir und insbesondere ihr das Leben schwer machen.« Achselzuckend wandte sich Nikolaj ab. Sanft strich er mit dem Bogen über die Saiten, justierte etwas nach, bis er sich mit den Tönen, die er dem Instrument entlockte, zufriedengab. Die Musik war, neben seiner Familie, das Wichtigste in seinem Leben. Stundenlang verlor er sich in den Klängen der alten Lieder, interpretierte sie neu und tauchte ein in eine andere Welt. Auf ihren Schwingungen ließ er sich dann davontreiben wie ein Boot flussabwärts, begab sich auf die Wanderschaft und begleitete seine Vorfahren auf ihren Reisen. Wäre er bloß ein anderer als er selbst oder mutiger. Dann würde er fortgehen und sein Leben der Musik widmen. Sein Kopf sagte ihm, sein Platz sei hier, bei seiner Familie, bei seinen Leuten. Doch sein Verstand verhinderte trotzdem nicht, dass sein Herz mit einer Sehnsucht nach einer Heimat rief, die ihn tief in der Seele schmerzte. Eine Sehnsucht, die er sich selbst nicht erklären konnte, die eine Enge in der Brust verursachte, die das Atmen beschwerlich machte.

Lautes Rufen unterbrach seine melancholischen Gedankengänge und lenkte seine Aufmerksamkeit auf die Mitte der Halle.

Die Vorbereitungen waren abgeschlossen. Die Mädchen, die das Räucherwerk aufgestellt hatten, verließen das Gebäude. Beim Hinausgehen warf Lyalya ihm ein strahlendes Lächeln zu.

Dann, auf ein Zeichen Luladjas hin, nahm jeder seinen Platz ein. Den Musikern, zu denen Nikolaj und Rado gehörten, war der äußerste der Kreise zugewiesen worden. Ihre Aufgabe bestand darin, die Atmosphäre mit ihrer Musik zu füllen. Im zweiten bezogen Sänger ihre Stellung. Im kleinsten und innersten Kreis würden die Hexen die von der Musik erzeugten Schwingungen mit dem magischen Potenzial dieses Ortes verweben. Diese Energie würde Luladja nutzen, um ihren Ruf in die Nacht hinauszuschicken. So zumindest die Theorie, wenn es ihnen gelingen sollte, genügend Macht zu bündeln. Ziel war es, die magischen Kräfte zu verstärken, die seit einigen Jahren immer mehr verblassten und teilweise nur noch latent vorhanden waren.

Nachdem alle ihren Platz eingenommen hatten und das aufgeregte Gemurmel und die Gespräche einer erwartungsvollen Stille wichen, stimmte Luladja ein Lied in einer uralten Sprache an, deren Bedeutung nur den Hexen und den Ältesten bekannt war. Unter ihrer Führung begannen die Sänger zu summen, bis ein homogener Ton entstand, der alles durchdrang und die Atmosphäre mit Energie auflud. Auf ein weiteres Zeichen hin fielen die Musiker ein. Mit einem hörbaren Knistern lud sich die Luft um Nikolaj herum auf. Getragen von der Melodie brandete die Kraft dieses Ortes zwischen den Kreisen auf und ab, ähnlich den Wellen zwischen Strand und offenem Meer.

Der Ton veränderte sich, zog seine Kreise wie ein unsichtbarer Damm, damit die Energie nicht über den letzten Kreis hinausschwappte, gleich einem Fluss, der bei Hochwasser über die Ufer trat.

Kleine blauviolette Elmsfeuer schossen zuckend über ihre Köpfe hinweg auf den innersten Kreis zu. Es kostete Nikolaj alle Konzentration, das Spiel nicht abbrechen zu lassen. Man hatte ihnen eingeschärft, nicht aufzuhören, egal, was passieren würde. Die aufsteigende Energie breitete sich kribbelnd in seinem Körper aus. Sie drang vom Boden in seine Füße und suchte sich ihren Weg nach oben, wobei sie ein unangenehm brennendes Gefühl hinterließ. Selbst die Luft erhitzte sich, bis er meinte, flüssiges Feuer einzuatmen. Neben sich hörte er Rado angestrengt keuchen, kurz stockte dieser im Spiel. Um sich besser unter Kontrolle zu haben, schloss Nikolaj die Augen, griff den Bogen fester und bemühte sich, alles bis auf die Melodie auszublenden.

Wenn es ihn schon seine gesamte Kraft kostete, wie musste es erst die Hexen anstrengen, die die Aufgabe hatten, diese gewaltigen Energien zu bündeln?

Mühsam riss er sich zusammen und lenkte seine Konzentration wieder auf sein Spiel. Langsam wurden seine Finger taub und der Arm, der die Geige hielt, schwer. Sein ganzer Körper pochte und zitterte. Doch die eigentümliche Melodie des Lieds sog seinen Geist immer weiter in einen Strudel aus Klängen und Resonanzen, die jede Zelle ausfüllten und seine Seele berührten, bis es keinen Platz mehr für körperliche Empfindungen und Gedanken gab. Sein ganzes Sein löste sich auf. Er war nicht länger ein einzelnes Individuum, sondern Teil der Macht, die sowohl die Quelle aller Schöpfung als auch der Zerstörung war. Vor seinem geistigen Auge sah er das blaue Netz der Energie, die jeden miteinander verband, egal ob Bruder oder Schwester, Freund oder Feind.

Mit einem gewaltigen Knall, der das Gebäude erzittern ließ, entlud sich die aufgebaute Energie. Intuitiv warf sich Nikolaj auf den Boden. In der nächsten Sekunde raste eine Druckwelle über ihn hinweg und verwandelte die restlichen Scherben, die noch in den Fenstern steckten, in gefährliche Geschosse. Ein spitzer Schmerz in seiner linken Wade ließ ihn aufschreien.

Einen Moment lang blieb er wild keuchend und mit geschlossenen Augen liegen. Die Entladung hatte seinen Geist mit brutaler Gewalt in seinen Körper zurückgeschleudert und er konnte weder hören oder sehen, geschweige denn sich bewegen. Stille dröhnte in seinen Ohren und er fragte sich, ob er noch lebte. Er zwang sich, gleichmäßig Luft zu holen, obgleich er das Gefühl hatte, Glassplitter einzuatmen. Knackend und knisternd verschwand der Druck aus den Ohren und die Schreckensschreie der anderen drangen zu ihm durch.

»Alles in Ordnung?« Gedämpft vernahm er Rados Stimme, die im Tumult beinahe unterging.

»Ich glaub schon.« Behutsam setzte er sich auf. Sein erster Gedanke galt seiner Violine. Vorsichtig drehte er das Instrument hin und her. Mist! Bis auf zwei Saiten waren alle gerissen. Ein tiefer Kratzer hob sich hell von dem dunklen Holz ab.

»Du blutest«, stellte sein Cousin fest, der sich selbst einen großen Schnitt an der Stirn zugezogen hatte.

Nikolaj fischte ein Stofftuch aus seiner Hosentasche, mit dem er normalerweise das Holz seiner Geige polierte, um damit die Wunde an seinem Bein zu verbinden. »Weißt du, ob es geklappt hat?«, fragte er zwischen zusammengebissenen Zähnen und verknotete die Enden des Tuchs.

Sein Cousin zuckte mit einem ratlosen Gesichtsausdruck die Schultern. Die Flammen des Feuers warfen seltsam huschende Schatten über sein Gesicht, was ihn jung und verletzlich wirken ließ.

Mit dröhnendem Schädel ergriff Nikolaj die hilfreiche Hand, die Rado ihm hinstreckte, und zog sich daran in die Höhe. Ein wenig zu schnell, denn alles um ihn herum drehte sich wie ein Kreisel. Keuchend hielt er sich an seinem Cousin fest, bis der Schwindel nachließ. Probehalber belastete er das linke Bein. Es schmerzte, aber er konnte ohne Probleme darauf stehen. Schnell verschaffte er sich einen Überblick, um nachzuschauen, ob jemand Hilfe benötigte. Mit Rado im Schlepptau suchte er sich humpelnd einen Weg durch die Menschen, die in kleinen Gruppen zusammensaßen und sich gegenseitig verarzteten. Es hätte weitaus schlimmer enden können. Glücklicherweise hatten die meisten nur ein paar Schrammen und Schnitte abbekommen.

»Wir müssen mit Luladja sprechen. Ich will wissen, ob es funktioniert hat oder ob womöglich alles umsonst war.«

»Da bist du nicht der Einzige.«

Nach wenigen Schritten erreichten sie Rados Mutter Nada, die sich über ein am Boden liegendes Bündel beugte. Mit einem flauen Gefühl im Magen erkannte er darin Luladja. Sie war doch nicht etwa ... Den

Gedanken führte er lieber nicht zu Ende. Nicht auszumalen, was das für sie bedeuten würde! Dann wäre alles verloren! Vor dem innersten Kreis blieben sie stehen. Erleichtert beobachtete Nikolaj, wie seine Tante Luladja einen Becher mit dampfender Flüssigkeit an den Mund drückte und sich das Bündel zitternd bewegte.

»Ist alles in Ordnung mit ihr?«, fragte er leise.

Vorsichtig erhob sich Nada und trat langsam auf sie zu.

»Das werden wir sehen.« Sie klang zu Tode erschöpft. Ihr Gesicht hatte die Farbe von Asche und ihre Bewegungen wirkten ungelenk und fahrig. Schwankend griff sie nach ihrem Neffen, der sie im letzten Augenblick packte, bevor ihre Knie einknickten.

KAPITEL 2

»Die Stadt der Tausend Türme«, murmelte Ava und blieb an der Brüstung stehen, um den Blick, der sich ihr von der Karlsbrücke aus bot, zu genießen. Von hier hatte sie einen atemberaubenden Ausblick auf die Prager Burg und die Altstadt. Zu allen Seiten reckten sich Türme in den unterschiedlichsten Baustilen in den Himmel empor. Die der Teynkirche waren die auffälligsten. Am besten gefiel ihr der Altstädter Brückenturm im gotischen Stil. In früheren Zeiten hatte man an ihm zur Abschreckung die Köpfe hingerichteter Herren ausgestellt. Wie konnte Geschichte nur so grausam und gleichzeitig so überaus faszinierend sein? Für sie gab es nichts Spannenderes, als den Spuren von Legenden zu folgen und die Wahrheit dahinter aufzudecken. Und Prag war nicht nur die Stadt der Türme, sondern auch der düsteren Legenden. Voll mit kopflosen Geistern, Golem, Alchemisten, denen Engel Unheiliges zuflüsterten. Laut eines Tourguides im Hradschin bedeutete Praha Schwelle. *»Die Schwelle zu einer anderen Welt«*, hatte er verschwörerisch geraunt.

»Komm schon!«, unterbrach Sarah ungeduldig ihre Gedanken. »Ich hab einen Mordshunger.«

»Lass mich doch kurz die Aussicht genießen!« Mit einem tiefen Atemzug inhalierte Ava den Geruch Prags. Staub, Abgase und die feuchtmodrige Ausdünstung der Moldau, die gemächlich unter der Brücke hindurchfloss.

»Das machst du jedes verdammte Mal, wenn wir in die Altstadt wollen.« Freundschaftlich knuffte Rebecca, die Dritte im Bunde, sie in die Seite. »Aber ich kann dich verstehen«, meinte sie, nachdem sie sich zu Ava gesellt hatte und ebenfalls über den Fluss schaute. »Es war wirklich eine tolle Idee von dir, den Sommer hier zu verbringen.«

Im Stillen pflichtete sie ihrer Freundin bei, während ihr Blick über die malerischen roten Dächer des Stadtviertels Kleinseite huschte.

Dort wohnten sie in einer gemütlichen kleinen Pension. Um sich ihren Sommertrip zu finanzieren, hatten sie mit der Betreiberin, einer älteren, untersetzten Dame, ein Arrangement getroffen: Gegen Kost und Logis halfen sie beim Zimmermachen und dem Frühstück für die anderen Gäste. So blieb den drei Freundinnen nachmittags und abends genügend Zeit, die Stadt zu erkunden.

Nie hätte Ava gedacht, dass sie sich an diesem Ort, an dem sie nie zuvor gewesen war, so zu Hause fühlen würde. Es mutete beinahe magisch an und dabei war es doch nur eine Reihe von Zufällen gewesen, die sie hierhergeführt hatte. Eine Postkarte, eine Dokumentation, ein willkürlich gewählter Reiseführer. All diese Kleinigkeiten hatten letztendlich in ihr den Wunsch geweckt, den Sommer in Prag zu verbringen. Und hier war sie nun in der Goldenen Stadt und in der Luft hing das Versprechen, dass es der beste Urlaub ihres Lebens werden würde.

Zufrieden drehte Ava ihr Gesicht der untergehenden Sonne zu und genoss die letzten warmen Strahlen auf ihrer Haut.

»Jetzt kommt schon! Ihr seid lang genug herumgestanden!« Sarah klang gereizt.

Spontan kam Ava die Werbung in den Sinn, bei der ein Mann zur Diva wurde, bis er was in den Magen bekam. Auf ihre Freundin traf das definitiv zu! »Nur noch fünf Minuten«, bat sie.

»Ich geh mit ihr schon mal weiter und wir treffen uns bei dem süßen kleinen Restaurant, das wir gestern entdeckt haben.« Schmunzelnd hakte sich Rebecca bei Sarah ein, die mit den Augen rollte. »Lass dir aber nicht zu lange Zeit, sonst essen wir alle Bramboráky auf und du bekommst keinen mehr ab!« Unbekümmert zwinkerte sie ihr zu, dann zog sie Sarah mit sich in Richtung Altstadt. Lachend winkte Ava ihren Freundinnen hinterher, während sich die beiden schwatzend von ihr entfernten.

Sie würde ihnen gleich folgen, doch zuerst wollte sie für ein paar Minuten allein sein und die abendliche Stimmung genießen, die sich langsam über den Fluss senkte. In das goldene Licht der untergehenden Sonne getaucht thronte die Prager Burg auf ihrem Bergsporn über der Stadt. Sie wirkte wie ein Adler auf einem Felsen. Flackernd erwachten die historischen Gaslaternen zum Leben und verbreiteten eine nostalgische Atmosphäre. Fast hätte sich Ava in jene Zeit zurückversetzt gefühlt, wäre da nicht diese japanische Reisegruppe gewesen, die soeben ihre Smartphones in die Luft hielt, um die Prager Burg und die Heiligenfiguren der Brücke zu fotografieren.

Für einen Moment beobachtete sie die Asiaten schmunzelnd. Mit einem amüsierten Seufzer drehte sie sich von der Truppe weg, um für diesen Abend einen letzten Blick auf die Burg zu werfen. Langsam wurde es Zeit, dass sie zu ihren Mädels aufschloss, bevor die wirklich alle Bramboráky auffutterten. Beim Gedanken an das leckere kartoffelpufferähnliche Essen knurrte ihr Magen so vernehmlich, dass sie bei dem Geräusch laut auflachte. Aus dem Augenwinkel bemerkte Ava, dass einer der japanischen Touristen neugierig zu ihr herübersah, den Fotoapparat im Anschlag.

Nicht dass er auf die Idee kam, ein Foto von ihr zu knipsen, schoss es Ava durch den Kopf. Beim Gedanken daran, wie er zu Hause seiner Familie ihr Bild zeigen würde mit der Aussage:»Und hier hätten wir ein typisch grinsendes europäisches Mädchen in freier Wildbahn«, musste sie mit sich kämpfen, um nicht wieder laut loszulachen. Schnell wandte sie sich ab und schlug den Weg in Richtung Altstadt ein, während sich eine Dame eilig an ihr vorbeidrängte. Der schwere Geruch ihres Parfums stieg ihr in die Nase. Die Kombination aus Blumen und orientalischen Gewürzen erinnerte sie an ihre Mutter, die vor einem knappen Jahr nach New York gezogen war. Sie hatte dort ein interessantes Jobangebot erhalten, das sie nicht ausschlagen konnte und wollte. Ava fand, dass sie mit ihren einundzwanzig Jahren alt und selbstständig genug sei, in ihrer kleinen gemeinsamen Wohnung allein zu leben. Zwar gab es einen Disput, da ihre Mutter sie nach New York mitnehmen wollte, doch Ava setzte sich durch. Sie hatte sich schon darauf gefreut, mit Rebecca ins Studium zu starten, und jede Menge Pläne geschmiedet. Sarah hatten die beiden erst während ihres ersten Jahres an der Uni kennengelernt. Obwohl sie sich erst wenige Monate kannten und in ihrem Charakter nicht unterschiedlicher sein konnten, fühlte es sich an, als wären sie schon ewig zu dritt gewesen. Letzten Endes hatte Avas Mutter nachgegeben und die Koffer nur für sich selbst gepackt.

Beim Gedanken an sie merkte Ava wieder mal, wie sehr sie sie vermisste. Unwillkürlich seufzte sie laut. Seit über einem Jahr hatten sie sich gelegentlich nur über Facetime gesehen.

Immerhin würde sie ihren nächsten Geburtstag in den USA verbringen. Ihre Mutter hatte sich dafür extra freigenommen und nach New York eingeladen. Der Big Apple solle im Herbst besonders schön sein und Ava freute sich bereits riesig dar-

Urplötzlich zog es Ava den Boden unter den Füßen weg.

»Aua!«

Wilde Flüche drangen an ihr Ohr, während sie zusammen mit etwas, das sich gleichzeitig weich anfühlte und doch aus lauter harten Kanten zu bestehen schien, zu Boden ging. Mit dem Knie knallte sie auf den Gehweg und ein merkwürdiger, schriller Ton schnitt sich schmerzhaft durch ihre Gehörgänge. Einen Augenblick lang sah sie rote Sternchen vor ihren Augen flimmern.

»Tschuldigung«, murmelte sie automatisch und stemmte sich trotz des schmerzenden Knies hoch, um nach der Person zu schauen, mit der sie zusammengeprallt war. Tief in Gedanken versunken hatte sie den Straßenmusiker, der auf dem Gehweg seine Kunst zum Besten gegeben hatte, übersehen. Dieser Jemand saß nun wild fluchend auf dem Boden, einen Geigenbogen in der Hand, und starrte entsetzt auf seine Geige.

Verdammt, hoffentlich war das Instrument nicht kaputt! Unbehaglich trat sie auf den jungen Mann zu, der sich die glatten blondierten Haare, die ihm bis knapp zum Kinn reichten, mit einer wütenden Bewegung hinter die Ohren strich.

»Es tut mir leid!«, entschuldigte sich Ava. Dann fiel ihr ein, dass er mit Sicherheit kein Deutsch verstand. »Sorry.« Das tschechische Wort, das sie im Reiseführer gelesen hatte, kam ihr in den Sinn: »Promiň!«

19

Dunkelbraune Augen funkelten sie wütend an. »Tourist!«, schimpfte der junge Mann mit starkem tschechischem Akzent. »Kannst du nicht aufpassen!« Ihre helfende Hand schlug er zur Seite. Stattdessen warf er ihr einen bösen Blick zu und rappelte sich allein wieder hoch. »Du hast sie kaputt gemacht.« Beim Anblick seines Instruments zog Ava unbehaglich die Schultern hoch. Ein tiefer Kratzer hob sich wie eine unschöne Narbe vom dunklen Holz ab. Der junge Mann bebte vor Zorn.

»Lass sehen«, bat sie leise und streckte die Hände nach der Geige aus. Dabei traute sie sich nicht, ihm direkt in die Augen zu schauen. Sein lodernder Blick machte sie, die sonst nicht auf den Mund gefallen war, kleinlaut. Ihre Fingerspitzen berührten kaltes, glattes Holz. Mit einer ruckartigen Bewegung riss er das Instrument von ihr weg und drückte es beschützend an seine Brust.

Also, das war jetzt schon übertrieben! Bevor sie etwas sagte, was sie hinterher bereuen würde, bückte sie sich nach seinem Geigenkoffer. Bei ihrem Zusammenstoß war dieser weggerutscht und das Kleingeld lag nun um sie herum verstreut. Mit einem flauen Gefühl in der Magengegend sammelte sie die wenigen Münzen ein. Hoffentlich war die Geige nicht völlig ruiniert!

Zwischenzeitlich hatten sich einige Passanten hinzugesellt, die sie beobachteten. Einer warf ihr ein Eineurostück vor die Füße.

»Finden Sie das witzig!«, fauchte Ava den Typen an und pfefferte die Münze demonstrativ in den Kasten, bevor sie diesen auf den Boden stellte.

»Hey, Lady.« Der Mann lachte herablassend. »Die war für dich! Weil du uns diese Katzenmusik ersparst!« Feixend zwinkerte er ihr zu. »Und weil du so süß bist! Gibst du mir deine Nummer?«

»Sonst noch Wünsche?« Fassungslos starrte sie den Intelligenzallergiker an.

»Jetzt komm schon! Du bist doch viel zu schade für so einen dreckigen Straßenmusiker!« Er stieß ein verächtliches Schnauben aus. »Das ist doch bestimmt nur so ein Scheißzigeuner!«

Was war das denn für eine dämliche Aussage?!

»Und das weißt du, weil du ihn gefragt hast?« Wutentbrannt baute sie sich vor dem Mann auf, der sie um mindestens zwei Kopflängen überragte. »Übrigens, das Einzige, was hier dreckig ist, ist der Müll, der aus deinem Mund fällt«, zischte sie wütend und ohne nachzudenken. Ihr Herzschlag beschleunigte sich.

»Pass lieber auf!«, drohte ihr Gegenüber. Selbstgefällig verschränkte er seine Arme vor der Brust. Das zu enge Shirt spannte sich über seinen muskulösen Oberkörper und entblößte ein überaus realistisch wirkendes Tattoo eines schwarzen Tausendfüßlers auf dem linken Unterarm, dessen Beine sich mit jedem Zucken mitzubewegen schienen.

»Sonst was?«, konterte Ava gespielt lässig und musterte ihn kalt. Das hoffte sie zumindest. Denn ehrlich gesagt, beim Anblick der Totenschädel, die den langen Rumpf des Myriapoden zierten, fühlte sie sich weniger mutig, als sie vorgab.

»Lass sie gefälligst in Ruhe!«, meldete sich eine wohlbekannte Stimme unerwartet neben ihr zu Wort.

»Becca!« Erleichtert atmete Ava aus.

Ihre Freundin zwinkerte ihr zu und rückte ihre Brille zurecht, die mit der kleinen Blume auf ihrem Nasenpiercing rotgolden in der untergehenden Sonne aufblitzte. Ihre Freundin war ein großer Fan von Bollywood und hatte sich vor ein paar Jahren mit einer gefakten Erlaubnis piercen lassen, was einen riesigen Krach mit ihren Eltern zufolge hatte. »Gibt's ein Problem?« Rebecca stemmte die Hände herausfordernd in ihre rundlichen Hüften. Die gerade Haltung betonte ihre ohnehin üppige Oberweite.

Mittlerweile waren weitere Fußgänger auf die Szene aufmerksam geworden und stehen geblieben. Gespannt schienen sie darauf zu warten, dass etwas passierte. Aus dem Augenwinkel sah Ava, dass manch einer das Handy auf sie gerichtet hatte.

Dieser Anblick ließ Avas Wut noch ein paar Grad heißer kochen. Mit einer Mischung aus Zorn und Hilflosigkeit ballte sie die Fäuste. Beruhigend legte Rebecca eine Hand auf ihren Arm und schüttelte sacht den Kopf.

Eine erwartungsvolle Spannung lag in der Luft. Die Menschen um sie herum gierten regelrecht nach einer Auseinandersetzung. Doch bevor Ava etwas sagen oder tun konnte, drangen leise, zaghafte Töne an ihr Ohr, als würde selbst die Musik die Stimmung in der Luft erkennen und vorsichtig abtasten. Nur zu gern hätte sie sich zu dem Musiker umgedreht, doch eine innere Stimme riet ihr, den Typen vor ihr nicht aus den Augen zu lassen. Langsam löste die Musik die Spannung in ihren Schultern und öffnete ihre Fäuste.

Selbst der Mann, der sie angepöbelt hatte, sah überrascht drein, als würde er sich über sein eigenes Verhalten wundern.

Schnell riskierte Ava einen Blick in die Runde und sah erstaunt, wie die Leute ihre Handys, eins nach dem anderen, sinken und in den Taschen verschwinden ließen.

Solch ein Lied hatte sie noch nie gehört. Es kam ihr vor, als ob die Klänge ein Netz aus Schwingungen und Tönen um sie herum weben und alle negativen Gedanken gefangen nehmen würden. Mit einem fast hypnotischen Effekt zwang die Melodie die Leute zur Ruhe. Avas Puls sank auf eine Frequenz völliger Entspannung und sie fragte sich, warum sie wütend genug gewesen war, jemanden angreifen zu wollen. Nicht dass sie den Vorfall vergessen hätte, doch die Wut war verraucht, so als hätte dieses Ereignis vor einer Ewigkeit stattgefunden und wäre lediglich eine blasse Erinnerung.

Nachdem der letzte Ton verklungen war, schüttelte der Mann den Kopf, wie um seinen Geist aus einem klebrigen Netz zu befreien und klar zu denken. Bevor er sich zum Gehen wandte, warf er ihr einen letzten verwunderten Blick zu.

»Was war das?«, flüsterte Rebecca.

»Ich weiß nicht.«

»Wie im Märchen vom Rattenfänger, nur mit Menschen statt Ratten.«

Stumm pflichtete Ava ihrer Freundin bei. »Gibt es einen so großen Unterschied zwischen den beiden Spezies?«

»Ratten sind süß!«

Es hatte magisch angemutet, wie die Melodie die Menschen beruhigt hatte. Sie meinte, sich erinnern zu können, dass sie etwas über Tonfrequenzen gelesen hatte, die dazu in der Lage waren, den Alphazustand eines Menschen zu beeinflussen.

Mit leichter Verzögerung begannen die Leute, zurückhaltend zu applaudieren. Ihre Gesichter zeigten alle denselben verwirrten Ausdruck, als würden sie langsam aus einer Hypnose erwachen.

Rasch drehte sie sich um, um einen Blick auf den Straßenmusiker zu werfen, der unter tiefen Verbeugungen dem Beifall würdigte. Langsam zerstreute sich die Menge.

»Komm!«, forderte Rebecca sie mit einem sanften Stupser in die Seite auf. »Sarah wird sich schon wundern, wo wir bleiben.«

»Warte noch!« Etwas umständlich hob sie den Geigenkoffer wieder auf und brachte ihn dem Musiker zurück.

»Noch mal Entschuldigung!«, sagte Ava zaghaft und betrachtete ihn genauer. »Ich dachte, sie wäre bei dem Sturz kaputt gegangen?«, meinte sie lahm und deutete auf sein Instrument, dabei richtete sie den Blick auf seine schlanken Finger, die sich um den Violinenhals schlangen. Die Nägel waren kurz geschnitten und sauber. Eine lange Narbe, die sich über seinen Handrücken zog, hob sich silbern schimmernd von seiner dunkleren Haut ab. Seine Kleidung wirkte zwar abgetragen, aber … Als sich ihre Blicke trafen, fühlte sie sich ertappt. Schamesröte ließ ihr Gesicht glühen.

»Nein, nur die Saite war gerissen«, antwortete er ihr mit schwerem Akzent und unterbrach ihre Gedanken. »Ich musste meinen letzten Ersatz nehmen«, meinte er mit vorwurfsvollem Blick.

»Hier.« Sie stellte seinen Kasten ab und wühlte in ihrer Handtasche nach der Geldbörse. Shit! Nur noch ein Fünfeuroschein! Na, der musste reichen. »Ich hoffe, das reicht.« Etwas fahrig zog sie das Geld heraus und legte es in den Koffer. »Mehr hab ich im Moment nicht«, fügte sie schnell hinzu. Sein unglücklicher Gesichtsausdruck bereitete ihr Sorgen. »Was kostet eine Saite?«, fragte sie.

»Ich will dein Geld nicht!«

»Wieso?« Mit offenem Mund starrte sie ihn an.

»Du schuldest mir einen Gefallen«, stellte er sachlich fest.

»Ich wüsste nicht, was ich tun könnte?«

»Das wirst du merken, wenn die Zeit dafür da ist«, antwortete er kryptisch. »Erst dann sind wir quitt.«

Sprachlos fragte sich Ava, was er damit meinte. *Soll das ein Scherz sein?*

»Ich hab eine Idee!«, rief Rebecca dazwischen. »Kannst du noch was anderes spielen?« Anmutig fuhr sie mit einem imaginären Bogen über eine Luftvioline und deutete auf den Koffer.

Zögernd nickte der Musiker.

Verwirrt beobachtete Ava ihre Freundin, die jetzt den Koffer hochhob und dem jungen Mann ein Zeichen gab. Daraufhin klemmte der sich sein Instrument unters Kinn und ließ die ersten Töne erklingen.

»Komm!«, forderte sie Ava mit einem verschmitzten Lächeln auf und tauchte zwischen den Passanten hindurch.

Verwirrt folgte sie ihr in die Menge, während sich die Klänge zu einer lebensfrohen Melodie verbanden, die zum Tanz aufforderte. Jetzt hatte Ava begriffen, was ihre Freundin vorhatte, die sich tänzelnd durch die Leute schlängelte und ihnen mit einem charmanten Lächeln den Koffer unter die Nase hielt.

Eine fröhliche Stimmung ergriff von Ava Besitz. Beschwingt drehte sie eine Pirouette, auf die ihre Ballettlehrerin in der Grundschule stolz gewesen wäre, dann tanzte sie zwischen den Leuten umher, die lachend in ihren Taschen nach Kleingeld suchten und es ihr in die Hand drückten.

Bedauernd registrierte sie das Ende des Lieds. Nie hätte sie erwartet, dass Geigenmusik so heiter und lebenslustig klingen konnte. Mit roten Wangen und einem warmen Lächeln brachte Rebecca den Koffer zurück und stellte ihn dem Musiker zu Füßen. Auch Ava leerte ihre Taschen und fügte ein paar Münzen hinzu. Der Inhalt konnte sich durchaus sehen lassen.

Beeindruckt zog der junge Geigenspieler seine Augenbrauen nach oben.

»Und jetzt komm, sonst gibt Sarah noch eine Suchmeldung raus.« Rebecca zog sie am Arm davon.

»Du schuldest mir immer noch einen Gefallen!«, rief der Geiger hinter ihr her.

»Und er hat sich gar nicht dafür bedankt?«, wollte Sarah erstaunt wissen, als sie ihr, endlich im Restaurant sitzend, die Story abwechselnd erzählten.

»Nein!« Schulterzuckend griff Ava nach der Speisekarte und schlug sie auf. »Nur dass ich ihm was schuldig sei!«

»Seltsam«, meinte ihre Freundin. Kopfschüttelnd tippte sie auf ihrem Handy herum. »Wie hieß er denn?«, bohrte Sarah weiter.

»Keine Ahnung.« Es ärgerte sie selbst, dass sie ihn nicht nach seinem Namen gefragt hatte. Seufzend ließ sie die Menükarte sinken und gab der Kellnerin ein Zeichen.

»War der wenigstens süß?«, fragte Sarah mit einem verschmitzten Lächeln und drehte den schmalen, geflochtenen Ring an ihrem Zeigefinger.

Ein makabres Schmuckstück, das nicht so wirklich zu der extrovertierten Sarah passte, die mit ihrer strahlenden Persönlichkeit und ihrem atemberaubenden Äußeren alle in den Bann zog. Angeblich war es ein Erbstück aus Golddraht und echtem Menschenhaar, wie sie ihnen erst vor Kurzem verraten hatte. In den frühen Morgenstunden nach einer Studentenparty mit einem ordentlichen Schuss Alkohol und einiger Prisen Melancholie. Stunden, in denen sie über Vergänglichkeit und Unendlichkeit philosophiert hatten.

»Das fragst du besser Ava.« Rebecca grinste und stupste sie an. »Sie fand ihn ja ziemlich umwerfend!«

»Haha!« Ava versuchte, ein mädchenhaftes Kichern zu unterdrücken, was ihr quietschend misslang und die beiden anderen zum Lachen brachte. Belustigt knüllte sie eine Serviette zusammen, zielte auf Rebecca und warf. Zielsicher segelte das Stück Papier durch die Luft, landete in Sarahs Eiskaffee und verteilte Tropfen auf das danebenliegende Handy, besprenkelte auch Rebeccas Brillengläser.

»Hey!«, schrie Sarah entrüstet auf. Das hektische Trocken-reiben sorgte für eine kurze Atempause, in der Rebecca ihre Brille putzte und Ava Essen sowie eine neue Runde Eiskaffee für alle bestellte. In einem Kartenfach von der Hülle ihres Handys hatte sie noch einen zusammengefalteten Zwanzigeuroschein entdeckt, versteckt zwischen ein paar Visitenkarten.

»Also, war er jetzt süß oder nicht?«

In ihrer Erinnerung sah sie den Straßenmusiker, der sich die blondierten Haare hinters Ohr schob und sie aus dunkelbraunen Augen zornig anfunkelte. Die lange silberne Narbe auf seinem Handrücken, die schlanken Finger, die den Geigenhals umklammerten. Unwillkürlich fragte sie sich, wie es sich anfühlte, wenn er sie berühren würde. Das Gefühl war derart intensiv, dass sie schauderte. In diesem Moment stellte die Kellnerin mit einem klirrenden Geräusch die Gläser mit Eiskaffee zwischen den Mädchen ab. Da erst wurde sie sich ihrer Gedanken bewusst und das Blut schoss ihr heiß in die Wangen.

»Yep, ich glaub, sie findet ihn süß.« Kichernd machte Sarah ein paar Fotos von ihr, während sich Rebecca vor lauter Lachen kaum halten konnte.

Yep, ich ermorde die beiden heute Nacht, dachte Ava nicht ohne einen leichten Anflug von Humor. »Ihr seid wie zwei alberne Mädchen!«, konstatierte sie und schnitt ihren Freundinnen eine Grimasse. »Er hatte schon was«, gab sie schließlich zu und nippte an ihrem Getränk. »Warum warst *du* eigentlich auf einmal da?«, lenkte sie vom Thema ab und zeigte mit dem Messer auf Rebecca, das sie aus der Besteckkiste auf ihrem Tisch gefischt hatte.

»Wir hatten schon eine gefühlte Ewigkeit auf dich gewartet, da haben wir uns Sorgen gemacht und beschlossen, mal nachzusehen. Sarah ist hiergeblieben, falls wir aneinander vorbeilaufen, ohne es zu merken.«

»Danke.«

»Nicht dafür.«

»Mädels, während ihr vorhin euren Spaß hattet, habe ich mal gegoogelt.« Wie zum Beweis hielt Sarah demonstrativ ihr Handy hoch. »Der ›Krvavý měsíc‹-Club scheint ziemlich angesagt zu sein. Wollen wir später dahin?«

»Von mir aus. Was meinst du, Ava?« Rebecca strich sich ihr kinnlanges schwarzes Haar hinters Ohr. Sie seufzte laut. »Diese blöden Haare.«

»Ich versteh gar nicht, warum du es abgeschnitten hast«, kommentierte Sarah.

Ava reckte den Hals, um einen Blick auf das Display zu werfen, auf dem ein elegant eingerichteter Club zu sehen war. »Können wir machen.«

Die Bilder des Clubs erinnerten sie spontan an den Film »From Dusk till Dawn« und »Queen of the Damned«. Vermutlich wegen der Frau mit der Boa um den Hals und des gruftigen Flairs. Sie hätte wirklich Lust, mal wieder eine Nacht durchzutanzen. Wenn sie vorher nicht verhungerte, hieß das. Wie aufs Stichwort knurrte ihr Magen. Ungeduldig sah sie sich nach der Kellnerin um, die sich in diesem Moment einen Weg zu ihrem Tisch bahnte.

»Lasst uns erst was essen!« Ava rieb erwartungsvoll die Hände aneinander, als die Kellnerin einen herrlich duftenden Bramboráky vor ihr abstellte. »Ich sterbe vor Hunger.«

KAPITEL 3

»Wo ist der denn nun?«, maulte Sarah. »Man sollte doch meinen, ein so angesagter Club wäre easy zu finden.«

»Wartet mal. Laut Google Maps müssen wir an dieser Kreuzung links abbiegen, dann sollten wir direkt davor stehen.« Rebecca sah von ihrem Handydisplay auf. »Mist, jetzt ist das Netz ausgefallen.« Hektisch wischte sie hin und her. »Komisch, dass es hier keinen Hinweis auf den Club gibt.«

»Ja, ist wirklich strange. Auch dass sonst niemand hier ist.« Irritiert betrachtete Ava das blau und gelb gestrichene Gebäude mit neobarocker Fassade. Trotz der bunten Farben strahlte das Haus etwas Abweisendes und Düsteres aus. »Das mit den zwei verschiedenen Hausnummern find ich so verwirrend. Ist es jetzt 235 oder 23?«

»Keine Ahnung.« Ratlos zuckte Rebecca mit den Schultern.

»Seltsam«, meinte Ava nach einem Blick auf ihr Handy. »Ich hab auch kein Netz mehr.«

»Och«, schmollte Sarah enttäuscht und sah sich um. »Und jetzt?«

»Schau du doch mal, ob du eine Verbindung hast«, schlug Rebecca in bemüht sachlichem Tonfall vor.

27

»Mein Datenvolumen ist aufgebraucht und mein Handy findet gerade keinen WLAN-Hotspot.«

»Du willst doch nicht behaupten, dass du dein Limit schon wieder erreicht hast?«

»Lasst uns doch einfach ganz oldschool jemanden fragen«, unterbrach Ava die aufkeimende Diskussion. Genervt verdrehte sie die Augen. Wie Sarah es ständig schaffte, ihr Datenvolumen innerhalb kürzester Zeit zu verbrauchen, war ihr ein Rätsel. Oft genug hatten sie sie wegen ihrer Handysucht geneckt und sie damit aufgezogen, dass sie mehrmals täglich Fotos auf allen Kanälen postete. Aber in Situationen wie dieser war es nicht lustig, sondern nervig. Suchend drehte sich Ava um, um einen Passanten nach dem Weg zu fragen. Einige Meter von ihnen entfernt entdeckte sie einen älteren Mann, der dabei war, sich ein Päckchen Zigaretten aus einem Automaten zu ziehen. Bevor ihre Freundinnen weiter diskutierten, ging Ava rasch auf ihn zu und sprach ihn an:»Excuse me, do you know where the ›Krvavý měsíc‹-club is?« Bei der Aussprache der tschechischen Wörter stolperte sie, hoffte aber, er würde trotzdem wissen, was sie meinte.

Erschrocken zuckte der Mann zusammen und ließ sein Wechselgeld fallen. Automatisch bückte sie sich nach den Münzen und sammelte sie rasch ein. *Nicht dass das zu einer neuen Gewohnheit wird*, schoss es ihr durch den Kopf. Der Gedanke an den Straßenmusiker ließ sie schmunzeln. Hätte sie ihn bloß nach dem Namen gefragt und ja, verdammt, er hatte etwas Anziehendes. Für den morgigen Tag beschloss sie, in der Altstadt nach ihm Ausschau zu halten. Ob sie ihn nach einem Date fragen sollte?

»Sorry«, sagte sie an den Mann gewandt und drückte ihm sein Geld in die Hand.»Are you ok?« Stirnrunzelnd betrachtete sie ihn. Sein Gesicht hatte eine ungesunde fahle Farbe angenommen. Zitternd trat er ein paar Schritte zurück und musterte sie verstört. Unverkennbare Furcht lag in seinen Augen. Er hatte doch nicht etwa Angst vor ihr?

»Brauchen Sie Hilfe? Do you need help?« Besorgt streckte Ava eine Hand nach ihm aus. So ein Mist! Der Mann sprach bestimmt weder Deutsch noch Englisch. Was war doch gleich das tschechische Wort für Hilfe? Bedächtig, um ihn nicht weiter zu ängstigen, zog sie ihr Handy aus der Tasche und stieß ein Stoßgebet aus, dass sie Netz hatte. Langsam tippte sie ihre Frage in den Google-Übersetzer ein, in der

Hoffnung, dass die Funktion nicht nur Kauderwelsch ausspucken würde. Sie hatte Glück. Ein paar Meter vor dem blaugelben Gebäude entfernt hatte sie glücklicherweise wieder Netz. Wenn auch nur einen Balken. Ob das Funkloch direkt davor gewollt war? Während der Übersetzer nervenaufreibend träge lud, bemerkte sie, wie der Mann langsam zurückwich. Seine Haltung wirkte angespannt und er verfolgte jede ihrer Bewegungen. Sein Verhalten erinnerte Ava an eine Doku, die sie gesehen hatte und die von einer Begegnung mit einem Bären in freier Wildbahn handelte. Traf man auf einen, sollte man sich langsam rückwärtsgehend von ihm entfernen, ihn niemals aus den Augen lassen und auf keinen Fall weglaufen. Genauso verhielt sich der Herr ihr gegenüber.

»Was ist los?«, fragte Sarah, die mittlerweile zu ihr getreten war, und verschränkte die Arme vor der Brust.

Aus dem Augenwinkel nahm Ava Rebecca wahr, die zu ihnen aufschloss, während sie gleichzeitig konzentriert auf ihr Handy stierte. Argwöhnisch ließ der Mann seinen Blick zwischen den Mädchen hin und her wandern, bis er am Ende der Straße angekommen war. Seine Kiefer mahlten. Dann wirbelte er herum und warf sich nach links in eine der vielen Gassen, die von der Hauptstraße abzweigten. Fassungslos starrte Ava in die Gesichter ihrer Freundinnen, die genauso irritiert dreinschauten, wie sie sich fühlte.

»Was war das denn?« Rebecca schüttelte den Kopf.

»Vielleicht hat er ja Bekanntschaft mit der grünen Fee gemacht!«, philosophierte Sarah und zeigte mit den Daumen hinter sich auf die neongrün leuchtenden Lichter einer Absinth-Bar.

Schulterzuckend warf Rebecca einen Blick auf ihr Handy. »Hah«, rief sie. »Hab wieder Netz. Gute Nachrichten. Es gibt nur den einen Club mit diesem Namen und wir stehen quasi davor. Also entweder hat der zu oder ... Hey, na, wer sagt's denn!«, rief sie begeistert und deutete auf eine Gruppe elegant gekleideter Leute, die auf den Eingang zu einem grün gestrichenen Haus mit schwarzen Ecktürmchen zuhielten.

»Da sind endlich mal ein paar Partypeople«, freute sich Sarah. »Kommt, worauf warten wir? Da hängen wir uns dran!« Das seltsame Verhalten des Mannes schien ihre Freundin bereits vergessen zu haben. Mit einer eleganten Bewegung ihres Kopfes warf Sarah ihr langes blondes Haar nach hinten und strich ihr hautenges Kleid glatt. Dann packte sie Ava am Arm und zog sie mit sich. Was soll's. Ergeben ließ sich Ava mitziehen. Sie würde ohnehin nie erfahren, was es war, das diesem Kerl so einen Schrecken eingejagt hatte. Wahrscheinlich hatte er wirklich zu tief ins Glas geschaut oder zu lang an einem Joint gezogen. Sie warf Rebecca einen Blick über die Schulter zu, die nachdenklich erst die anderen Partygäste musterte, nur um dann betrübt an sich hinunterzuschauen und ihre Jacke zusammenzuziehen.

»Das ist echt cool hier!« Angestrengt versuchte Ava, sich verständlich zu machen und die Musik zu übertönen, doch der harte Technobeat verschlang ihre Worte.

»Was?«, brüllte Rebecca. Zumindest interpretierte Ava die Bewegung ihres Mundes entsprechend.

»Toller Club!«, schrie Ava zurück, obwohl sie sicher war, dass keine ihrer Freundinnen eine Silbe verstand. In der Tat deuteten die beiden auf ihre Ohren und schüttelten den Kopf. Grinsend winkte Ava ab und zuckte mit den Schultern. Während sie sich zum stampfenden Rhythmus bewegte, ließ sie den Blick durch den hohen Raum gleiten. Ein wenig kam sie sich vor wie auf einem Maskenball. Um sie herum waren jede Menge Leute in eleganter Kleidung, und alle trugen die verschiedensten Arten von Masken. In ihrer Nähe tanzten zwei junge Frauen, die sich venezianische Augenmasken aufgemalt hatten. Es handelte sich dabei um regelrechte Kunstwerke. Ineinander verschlungene Ornamente, die den Effekt hervorriefen, in grünen oder blauen Augen zu ertrinken. Glitzernde Strasssteine rundeten die Spitzen der Ranken ab und schimmerten in den Farben des Scheinwerferlichts. Die beiden hatten eine seltsam betörende Wirkung auf Ava, die es ihr schwer machte, den Blick zu lösen. Es war keine sexuelle Anziehungskraft, die die beiden auf sie ausübten. Einerseits war sie mystischer, spiritueller Natur, andererseits schwang unter-schwellig etwas Gefährliches, Dunkles mit. Die Frau mit dem dunkelbraunen Haar schien ihren bewundernden Ausdruck registriert zu haben. Ihre Blicke kreuzten sich und sie warf ihr ein Lächeln zu, das eine seltsam sogartige Wirkung auf Ava hatte. Unwillkürlich bewegte sie sich auf die Frau zu. In diesem Augenblick tanzte Sarah sie an und schob sich ins Blickfeld. Der Bann war gebrochen. Mit einer Mischung aus Enttäuschung und Erleichterung musterte Ava ihre Freundin. Zugegeben, Sarah sah in ihrem engen schwarzen Kleid klasse aus. Mit ihrem blonden Haar und der milchweißen Haut verströmte sie eine Coolness, die die schwarze Halbmaske aus billigem Stoff hochwertig erschienen ließ. So mancher männliche Clubbesucher warf ihr einen begehrlichen Blick zu. Allein ihr Auftreten und ihr verführerisches Lächeln hatten den Türsteher davon überzeugt, sie hineinzulassen. Er hatte das Band, das den Weg zur Treppe versperrte, gelöst und ihnen drei Masken in die Hand gedrückt. Avas eigene war aus einem knalligen Orange, das sich hervorragend mit ihren mahagonibraunen Haaren biss. Auf dem Weg nach unten hatte Rebecca gemeint, dass sie die Sache mit der Maske witzig finde, während Ava ihre eigene nur skeptisch gemustert hatte.

Im Gegensatz zu ihr sah die Maske an Rebecca gut aus. Das Nachtblau passte extrem gut zu ihren graublauen Augen und dem schwarzen Haar. Wie üblich kringelten sich ihre kinnlangen Locken in alle Richtungen. Die Maske gab ihrem Äußeren etwas Verwegenes.

Nachdem sie in die maskierte Menge eingetaucht waren, war Ava ebenfalls schnell davon überzeugt, dass es eine coole Idee war. Das Ganze hatte eine anonym befreiende Wirkung.

Ava versuchte noch, einen Blick auf die beiden Damen zu erhaschen, doch die hatten sich scheinbar in Rauch aufgelöst.

Fragend sah Sarah sie an, nachdem sie in dieselbe Richtung geschaut hatte. Mit einem Schulterzucken konzentrierte sich Ava wieder auf die Musik. Eine trancige Frequenz hatte den harten Beat abgelöst und sie ließ sich ganz auf die Melodie ein. Elegant wie eine arabische Tänzerin drehten sich ihre Arme nach oben. Mit ihren Hüften zog sie eine liegende Acht nach. Das war sie. Musik und Tanz, etwas, in dem Ava völlig aufging und alles rundherum nicht mehr wahrnahm. Langsam nahm der Beat wieder Fahrt auf. Unter den Rufen und Jubeln der Tanzenden steigerte er sich immer weiter, bis er dann am Höhepunkt wie ein Wasserfall aus Bass und Beats und stroboskopischem Scheinwerferlicht über sie hereinbrach. Verschwitzt hielt Ava irgendwann inne, ihr Zeitgefühl war völlig abhandengekommen. Sie brauchte unbedingt was zu trinken und eine kurze Verschnaufpause. »Ich hol was!« Ava imitierte, wie sie ein Glas an den Mund führte, und deutete nach oben. Mit Gesten gaben sie sich zu verstehen, dass die Freundinnen ein wenig weitertanzen, aber gleich nachkommen würden.

Ava schob sich durch die tanzende Menge zu einer Treppe, die zur Lounge nach oben führte. Durch eine gläserne, schalldichte Wand hatte man einen guten Blick auf die Tanzfläche. Leise Hintergrundmusik und gemütlich wirkende Clubsessel luden zum Verweilen ein. In ihren Ohren dröhnte und hallte die laute Technomusik noch nach, als sie Kurs auf die Bar nahm. An der äußersten Ecke entdeckte sie einen freien Platz. Seufzend zwirbelte sie ihre Haare zu einem wilden Knoten und stellte erleichtert fest, dass ein angenehm kühler Hauch aus einer Klimaanlage über ihre heiße, verschwitzte Haut strich. Ihre Maske schob sie nach oben auf den Kopf.

Aufmerksam studierte sie die Cocktailkarte, von der sie leider wenig verstand, da alles nur auf Tschechisch geschrieben war. Zumindest auf Englisch hätte doch der Inhalt der Getränke draufstehen können. Na gut, Wodka und Tequila verstand sie auch so. Egal, sie kam sich abenteuerlustig vor und bestellte den Club-Drink »Krvavý měsíc«.

Fasziniert beobachtete sie den Barkeeper, wie er etwas hiervon und davon in den Shaker goss und mit geschmeidigen Bewegungen das Mixen des Cocktails regelrecht zelebrierte. Elegant kippte er die rote Flüssigkeit ins Glas und steckte ein Stück Schokolade in Form einer Halbmaske in das Crushed-Ice, bevor er ihr den Cocktail mit einem sympathischen Lächeln reichte.

Lässig setzte sie sich halb auf einen Barhocker, beobachtete die tanzende Menge auf der unter ihr liegenden Tanzfläche und suchte sie nach ihren Freundinnen ab.

Ein großartiger Club, dachte sie zum wiederholten Male. Überhaupt kein Vergleich zu den Discos, in denen sie und ihre Freundinnen sonst am Wochenende feierten. Sie ließ ihren Blick über die gläsernen Kronleuchter schweifen, die in regelmäßigen Abständen an der Decke funkelten. Die Ambientemischung aus gruftig und elegant war gut umgesetzt. An den Wänden waren kleine Lampen im selben Stil montiert, dazwischen Spiegel, die schwarz schimmerten und wie eine Wasseroberfläche bei Nacht wirkten. Die Spiegelbilder darin waren verschwommen und seltsam verzerrt. Lediglich ein paar Konturen waren klar umrissen, ein toller Effekt.

Schließlich blieb ihr Blick an einem jungen Mann hängen, der ihr seltsam vertraut vorkam. Er stand am Rand der Tanzfläche und war in ein Gespräch mit einem anderen vertieft, von dem sie nur den dunkelblonden Haarschopf und den Rücken sah – einen sehr ansehnlichen, stellte Ava für sich fest. Wenn der von vorn genauso gut aussah wie von hinten, dann war er umwerfend. Über ihre eigenen Gedanken schmunzelnd nippte sie vorsichtig an ihrem Drink, auf eine Überdosis Alkohol gefasst. Der Barkeeper verstand seinen Job! Der Alkoholgehalt war lediglich eine angenehme Komponente, die mit den anderen Zutaten harmonisierte. Prickelnd, fruchtig, und eine Note von etwas Unnennbarem. Je nachdem, wie das Licht auf die Flüssigkeit fiel, schimmerte diese rubinrot und klar.

Wie können die sich bei der Lautstärke überhaupt unterhalten?, wunderte sie sich und trank erneut einen kleinen Schluck.

Plötzlich fiel ihr ein, woher ihr der eine so bekannt vorkam. Mit der Maske hatte sie ihn nicht sofort erkannt.

Aufgeregt stellte sie das Glas hinter sich auf dem Tresen ab. Fast wäre es ihr hinuntergefallen, weil sie versuchte, ihn im Auge zu behalten. Kurz überlegte sie, zu ihm runterzugehen, ihn anzusprechen und nach seinem Namen zu fragen. Bei der Überlegung stieg ein sanftes Kribbeln in ihrem Bauch auf und ihr wurde warm. Auf einmal durchfuhr sie ein siedend heißer Schreck, denn der Geigenspieler schaute zu ihr auf und dann zeigte er … auf sie? Schnell zog sie ihre Maske über die Augen und drehte sich um in Richtung Bar, mit dem Rücken zur Glaswand. Mit wild pochendem Herzen holte sie tief Luft und fühlte sich ertappt. So ein Quatsch. Sie stieß ihren Atem aus. In dem Cocktail musste mehr

Alkohol drin gewesen sein, als sie herausgeschmeckt hatte! Vermutlich konnte er sie von da unten gar nicht erkennen.

»One more drink?«, fragte der Barkeeper und unterbrach damit ihre seltsamen Gedankengänge. Mit einer Bewegung seines Kopfs deutete er auf das Glas und schenkte ihr wieder sein sympathisches Lächeln. Mit der Hand wischte sie sich über die Stirn. *Warum nicht?*, dachte sie leichtfertig. »Yes, please.«

»Geht auf mich.«

Mit bewusst skeptischem Blick drehte sich Ava zu ihrer linken Seite und zuckte leicht zusammen. Cool lehnte der blonde Typ mit dem ansehnlichen Rücken neben ihr am Tresen.

»Danke, ich hab schon.« Ava schnappte sich ihr Glas und drehte sich demonstrativ weg. Der Geigenspieler hatte sie gemeint, als er in ihre Richtung gezeigt hatte. Wollte Blondie nun etwa den ominösen Gefallen für den Straßenmusiker einfordern? Was für ein Theater wegen einer gerissenen Saite. Schnell trank sie einen großen Schluck. Wie war der überhaupt so schnell hier raufgekommen? Gab es einen Aufzug?

»Gut, dann eben keinen Drink.« Er rückte näher an sie ran. »Bist du allein hier?«

»Nein«, entgegnete Ava betont und zeigte unbestimmt auf die Leute, die sich auf der Tanzfläche tummelten. Wo blieben Rebecca und Sarah denn bloß?

In diesem Moment sah sie, wie ihre Freundinnen die gewundene Treppe heraufkamen. Erleichtert atmete sie auf. Trotzdem verschwand ihr Unbehagen nicht, im Gegenteil. Aufmerksam behielt sie den Eingang zur Lounge im Auge und ignorierten den Mann an ihrer Seite. Endlich erschienen die beiden im Eingangsbereich und sie winkte ihnen zu. Mit einer heimlichen Geste, die die drei einstudiert hatten, um unbemerkt auf etwas aufmerksam zu machen – wie aufdringliche Kerle -, deutete sie auf Blondie neben sich. Dummerweise wurden die beiden im selben Moment von zwei Männern abgelenkt und bekamen das Zeichen daher nicht mit.

»Ich bin Darko.« Der Kerl streckte ihr die Hand entgegen.

»Sandra«, log sie und ignorierte seine höfliche Geste. Mist, das Glas war wieder leer.

»Kommst du aus Deutschland?«

»Ne, aus Italien.« Fragend hob sie die Augenbrauen und grinste ihn frech an. »Merkst du doch, oder?« Langsam tat der Alkohol seine Wirkung und sie wurde mutiger. Sie machte eine wilde Geste, die sie für italienisch hielt, auf die Darko mit einem schallenden Lachen reagierte. »Für die Frage musst du mich nicht direkt killen.« Er grinste. Sein Lächeln war natürlich und ansteckend, sodass Ava unwillkürlich zurücklächelte.

Verdammt! So war das nicht geplant.

Spontan fragte sie: »Sag mal, wer war der Typ, mit dem du dich unterhalten hast?«

»Muss ich eifersüchtig werden?« Darko zog seine Augenbrauen nach oben. »So gut wie ich sieht der nicht aus.«

Sofort rückte Ava weiter von ihm ab. Das war doch wirklich ... Auch wenn sie innerlich zugeben musste, dass er, wie vorhin vermutet, von vorn genauso gut aussah wie von hinten. Uff, zu gut.

»Hey, das war nur ein Scherz.« Darko winkte ab. »Das ist ein Freund von mir. Willst du ihn kennenlernen?« Er reckte den Hals und sah sich um, bis er seinen Kumpel entdeckte, der es sich in einem der Clubsessel bequem gemacht hatte. Winkend machte er auf sich und Ava aufmerksam und deutete ihm, sich zu ihnen zu gesellen. Mist! Sie hatte gar nicht bemerkt, dass er auch mit nach oben gekommen war.

»Verfolgt der mich eigentlich oder macht ihr zwei das immer so?«, platzte es aus ihr heraus. Prompt lief sie rot an. Shit! Sie hielt sich erschrocken die Hände vor den Mund und ärgerte sich über sich selbst. Sie war wohl weitaus beschwipster, als sie dachte.

Aufmerksam musterte Ava den Straßenmusiker, der sich einen Weg zwischen Sessel und herumstehenden Gästen suchte. Bei seinem Anblick schlug ihr Herz ein wenig schneller und ein angenehmer Schauer rieselte durch ihren Körper. Mit seiner roten Maske und dem dunkelolivfarbenen Teint sah er noch anziehender aus, als sie ihn in Erinnerung hatte. Erneut schoss ihr das Blut in die Wangen. Sie versteckte ihr Gesicht hinter ihrem Cocktailglas und stammelte etwas von ominösen Gefallen.

Darkos Miene verdüsterte sich. Lag es daran, dass er ihr Interesse an dem anderen bemerkt hatte und ihm das nicht gefiel? Oder weil sie

Blödsinn schwafelte?»Ich weiß nicht, wie du darauf kommst, aber frag ihn doch«, meinte er schnippisch und wirkte mit einem Mal verschlossen.

Mit einem »Hey« trat der Musiker zu ihnen und musterte Ava schräg von der Seite.

»Ah, Nikolaj … Ich will dir jemanden vorstellen, der dich unbedingt kennenlernen möchte. Was ich, ehrlich gesagt, nicht verstehen kann. Ich bin nämlich definitiv der Interessantere von uns!«

Schon lag ihr ein bissiger Kommentar auf der Zunge, da bemerkte sie das Zwinkern. Fasziniert wider Willen von seinem Mienenspiel zwischen düster und fröhlich klappte sie den Mund wieder zu. Blondie verwirrte sie.

»Das ist Sandra aus Italien.« Mit spitzbübischem Grinsen musterte er sie von oben bis unten. In seinen Augen blitzte es vergnügt, dann fuhr er mit seiner Vorstellung fort. »Sandra«, er wies auf sein Gegenüber, »das ist Nikolaj, unser musikalischer Zauberer.«

»Wir sind uns schon begegnet.« Sie warf Darko einen scheelen Seitenblick zu. Es war ihr unmöglich einzuschätzen, ob ihn ihre Aussage überraschte. Und trotzdem – vielleicht gerade deswegen – war ihr Unbehagen nicht gänzlich gewichen, daher blieb sie argwöhnisch, als sie sich auf Nikolaj konzentrierte. »Du bist doch der Musiker von der Brücke heute Nachmittag?«

Besagter Violinist verschränkte die Arme vor der Brust und musterte sie mit undurchdringlicher Miene. Befangen senkte Ava den Blick und spielte nervös mit dem Saum ihres Shirts. War der etwa immer noch sauer auf sie?

»Ha!«, machte Darko mit belustigtem Unterton in der Stimme. »Nikolaj, du hast mir gar nichts erzählt«, rief er gespielt entrüstet.

»Ava!«, rief Sarah, die, mit Rebecca im Schlepptau, hinter Nikolaj auftauchte und sich zwischen die beiden Männer schob. »Da lässt man dich mal kurz aus den Augen und schon hast du dir die zwei attraktivsten Kerle hier geangelt.«

»Na, ihr seid beim Eintreten selbst umringt worden«, warf Ava ihrer Freundin vor.

Sarah reagierte mit einem bloßen Zucken der Schultern und wandte sich mit einem offenen Lächeln den beiden Männern zu. Darko bedachte ihre Freundin mit einem besonders schmachtenden Blick.

Verführerisch warf sie ihr langes blondes Haar nach hinten und klimperte kokett mit den Wimpern.

Zugegeben, sie würde sich ähnlich verhalten, wenn der Typ nicht so arrogant wäre und Nikolaj nicht längst ihr Interesse geweckt hätte. Mit jeder Begegnung erschien er ihr faszinierender, trotz oder gerade wegen seiner ablehnenden Haltung. Beide Männer waren unbestreitbar anziehend.

»Ach, Ava heißt du also«, meinte Darko breit grinsend. »Lass mich raten, du kommst auch nicht aus Italien.« Theatralisch griff er sich ans Herz. »Ooh, immer diese Lügen. Irgendwann bricht mir eine Touristin noch das Herz!«

Rebecca lachte auf, warf ihr aber kurz einen irritierten Blick zu, den Ava mit einem entschuldigenden Schulterzucken beantwortete. Zögernd stimmte Ava ins Lachen der Übrigen ein, als Darko tat, als ginge er in die Knie.

Selbst Nikolaj schmunzelte. Das Lächeln verlieh ihm etwas Unwiderstehliches und löste ein leichtes Flattern in ihrem Magen aus. Für einen Moment spürte sie den Wunsch, mit ihm allein zu sein, sich abseits der anderen in die Clubsessel zu setzen und ihn besser kennenzulernen. Reflexartig strahlte sie ihn an. Statt ihr Lächeln zu erwidern, verdüsterte sich seine Miene schlagartig und wich einem grimmigen Ausdruck. Seine ganze Körperhaltung strahlte Ablehnung aus.

Dann eben nicht!

»Touristinnen?«, witzelte Sarah.

»Na, wer das nicht merkt, ist dämlich oder besoffen!« Leise lachte Darko in sich hinein. »Oder beides! Ihr wäret nicht hier, wenn es anders wäre«, fügte er geheimnisvoll hinzu. Er wandte sich Nikolaj zu, der ihn am Arm berührte und auf Tschechisch auf ihn einredete.

Ein unbestimmtes Gefühl sagte Ava, dass es bei diesem Gespräch um sie ging, weil Nikolaj ihr immer wieder seltsame Blicke zuwarf, unter denen ihr abwechselnd heiß und kalt wurde. Aufmerksam hörte Darko ihm zu und nickte mehrmals.

»Mädels, wir haben eine tolle Idee.« Etwas übertrieben rieb sich Darko freudig die Hände, dann kämmte er das mittellange dunkelblonde Deckhaar mit seinen schlanken Fingern lässig über den Mittelscheitel zurück. Einige kürzere Strähnen fielen im leicht über die Stirn und verliehen ihm etwas spitzbübisch Charmantes. Eine definierte

Brustpartie und breite Schultern zeichneten sich bei jeder Bewegung deutlich unter dem Shirt ab. Die eng geschnittene Chinohose betonte seine schmalen Hüften.

Ava spürte, wie ihre Wangen heiß wurden, und heftete ihren Blick auf den V-Ausschnitt seines blaugrünen Shirts. Der Anhänger an seiner Kette, die ihm bis zum Schlüsselbein reichte, erregte ihre Aufmerksamkeit. Waren das etwa drei Projektile? »Morgen Abend gibt es ein besonderes Sonnenereignis, was man von der Karlsbrücke aus beobachten kann. Was meint ihr? Habt ihr Lust, mit uns hinzugehen?« Unergründlich musterte er Ava und schob die Kette unter sein Shirt. »Anschließend können wir euch ein bisschen was von Prag zeigen. Die Stadt offenbart sich erst richtig in der Abenddämmerung.« Er grinste verschmitzt. Mit einem intensiven Ausdruck in den Augen schaute er lange von einer zur anderen.

Was soll das? Will der mich hypnotisieren? Trotzig starrte Ava zurück. Dann hob sie abwehrend die Hände. »Moment mal. Wir kennen euch nicht, warum sollten wir euch treffen wollen? Denkst du, wir sind dumme Touristinnen, die auf euren Charme reinfallen?« Sie gab Darko einen kleinen, lediglich sanften Schubs, dabei lächelte sie ihn an, um ihren Worten die Schärfe zu nehmen. Man wusste ja nie, wie Typen wie er auf ein Nein reagierten. Besser trennten sie sich im Guten. »Probier deinen Charme bei jemand anderem. Bei mir kommst du damit nicht durch!«

Mit einem Mal hatte sie keine Lust mehr. Keine Lust auf den Club oder auf die Gesellschaft der beiden Jungs, die höchstwahrscheinlich nur mit ihnen spielen wollten. Sie ließ sich vom Barhocker gleiten und hängte sich demonstrativ an die Arme von Sarah und Rebecca. »Kommt, lasst uns gehen.«

Doch die beiden machten keine Anstalten zu gehen, sondern hingen wie paralysiert an Darkos türkisfarbenen Augen.

»Sehr gern.« Sarah spielte neckisch mit einer blonden Haarsträhne.

»Ich bin auch dabei!«, meldete sich Rebecca und warf Darko einen feurigen Blick zu.

»Nicht du auch noch.« Ava stöhnte verstimmt. Fassungslos starrte sie ihre Freundinnen an. So ein Verhalten kannte sie von den beiden überhaupt nicht. Zwar hatte Sarah einen recht lockeren Umgang mit dem anderen Geschlecht, war aber trotzdem vorsichtig bei neuen Bekanntschaften.

Zugegeben, Darko sah verdammt gut aus: durchtrainiert, die etwas längeren blonden Haare ordentlich nach hinten gekämmt. Und vor allem die Farbe seiner Augen! Sie entsprach dem leuchtenden Türkisblau des Mittelmeers an einem Sommertag. Ava schüttelte den Kopf. Jetzt fing sie auch noch damit an. Zu perfekt ... er sah zu perfekt aus. Zornig ballte sie die Fäuste. Ungehalten zog sie an Sarahs Arm, die wie in den Bann geschlagen dastand, Darko anstarrte und über das Infinity-Tattoo an ihrem Handgelenk rieb. »Komm schon!«

Doch ihre Freundin riss sich, ohne sie anzusehen, los und flötete zu Avas Entsetzen: »Ja, in Ordnung, sollen wir uns beim Pulverturm an der Karlsbrücke treffen?«

»Ja«, meinte Darko, »gegen zwanzig Uhr?«

Wie zwei Marionetten nickten die beiden gefällig. Sie wirkten wie ferngesteuert. Was hatte dieser Darko an sich? Und Nikolaj? Ihr Blick suchte seinen, doch der sah sie nur unergründlich und mit unbewegtem Gesichtsausdruck an.

Seine finstere Miene ließ sie schaudern Hatte sie sich nicht vorhin noch gewünscht, mit ihm allein zu sein?

KAPITEL 4

»Wow!« Verzückt starrte Rebecca auf den malerischen Sonnenuntergang, der sich vor ihnen abspielte. »Ist das nicht schön?«

Selbst Ava, die lieber in der Pension geblieben wäre, statt sich mit den beiden Jungs zu treffen, musste zugeben, dass der Anblick der untergehenden Sonne hinter dem Veitsdom pittoresk war.

Natürlich hatte sie beim Vorbereiten des Frühstücks für die anderen Pensionsgäste versucht, die beiden davon zu überzeugen, dass es eine schlechte Idee sei, sich mit Nikolaj und Darko zu treffen. Aber es war wie verhext! Ihre Hoffnung, dass nach ein paar Stunden Schlaf Sarah und Rebecca wieder Vernunft angenommen hätten, löste sich in Luft auf. Beinahe hätten sie deswegen gestritten, wenn nicht Frau Vysoká, die Pensionsbesitzerin, dazugekommen wäre. Und zwar just in dem Moment, in dem Ava die Schale mit dem Joghurt auf die Ablage des Buffetschranks knallte, sodass der Inhalt über das Körbchen mit dem Besteck spritzte. Unter dem Blick der älteren Dame, die sie mit hochgezogenen Augenbrauen streng musterte, schwiegen die drei betreten und schauten zu Boden. So mussten sich Dienstmägde früher gefühlt haben, wenn die Hausdame sie gerügt hatte. Peinlich berührt brachte Ava den Korb in die Küche, um das Besteck abzuspülen. Auf dem Weg zurück in den Frühstücksraum bekam sie mit, wie Frau Vysoká den beiden erzählte, dass etwas außerhalb von Prag ein Volksfest zur Sommersonnenwende stattfand. Mit einem verschmitzten Lächeln gab sie ihnen zu verstehen, dass sie sich vor den Zigeunern hüten sollten. Die Erwähnung des Fests hatte den Ausschlag gegeben und Ava klein beigeben müssen, wollte sie ihre Freundinnen nicht allein losziehen lassen. Einer musste ja den kühlen Kopf bewahren und aufpassen.

Dank Nikolaj, der bereits auf sie gewartet hatte, hatten sie sich einen guten Platz am Altstädter Brückenturm sichern können, um den Sonnenuntergang hinter dem Hradschin zu beobachten.

Die Karlsbrücke war vollgestopft mit Menschen, die sich das Ereignis nicht entgehen lassen wollten. Vor einer der rußgefärbten Heiligenfiguren saßen dieses Mal zwei junge Männer. In ihrer schwarzen Kleidung hoben sie sich kaum von der Figur ab. Einer, die Kapuze tief über das Gesicht gezogen, gab den Rhythmus auf der Box-Cajon vor, während der andere mit einem verträumten Gesichtsausdruck eine sanfte Melodie auf seiner Handpan spielte. Sein Oberkörper und der Kopf bewegten sich im Takt zur Musik, während die weiß getapten Finger die Klangfelder abwechselnd anschlugen. Lächelnd beobachtete Ava ein kleines Kind, das selbstvergessen um die Musiker herumhopste und tanzte.

»Süß der Kleine, oder nicht?« Ausnahmsweise betrachtete Sarah die Welt nicht durch die Kamera ihres Handys.

Rebecca stupste sie an. »Es geht gleich los, falls du filmen willst, solltest du dir langsam einen guten Platz suchen, die Ersten sitzen schon auf der Mauer.«

Ava gesellte sich zu Nikolaj, der sich über die Mauer der Brücke lehnte und auf die langsam fließende Moldau hinabsah. Sie folgte seinem Blick und entdeckte mehrere Schwäne, die unter ihnen auf dem ruhigen Wasser dümpelten. Die sanfte Musik im Hintergrund verschwamm mit dem Gemurmel der Umstehenden. Entrückt genoss Ava die magische Sphäre, die sich um sie herum aufbaute, bis sich Sarah rigoros zwischen sie drängte und das Mobiltelefon aus der roten Umhängetasche zog. »Macht mal Platz, ihr zwei.«

Zusammen verfolgten sie, wie die Sonne den Hauptturm des Veitsdoms durchquerte und dabei die Kammer mit den Kronjuwelen erleuchtete. In diesem Moment schob sich ein großer Mann vor Ava. Es gelang ihr gerade, seinem Selfiestab auszuweichen, der sie bei seinem Sprung auf die steinerne Brüstung sonst getroffen hätte. So streifte er nur leicht ihre Schulter. Gleichzeitig schrie Rebecca entrüstet auf, der sie bei ihrem seitlichen Ausfallschritt auf den Fuß getreten war. Der Mann nahm davon keine Notiz, sondern versuchte konzentriert, die beste Position für ein Foto einzunehmen. Wütend hätte Ava ihm am liebsten einen kräftigen Schubser verpasst, damit er in der Moldau landete. Warum mussten sich diese Zwei-Meter-Menschen immer in den Vordergrund drängen, ärgerte sie sich. Seufzend atmete sie ein paar Mal tief durch, um sich zu beruhigen. Dann tippte sie ihm entschlossen an den Ellbogen.

»Entschuldigung, ich hab Sie gar nicht bemerkt«, meinte der Riese. »Ich mach nur schnell ein Selfie.«

Bevor Ava etwas Spöttisches entgegnen konnte, stieß Rebecca ihr in die Seite, rollte mit den Augen und gab ihr mit einer Geste zu verstehen, dass sie es einfach sein lassen sollte.

Wütend schluckte Ava die Worte hinunter und versuchte stattdessen, den Mann mit ihrem finsteren Blick in die Knie zu zwingen. Leider hatte es nicht die erhoffte Wirkung, da sie zu ihm aufschauen musste.

»Wie wäre es denn mit einem gemeinsamen Foto?«, schlug sie zynisch vor, als der Mann Bild um Bild knipste. So viel zum Thema nur ein Selfie! Vielleicht würde ihr sarkastischer Vorschlag ihn vertreiben.

»Nun ja«, meinte der Lange zögerlich, doch dann willigte er ein und Ava stöhnte innerlich laut auf.

»Kommt, Mädels!« Sarah war sofort Feuer und Flamme, und auch wenn Rebecca eine Grimasse schnitt, ließ sie sich von dem Mann trotzdem nach oben ziehen.

»Nikolaj, wo bleibst du? Du musst auch mit drauf!«, rief Ava und streckte ihm automatisch ihre Hand entgegen. Für einen Moment war sie davon überzeugt, dass er diese ergreifen würde. Deutlich konnte sie sehen, wie es in seinem Gesicht arbeitete. Doch etwas hielt ihn zurück und er ließ seinen Arm kraftlos fallen.

Schulterzuckend wandte sie sich von ihm ab. Darko, dachte sie, hätte es sich nicht entgehen lassen. Apropos, wo steckte der? Nachdem er im Club auf ein Treffen gedrängt hatte, war es schon seltsam, dass ausgerechnet er jetzt fehlte. Bevor sie weiter über ihn und Nikolaj nachdenken konnte, riefen drei Stimmen misstönend: »Say Whisky!«

»Whiskyyy!« Nachdem sie Fotos in allen möglichen und unmöglichen Posen geschossen hatten, sprang Ava mit einem Satz von der Brüstung. Dabei stolperte sie über den Rucksack von dem Langen, den er vorhin dort hingeworfen hatte. Strauchelnd prallte sie rücklings gegen Nikolaj, der ihr Treiben mit finsterem Gesichtsausdruck beobachtet hatte. Reflexartig fing er sie auf. Wie von selbst schmiegte sich ihr Körper an seinen. Ihr Herz setzte kurz aus, nur um dann deutlich schneller weiterzuschlagen.

»Sorry«, murmelte sie und drehte sich in seinen Armen zu ihm um, um ihn anzuschauen. Für einen Moment kreuzten sich ihre Blicke und sie vergaß zu atmen. Ein undefinierbares Flattern und Kribbeln breiteten sich in ihrem Magen aus. Fest an ihn gedrückt fühlte sie das Pochen seines Herzens. Sein Geruch, der sie an eine Mischung aus Wald und Tonkabohne erinnerte, stieg ihr in die Nase.

In seinen dunkelbraunen Augen flackerte es kurz. Dann verschwand die Wärme plötzlich daraus und seine Miene verschloss sich. Mit eisernem Gesichtsausdruck schob er sie ein Stück von sich und drehte sich demonstrativ weg. Halb über die Brüstung gelehnt starrte er auf die Moldau hinab.

»Sorry«, flüsterte sie ein weiteres Mal. Dabei wusste sie gar nicht, wofür sie sich entschuldigte.

Schnell sah sie auf ihre Schuhspitzen hinunter, damit niemand merkte, wie sie rot anlief. Zum Glück war es jetzt fast dunkel, sodass man ihre Gesichtsfarbe für den roten Widerschein der Sonne halten konnte, die leuchtend unterging.

Was war das schon wieder? Ihre Augen brannten. Mühsam kämpfte sie um Selbstbeherrschung. Warum benahm sich Nikolaj ihr gegenüber so schräg? Was hatte sie ihm getan, außer ihn gestern über den Haufen zu rennen? Und dann hatten sie und Rebecca ihm doch auch geholfen, etwas Geld einzusammeln.

Langsam bekam Ava die Kontrolle über ihre wackeligen Knie zurück. Mit einem leeren Gefühl in der Magengegend wandte sie ihren Blick von seinem Rücken ab. Sie hatte die Nase voll von ihm!

Entschlossen straffte sie die Schultern und stellte sich hinter Rebecca, die mit ihrem widerspenstigen Haar kämpfte, und Sarah, die sich noch mit dem Langen unterhielt. »Na?«, fragte Ava, nachdem Sarah kichernd einen Blick auf ihr Display geworfen hatte.

Ihre Freundin zuckte leicht zusammen. »Wir haben gemeinsam ein paar Bilder ausgesucht und auf Instagram gepostet.« Sie tippte auf das kleine Display. Prompt piepste es leise in Avas Tasche. »Und uns gegenseitig verlinkt. Er ist Influencer und ein Reiseblogger«, fügte Sarah noch hinzu. Ein schwärmerischer Ausdruck lag auf ihren Gesichtszügen. »Work and Travel. Voll cool.«

Rebecca rollte bei den Worten mit den Augen und verzog ihr Gesicht zu einer Grimasse, die Ava zum Lächeln brachte.

Der Lange verabschiedete sich mit einer knappen Verbeugung, schnappte sich seinen Rucksack und mit einem Winken tauchte er in der Menge ab, die Richtung Altstadt strömte.

Wahrscheinlich, um noch mehr Fotos für seinen Influencer-Kanal zu knipsen oder was die sonst so machen, dachte Ava etwas abschätzig.

»Hey, Mädels!«, unterbrach eine dunkle, angenehme Stimme Avas Erklärung. »Ich seh schon, ihr habt euren Spaß!«

»Darko!«, jubelte Sarah, wickelte prompt eine Haarsträhne um ihren Finger und strahlte übers ganze Gesicht.

»Wenn du nicht pünktlich erscheinst«, konterte Ava sarkastisch und musterte ihn mit hochgezogenen Augenbrauen. Sie bemerkte selbst, wie zickig sie klang, aber das war ihr egal, sie brauchte jetzt jemanden, an dem sie sich entladen konnte, und Darko bot sich dafür an. »Dein Pech. Hier wartet niemand auf dich!« Ihm in die Augen zu schauen, war ein Fehler, wie sie feststellte, denn ihr Magen reagierte mit einem unangenehmen Hüpfer.

»Du brichst mir das Herz!«, schoss er unbeeindruckt zurück. Wie selbstverständlich legte er seinen Arm um ihre Schultern.

»Hey«, protestierte Ava. Seine körperliche Nähe löste widersprüchliche Gefühle in ihr aus. Sie griff nach seiner Hand, die über ihr Schultergelenk ragte, um seinen Arm demonstrativ über ihren Kopf zu heben. In dem Moment, als sich ihre Finger berührten, verschränkte er seine mit ihren. Elektrische Impulse schossen prickelnd durch ihren Körper. Seine Haut fühlte sich erstaunlich kühl an. Ein krasser Gegensatz zu der Wärme, die Nikolaj abgestrahlt hatte. Ein Gefühl, als wenn man an einem heißen Sommertag in das kühle Wasser eines Sees sprang. Sah er sie gerade enttäuscht an oder deutete sie den Ausdruck in seinen Augen falsch, nachdem sie sich von seinem Arm befreit hatte? Selten brachten sie Menschen durcheinander – und das dann gleich im Doppelpack. Heimlich riskierte sie einen Blick zur Seite. Nikolaj hatte sich zwar wieder zu ihnen gesellt, doch seine ganze Haltung, wie er mit vor der Brust verschränkten Armen und seiner finsteren Miene dastand, drückte eine unüberbrückbare Distanz aus. Genauso gut könnte er sich auf der anderen Seite von Prag aufhalten.

»Warum kommst du denn erst jetzt?«, fragte Rebecca und warf Ava einen merkwürdigen Blick zu. Mittlerweile leerte sich die Brücke, die meisten Leute zog es jetzt in die Altstadt. Die historischen Gaslampen, die in der Weihnachtszeit von einem Nachtwächter per Hand angezündet wurden, sprangen automatisch an und tauchten die Umgebung in ein sanftes goldgelbes Licht.

»Geschäfte«, antwortete Darko in einem derart selbstzufriedenen Tonfall, dass sich Ava beinahe an einem spitzen Kommentar verschluckte. Was das für Geschäfte waren, wollte sie sich lieber nicht vorstellen.

»Hat Nikolaj euch eigentlich von der Entstehungsgeschichte der Brücke erzählt?«, lenkte er jetzt vom Thema ab und machte eine ausholende Geste mit der Hand. »Nein? Du bist mir ja ein Stadtführer.« Er schüttelte den Kopf und seufzte schwer.

»Einer Legende zufolge«, begann Nikolaj mit der melodischen Stimme eines Geschichtenerzählers und trat näher heran, »haben die Astrologen von Kaiser Karl IV. ...«, er suchte nach der richtigen Worten, »... den günstigsten Zeitpunkt für den Baubeginn der Brücke errechnet.«

»Angeblich«, spann Darko den Faden weiter, »haben sie ein num… num…«, er stolperte über das Wort, »numerický … ehm … ein Palindrom aus Nummern errechnet.«

»Aha, und was war das für ein Palindrom?«, warf Ava ein.

»135797531.«

»Was bedeutet das?«, fragte Rebecca.

»Im Jahr 1357«, las Sarah laut vom Display ihres Smartphones ab, »am neunten Tag des siebten Monats um 05:31 Uhr morgens, soll mit

45

dem Bau der Karlsbrücke begonnen worden sein. Wenn auch einige Leute behaupten, dass diese Legende eine spätere Erfindung sei, das Jahr 1357 ist sicherlich richtig …«»Die Hülle des Handys zuklappend fügte sie hinzu:»Zumindest laut Google.«

»Stimmt das?« Ava wandte sich stirnrunzelnd an Nikolaj. Endlich führten sie eine normale Unterhaltung.»Im Mittelalter konnte man nicht so genau auf Stunden und Minuten rechnen. Es gab zwar Stundenkerzen, aber die waren sicherlich nicht präzise genug, um auf diese Zeit zu kommen!«

Er zuckte mit den Schultern. Es war Darko, der ihr an Nikolajs Stelle antwortete:»Nein, natürlich nicht. Es ist nur eine konstruierte Legende. Zusammengesponnen von tschechischen Patrioten der Bewegung ›Nationale Wiedergeburt‹ im neunzehnten Jahrhundert.«

»Was wollten die damit bezwecken?«, überlegte Ava laut. Sie fand Mythen interessant und vor allem deren Entmystifizierung.

»Die nationale Gesinnung stärken und alle, die anders sind oder nicht dazugehören, unterdrücken«, meinte Nikolaj bitter.»Was denkst du denn?«

»So, Mädels, die Geschichtsstunde ist vorbei«, unterbrach Darko ihr Gespräch und warf Nikolaj einen vorwurfsvollen, vielsagenden Blick zu.

Wie die beiden zueinanderstanden, war Ava schleierhaft. Wie Freunde kamen sie ihr jedenfalls nicht vor.

»Jetzt fängt die Zeit unserer Legende an.« Darko legte erneut seinen Arm um Ava und zog sie trotz ihres Protestes näher.»Lasst uns Prag unsicher machen!«

»Du hältst dich wohl für unwiderstehlich«, fauchte sie ihn an und ignorierte die Tatsache, dass sich ihr Puls beschleunigte.

»Was denn sonst«, entgegnete er grinsend.

»Das funktioniert nicht.« Mit einem unwilligen Knurren schob sie Darko von sich.»Flirte gefälligst mit jemand anderem!«

»Bist du sicher?« Lachend ergriff er ihr Handgelenk und beugte sich vor.»Was, wenn ich dir sage, dass ich nur mit dir flirten will?«, flüsterte er so nah an ihrem Ohr, dass seine Lippen es sacht berührten.

Ein Prickeln lief ihr über den Rücken.

»Was, wenn ich nicht nur flirten möchte?«

Hilfesuchend sah sie sich nach ihren Freundinnen um, doch Sarah war wie üblich mit ihrem Handy beschäftigt, zweifellos mit Posts auf

Instagram, und Rebecca versuchte erfolglos, Nikolaj in ein Gespräch zu verwickeln, der ihre Freundin ignorierte und stattdessen sie mit steinerner Miene betrachtete. *Toll*, stöhne Ava innerlich, *der Abend wird lustig.*

»Hast du mit der Masche wirklich Erfolg?« Sie drehte sich so, dass sich ihre Nasen beinahe berührten. Seine Nähe machte sie kurzatmig. Sie bemühte sich um einen schneidender. Tonfall: »So ein Pech für dich, dass du nicht mein Typ bist!«

Seine Augen leuchteten belustigt auf. »Das werden wir sehen.« Augenzwinkernd löste er sich von ihr und wandte sich den anderen zu. »Wie wär's, ein wenig außerhalb gibt es ein ... hmm ... volkstümliches Fest?«

Natürlich wollten Rebecca und Sarah unbedingt dorthin. Während die beiden in begeisterte Rufe ausbrachen, hörte Ava, wie Nikolaj auf Tschechisch fluchte. Das schloss sie zumindest aus seinem harten Tonfall und dem Killer-Blick, mit dem er zur Abwechslung nicht sie, sondern Darko bedachte.

KAPITEL 5

Ein Korbflechter saß inmitten seiner Körbe in verschiedensten Größen und Formen und wurde nicht müde, die Fragen der Umstehenden zu beantworten. Ein paar Meter von ihm entfernt entdeckte Ava einen Kunstschmied und sogar einen Kesselflicker. Zwischen den Buden und Ständen verbreiteten Fackeln ihr flackerndes Licht.

»Ist es eine Art darstellender Mittelaltermarkt?«, fragte sich Ava laut.

»Dann vermiss ich aber die holde Maid und ihre Ritter!«

»Nein«, erklärte Darko gut gelaunt. »Es ist mehr ein Markt mit Volksfestcharakter, der von einem Roma-Verband in Zusammenarbeit mit den Poutnik organisiert wird. Er gibt ihnen zum einen die Möglichkeit, traditionelles Handwerk zu präsentieren und Eigenerzeugnisse zu verkaufen, und zum anderen Nichtroma über ihre Lebensweise zu informieren. Tagsüber gibt es Vorträge und Lesungen und später, auf dem Platz, ein Konzert einer Gypsy-Jazz-Band. Wenn ich mich nicht irre, machen die morgen einen Flamenco-Workshop, in der auch etwas zur Geschichte des Tanzes vermittelt wird. Ist ziemlich interessant.«

»Flamenco?« Begeisterung blitzte in Rebeccas Augen auf.

»Ja, das ist ein Tanz, der von den spanischen Roma, den Gitanos, stark geprägt wurde.« Darko tauschte einen Blick mit Nikolaj, der die Arme vor der Brust verschränkte und sie abwechselnd musterte. Abfällig schnaubte er. »Denen da drüben würde der Workshop sicherlich nicht schaden. Allerdings würde das Interesse voraussetzen.« Ava folgte seiner ausgestreckten Hand, die auf die Mitte des Festplatzes zeigte, wo sich bunt gekleidetes Volk tummelte. »Das da sind definitiv keine Roma oder Poutnik.«

»Woher willst du das wissen?«, fragte Sarah nachdenklich. Während sie sich unterhielten, schlenderten sie zwischen den Ständen umher auf die Platzmitte zu. Beiläufig nahm sie eine kunstvoll genähte Tasche aus buntem Leinen in die Hand, betrachtete sie kurz und gab sie einem jungen Mädchen mit langem, glattem schwarzem Haar hinter der Auslage zurück. »Sieht das für euch nicht auch alles ein bisschen nach Kostümierung aus?«

Langsam traten sie näher an eine Tanzfläche heran, um die überwiegend weiblichen Tänzer zu beobachten. Die meisten von ihnen trugen weite bunte Röcke und riesige, im Feuerschein leuchtende Kreolen, die an den Ohren baumelten. Arme und Hals waren überladen mit billigem Modeschmuck, mehr Trash als Chic. Alle hatten Banderas oder andere farbenfrohe Tücher im Haar, gesäumt mit kleinen goldenen Münzen, die leise klimpernd aneinanderschlugen. Manch eine trug ein Korsett aus Lederimitat über einer Bluse mit Puffärmeln. Zwei oder drei hielten sogar Tambourins in der Hand und vervollständigten so das fleischgewordene Klischee einer Gipsy.

»Meinst du ernsthaft, dass sich die Romnija oder eine von uns jeden Tag auf die Art kleiden würden?«, schaltete sich Nikolaj verärgert ein.

Vor Verlegenheit lief Sarah rot an. »Darüber hab ich mir noch nie wirklich Gedanken gemacht.«

»Das ist das Problem mit Leuten wie euch«, meinte Nikolaj, und seine Augen funkelten zornig. »Ihr nehmt an Klischees, was sich verkaufen und die kommerzielle Schiene bedienen lässt, und der negative Scheiß eignet sich hervorragend, um zu erniedrigen und auszugrenzen. Aber ihr kämet nie auf die Idee zu überlegen, was ihr mit diesem Verhalten anrichtet. Für euch ist das da das Bild, das ihr von einer temperamentvollen freien Romni habt. Das hat mit Realität nichts zu tun, lässt sich aber wunderbar verkaufen.«

Grübelnd sah Ava den herumwirbelnden Gestalten zu, die sich zu den Klängen der Band drehten und wirkten, wie einem Katalog für Karnevalskostüme entstiegen. Sie war sich sicher, dass diese Menschen dort es nicht böse meinten. Sie hatten nur ein unbestimmtes Bild vor Augen, wie sich eine Zigeunerin – Romni verbesserte sie sich – kleidete und verhielt. Von den Poutnik hörte sie heute zum ersten Mal. Beeinflusst von irgendwelchen Filmen, von denen die Macher wahrscheinlich so viel Ahnung hatten wie sie. Keine offensichtlich. Genau das schien Nikolaj zu stören. Gern hätte sie ihn gefragt, wie seine Realität aussah. Nach dem, was auf der Karlsbrücke zwischen ihnen geschehen war, hatte sie aber nicht das Bedürfnis nach einem weiteren seiner zornigen Blicke oder einem zynischen Kommentar. War das der Grund, weshalb er sich ihr gegenüber stets abweisend und finster gab? Weil er sie für eine dieser typischen Frauen der Mehrheitsgesellschaft hielt? Zugegeben, sie hatte sich nie Gedanken über deren Lebensumstände gemacht oder was es mit den Klischees auf sich hatte. Sie hatte aber auch einfach noch nie Berührungspunkte mit diesem Volk gehabt. Wollte er ihr daraus nun einen Strick drehen? Wenn er sich ihren Freundinnen gegenüber ebenso verhalten würde, hätte sie es verstanden und würde es nicht persönlich nehmen. Meistens ignorierte er die beiden jedoch. Es war sie, die er ständig mit finsterem Blick bedachte. Warum verbrachte er überhaupt den Abend mit ihnen, wenn ihre Gesellschaft ihm doch so offensichtlich zuwider war?

»Genau das ist der Grund, warum die Verbände diese Veranstaltungen regelmäßig organisieren«, erklärte Darko nach einem raschen Blick auf Nikolaj, der jetzt wütend die Tanzenden beobachtete. »Um sich gegenseitig auszutauschen, die prekären Verhältnisse und die Lebenssituation der Roma und Poutnik aufzuzeigen und um dadurch Verständnis zu schaffen und Wissen zu vermitteln. Abgesehen davon gibt es *den* Roma an sich nicht, das ist nur ein Oberbegriff für verschiedene Gruppen. Es gibt die Kalé in Spanien und Portugal, die Romanichals in Großbritannien, Manouches und Sinti in Frankreich, Resande in Schweden und bei den Roma in Osteuropa die Lovara, die Kelderara, die Boyasch und viele mehr. Eigene Vorstellungen, eigene Traditionen, rund zweihundert Dialekte der Sprache Romanes.«

»Und du?«, fragte Rebecca an Nikolaj gewandt, »gehörst zu den Roma?«

Mit zusammengepressten Lippen musterte er Rebecca, die unter seinem starren Blick unbehaglich zusammenzuckte.

»Becca!«, rief Ava. Selten hatte sie Rebeccas direkte Art dermaßen gestört wie in diesem Moment. Obwohl sie sich eigentlich eben noch dieselbe Frage gestellt hatte, sie aber nicht auszusprechen gewagt hatte. »Ich … Ich …« Schuldbewusst zuckte Rebecca zusammen und zupfte an ihrem Nasenpiercing. »Sorry, das ist mir so rausgerutscht.« Zerknirscht sah sie Nikolaj hinterher, der sich langsam mit gesenktem Kopf von ihnen entfernte.

Sein ganzer Körper schien vor unterdrückter Wut zu beben.

»Ich wollte ihn mit meiner Frage nicht verletzen.«

Sarah machte Anstalten, ihm nachzulaufen, doch Darko hielt sie zurück. »Lass ihn am besten kurz für sich«, meinte er sachlich. »Der kommt schon klar, er ist eben sensibel, was das Thema angeht. Die Roma haben zwei sehr elementare Probleme, egal zu welcher Gruppe sie gehören. Da ist zum einen extremer Rassismus und Diskriminierung und zum anderen die Romantisierung.« Er zeigte zu der tanzenden Gruppe. »Dieses freie, ungebundene Leben, das manche für so romantisch erachten, resultiert daraus, dass sie ständig vertrieben wurden und nirgendwo Heimat fanden. Die Poutnik sehen sich nicht als Roma, haben aber viele Parallelen, und werden genauso übel behandelt. Und zu Zeiten des NS hat man sie gemeinsam mit den Juden, Sinti und Roma und all den anderen Unerwünschten ins KZ gesteckt.« Seine türkisblauen Augen ruhten intensiv auf Sarah, und sie nickte gehorsam. Mit der rechten Hand rieb er sich über die linke Brust. »Falls es jemand wissen will, ich bin nur ein junger Tscheche!«

Und wieder einmal überlegte Ava, in welchem Bezug die beiden jungen Männer zueinanderstanden. Es war frustrierend, dass jedes Gespräch nur noch mehr Fragen aufwarf. Am meisten nervte es Ava, dass sich ihre Freundinnen wie Marionetten in Darkos Gegenwart aufführten. Normalerweise hielt niemand Sarah von irgendwas ab. Nie brachte man eine der beiden dazu, gehorsam zu nicken. Wenn das nicht bald wieder aufhörte, würde sie etwas unternehmen müssen.

»Ihr habt doch bestimmt Hunger oder Durst?«, frage Darko, nachdem sie eine Weile schweigend dagestanden hatten, und unterbrach damit ihre Gedanken. »Da drüben gibt es leckeres Gulasch und kaltes Bier.«

Darko hatte nicht zu viel versprochen, beides war köstlich. Die plötzliche Anspannung, die vorhin zwischen ihnen geherrscht hatte, hatte sich nach dem zweiten Glas Bier aufgelöst und im Moment plätscherte das Gespräch locker hin und her, während sie an einem der Stehtische standen. Entweder lag es am Alkohol oder daran, dass sich Nikolaj ihnen nicht wieder angeschlossen, sondern zu den Musikern gesellt hatte. Angenehm überrascht hatte Ava festgestellt, dass man sich mit Darko sehr gut unterhalten konnte. Fast wie zivilisierte, intelligente Menschen, wenn nicht sein enormes Selbstbewusstsein mit ironischen Bemerkungen hin und wieder durchbrach. Aber wahrscheinlich war es gerade das, was ihn zu einem angenehmen Gesprächspartner machte, denn sein Sarkasmus war durchaus geistreich, und er brachte sie alle ein ums andere Mal zum Lachen. Noch vor einer Stunde hätte sie nicht geglaubt, dass sie sich in seiner Gesellschaft anfangen würde zu entspannen.

Trotzdem konnte sie es nicht sein lassen und warf immer wieder einen Seitenblick in Nikolajs Richtung, vor allem seitdem sich dieses hübsche Mädchen vom Handtaschenstand zu ihm gesellt hatte. Mit ihrem langen schwarzschimmernden Haar, das sich über ihren Rücken ergoss, und ihrer zarten, feingliedrigen Gestalt war sie bestimmt ein Traum von jedem jungen Mann.

Mit nur halbem Ohr hörte sie der Unterhaltung weiter zu und beobachtete die Gruppe um Nikolaj, die angeregt und ausgelassen miteinander plauderte. Fröhlich lachte er auf, während das Mädchen auf ihn einredete. Mit einem Stich im Herzen beobachtete Ava, wie sich Nikolaj zu ihr beugte und einen Arm um sie legte. Das alles wirkte so locker und ungezwungen. So hatte er sich in ihrer Gegenwart bislang nicht verhalten. Unwillkürlich wünschte sie sich, er würde sie so im Arm halten und mit ihr lachen und scherzen. Einen Moment lang erinnerte sich ihr Körper an seinen schlanken Oberkörper, an das Gefühl seiner Arme um sich. Allein der Gedanke daran ließ ihr Herz schneller schlagen. Gebannt registrierte sie, wie das Mädchen ihrerseits einen Arm um seine Hüften schlang. Ava verspürte ein Stechen im Bauch wie von tausend feinen Nadelstichen. War sie etwa eifersüchtig?

»Erde an Ava?«, drang in diesem Moment Sarahs kichernde Stimme an ihr Ohr.

»Hmm?« Fragend schaute sie auf. »Sorry, ich war in Gedanken«, murmelte sie.

Darko, der ihrem Blick gefolgt war, entdeckte Nikolaj und das Mädchen. Mit hochgezogenen Augenbrauen musterte er Ava, die sich ertappt fühlte. Unter seinem Blick lief sie rot an. Innerlich wappnete sie sich gegen einen Spruch, der garantiert kommen würde. Doch er beließ es dabei, sie intensiv zu mustern, was ihre Situation definitiv nicht verbesserte. Schnell nahm sie einen großen Schluck Bier und hoffte, dass der Krug ihre brennenden Wangen zumindest etwas versteckte. Wenn sie weiter wegen jeder Kleinigkeit rot anlief, käme sie noch ins Guinness-Buch der Rekorde. »Was war das Thema?«, fragte sie und stellte das Glas vor sich auf den Stehtisch.

»Nur dass ich außer meines gut aussehenden Äußeren auch noch Grips zu bieten habe.«

»Hä?«, fragte Ava verständnislos.

»Wir haben uns gerade gefragt, wie es kommt, dass er so gut Deutsch spricht«, erklärte Sarah. »Und warum er sich so gut mit deutscher und slawischer Geschichte und Literatur auskennt.«

»Ja und?«

»Ich hab einen Doktor in Germanistik und Slawistik«, meinte Darko ernst.

»Genau«, schoss Ava sarkastisch zurück. »Du bist maximal Anfang vierundzwanzig, fünfundzwanzig, und hast schon zwei Doktortitel.«

»Und einen in Mediävistik und die ein oder andere tote Sprache beherrsche ich fließend. Aber wer nimmt das schon so genau«, meinte Darko wegwerfend.

»Verarschen kann ich mich selbst.« Ava wusste nicht, ob sie ihn auslachen sollte. »Du Wunderkind!«

»Würdest du mir denn glauben, wenn ich dir erzählen würde, ich sei ein jahrhundertealter Vampir, der im Laufe der Zeit verschiedenste Universitäten besucht hat? Am liebsten war mir aber die Karls-Universität. Allerdings nur bis 1882, dann hat man sie in eine deutsche und tschechische Uni geteilt. Danach war sie einfach nicht mehr dieselbe.«

Sprachlos starrte Ava Darko an. Der Kerl war unglaublich. Arrogant und von sich selbst überzeugt wie niemand, den sie vorher kennengelernt hatte, dabei schlagfertig und witzig, und definitiv nicht dumm. Innerlich rollte Ava mit den Augen.

Sie warf einen Blick zu ihren Freundinnen, die links und rechts von Darko standen, um sich wie üblich wortlos mit ihnen zu verständigen, um anschließend gemeinsam über diesen ausgemachten Blödsinn zu lachen. Ihr anfängliches Grinsen erstarb jedoch augenblicklich, als sie bemerkte, wie die beiden an seinen Lippen hingen. Die blauen Augen musterten Ava mit einer Intensität, dass es ihr einen Schauer über den Rücken jagte. Allerdings einen von der angenehmen Ich-will-mehr-Sorte. Ein blaues Funkeln tauchte in seinem Blick auf und seine Mundwinkel verzogen sich zu einem lieblich-spöttischen Lächeln.

»Oh, du Idiot!«, rief sie aus und warf einen Bierdeckel nach ihm. Lachend duckte er sich weg.

»Was also ist dein Geheimnis, du Wunderkind«, bohrte Ava grinsend nach.

»Eigentlich ganz simpel«, entgegnete Darko schulterzuckend. »Meine Mutter war Österreicherin, mein Vater Tscheche, beide waren Historiker. Darum bin ich zweisprachig aufgewachsen und beherrsche die ein oder andere Sprache im Schlaf. Ich bin in ihre Fußstapfen getreten und studiere Geschichte, vor allem die des Nationalismus.«

»Das klingt doch gleich viel plausibler«, meinte Ava.

»Du glaubst also nicht, dass ich ein Wunderkind bin?«

Ihr lag schon ein flotter Spruch auf den Lippen, da drangen Rufe und Schreie zu ihnen herüber.

Es war kein fröhlicher Lärm, der von friedlich feiernden Menschen herrührte, sondern aggressiv und gewaltbereit. Irritiert sah sich Ava um. Eine elektrische Spannung hing in der Luft. Nur ein Funkenschlag würde ausreichen, um alles in Brand zu stecken. Zeitgleich fing Avas Haut im Nacken an zu prickeln und ein eiskaltes Gefühl schoss durch ihr Rückenmark.

Sprechgesänge wie aus hundert Kehlen ertönten. Das Ganze erinnerte sie an ein volles Fußballstadion, in dem Fans im Taumel des Spiels sangen und ihre Idole anfeuerten. Doch dies hier klang ungleich härter und rauer. Griffen die Todesser an? Schon rannten die ersten Menschen panisch an ihnen vorbei. Einer rempelte Sarah um, sodass sie mit einem überraschten Aufschrei gegen den Tisch stieß. Bier spritzte schäumend in alle Richtungen, weil ihre Gläser umfielen, eins rollte dabei vom Tisch zu Boden, wo es mit einem Knall zerbarst und sich der Inhalt über ihre Schuhe verteilte. Hätte Darko Sarah nicht rechtzeitig am Arm gepackt und zu sich herangerissen, wäre sie zu Boden gestürzt. Dankbar himmelte sie trotz des Chaos um sie herum den jungen Tschechen an, doch der schien davon keine Notiz zu nehmen, sondern warf nur Ava einen ernsten Blick zu. Gleichzeitig schob er Sarah wieder eine Armlänge von sich weg. Geistesgegenwärtig hatte sich Rebecca mit einem Sprung zur Seite gerettet. Immer mehr Menschen strömten an ihnen vorbei.

Mit einer Miene, die pures Entsetzen ausdrückte, sah Sarah auf das, was hinter Avas Rücken passierte. Ihr Gesicht verlor jegliche Farbe und ihre Augen weiteten sich vor Schreck. Schmerzhaft krallten sich ihre Finger in Avas Arm.

Zitternd drehte sich diese langsam um, bang vor dem, was den anderen solche Angst einjagte. Der Anblick, der sich ihr bot, ließ Übelkeit in ihr aufsteigen. Ihr Magen fühlte sich an, als hätte sie anstelle eines kühlen Biers ein Liter Crushed-Ice hinuntergestürzt.

In dunkle Rauchschwaden gehüllt marschierten schwarz gekleidete Gestalten unter wummernden Trommelschlägen auf den Platz. Dabei skandierten sie Parolen und schwenkten Fahnen in den Farben und mit dem Wappen Tschechiens. Immer mehr tauchten aus der grauen Nebelsuppe auf und bildeten einen lang gezogenen Halbkreis.

Mit pochendem Herzen beobachtete Ava den Aufmarsch, unfähig, sich zu bewegen oder den Blick davon abzuwenden. In ihren Ohren rauschte dröhnend das Blut.

Wie auf ein Kommando brachen die Trommler ab und das Geschrei verstummte. Die unheimliche Stille, die sich herabsenkte, war schlimmer als der Krach zuvor.

Dann kam Bewegung in die erste Reihe. Auf einen Paukenschlag hin trat jeder einen Schritt zur Seite. Beim zweiten schoben sich Männer mit Fackeln dazwischen. Der Qualm wurde immer dichter und undurchdringlicher. Irgendwer zündete im Hintergrund weitere Rauchgranaten. Als wäre der Aufzug für sich allein schon nicht erschreckend genug, verlieh der Rauch dem Ganzen einen surrealen, dramatischen Effekt. Bei genauem Hinsehen entdeckte Ava, dass die Kerle Eisenstangen in den Händen hielten.

»Verschwindet von hier!«, befahl Darko in einem harschen Tonfall, der keine Widerrede zuließ, und deutete zum Wald. »Am besten ihr geht in diese Richtung. Haltet euch fern, egal, was passiert!«

»Aber —«, setzte Ava leise an.

»Ich muss Nikolaj helfen.« Blaue Augen, die wie Elmsfeuer leuchteten, musterten sie. »Das sind Nazis! Und die sind nicht gekommen, um eine Runde zu tanzen.«

Erschrocken sah sie sich um. Nikolaj war nicht mehr an der Stelle, wo er zuvor mit dem Mädchen gestanden und sich mit den Bandmitgliedern unterhalten hatte. Stattdessen hatten sich die jungen männlichen Besucher des Volksfests aufgereiht. Zum Teil mit allem bewaffnet, was auf die Schnelle greifbar war. Die Kinder und Frauen kümmerten sich darum, das Wichtigste von ihren Ständen zu verstauen und anschließend das Weite zu suchen.

Endlich entdeckte sie Nikolaj. Er stand mit seinem Musikerkollegen links außen. Beide mit einer Holzlatte bewaffnet.

»Jetzt haut endlich ab!«, herrschte Darko sie an und gab ihr einen Schubs. »Das wird hier gleich richtig übel!«

Wie um seine Worte zu unterstreichen, ertönte ein lauter Knall, ähnlich einem Pistolenschuss. Die Schlachtgesänge, denn als etwas anderes konnte man sie nicht bezeichnen, schwollen weiter an.

»Kommt!«, rief Ava, schnappte sich Rebecca und Sarah, die vor Angst versteinert dastanden, und zog sie hinter sich her in die Richtung, in die Darko gezeigt hatte.

Hinter ihnen knallte und krachte es wie in einer Silvesternacht. Endlich erreichten sie die letzten Buden, die vor einem Maisfeld aufgebaut waren. Sie folgten einem schmalen Trampelpfad, der das Feld in zwei Hälften teilte und sie zu dem Wäldchen führte. Schwer atmend blieben sie stehen und sahen sich mit blassen Gesichtern gegenseitig an. Sarahs kunstvolle Flechtfrisur hatte sich aufgelöst, wilde Strähnen rahmten ihr herzförmiges Gesicht ein. Rebeccas kinnlanges Haar stand wild in alle Richtungen. »Wwwas …!« Stoßweise atmend rückte sie ihre Brille zurück und drückte eine Hand gegen ihre rechte Seite, das Gesicht zu einer schmerzhaften Grimasse verzerrt.

Das kann doch nicht wahr sein!« Sarah fand als Erste die Sprache wieder. »Die zünden die Stände an!« Entsetzt schlug sie die Hände vor den Mund. Der schwarze Ring aus Haar zeichnete sich in dem Licht deutlich von ihrer hellen Haut ab. Sie zitterte am ganzen Körper.

Ava drehte sich um, um in die Richtung zu schauen, aus der sie gekommen waren. Mit bebenden Fingern fuhr sie sich in einem fort durch die Haare, bis sie es schließlich mit dem transparenten Spiralhaarband, das sie stets um ihr Handgelenk trug, zu einem unordentlichen Knoten band. Bisher kannte sie Naziaufmärsche nur aus den Nachrichten. Sie hätte gern drauf verzichtet, einen in der Realität zu erleben.

Ava spürte eine unbändige Wut hochkochen. Mit jedem Moment, den sie hier herumstanden, und jedem Knall, der bis zu ihr drang, loderte der Zorn heißer. Auf die Nazis mit ihrer sinnlosen Gewalt, und auf sich selbst. Weil sie hier stand und nichts unternahm! Ohnmächtig ballte sie die Fäuste.

Ein plötzliches Geräusch ließ die drei herumfahren. Es klang wie leises Schluchzen und Weinen. Wären die beiden anderen nicht auch vor Schreck zusammengezuckt, hätte Ava geglaubt, dass sie es sich nur eingebildet hätte. Angestrengt versuchte sie, im Dunkeln etwas zu erkennen.

»Da!«, sagte Sarah, die mit der Taschenlampenfunktion ihres Handys ins Maisfeld leuchtete.

Im fahlen Lichtschein war für Ava nichts zu erkennen. Bedächtig trat Sarah ein paar Schritte ins Feld hinein und schob die halbhohen Pflanzen zur Seite. Langsam ließ sie sich in die Hocke sinken. »Komm!«, sagte sie mit sanfter, freundlicher Stimme und streckte ihren Arm aus.

Da saß ein kleiner Junge! Nicht älter als neun oder zehn, schätzte Ava. Tränen liefen ihm die Wangen hinunter und ein unterdrücktes Schluchzen entfuhr ihm. Behutsam sprach Sarah auf ihn ein, bis er endlich ihre Hand ergriff und sich von ihr zu den anderen bringen ließ. Wer Sarah nicht kannte, würde sie für oberflächlich halten, weil sie ständig für Selfies posierte und sehr auf ihr Äußeres achtete. Zusätzlich war sie sich ihrer Wirkung auf Männer durchaus bewusst. Was man ihr nicht ansah, war ihr riesiges Herz. Vor allem, wenn es um Kinder ging. Die Knirpse fassten schnell Vertrauen zu ihr, so auch dieser kleine Mann.

Langsam, um ihn nicht zu erschrecken, beugte sich Ava zu ihm hinab. Ein wenig enttäuscht stellte sie fest, dass er sich mit angstgeweiteten Augen hinter Sarah schob und an ihr Bein klammerte.

»Wo ist denn deine Mama?« Rebecca kniete sich in den Dreck und kramte in ihrer Handtasche nach etwas.

»Er versteht uns doch gar nicht!«, meinte Ava frustriert. Hinter ihnen knallte es mehrmals, was sie alle erschrocken zusammenzucken ließ und das Kind erneut zum Weinen brachte. Hilflos starrte Ava zu ihm. Vorsichtig löste Sarah die Arme des Jungen von ihrem Bein und fuhr ihm fürsorglich durch das verstrubbelte Haar, leise und beruhigend sprach sie auf ihn ein.

»Táta!«, schluchzte der Junge, »Táta!« Und zeigte in die Richtung, aus der sie gekommen waren.

Die drei Freundinnen sahen sich unschlüssig an. »Meint er Dad? Also seinen Vater?«

»Vielleicht ist sein Papa ja da irgendwo? Oder seine Mama? Vielleicht ist denen was passiert?« Aufgeregt sah sich Sarah um.

»Ich geh zurück!« Erleichtert, endlich etwas unternehmen zu können, drehte sich Ava um und wollte den Weg zurück, doch Rebecca hielt sie am Arm fest.

»Du kannst da nicht allein zurück!«

»Ich muss!« Wütend entwand sie sich dem Griff der Freundin. Es war ihr unmöglich, darauf zu warten, dass Darko sie holen kommen würde. »Vielleicht finde ich Darko oder Nikolaj! Die wissen bestimmt, zu wem der Junge gehört.« Beim Gedanken an die beiden musste sie schlucken und ihr Herz pochte schmerzhaft. Bohrendes Unbehagen breitete sich in ihrem Körper aus.

»Und dann?« Wieder hielt Rebecca sie fest. Dieses Mal an einem Zipfel ihres T-Shirts. Wütend funkelte Ava ihre Freundin an. Mit vor der Brust verschränkten Armen funkelte die genauso zornig zurück. »Was denkst du, das du tun kannst?«

»Keine Ahnung! Aber ich muss ihnen helfen!«, fauchte Ava, »und vielleicht brauchen auch seine Eltern Hilfe!« Sie zeigte auf den kleinen Jungen.

»Dann komme ich mit.« Entschlossen straffte Rebecca ihre Schultern. »Allein lass ich dich nicht gehen.«

Etwas erstaunt musterte Ava ihre Freundin, das hätte sie nicht erwartet. Rebecca war die Umsichtigste von ihnen und neigte am wenigsten dazu, sich in gefährliche Situationen zu stürzen. Ava verspürte eine Mischung aus Erleichterung und Dankbarkeit. »Na gut.«

»Ich bleibe mit dem Kind hier und rufe die Polizei an.« Sarah warf ihnen einen sorgenvollen Blick zu. »Bitte passt auf euch auf!«

KAPITEL 6

Gemeinsam rannten sie den schmalen Trampelpfad zurück. Ava konnte Rebecca hinter sich keuchen hören. Je näher sie dem Lärm kamen, desto schneller wurden die zwei, bis sie rannten. Warum zum Teufel hörte sie keine Sirenen. Sollte die Polizei nicht längst unterwegs sein? Schwer atmend erreichten sie die ersten Verkaufsstände. Der dichte Rauch, der sich mittlerweile über den gesamten Platz gelegt hatte, reizte ihre Lungen. Ava versuchte, irgendetwas zu erkennen. Ein paar der Stände waren nur noch schwarzes, verbranntes Holz. Unmittelbar neben ihnen ertönte ein krachendes Geräusch. Drei grobschlächtige Typen zertrümmerten mit ihren Eisenstangen die Auslage des Korbflechters. Lachend zertrampelten sie die am Boden zerstreuten Körbe. Ava hoffte, dass der Besitzer längst nicht mehr in der Nähe war. Einer der Schläger verpasste dem letzten Korb einen Tritt, der ihn hoch in die Luft schleuderte und vor ihren Füßen landen ließ. Überrascht starrte der Kerl sie an.

»Schnell weg!« Rebecca zog sie am Arm. Hastig liefen sie auf den Platz zu, an dem vorher so fröhlich musiziert und getanzt worden war. Hinter der mobilen Bar, an der sie Bier getrunken hatten, duckten sie sich. Hustend und würgend ließ sich Ava auf den Boden fallen. Der Schläger hatte ihnen laut fluchend eine Rauchbombe hinterhergeworfen und als sie explodierte, hatte sie einen ganzen Schwall von dem Qualm eingeatmet. Vorsichtig lugten Ava und Rebecca hinter der Theke hervor, um nachzusehen, was auf dem Platz vor ihnen passierte. Mehrere Männer prügelten sich und schlugen aufeinander ein. Wo waren Nikolaj und Darko? Mit zusammengekniffenen Augen und noch immer hustend sondierte Ava ihre Umgebung.

»Pozor! Achtung!«, warnte die Stimme eines Mädchens in der Nähe. Sie beide zuckten zusammen und duckten sich. Schon hörte Ava das Geräusch von splitterndem Glas und ein lautes Rumpeln. Jemand keuchte und stöhnte schwer, sagte in einem flehentlichen Ton irgendwas, das sie nicht verstand. Obwohl ihre Knie butterweich waren, krabbelte Ava nach vorn. Sie musste sehen, was dort passierte! Mit rasendem Puls lugte sie um die Bude herum. Vor der mobilen Bar lag ein älterer Mann auf dem von Schmutz übersäten Boden. Aus einer riesigen Platzwunde am Kopf lief ihm Blut über die Stirn und in die Augen. Über ihm schwang ein Kerl eine Eisenstange und fegte damit ein Regal leer. Glassplitter und Alkohol regneten auf den Mann herab, der vor Angst wimmernd seinen Kopf mit den Armen zu schützen versuchte. Mit einem kalten Lachen reagierte der Schläger darauf und versetzte dem am Boden Liegenden brutale Tritte. Dessen Schmerzensschreie schien er regelrecht zu genießen. »Cikani do plynu«, grölte er und spuckte ein paar Mal auf den Mann. Dann schwang er seine Eisenstange erneut, um sie mit Schwung auf sein Opfer niedersausen zu lassen. Im selben Moment knallte eine Sicherung in Ava durch. Mit einem wütenden Aufschrei warf sie sich auf den Angreifer. Krachend gingen sie zu Boden. Sie fühlte den Luftzug, den die Stange verursachte, als diese nur knapp an ihrem Ohr vorbeizischte und mit einem metallischen Scheppern aufschlug.

Schneller als erwartet, erholte sich der Schläger von seiner Überraschung und stürzte sich auf Ava. Im letzten Moment rollte sie sich zur Seite. So streifte sein schwerer Stiefel nur ihre Schulter. Wie ein wütender Bär baute sich der Mann grollend auf. Ihr blieb nichts weiter übrig, als die Arme über den Kopf zu schlingen und sich zusammenzukrümmen. Aus den Augenwinkeln sah sie, wie Rebecca und ein dunkelhaariges Mädchen hinter dem Stand hervorkamen und sich anschlichen. Sie wollte ihnen zurufen, dass sie verschwinden sollten, da traf etwas mit hoher Geschwindigkeit seitlich gegen den Schläger und riss ihn von den Beinen. Erneut regnete es Alkohol und Scherben. Schnell brachte sie sich aus der Gefahrenzone. Mit lautem Getöse wurde die Bar in ihre Einzelteile zerlegt.

Währenddessen war es Rebecca und dem Mädchen gelungen, den älteren Mann ein paar Meter weit wegzuziehen.

»Geht's dir gut?«, rief ihre Freundin besorgt.

Vorsichtig bewegte Ava ihre Schultern und schüttelte Glasscherben aus ihrem Haar. Bis auf ein paar Kratzer und blaue Flecken und einer vermutlich geprellten Schulter war sie unverletzt geblieben.

»Ich hab euch doch gesagt, dass ihr verschwinden sollt!«

Ava traute ihren Augen kaum, als sich Darko aus den Trümmern erhob. Grollend wischte er sich mit dem Handrücken über den Mund. Dafür, dass er soeben den Schläger von den Füßen gefegt und dabei die komplette mobile Bar auseinandergenommen hatte, sah er verdammt unversehrt aus. Seine Augen schossen wütende feurigblaue Pfeile auf sie ab. Sie warf einen Blick auf den regungslosen Haufen. Er kam ihr zu bewegungslos vor. Kurz fragte sie sich, ob der Mann tot oder einfach nur bewusstlos war, doch Darko packte sie an der Schulter und sah sie eindringlich an. »Warum bist du die einzige Person, die nicht macht, was ich von ihr verlange«, presste er mühsam beherrscht hervor.

»Wären wir nicht gewesen, dann wäre der Mann jetzt entweder tot oder schwer verletzt«, gab sie ihm zur Antwort. Endlich waren Polizeisirenen zu hören, die rasch näher kamen. »Danke, Sarah«, flüsterte sie.

Seine Mundwinkel zuckten. Seinem Gesichtsausdruck nach zu urteilen, schien es, als könnte er sich nicht entscheiden, ob er sie anschreien oder widerwillig lächeln wollte. So nah an seinem Gesicht fiel ihr auf, dass seine Lippen und das Kinn blutverschmiert waren. Er war also doch verletzt.

»Zeig her!«, forderte sie ihn mit besorgter Stimme auf. Mit klammen Fingern berührte sie vorsichtig seine Lippen. Schwarzgekleidete Typen, auf der Flucht vor der Polizei, rannten an ihnen vorbei, doch sie nahm kaum Notiz davon.

»Lass!« Unsanft schlug er ihre Hand zur Seite. »Das ist nichts.« Unwillig wischte er das Blut ab.

Irrte sie sich oder lag da etwas in seinem Blick, das er versuchte zu verbergen? Von seiner üblichen charmant- arroganten Art merkte sie im Moment nichts.

»Wo ist Nikolaj?«, fragte Ava und trat einen Schritt zurück. Suchend sah sie sich um.

»Irgendwo da hinten«, antwortete Darko. »Ich hab gesehen, wie du den Nazi da angegriffen hast.« Er musterte sie mit einer Mischung aus Anerkennung und unterdrückter Wut. »Du —«

»Deine Freundin sagt, Yano wäre bei euch?« Das Mädchen, das ihnen vorhin eine Warnung zugerufen hatte, unterbrach ihr Gespräch.

»Der kleine Junge?« Erst da erkannte Ava, dass es sich bei ihr um die junge Frau handelte, die vorhin mit Nikolaj zusammengestanden und gelacht hatte. Ava musterte sie genauer. Woher sich die beiden wohl kannten? Das Mädchen wirkte kaum älter als sechzehn.

»Ja, ich bin seine Schwester. Er ist vorhin weggelaufen, als … ich habe ihn überall gesucht … ich hatte Angst, die Männer hätten ihn …«

»Keine Sorge«, beruhigte Rebecca sie. »Er ist okay. Unsere Freundin passt gerade auf ihn auf.«

»Hol deinen Bruder und geh nach Hause!«, raunzte Darko das Mädchen an.

Ihre Reaktion auf den Tschechen war grotesk. Es war, als hätte sie ihn vorher nicht bemerkt, doch jetzt ließ etwas an ihm das Mädchen furchtsam zurückweichen. Mit vor Angst geweiteten Augen ging sie ein paar Schritte rückwärts. Ihr Verhalten erinnerte Ava an das des Mannes beim Zigarettenautomaten. Irgendwas in ihr schien, um eine Entscheidung zu ringen. Angriff oder Flucht, dieses urtümliche Verhalten stand ihr deutlich ins Gesicht geschrieben. Flucht gewann, und das Mädchen stob davon in Richtung Wald, wo Sarah mit dem Jungen wartete.

»Du hast eine wirklich durchschlagende Wirkung auf Frauen«, meinte Ava sarkastisch.

»Hmm, nur nicht bei einer«, flüsterte Darko so leise, dass sie sich vorbeugen musste, um ihn zu verstehen.

»Hat dir schon mal jemand gesagt, dass du echt strange bist?«

»Ja, aber derjenige hatte hinterher keine Gelegenheit mehr, es rumzuerzählen«, antwortete er grinsend. »Wir sollten von hier verschwinden«, forderte er sie, plötzlich ernst geworden, auf.

»Aber«, meinte Rebecca verwirrt, »wir müssen doch der Polizei sagen, was passiert ist?«

»Es sind noch genügend andere da, die das können«, entgegnete Darko spitz. »Und außerdem ... schon mal überlegt, warum es so lange gedauert hat, bis sie gekommen ist, und warum die da hinten stehen und darauf warten, bis die Nazis von selbst verschwinden?« Er schüttelte den Kopf. »Nein, besser wir gehen.«

»Und Nikolaj?«, fragte Ava.

»Ich bin ziemlich sicher, dass ich weiß, wo er hingehen wird. Kommt jetzt.«

Und ausnahmsweise fand Ava, dass sie auf ihn hören sollte.

»Nikolaj!«, rief Ava. Ihre Anspannung löste sich und Erleichterung breitete sich in ihr aus.

Beim Näherkommen bemerkte sie, dass ihm Blut aus einer Platzwunde über einem zugeschwollenen Auge lief. Im Schein der Handylampe wirkte er fahl und um seine Mundwinkel hatten sich tiefe Falten gegraben. Außerdem saß er merkwürdig verkrümmt auf einem Stapel aus Baumstämmen. Die Haltung erweckte in ihr den Eindruck von mindestens einer gebrochenen Rippe. Kurz leuchtete das unversehrte Auge innig warm auf, und er schenkte ihr ein seltenes Lächeln.

Doch dann verbarg er sein Gesicht in den Händen und seine Schultern bebten. Der Moment der Schwäche dauerte nur kurz an. Einen Augenblick später hatte er sich wieder unter Kontrolle und trug seine übliche Maske der Ablehnung. Niedergeschlagen blieb Ava stehen. Seine Zurückweisung war wie eine unsichtbare Wand, die sich ständig zwischen sie schob.

»Warum bringst du sie her«, krächzte er heiser an Darko gewandt

»Offensichtlich geht's dir gut«, meinte Darko trocken. »Meine Sorge war völlig unbegründet.« Trotz des Sarkasmus war seiner Stimme die Erleichterung anzuhören. Er machte Anstalten, Nikolaj auf die Schulter zu klopfen, doch dessen frostiger Blick und scharfe tschechische Worte hielten ihn davon ab.

»Hey!«, fauchte Ava. »Wie wär's mit: schön zu sehen, dass ihr okay seid!« Sie hatte seine Unfreundlichkeit und Ablehnung satt. Am liebsten hätte sie sich auf ihn gestürzt und ihn trotz seiner Verletzungen ordentlich durchgeschüttelt. Zähneknirschend bemühte sie sich um Selbstbeherrschung. Dass Rebecca neben sie getreten war und sie am Arm berührte, merkte sie kaum. Normalerweise hatte ihre Freundin eine beruhigende Wirkung auf sie.

Ein Gefühlssturm tobte in ihrem Inneren, sie fühlte sich ausgelaugt und ihre Schulter schmerzte höllisch. Ein bitterer Geschmack breitete sich in ihrem Mund aus.

»Sie hat recht«, meinte Darko mit seiner typisch ruhigen Stimme. Ein leises Lächeln umspielte seine Mundwinkel. »Du bist sehr unhöflich.« Er setzte sich neben Nikolaj auf den Holzstapel und ließ dessen bitterbösen Blick an sich abprallen. »Sarah hat auf deinen kleinen Schwager aufgepasst, während die beiden hier zurückgekommen sind, weil sie helfen wollten. Da könntest du wirklich ein wenig freundlicher zu ihnen sein. Meinst du nicht?«

»Kannst du mich nicht einfach in Ruhe lassen?«

»Ne«, antwortete Darko gelassen auf Tschechisch.

Tief Luft holend wandte sich Nikolaj den drei jungen Frauen zu, wobei er es vermied, Ava direkt in die Augen zu schauen. »Danke«, sagte er leise in einem mürrischen Tonfall.

Wie er da mit gesenktem Blick verletzt mitten im Wald auf einem Baumstamm hockte, ließ Avas Wut verrauchen. Hatte Darko kleiner Schwager gesagt? Bestimmt hatte sie sich verhört. Oder er hatte falsch übersetzt.

Vorsichtig, wie man sich einem scheuen Tier nähern würde, trat sie auf ihn zu. »Sollen wir dich in ein Krankenhaus bringen?«, fragte sie möglichst sanft. »Falls du dir eine Rippe gebrochen hast, sollte sich das ein Arzt anschauen.«

»Nein!« Entsetzt starrte Nikolaj sie an, sprang von seinem Baumstamm und zuckte vor Schmerz zusammen. »Das ist nichts.« Stöhnend fasste er sich an die Seite.

Schulterzuckend sah Darko sie von der Seite an. »Er kann nicht zum Arzt. Er ist nicht versichert.«

»Wie bitte?« Irritiert mischte sich Rebecca ein. »Das kann nicht sein. Seine Eltern —«

»Ich habe keine Eltern!«

»Du musst doch irgendwo wohnen.« Fassungslos schaute Ava Nikolaj an.

»Bei meiner Tante. Aber ich wüsste nicht, dass dich das was angeht.«

»Dann bringen wir dich nach Hause«, schlug Rebecca vor und sah hilflos von einem zum anderen.

»Nein! Ich komm da schon allein hin.« Nikolaj tat ein paar Schritte, dann klammerte er sich stöhnend an einem Baum fest. »Ich brauch niemanden von euch!«, stieß er zwischen zusammengebissenen Zähnen hervor.

»Wir können nicht zulassen, dass du so allein durch Prag rennst«, versuchte es Rebecca erneut.

»Da gebe ich den Mädels recht.« Darko, der das Wortgefecht stirnrunzelnd verfolgt hatte, erhob sich von seinem Platz. »Du kannst nicht mal allein stehen«, meinte er trocken und zeigte auf den Baum, an dem sich Nikolaj abstützte.

»Dann bringen wir ihn zu dir?«, schlug Ava schulterzuckend vor.

»Hmm, das geht nicht«, erwiderte Darko bedächtig. Seine Miene verschloss sich zusehends.

»Verflucht noch mal. Ihr seid doch … Freunde?« Genervt gestikulierte Ava. »Dann kommt er mit zu uns«, bestimmte sie. »Er kann in meinem Zimmer schlafen.«

»*Was?*« Verblüfft starrte Rebecca sie an. »Das wird Frau Vysoká nicht gefallen.«

»Sie wird es nicht erfahren, oder hast du einen besseren Vorschlag?« Rebecca zuckte mit den Schultern und schüttelte den Kopf.

»Darko, leihst du mir dein Handy?«, fragte Nikolaj und ignorierte Ava. »Mein Akku ist leer und ich will Rado anrufen. Meine Tante sollte mich so nicht sehen, aber ich will wenigstens meinem Cousin Bescheid geben, dass ich okay bin.«

Darko nickte und täuschte vor, ihm sein Handy zuzuwerfen.

Reflexartig versuchte Nikolaj, es aufzufangen, dabei ließ er den Baumstamm los. Stöhnend ging er in die Knie und wäre fast gestürzt, wenn der Tscheche nicht zugepackt hätte.

»Du Arsch«, keuchte Nikolaj.

»Wir bringen dich zu den Mädels, und keine Widerrede mehr!«, knurrte Darko.

65

KAPITEL 7

Es dämmerte, als sie Nikolaj in die Pension schmuggelten. Unter vielen Flüchen hatte Darko ihn die Treppe nach oben zu ihrem Zimmer unterm Dach gehievt und geholfen, ihn auf Avas Bett zu legen. Nach einem sorgenvollen Blick in den dunkelvioletten Nachthimmel, kurz vor Tagesanbruch, hatte er gemeint, er müsse los. Angeblich wegen dringender Geschäfte, die auf ihn warteten. Auf die Frage, was denn jetzt so dringlich sei, hatte er nicht reagiert, sondern war wortlos aus dem Zimmer gerauscht. Und ehrlich gesagt war es Ava zu diesem Zeitpunkt völlig egal. Sie wollte nur noch duschen und schlafen. Auch wenn sie sich nicht wohl dabei fühlte, keinen Arzt einzuschalten, hatte sie Nikolajs Wunsch am Ende respektiert. Der hatte sich vehement geweigert, zu einem Arzt oder in ein Krankenhaus gebracht zu werden. Nach Hause wollte er jedoch auch nicht. Nun lag er blass vor Schmerzen auf ihrem Bett. Seine Platzwunde zeichnete sich deutlich von seiner Stirn ab. Als Darko ihm vorhin die Klamotten ausziehen wollte, hatte Nikolaj einen halben Aufstand geprobt. Entnervt hatte Darko gedroht, ihn bewusstlos zu schlagen, wenn er sich nicht freiwillig von ihm helfen ließ.

»Was sollen wir Frau Vysoká sagen?«, fragte Sarah leise und betrachtete Nikolaj besorgt. Darko hatte sie beim Nachhauseweg am Waldrand abgeholt, während sie beim zerstörten Markt gewartet hatten. Endlich schien Nikolaj eingeschlafen zu sein. Seine Augen waren geschlossen und sein Atem ging regelmäßig und ruhig. Zumindest hatten sie ihn überzeugen können, ein Schmerzmittel einzunehmen, das Darko in der Notapotheke besorgt hatte.

»Dass ich gestern Abend ein wenig zu viel gefeiert hab?«, schlug Ava schulterzuckend vor. »Ich sollte hierbleiben und auf ihn aufpassen.«

»Ist gut«, flüsterte Sarah und ging zur Tür. »Vielleicht solltest du versuchen, auch ein wenig zu schlafen.«

»Hmm«, machte Ava matt. »Ihr aber auch«, meinte sie nach einem Blick in die müden Gesichter ihrer Freundinnen.

»Wir legen uns nach der Arbeit hin. Mach dir um uns keine Sorgen.« Auch Rebecca wandte sich zum Gehen, in der Tür hielt sie inne, schaute erst nachdenklich zu der schlafenden Gestalt im Bett, dann richtete sie ihren ernsten Blick auf Ava. »Wir sollten uns später aber darüber unterhalten, was passiert ist.«

»Ist gut.« Ava nickte. Die Tür schloss sich hinter ihren Freundinnen, und sie war allein mit Nikolaj. Unschlüssig zog sie einen Stuhl ans Bett und ließ sich langsam darauf nieder, nur um ein paar Sekunden später wieder aufzuspringen. Es war ihr unmöglich, ruhig dazusitzen. Obwohl sie todmüde war, verspürte sie das dringende Bedürfnis, etwas zu tun. Nervös knetete sie ihre Finger. Bei dem Gedanken daran, was sich in dieser Nacht ereignet hatte, hatte sie plötzlich das eklige Gefühl, beschmutzt zu sein, und sehnte sich nach einer heißen Dusche. Glücklicherweise waren ihre Zimmer alle mit einem eigenen winzigen Bad ausgestattet. Möglichst geräuschlos, um Nikolaj nicht aufzuwecken, schlich sie zu ihrem Kleiderschrank und öffnete vorsichtig die Tür. Die Scharniere quietschten leise. Vom Bett her drang das Geräusch raschelnden Lakens gefolgt von einem tiefen Stöhnen.

Mit einem schnellen Blick über die Schulter vergewisserte sie sich, dass Nikolaj schlief. Er hatte sich im Schlaf gedreht und seine blondierten Haare, unter denen man den dunklen Ansatz erkannte, hingen ihm wild ins Gesicht. Seine Augen bewegten sich unter den Lidern, aber er wachte nicht auf. Wahllos schnappte sie sich ein T-Shirt und frische Unterwäsche und tappte auf Zehenspitzen ins Badezimmer, in dem sie hastig die Tür hinter sich schloss und sich gegen das kühle Holz lehnte. Ihr Herz pochte seltsam aufgeregt.

Frisch geduscht und nach Mandeln duftend kehrte sie eine ganze Weile später zurück in ihr Schlafzimmer. Der heiße Strahl aus dem Duschkopf hatte seine übliche entspannende Wirkung verfehlt. Die Ereignisse der vergangenen Nacht kamen ihr so surreal vor wie ein schlechter Traum. Wäre da nicht der tiefblaue Bluterguss auf ihrer schmerzenden Schulter, der ihr das Erlebte immer wieder in Erinnerung rief. Langsam setzte sie sich abermals auf den Stuhl, den sie vorhin ans Bett geschoben hatte, und wickelte sich in eine dünne Wolldecke, die sie im Schrank gefunden hatte.

Weil an Schlaf nicht zu denken war, beobachtete sie Nikolaj. Seine Lider zuckten wild hin und her, und er murmelte etwas in einer Sprache, die sie nicht verstand. Zwischendurch stöhnte er laut auf, als verfolgten ihn seine Schmerzen bis in seine Träume. Wenigstens wirkte er nicht mehr so blass. Sie beugte sich über ihn, um sein Gesicht eingehender zu studieren. Eine Strähne hing ihm in die Augen, vorsichtig strich sie sie zur Seite. Unter ihren Fingern fühlte sich seine Haut warm an. Leicht und etwas zittrig zeichnete sie mit den Kuppen seine hohen Wangenknochen nach. Ihr Blick fiel auf seine sanft geschwungenen Lippen, die ein wenig rau aussahen. Den Kopf leicht zur Seite geneigt, überlegte sie, wie es sich anfühlen würde, wenn sich ihre Lippen berührten.

Was waren das nur für Gedanken?

Unvermittelt wurde ihre Hand gepackt, die noch an Nikolajs Wange lag. Mit einem erschrockenen Keuchen zuckte sie zusammen und wurde aus ihrer versonnenen Betrachtung gerissen. Automatisch ruckte ihr Kopf etwas nach oben und sie sah direkt in Nikolajs dunkelbraune Augen. Hitze stieg in ihr auf und ließ ihre Wangen brennen.

»Ich … sorry!« Sie versuchte, ihre Hand seinem Griff zu entreißen, doch er hielt sie eisern fest. Was musste er bloß von ihr denken? Nur in ihrem ausgeleierten Schlafshirt und Unterwäsche bekleidet, eingewickelt in eine Decke, hing sie halb über ihm. Innerlich wappnete sie sich gegen seine Ablehnung und den abweisenden Ausdruck, der bis jetzt jedes Mal auf seinem Gesicht erschienen war, wenn sie ihm zu nahekam. Beschämt schloss sie ihre Augen. In dieser Haltung fing ihr Körper protestierend an zu zittern und die Schulter brannte vor Schmerzen. »Lass mich bitte los«, bat sie leise und hörte verwundert, wie kurzatmig sie klang, als wäre sie einen Marathon gelaufen. Mit jedem Schlag ihres Herzens wurde ihr heißer. Lag es an ihr oder an seiner glühenden Haut, die ihre Wärme auf sie übertrug? »Bitte«, sagte sie ein weiteres Mal mit lauterer Stimme. Ava konzentrierte ihren Blick auf den v-förmigen Ausschnitt seines Shirts, unter dem sich seine Brust heftig auf und ab bewegte. Auch sein Atem ging schwer – als liefen sie beide denselben Marathon.

Dass er jetzt seine andere Hand in ihrem feuchten Haar vergrub und sie näher an sich heranzog, traf sie völlig unvorbereitet. Überrascht sah sie ihm in die Augen. Was sie noch mehr in Erstaunen versetzte, war der warme Ausdruck darin. Ihr Herz schlug gleich mehrere Purzelbäume hintereinander.

»Neodcházej! Zůstaň tu se mnou«, flüsterte Nikolaj, dabei berührten sich ihre Lippen kaum merklich. Ein verlangendes Ziehen breitete sich in ihrem Unterleib aus. Die Heftigkeit ihrer Empfindungen ließ sie schwindeln. Selbst wenn er Deutsch gesprochen hätte, hätte sie nichts davon verstanden.

»Was?«, keuchte Ava. Es war ihr unmöglich, sich auf nur einen einzigen klaren Gedanken zu konzentrieren.

Jetzt zog er sie noch näher an sich, sodass ihre Stirn seine berührte. Ein leises Zischen, das aus seinen leicht geöffneten Lippen drang, und ein kurzes Zusammenzucken sagten ihr, dass sie vermutlich gegen seine Platzwunde gestoßen war. Mittlerweile kniete sie halb auf dem Bettrahmen, halb auf der Matratze. Eine Hand noch immer auf seiner Wange, mit der zweiten stützte sie sich seitlich von ihm ab. Sie spürte, wie sich ihre Oberkörper mit jedem Atemzug berührten. Die Wolldecke war längst von ihr geglitten. Aus ihren Haaren tropfte es. Kalte Wassertropfen rannen zwischen ihren Brüsten hinab, durchnässten auch den Stoff seines Shirts. Er schien es nicht zu bemerken.

»Bleib!«, wisperte er, und sie fühlte seinen warmen Atem auf ihrem Gesicht. Bevor sie dazu in der Lage war, in irgendeiner Form zu reagieren, legten sich seine Lippen sanft und federleicht auf ihre. Für einen winzigen Moment hielten sie beide die Luft an. Ava vermochte nicht zu sagen, wer wen zuerst küsste. Seine Lippen fühlten sich etwas rau an, so wie sie es sich vorgestellt hatte, aber das störte sie überhaupt nicht. Im Gegenteil. Vorsichtig gab Nikolaj ihr Handgelenk frei und verschränkte seine Finger mit ihren. Seine andere Hand wanderte von ihrem Hinterkopf langsam ihren Rücken hinab. In ihrem Kreuz schob sie sich unter ihr Shirt. Mit sanftem Druck zog er sie zu sich, bis sie halb auf ihm lag. Durch den dünnen Stoff meinte sie, das heftige Pochen seines Herzens zu spüren. In ihrem Hinterkopf wusste sie, dass sie aufstehen und gehen sollte. Nicht nur, weil sie sich erst so kurz kannten, sondern vor allem wegen seines bisherigen Verhaltens ihr gegenüber. Die ganze Zeit hatte er sie mit düsteren Blicken bedacht, und jetzt küsste er sie? Doch sie war unfähig, sich von ihm zu lösen. In heißen Wogen pulsierte ein prickelndes Gefühl in ihr, das immer intensiver wurde. Dazu kam ein fast fieberhaftes Verlangen, seine Haut zu berühren. Dort, wo seine Hand lag, schien sie regelrecht zu glühen. Ihre Zungen umkreisten einander. Zögernd. Langsam. Immer drängender und fordernder wurde der Kuss. Seine Hand, die die nackte Haut ihres Rückens hinauffuhr, zog eine heiße Spur. Mit einem Seufzer presste er sie fest an sich. Wie von selbst legte sich ihr Bein über ihn. Ein zischender Schmerzenslaut drang zwischen seinen Lippen hervor, und er versteifte sich.

Oh! Seine Rippen, schoss es ihr durch den Kopf. Ihr Körper schmerzte empathisch kribbelnd an derselben Stelle. Vorsichtig versuchte sie sich von ihm loszumachen, doch er hielt sie weiter fest, löste nur seine Lippen von ihr und rutschte keuchend ein Stückchen zur Seite, um ihr Platz zu machen, sodass sie schließlich neben ihm lag. Ihre Gesichter waren auf derselben Höhe, und die Intensität seines Blickes gab ihr das Gefühl, darin zu versinken. Bis eben hätte sie es nicht für möglich gehalten, dass er sie jemals so anschauen würde. Liebevoll, ohne jede Spur von Kälte oder Ablehnung. Sanft streichelte er ihre Wange, ein echtes Lächeln ließ sein Gesicht aufleuchten.

Er konnte also doch ehrlich lächeln. Ava fuhr mit den Fingern seinen nackten Arm hinab. Dort, wo sie ihn berührte, stellten sich feine Härchen auf.

»Halt mich fest«, flüsterte er und schloss die Augen. Behutsam schlüpfte sie unter die Decke und rückte ein wenig näher an ihn heran. Sanft legte sie ihren freien Arm um ihn. Ein wohliges Seufzen kam ihm über die Lippen, doch seine Augen blieben geschlossen. Sein Atem strich ihr leicht übers Gesicht und bewegte eine Haarsträhne. Langsam hob und senkte sich seine Brust im selben Takt mit der ihren. Seine Miene war entspannt und ein leises Lächeln kräuselte seine Lippen. Ava war sich der Tatsache, dass ihre Oberkörper nur durch ein Stück Stoff getrennt waren und sich ihre nackten Beine berührten, nur zu bewusst. So mit Nikolaj in einem Bett zu liegen, hatte etwas seltsam Vertrautes an sich. Langsam holte auch sie die durchwachte Nacht und ihre Ereignisse ein und die Müdigkeit überrollte sie.

KAPITEL 8

Das Erste, was Ava auffiel, nachdem sie die Augen öffnete, war, dass es schon wieder dämmerte. Nach einem schlaftrunkenen Blick auf ihr Handydisplay stellte sie verblüfft fest, dass sie den Tag verschlafen hatte. Das Geräusch von rauschendem Wasser drang aus ihrem Bad und erinnerte sie daran, dass sie ursprünglich nicht allein in ihrem Bett gelegen hatte. Nikolaj! Plötzlich war sie hellwach. Hatten sie sich wirklich geküsst? Mit leicht zitternden Fingern berührte sie ihre Lippen. Gleichzeitig schlug ihr Herz schneller und in ihrem Bauch schien ein ganzer Schwarm Libellen zu tanzen.

Für einen Moment lag sie nur da und spürte den Empfindungen nach, die der Gedanke an Nikolaj und das, was zwischen ihnen geschehen war, in ihr auslöste. Das Rauschen aus der Dusche ebbte ab, und sie wünschte sich nichts mehr, als dass er zurück zu ihr ins Bett krabbelte und sie da weitermachten, wo sie aufgehört hatten. Sie hörte, wie sich die Tür mit einem leisen Knarren öffnete. Schnell schloss sie die Augen. Wie Fieber stieg Hitze in ihr auf, als er zu ihr ans Bett trat. Sie war nicht sicher, ob sie sich schlafend stellen oder signalisieren sollte, dass sie wach war. In dem Moment, als er sich, in Mandelduft gehüllt, über sie beugte, gab sie einem Impuls nach, packte sein Handgelenk und versuchte, ihn zu sich zu ziehen. Überrascht öffnete sie die Lider, weil sie seine Gegenwehr spürte. Sie blickte ihm direkt in die dunklen Augen. Für einen Moment flackerte etwas in seinem Blick und in seiner Miene las sie die unterschiedlichsten Emotionen. Ein sanfter Ausdruck, der in Überraschung umschlug, nur um sich zu verhärten und in seine üblich finstere Maske der Ablehnung zu verwandeln.

Ava öffnete den Mund, um etwas zu sagen, doch ihr Kopf war leer gefegt und die Libellen in ihrem Bauch wichen einem unangenehmen Gefühl der Scham. Fast mit Erleichterung registrierte sie ein zaghaftes Klopfen an der Tür und Rebeccas Stimme, die rief, dass sie jetzt reinkommen werde. Augenblicke später öffnete sich die Tür, und Ava fühlte sich ertappt.

»Ähm … ja …«, stammelte Rebecca und schaute etwas irritiert drein. »Sorry! Ich glaub, ich geh besser wieder.«

»Nein! Es ist nicht das …« … nach dem es aussieht?, beendete Ava den Satz in Gedanken. Ernsthaft? Fiel ihr wirklich nichts Besseres ein?

»Darko hat angerufen!« Aufgeregt stürmte Sarah an Rebecca vorbei ins Zimmer. »Oh.« Breit grinsend musterte sie Nikolaj mit offenkundig interessiertem Blick.

Ava spürte, wie ihre Wangen regelrecht brannten. »Uuund?«, stöhnte sie genervt und setzte sich im Bett auf. Währenddessen schlüpfte Nikolaj eilig in seine dreckigen Jeans vom Vortag. Bevor er ihnen den Rücken zuwandte und seinen Hoodie überzog, erhaschte Ava einen Blick auf sein hochrotes Gesicht. Wenigstens erging es nicht nur ihr so, stellte sie zufrieden fest.

»Er holt uns ab, wenn die Sonne untergegangen ist«, antwortete Sarah mit einem demonstrativen Blick auf ihr Handy. »Das ist übrigens in einer Stunde. Also hopphopp, ihr Turteltäubchen.« Sie trat an Avas Kleiderschrank, zog ein grün-geblümtes Sommerkleid heraus und legte es neben sie aufs Bett. Nachdem sie Nikolaj von oben bis unten gemustert hatte, meinte sie, sie werde Darko bitten, Klamotten für ihn mitzubringen.

Unwillig stöhnte Ava auf. Zu gern wäre sie einen Augenblick mit Nikolaj allein gewesen, um mit ihm zu reden. Was da in der Nacht passiert war. Bevor sie sich geküsst hatten und – na ja – auch darüber. Doch weder Rebecca noch Sarah machten Anstalten, ihr Zimmer zu verlassen, deshalb schnappte sie sich das Kleid und verzog sich fluchend ins Bad.

»Kann mir mal jemand verraten, was wir hier sollen?«, maulte Ava Stunden später schlecht gelaunt und exte ihre Flasche Smirnoff Ice. Die wievielte war das eigentlich? Mit zittriger Hand stellte sie sie zu den anderen leeren auf dem Tisch. Die dritte oder vierte? Sie zählte lieber nicht nach.

»Das frag ich mich auch«, meinte Rebecca, die an ihrem silbernen Armband nestelte. Das gleiche Charm-Armband, das auch Ava trug und das die beiden vom Gehalt ihres ersten Ferienjobs gekauft hatten. Seitdem schenkten sie sich zu jedem Geburtstag einen neuen Anhänger. »Ich dachte eigentlich, wir würden uns darüber unterhalten, was vergangene Nacht geschehen ist. Immerhin war es ganz schön heftig. Ich hätte nie gedacht, dass ich mich mal inmitten eines randalierenden Mobs wiederfinde.« Verständnislos schüttelte Rebecca den Kopf. »Dieser Hass. Hey, hörst du mir überhaupt zu?«

»Hmm«, antwortete Ava einsilbig und ließ ihren Blick über die Dachterrasse schweifen. Nikolaj war wortlos verschwunden. Und die Einzigen, die offensichtlich ihren Spaß hatten, waren Darko und Sarah. Zusammen rockten die beiden die Tanzfläche und zogen die Aufmerksamkeit aller auf sich, die sich mit ihnen auf der Terrasse des Clubs befanden.

Die beiden gaben ein schönes Paar ab. Der Gedanke versetzte Ava einen Stich in die Brust. Es war nicht zu übersehen, dass Sarah den Tschechen anhimmelte, doch der schien die meiste Zeit in ihre Richtung zu schauen. Und wirklich, auch jetzt kreuzten sich ihre Blicke, seine Augen leuchteten fröhlich auf.

»Was ist das eigentlich zwischen euch?«

»Was? Sorry, Becca, ich war abgelenkt.« Schnell griff Ava nach einer neuen Flasche Smirnoff Ice, die ein Kellner vor ihr auf den Tisch stellte. »Zwischen mir und Darko ist nichts.«

»Selbst wenn Nikolaj nicht wäre, würde ich dir das nicht glauben.«

»Wie meinst du das?« Verblüfft musterte sie Rebecca von der Seite, die die Tanzenden ebenfalls aufmerksam beobachtete.

»Arme Sarah«, meinte ihre Freundin glucksend. »Diesmal hat sie keine Chance, und das bei keinem der beiden. Du solltest dich aber schon für einen entscheiden. Obwohl …« Mit einem schallenden Lachen reagierte Rebecca, nachdem sie Avas entrüsteten Gesichtsausdruck bemerkte. »Komm schon. Du magst doch beide. Ich wäre nicht deine Freundin, wenn mir das nicht auffallen würde.«

»Ich dachte, du fändest Darko selbst interessant?« Bei der Frage kam sich Ava sofort blöd vor, aber zu spät.

»Hmm ja, irgendwie ist das komisch mit ihm. Wenn er mich anschaut und mit mir redet, bin ich hin und weg, später, wenn ich allein bin, komme ich mir …« Sie unterbrach sich. »Ach, vergiss es«, meinte sie wegwerfend. »Er ist einfach nur seltsam. Aber okay auf seine eigenartige Art.« Mit einem nachdenklichen Blick beobachtete Rebecca wieder Darko und Sarah. »Was Nikolaj betrifft, den kann ich gar nicht einschätzen.«

»Keine Ahnung, was mit Nikolaj ist«, begann Ava. »Er schaut mich die ganze Zeit immer so giftig an.« Unbewusst zupfte sie am Etikett der Flasche. »Ich glaub nicht, dass er mich mag.«

»Das sah vorhin in deinem Zimmer aber anders aus. Und hast du nicht erzählt, er hätte dich geküsst? Außerdem seid ihr nebeneinander eingeschlafen. Wenn ich jemanden nicht mag, könnte ich niemals mit demjenigen im Bett liegen.«

»Vielleicht lag es ja auch an den Schmerztabletten. Wer weiß, was Darko da für Bomber besorgt hat. Wahrscheinlich hat er gar nicht registriert, dass er mich küsst und ist jetzt deswegen sauer.« Mit einem Ruck rupfte sie das Etikett unsauber ab und zerknüllte es zu einer kleinen Kugel. Wütend biss sich Ava auf die Lippen, sie hasste das Gefühlswirrwarr und Gedankenchaos, die er in ihr auslöste.

»Und wen denkst du, hat er küssen wollen? Eine Meerjungfrau?«

»Was weiß ich!«, entgegnete Ava unwirsch und drückte das Kügelchen zwischen ihren Fingern zusammen. »Das Mädchen von gestern Abend?«

»Die?«, rief Rebecca erstaunt aus. »Das ist nur ein Mädchen. Wahrscheinlich gerade mal fünfzehn. Er dürfte in unserem Alter sein, vielleicht ein oder zwar Jahre älter. Vermutlich ist sie seine Cousine oder so, aber niemals seine Freundin.« Kopfschüttelnd musterte sie Ava. »Sag bloß, du bist eifersüchtig.«

Zum Glück blieb Ava eine Antwort erspart, denn in der nächsten Sekunde rückte ihre Freundin näher an sie heran und sagte im verschwörerischen Ton:»Da steht er. Neben dem Billardtisch und beobachtet dich.« Auffordernd stupste Rebecca ihr in die Seite und deutete mit dem Kopf leicht nach links.»Geh rüber und rede mit ihm.« Ava schielte in die Richtung, in die ihre Freundin wies. Nikolaj! Entgegen ihren Erwartungen war er doch nicht abgehauen. Schon stoben die Libellen wild in ihrem Magen auf. Obwohl er noch grimmiger dreinschaute als üblich, soweit das überhaupt möglich war.

»Geh!«, forderte Rebecca sie auf und sah sie aufmunternd an, dann zeigte sie auf die Tanzfläche.»Ich behalt die beiden im Blick.«

Mit einem tiefen Zug leerte Ava die Flasche, um sich ein bisschen mutiger zu fühlen, dann stand sie vorsichtig auf.

Verdammt, war ihr schwindlig. Doch zu viel von dem Wodka-mixgetränk. Die Warnung vor Alcopops war definitiv nicht übertrieben. Langsam, vermutlich mit der Anmut einer trächtigen Kuh, ging sie auf Nikolaj zu. Voll darauf konzentriert, nicht zu schwanken oder wenigstens nur ein bisschen. Hoffentlich drehte er sich nicht um und lief weg. Nervös biss sie sich auf die Unterlippe. Glücklicherweise blieb er, wo er war, obwohl seine Haltung völlige Ablehnung ausstrahlte.

»Hey«, murmelte Ava verlegen. Das Schwindelgefühl wurde heftiger. Ob es am Alkohol oder an seiner Gegenwart lag, vermochte sie nicht einzuordnen. Angespannt zupfte sie an ihrem Kleid.»Können wir reden?«

Mit undurchdringlicher Miene starrte er sie an. Mit dem Gesichtsausdruck wäre er der perfekte Pokerspieler. Nichts in seiner Mimik verriet, was ihm durch den Kopf ging. Plötzlich hatte sie es satt.»Kannst du mir mal verraten, warum du mich ständig anschaust, als wäre ich was Giftiges?«, fauchte sie.»Böser Blick, Küssen, noch böserer Blick. Einerseits willst du, dass ich bleibe, andererseits hab ich das Gefühl, dass du am liebsten nicht in meine Nähe kommst.« Unbeherrscht fuchtelte sie mit ihren Händen in der Luft.»Ich check's nicht.« Ein paar der Umstehenden drehten neugierig ihre Köpfe in ihre Richtung. Mühsam beherrschte sie sich um einen normalen Tonfall.»Nikolaj, was willst du von mir?«

Zornig blitzte es in seinen dunklen Augen auf, dann packte er sie grob an den Schultern und erinnerte sie an ihren Bluterguss.

»Aua!« Ihren Schmerzenslaut schien er nicht zu registrieren. Für einen Moment dachte sie, er würde sie küssen, denn er kam ihr mit seinem Gesicht ganz nahe. Atemlos starrte sie auf seine Lippen. Seine Nähe trieb ihren Puls in die Höhe.

»Was ich von dir will?«, sagte er im kalten Tonfall, der im krassen Gegensatz zu der Hitze stand, die von seinem Körper ausging. »Nichts, … denn … denn du bist mein größtes Problem!«

Wütend stieß Ava ihn von sich weg. Keuchend vor Schmerz zuckte er zusammen. Sie hatte die Stelle erwischt, an der er verletzt war. Allerdings war ihr das in diesem Moment scheißegal! »Tut's weh?«, zischte sie gefährlich. »Gut! Denn dann bin ich wirklich dein Problem!«

Wütend wandte sie sich ab, aber er packte sie am Handgelenk und riss sie so heftig zurück, dass sie gegen ihn prallte. In ihrem Kopf drehte sich alles wie in einem Karussell, das immer schneller und schneller fuhr, und ihr wurde übel. Beide atmeten schwer, als stünden sie auf einem Berg, auf dem die Luft extrem dünn war. Sein warmer Atem auf ihrer Haut trug nicht gerade dazu bei, das innere Karussell zu stoppen.

Er war einen Kopf größer, daher neigte er sich ein wenig zu ihr hinab und raunte in ihr Ohr: »Ja, du bist ein verdammt großes Problem für Leute wie mich!«

»Hey!«, rief ein Mann vom Billardtisch herüber. »Ist alles in Ordnung?«

Mit einem gequälten Ausdruck im Gesicht schob Nikolaj sie auf Armlänge von sich weg. Er sah aus wie jemand, in dessen Innerem ein Kampf tobte.

»Belästigt dich die ausländische Missgeburt?«, fragte der Billardspieler in einem schlechten Deutsch. »Krimineller Sozialschmarotzer.« Er musste mitbekommen haben, dass sie sich auf Deutsch unterhielten. »Schleichst hier schon den ganzen Abend rum.« Sichtlich angetrunken warf er seinen Queue auf den Tisch. »Leute wie dich würd ich am liebsten in ihr Land zurückprügeln.« Seine Kumpels pflichteten ihm johlend bei.

»Ich bin Tscheche«, entgegnete Nikolaj scharf. »Ich bin zu Hause.«

»So siehst du nicht aus!« Der Mann spuckte auf den Boden, »sondern wie ein stinkender Cikán …«

77

»Weil meine Haut, meine Augen, meine Haare dunkler sind als deine?« Sein Griff um ihr Handgelenk schmerzte jetzt. Er schien nicht zu merken, dass er ihr Schmerzen zufügte. »Aber wenn du es unbedingt wissen willst, ich gehöre zu den Poutnik.«

»Poutnik!?« Einer seiner Freunde fing an, Nikolaj auf Tschechisch zu beschimpfen.

»Siehst du, was ich meine?«, murmelte Nikolaj und ignorierte die Männer, die immer wütender wurden. »Ava.« Sein Tonfall hatte etwas Bittersüßes. Ruckartig ließ er sie los, als hätte er sich an ihr verbrannt. »Mit dir … Es geht nicht.« Rastlos fuhr er sich durch die Haare. »Ich muss hier weg.«

Taumelnd hielt sich Ava an dem Mann fest, der mit großen Schritten auf sie beide zugekommen war. Jedes von Nikolajs Worten hatte ihr einen Schlag in den Magen versetzt. Ungeduldig schob der Mann sie zur Seite, um Nikolaj hinterherzueilen, doch der war wie vom Erdboden verschluckt. Der Kerl stank dermaßen nach abgestandenem Schweiß und Alkohol, dass Ava würgte und sich beinahe übergab. Mühsam rang sie nach Luft, murmelte etwas, das selbst in ihren Ohren fremdartig klang, und stürzte in Richtung der Toiletten, bevor irgendjemand ihre Tränen sah.

Mit einem Glas Whisky-Cola bewaffnet lehnte sich Ava gegen die Brüstung und ließ ihren Blick über die Stadt schweifen, die sich unter ihr ausbreitete. Mittlerweile hatte sie sich wieder gefangen, wollte aber lieber für sich sein, weil sie befürchtete, dass ihre Freundinnen erkennen würden, dass es ihr nicht gut ging. Und dann würden sie Fragen stellen. Und sie hatte keine Lust, auf diese Fragen zu antworten. Haltsuchend schlossen sich ihre Finger fester um das Glas. Eine frische Brise wehte heran und ließ sie in ihrem dünnen Kleid frösteln.

»Ist dir kalt?«

Darkos Stimme ließ sie vor Schreck zusammenzucken. Der Kerl hatte ein Talent dafür, wie aus dem Nichts aufzutauchen. Seine knallblauen Augen musterten sie von der Seite. Türkisblau, sommerblau, blau, blauer, blauer als blau, schoss es ihr irrigerweise durch den Kopf. Sie war echt betrunken!

»Alles okay?«, fragte Darko ohne den üblichen Spott in der Stimme. »Ich hab gesehen, wie du dich mit Nikolaj gestritten hast und dann weggelaufen bist. Und das«, stirnrunzelnd deutete er auf das Getränk in ihrer Hand, »ist mindestens das vierte Glas, seit du von der Toilette zurück bist. Das ist nur Ablenkung und keine Lösung.«

Wortlos schaute sie ihn an, was hätte sie darauf erwidern sollen?

»Übrigens, wegen Nikolaj, … mach dir nichts draus. Ich bin eh die bessere Wahl.«

»Bessere Wahl?«, fragte sie verwirrt. »Wärst du dann nicht die zweite Wahl?«

»Ach was, du hättest deinen Irrtum schon noch rechtzeitig erkannt.« Er grinste. »Obwohl es mich natürlich schon in meinem Stolz trifft, dass du kurzzeitig verwirrt warst.«

Gegen ihren Willen lachte sie laut auf.

»Siehst du?« Unerwartet sanft legte er seine Finger auf ihre Wangen. »Ich bin die bessere Wahl, weil ich dich zum Lachen bringe.«

Darkos Finger und sein Atem, der über ihr Gesicht strich, fühlten sich kühl an. Erfrischend wie kaltes Wasser an einem heißen Sommertag. Die Stelle, an der er sie berührte, prickelte. Ihr Zittern veranlasste ihn, aus seiner Jacke zu schlüpfen und sie ihr ungefragt um die Schultern zu legen. Dabei glitten seine Finger über ihre nackte Haut, was sie zusammenzucken ließ. Nur leicht, doch Darko bemerkte es trotzdem. »Keine Angst, ich trete dir schon nicht zu nahe«, meinte er und machte demonstrativ ein paar Schritte von ihr weg.

»Ach, eigentlich bist du ganz okay«, murmelte sie.

»Und du betrunken«, stellte er mit einer hochgezogenen Augenbraue fest. »Sonst würdest du nicht ernsthaft sagen, ich wäre okay!«

»So, was würde ich denn sagen, wenn ich nüchtern wäre?«, entgegnete sie frech. Flirtete sie jetzt etwa mit ihm? Und wenn schon. Wenn Darko sie ablenken wollte, klappte das hervorragend.

»Nun ja«, meinte er in lässigem Tonfall. »Dass ich charmant und witzig sei.«

»Und arrogant.«

»Klug und gut aussehend natürlich.« Er ignorierte ihren Einwurf.

»Natürlich.«

Langsam trat er wieder auf sie zu, bis er ihr so nah war, dass sie nur die Hand hätte ausstrecken müssen, um ihn zu berühren. Seine Nähe ließ ihr Herz schneller schlagen.

»Und du würdest sagen, dass ich der beste Küsser der Welt sei. Dass jeder Kuss von mir deine Welt aus den Angeln heben würde, und du alles rundherum vergisst.«

»Ach, das würde ich sagen?« Von sich selbst überrascht, überbrückte sie die restliche Distanz. »Ich würde eher behaupten, dass du in mir deine Meisterin findest.« Ohne nachzudenken, stellte sie sich auf ihre Zehenspitzen, schlang ihre Arme um seinen Nacken, zog sein Gesicht zu sich herab und küsste ihn. Dies hier war definitiv anders! Darko fühlte sich nach Freiheit und Wildheit an, Nikolaj war Sanftheit und Vorsicht. Ihr Körper presste sich fordernd gegen seinen, der sich merkwürdige kühl anfühlte. Seine Hände glitten hinab zu ihrer Taille und umfassten sie. In einer wirbelnden Bewegung hob er sie hoch und setzte sie auf die schmale Brüstung des Geländers. Er war das Einzige, was sie davon abhielt, nach unten zu stürzen. Sie sollte deswegen Angst haben, doch auf eine seltsame Weise heizte sie dieses Wissen noch mehr an.

»Lass mich nicht los!«, hauchte er ihr ins Ohr. Als Antwort schlang sie ihre Beine um seine Hüften, zog ihn dichter heran, um ihn ganz nah zu spüren. Sein Mund senkte sich erneut auf ihre Lippen, löste sich kurz darauf, um ihren Hals hinunterzuwandern, bis zum Punkt, an dem ihre Schlüsselbeine aufeinandertrafen. Ein eigenartig angenehmer Schmerz schoss von dort aus in ihren Unterleib und ihre Brustwarzen richteten sich prickelnd auf. Wohlig stöhnend gruben sich ihre Hände in seine Haare, zogen seinen Kopf wieder nach oben, um ihn zu küssen. Die Zeit schien stillzustehen, während ihr Körper in Flammen aufging. Hier gab es kein vorsichtiges Herantasten, sondern nur pure, rücksichtslose Energie, keine Hemmungen, nur Aktion und Reaktion. Kühle Nachtluft strich über ihre Oberschenkel, als Darko ihr das Kleid hochschob. Plötzlich hielt er inne und Ava spürte, wie er sich von ihr zurückzog und sie langsam von der Brüstung gleiten ließ.

»Was ist los?«, fragte sie atemlos und öffnete die Augen. Alles um sie herum drehte sich, und ihr Herz schlug so schnell, dass es schmerzte.

»Wir sollten das hier nicht tun«, meinte Darko, sein Blick seltsam verschleiert. »Du hast mich total überrumpelt. Das passiert mir sonst nie!«

»Was denn?«, meinte sie schnippisch. »Die Kontrolle zu verlieren?«
Kopfschüttelnd antwortete er ihr: »Nichts ist besser, als die
Kontrolle zu verlieren. Glaub mir. Aber dann bitte nüchtern.«
»Ich bin nicht betrunken.«
Ruckartig ließ er sie los, sodass sie regelrecht in seine Arme taumelte.
»Okay, vielleicht ein bisschen«, gab sie zu.
Seine Augen sahen sie mit merkwürdiger Intensität an, ähnlich wie
vor ein paar Tagen im Club, wo er ihre Freundinnen in seinen Bann
gezogen hatte.
»Was ist?«, fragte sie verunsichert. »Versuchst du mal wieder, mich
zu hypnotisieren?«
»Ja«, meinte Darko knapp.
»Klappt nicht, hm?«
»Nein«, antwortete er so leise, dass Ava ihn kaum verstand.
»Warum nicht?«
»Wenn ich das wüsste, wäre alles leichter.«
Die Luft um sie herum schien sich knisternd aufzuladen, als er sie
wieder näher an sich heranzog.
»Was denn?«, wisperte sie. Sie sah ihm tief in die Augen und hatte
das Gefühl, ins Universum gezogen zu werden, denn jetzt leuchteten
sie in einem mitternachtsvioletten Blau.
Statt ihr eine Antwort zu geben, küsste er sie erneut. Zart und nur
für einen Moment.
Ihr Körper reagierte sofort darauf und drängte sich an ihn. Mit
einem leisen Stöhnen schob er sie sanft von sich weg. »Nein … du bist
betrunken.« Zart strich er ihr über die Wangen. »Komm, ich bring dich
in deine Pension zurück. Ich will, dass du dich daran erinnerst, wenn
du die Welt vergisst.«

Bleierne Müdigkeit senkte sich über sie herab, sobald sich Ava auf die
Rückbank des Taxis gesetzt hatte. Die Fahrt durch die Dunkelheit des
Waldes lullte sie ein. Müde lehnte sie ihren Kopf an Darkos Schulter, der
seinen Arm um sie legte. Die Fahrt würde etwas dauern, denn der Club

lag außerhalb von Prag auf der Kuppe eines Hügels, von dem aus man über die Stadt und den Fluss einen atemberaubenden Ausblick hatte.

Eine kleine leise Stimme in ihrem Hinterkopf machte sich durch die wattene Müdigkeit bemerkbar und flüsterte ihr zu, dass ihre Freundinnen Bescheid wissen sollten, dass sie auf dem Weg in ihre Pension war. Einer inneren Eingebung folgend teilte sie ihren Live-Standort in der WhatsApp-Gruppe mit. Gleich unter ihrer Nachricht, dass sie sich nicht sorgen mussten. Sie habe sich mit Nikolaj gestritten und keine Lust, länger zu bleiben. Von Darko schrieb sie nichts. Beim Gedanken an Nikolaj kam sie nicht umhin, sich zu fragen, was zum Kuckuck mit ihr los war. So verhielt sie sich doch sonst nicht, dass sie sich gleich mit zwei Typen einließ. Nach den Erlebnissen der letzten vierundzwanzig Stunden war sie völlig verwirrt.

Zu gern würde sie jetzt die Stimme ihrer Mutter hören, ihr alles erzählen. Auf einmal vermisste sie ihre Mutter wie schon lange nicht mehr. Sie warf einen Blick auf die Uhr über dem Autoradio: 02:30 Uhr. In Big Apple wäre es jetzt halb neun am Abend, nicht zu spät für einen Anruf, sobald sie in ihrer Unterkunft wäre. Nachdem Ava beschlossen hatte, ihre Mutter anzurufen, und sich darauf freute, ihre Stimme zu hören, fühlte sie sich etwas besser. Ein leises Seufzen kam ihr über die Lippen.

»Alles okay?«, fragte Darko prompt.

In dem Moment, als Ava zu einer Antwort ansetzte, traf etwas seitlich und mit voller Wucht das Taxi. Der Aufprall war so hart, dass das Gefährt ins Schlingern geriet. Dann wurde es erneut getroffen. In den wenigen Sekunden, die sich das Auto mehrmals in der Luft überschlug, fühlte sich Ava schwerelos. Umso härter war der Knall, mit dem sie aufschlugen. Der Wagen schlingerte mit einem kreischenden Geräusch davon. Das Letzte, was sie hörte, waren die quietschenden Reifen eines anderen Autos. Dann riss die Dunkelheit sie in den Abgrund.

KAPITEL 9

»Zatracenej hovno!« Nikolaj rappelte sich auf und fegte feuchte Erde und Kiefernadeln von seiner Jeans. »Verdammte Scheiße!« Keuchend hielt er sich die Seite und wartete, dass der Schmerz abebbte, zugleich gratulierte er sich zu der selten dämlichen Idee, nachts den steilen Abhang hinunter zu stolpern, anstatt der Straße zu folgen. Aber er wollte einfach nur schnell weg. Raus aus dem Club – weg von den anderen. Aber vor allem fort von ihr! Mit zusammengebissenen Zähnen setzte er vorsichtig einen Fuß vor den anderen. Wenn diese verdammten Wolken nicht wären, könnte er wenigstens ein bisschen sehen!

Mit seinen versteckten schroffen Felsklippen war es schon tagsüber schwieriges Terrain, doch bei fast vollkommener Finsternis erschien es nahezu unmöglich, einen Weg durch das Gelände zu finden. Bedächtig tat er einige Schritte über den teils felsigen, unbefestigten Untergrund, der an manchen Stellen gefährlich rutschig war. Wenn es in dem Tempo weiterging, wäre er erst morgen früh zu Hause!

Grummelnd zog Nikolaj im Gehen das Handy aus seiner Hosentasche und suchte nach der Taschenlampenfunktion.

Nicht ohne schlechtes Gewissen wischte er die unzähligen Nachrichten und verpassten Anrufe seiner Tante und seines Cousins zur Seite. Rado würde ihm so dermaßen den Arsch aufreißen, von Nada ganz zu schweigen. Die einzigen zwei, die ihn zu vermissen schienen. Er schnaubte. Was hatte er nach der Aktion vorhin erwartet? Dass ihm jemand nachlief? Gedankenverloren achtete er nicht auf den Weg. Sein Fuß trat ins Leere. Für einen Moment hing er in der Schwebe, dann krachte er mit seinem Rücken gegen eine glatte Felsplatte. Der Aufprall presste ihm die Luft schmerzhaft aus den Lungen und verwandelte seinen Schrei in ein Röcheln, während er den Abhang hinunter schlitterte. Mit einer Hand umklammerte er fest sein Handy, während er verzweifelt versuchte, sich mit der anderen festzukrallen, um den Sturz abzumildern. Doch seine Finger griffen lediglich in trockenes Moos und einsame Grasbüschel. Der Stamm einer niedrig wachsenden Kiefer bremste schließlich seinen Sturz ab. Die Wucht beim Aufprall verschlug ihm schon wieder die Luft und ihm wurde schwarz vor Augen.

Stöhnend blieb er mit geschlossenen Augen liegen und wagte es nicht, sich zu bewegen, nur die Brust hob und senkte sich heftig. Er zwang seinen Atem zur Ruhe. Denn einfach nur nach Luft zu ringen, sandte heißen Schmerz durch seine geprellten Rippen. Als der endlich nachließ, setzte er sich auf und klopfte seinen Körper ab. Wahrscheinlich konnte er von Glück sagen, dass er sich nicht den Hals gebrochen und sein Handy nur einen Sprung im Display davongetragen hatte. Wütend über sich selbst zog er sich an einem Kiefernast hoch und setzte sich auf einen Findling neben dem Baum. Scheiße! Pures Glück, dass er nicht gegen Felsbrocken geknallt war. Nicht zu fassen, was für ein Idiot er doch war!

Nikolaj ließ seinen Blick über den dunklen Wald schweifen, der sich unterhalb ausbreitete. Die Wolkendecke war an manchen Stellen aufgerissen und hatte den Mond freigegeben, sodass er in seinem Schein das dunkle schmale Band der einsamen Straße erkannte, die sich in langen Schleifen zwischen den Bäumen hindurch schlängelte. Nicht weit entfernt leuchteten die bunten Straßenlichter seiner Heimatstadt. Ein Kaleidoskop aus Farbakzenten und Licht, die den Straßen des nächtlichen Prags einen magischen Charme verliehen. Die Kuppel aus warmweißen Lumen markierte den Hradschin mit seiner weitläufigen Burganlage und dem Veitsdom. Der Ausblick von dort würde ihr gefallen. Sekundenlang malte er sich aus, wie er mit Ava durch die vielen, engen Gassen von Malá Strana streifte, ihr seine Lieblingsorte zeigte und von den Geistern und dunklen Legenden erzählte. Oder die Bibliothek von Strahov und … Er schüttelte den Kopf, verbot sich jeden weiteren Gedanken. Vergiss es! Müde fuhr sich Nikolaj mit zittrigen Fingern durch die Haare. Es war definitiv keine gute Idee gewesen, sich hinzusetzen. Je länger er hier verweilte, desto mehr Gedanken strömten ungefiltert auf ihn ein. Solange er in Bewegung gewesen war, hatte er die wenigstens von sich schieben können.

Stöhnend vergrub er sein Gesicht in den schmutzigen Händen, an denen der Geruch von Erde haftete. Was, zum Teufel, trieb er hier eigentlich? Nichts, aber auch *nichts* lief so, wie er es sich vorgestellt hatte. Zu allem Überfluss drängte sich das Bild einer gewissen jungen Frau und ihren fröhlich funkelnden Augen in den Vordergrund. Ava! Wie unter einem Hieb zuckte er zusammen. Sein Herz machte einen Hopser wie ein unbeholfenes Fohlen, das mit seinen langen Beinen zum ersten Mal zum Sprung ansetzte. Wütend ballte er die Fäuste. Der Ausdruck in ihrem Gesicht, als er ihr sagte, sie sei sein größtes Problem. Scheiße! Verdammte Scheiße!

»Zatracenej hovno!«, brüllte er die Kiefer an.

Ava hatte sich die größte Mühe gegeben, sich nicht anmerken zu lassen, wie sehr er sie mit seinen Worten getroffen hatte, aber er hatte es gesehen. Genauso wie er bemerkt hatte, wie sie bei jedem seiner Worte zusammengezuckt war. Was in ihm das widersprüchliche Bedürfnis ausgelöst hatte, sie in seine Arme zu ziehen und zu trösten. Obwohl er schuld war. Obwohl jedes Wort ein heftiges Stechen in seiner Herzgegend verursachte.

Deswegen hatte er sich umgedreht und war geflohen, bevor er sich hinreißen ließ. Und jetzt? Jetzt hasste sie ihn bestimmt! Verdammt noch mal! Das war es doch, was er wollte. Oder nicht? Sie war wirklich ein Problem! Und dass sie nicht zu den Poutnik gehörte, war nur das geringste. Scheiße, wann war sie ihm so unter die Haut gegangen?

Vom ersten Moment an, flüsterte eine Stimme in ihm.

Und zu allem Überfluss gab es da noch diese Verlobungssache. Etwas, das ihm schon lange schwer im Magen lag. Nicht, dass man von ihm erwartete, keusch zu leben, bis er und Lyalya heiraten würden, im

Gegenteil, aber … er wollte sie einfach nicht heiraten. Für ihn war sie wie eine Schwester, der er mit brüderlicher Zuneigung begegnete und mit der ihn eine innige Freundschaft verband. Immerhin waren sie zusammen aufgewachsen. Zum ersten Mal hatten sie sich versuchsweise bei der Hochzeit eines entfernten Cousins geküsst. Sie waren beide ziemlich betrunken gewesen und da sie sowieso heiraten würden … Nikolaj seufzte laut. Lyalya zu küssen, war – es war nichts im Vergleich mit Ava gewesen. Mit einem frustrierten Aufschrei sprang er auf die Füße. So konnte er nicht nachdenken. Seine plötzliche Bewegung quittierten seine Rippen mit einem neuerlichen Aufwallen von Schmerz. Aber er konnte nicht länger ruhig sitzen bleiben. Nicht nur, dass er seinen Verpflichtungen gegenüber Luladja und dem Rat nicht nachkam. Am schlimmsten war das Gefühl zu versagen. Im Gegensatz zu Darko. Und der, das musste Nikolaj anerkennen, stellte sich wesentlich geschickter an als er.

Verdrossen kickte Nikolaj gegen den Findling. Den Schmerz, der dabei seinen Fuß durchzuckte, begrüßte er regelrecht, doch seine Erinnerung daran, wie er Ava geküsst hatte, vermochte er nicht zu verdrängen. Und auch nicht, wie es sich angefühlt hatte, sie in seinen Armen zu halten.

Seine Kehle verengte sich zu. Erneut versetzte er dem Felsbrocken einen Tritt. Und noch einen. Der Schmerz trieb ihm die Tränen in die Augen und konnte doch nicht verhindern, dass ein stählernes Band sein Herz zuschnürte. Ein bitterer Geschmack breitete sich in seinem Mund aus. Nie hätte er für möglich gehalten, dass sich all seine Probleme und Sehnsüchte in einer einzigen Person manifestieren würden. Geräuschvoll atmete er aus, setzte sich schwer und mit hämmerndem Herzen wieder auf den Stein.

Er hatte keine Wahl. Morgen musste er zu Luladja gehen und ihr von Ava erzählen. Dass ihr Ritual Erfolg gehabt hatte. Damit die Hexen tun konnten, was getan werden musste. Was auch immer das war. Die tieferen Mysterien waren ihm nicht bekannt und dem innersten Kreis vorbehalten. Er wusste nur, dass die Pflicht gegenüber seinen Leuten vorging. Zu viel hing davon ab.

Nachdem er am Morgen neben Ava aufgewacht war, hatte er gewusst, dass er eine Entscheidung treffen musste. Nikolaj wusste es auch jetzt. Ein Grund mehr, sie wegzustoßen. Das Richtige zu tun.

Und doch! Verdammt, warum war sie ausgerechnet ihm wortwörtlich in die Arme gelaufen?

Jäh wurde Nikolaj aus seinen Gedanken gerissen, denn die Straße, knapp unterhalb der Stelle, wo er saß, wurde unvermittelt in das kalt weiße Licht von LED-Scheinwerfern getaucht. Die plötzliche Helligkeit ließ Nikolaj blinzeln.

Ein zweites Paar Scheinwerfer tauchte knapp hinter den ersten aus dem Wald auf. Was an sich nichts Ungewöhnliches wäre, hätte es nicht den Anschein, als würde der Fahrer des hinteren Wagens versuchen, ersteren von der Straße zu drängen.

Mit zusammengekniffenen Augen versuchte Nikolaj zu erkennen, was unter ihm vor sich ging.

Fassungslos sah er dabei zu, wie der Motor des zweiten Autos kurz vor der scharfen Kurve aufheulte und mit einem gefährlichen Schwinger zum Überholen ansetzte. Sowie die beiden Wagen auf gleicher Höhe waren, rammte der eine den anderen seitlich. Durch den Aufprall kam der kollidierte Wagen ins Trudeln und schlingerte gefährlich zum Wald hin, wo er mit einem hohen Kreischen, das Nikolaj in den Ohren schmerzte, an den Planken entlangschrappte. Glücklicherweise gelang es dem Fahrer, das Auto auf dem Weg zu halten.

Mit einem entsetzten Keuchen stieß er seinen Atem aus. Bis eben war ihm nicht bewusst gewesen, dass er die Luft angehalten hatte. Mit fahrigen Fingern zog er sein Handy aus der Hosentasche.

Wieder wurde das Auto gerammt. Dieses Mal gelang es dem Fahrzeuglenker nicht mehr, die Kontrolle über seinen Wagen zurückzuerobern. Ein-, zweimal überschlug sich das Auto, bevor es mit einem schrillen durchdringenden Geräusch über den Asphalt rutschte und in die Bäume krachte.

Fast erwartete Nikolaj, dass der Unfallverursacher mit aufheulendem Motor hinter der Kurve verschwand. Stattdessen bremste der Fahrer abrupt ab und das Auto kam ein paar Meter weiter mit einer seltsam hoppelnden Bewegung zum Stehen.

Die Türen flogen auf, zwei dunkle Gestalten stiegen aus und gingen gemächlich zu dem verunfallten Fahrzeug, als hätten sie alle Zeit der Welt. Einen Wimpernschlag später standen sie jedoch vor der Motorhaube.

Nikolaj blinzelte und seine Gedanken überschlugen sich. Etwas an der Art und Weise, wie sie sich verhielten, wie sie sich bewegten, sagte ihm, dass es sich nicht um einen Raubüberfall handelte. Er ließ die Hand sinken, mit der er sein Handy hielt, und beobachtete die Männer.

Seine Ahnung bestätigte sich, als einer der beiden mit einem Ruck die hintere Tür herausriss und sie mit einer achtlosen Bewegung hinter sich warf, wo sie mit einem metallischen Laut auf den Boden knallte. Vampire! Hovno! Sein Gehirn ratterte los. Er hatte nicht mal einen Magiestein bei sich. Ohne jede Magie hätte er nicht mal gegen einen von denen eine Chance. Scheiße!

Soeben bückte sich der zweite Mann und zerrte jemanden grob aus dem Auto. Mit einem etwas flauen Gefühl bemerkte Nikolaj, dass die Person seltsam leblos im Griff des Vampirs hing.

Plötzlich schien das Auto regelrecht zu explodieren. Wie eine abgefeuerte Gewehrkugel schoss etwas aus dem verunfallten Wagen, riss die leblose Gestalt an sich und verpasste dem Vampir einen Stoß, der diesen in die Felswand auf der gegenüberliegenden Straßenseite krachen ließ.

Noch nie hatte Nikolaj Vampire in Aktion gesehen – außer Darko kannte er keinen anderen, und der verhielt sich unauffällig menschlich. Manchmal vergaß er sogar, wen er eigentlich vor sich hatte. Gebannt verfolgte er, wie sich der Angegriffene aus dem Felsen schälte und seine Schultern und den Rücken durchstreckte, als wäre er lediglich ein wenig verspannt. Statt sich jedoch auf seinen Angreifer zu stürzen, wie es Nikolaj erwartet hatte, fegte er nur lässig den Staub von der Jacke und schlenderte zu dem anderen hinüber, der in der Zwischenzeit das Opfer vorsichtig am Straßenrand ablegte. Sein Begleiter verschränkte die Arme und schaute von einem zum anderen.

Die beiden Vampire traten aufeinander zu und – ungläubig riss Nikolaj die Augen auf – schlugen sich brüderlich auf die Schultern und umarmten sich. Auch der Dritte, der bisher abwartend danebengestanden hatte, erfuhr nun die gleiche herzliche Begrüßung.

Waren die etwa befreundet? Warum dann der Überfall? Nikolaj verstand überhaupt nichts mehr.

Die klare Nachtluft trug die fröhlichen Stimmen und das Lachen der drei bis zu ihm hinauf. Einer von ihnen drehte sein Profil in Nikolajs Richtung. Der, der mit dem Opfer im Auto gewesen war. Sein blondes Haar schimmerte hell im Licht des Vollmonds, der hinter einem

Wolkenfetzen hervortrat.

Selbst auf die Entfernung hinweg erkannte ihn Nikolaj jetzt. Die Erkenntnis, dass es sich um Darko handelte, war wie ein Schlag in den Magen. Denn dann konnte er davon ausgehen, dass es Ava war, die da auf der Straße lag. Und dass – Nikolaj erstarrte. Wenn die Vampire ihren Pakt gebrochen hatten ... Dann hatte er ihnen Ava regelrecht in die Arme getrieben!

Er musste seine Leute informieren. Sofort. Und der Einzige, der ihm helfen würde, ohne zuerst Fragen zu stellen, war sein Cousin. Seine Hände zitterten so stark, dass ihm das Handy entglitt. Hektisch bückte er sich und tippte auf Rados Nummer.

»Nikolaj, du Bastard, wo steckst du?« Seine Stimme klang fuchsteufelswild und gleichzeitig zutiefst besorgt, als dieser einen wilden Wortschwall abfeuerte.

»Rado«, unterbrach Nikolaj leise, aber hastig die Tirade. »Ich brauche deine Hilfe.« Er hielt inne. »Ich glaub, ich hab Scheiße gebaut!«

»Das wäre mal ganz was Neues.«

Den Einwurf seines Cousins ignorierend, fasste er schnell die Geschehnisse des gestrigen und heutigen Tages zusammen. Zwei Tage, die ihm wie ein halbes Leben vorkamen.

»Ich komme!«, meinte Rado nach einer kurzen Pause. »Aber nur, wenn du danach sofort mit Luladja sprichst! Schick mir deinen Standort, ich bin so schnell wie möglich da. Und ...« Am anderen Ende der Leitung wurde es kurz still. »Stell nichts an. Die sind zu dritt und du allein.« Dann legte er auf.

Stumm nickte Nikolaj. Am liebsten wäre er nach unten gestürmt und – hätte was getan? Es mit drei Vampiren aufgenommen? Ohne Magiestein? Allein?!

Es fiel ihm unglaublich schwer, sich zurückzuhalten, selbst wenn sein Verstand ihm sagte, dass sie Ava nichts antun würden. Vorerst. Auch die Vampire wussten, dass eine Entscheidung allein bei ihr lag – was nicht heißen sollte, dass man diese nicht erzwingen konnte ... Scheiße!

Mit einem schrecklich nagenden Gefühl von Hilflosigkeit wandte Nikolaj seine gesamte Konzentration wieder auf die Geschehnisse unweit von ihm. In der kurzen Zeit, in der er mit seinem Cousin telefoniert hatte, musste sich etwas verändert haben. Das fröhliche

Lachen hatte sich in Gebrüll verwandelt. Darko schrie heftig gestikulierend auf den Vampir ein, der Ava aus dem Auto gezerrt hatte. Neugierig stahl sich Nikolaj bis zum Rand des Abhangs vor. Hoffentlich kam keiner auf die Idee, in seine Richtung zu schauen. Wenn er bloß etwas verstehen würde. Unwillkürlich beugte sich Nikolaj vor und musterte die felsige Böschung. Den Gedanken, herunterzuklettern und sich in ihrer Nähe zu verstecken, verwarf er so schnell, wie er gekommen war. Wenn sie ihn nicht rochen, würden sie ihn hören. Der Gehör- und Geruchssinn von Vampiren war wesentlich ausgeprägter als der eines Menschen. Und darauf, dass Darko ihn vor den anderen beschützen würde, zählte er besser nicht. Nicht wenn er sie alle in die Irre geführt und den Pakt gebrochen hatte. Es blieb Nikolaj also nichts übrig, als auf Rado zu warten und weiter zu beobachten.

Atemlos verfolgte er, wie Darko sein Gegenüber an der Jacke packte und sich drohend vor ihm aufbaute. Das Geräusch, das nun zu ihm drang, erinnerte ihn an das Knurren des Rottweilers, der ihn angegriffen hatte, als er sich als Kind in der Villengegend verirrt hatte. Die Narbe in der Wade rief ihm noch heute das Lachen des Mannes ins Gedächtnis, der seinen Hund auf ihn gehetzt hatte, anstatt ihn zurückzupfeifen. Nikolaj biss sich fest auf die Innenseite der Unterlippe.

Unterdessen ging der dritte Vampir zwischen die beiden Kontrahenten und stieß Darko vor die Brust, sodass dieser zurücktaumelte. Gleichzeitig packte er den anderen am Arm und hielt ihn zurück. Kopfschüttelnd sprach er auf beide ein.

Was immer er sagte, hielt Darko wider Erwarten davon ab, erneut auf den Vampir loszugehen. Stattdessen verschränkte er die Arme, legte den Kopf schief und hörte dem Dritten zu. Auch sein Gegner schien sich zu beruhigen, denn der Dritte ließ seinen Arm los.

Erstaunt registrierte Nikolaj, wie Darko offenbar nachgab. Seine Schultern sackten nach unten und er nickte. Langsam hob sich die angestaute Anspannung auf.

Nach einem letzten Wortwechsel ging Darko zu Ava hinüber, hob sie hoch und trug sie zu dem Auto, in dem er sie auf die Rückbank legte, selbst einstieg und die Tür mit einem lauten Knall zuzog.

Nikolaj stieß einen entsetzten Laut aus. Erschrocken presste er sich die Hand vor den Mund und hoffte, dass die Vampire ihn nicht gehört hatten. Mit wild klopfendem Herzen wich er in den dunklen Schatten der Kiefer zurück. Er hatte Glück gehabt. Ohne sich noch einmal umzudrehen, stiegen auch die beiden anderen ein, starteten den Wagen und fuhren los.

KAPITEL 10

Etwas stimmte ganz und gar nicht.

Mit einem wachsenden Gefühl innerer Unruhe kämpfte sich Ava aus dem Schlaf, der sie mit wirren und intensiven Träumen fest in seinem Griff hatte. Nur ungern schien Morpheus' Reich sie freigeben zu wollen. Es fiel ihr schwer, im Hier und Jetzt anzukommen. Zaghaft glitten ihre Finger über glatten Stoff. Der Untergrund, auf dem sie lag, fühlte sich warm und weich an. Ein Bett? Ihr Bett? Wie war sie in ihrem Zimmer gelandet? Durch die geschlossenen Lider schimmerte gedämpftes gelbwarmes Licht. Das beklommene Gefühl, dass etwas nicht richtig war, blieb und ließ ihr Herz immer schneller schlagen. Das Letzte, an das sie sich erinnerte, war, dass sie zu Darko ins Auto gestiegen war.

Ein leises, metallisches Scheppern drang an ihr Ohr. Mit einem Mal hallte das Geräusch von kreischendem Blech in ihrem Kopf wider und sie fuhr mit einem heftigen Ruck in die Höhe. Mit wild pochendem Herzschlag hielt sie sich die Ohren zu und kniff die Augen fest zusammen. Doch das durchdringende Geräusch ließ sich nicht aussperren, denn es war in ihr. In ihrem Kopf, in den Erinnerungen, die plötzlich ungefiltert auf sie einströmten. Das Auto, das sich überschlug und über den Asphalt schlitterte. Das Gefühl zu schweben, um dann ins Bodenlose zu stürzen. Darko? Wo war er? Er war doch auch bei ihr gewesen? Ging es ihm gut? Neben ihr räusperte sich jemand. Reflexartig sprang sie aus dem Bett und riss die Augen auf. Darko? Bevor ihr die Lichter ausgingen, registrierte sie noch altmodische rosa Stofftapeten mit goldenem Rosenmuster, dann knickten die Beine unter ihr weg und sie ging unsanft zu Boden. Eine undurchdringliche Schwärze ballte sich vor ihren Augen zusammen. Nur zu gern hätte sie sich der Dunkelheit ergeben, die sie wie eine dicke Decke einhüllte, wäre da nicht eine Stimme, die hartnäckig ihren Namen rief und ihr seltsam bekannt vorkam. Mühsam zwang sie sich, ihre bleischweren Lider zu öffnen, und blickte in Darkos Gesicht, der sich über sie beugte und sie mit vor Sorge verdunkeltem Blick musterte. Sekundenlang fragte sie sich, ob er sich teleportiert hatte. Hatte er nicht eben noch auf der anderen Seite des Betts gestanden? Unbewusst schüttelte sie den Kopf und zuckte schmerzhaft zusammen, als dieser dröhnend gegen die Bewegung protestierte.

Wahrscheinlicher war, dass sie länger ohnmächtig gewesen war, als sie glaubte. Erleichtert, ihn gesund und unverletzt zu sehen, schloss sie die Augen und atmete tief durch.

»Ich wusste ja schon immer, dass Frauen ein Faible für mich haben. Aber deswegen musst du nicht gleich in Ohnmacht fallen«, meinte Darko betont sarkastisch, ohne jedoch den sorgenvollen Ton, der in seiner Stimme mitschwang, zu unterdrücken. Seine kühlen Finger griffen nach ihren Händen und zogen sie behutsam hoch. Dabei sprach er sanft auf sie ein.

Ein unangenehmer Druck baute sich in Avas Oberbauch auf, während er ihr zurück aufs Bett half. In Wellen überrollte sie der Schwindel, vor ihren Augen flimmerte es und die Tapete verschwamm zu einem rosagoldfarbenen Fleck. Es war ihr unmöglich, sich auf den Inhalt seiner Worte zu konzentrieren. Sie war nicht mal sicher, ob er Deutsch mit ihr sprach. So bemühte sie sich lediglich, sich auf seine Stimme zu fokussieren, die ihr Bewusstsein wie einen Anker davon abhielt, erneut abzudriften.

»Mir wird schlecht«, nuschelte sie. Ihr Magen verkrampfte sich und ließ sie würgen. Heftig atmend kämpfte sie gegen den Brechreiz an. O verdammt, sie würde ihm doch nicht auf den plüschigen Bettvorleger speien. Beschämt schloss sie die Augen und ließ den Kopf hängen. Galle kroch ätzend die Speiseröhre hoch.

»Hier!« Etwas Kaltes, Glattes wurde ihr in die Hand gedrückt. »Trink einen Schluck.«

Ihre zitternden Finger schlossen sich um das Glas. Das angenehm kühle Wasser tat so gut! Es verdrängte den sauer-schalen Geschmack in ihrem Mund und milderte das Brennen in ihrem Hals. Stöhnend drückte sie das Glas gegen ihre pochenden Schläfen, dankbar für den kühlenden Effekt. Dann öffnete sie langsam die Augen.

»Geht's wieder?«, fragte Darko. Sein Gesicht schob sich in ihr Blickfeld. »Nicht dass du mir doch noch auf die Füße kotzt!«

Anstelle eines bissigen Kommentars warf sie ihm den vernichtensten Blick zu, den sie in ihrer Lage draufhatte. Während sie das Glas in kleinen Schlucken leerte, sah sie sich genauer um. Der Raum, in dem sie aufgewacht war, war definitiv kein Krankenzimmer. Was schon mal beruhigend war – einerseits, andererseits war es aber eben nicht ihr Zimmer in der Pension. Es wirkte eher wie ein altmodisches Hotelzimmer, aus Weiß-der-Kuckuck-was-für-einer-Epoche. Die rosagoldene Farbe an der Wand spiegelte sich in den langen Stoffbahnen wider, die sowohl vom Bett herabhingen als auch als Vorhang vor dem Fenster. Kein Licht durchdrang das dicke Gewebe. Nicht einzuschätzen, ob draußen helllichter Tag oder dunkelste Nacht herrschte. Das einzige Licht stammte von den altmodischen Leuchten, deren Schirme farblich zum Rest des Zimmers passten. Ein Albtraum aus Gold und Rosa!

»Wo zur Hölle sind wir?«, fragte Ava. Ihr Magen hatte sich etwas beruhigt und eine vorsichtige Drehung ihres Oberkörpers löste erfreulicherweise keine erneute Schwindelattacke aus. Lediglich in ihrem Schädel hämmerte es wie in einer mittelalterlichen Schmiede.

Mit einer hilflos wirkenden Miene zuckte Darko die Schultern. »Bei mir zu Hause«, meinte er schließlich sachlich.

»Oookaaay?« Verwirrt betrachtete Ava den Rest des Zimmers genauer. »Ich hätte dich jetzt nicht für den Typen gehalten, der auf so … äh, na … feminine Farben steht.« Schwach grinste sie ihn an.

»Haha!« Er verschränkte die Arme und sah sie gespielt böse an, seine Augen funkelten amüsiert. »Das war das Zimmer meiner Mutter. Na ja, meiner Eltern, aber Mama hat es eingerichtet.«

»In den Vierziger-, Fünfzigerjahren, oder was?« Ava schnaubte.

»Wohl eher in den Dreißigern«, antwortete Darko gelassen und verschränkte die Arme vor der Brust.

»Hör auf mit deinen Jokes!«, klagte Ava und unterdrückte ein Gähnen. »Dafür bin ich noch nicht fit genug.«

Was definitiv der Wahrheit entsprach. Sie war todmüde und ihr brummte der Schädel. Zum Glück schien ihr ansonsten nichts weiter zu fehlen, außer dass ihr einfach jeder beschissene Muskel wehtat. Und jeder einzelne Knochen inklusive Zähne! »Erklärst du mir auch, was passiert ist und warum du mich zu *dir* nach Hause gebracht hast statt zu mir oder zum nächsten Krankenhaus?«

Verblüfft registrierte Ava, wie der sonst so redegewandte Darko nach den richtigen Worten suchte. Einige Male setzte er zum Sprechen an, hielt aber jedes Mal inne. Auf Tschechisch fluchend rieb er sich die Stelle zwischen den Augenbrauen.

»Raus mit der Sprache!« Schlagartig war Ava hellwach.

»Wir hatten einen Autounfall«, begann Darko lahm. »Man hat unseren Wagen gerammt, der hat sich überschlagen. Du hast das Bewusstsein verloren und wir haben dich hierhergebracht.«

»Wir!«, fauchte Ava. »Wer ist wir?« Mit einer flinken Bewegung sprang sie aus dem Bett und brachte es zwischen sich und ihn. Kurz wallte die Übelkeit erneut in ihr hoch, doch die heiße Wut, die in ihr hochschoss, erstickte jedes andere Gefühl.

Erst jetzt bemerkte sie, dass sie ein altmodisches dickes Nachthemd anhatte, das ihr bis über die Füße reichte. Bestimmt von seiner Mutter. Oder eher von seiner Oma, schoss es ihr durch den Kopf. Oh! Das hieß aber auch … »HAST DU MIR DAS DING ANGEZOGEN!«

»Ava!« Er machte Anstalten, das Bett zu umrunden und auf ihre Seite zu kommen. »Lass mich —«

»Bleib, wo du bist!«, herrschte sie ihn an. Sie wünschte, sie hätte etwas, mit dem sie nach ihm werfen konnte. Sie schnappte sich das Glas vom Nachttischschrank, aus dem sie vorhin getrunken hatte. Besser als nichts.

»Was willst du damit?« Ein Schmunzeln spielte um seine Lippen. »Ich könnte dich im Bruchteil einer Sekunde auf das Bett werfen und fesseln, bevor du es schmeißt, und wäre nicht mal außer Atem«, meinte Darko lässig und klang wieder ganz wie er selbst. »Lass es mich dir erklären.« Ava dachte gar nicht dran, ihm zuzuhören. Sie pfefferte das Glas in seine Richtung und sprintete zur Tür. Schwungvoll riss sie diese auf. Zumindest versuchte sie es. Hektisch zerrte und drehte sie an dem altmodischen Türknauf. Ihr Puls begann zu rasen und ihre Hände wurden schwitzig. Panisch warf sie einen Blick hinter sich, doch Darko lehnte nur lässig am Pfosten des Baldachins, der sich über das Bett spannte, und beobachtete sie ruhig.

»Sperr die Tür auf!«

»Das kann ich nicht.«

Avas Körper war bis zum Äußersten angespannt. Sie wagte es nicht, Darko für eine Sekunde aus den Augen zu lassen, als der die verschränkten Arme sinken ließ und Schritt für Schritt auf sie zukam.

Eine Armlänge Abstand haltend blieb er vor ihr stehen und streckte die Hand nach ihr aus. Entsetzt prallte sie zurück und wich mit hämmerndem Herzschlag nach hinten, bis sie die kalte, glatte Mauer neben der Tür in ihrem Rücken spürte. Fuck!

»Die Tür ist von außen abgeschlossen«, erklärte Darko verhalten. Er ließ den ausgestreckten Arm sinken.

»Aber du sagtest doch …«

»Dass es mein Zuhause ist?« Er schenkte ihr ein schiefes Lächeln. »Ja, es ist mein Zuhause. Zumindest war es das. Bis 1943, als sich alles änderte. Ava —«

Lautes Klopfen, gefolgt von einer rauen Stimme, die Darko etwas auf Tschechisch zurief, unterbrach ihn.

»Einen Moment, Rajko!«, rief Darko und warf ihr einen vielsagenden Blick zu, bevor er weitersprach. »Ich hab mich mit dir einsperren lassen, damit du nicht allein bist und ich dir alles erklären kann, sobald du wach bist.«

Entgeistert starrte Ava ihn an, die Situation verwirrte und ängstigte sie zunehmend. Die Gedanken rasten durch ihren Kopf wie ein ICE, der über die Gleise donnerte. Es war Darkos Zuhause und wieder doch nicht. Man sperrte sie beide ein, behandelte aber nur sie wie eine Gefangene?

Schlagartig wurde es ihr klar. Hatte er nicht ständig von Geschäften gesprochen? War es das? Waren das hier Mädchenhändler, die sie sonst wohin verschachern würden? Ein eiskaltes Gefühl schoss ihr durchs Mark, als ihr ein Film in den Sinn kam, in dem junge Frauen erst umgarnt wurden, nur um sie dann zu verschleppen und an den Bestbietenden zu verkaufen, der die grausamsten Dinge mit ihnen anstellte. Sie erinnerte sich, wie sie sowohl über die Naivität der Mädchen als auch die Klischees gelacht hatte. Ihr wurde übel. Wie hatte sie nur so dämlich sein können! Panisch schaute sie zwischen Darko und der Tür hin und her. Sie musste hier weg!

Ihre Fingernägel kratzten über die Tapete, als würde etwas in ihr unbewusst hoffen, dass sich dahinter ein Durchgang verbarg, durch den sie entkommen könnte.

Wieder klopfte es an der Tür. Lauter. Ungeduldiger.

Würden sie sie in Einzelteile zerlegen oder als Ganzes verkaufen?

»Sie muss sich erst noch was anziehen!«, rief Darko auf Deutsch, dabei warf er ihr einen intensiven Blick zu. Seine Lippen formten etwas ... Beschwörendes? »Sie hat nur ein Nachthemd an.«

Unwillkürlich schmiegte sich Ava noch enger an die Wand.

»Das ist egal«, kam es dumpf und schwer von der anderen Seite der Tür, so als hätte der Mann Mühe mit dem Formulieren deutscher Wörter. »Du weißt, dass Václav keine Geduld hat!«

Ein Schlüssel drehte sich hörbar im Schloss.

Wenn sie schnell genug wäre, hätte sie vielleicht eine Chance!

Ava machte sich bereit. Als sich die Tür nach innen öffnete, stieß sie sich von der Wand ab. Blitzschnell tauchte sie unter den Armen der bulligen männlichen Gestalt hindurch, die nach ihr schnappten und ...

Sie. War. Nicht. Schnell. Genug!

Eine Hand griff in ihr Haar und riss sie daran zurück. Schmerzhaft knallte sie mit dem Rücken gegen den Türstock. Der Mann packte sie zusätzlich am Arm, verdrehte diesen nach hinten und zog sie hoch.

Heißer Schmerz schoss durch ihren Körper. Ein ersticktes Keuchen kam über ihre Lippen. Trotzdem wehrte sie sich mit aller Kraft. Schwungvoll stieß sie sich vom Boden ab und ließ sich nach vorn fallen, um den Kerl mit ihrem Körpergewicht nach unten zu ziehen. Gleichzeitig trat sie ihn in die Mitte. Vielleicht hätte es funktioniert, wenn der Typ nicht wie glatter, kalter Marmor gewesen wäre. Und hart wie Granit. Das Einzige, was sie mit ihrer Aktion erreichte, war, dass sie mit dem Knie auf den Boden prallte und sich beinahe den Arm ausgekugelt hätte und in einer verdrehten Haltung halb in der Luft hing, da dieser Rajko sie weiterhin festhielt. Der Schmerz verschlug ihr den Atem und trieb Tränen in ihre Augen. Bittere Galle stieg ätzend in ihr hoch. Mit krampfartigem Reflex zwang ihr Körper das wenige Wasser, das sie vorhin getrunken hatte, wieder aus ihr heraus. Etwas Nasses rann ihr die Wangen hinab und sie hörte sich selbst schluchzen. Scheiße! Sie hasste sich selbst dafür.

»Rajko!« Den gefährlichen Unterton in Darkos Stimme registrierte selbst sie – trotz des dröhnenden Rauschens in ihren Ohren. »Tu ihr noch einmal weh, dann …« Die Konsequenz blieb unausgesprochen. Unvermittelt ließ Rajko sie los, sodass Ava jetzt vollends auf die Steinfliesen knallte.

»Alles okay?«, fragte Darko ungewohnt sanft und ging neben ihr in die Hocke. Dass er in der Position schien, anderen Befehle zu erteilen, trug nicht sonderlich zu ihrer Beruhigung bei. Sie zuckte vor ihm zurück. Als sie sich weigerte, seine Hand zu ergreifen, die er ihr hilfreich entgegenstreckte, schnaubte er ungeduldig. Er berührte sie am Ellbogen und zog sie daran hoch.

Zu schnell. Sekundenlang wurde ihr schwarz vor Augen und Ava schwankte. Haltsuchend tastete sie nach der Wand. Kräftige Hände packten sie an den Oberarmen. Nicht grob, dennoch fest genug, damit sie nicht – hinfallen würde? Oder weglaufen? Sie öffnete die Augen.

»Hör auf mit dem Theater!« Und nur für sie hörbar setzte Darko flüsternd hinzu: »Ich pass auf dich auf.«

Wollte er sie eigentlich verarschen? Wut verdrängte ihre Angst. Mit einer heftigen Bewegung versuchte Ava, sich Darko zu entziehen. Unmöglich sich auch nur eine Handbreit freizukämpfen. Verdammt! So stark wirkte er gar nicht. Er zuckte nicht mal mit der Wimper, als sie gegen sein Schienbein trat.

Hinter ihm stand Rajko und beobachtete ihre verzweifelten Versuche, sich Darkos Griff zu entwinden. Schließlich verdrehte er sichtlich genervt die Augen und schnaubte gereizt. »Sieh zu, dass du die Wildkatze unter Kontrolle bringst.« Ohne weiter auf sie beide zu achten, schob er sich an ihnen vorbei und marschierte den schmalen Gang entlang, der von ihrem Zimmer wegführte.

»Jetzt hör auf damit!«, stieß Darko ungeduldig hervor, packte sie an den Unterarmen und zog sie so dicht heran, dass sich ihre Nasenspitzen berührten. »Bitte sei vernünftig«, wisperte er in ihr Ohr. Er beugte sich weiter vor. »Ich weiß, du hast Angst, aber ich lass nicht zu, dass dir was passiert!« Seine Lippen strichen beim Sprechen sanft über ihre Schläfe, so nah war er ihr. Sie schauderte. Nicht hilfreich! Sie trat nach ihm, doch er wich geschickt aus.

»Vertrau mir.« Ohne ihre Reaktion abzuwarten, drehte er sie herum. Sie fühlte seine Hand in ihrem Kreuz, als er sie vorwärts drängte, mit der anderen jedoch hielt er weiterhin einen ihrer Unterarme fest. Sie ließ ihn gewähren. Was hätte sie auch sonst tun sollen. Vertrauen? Hatte der Typ Fieber?

Ava starrte auf Rajkos gedrungene Gestalt, die ein paar Meter vor ihnen ging. Mit seiner massigen Statur füllte er den Flur aus, und Darko hatte noch immer einen Arm auf ihrem Rücken fixiert. Beide waren unglaublich schnell und stark. Sie musste auf eine bessere Gelegenheit zur Flucht warten.

»Was hast du mit mir vor?«, zischte sie. Ihre Stimme zitterte.

»Ich erkläre es, sobald sich der richtige Moment ergibt.«

»Wann wäre der?«, gab sie schnippisch zurück. »Wenn ihr mich dem Käufer übergebt?« Sie biss sich auf die Innenseite der Wange, sie sah sich besser vor, anstatt frech zu werden.

»Käufer?«, fragte Darko ehrlich verdutzt und lockerte seinen Griff. Sofort versuchte Ava, sich gegen ihn zu wehren. Chancenlos. Ihr Arm verdrehte sich nur noch mehr. »Aua!«

»Denkst du ernsthaft, wir würden dich verkaufen?« Darkos Stimme klang zutiefst verletzt. »Was hältst du von mir?«

»Was denn sonst? Du machst dich an *Touristinnen* ran ...« Dem Wort Touristinnen verlieh sie eine besonders sarkastische Note. Sie erinnerte sich an das Gespräch im Club über naive Urlauberinnen. Und sie hatte sich tatsächlich reinlegen lassen. Ihre Stimme klang bitter, als sie fortfuhr: »Du versuchst, mich zu verführen ...«

»Das ist nicht wahr«, gab Darko zurück. »Du hast dich an mich rangeschmissen, du erinnerst dich? Als du sturzbetrunken auf dem Balkon standest?«

Sie ignorierte seinen Einwurf. »Dann haben wir rein zufällig einen Unfall und ich wache hier auf. Mit dir, in deinem Zimmer?« Ihr kam etwas anderes in den Sinn. »Habt ihr euch zugespielt? Du und Nikolaj?«

»Das mit dem Unfall war nicht geplant!«, verteidigte sich Darko.

»Ach, alles andere schon, oder was?«

Sie hatten das Ende des Flurs erreicht und waren in einer balkonartigen Galerie gelandet, von wo aus eine geschwungene Treppe beiderseits nach unten in die Eingangshalle führte.

Wie hoch war es? Zwei, drei Meter, schätzte sie. Die Chancen, dass sie sich ein Bein brach und liegen blieb oder aber davonkam, waren fifty-fifty. Vorausgesetzt die Eingangstür wäre nicht verschlossen.

Als könnte er ihre Gedanken lesen, hob Darko sie hoch, als wöge sie nicht mehr als ein Wattebausch. »Vergiss es!«

»Lass mich runter, du Arschloch!« Wütend trommelte sie mit den Fäusten gegen seine harte Brust, während er sie die Treppe hinuntertrug.

»Halt die Klappe!«, herrschte Rajko sie an, der am Fuß der Treppe auf sie wartete. Seine Anwesenheit hatte sie über ihre Diskussion komplett vergessen. »Man hört euch bis in die Altstadt streiten!« Seine Augen funkelten gefährlich. »Wenn du sie nicht ruhigstellst, mach ich es!« Demonstrativ knackte er mit seinen Fingerknöcheln. Ein fieses Grinsen spielte um seinen Mund.

Was der sich unter ruhigstellen vorstellte, konnte sich Ava lebhaft ausmalen, unbewusst klammerte sie sich an Darkos Schulter fest, was den lautlos auflachen ließ.

Sie würde ihn umbringen!

Unten angekommen ließ Darko sie von den Armen gleiten, schob Rajko zur Seite, als wäre er ein lästiges Insekt. Er packte ihre Hand und zog sie auf die Flügeltür zu, welche die gesamte gegenüberliegende Wand vereinnahmte. Aus dem Augenwinkel registrierte sie einen Gang, der von der Eingangshalle weg tiefer in die Villa führte. Gedanklich machte sie sich eine Notiz. Vielleicht ging es dort in einen Garten, durch den sie flüchten könnte, wenn sich die Gelegenheit ergab.

Mit der freien Hand machte Darko eine herrische Geste in Rajkos Richtung und befahl ihm harsch zu öffnen.

Darko hatte es echt drauf, jemanden auf seinen Platz zu verweisen.

Sie konnte ein Schaudern nicht unterdrücken. Wahrscheinlich sollte sie froh sein, dass er in der Hierarchie weiter oben zu stehen schien als Rajko, der mit einem zutiefst verächtlichen Blick in ihre Richtung an ihnen vorbeistapfte und die Tür aufstieß.

Dahinter befand sich ein – Salon? Der Begriff Wohnzimmer kam ihr bei dem Anblick zu mickrig vor. Die Kinnlade fiel ihr nach unten, als sich Ava umsah. Der Raum war groß und edel eingerichtet, auch wenn der Einrichtungsstil eher museumsreif war. Er entsprach dem des Zimmers, in dem sie wach geworden war. Nur herrschte hier nicht die Farbe Altrosa vor, sondern Gold auf einem verblassten Hellgrün. Der Stoff, der vor den hohen Fenstern hing, spiegelte sich in den grünen Bezügen der Sofas wider, die mit reichlich filigranen goldenen Blumen und Ranken bestickt waren. Die linke Wandseite wurde von Vitrinen und Sideboards im neobarocken Stil eingenommen. Rechts, durch eine Stufe mit dem Wohnzimmer verbunden, stand auf einer Empore ein immenser Flügel. Die freie Fläche dazwischen konnte schon als Tanzparkett durchgehen. Der moderne Flachbildschirm neben dem Klavier wirkte wie ein Fremdkörper in diesem riesigen Raum. So wie Darko, der hier einfach nicht reinpassen wollte.

»Das ist sie also!«, rief eine glockenhelle Stimme freudig.

Verstört zuckte sie zusammen und wandte den Blick in die Richtung, aus der die Bemerkung gekommen war. Im ersten Moment sah sie nur den riesigen, lederbezogenen Ohrenstuhl mit hoher geschwungener Rückenlehne vor einem der Fenster. In dem Teil konnten locker zwei Menschen Platz nehmen. Das Ding war so riesig, dass sie den zierlichen Mann darin erst auf den zweiten Blick bemerkte. Nachdem er jetzt ihre ungeteilte Aufmerksamkeit hatte, erhob er sich derart würdevoll, als säße er auf einem Thron. Trotz seiner geringen Körpergröße ging von seiner Haltung etwas Majestätisches aus.

Das war bestimmt dieser ominöse Václav.

Hinter Ava fielen die schweren Türen mit einem lauten Knall ins Schloss. Ihre Schultern und ihr Nacken verkrampften sich. Beklommen ließ sie den Mann vor sich nicht aus den Augen. Sein Anblick sorgte dafür, dass ihr Herz schneller schlug und Adrenalin durch ihre Adern pumpte. Ihr ganzer Körper bebte.

Irgendwie hatte sie sich den Obergangster eines Menschenschieberrings anders vorgestellt. Der Mann vor ihr wirkte völlig harmlos und sogar recht nett, als er sie mit einem freundlichen und offenen Lächeln bedachte. Noch dazu war er einen guten Kopf kleiner als sie.

Doch ein Instinkt, der für ihr Überleben zuständig war, riet ihr, ihn auf keinen Fall zu unterschätzen, denn hinter seiner aufgesetzten Gönnerhaftigkeit verbarg sich sicherlich ein scharfer Verstand, und seinem wachen Blick, mit dem er sie einer Musterung unterzog, entging nichts. Er war bestimmt nicht der Boss, weil er so nett war. Außerdem hielt Darko sie immer noch fest und ohne sich umdrehen zu müssen, wusste sie, dass Rajko die Türen bewachte. Und irgendwo in dieser Villa befanden sich sicherlich weitere Leute. Nur weil sie sie nicht gesehen hatte, hieß es nicht, dass sie nicht da waren.

Ava hoffte, sich ihre Angst nicht anmerken zu lassen, was gewiss besser gelungen wäre, wenn sie nicht in dem Oma-Nachthemd vorgeführt worden wäre. War es die Furcht, die sie schlottern ließ, oder die Kälte, die vom Boden über ihre nackten Füße hochkroch?

»Sicher, dass sie die Richtige ist?«, fragte Václav mit seiner hohen Stimme. Skeptisch musterte er Ava von oben bis unten, als handelte es sich bei ihr um ein Stück Fleisch.

Na ja, irgendwie war sie das auch, oder? Ava unterdrückte den Drang zurückzuweichen.

»Ja.« Darkos Antwort war knapp und ruhig.

»Was macht dich sicher?« Václav umrundete sie beide, betrachtete sie von allen Seiten. »Lass sie los«, befahl er ihm.

Darko zögerte. Ungeduldig entriss der Boss sie seinem Griff und zog sie in die Mitte des Raums. Etwas an Václav jagte kalte Schauer über ihren Rücken und ihre Nackenhaare stellten sich auf. Zitternd schlang sie ihre Arme um sich selbst. Diese Reaktion veranlasste Václav dazu, ihr ein Lächeln zu schenken. Eins von der Sorte, das die Augen nicht erreichte, die leblos wie die eines Hais wirkten.

»Er hat mich zu ihr geführt, wie vereinbart. Ihr Ritual ...«

»Was siehst du, wenn du sie anschaust?«, unterbrach ihn Václav. Seine grelle Stimme schmerzte in ihren Ohren. Nach einer weiteren Umrundung blieb er vor ihr stehen. Sein intensiver Blick verursachte eine seltsame Art flauer Verkrampfung, die es ihr schwer machte, normal zu atmen.

»Das siehst du doch selbst?«, schoss Darko frech zurück. Trotz seines unverschämten Tonfalls hörte Ava seine Anspannung heraus. In dieser Hinsicht schienen sie sich zu ähneln. Unter Druck wurden sie vorlaut. »Ich will es von dir hören«, forderte sein Boss unbeeindruckt. »Ihre Aura ist blau.« Darkos Stimme wurde immer leiser, während er fortfuhr. »Aber nicht nur ein Ton wie bei uns, sondern ein Regenbogen in Blautönen.«

Hä? Was reden die da für einen Bullshit?

»Was fällt dir sonst noch auf.«

»Goldenes Funkeln.« Darko seufzte in die angespannte Stille hinein, in der Ava nur ihren eigenen flachen Atem hörte.

»Sie ist es wirklich«, konstatierte Václav kalt und verzog die Lippen zu einem grimmigen Lächeln.

Wenn man das Sprichwort, dass die Augen die Tore zur Seele seien, genau nahm, würde Ava drauf wetten, dass Václav keine hatte.

»Nun, du hast deine Aufgabe besser erfüllt als erwartet.« Erfreut klatschte Václav in die Hände.

»Was, wenn die Poutnik mich getäuscht und zu der falschen Person geführt haben?«, gab Darko zu bedenken. »Wir haben zwar einen Pakt, dass wir uns gegenseitig unterstützen und eine gemeinsame Lösung finden, aber —«

»Daher habe ich dich mit der Aufgabe betraut.« Václav unterbrach ihn mit einem schallenden Lachen. »Du Idiot! Hast du gedacht, wir würden mit unseren alten Feinden zusammen an einer Lösung arbeiten? Der Pakt war kein Bündnis, sondern eine Täuschung, um an sie«, er zeigte mit einem langen knöchernen Finger auf Ava, »heranzukommen. Dass ihre Gemeinschaft, dass Nikolaj, dir ein Leben oder mehrere Leben schuldig ist, hat die Täuschung perfektioniert!«

Hinter ihr machte Darko ein seltsames Geräusch. Als hätte er einen Schlag in den Magen verpasst bekommen.

Während des Gesprächs wurde Ava zusehends verwirrter, sie konnte dem Ganzen nicht mehr folgen. Unzählige Fragen schossen ihr durch den Kopf. Wovon redeten die zwei – Auren sehen? Pakt? Und was hatte Nikolaj mit dem Ganzen hier zu tun? Warum schuldete er Darko ein Leben? Warum ihres? War das hier eine esoterische Sekte?

Hatte Nikolaj sie deswegen von sich gestoßen, aber er hatte doch gesagt … weil er nicht mehr mitmachen wollte?

Was auch immer das hier war, sie konnte nur hoffen, dass sich ihr eine Gelegenheit bieten würde zu entkommen. Vielleicht hatten Sarah und Rebecca schon die Polizei verständigt. Sie konnte sich noch dunkel daran erinnern, dass sie den beiden ihren Standort geschickt hatte. Was natürlich nichts brachte, wenn sie ihr Handy bei dem Unfall verloren hatte. Wahrscheinlicher war, dass man es ihr weggenommen und entsorgt hatte. Unwillkürlich spitzte sie die Ohren in der Hoffnung, Sirenen zu hören. Doch da war nichts. Nur das Rauschen ihres eigenen Bluts.

»Ich verstehe, dass sie dir gefällt.« Václavs zermürbend hohe Stimme drang durch den Nebel ihrer Gedanken und holte sie wieder in die Gegenwart zurück. »Sie ist hübsch. Und sie hat Feuer. Vielleicht …« Er wirkte nachdenklich, als er einen imaginären Fussel von seinem maßgeschneiderten Jackett zupfte und die blank polierten goldenen Manschettenknöpfe richtete. »… können wir uns ja noch ein wenig mit ihr vergnügen.« Urplötzlich hob er den Kopf. Nun musterte er sie mit unverhohlen gierigem Blick. »Sie schmeckt bestimmt köstlich!« Er leckte sich die Lippen und verzog sie zu einem aufgesetzten Lächeln. Dabei präsentierte er zwei äußerst spitze Eckzähne.

Irritiert starrte Ava auf Václavs Zähne. Ihr Gehirn schrie Error. Waren die etwa angeschliffen oder waren das Prothesen?

Zeitgleich keuchte Darko entsetzt auf. Einen Wimpernschlag später zog er Ava besitzergreifend an sich, während sich Václavs Worte noch in ihrem Hirn zusammensetzten und doch keinen Sinn ergaben.

»Du übertreibst.« Václav lachte kalt, dabei strich er sich selbstgefällig übers Kinn.

Waren Václavs Hände vor einer Sekunde noch leer, blitzte plötzlich die schmale, geschwungene Klinge eines eleganten Dolchs auf. Mit einer surreal schnellen Bewegung zerrte er Ava von Darko weg. Dem zierlichen Mann hatte sie so viel Kraft gar nicht zugetraut. Die Leichtigkeit, mit der er sie aus Darkos Griff riss, gegen den sie vorhin verzweifelt angekämpft hatte, erschütterte sie zutiefst. Waren die alle auf Anabolika, oder was? Was es auch war, es verdeutlichte doch, dass es kein Entrinnen gab.

Als sie die kalte Klinge auf ihrer Haut spürte, genau über der Stelle, an der die Knochen des Schlüsselbeins aufeinandertrafen, erstarrte sie unwillkürlich zu Eis.

Sie verdrehte die Augen, um Václav seitlich anzuschauen, der sie andächtig betrachtete. Aufreizend langsam zeichnete der Gangsterboss mit dem Messer den Halsausschnitt ihres Nachthemds nach. Dort, wo er die Haut ritzte, hinterließ er eine Perlenkette aus Blutstropfen. Süffisant grinsend ließ er die Klinge über dem Stoff zwischen ihren Brüsten bis zum Bauchnabel hinabwandern.

Die einzige Bewegung, zu der Ava imstande war, waren ihre heftigen Atemzüge. Sie verspürte den Drang zu schreien, doch die Zunge wollte ihr nicht gehorchen. Alles in ihr schrie danach wegzulaufen, aber sie konnte nur wie paralysiert auf die Klinge starren, die sich gegen ihren Bauch drückte. Ein kurzer schneller Stoß, dann wäre es das.

»Tu es nicht.«

Offenbar hatte Václav jedoch anderes im Sinn. Unversehens stieß er sie gegen Darko, dessen Arme sie automatisch umfingen.

Kalt betrachtete er sie beide. Abwartend. Seinen toten grauen Augen entging nichts. Nicht, wie Darko einen Schritt zurückwich und sie dabei mit sich zog. Nicht, wie er ihr etwas zuflüsterte, was im Rauschen in ihren Ohren unterging.

Genüsslich leckte er ihr Blut von der Klinge. Dabei machte er ein Geräusch, als würde er einen besonders erlesenen Wein probieren. Verstört starrte Ava ihn an. Was war das für eine kranke Scheiße!

Václav seufzte. »Ich weiß genauso gut wie du, dass sie sich freiwillig entscheiden muss.« Nach einer letzten intensiven Musterung warf er Darko den Dolch zu, der die Waffe mit einer geschickten Bewegung auffing. »Und ...«, Václavs hohe Stimme klang wie klirrendes Eis, »du wirst sie dazu bringen, die richtige Entscheidung zu treffen!«

»Aber ...«

»Das sollte doch kein Problem für dich sein«, stellte Václav spöttisch fest. Wieder lachte er. Sein glockenhelles Lachen stand im krassen Gegensatz zu dem teuflischen Blick und dem, was er von Darko forderte. »Rajko! Bring die beiden zurück ins Zimmer.« Václav setzte sich wieder auf seinen Thron und winkte gebieterisch, als wäre er ein König, der eine Audienz beendete. »Sieh zu, dass die beiden unterwegs keinen Blödsinn anstellen. Und Darko … vielleicht erinnerst du dich an das, was mit deinen Eltern passiert ist. Umgarne sie, foltere sie … ist mir gleich. Nur bitte töte sie nicht versehentlich, ja?«

»Den brauch ich dafür nicht!« Darko verzog das Gesicht zu einer angewiderten Grimasse und warf seinem Boss den Dolch vor die Füße.

»Komm!« Mit versteinertem Gesichtsausdruck packte Darko sie am Handgelenk und zog sie auf die Tür zu.

»Nein!«, stieß Ava heiser hervor. Einmal mehr innerhalb der letzten Stunde versuchte sie, sich aus seinem Griff zu befreien. Und wieder musste sie feststellen, dass sie gegen stählerne Fesseln ankämpfte. So schnell, dass ihre Augen es kaum wahrnahmen, schnappte Darko nach ihrem anderen Handgelenk. Heftig riss er sie an sich heran. Durch die Kraft, die in der Bewegung lag, wurde sie an seinen Oberkörper gepresst. »Fuck!«, murmelte er. »Fuck, fuck, fuck.« Die Hoffnungslosigkeit in seiner Stimme schnitt Ava durch die Knochen.

Unvermittelt ließ er sie los und winkte Rajko heran. Brutal gruben sich dessen Finger in ihren Oberarm. Der Schmerz ließ sie aufschreien. Einen Moment lang glaubte sie, Darko würde ihn dafür angreifen oder zumindest maßregeln so wie vorhin. Stattdessen verzog er nur das Gesicht und trat zur Seite, griff nach ihrem anderen Arm, sodass sie zwischen den beiden Männern gefangen war.

Kurz weigerte sie sich mitzugehen, doch die beiden zogen sie umstandslos mit sich. Avas aufflackernder Widerstand erstarb nahezu sofort. In einer körperlichen Auseinandersetzung konnte sie nur der Verlierer sein. Vielleicht hatte sie eine Chance zu entkommen, wenn sie wieder im Zimmer war. Sie verfluchte sich dafür, dass sie vorhin mit Darko gestritten hatte, anstatt sich umzusehen oder mehr Einzelheiten aus ihm herauszulocken. Vielleicht, allein beim Gedanken wurde ihr schlecht, wenn sie ihn verfü-

Plötzlich erschütterten ein dröhnendes Krachen und Bersten das Haus, dessen Mauern bedrohlich erbebten. Ein durchdringendes Kreischen schnitt unangenehm durch Avas Knochenmark, verwandelte sich in einen Pfeifton, der sich durch ihr Trommelfell fraß. Unvermittelt war sie frei. Verblüfft sah sie, wie Darko und Rajko zu Boden gingen. Auf den Knien liegend hielten sich die beiden schreiend den Kopf und krümmten sich wie unter extremen Schmerzen. Aus Ohren und Augen sickerte Blut zwischen ihren Fingern hindurch.

Nur kurz zögerte sie, dann rannte sie auf die große, wuchtige Doppeltür zu. Abermals erschütterte ein Knall das Haus. Strauchelnd kämpfte Ava um ihr Gleichgewicht. Der trommelfellzerreißende Ton schwoll erneut an. Darkos und Rajkos Schreie verwandelten sich in ein gequältes Wimmern. Sie konnte ihn doch nicht einfach … Ava verbot es sich, einen Blick über die Schulter zu werfen. Doch sie konnte! Solange die Typen ausgeschaltet waren, musste sie einfach handeln. Eine andere Chance würde sie nicht bekommen.

Ein dritter Knall ließ sie zusammenzucken. Sie klammerte sich an der Rückenlehne eines Stuhls fest, als der Fußboden unter ihr erzitterte.

Urplötzlich erschien ein Riss in der Form eines gezackten Blitzes im massiven Holz der Tür, der sich innerhalb eines Wimpernschlags seinen Weg von oben nach unten fraß und das Holz spaltete. Einen Atemzug später wurde die Tür regelrecht aus ihrem Rahmen katapultiert.

Instinktiv warf sich Ava zu Boden und riss die Hände über den Kopf, um sich vor den umherfliegenden Holzsplittern zu schützen. Staub wirbelte auf und drang tief in ihre Lungen ein. Hustend und mit klingelnden Ohren versuchte sie, etwas in den wirbelnden Staubschwaden ausmachen zu können. Sie kniff die Augen zusammen. Dort stand doch jemand!

Tatsächlich. Aus dem Staub, der sich langsam legte, schälte sich eine Gestalt heraus und entpuppte sich als junger Mann, der mit unverhohlenem Grinsen einen kleinen Gegenstand immer wieder lässig in die Luft warf und wieder auffing. Er winkte sie hektisch herbei. Unsicher rappelte sie sich hoch. Auf eine unwirkliche Art kam er ihr bekannt vor.

»Schnell!«, rief der junge Kerl. »Die erholen sich schneller, als einem lieb ist, und ich hab nur noch einen Stein!«

Die Stimme, die ihr ins Ohr flüsterte, dass sie nicht wusste, wer er war und ob er ihr wirklich helfen wollte, schob sie beiseite. Erst einmal musste sie hier weg. Eins nach dem anderen.

»Ava!«, rief jemand, den sie nur zu gut kannte. Ein zweiter Umriss tauchte aus den Staubschwaden auf.

»Nikolaj?«, rief sie krächzend. Sie hatte keine Zeit, sich über sein Erscheinen zu wundern. Schon war er bei ihr und zerrte sie hoch. »Komm, wir müssen weg!« Eilig schob er sie auf den zerstörten Eingang zu.

»Rajko! Darko! Haltet sie auf!« Václavs Stimme war wie ein Messer – scharf, kalt, unerbittlich durchschnitt sie die Luft.

Noch während Nikolaj sie hinter sich herzerrte, warf Ava doch einen letzten Blick über die Schulter. Wie in Zeitlupe kam Rajko wieder auf die Beine und war im Begriff, ihnen hinterherzustürmen, während Darko aufstand, jedoch mit hängenden Schultern stehen blieb und keinerlei Anstalten machte, die Verfolgung aufzunehmen. Im Gegenteil. Er nickte Nikolaj zu, der sich ebenfalls umgedreht hatte. Was Darko jedoch nicht bemerkte, weil er ihm den Rücken zugewandt hatte, war, dass sich Václav von seinem Thron aufgerappelt hatte und ihn mit zornentbrannter Miene ansah. Etwas Silbernes lag in seiner Hand. Der Dolch!

»Darko!« Ava machte sich von Nikolaj los und rannte zurück. Nur knapp entging sie Rajkos zupackenden Händen. In Darkos Gesicht malte sich ungläubiges Entsetzen ab, als er sie auf sich zuspringen sah.

Aus dem Augenwinkel registrierte Ava, wie der unbekannte Junge zielte und seinen Stein warf. Als wäre er David und Rajko Goliath.

Den Schwung ihrer eigenen Bewegung nutzend stieß sie Darko mit aller Kraft zur Seite. Gleichzeitig explodierte etwas mit lautem Knall und gleißendes Licht flutete über sie hinweg.

Ein heißer, heftiger Schmerz bohrte sich in ihre Brust. Der Lärm und das blitzende Licht verschwammen vor ihren Augen, während alles einer unnatürlichen Dunkelheit und Stille wich.

KAPITEL 11

Beim zweiten Anlauf gelang es Ava, die verklebten Lider zu öffnen. Mit dem Handrücken rieb sie sich den Schlafsand aus den Augen. Allein diese Bewegung kostete sie jegliche Energie, die sie aufbringen konnte. Ihr Körper fühlte sich unangenehm schwer und kraftlos an, der Kopf seltsam wattig. Blinzelnd stützte sie sich auf ihren Ellenbogen auf und sah sich um.

Allmählich gewöhnten sich ihre Augen an das schwarz-graue Licht, das durch den Stoff des Vorhangs drang, und sie erkannte die vertrauten Umrisse ihres Garconnières.

Wie war sie in ihrem Zimmer gelandet? Benommen versuchte sie, die diffusen Szenen vom Vorabend zusammenzusetzen. Sie war angeheitert gewesen und Darko hatte sie zurück zur Pension bringen wollen. Er rief ein Taxi, in das sie zusammen eingestiegen waren. Und dann ... Blackout. Schwarz. Rabenschwarz! Hatte der Tscheche vielleicht doch die Situation ausgenutzt? Ihr unbemerkt K.-o.-Tropfen ins Glas geschüttet?

Sie winkte ab. Nein, so schätzte sie ihn nicht ein. Bei der Erinnerung daran, wie sie sich Darko an den Hals geworfen und ihn geküsst hatte, brannten ihre Wangen heiß. Er hätte es definitiv nicht nötig gehabt, sie unter Drogen zu setzen. Eigentlich, wenn sie ehrlich war, hatte er sich sogar richtig süß verhalten. Was hatte er noch mal gesagt? Sie solle sich daran erinnern, wenn sie die Welt vergaß? Und er war anständig genug gewesen, ihren Zustand nicht auszunutzen.

Und Nikolaj? An den Streit mit ihm erinnerte sie sich glasklar. Leider! Diesen Teil hätte sie zu gern vergessen. Bei dem Gedanken an Nikolaj verschwamm ihr Zimmer zu einem dunklen Fleck.

Verflucht! Ihre Hände ballten sich zu Fäusten. Sie würde nicht wegen des dämlichen Kerls rumheulen! Sie schniefte. Wo war ihr Handy?

Ob er ihr eine Nachricht geschickt hatte, um sich zu entschuldigen? Ja, klar! Sie rollte mit den Augen. Er hatte nicht mal ihre Nummer.

Sie versuchte, den Gedanken an Nikolaj zu verdrängen. Auf der Suche nach ihrem Telefon strich ihre Hand über das Bettlaken. Vielleicht hatte Darko ihr geschrieben. Hoffentlich hatte Sarah keine Fotos oder schlimmer noch Videos hochgeladen, auf denen sie im Hintergrund betrunken herumstolperte. Oh, das wäre so peinlich. Im Stillen verfluchte sie Sarah und ihren Hang, alles auf den Socials zu teilen.

Verdammt! Das blöde Ding musste doch irgendwo hier liegen.

Was war das? Ihre Fingerspitzen berührten etwas Weiches und gleichzeitig Kompaktes. Das war doch … ein Körper! Vor Schreck quietschte sie laut und setzte sich abrupt auf. Ernsthaft?!

»Darko!«, fauchte Ava wütend. »Was soll das?!« Endlich hatte sie ihr Handy gefunden. »Du Arsch!« Mit zittrigen Fingern aktivierte sie die Taschenlampenfunktion. Na warte! Sie schwenkte das Licht in die Richtung, in der sie sein Gesicht vermutete, gleichzeitig setzte sie zu einer scharfen Bemerkung an.

Entsetzt prallte sie zurück.

Es war nicht Darko, der neben ihr lag! Und auch nicht Nikolaj oder eine ihrer Freundinnen. Der Anblick drohte sie zu ersticken, vereiste das Blut in ihren Adern.

Dort lag niemand anderes als sie selbst!

Etwas Eiskaltes kroch von unten ihre Wirbelsäule entlang, lähmte jeden Nerv in ihrem Körper.

Erst als sich die andere Ava in einer fließenden Bewegung aufrichtete und sie mit funkelnden Augen spöttisch angrinste, lösten sich ihre Stimmbänder.

Ava schrie!

Panisch sprang sie aus dem Bett, rannte ins Badezimmer. Sie warf die Tür ins Schloss und drehte den Schlüssel um. Mit wild pochendem Herzen trat sie ein paar Schritte zurück. Von der Rückseite der Tür starrte sie ihr Spiegelbild gehetzt an.

Fuck, fuck, fuck! Das ist ein fucking Albtraum! Mit der rechten Hand griff sie sich an die Brust. Ihr Spiegelbild tat es ihr gleich.

Nur ein Albtraum.

Langsam beruhigte sich ihr rasender Puls. Tief atmete Ava ein und aus, behielt jedoch ihre eigenen Bewegungen genau im Blick. Was war das denn für ein Traum? Es hatte sich so real angefühlt. Der Körper neben ihr, der Blick ...

Ava schluckte hart und schüttelte sich. Ihre Kehle war ausgetrocknet. Prags gruselige Legenden in Kombination mit zu viel Alkohol hatten sich zusammen mit ihrem Unterbewusstsein gegen sie verschworen. Immerhin hatte ihr zweites Ich noch seinen Kopf gehabt. Sie kicherte verhalten. Ging es nach den alten Sagen, war es die Lieblingsbeschäftigung der Böhmen, anderen den Schädel abzuschlagen.

»Da hast du wohl Glück gehabt.« Ava streckte sich selbst die Zunge raus. »Du bist nicht völlig kopflos.«

Unvermittelt verzogen sich die Lippen ihres Spiegelzwillings zu einer spöttischen Grimasse. Boshaftigkeit lag in den funkelnden Augen, die Ava mit einer Intensität musterten, die ihre Nerven vibrieren ließ.

Ein Stromschlag jagte durch ihren Körper. Ihr Lungen zogen sich zusammen und ließen sie nicht mehr atmen. Krampfhaft umklammerte Ava den Handtuchhalter, der neben ihr aus der Wand ragte. Das konnte nicht wahr sein! Träumte sie noch immer? Mit der freien Hand kniff sie sich in den Arm. Dabei ließ sie ihr Spiegelbild nicht aus den Augen. Sie zwang sich, Luft zu holen.

Das ist ein Traum! Das ist ein Traum! Das ist ein Traum!

Immer wieder kniff sich Ava in den Arm, bis dieser feuerrot brannte. Ihr Spiegelbild weigerte sich beharrlich, es ihr gleichzutun. Bewegte sich nicht. Starrte sie nur an mit diesem spöttischen und zugleich neugierigen Blick. Etwas Gefährliches, Raubtierhaftes lag darin, was Ava innerlich erstarren ließ. Dann – unendlich langsam, als würde es die Bewegung auskosten – hob es gemächlich die Hand und winkte ihr zu.

Stumm, unfähig einen klaren Gedanken zu fassen, wich Ava immer weiter zurück, bis sie das kalte Glas der Duschwand in ihrem Rücken spürte. Sie saß in der Falle.

Ihr Spiegelzwilling legte den Kopf schief, musterte sie nachdenklich. Nein, nicht sie sah sie an! Sondern die Innenseite des Spiegels. Wie im Fieberwahn gefangen, verfolgte Ava, wie ihr Zwilling die Fingerkuppen von der anderen Seite gegen das Glas drückte. Knisternd bildeten sich Sprünge und feine Risse in der spiegelnden Oberfläche, überzogen diese wie ein Spinnennetz. Für einen Moment hielt selbst die Welt die Luft an.

Mit einem peitschenden Knall zerbarst der Spiegel.

KAPITEL 12

»Sie wacht auf!«

»Endlich!«

Gedämpfte Geräusche drangen durch den Nebel, der ihr Bewusstsein umgab. Jemand rüttelte sanft an ihrer Schulter. Vertraute Stimmen riefen ihren Namen. Ihr Geist folgte ihnen aus den Traumtiefen zurück in die Realität. Nur ein Traum. Stöhnend schlug Ava die Hand auf ihrer Schulter weg, die sie beharrlich schüttelte und das Traumgespinst und das Geräusch von berstendem Glas verdrängte. Nur ein Traum.

Bist du sicher?

»Ich hol den Arzt!« Rebeccas Stimme klang zutiefst erleichtert.

Arzt? Dumpf drangen Schritte an ihr Ohr, die sich rasch entfernten, gefolgt vom Geräusch einer sich öffnenden und schließenden Tür. In der darauffolgenden Stille hörte sie nur ihren eigenen schweren Atem und ein durchgängiges Piepsen. Dass sich jemand durch den Raum bewegte und an ihr Bett stellte, nahm sie nur am Rande wahr.

Sie spürte Sarahs Präsenz, wagte es jedoch nicht, ihre Augen zu öffnen. Eine irrationale Angst, nicht ihre Freundin zu sehen, hinderte sie daran.

»Ava, hörst du mich?« Sanft stupste die Freundin gegen ihren Oberarm. »Mach die Augen auf.« Sarah klang untypisch verängstigt. »Komm schon.«

Die Situation mit dem Erwachen erinnerte sie zu sehr an ihren Traum und vage an etwas anderes, das am Rand ihres Bewusstseins zupfte. Eine Erinnerung an eine ähnliche Situation, die sich soeben wiederholte. Nur an einem anderen Ort. Unter anderen Umständen. Einen Unfall. Ava atmete tief ein. Sie nahm den strengen Geruch von Desinfektionsmittel wahr. In ihrer unmittelbaren Nähe piepste ein Gerät beständig vor sich hin.

»Wo bin ich?«, fragte sie, obwohl sie sicher war, die Antwort zu kennen.

»Im Krankenhaus«, bestätigte Sarah prompt. »Und wenn du mich nicht endlich anschaust, ich schwör's dir, mach ich ein Foto von dir und poste das auf Instagram!«

Diese Aussage vertrieb restlos jegliche Zweifel. Nur Sarah würde es fertigbringen, aus dieser Ansage Realität zu machen. Bevor ihre Freundin ernst machen und Ava ihr Bild, wie sie an Maschinen angeschlossen in einem Krankenhausbett lag, in den Social-Media-Kanälen wiederfinden würde, öffnete sie die Augen.

Im ersten Moment blinzelte sie gegen das beißendhelle Licht der LED-Röhren an und sie drehte den Kopf zur Seite. Ein dunkler Schemen stand neben ihrem Bett. Eine Sekunde später klärte sich ihr Blick.

Unheimlich erleichtert stellte sie fest, dass wahrhaftig Sarah neben ihrem Bett stand. Und nicht etwa ihr Spiegelbildzwilling. So real hatte sich dieser Albtraum angefühlt, dass sie tatsächlich befürchtet hatte, er würde weitergehen, sobald sie die Augen öffnete.

»Hi«, murmelte sie leise und tastete nach der Hand ihrer Freundin. Und so seltsam das auch klingen mochte, Ava war froh, in einem Krankenhausbett zu liegen. Weiß und steril. Keine Spiegel.

Oder Gold und Rosa. Ava stutzte. Wo kam das wieder her? Irritiert schüttelte sie den Kopf. Doch das Zimmer in Gold und Rosa manifestierte sich zusehends in ihren Erinnerungen.

»Hey!« Sarah schenkte ihr ein erleichtertes Lächeln. »Wir haben uns Sorgen um dich gemacht!« Kurz drückte sie Avas Hand, dann beugte sie sich zu ihr und schloss sie fest in die Arme.

»Du erstickst mich«, beschwerte sich Ava und klopfte ihrer Freundin sacht auf den Rücken.

Sarah schluchzte und kicherte gleichzeitig, ließ sie aber los und trat einen Schritt zurück.

Nachdenklich betrachtete Ava ihre schniefende Freundin. Bemerkte die dunklen Ringe unter den Augen, die verstrubbelte blonde Mähne. Wenn Sarah ihr Äußeres derartig vernachlässigt hatte, musste sie sich ernsthaft Sorgen gemacht haben.

»Was ist …?«, begann Ava. Die einsetzenden bohrenden Kopfschmerzen behinderten ihr Denkvermögen. »Wie …?« Gold und Rosa. Glockenhelles Lachen hallte in ihrem Kopf wider. Darko, der sie eine Treppe hinuntertrug. Unwillkürlich presste Ava ihre Fäuste gegen die Stirn. Ein zerbrochener Spiegel. Nikolaj.

»Du hattest einen Autounfall«, begann Sarah lebhaft und wischte über ihre feuchtglänzenden Augen. »Erst war ich ja sauer auf dich, weil du einfach mit Darko verschwunden bist. Du hättest Bescheid sagen sollen, dass du was von ihm willst. Wenn ich das gewusst hätte, aber ich dachte, du und Nikolaj … Ach egal!« Resolut wischte Sarah die Worte mit einer Handbewegung weg. »Hauptsache, dir geht's wieder besser!«

»Was sagt die Polizei?« Die Kanüle an ihrer Hand verfing sich bei der Bemühung, ihr Haar zu glätten. »Nachdem ich verschwunden war.«

»Was meinst du?« Verständnislos schaute Sarah sie an, half ihr aber dabei, die Kanüle und den daran hängenden Schlauch aus den Haarsträhnen zu befreien. »Du warst doch gerade erst weg, als ihr den Unfall hattet und —«

»Zwischen Unfall und jetzt ist aber mindestens ein Tag her, wenn nicht sogar zwei«, widersprach Ava ihrer Freundin. »Und ich hatte euch doch meinen Live-Standort geschickt.« Sie runzelte die Stirn und rekapitulierte das, von dem sie noch wusste. »Wir waren in dem Club mit der Dachterrasse. Ich bin mit Darko in das Taxi gestiegen und ein paar Meter weiter wurde es gerammt und dann hat er mich zu sich nach Hause mitgenommen.« Verdammte Kopfschmerzen! »Ich war bestimmt mindestens einen Tag fort«, wiederholte Ava. »Darko lebt in einer riesigen Villa und«, sie rieb sich unbewusst über die Schulter, als sie sich daran erinnerte, wie sie von hinten gepackt wurde, als sie aus einem rosagoldenen Zimmer flüchten wollte, »da waren so komische

Typen!« Sie richtete sich auf. »Ihr wisst doch bestimmt noch, dass er ständig was von Geschäften gefaselt hat. Das waren Kriminelle! Wir müssen zur Polizei! Sofort!«

Sarah musterte sie verwirrt. »Bist du sicher, dass es dir gut geht?«, fragte sie skeptisch. »Mal davon abgesehen, hast du uns keinen Live-Standort geschickt! Nur dass du mit Darko weg bist.« Verschwörerisch zwinkerte sie ihr zu. »Wahrscheinlich warst du kriminell abgelenkt und bist versehentlich auf den aktuellen Standort gekommen.«

»Wer hat mich überhaupt hergebracht?« Mit einem Anflug von Panik sah sie Sarah an. Träumte sie etwa doch noch? Der Schmerz, als sie sich die Nadel aus der Hand zog, war jedoch mehr als real. Verdammt! Was war hier nur los!

»Er hat dich nach dem Unfall direkt hergebracht!«

»Nein, nein!« Heftig schüttelte sie den Kopf. »Nein, ich war bei Darko zu Hause! Nachdem wir den Unfall hatten. Ey, das war alles so abgedreht!« Es fiel Ava schwer, einen klaren Gedanken zu fassen. Alles wirbelte in ihrem Kopf durcheinander. Sie setzte sich auf und schwang die Beine aus dem Bett. Die schnelle Bewegung verursachte ein unangenehmes Schwindelgefühl. Angestrengt atmete sie dagegen an. Verdammt.

»Ava!«

Rebeccas freudiger Aufschrei lenkte ihre Aufmerksamkeit zur Tür. Ihre Freundin strahlte über das ganze Gesicht. Eine Sekunde später zog sie sie in eine feste Umarmung. Tröstlich warm. Und sehr real. Und kurz davor, ein zweites Mal zu ersticken.

»Sie redet wirres Zeug!«, meinte Sarah vorwurfsvoll und zeigte auf Ava, die sich eben aus Rebeccas Armen befreite.

»Nun!«, meinte der Arzt, der Rebecca ins Zimmer gefolgt war. Ein sympathisches Lächeln umspielte seinen Mund, als er an ihr Bett trat. Umstandslos schob er die Nadel wieder an ihren angestammten Platz. »Bei einem schweren Schädelhirntrauma ist das nichts Ungewöhnliches.« Er sah Ava direkt an, dann sprach er mit leicht slawischer Sprachmelodie weiter. »Sorge hat mir bereitet, dass Sie einfach nicht aufgewacht sind. Ich hatte befürchtet, dass Sie in ein Koma fallen würden.« Vorsichtig hob er ein Augenlid nach dem anderen an und leuchtete mit einer kleinen Stablampe in ihre Augen, dann trat er einen Schritt zurück und reichte ihr die Hand. »Ich bin Doktor Alexandr Ztratil.«

Sekundenlang tanzten schwarze Flecken vor ihren Augen auf und ab, wodurch sein Gesicht zu einer konturlosen Masse verschwamm. Blinzelnd schüttelte sie die Hand, die er ihr hinstreckte. Sein Griff war fest und warm. »Schön zu sehen, dass Sie wach sind und es Ihnen gut zu gehen scheint.«

»Dann kann ich gehen?«, fragte sie.

»Nicht so schnell, junge Dame«, meinte Doktor Ztratil in einem freundlichen, aber bestimmten Tonfall. »Wie durch ein Wunder haben Sie zwar keine innerlichen wie äußerlichen Verletzungen, aber Sie waren kurz davor, in ein Koma abzudriften. Das lässt entweder auf einen psychischen Schock schließen oder ein schweres Schädelhirntrauma. Deswegen möchte ich Sie noch bis morgen zur weiteren Beobachtung hierbehalten.«

»Wie lang war ich denn weggetreten?«, fragte Ava, ihr Zeitgefühl war mächtig in Unordnung gekommen.

»Das kann man nicht so genau sagen«, meinte der Arzt. »Sie waren bereits ohne Bewusstsein, als Ihre Freunde Sie hergebracht haben. Das war vor etwa zwölf Stunden. Vermutlich sind Sie direkt nach dem Unfall bewusstlos geworden.« Schulterzuckend kritzelte er etwas auf einen Zettel auf einem Klemmbrett, das an ihrem Bett hing. »Die beiden jungen Herren meinten, Sie hätten einen Autounfall gehabt. Können Sie sich noch daran erinnern?« Ein lautes Piepsen, das aus der Kitteltasche des Arztes drang, ersparte Ava eine Antwort. »Notfall!« Schon rauschte er mit wehendem Kittel aus ihrem Zimmer und ließ eine zunehmend frustrierte Ava zurück.

»Kann mir mal jemand von vorn erklären, was los ist?«, fragte Ava verärgert. »Wieso hat keiner von euch nach mir gesucht, nachdem ich mindestens einen Tag weg war?« Es enttäuschte sie mehr, als sie zugeben wollte, dass keiner von den beiden etwas unternommen hatte, um sie zu finden. »Ihr hättet merken müssen, dass etwas nicht stimmt. Ich wäre nie einfach verschwunden, ohne euch was zu sagen.«

»Ihr wart doch gerade erst ein oder zwei Stunden weg, als wir den Anruf bekamen.« Verwirrt musterte Rebecca ihre Freundin. »Außerdem, … Darko hat uns gesagt, dass ihr zwei verschwinden würdet!«

Stöhnend hielt sich Ava den Kopf. »Und da habt ihr euch nichts dabei gedacht?«

»Na ja, nach dem Streit mit Nikolaj und … und dass du …Du hast doch gesagt, wäre der nicht, dann …«Becca sah sie unschlüssig an. »Ich dachte … hey, das wäre nicht das erste Mal, dass du dich auf die Art ablenkst.«

»Es geht aber um den Tag danach. Ich wäre nie einen ganzen Tag lang ohne ein Lebenszeichen verschwunden. Schon gar nicht im Ausland und mit einem Typen, den ich kaum kenne! Was ihr wissen solltet, wenn ihr euch nicht ständig von dem so beeinflussen lassen würdet.«

»Moment mal, Ava«, mischte sich Sarah ein. »Gestern waren wir drei zusammen auf Museums-Tour. Kannst du dich denn an den ganzen Tag nicht mehr erinnern? Nach der Arbeit waren wir zuerst im Illusionsmuseum, danach wolltest du unbedingt diese jüdischen Grabsteine finden und … abends haben wir uns wieder mit Darko getroffen. Ohne Nikolaj. Darko meinte, ihr zwei hättet euch gestritten. Wovon *du* uns im Übrigen nichts erzählt hast!« Gekränkt verschränkte sie die Arme vor der Brust und verzog beleidigt den Mund.

»Leute! Was für ein Museum? Welche Grabsteine? Wovon redet ihr da? Ich bin mit Darko aus dem Club, ja, das stimmt. Aber das war vor mindestens zwei Nächten und nicht erst gestern Abend.«Avas Stimme brach. Sie zitterte. Plötzlich war alles wieder da. Jede noch so winzige Kleinigkeit. Das Gefühl der kalten Klinge an ihrem Hals. Dieses seltsame okkulte Gefasel.

»Das hast du bestimmt geträumt.« Als Sarah ihr beruhigend über den Arm strich, kamen ihr die Tränen. »Du hast echt heftig was abbekommen.«

Die sanfte Stimme ihrer Freundin und Rebeccas mitleidiger Blick fachten Avas Zorn an. Wütend schlug sie Sarahs Hand weg und verschränkte die Arme.

Noch mehr Bilder und Geräusche von dem Unfall tauchten in Avas Kopf auf. Das rosarote Zimmer. Der Gangsterboss! Der Dolch, mit dem er ihre Haut aufgeritzt hatte! Das war wirklich passiert, und diese Verletzung war der Beweis dafür.

»Hier!« Energisch zog Ava an dem Ausschnitt des Krankenhaushemdes. »Hier hat mich dieser Typ verletzt!«

»Welcher Typ?« Kritisch betrachtete Rebecca die Stelle, auf die sie deutete. »Da ist nichts!« Mit einem besorgten Ausdruck berührte sie Avas Stirn.

Überrascht sah Ava nach unten, tastete die empfindliche Haut an ihrem Dekolleté ab. Tatsächlich. Makellos. Nicht ein Kratzer. Aber ... wie war das möglich? Unbehaglich knetete sie das Bettlaken zwischen ihren Fingern. Ihr fiel noch etwas ein. »Was ist mit dem Messerstich?« Sie deutete auf die Stelle unterhalb ihrer linken Brust.

»Messerstich?«, echote Sarah entgeistert.

»Ich glaub, der Arzt hat recht mit dem Trauma.« Streng, aber liebevoll fügte Rebecca hinzu: »Du scheinst Realität mit Albtraum zu vermischen.« Fürsorglich strich sie ihr eine Strähne aus der Stirn. »Du solltest schlafen. Ruh dich aus. Morgen siehst du wieder klarer.« Aufmunternd zwinkerte sie Ava zu, in der es innerlich zu brodeln begann.

Was zur Hölle war hier los?

»Ich bin nicht verrückt!«, fauchte sie.

»Das behauptet auch niemand.«

Der verständnisvolle Blick, den Rebecca ihr dabei zuwarf, brachte Ava an den Rand ihrer Beherrschung. »Wie kann es sein, dass ich fast zwei Tage verschwunden bin, ohne dass ihr das merkt? Hat man euch Drogen ins Glas gemischt? Oder habt ihr zu viel Absinth gesoffen?« Sie wusste, dass sie biestig klang, aber langsam zweifelte sie an ihrem Verstand.

»Aber an das Alchemistenlabor erinnerst du dich noch? Das fandest du voll abgefahren.« Kopfschüttelnd reagierte Ava auf Sarahs Frage, die daraufhin kichernd fortfuhr. »Ich hoffe, du hast dir nicht Memorium Momenta, oder wie der Trank hieß, gekauft? Das bekommt dann definitiv keine Kaufempfehlung von mir.«

»Hmm und welchen Trank habt ihr euch genehmigt? LSD-Wonderland? Ich frag mich echt, auf welchem Trip ihr seid.«

»Jetzt werd nicht gemein.« Gekränkt verschränkte Sarah die Arme vor der Brust. »*Du* bist die mit der Gedächtnislücke, die sich was zusammenspinnt. Also hör mal: Darko hat uns angerufen und mitgeteilt, dass er und Nikolaj mit dir im Krankenhaus sind. Er meinte, der Fahrer habe die Kontrolle über das Fahrzeug verloren, nachdem ihr gerammt wurdet. Wir sind sofort mit einem Taxi zum Krankenhaus gefahren. Und auch wenn du und Nikolaj Streit hattet, war er richtig süß, der war nicht von dir wegzukriegen. Er sah richtig krank aus vor Sorge. Ich glaub, er mag dich wirklich. Streit hin, Streit her. Und Darko war auch klasse. Der hat alles mit den Ärzten geregelt, wofür wir ihm echt dankbar waren. Wir können ja kein Tschechisch.«

Das Bild, das Sarah beschrieb, war zwar nett, aber Ava kam es unheimlich verdreht vor. Fast so verdreht wie dieser Spiegeltraum. Langsam wusste sie nicht mehr, was sie glaubte, geschweige denn denken sollte. Hatte sie sich doch alles nur eingebildet? Es war alles so konfus. Ihre Erinnerungen und das, was ihre Freundinnen erzählten, stimmten so gar nicht überein!

»Ich dachte, Nikolaj sei an dem Abend nicht dabei gewesen? Wie —«, fing Ava erneut an, wurde jedoch fast sofort von Sarah unterbrochen.

»Nikolaj hat den Unfall zufällig mitbekommen. Anscheinend war der mit seinem Cousin auf derselben Straße unterwegs. Die lange Straße von der Burg am Fluss entlang in die Stadt. Die waren auf dem Nachhauseweg. Ein Kumpel von seinem Cousin hat euch dann alle im Auto hergebracht.«

»Das hat er euch so gesagt? Dass er zufällig ... Ey, ihr merkt aber schon noch was?« Ava schwirrte der Kopf. »Und auf die Idee, Polizei und Krankenwagen zu rufen, kam wohl keiner?«

»Doch, natürlich hat Darko die Polizei angerufen. Der Unfallverursacher ist auch noch abgehauen! Bis zu dem Zeitpunkt warst du auch noch okay. Erst auf dem Weg nach Hause, im Auto von dem Kumpel da, bist du bewusstlos geworden.«

Zu gern würde Ava glauben, was ihre Freundinnen erzählten. Dass sie einfach auf Museumstour waren, einen schönen Abend miteinander gehabt hatten. Bilder des vergangenen Tages stiegen in ihr auf. Aber nicht die, die ihre Mädels beschworen, sondern ganz andere. Nikolaj war dort gewesen. In dieser Villa. Er und ein paar andere waren dort eingebrochen und hatten sie rausgeholt. Hatten eine Tür zum Explodieren gebracht. Wenn sie die Augen schloss, hörte sie den Krach und spürte das Gefühl, das sein Erscheinen in ihr ausgelöst hatte. Beim Gedanken an ihn schlug ihr dummes Herz schneller, als hätte es vergessen, was er zu ihr gesagt hatte.

»Ich ruf deine Mutter an«, unterbrach Rebecca ihre Gedanken.

»Bloß nicht!« Ruckartig setzte sich Ava auf und starrte Rebecca an.

»Aber ...«

»Nein! Dann will sie nur, dass ich zu ihr nach New York ziehe.«

»Wie du willst. Wir lassen dich jetzt am besten in Ruhe, damit du schlafen kannst«, lenkte Rebecca ein und Sarah nickte zustimmend.

»Morgen ist wieder alles in Ordnung.«

KAPITEL 13

Nachdem die beiden sie allein gelassen hatten, begann Ava das Geschehene zu rekapitulieren und in die richtige Reihenfolge zu setzen. Sie war sich hundertprozentig sicher, dass sie sich nichts von dem Erlebten eingebildet hatte, auch wenn sie keine Erklärung für das Verhalten ihrer Freundinnen hatte.

An den Unfall konnte sie sich nicht mehr deutlich erinnern, nur an das schwebende Gefühl beim Überschlag und das Geräusch von Metall, das über den Asphalt gezogen wurde. Danach wurde es dunkel, dafür war die Erinnerung nach dem Aufwachen mittlerweile glasklar. Das rosa Zimmer. Darko. Ihr gescheiterter Fluchtversuch, bei dem der Typ bei ihm ihr fast den Arm ausgekugelt hatte. Am deutlichsten erinnerte sie sich an die ekelhaft helle Stimme von Václav, dem Boss, der sie behandelt hatte wie ein Stück Fleisch. Wenn das ein Ring von Menschenhändlern war, dann war es bestimmt besser, ihren Freundinnen nichts davon zu erzählen. Auf keinen Fall wollte sie die beiden in diese Scheiße ziehen, abgesehen davon, dass die ihr ohnehin nichts glaubten. Hatte man Sarah und Rebecca unter Drogen gesetzt? Aber sie waren doch gar nicht da gewesen. Nein. Nur sie war für

Václav interessant. Aus Gründen, die sie nicht nachvollziehen konnte. Sein seltsames Gefasel war noch unverständlicher gewesen. Ein esoterischer Mädchenhändlerring wäre ja mal was ganz Neues. Was wäre passiert, wenn Nikolaj und der andere nicht aufgetaucht wären? Dieser andere war dann wahrscheinlich sein Cousin? Die Erinnerung daran war so intensiv, so klar, dass sie die stauberfüllte Luft regelrecht schmecken und den Knall der Explosionen hören konnte. Vor ihrem inneren Auge sah sie wieder den Dolch auf Darko zufliegen. Erinnerte sich, wie sie auf ihn zustürmte, um ihn zur Seite zu stoßen. All diese Bilder waren klar und deutlich. Warum hatte Darko sie gerettet? Immerhin hatte er sie entführt und zu einem Mädchenhändlerring verschleppt. Plötzlich war da dieser stechende Schmerz unterhalb ihres linken Brustbeins. Der Dolch, der sie anstelle von Darko getroffen hatte. Fieberhaft tastete sie die Stelle über ihrem Herz ab. Eigentlich müsste sie tot sein. Hysterisch kicherte sie. Da war nichts. Kein Kratzer. Nur glatte Haut.

Alles kam ihr so unwirklich vor. Doch nur ein abstruser Traum, während sie bewusstlos gewesen war? So wie der mit dem Spiegel? Schnell schob sie die gruseligen Bilder fort, die in ihrem Kopf aufstiegen.

Mit einem Mal fühlte sie sich furchtbar ausgelaugt. Müde und erschöpft. Mit einem hatten ihre Freundinnen recht, sie sollte schlafen.

Mit einem tiefen Seufzer schloss Ava die brennenden Augen. Es dauerte nicht lange, da driftete ihr Geist in Morpheus' Arme. Bruchstückhafte Erinnerungsfetzen wirbelten in ihrem Geist durcheinander, ohne sich zu einem Ganzen zusammenzusetzen. Václavs glockenhelle Stimme drang durch den Nebel, der ihr Bewusstsein umgab. Erzählte etwas von Poutnik und einem Pakt. Plötzlich lag sie in Nikolajs Armen, der sie vorsichtig hielt, nur um sie im nächsten Moment von sich wegzustoßen und ihr die Schuld an irgendwas zu geben. Das kreischende Geräusch von Blech auf Asphalt. Dann war es plötzlich Darko, mit dem sie eng umschlungen dastand, während hinter ihnen eine Tür mit einer gewaltigen Explosion aus den Angeln flog. Wie in Zeitlupe drifteten Trümmerstücke umher, wirbelten um sie herum, ohne sie zu verletzen.

Ein klopfendes Geräusch drang dumpf an ihr Ohr. Es dauerte einen Moment, bis Ava registrierte, dass das Klopfen nicht Teil ihres

Traums war. Ruckartig setzte sie sich auf. Mit rasendem Herz starrte sie auf die weiße Tür. Irgendwer klopfte beharrlich weiter.

»Ja«, krächzte sie. Ihr Mund war völlig ausgetrocknet, die Zunge fühlte sich wie ein pelziger Fremdkörper an.

»Wir kommen jetzt rein«, ertönte eine wohlbekannte Stimme auf der anderen Seite der Tür. »Falls du nackt bist, zieh dich nicht an.«

Die Stimme war ihr derart vertraut, dass sie schlagartig hellwach war. Schon flog die Tür auf und Darko marschierte mit seinem üblich fröhlichen Gesichtsausdruck in ihr Zimmer. Seine blauen Augen leuchteten unnatürlich auf, als er sie entdeckte. Mit ihm kam eine weitere, nicht minder bekannte Person herein. Im Gegensatz zu dem Tschechen sah Nikolaj jedoch fertig aus. Als hätte er die letzten achtundvierzig Stunden kein Auge zugetan. Sein Haar hing in wilden Strähnen vor sein Gesicht, sein Blick wirkte gehetzt, als wäre er auf der Flucht.

»Was macht ihr hier?« Sie hatte das Gefühl eines lodernden Feuers in ihr, das sie nur mühsam kontrollieren konnte. Seltsam, sollte sie nicht wenigstens einen Hauch Angst haben? Da waren jedoch nur Zorn und ein anderes unterschwelliges Gefühl, das sie nicht einordnen konnte.

»Schauen, wie es dir geht.« Darko blieb von ihrem flammenden Blick gänzlich unberührt und besaß noch die Frechheit, sie anzulächeln. Immerhin zuckte Nikolaj beim Klang ihrer Stimme zusammen und schien auch weiterhin nicht zu wissen, wo er hinschauen sollte.

»Ja klar!« Wütend sprang Ava aus dem Bett und riss sich dabei die Infusionsnadel aus dem Handrücken. »Autsch!«

»Du solltest dich wieder hinlegen.« In Darkos Augen funkelte es vergnügt. »Nicht dass ich dich wieder auffangen muss.«

Der Ton, der aus Avas Kehle drang, klang wie eine Mischung aus Knurren und Fauchen. Schwankend klammerte sie sich an der Stange des Infusionsständers fest. Wenn sie noch einen Beweis für die Echtheit ihrer Erinnerungen gebraucht hatte, dann war es der.

»Wenn ihr zwei nicht sofort verschwindet, schreie ich!«, drohte Ava. »Ich zähle bis drei … eins, zwei —«

Eine kalte Hand presste sich auf ihren Mund und erstickte die Drei. Das vergnügte Funkeln war aus Darkos Augen verschwunden, stattdessen wirkte deren blaue Farbe kalt wie Gletschereis.

»Darko!« Nikolajs Stimme war leise, aber bestimmt. Es war das erste Mal, dass er etwas sagte, seitdem er ins Zimmer gekommen war. Zögernd kam er näher. Seine Finger umklammerten den metallenen Rahmen am Bettende so fest, dass sie das Weiß der Fingerknöchel sah. Der Ausdruck in seinem Gesicht schnürte Avas Brust zusammen. Warum sah er sie an, als wäre er ein Verdurstender auf der Suche nach Wasser? Im Moment wäre es ihr lieber, er würde sie mit seinem üblich finsteren Blick mustern. Wie konnte er es wagen, sie jetzt so anzusehen, nachdem er sie doch von sich gestoßen hatte.»Bitte!« Ihr war nicht klar, ob er Darko oder sie damit meinte.

Vorsichtig ließ Darko seine Hand sinken.»Wir müssen mit dir reden«, stellte er klar und musterte sie wachsam.»Nur reden, versprochen!« Als sie schwankte, schoss seine Hand vor und hielt sie am Arm fest. Nicht grob, aber gerade so, dass sie nicht umfallen konnte.»An was erinnerst du dich?«, wollte Nikolaj wissen.

»An alles!«, zischte Ava. Jetzt war sie endgültig sicher, dass sie sich nichts eingebildet hatte. Das Gespräch mit ihren Freundinnen und dem Arzt hatte sie mehr verunsichert, als sie zugeben wollte.»Und ich garantiere euch eins. Ich werde zur Polizei gehen und denen alles sagen, was ich weiß! Und du«, sie gab Darko einen Stoß, dessen Heftigkeit sie beide überraschte,»bleib weg von mir!«

Heiß durchzuckte sie der Gedanke, dass ihr Handeln alles andere als klug gewesen war. Sie drohte einem Kriminellen mit der Polizei und hatte ihn auch noch angegriffen. Gratulation zu so viel Blödheit! Wütend biss sie sich auf die Lippen und verschränkte die Arme vor der Brust.

»Was soll die Polizei deiner Meinung nach tun?«, flachste Darko. Ein Funkeln wie das Glitzern von Sonnenlicht auf Wasser blitzte in seinen Augen auf. Er wirkte alles andere als wütend, im Gegenteil. Fand er das lustig? Der Typ hatte echt Nerven.

»Na, was wohl. Euren kriminellen Verein hochnehmen!« Irgendwie kam sie sich albern vor, Darko zu drohen. Als wenn er sie zur Polizei gehen lassen würde. Ob ihr der Sicherheitsdienst im Krankenhaus helfen würde? Unauffällig sah sie sich nach so etwas wie einem Alarmknopf um.

»Wer sagt, dass die Polizei nicht involviert ist?« Er zog die linke Augenbraue hoch.

Fuck, das hatte sie noch gar nicht bedacht.

»Václav ist tot.« Er zuckte mit den Schultern, doch etwas glomm in seinen Augen auf und das Zupfen an seinem Mundwinkel stand im krassen Gegensatz zu seiner scheinbar gleichgültigen Reaktion. Er wirkte erleichtert, beinahe fröhlich.»Rajko auch. Von den beiden droht dir keine Gefahr mehr. Aber, und deswegen —«

»… müssen wir wirklich reden!«, mischte sich Nikolaj ein. Er stellte sich neben Darko und versuchte, nach ihrer Hand zu greifen. Als sie vor ihm zurückwich, huschte ein trauriger Ausdruck über sein Gesicht, der sie sauer machen würde, wenn sie nicht schon auf hundertachtzig wäre.

»Das letzte Mal hat mir gereicht, danke!« Am liebsten würde sie ihm ins Gesicht schlagen. Oder ihm den Infusionsständer in den Arsch schieben.»Du hast gesagt, ich sei dein größtes Problem! Wäre für dich also gesünder, dich zu verpissen, bevor ich wirklich dazu werde!«

»Versteh doch«, stammelte Nikolaj hilflos.»Ich musste —«

»Hau ab!« Oh, wie sehr sie es hasste, dass ihr Herz stolperte.»Haut ab, alle beide!«

»Nein!«, sagte Darko schlicht.»Nicht bevor wir uns unterhalten haben.«

»Ihr habt echt Nerven!« Mühsam kämpfte sie ihren Zorn nieder, der wie ein Geysir in ihrem Inneren brodelte. Andererseits würde sie vielleicht erfahren, was man mit Rebecca und Sarah angestellt hatte. Je mehr Details bekannt wären, desto mehr Informationen hatte sie, wenn sie zu Hause zur Polizei ging. In Prag hatte es wenig Sinn, wenn sie an die Anspielung von Darko dachte.»Okay, wenn ich euch danach nie wiedersehen muss!« Trotzig setzte sie sich auf ihr Bett.

Eine unangenehme Stille breitete sich zwischen den dreien aus.

»Ich hätte da eine Frage«, brach Ava das Schweigen.»Wie kann es sein, dass meinen Freundinnen ein ganzer Tag in ihrem Leben fehlt? Beziehungsweise, dass sie falsche Erinnerungen daran haben. Habt ihr ihnen Drogen gegeben? Wieso hast du ausgerechnet mich verschleppt und nicht eine von den anderen? Oder uns drei? Und warum seid ihr zusammen hier? Solltet ihr nicht … Er hat mich doch befreit, wie könnt ihr gemeinsam hier stehen?«

»Das sind schon mehrere Fragen«, stellte Darko mit einer Gelassenheit fest, die ihre Wut weiter anstachelte. Er seufzte.»Du wirst es zwar nicht glauben, aber ich habe Sarah und Rebecca hypnotisiert. Besser gesagt, ich habe ihre Erinnerungen manipuliert.« Der Tscheche zuckte mit den Schultern. »Für die beiden warst du nicht verschwunden. Im Gegenteil, für sie wart ihr zusammen. Ein ganz normaler Tag, ein bisschen Sightseeing, Shoppen, Museumsbesuch.« Lässig zuckte er mit den Schultern, mit einem Augenzwinkern spann er den Faden weiter: »Abends seid ihr in den Genuss meiner Gesellschaft gekommen und später sind wir beide verschwunden, wenn du verstehst, was ich meine.«

»Was —«

»Ich verstehe, dass du verwirrt bist«, unterbrach Darko schnell. Einen Moment lang schien er zu überlegen, was er sagen sollte. »Mann, ist das schwer.« Sichtlich entnervt fuhr er sich durch die Haare. »Nikolaj, erklärst du's ihr?«

»Kannst du es ihr nicht einfach zeigen?«, gab Nikolaj leise zurück.

»Hmm, lieber nicht«, antwortete der Tscheche lakonisch. »In ihrem Zustand würde sie das wohl nicht verarbeiten können.«

»Wollt ihr mich eigentlich verarschen?« Es fehlte nicht viel und sie würde beiden die Gurgel zerfetzen! Kurz fragte eine leise innere Stimme, seit wann sie so brutal war. Seitdem man Spielchen mit ihr spielte, fauchte sie stumm zurück. Weil sie sich so hatte täuschen lassen! Ava wandte sich wieder den beiden zu. »Ich sag euch mal, was ich denke.« Sie wartete keine Reaktion ab. »Ich vermute, dass ihr beide jeweils für eine andere kriminelle Organisation arbeitet, die dumme Touristinnen verführt, verschleppt und dann verkauft. Zufällig sind sich eure Clans, oder wie man das nennt, in die Quere gekommen. Oder«, ihr schoss noch eine Möglichkeit durch den Kopf, »ihr zwei seid verdeckte Ermittler. Ansonsten hätte ich keine Idee, wie Nikolaj an schwere Waffen gekommen wäre und mich mit so roher Gewalt rausgeholt hätte und ihr jetzt zusammen hier steht.« Atemlos hielt sie inne. »Egal, was ihr wirklich seid, ich war so dämlich, auf euch beide reinzufallen und mich benutzen zu lassen«, schloss sie. Ein dicker Kloß bildete sich in ihrem Hals, bereitete ihr Schwierigkeiten beim Schlucken. Ihr Zorn wich einem anderen Gefühl. Sie fühlte sich so hilflos und — traurig. »War überhaupt irgendwas echt von alledem?«

Aufmerksam beobachtete sie die Reaktionen der beiden. Darko schaute sie für einen Moment völlig entgeistert an, dann begann er aus vollem Halse zu lachen. »Hat dir schon mal jemand gesagt, was für eine Fantasie du hast.«

»Ava! So ist das nicht!« Nikolaj hingegen wirkte völlig verzweifelt. »Weder bin ich kriminell noch ein Er-Ermit…«, er stolperte über das Wort, brach ab. »Ich bin einfach nur ich. Warum denkst du, hab ich dich weggestoßen? Weil ich …« Der Ausdruck in seinen Augen hätte sie unter normalen Umständen mitten ins Herz getroffen. »Ich kann das einfach nicht«, schloss er müde. »Ich kann es nicht.«

»Was kannst du nicht? Mir erklären, wer du bist oder was du nicht bist? Woher soll ich das auch wissen. Du hast gesagt, dass ich keine Ahnung von deinem Leben habe oder wie es ist, du zu sein.« Ein Gefühl von Leere breitete sich von ihrem Magen her aus. »Ich weiß noch nicht mal, was du damit meinst, dass ich ein Problem für dich bin. Aber weißt du was: Es ist scheißegal, es war ohnehin nichts echt!« Ava drehte sich von ihm weg, weil sie seinen traurigen Blick nicht länger ertrug. Stattdessen konzentrierte sie sich auf Darko, der lässig an der Wand lehnte und die beiden neugierig beobachtete. »Und du bist nicht besser!«, herrschte sie ihn an. »Küsst mich und machst einen auf romantisch – von wegen ich will, dass du dich erinnerst, wenn du vergisst … Blabla! Du bist genauso ein FAKE!« Sie konnte ihre Wut nicht länger kontrollieren und stürzte sich auf ihn. »Arschloch!«

»Du hast sie geküsst?«

Obwohl es in ihren Ohren rauschte, hörte sie Nikolajs fassungslosen und zugleich verletzten Tonfall. Als wenn die Tatsache wichtig wäre, dass sie und Darko rumgemacht hatten!

»Ja, aber …« Darko hielt ihre Hände fest und drückte ihre Arme nach unten. »Jetzt lass mich doch mal ausreden!« Es kostete ihm offensichtlich keine Anstrengungen, sie zu bändigen.

Frustriert schrie sie auf und trat nach ihm. Geschickt wich er ihren Tritten aus, ohne sie dabei loszulassen. »Hey. Ich war immer ehrlich mit dir und Nikolaj auch. Es ist nur so, dass … Würdest du dich einfach hinsetzen und die Klappe halten?« Darko bugsierte sie zu dem Bett und drückte sie auf die Matratze. »Du willst wissen, was Sache ist? Spoiler: Es wird dir nicht gefallen.«

Als sie erneut aufspringen wollte, packte er sie an den Schultern und fixierte ihre Beine mit seinen, sodass sie ihn nicht mehr treten konnte.

»Die Kurzfassung! Es gibt Vampire und es gibt Hexen, und die Magie, die für unser beider Spezies die Lebensessenz ist, verschwindet. Im

Grunde ist es ganz einfach. Die Hexen können nicht mehr zaubern und die Vampire werden sterblich. Da kommst du ins Spiel! Um das zu verhindern, brauchen wir dich. Und zwar nur dich. Die einen wollen dich lebend und die anderen tot. Obwohl untot trifft es wohl eher. Je nachdem wie man das sehen will. Unser Nikolaj gehört zur Gruppe der Hexen und ich zu den Vampiren. Eigentlich hatten unsere Oberhäupter ein Bündnis, dass wir uns gegenseitig helfen sollten. Bei der Suche nach dir. Wir wollten gemeinsam entscheiden, was mit dir passieren soll. Luladja, Nikolajs Chefin, meinte, sie hätte einen Weg gefunden, mit dem wir alle bekommen, was wir wollen. Mein Oberhaupt hat den Pakt gebrochen und dich entführen lassen. Weil er egoistisch ist und andere ihm egal sind. Weil er sich als Retter der Vampire aufspielen wollte. Und nebenbei die Hexen ihrem Untergang überlassen hätte. Die Vampire hätten ihn gefeiert dafür. Nicht alle, soviel ist sicher, aber doch genügend, um ihn an der Macht zu halten.« Er heftete seinen durchdringenden Blick auf sie. Beim Reden hatte er sie nicht ein Mal aus den Augen gelassen.

O Mann! Das waren nicht nur Kriminelle, sondern auch noch okkulte Spinner! Ava wusste nicht, was schlimmer war. Sekten oder Mädchenhändler?

Sie drehte den Kopf zur Seite, um seinem hypnotischen Blick auszuweichen. Purple eyes! Da! Da war der Alarmknopf. Sie musste irgendwie dran kommen, ohne dass die beiden etwas bemerkten. *Lenk sie ab. Halte Darko am Reden.* Sie rutschte hin und her. »Angenommen, es stimmt, was ihr sagt. Warum hat mich das Vampir-Oberhaupt dann nicht getötet? Immerhin stand ich direkt vor ihm.«

Fünf Zentimeter weiter nach links. Ihr Blick fixierte Darkos. Hoffentlich sah er den Alarmknopf nicht!

»Weil«, mit ruhiger Stimme nahm Darko den Faden wieder auf, anscheinend hatte er nichts von ihrem Vorhaben bemerkt, »du dich bewusst für eine Seite entscheiden musst. Freier Wille und so. Wenn du stirbst, ohne eine Entscheidung zu treffen, bist du einfach nur tot. Wir hatten Sorge um dich, dass der Dolch dich tödlich getroffen hat. Zum Glück hast du aber noch gelebt, aber du warst echt kurz davor abzukratzen. Ich hab dir mein Blut gegeben, um deine Selbstheilungskräfte zu stärken.«

»Du hast mir dein Blut eingeflößt?« Ava würgte heftig. »Du bist so abartig!«

Reiß dich zusammen und sieh zu, dass du an diesen Scheißknopf kommst!
»Sonst wärst du gestorben und mit dir unsere einzige Chance.«

»Du – ihr – habt mich also nicht um meiner selbst willen gerettet«, stellte Ava fest und rutschte wieder ein paar Zentimeter näher zum Alarmknopf. Obwohl alles nur fake war, konnte sie nicht verhindern, dass sich beklommene Leere in ihrem Herz auftat. »Ihr hattet Angst, euer Heilmittel«, sie deutete zwei Häkchen in der Luft an, »zu verlieren. Es ging euch nicht um mich. Das tat es nie.« Sie wunderte sich, dass sie so ruhig bleiben konnte, fast schon gefühllos. Egal was sich die beiden hier für eine Scheiße zusammenspannen, eins war klar: »Ihr habt mich beide benutzt!«

»Nein, Ava. So war das nicht.« Nikolaj sah aus, als würde er gleich zusammenbrechen.

Mit einer Handbewegung brachte sie ihn zum Schweigen. Sie wollte kein weiteres Wort, keine weitere Beteuerung mehr von ihm hören. »Ich weiß nicht, was schlimmer ist. Das mit der kriminellen Organisation oder dass ihr beide einer echt durchgeknallten Sekte angehört, die aus welchen Gründen auch immer ausgerechnet mich haben will. Tot oder lebendig!« Endlich umschlossen ihre Finger den Alarmknopf. Sie drückte ihn durch und ließ den Daumen drauf. Hoffentlich ging in irgendeinem Stationszimmer die Sirene an.

»Darko, bitte zeig es ihr doch!«

»Nein«, antwortete der ruhig und trat langsam von ihrem Bett zurück. »Gib ihr Zeit.«

In diesem Augenblick stürzte eine der Stationsschwestern ins Zimmer, die sofort die angespannte Atmosphäre registrierte. Stirnrunzelnd maß sie die beiden männlichen Besucher mit einem missbilligenden Blick. Bevor einer von ihnen etwas sagen konnte, durchquerte die Schwester das Zimmer und stellte sich beschützend vor Ava. »Die Herren sollten gehen!« Das war alles, was sie sagte. Was sie überhaupt sagen musste. In ihrem Tonfall lag die geballte Autorität eines jahrelangen Umgangs mit uneinsichtigen Besuchern, nervenaufreibenden Familienmitgliedern und das Bedürfnis, sich um ihre Patienten so kümmern. »Ansonsten lasse ich den Sicherheitsdienst kommen!«

KAPITEL 14

»Willst du nicht doch noch mal mit den beiden reden?«, fragte Rebecca, während sie Sarah den Sitz neben ihr wegschnappte.

»Hey«, protestierte Sarah schwach und schnitt Becca eine Grimasse.

»Ich finde es unfair von dir, dich ohne Wort aus dem Staub zu machen, nachdem sich Darko und Nikolaj so um dich gekümmert haben.«

So früh am Morgen, noch dazu an einem Sonntag, war die Metro leer bis auf ein paar junge Leute in ihrem Alter, die weiter hinten im Abteil saßen und sich fröhlich unterhielten.

Ava beobachtete die Gruppe sehnsüchtig, die lachend die Köpfe zusammensteckte. Wie gern wäre sie jetzt Teil davon. Ein Nachzügler stürmte schweratmend in ihr Abteil. Nur einen Sekundenbruchteil später schlossen sich die Türen hinter ihm. Im ersten Moment dachte Ava, es sei Darko. Der Gedanke ließ ihr Herz unvermittelt schneller schlagen.

Schwankend, aber zielstrebig ging der junge Mann jedoch an ihrem Sitz vorbei und wurde johlend von den anderen Studenten begrüßt. Ruckelnd fuhr die Metro an und der junge Mann griff hastig nach einem der Haltegriffe, dabei drehte sich der blonde Typ in ihre Richtung um. Kurz kreuzten sich ihre Blicke, bevor er sich seinen Freunden zuwandte. Nicht Darko. Mit seltsam gemischten Gefühlen lehnte sie sich in ihren Sitz zurück. Sie sollte erleichtert sein, oder? Wütend auf sich selbst biss sie sich auf die Innenseite der Lippen. Der Gedanke an ihn sollte sie nicht so durchdrehen lassen! Der Tscheche war, egal ob Krimineller, Ermittler oder Sektenguru, ganz klar ein Arsch und basta! Und Nikolaj, ja Nikolaj ... war ... Keine Ahnung. An ihn zu denken, war um einiges unbequemer und bestätigte nur, dass sie verschwinden musste. Nach allem, was passiert war, war es die einzig richtige Entscheidung, nach Hause zu fahren und Prag abzuhaken.

»Hey, du schuldest mir eine Antwort!« Sachte stupste Rebecca sie an, die Anhänger an ihrem Charm-Armband klimperten leise. »Wo bist du nur mit deinen Gedanken?«

»Sorry, Becca, was hattest du gefragt?«

»Dass ich finde, dass du noch mal mit den beiden reden solltest.«

Ava spürte ihren besorgten Blick auf sich ruhen. Um nicht sofort antworten zu müssen, wühlte sie hektisch in ihrer Tasche. »Nein«, antwortete sie knapp und reichlich verspätet. Was suchte sie überhaupt? Gereizt zog sie den Reißverschluss zu und riss dabei die Schlaufe ab. Ihre Augen brannten. »Mist!«

»Wenigstens mit Nikolaj?«

»Nope!«

»Ach Mann, Ava.« Nun kramte Sarah in ihrem bunten Retrorucksack und zog ein kleines Päckchen hervor.

»Danke, Sarah, aber ich brauche kein Taschentuch!«

Ihre Freundinnen warfen sich bedeutungsvolle Blicke zu. Um nicht weiter über Nikolaj und Darko reden zu müssen, sah Ava zum Fenster hinaus. Außer ihrem eigenen Spiegelbild war dort nicht viel zu sehen, da die U-Bahn in diesem Moment unter die Moldau fuhr. Fast meinte sie, den Druck von tausend Tonnen Wasser, der auf dem Tunnel lastete, körperlich zu spüren.

Nach einer unruhigen Nacht, in der sie immer wieder aus Albträumen hochgeschreckt war, hatte sie im Morgengrauen den Entschluss gefasst, nach Hause zu fahren. Sie hatte eine verschlafene Rebecca und eine von der frühen Uhrzeit überforderte Sarah angerufen und gebeten, sie sofort abzuholen. Sie hätte sich auch allein auf den Weg gemacht, aber ihr war beim Aufstehen so schwindlig und übel geworden, dass sie sich nicht getraut hatte, allein zu fahren.

Ava rechnete es ihren Freundinnen hoch an, dass sie sich auf den Weg gemacht hatten, ohne Fragen zu stellen und trotz der frühen Morgenstunden. Von innerer Rastlosigkeit angetrieben wartete Ava die Arztvisite nicht ab, sondern entließ sich kurzerhand selbst. Sie wollte einfach nur weg und nach Hause. Und so viele Kilometer zwischen sich und Nikolaj und Darko bringen wie möglich. Kurz hatte sie noch erwogen, doch zur Polizei zu gehen, den Gedanken jedoch wieder verworfen. Es gab keine Beweise für das Geschehen in der Villa. Niemand würde ihr diese Story abkaufen, schon gar nicht, wenn bekannt würde, dass sie im Fast-Koma gelegen hatte. Genau wie ihre Freundinnen würde jeder denken, dass sie Albtraum und Realität durcheinanderbrachte. Ava seufzte. Vor allem wenn die Polizei geschmiert war, hatte es keinen Sinn, eine Anzeige zu machen.

»Deine richtigen Erinnerungen kommen bestimmt wieder zurück.« Sarah brach das Schweigen, ihren Seufzer missdeutend. Sie griff nach Avas Hand. »Es ist bestimmt so wie dieser Doktor gesagt hat. Wegen des Schädelhirntraumas und Komas wirft dein Gehirn Traum und Realität durcheinander.«

Ohne den Blick von ihrem Spiegelbild zu wenden, entzog sie ihrer Freundin die Hand. Sie wusste, dass Sarah es nur gut meinte. Doch für Ava war es frustrierend, nicht über die Vorkommnisse reden zu können, ohne dass es auf diese Diagnose geschoben wurde. Mittlerweile war sie überzeugt, dass das Personal, mit dem sie im Krankenhaus Kontakt hatte, bestochen worden war.

Nur warum hatten ihre Freundinnen all diese falschen Erinnerungen? Ob diese unter dem Einfluss von Drogen entstanden waren? Auch dass anscheinend niemand bei ihrer Aufnahme die Polizei informiert hatte, fand sie mehr als seltsam, konnte aber mit Darkos Bestechungen zu tun haben. Sie ballte die Fäuste.

Oder, meldete sich eine leise Stimme in ihrem Kopf, *Darko ist wirklich ein Vampir und hat nicht nur ihren Freundinnen falsche Erinnerungen verpasst, sondern obendrein dem Arzt suggeriert, was er auf den Röntgenbildern sehen und welche Schlüsse er daraus ziehen sollte.* Als wenn ein Autounfall ein solches

Trauma verursachte, dass sie ins Koma fiel, obwohl sie nicht einen Kratzer hatte. Noch etwas, das sie sich nicht erklären konnte. Vampire! Hexen und Magie! Auch wenn sie ein Fan von düsteren Legenden war – aber doch nicht so!

Unwillkürlich erinnerte sich Ava daran, dass Rebecca erwähnt hatte, wie seltsam sie sich in Darkos Gegenwart fühlte. Schwachsinn! Darko war kein Vampir, musste aber, zugegebenermaßen, tatsächlich eine autosuggestive Gabe haben. So was gab es, das hatte sie mal gelesen. Deshalb hatte er die beiden beeinflussen können, wie sie an ihrem ersten Abend im »Krvavý měsíc«-Club hatte feststellen können. Sie erinnerte sich an ihre Verwunderung, dass sich die beiden wie zwei Marionetten verhalten hatten.

Verdrossen schnaubte sie. In der spiegelnden Oberfläche der Fensterscheibe entgingen ihr keineswegs die beredenden Blicke, die ihre Freundinnen einander zuwarfen. Das dumpfe Gefühl von Ohnmacht breitete sich in ihr aus und schnürte ihr die Kehle zu. Blinzelnd versuchte sie, die Tränen zu verscheuchen. Sie fühlte sich so allein!

Plötzlich kam Ava eine Idee. »Zeig mir die Fotos von dem Tag, den ich vergessen habe. Vielleicht kann ich mich dann an alles erinnern.« Da sie diesen Tag nie erlebt hatten, würde es keine Bilder davon geben. Sarahs Angewohnheit, ständig alles zu fotografieren, war ihr noch sie so sympathisch wie jetzt.

»Gute Idee!« Mit einem leuchtenden Gesichtsausdruck zog Sarah ihr Handy hervor, als die Lichter in der U-Bahn flackernd erloschen. Ruckartig kam die Metro zum Stehen. Erschrocken schrie Sarah auf, ihr Telefon fiel polternd zu Boden. Die erstaunten Rufe der Studenten drangen an Avas Ohr.

Auch im Tunnel selbst waren alle Lichter ausgegangen, nur die Notbeleuchtung war noch an und verwandelte das Fensterglas in einen schwarzgrün schimmernden Spiegel.

Versonnen betrachtete sie sich darin, während eine blechern klingende Durchsage etwas von einer technischen Störung berichtete und alle auf ihren Plätzen bleiben sollten. Pfiffe und Buhrufe quittierten die Ansage. Ava und ihr Spiegelbild grinsten unwillkürlich.

»Alles okay?«, fragte Rebecca, wie üblich die Ruhe selbst.

»Ja«, antwortete Sarah und wischte sich über die blutige Nase. Bei dem ruckartigen Halt war sie gegen Rebeccas Schulter geknallt.

»Brauchst du ein Taschentuch?«

»Nein, nicht so wild.« Vorsichtig krabbelte Sarah unter den Sitz, um nach ihrem Handy zu angeln.

»Hm«, machte Ava und studierte weiter ihr Spiegelbild. Sie hatte den Eindruck, als würde darüber ein Schatten liegen. Eine kaum wahrnehmbare Bewegung am Rande ihres Sichtfelds, die völlig falsch – nein – verdrehte wirkte. Irritiert kniff Ava die Lider zusammen und konzentrierte sich auf die Augen ihres Spiegelbilds.

Erschrocken zuckte sie zurück, ihr Puls raste. Es war genauso wie in diesem furchtbaren Albtraum, den sie kurz vor ihrem Erwachen im Krankenhaus gehabt hatte. Es machte den Eindruck, dass das Spiegelbild nicht wirklich sie zeigte, sondern von einer düsteren Aura überlagert wurde. Die Konturen ihrer Gesichtszüge wirkten verwischt. Am schlimmsten jedoch war der intensive glühende Blick, der sich einbrannte. Der linke Mundwinkel ihres zweiten dunkleren Ichs verzog sich zu einem spöttischen Grinsen. Mit einem unangenehmen Prickeln stellten sich die Haare auf ihren Armen auf. Zitternd wagte Ava weder ihr eigenes Bild aus den Augen zu lassen noch selbst einen Muskel zu bewegen. Ihr Spiegelbild hingegen hob einen Arm und winkte ihr lässig zu, dann legte es wie in ihrem Traum eine Hand auf die spiegelnde Glasscheibe.

Keuchend zuckte Ava zusammen. Zum Glück hörten ihre Freundinnen sie nicht, denn das Geräusch ging in dem lauten Quietschen der Metro unter, als diese mit einem Ruck anfuhr und die Lichter summend und blinkend ansprangen.

Bebend betrachtete Ava ihre Gestalt, doch jetzt zeigte die Oberfläche wieder nur sie selbst.

Wie hart war sie bei dem Unfall auf den Kopf geknallt?

»Hey, wir müssen an der nächsten Station raus!« Sarah zog Ava von ihrem Sitz und bugsierte sie in Richtung Tür.

Zum Glück tauchte die U-Bahn in diesem Moment aus dem Untergrund auf und ersparte Ava damit jeden weiteren Blick in spiegelnde Fensterscheiben.

KAPITEL 15

»Erzählst du uns endlich, was los ist?« Rebecca hielt sie am Arm fest. »Und behaupte nicht, dass es nur wegen Darko und Nikolaj ist. Immerhin war Prag deine Idee und du hast das ganze monatelang für uns geplant.« Seufzend warf Ava ein Buch in ihren Koffer. Offenbar zu schwungvoll, denn es flog mit einem Knall gegen die Wand, an der das Bett stand. Sie stieß einen unwilligen Laut aus und ließ sich auf die Matratze plumpsen.

»Geht's dir doch nicht so gut, wie du behauptet hast?«, begann nun auch Sarah. »Vielleicht hättest du im Krankenhaus bleiben sollen?«

Zwischen ihnen hatte sich eine tiefe Kluft aufgetan. Was sollte sie sagen? Über den Vorfall in der Villa konnte sie nicht sprechen, weil ihre Freundinnen falsche Erinnerungen an den vergangenen Tag hatten. Obendrein waren Fotos von Sarahs Handy verschwunden. Nachdem das Handy in der Metro auf den Boden geknallt und kaputt gegangen war, hatte Sarah versucht, die Fotos über ihren Laptop wiederherzustellen. Doch beim Sichern musste etwas schiefgelaufen sein, denn die Bilder der letzten zwei Tage waren nicht wie üblich mit der Cloud synchronisiert worden.

Falsche Erinnerungen, verlorene Bilder. Wahrscheinlich war es für ihre Freundinnen besser, so waren sie wenigstens nicht in Gefahr, weil sie gar nichts wussten, egal ob es sich nun um einen kriminellen Clan oder esoterische Spinner handelte. Wobei das eine das andere auch nicht ausschloss. Wie auch immer, sie wollte so viel räumliche Distanz wie möglich zu alledem haben.

»Ich hab euch doch eben alles erzählt. Und was Nikolaj im Club zu mir gesagt hat, oder?« Von dem unheimlichen Erlebnis in der U-Bahn erwähnte sie nichts, die beiden würden sie sonst sofort ins Krankenhaus zurückschleifen. »Für ihn bin ich ein riesiges Problem, weiter nichts! Und was Darko betrifft ...« Sie suchte nach den passenden Worten. »Der ist einfach nur ein manipulativer Arsch!« Sie war sich bewusst, wie schwach ihre Argumentation klingen musste. Ava stöhnte. Langsam war sie am Ende mit ihren Nerven. »Ich hab keine Lust, den beiden über den Weg zu laufen!«

»Prag ist groß. Du musst sie nicht unbedingt sehen, wenn du nicht willst«, wandte Sarah ein. »Die drei, vier Wochen, bis wir nach Hause fahren, können wir ihnen aus dem Weg gehen.«

»Die wissen, wo wir wohnen!« Wie hatte sie eigentlich nur so blöd sein können, die beiden mitzunehmen?, dachte Ava in einem Anflug von Panik. »Glaubst du nicht, dass die einfach herkommen werden, wenn wir sie ignorieren? Darko trau ich's zu!«

»Meinst du wirklich?«

»Sag schon, wie oft hat dich einer der zwei seit gestern angerufen?« Sarah hatte zumindest so viel Anstand, rot anzulaufen. »Darko wollte nur wissen, wie es dir geht.«

»Du hast ihm doch hoffentlich nicht geantwortet!« Aufgebracht sprang Ava vom Bett. »Und Nikolaj?«

»Der hat sich nicht gemeldet. Was ich verstehe. Denkst du nicht, dass du ihm gegenüber unfair bist? Er hat dich ins Krankenhaus gebracht und scheint, dich genug zu mögen, um dich zu besuchen und nach dir zu sehen. Ich weiß nicht, was er für Probleme hat, aber —«

»Ist mir egal«, unterbrach Ava gedehnt und rollte die Augen.

So gesehen sah es für ihre Freundinnen natürlich so aus, als würde Nikolaj etwas an ihr liegen, und wenn da nicht diese durchgeknallte Vampir-Hexengeschichte wäre, würde sie wahrscheinlich auch glauben, dass die beiden Jungs ehrlich um sie besorgt waren. Aber von alldem ahnten Sarah und Rebecca nichts.

»Wahrscheinlich hat Darko ihn gegen seinen Willen mitgeschleift«, behauptete Ava.

»Klar, als wenn sich Nikolaj überreden lassen würde. Dafür ist der viel zu eigensinnig«, gab Rebecca zurück. »Ich glaub, er mag dich wirklich.« Sarah nickte zustimmend.

»By the way.« Rebecca stemmte die Hände in ihre rundlichen Hüften und funkelte sie böse an. »Weiß Nikolaj eigentlich, dass du mit Darko rumgemacht hast?«

Woher wusste sie das? Wahrscheinlich hatte der mehr als eine subtile Anmerkung fallen lassen. Oder sie dachte sich einfach ihren Teil …

»Ich hab es«, beim Gedanken daran, wie Nikolaj sie dabei angeschaut hatte, verkrampfte Avas Herz, »versehentlich erwähnt.« Unbewusst schlang sie sich die dünne Stoffdecke, die auf dem Bett lag, um ihre Schultern. Genervt stellte sie fest, dass es dieselbe war, mit der sie zu Nikolaj ins Bett gekrabbelt war. Mit einem Aufschrei riss sie das Stück Stoff herunter und schleuderte es förmlich von sich weg.

»Versehentlich, hmm?« Sarahs Blick folgte der Decke, die nun auf dem Boden lag. »Und wie hat er drauf reagiert?«

»Nicht begeistert.« Betreten zupfte Ava an einem Stück Haut, das von einem Finger abstand.

»Na besser, als wenn es ihm egal wäre, oder? Deswegen solltest du wenigstens noch mal mit ihm reden, es sei denn, du bevorzugst den Arsch – was ich zwar nicht verstehen könnte, aber bitte – dann solltest du dich nämlich mit dem unterhalten. Apropos, du hast zwar gesagt, die beiden hätten dich nur besucht«, dieses Rumgedruckse sah Rebecca gar nicht ähnlich, »aber ich hab das Gefühl … nun ja … dass da noch was anderes dahinter steckt.«

Verflucht, warum hatte Rebecca bloß so eine verdammt gute Intuition? Trotzdem antwortete sie ihr lediglich kurz angebunden: »Nur wissen, wie es mir geht.« Am liebsten hätte sie sich die Decke über den Kopf gezogen, die sie eben noch von sich geworfen hatte.

»Ava … die Krankenschwester hat uns erzählt, dass sie die beiden mehr oder weniger rausgeworfen hat. Das klingt nicht nach einem Höflichkeitsbesuch. Was ist los? Du hast uns doch sonst immer alles sagen können. Und komm bitte nicht wieder mit der haarsträubenden Geschichte von der Entführung und der Villa!«

»Die beiden haben angefangen, sich wegen mir zu streiten, nachdem Nikolaj das mit dem Kuss erfahren hat«, log Ava. Zu gern würde sie über ihre Erlebnisse reden. Aber schon allein die Geschichte, dass nur sie Hexen und Vampire retten könne – der totale Schwachsinn. Da war die Story von dem Mädchenhändlerring noch realistischer. Und selbst die wirkte, vom Standpunkt ihrer Freundinnen betrachtet, wie eine Fieberfantasie. O Mann! Von den wirren Gedanken bekam Ava Kopfschmerzen. Erschöpft sank sie in sich zusammen. Eine Träne stahl sich aus ihrem Augenwinkel, die sie unwillig wegwischte. »Ach, es ist auch der Unfall und die Erinnerungslücken, das macht mir zu schaffen«, schwindelte sie. Der brüchige Tonfall ihrer Stimme schien ihre Worte zu bestätigen, denn Rebecca nickte verständnisvoll und Sarah setzte sich zu Ava aufs Bett. Liebevoll nahm sie sie in den Arm.

KAPITEL 16

»Was ist los mit dir?«

»Was meinst du?« Äußerlich gelassen, während sein Innerstes gegen eine Mauer anschrie und tobte, drehte Nikolaj an den Wirbeln, um seine Geige zu stimmen. Lediglich seine Stimme zitterte leicht. Hoffentlich hatte sein Cousin das nicht bemerkt. Ohne ihn anzuschauen, widmete er sich weiter seinem Instrument.

Mit einem lauten, frustrierten Aufstöhnen ließ sich Rado am anderen Ende auf die abgewetzte Couch fallen, die unter seinem Gewicht ächzte. »Tu doch nicht so!« Er warf eine Socke nach Nikolaj, die am Hals der Violine hängen blieb.

Wortlos ließ Nikolaj sie zu Boden fallen und machte sich verbissen an der nächsten Saite zu schaffen. Seinen Cousin versuchte er, so gut es ging zu ignorieren, trotz der bohrenden Blicke, die er auf sich spürte.

»Du hast mir versprochen, alles zu erzählen!«, erinnerte Rado. »Jetzt leg doch mal die Geige weg! Du fummelst schon seit Stunden drauf rum. Wegen dir hab ich die ganze Nacht nicht schlafen können. Sei froh, dass Mutter Nachtschicht hat. Die hätte dir sonst was erzählt.«

»Du bist doch erst heute Morgen hier aufgekreuzt! Behaupte also nicht –«

»Ja und dann hab ich versucht zu schlafen!« Demonstrativ gähnend angelte Rado nach seiner Gitarre hinter der Couch.

»Was hast du überhaupt getrieben?«

»Lenk nicht vom Thema ab!«

»Machst du doch selbst! Du warst bestimmt wieder mit Miloš und seinen Leuten unterwegs.« Nun sah Nikolaj doch auf. »Rado, die sind nicht gut für dich!«

»Meinst du, ich weiß das nicht? Aber so kann ich wenigstens ein bisschen Geld verdienen und die Schulden abbezahlen. Mama rackert sich so ab und trotzdem reicht es gerade so für die Miete und das Nötigste.«

»Aber mit Drogen? Kannst du nichts anderes machen?«

»Und was? Ich bekomme genauso wenig einen Job wie du!«

»Du kannst doch zusammen mit mir Musik auf der Straße machen. So wie früher?«

Traurig schüttelte Rado den Kopf. »Ich will hier weg.« Er klang rastlos und gleichzeitig unendlich müde, als er weitersprach. »Sieh dich doch um. Kotzt dich das nicht alles an?«

Nikolaj folgte der Handbewegung seines Cousins und sah sich im kleinen Zimmer um, das sie sich teilten. Es war kaum Platz für das altersschwache Bett und seine Schlafcouch, die er jedes Mal auf- und zuklappen musste, wollte man sich in dem Raum etwas bewegen. Direkt hinter der Tür stand ein schiefer Kleiderschrank ohne Türen, aus dem ihrer beider Kleidungsstücke quollen. Irgendwann hatte Nikolaj es aufgegeben, für Ordnung so sorgen. Bei so wenig Platz war es schier unmöglich. Von etwas Privatsphäre ganz zu schweigen. Wenigstens hatten er und Rado ihr eigenes Zimmer, während seine Tante Nada auf der Sitzbank in der Küche schlief. Sie hatten Glück, dass ihre Wohnung mit einem kleinen Bad ausgestattet war. Die anderen Hausbewohner mussten sich eins draußen auf dem Flur teilen.

»So will ich nicht leben und dafür braucht es mehr als man als Straßenmusiker oder Tellerwäscher verdienen kann. Du weißt das doch. Außerdem ist das mit der Musik dein Ding. Mir macht es zwar Spaß, aber jeder weiß, dass es dein Herzblut ist.« Zusammen mit seiner Gitarre schob er sich rüber zu seinem eigenen Bett.

»Und was ist deins?«

»Keine Ahnung«, antwortete sein Cousin schulterzuckend, zupfte an den Saiten seines Instruments. Das Armband mit den weißen Plastikperlen und die dazugehörige Halskette hoben sich von seiner braunen Haut ab. Nikolaj hatte sie ihm zu seinem letzten Geburtstag geschenkt. Leise summend begann er, ein Lied darauf zu spielen, welches sie als Kinder jeden Tag stundenlang gesungen hatten. So lange, bis Rados Mutter in ihrem Zimmer aufgetaucht war und mit einem Lächeln mitgeteilt hatte, dass das Abendessen fertig sei. Das war kurz nach der Zeit gewesen, als Nikolajs Mutter gestorben war. Wo sein Vater war, wusste niemand, der war schon in seiner Kindheit verschwunden. Nikolaj konnte sich kaum an ihn erinnern. Eines Nachts war er nicht mehr nach Hause gekommen. Die Polizei hatte das damals nicht interessiert. Wenn Nada und Rado auch selbst nicht viel hatten, für sie war es selbstverständlich, es mit ihm zu teilen.

Sanfte Klänge schwebten durch ihr Zimmer. Nach einer Weile stimmte Nikolaj ein anderes, wehmütig klingendes Lied an. Mit seiner tiefen samtenen Stimme begann Rado zu singen:

»Aus meinen Armen gerissen,
verkauft und fortgeschafft,
damit du der Familie keine Schande machst.
Sie haben uns auseinandergerissen,
weil wir uns liebten.
Niemals hätten sie uns akzeptiert.
Nicht in deiner Welt.
Nicht in meiner Welt.

Ist es unser Schicksal, getrennt zu werden?
Immer und immer und immer?
Mein Herz konnte dich nicht vergessen,
meine Seele hat nach dir gerufen.
Verzweifelt hab ich nach dir gesucht,
in jeder Ecke, jedem Winkel
der bekannten Welt und darüber hinaus.

Ist es unser Schicksal, getrennt zu werden?
Immer und immer und immer?

Als ich dich fand
in seinem Haus, an seiner Seite,
hast du mich da erkannt, als du die Wachen gerufen hast?
Denn ich hab nur dich gesehen und mein Herz hat geweint,
als du dich von mir abgewendet hast.
Immerzu rief ich deinen Namen,
bettelte nach einem Blick, einem Lächeln.
Mit dem Mädchen an deiner Hand bist du vor mir geflohen.

Das Kind, es hat mein Gesicht,
meine dunklen Augen,
mein dunkles Haar.
Eine Haut, die dunkler ist als deine.

Selbst in der dunklen Zelle sah ich nur dich.
Hörte deine Stimme in der Einsamkeit,
meine Liebe zu dir gab mir Wärme,
die Hoffnung gab mir Licht.
Doch wo bist du?
Hörst du meine Rufe nicht?
Ist deine Seele blind und taub geworden?
Kälte und Dunkelheit brachen mich, denn du warst nicht bei mir.
Nur das winzige Licht einer Kerze, die meinen Geist davon abhält,
in die Finsternis zu fallen.

Das Kind, es hat mein Gesicht,
meine dunklen Augen,
mein dunkles Haar.
Eine Haut, die dunkler ist als deine.

Jetzt stehen wir hier.
Du bei deinem Mann,
ich auf dem Schafott.

Du weißt, was sie mit mir machen werden.
Für mich gibt es keine Rettung mehr.
Ich wünschte, du wärst mit mir gegangen, als ich dich darum gebeten habe.
Jetzt ist es zu spät, zu spät, zu spät.

Ist es unser Schicksal, getrennt zu werden?
Immer und immer und immer?

Ich sehe dich,
du rufst meinen Namen, rennst zu mir
und mein Herz fliegt dir entgegen.
Dein Mann hält dich zurück, zwingt dich zuzusehen.
Ich sehe deine Tränen.
Weinst du meinetwegen?
Denn ich weine um dich, ich weine um uns.
Ich sehe den Schmerz in deinen Augen.
Ist es meinetwegen? Mich reißt es in Stücke.

Ist es unser Schicksal, getrennt zu werden?
Immer und immer und immer?

Nur einmal will ich dich noch in meinen Armen halten,
deinen Geruch ein letztes Mal einatmen,
dich nur einmal noch küssen,
deine Lippen ein letztes Mal spüren.
Wer soll dich jetzt beschützen?
Wer soll euch bloß beschützen?
Dich und das Kind,
das mein Gesicht hat,
meine dunklen Augen,
mein dunkles Haar,
und eine Haut, die dunkler ist als deine.

Es ist unser Schicksal, getrennt zu sein,
und nichts kann uns mehr retten.
Lebe wohl! Leb wohl! Leb wohl!«

Nikolaj begleitete seinen Cousin auf der Geige. Legte all den Schmerz, den er selbst empfand, in das Spiel und hörte erst auf, als er bemerkte, dass Rado mit dem Singen aufgehört hatte und ihn unverwandt anstarrte. In seinen Augen glitzerte es verdächtig und es schimmerte feucht auf seiner Wange. Erst jetzt bemerkte Nikolaj die Tränen, die ihm selbst vom Kinn tropften.

»Du bist so wahnsinnig gut!«, flüsterte Rado mit erstickter Stimme. Schnell drehte er den Kopf von Nikolaj weg und wischte sich mit dem Arm über sein Gesicht. »Du solltest zu dem Vorspiel gehen. Die müssen dich nehmen. Egal wer oder was du bist!«

Traurig schüttelte Nikolaj den Kopf. »Du weißt, dass sie mich nie nehmen würden.«

»Du versuchst es doch gar nicht!«

Das Thema hatten sie schon so oft besprochen. »Rado, bitte lass es.«

»Na gut.« Rado stellte die Gitarre zwischen seine Beine und trommelte leicht auf das Holz. »Aber nur, wenn du jetzt mit der Sprache rausrückst. Du hast gesagt, dass du Scheiße gebaut hast, und mich gebeten, dir zu helfen. Und ich bin gekommen, ohne zu fragen und habe dir geholfen, sie da rauszuholen.«

»Wie bist du überhaupt an die Steine gekommen?« Nikolaj versuchte, das Gespräch in eine andere Richtung zu lenken.

Mit hochgezogenen Augenbrauen musterte Rado ihn. Der doppelte Cut in seiner linken Augenbraue, der sich in seiner Frisur fortsetzte, verlieh ihm einen frechen Blick. »Was denkst du?«

»Sag nicht, ihr habt sie Luladja gestohlen! Bist du wahnsinnig?«

Lachend zuckte Rado die Schultern. »Ist doch egal, oder? Wir haben dein Mädel aus der Vampirvilla rausgeholt. Das war vielleicht ein Spaß. Hast du den Gesichtsausdruck von den Vampiren gesehen?« Mit einem Grinsen zupfte Rado an der Gitarre. »Schade, dass wir Darko nicht auch killen durften! Meinst du, es hat Konsequenzen, weil wir den Vampirboss und diesen Schlächter getötet haben? Eigentlich war es ja nur ein Unfall.«

»Hoffentlich«, Nikolaj zog unbehaglich die Schultern zusammen, »sehen es die Vampire genauso. Darko will dem Rat alles erklären ... dass Václav aus Egoismus den Pakt zuerst gebrochen hat. Stell dir, wenn wegen unserer Aktion der Friedensvertrag aufgehoben wird. Davon abgesehen: Sie ist nicht *mein* Mädel, sondern der Grund, warum ich Mist gebaut habe.«

»Pfff … du hast Lyalya betrogen, ja und? Bis ihr heiraten könnt, vergehen noch ein paar Jahre und jeder würde es verstehen, wenn du —«

»Es ist kompliziert!«

»Wann ist es das nicht?«

»Du hättest Luladja nicht bestehlen dürfen.«

»Keine Sorge, die merkt gar nicht, dass ein paar Steine fehlen. Von denen mit den Explosions- und Orientierungszaubern haben die jede Menge. Da fällt es nicht auf, wenn ein paar abhandenkommen.«

»Es ist aber nicht richtig, die Gemeinschaft zu beklauen. Bald wird es alles sein, was von der Magie übrig geblieben ist, und irgendwann haben wir nicht einmal mehr das!«

»Tu jetzt nicht so, als hättest du etwas dagegen gehabt, als wir sie für die Rettung von – wie auch immer – verwendet haben. Ich hab deinen Gesichtsausdruck gesehen. Dich hat es voll erwischt. Und dann wirft die sich noch zwischen den Dolch und Darko und geht dabei fast drauf. Ehrlich, wenn Luladja nicht so große Stücke auf den halten würde … würde ich ihn einfach deswegen killen – einfach, weil er dazwischenfunkt.«

»Sie ist keine von uns.«

»Na und? Du musst sie ja nicht gleich heiraten. Außerdem ist sie nicht von hier, von daher … Nach dem Sommer ist sie eh wieder weg.«

»Du verstehst das nicht!« Nikolaj verbarg sein Gesicht in den Händen. »Sie ist es!«

»Was denn? Die *eine*?«, flachste Rado herum. »Das wird Lyalya aber gar nicht gefallen«, gluckste er vor sich hin. »Dann solltet ihr vielleicht durchbrennen.« Breit grinsend klopfte er seinem Cousin auf die Schulter. »Da gibt es doch diesen Brauch, wenn ihr eine ganze Nacht zusammen weg seid und die euch nicht finden … dann seid ihr verheiratet und niemand kann mehr was dran ändern.« Eifrig sprang er vom Bett, warf dabei die Gitarre um, die mit einem dumpfen Geräusch auf dem Boden aufschlug.

Nikolaj verzog sein Gesicht bei dem Missklang, mit dem die Saiten gegen Rados groben Umgang protestierten. Nervös beobachtete er seinen Cousin, der über seine Couch krabbelte, um zur Tür zu kommen.

Langsam öffnete der diese, steckte den Kopf durch den Spalt, nur um sie danach wieder schnell zu schließen. »Mutter ist noch nicht da. Aber wir sollten besser leise sprechen, nur für den Fall.« Er setzte sich neben Nikolaj und musterte ihn nachdenklich. »Hmm, ihr könntet mit dem Zug nach Wien fahren. Da wohnt ein Kumpel von mir. Bis die rausgefunden haben, wo ihr seid, ist die Nacht um und ich kann denen erzählen –« »Moment mal!« Das Gespräch ging in die völlig falsche Richtung. »Ich heirate niemanden! Sie ist die, wegen der Luladja das Ritual gemacht hat.« Nikolaj senkte den Kopf. So, jetzt war es raus. Seufzend betrachtete er die beiden schmalen Ringe an seinen Fingern. »Waaas? Das sagst du erst jetzt? Ist dir klar, was das heißt?« Rado sprang ruckartig auf und starrte ihn mit großen Augen an. »Was für eine Scheiße! Luladja killt mich! Die killt uns!« Mit wilder Gestik untermalte er seine Worte. Der silberne Ring ihres verstorbenen Großvaters blitzte mit seinen Augen um die Wette. Das Gegenstück, das ihrer Großmutter gehört hatte, besaß Nikolaj, das er pausenlos drehte. Nada, seine Tante, hatte ihm außerdem noch den seiner eigenen Mutter geschenkt, als er achtzehn geworden war. Mit dem Versprechen, ihn eines Tages Lyalya zu geben.

»Warum hast du es niemandem gesagt?«

»Ach, ich weiß auch nicht. Ich konnte es nicht. Es kommt mir so falsch vor. Das alles! Es kann doch nicht richtig sein … und ich wollte sie nur beschützen und jetzt komme ich mir vor wie ein Verräter!« Nikolaj war völlig durcheinander. »Ich weiß nicht mehr, was ich machen soll. Bitte sag es niemandem.«

»Bist du verrückt! Wenn die merken, dass ich erstens die Steine gestohlen und zweitens *sie* bei den Vampiren rausgeholt habe und *sie* dann anschließend hab gehen lassen … Den Diebstahl würde man mir vielleicht verzeihen, wenn ich sie vor den Rat gebracht hätte. Aber so …« Rado ließ den Satz unvollendet. »Du musst es Luladja sagen, wer sie ist. Um den Rest musst du dich nicht mehr kümmern. Dafür sind andere zuständig. Und erzähl du mir nichts mehr von richtig oder falsch!« Wütend stiefelte Rado durchs Zimmer. »Keine Angst, von mir erfährt niemand was. Aber ich erwarte von dir, dass du die Sache in Ordnung bringst!« Er riss die Tür auf. »Sag meiner Mutter, dass sie nicht mit dem Essen auf mich warten muss.« Dann knallte er die Tür hinter sich zu.

Nikolaj wusste, dass sein Cousin recht hatte. Erneut griff er nach seiner Geige und überprüfte ihre Stimmung. Weil er daran nichts zu verbessern fand, fing er an, das Lied von vorhin abermals zu spielen, doch seine Gedanken wanderten immer wieder zurück zu Ava. Sollte er sie noch einmal im Krankenhaus besuchen? Allein, ohne Darko? Würde sie mit ihm reden wollen? Nach ihrer Reaktion von gestern Abend ging er nicht davon aus, dass sie ihn überhaupt jemals wiedersehen wollte. War es dem Mann in dem Lied auch so ergangen wie ihm? Dass er sich in jemanden verliebt hatte, der niemals in seine Welt gehören würde? Alles hatte er für sie geopfert. Hatte sogar sein Volk verlassen und wofür? Dass er sie nach langer Suche endlich wiedergefunden hatte. An der Seite eines Mannes, der sein Feind war. *»Küsst mich und machst einen auf romantisch …«*, hörte er Avas Stimme in seinem Geist. Sie und Darko hatten sich geküsst. War Darko denn nicht ebenfalls ein Feind seines Volks? In seinem Kopf stieg ein Bild auf, wie sich die beiden küssten und noch mehr. Hatte Darko sie alle zum Narren gehalten? Ava und ihn? Wollte er sie für sich haben? Für die Vampire? Ein schriller Missklang ließ ihn zusammenzucken. Er war so sehr in Gedanken gewesen, dass er gar nicht bemerkt hatte, wie sehr er sein Instrument malträtierte. Scheiße! Scheiße, wie sollte er das alles bloß wieder geradebiegen.

Ein Piepsen lenkte seine Aufmerksamkeit auf das Handy, das hinter ihm auf der Fensterbank lag.

Rebecca:
Ihr geht es besser, aber wir fahren nach Hause. Ich finde, du solltest das wissen. LG Rebecca

»Hovno!«, brüllte Nikolaj und wusste nicht, was schlimmer war. Dass sie ging und Luladja ihn ein paar Köpfe kürzer machen würde – wenn er Glück hatte – oder dass sie ging und er sich so fucking verloren fühlte.

KAPITEL 17

»Das ist lächerlich.« Der Vampir ihm gegenüber schnaubte abfällig. »Es ist schon ein selten großer Zufall, dass nicht nur das Mädchen entführt worden ist, sondern du als Einziger den Überfall überlebt hast.«

»Was willst du mir unterstellen, Gunther?« Zähneknirschend musterte Darko sein Gegenüber, dessen dünner blonder Bart bei jedem Wort zitterte. Wie bei einem Ziegenbock. Schon jetzt fragte sich Darko, wie lange er dieses Geblöke würde ertragen müssen.

Wie hatten die Deutschen so schnell von den Geschehnissen in Prag erfahren? Vor allen Dingen, und das war es, was ihm am meisten Kopfzerbrechen bereitete, weshalb wussten sie von *dem Mädchen*?

»Wer profitiert von Václavs Tod?«, gab Gunther spitz zurück und musterte ihn eisig. »Du!«

Äußerlich gelassen ließ Darko den Blick an sich abperlen. Eine Antwort sparte er sich.

»Was für ein Glück für dich, dass Václav bei dem Angriff der Poutnik getötet wurde. Aber dass sie das Mädchen dabei mitgenommen haben, war bestimmt nicht Teil des Plans.« Herausfordernd musterte er Darko, bevor er nach einem der Kristallgläser in der Mitte des Tischs griff und sich etwas von der roten Flüssigkeit aus der Karaffe daneben einschenkte. »Ich frage mich, woher die wussten, dass ihr sie habt.« Angelegentlich betrachtete Gunther den Inhalt seines Glases, als könnte er die Antwort darin finden. »Ihr verfolgt doch nicht immer noch diese schwachsinnige Idee einer Zusammenarbeit.« Mit gespielter Heiterkeit stieß er einem seiner Begleiter in die Seite, der darauf mit einem grunzenden Laut reagierte. Er schwenkte das Glas und ließ den Inhalt kreisen, bevor er einen großen Schluck nahm. »Nun, du siehst ja, welche Konsequenzen es hat, wenn man mit diesem schmierigen Pack zusammenarbeitet. Sie betrügen, wie es in ihrer Natur liegt.« Mit einer pointierten Bewegung setzte er das Glas ab, klopfte mit dem Finger auf den Rand, dann lehnte er sich in seinen Stuhl zurück und sah Darko direkt an. »Andererseits, war das Ganze vielleicht abgesprochen?« In gespielter Nachdenklichkeit strich sich der Deutsche über seinen Bart und zwirbelte die Enden. »Es hat dir jedenfalls in die Karten gespielt.«

So viel Gunther zu wissen schien, so wusste er anscheinend nichts von Václavs doppeltem Spiel mit den Poutnik. Was darauf hindeutete, dass der tote Clanführer nur in seinem eigenen Namen gehandelt hatte. Diese Erkenntnis erleichterte Darko. In der Vergangenheit kam es nur selten vor, dass die verschiedenen Clans zusammengearbeitet hatten. Warum sollte es diesmal anders sein. Jede Vampirgemeinschaft kochte ihr eigenes Süppchen. Zum Glück schien der Deutsche nichts über Darkos Beziehungen in der Sache zu wissen. Wer auch immer Gunther gesteckt hatte, was passiert war, hatte das Gespräch zwischen Václav und ihm nicht mitbekommen. Außer Rajko und der war ebenfalls tot.

»Gunther«, mischte sich Camille vom Pariser Clan ein. »Deine Theorie ist völlig aus der Luft gegriffen. Wie hätte Darko davon ausgehen sollen, dass Ivana ihm die Führung überträgt?« Sie warf ihm einen verschwörerischen Blick zu, bevor sie fortfuhr. »Nach Václav ist sie die Älteste und nach ihr kommen unzählige Kandidaten. Außerdem hätte sie jeden anderen einsetzen können.«

»Jeder weiß doch, wie beeinflussbar Frauen sind«, zischte Gunthers linker Begleiter. Pure Verachtung sprach aus seinen Augen, während er Camille mit abfälliger Mine musterte. »Außerdem hat es Darko wirklich geschickt eingefädelt, das muss man ihm lassen. Nur er und seine«, er machte mit seinen Fingern Häkchen in der Luft, »Poutnik-Freunde wissen, wie das Mädchen aussieht!«

Und Cyril und Alik, fügte Darko gedanklich hinzu. Aber den beiden würde er sein Leben anvertrauen. Der Unfall war ein Auftrag gewesen, den sie für den Anführer ausgeführt hatten. Weil der ungeduldig geworden war. »Worauf willst du hinaus?« Darko betrachtete die sturmdunkle Aura der drei, die sich gerade bei Gernot fast schwarzblau verfärbt hatte. Alle drei strahlten eine finstere Verderbtheit aus, die ihn zur Vorsicht mahnte. Selbst unter den Vampiren galten die Brüder als äußerst amoralisch. Ihr Verhalten in den letzten Jahrhunderten hatte nicht umsonst zu ihrem Spitznamen Blutsbrüder geführt.

Camille ließ sich von all dem nicht beeindrucken und ihr helles Lachen als Antwort erklingen. »Gernot, Gernot … So alt und immer noch solch ein Frauenverächter. Hast du es nach all der Zeit noch immer nicht verkraftet!« Ihre Stimme troff vor bitterem Sarkasmus. »Der Berliner Clan bräuchte dringend eine emanzipierte Modernisierung.«

»Sei still!«, fauchte der Dritte. Gerald, fiel Darko wieder ein. »Dass die Franzosen ausgerechnet dich geschickt haben, ist eine Beleidigung! Sei froh —«

»Sei froh *was* …« Camille sprang halb von ihrem Stuhl auf, karamellbraune Strähnen hatten sich aus ihrem strengen Dutt gelöst. Aus ihren Augen sprühte Feuer.

Wenn Blicke töten könnten, wäre ich die drei jetzt los, ging es Darko durch den Kopf. Bewundernd beobachtete er die Französin. Camille war schon immer temperamentvoll und etwas impulsiv gewesen. Hoffentlich würde sie sich nicht auf die drei stürzen, zuzutrauen wäre es ihr. Bei jeder anderen Gelegenheit hätte Darko sie liebend gern in Aktion gesehen und auf sie gewettet. *Aber nicht jetzt*, seufzend hob er die Hand, wollte etwas sagen.

»Gernot, Gerald! Hört auf!« Gunther kam ihm zuvor. »Du auch, Mädchen! Wir haben andere Probleme als die Vergangenheit. Hier geht es um die Zukunft!«

Beinahe hätte Darko laut losgeprustet, erstickte das Geräusch jedoch in etwas, das wie ein Husten klang. Schnell nahm auch er einen Schluck. Camille als Mädchen zu bezeichnen, war schon frech. Immerhin waren sie und die Deutschen in Vampirjahren gerechnet gleich alt. Grinsend versuchte er, sein Gesicht im Glas zu verstecken, auch wenn seine Aura wild blinken musste. Seine Erheiterung war für ihn schwer zu verbergen.

Anklagend zeigte Gerald auf Darko. »Ich weiß nicht, was für ein Spiel gespielt wird. Fakt aber ist: Du hast die Führung von Prag an dich gerissen und willst jetzt den Helden spielen, der uns alle rettet. Es lässt sich nicht abstreiten, dass du der Einzige von uns bist, der weiß, wer das Mädchen ist. Ich würde mein untotes Leben darauf wetten, dass du gern selbst alle Clans anführen willst und deswegen den Retter mimst!«

»Ich habe weder etwas an mich gerissen noch Ivana in irgendeiner Weise beeinflusst.« Langsam sah er von einem zum anderen. Sein Blick blieb an den beiden Vampiren hängen, die bisher kein Wort gesagt hatten. Mit hochgezogenen Augenbrauen nickte er in deren Richtung. »Schon gar nicht will ich den Helden spielen, der uns alle rettet. Die Rolle würde dir besser stehen!« Er schaute Gunther bedeutungsvoll an. *Provozier ihn nicht*, riet ihm seine innere Stimme, als sich Gunthers Aura von einem dreckigen Blau in die düsteren Farben eines Gewitters verwandelte.

»Ivana sollte für sich selbst sprechen. Wir sollten es von ihr hören, dass sie die Führung an Darko abgetreten hat«, fühlte sich Antonio Perrelli bemüßigt, sein Schweigen zu brechen.

»Gute Idee, dann würde ich sagen, Darko ruft sie an.« Theodor Mateschitz, der aus Wien angereist war, wirkte erleichtert bei dem Vorschlag. »Dann könnten wir den Punkt abhaken.« Seine Stimme klang seltsam angespannt.

Ob er sich vor den Blutsbrüdern fürchtet?, fragte sich Darko unwillkürlich. Nicht dass er sich in deren Gegenwart wohlfühlte, aber von Angst war er weit entfernt. Sie waren auf seinem Territorium. Die Brüder kannten die Vampirgesetze genauso gut wie er. Jede Handlung gegen einen anderen Vampir auf dessen Territorium würde geahndet werden. Aug um Aug. Blut für Blut. Einschüchtern lassen würde er sich nicht, durfte er sich nicht. Allerdings wäre er gut beraten, die drei nicht zu unterschätzen, daher würde er auf ihren Wunsch eingehen, mit Ivana zu sprechen.

»Einverstanden«, antwortete Darko ernst. Unter den wachsamen Blicken der anderen stand er auf, durchschritt den Raum, um den Bildschirm an der Kopfseite anzuschalten. In dem altmodisch eingerichteten Salon wirkte das Gerät wie ein Fremdkörper.

Während er zurück zu seinem Platz ging, fiel sein Blick auf das von geborstenen Mauerstücken eingerahmte Loch, wo vor der Explosion noch die hölzernen Türen mit ihren schönen Schnitzereien in den Angeln gehangen hatten.

Nachdem er vom Krankenhausbesuch bei Ava nach Hause gekommen war, hatte sich Darko ans Aufräumen gemacht. Das Beseitigen der Trümmerstücke hatte ihn mehr aufgewühlt als das der Leichen. Die hatte er vorübergehend in dem alten Kohlekeller neben dem Haus geschafft – normalerweise zerfielen Vampirleichen zu Asche. Dass halb verkohlte Körper zurückblieben, war noch so ein Effekt der schwindenden Magie. Cyril und Alik, die ihm hatten helfen wollen, hatte er weggeschickt. Natürlich hätte er bei den Clanmitgliedern Unterstützung anfordern können, aber er zog es vor, allein zu sein. Es war gut, sein zu Hause wieder für sich zu haben.

Damals nach seiner Verwandlung hatte er die Villa dem Ältesten und somit Anführer des Vampirclans zur Verfügung gestellt. Auch weil er niemals geglaubt hätte, bereits nach so kurzer Zeit wieder nach Tschechien zurückzukehren. Vor allem aber sollte das Haus für die Frischlinge, die gerade erst verwandelt worden waren, und für die, die nicht wussten, wo sie hingehörten, eine sichere Anlaufstelle sein, in der man sich ihrer annahm, bis sie so weit waren, ihren Platz in der Gesellschaft zu finden. Ein Hafen. So wie das Haus während des Zweiten Weltkriegs unter seinen Eltern ein sicherer Ort für alle gewesen war, die Schutz gesucht hatten.

Er sollte Václavs Tod bedauern. Aber ehrlich gesagt war er erleichtert. Sein ehemaliger Mentor hatte sich zusehends in einen narzisstischen Autokraten verwandelt, der seine persönliche Agenda verfolgt hatte, wie sich in den letzten Tagen gezeigt hatte. Nun verstand er endlich, weshalb Václav ihn ermutigt – ja, regelrecht gepusht – hatte, zusammen mit Luladja nach der Magieträgerin zu suchen. Václav wusste, dass ohne ihre Hilfe die Suche scheitern würde, jedoch war es ihm nie um das Wohl aller Vampire gegangen. Er wollte die Magie und die Macht, die sie bedeutete, für sich.

Gunther knallte seine Faust auf den Tisch. »Na mach schon!«

Seufzend tastete er nach seinem Handy. Dabei berührte er ein kleines Stück Holz, das er eingesteckt hatte und nun wie einen Talisman bei sich trug. Es schmiegte sich in seine Hand, während seine

Finger über die Initialen seines Großvaters strichen. Nur zu gut erinnerte er sich an die Zeit, wie er seinen Opa bei den Schnitzarbeiten beobachtet hatte. Wie sie sich dabei unterhalten oder Lieder gesungen hatten. Gedankenverloren starrte er auf den schwarzen Bildschirm, bis ein lautes, tiefes Räuspern ihn in die Gegenwart zurückholte. Er zog sein Handy heraus und koppelte es mit dem Bildschirm. Dann wählte er Ivanas Nummer.

Während sie auf die Älteste warteten, verdichtete sich die angespannte Atmosphäre zusehends.

Darkos Blick suchte Camilles, die ihn gespielt unverwandt anschaute. Nur ein kurzes Blinzeln verriet ihm, dass sie wie üblich auf seiner Seite stand. Es hatte ihn unangenehm überrascht, als die Blutsbrüder ohne Ankündigung vor seiner Tür gestanden hatten. Umso mehr hatte es ihn erleichtert, dass nahezu zeitgleich Camille mit Antonio Perrelli angekommen war, nur wenige Augenblicke vor Theodor Mateschitz. So viel internationale Elite machte selbst ihn nervös.

Hoffentlich bestätigte Ivana, was sie tags zuvor besprochen hatten. Die Übertragung der Führung durch den Ältesten auf jemand anderen, der geeignet erschien, war nicht unüblich, musste aber vor dem gesamten Clan geschehen. Noch war der nicht zusammengekommen und noch hatte der ihre Wahl nicht bestätigt. Mit jeder Sekunde, die verstrich, mit der Ivana sie warten ließ, wurde er unruhiger. Die Zeit dehnte sich wie ein Gummiband, bis er endlich ihre melodisch rauchige Stimme hörte. Erleichtert wandte er sich dem Bildschirm zu.

Ein kollektiver Seufzer lockerte die Spannung etwas auf.

Dafür, dass sie unvorbereitet vor der halben europäischen Führungselite sprechen musste, hatte sie sich gut im Griff. Nur für einen winzigen Sekundenbruchteil flackerte ihre Aura auf, dann war das Überraschungsmoment vorbei. Ihr Gesicht eine ausdruckslose Maske, ihre Aura glatt und eisblau wie ein Gebirgssee.

Hut ab, dachte Darko, sich gefühlsmäßig nach außen so abgrenzen zu können. Mit keinem Wimpernzucken verriet Ivana ihre Gedanken. Ihr Gesichtsausdruck wirkte eisern und hart.

»Gunther«, begrüßte sie ihn kalt. Ihre Lippen verzogen sich minimal. »Schön, dich und deine Brüder wiederzusehen.« Sarkasmus troff aus jedem ihrer Worte. Es war kein Geheimnis, dass die Deutschen und die

Tschechen einander nicht wohlgesonnen gegenüberstanden. »Wie ich sehe, fallt ihr immer noch zu dritt über jedermann her?« Ohne auf ihre spitze Bemerkung einzugehen, verlangte Gunther unfreundlich und ohne große Umschweife nach einer Erklärung. »Ich wüsste nicht, dass ich ausgerechnet dir gegenüber zur Rechenschaft verpflichtet bin.« Ivanas Stimme klirrte vor Kälte. »Das Gesetz ist nicht eingehalten worden!«

Ivana lachte schallend. »Du willst mir etwas von Gesetzen erklären? Sag schon, wie viele hast du gebrochen auf deinem Weg?« Bevor Gunther etwas erwidern konnte, fuhr sie fort. Mit einer Handbewegung schloss sie alle Anwesenden ein. »Ihr wisst selbst, dass ein Clan nicht zu lange führungslos sein sollte, weswegen wir den Übertrag der Versammlung vorgezogen haben.« Sie stützte ihren Kopf auf ihren ineinander gefalteten Händen ab. »Angesichts der aktuellen Lage ist es dringender denn je, dass ein Nachfolger handlungsfähig ist.«

»Mit allem Respekt, Ivana, aber der Nächste nach dir wäre Karel gewesen, nicht Darko. Karel hat seine Führungsqualitäten bereits unter Beweis gestellt, da lebten selbst die Großeltern von diesem Jüngelchen noch nicht.« Gunther legte seine Fingerspitzen aneinander und lehnte sich in seinem Stuhl zurück, als säße er auf einem Chefsessel.

»Ich bin überzeugt, dass junges Blut dem Clan guttun wird. Jemand, der nicht so festgefahren in seinen altenmodischen Ansichten ist.« Herausfordernd sah Ivana vom Bildschirm herab. »Von den Alten gibt es bereits zu viel! Die Politik ist vergreist!«

Für einige Sekunden blieb es still, in denen Darko lediglich ein nerviges Summen aus den Lautsprechern hörte.

»Es sind schwierige Zeiten. Was wir brauchen, sind neue Ansätze und nicht noch mehr verstaubte Legenden«, nahm Ivana den Faden wieder auf. »Deshalb ist ab heute Darko Tschechiens Stimme. Alles Weitere könnt ihr mit ihm besprechen.« Mit diesen Worten beendete Ivana das Gespräch und legte kurzerhand auf.

Gunther sprang so ruckartig auf, dass er dabei seinen Stuhl umstieß. Mit wildem Gesichtsausdruck starrte er Darko an. Einen Hurrikan in seiner Aura.

»Dann wäre das ja geklärt«, meinte der Österreicher in bemüht neutralem Tonfall.

»Du!« Gunther zeigte auf Darko, sein Bart zitterte. Den Wiener ignorierte er völlig. Sein Bruder, Gernot – oder war es Gerald? -, zog ihn zurück auf seinen Stuhl.

Schweigend wartete Darko ab, bis Gunther wieder Platz nahm, nicht ohne die Augenbrauen spöttisch nach oben zu ziehen.

»Ich weiß nicht, wie du Ivana dazu gebracht hast«, meinte der Deutsche, griff nach der Karaffe und füllte sein Glas bis zum Rand auf. In seinen Augen blitzte es gefährlich und in seiner Aura ballten sich schwarzblaue Gewitterwolken zusammen. »Aber glaub mir, ich werde dich genau beobachten!«

»Du willst mir doch nicht drohen, alter Mann.« Nun hatte er ihn doch provoziert.

Prompt schossen Blitze durch Gunthers Aura. Seine Brüder sprangen links und rechts von ihm auf, doch er hielt sie zurück, nachdem anschließend Camille und zu Darkos Überraschung auch Antonio aufgestanden waren. Der Wiener blieb unschlüssig sitzen. Eine elektrisierte Spannung ging von allen aus. Ein falsches Wort würde die Situation eskalieren lassen.

Großartig! Einig in ihrer Uneinigkeit, dachte Darko genervt. Wie üblich. Die Vampire würden sich eher gegenseitig zerreißen, als zusammenzuarbeiten. Und es machte deutlich – der, der Ava schnappte und dadurch die Magie rettete, würde die Führung über alle europäischen Clans beanspruchen können. Einschließlich des Blutbanken-Franchisings sowie dazugehörigen Händlernetzwerks. Das bedeutete nahezu uneingeschränkte Macht und Einfluss für denjenigen, vom Geld abgesehen. Vampire waren, was das betraf, nicht anders gestrickt als Menschen. Je älter, umso weiser war hier definitiv nicht zutreffend. Eher je älter, desto gerissener.

Darko seufzte. Seine erste Amtshandlung war es also, die Vampire zu einer Zusammenarbeit zu bewegen. Und nicht nur das … Verdammt, irgendwie musste er sie davon überzeugen, dass eine Kollaboration aller Clans gemeinsam mit den Poutnik die einzige Möglichkeit darstellte, um das Problem mit der Magie zu lösen. Eigentlich wollte er diese Verantwortung nicht. Ivana hatte ihn völlig überrumpelt, als sie ihn zu ihrem Nachfolger bestimmt hatte und damit kaum auf Gegenwehr gestoßen war. Es schien, als hätten die Ältesten kein Interesse zu führen, als wären sie zu müde, zu träge. Verständlich, waren die meisten unter ihnen zwischen zweihundert und fünfhundert Jahre alt und Václav war über Jahrhunderte ihr Anführer gewesen. Nur Karel, ein mächtiger alter Vampir, nur wenig jünger als Ivana und Václav, und sein Kreis hatten sich gegen ihn ausgesprochen, waren allerdings überstimmt worden.

Er wollte das hier nicht, er hatte null Interesse an Macht und Status innerhalb der Vampirgesellschaft. Was er sich wünschte, war, die europäische Idee auch auf Vampire und Poutnik zu übertragen. Die Magie für alle zu sichern, nicht nur für einen Clan. Und für Toleranz und Frieden unter ihnen allen zu sorgen. Etwas, was nur funktionierte, wenn sie gleichberechtigt zusammenarbeiteten. Und gerade deswegen hatte Ivana behauptet, er wäre der Richtige.

Und darum durfte er diese Gelegenheit, die sich ihm hier bot, nicht verstreichen lassen. Nicht, wo einige der wichtigsten zukünftigen Partner zusammensaßen. Er musste es einfach versuchen, doch Gunther kam ihm zuvor.

»Wir sollten uns Wichtigerem widmen, wenn wir schon mal hier sind!«, forderte der.

Aha. Jetzt wurde es endlich interessant. War ja klar, dass bei dem Besuch mehr dahintersteckte, als einem Nachfolger zu gratulieren.

»Genau, was machen wir jetzt mit la ragazza?«, fragte Antonio, der sich wieder auf seinen Platz niederließ.

»La ragazza?«, tat Darko ahnungslos. Er zwinkerte Camille zu, die sich daraufhin ebenfalls wieder setzte. Es bereitete ihm eine diebische Freude, Gunther auf die Palme zu bringen. Obwohl er wusste, dass er ein gefährliches Spiel trieb, wollte er ihn aus der Reserve locken.

»*Das Mädchen*!«, fauchte sein Bruder Gerald aufgebracht. »Wir müssen sie von dem asozialen Dreckspack zurückholen!«

»Achsooo! Das Mädchen meint ihr!« Gut, niemand wusste anscheinend, dass Ava *nicht* bei den Poutnik war und Darko würde dafür sorgen, dass es dabeiblieb. Auf tschechischem Boden würde niemand von den anderen Clans etwas unternehmen. Jeder Clan hatte sein Hoheitsrecht, das bis zur völligen Vernichtung verteidigt würde. Die Frage war bloß, würden die anderen Clans beispringen oder nur zusehen?

»Könnten wir bitte damit anfangen, dass du die Poutnik nicht ständig beleidigst?«

»Da du ja mit denen so freundschaftlich verkehrst, wärst du genau die richtige Person dafür. Da kannst du sofort deine Führungsqualitäten unter Beweis stellen.« Hämisch grinsend sah Gerald in die Runde. Wenn er erwartet hatte, dass ihm jemand für diesen Einfall Beifall klatschte, wurde er enttäuscht. Seine Lippen verzogen sich grimmig.

»Kein Problem. Was soll ich denn mit ihr machen, wenn *ich* sie wiederhabe?«

»Das, was von Anfang an zu tun gewesen wäre. Sie dazu bringen, unsere Seite zu wählen.«

»Das wäre es mit den Poutnik und ihrer Magie«, wandte der Österreicher überraschend ein. Erstaunt sah Darko zu Mateschitz, das hätte er nicht erwartet. Hatte es außer ihm noch jemand verstanden? Unter den Blicken der anderen presste Mateschitz die Lippen zusammen. Konzentriert starrte er auf den schwarzen Bildschirm ihm gegenüber und hüllte sich in Schweigen.

»Schert uns das?«, knurrte Gerald.

»Das sollte es!« Darko ergriff die Gelegenheit, um auf seine und Luladjas Idee der Zusammenarbeit mit den Poutnik zu kommen.

»Warum?«

»Nun ja, weil Luladja zugesagt hat, im Falle einer Zusammenarbeit mithilfe ihrer Magie so viel Blut für uns herzustellen, wie wir benötigen, und auch von allen kämpferischen Aktionen in Zukunft abzusehen.«

»Wofür haben wir die Blutbanken? Und bald können wir synthetisches Blut massenhaft produzieren!« Geralds Blutsbruder Gernot musterte ihn mit starrem Blick. »Wir brauchen die nicht!«

»Ach, dann habt ihr das Problem mit der Unverträglichkeit lösen können?« Fragend schaute Darko in die Runde und als keiner antwortete: »Dachte ich mir. Bei einer Zusammenarbeit hätten wir unbegrenzt Zugang zum Blut und das sofort! Es stellt sich die Frage, wie lang unsere Forscher noch brauchen werden, bis sie für uns verträgliches Blut herstellen können. Bislang gab es keinen nennenswerten Durchbruch. Und den Menschen fällt es bereits auf, dass Blutkonserven ›veruntreut‹ werden.«

157

»Stimmt, deswegen laufen in Frankreich die ersten Untersuchungen durch eine Kommission«, teilte Camille mit besorgter Miene mit.
»Dann müssen die Wissenschaftler experimenteller arbeiten. Dann geht es schneller«, schaltete sich Gernot ein, der bisher schweigsam ihrem Gespräch gefolgt war.
»Schon mal einen Vampir an einem allergischen Schock verrecken sehen?«, warf Darko zornig ein. »Experimentell haben die in Grönland gearbeitet. Václav und ich hatten die Ehre, bei dem Test zuschauen zu dürfen. Seid ihr dort gewesen und habt *gesehen*, wie ein Vampir von innen heraus zu kochen anfängt?« Auffordernd schaute er Gernot in die Augen. »Nein? Dann rede nicht von Dingen, von denen du keine Ahnung hast! Synthetischem Blut fehlt etwas, das sich künstlich nicht reproduzieren lässt. Das Blut der Menschen beinhaltet Leben, einen Teil ihrer Seele. Künstliches hat nichts davon und deswegen wird es niemals funktionieren. Aber die Poutnik könnten es mit ihrer Magie beseelen.«

»Wenn wir das Mädchen haben —«, begann Gunther, wurde aber von Darko heftig unterbrochen.

»Was dann? Ist alles wieder beim Alten?« Aufgeregt sprang Darko auf. Diese verbohrten alten Blutsauger, die nie etwas Neues wagten und sich an alte Strukturen klammerten wie an einen Baumstamm, der vom Fluss mitgerissen wurde, und vor lauter Bemühungen, sich festzuhalten, den Wasserfall nicht bemerkten, auf den sie zusteuerten. »Deswegen sollten wir mit den Poutnik zusammenarbeiten! Nur so —«

»Welchen Nutzen haben *wir* bitte davon«, unterbrach ihn der Österreicher, »und was bringt es denen? Wie soll eine Teamarbeit funktionieren?«

Okay, der Wiener hatte doch nichts verstanden.

»Die Magie verschwindet für alle«, warf Gerald ein. »Wenn wir das Mädchen haben, bleibt sie wenigstens für uns.«

Seufzend rieb sich Darko das Gesicht. Warum waren die Vampire nicht in der Lage, es zu verstehen, es zu sehen. Er versuchte erneut, es zu erklären: »Ihr wisst doch gar nicht, was das für Konsequenzen haben wird, wenn nur eine Seite die Magie wieder zurückerlangt. Luladja meint, und so sehe ich es auch, dass alles sein Gegenstück hat. So gibt es eine natürliche Balance zwischen den Dingen. Schwarz, weiß. Gut, böse. Die Hexen und Vampire ... Ihr wisst schon, stellt es euch wie eine Waage vor. Bisher waren beide Seiten erfolglos in dem Versuch, die Magie wiederherzustellen. Wer sagt, dass es funktioniert, wenn A… das Mädchen sich für uns entscheidet oder für die Poutnik?« Fuck! Fast hätte er ihren Namen genannt! Schnell sprach er weiter. »Tatsache ist doch, dass mit der Magie unsere Essenz verschwindet. Die Poutnik verlieren ihre Gaben und wir unsere Existenz. Das ist Fakt! Alles andere sind nur wilde Spekulationen, die auf alten Geschichten und Legenden fußen.«

Gunther schlug hart mit seiner Faust auf den Tisch, sodass der unter dem Hieb ächzte. »Nicht die Wanderer sind die, die aussterben. Sie können ohne Magie weiterleben. Wir nicht. Wenn es wie bisher weitergeht, wird es bald keinen Vampir mehr geben. Wir werden schwächer. Seit Neuestem altern wir. So langsam, dass es bislang kaum ins Gewicht fällt, aber ich spüre die Veränderungen! Was mit den Wanderern ist, ist mir egal!«

»Wanderer?« Sekundenlang wusste Darko nichts mit dem Begriff anzufangen, bis ihm einfiel, dass das die deutsche Übersetzung für Poutnik war. »Was, wenn alles weitaus komplexer ist, als wir dachten? Wenn wir durch die Magie mit ihnen verbunden sind? Wenn wir nicht getrennt sind. Keiner weiß, was passieren würde, wenn sich eine Seite der Essenz bemächtigt. Kippt die Waage? Ist das unser aller Todesurteil?« Hilfesuchend sah er zu Camille hinüber, die nachdenklich einen Finger an die Nase gelegt hatte und in sich gekehrt wirkte. Immerhin eine, die über das nachdachte, was er sagte. »Keiner weiß, was passiert. Wir gehen immer davon aus, dass eine Seite gewinnt. Was ist, wenn keine gewinnt.«

»Diesem Mädchen bleibt überhaupt keine andere Wahl, es muss eine Entscheidung treffen. Um eine von uns zu sein, muss sie sterben. Um eine Poutnik zu sein, muss sie das Leben wählen und dieses Ritual durchmachen!«, überlegte Mateschitz laut. »Keine Entscheidung, keine Magie!«

»Luladja —«, begann Darko, wurde aber sofort von Gerald unterbrochen.

»Luladjalalala«, äffte der ihn nach. »Wie kommt es, dass du ihr dermaßen vertraust?« Wutschnaubend hieb der Deutsche mit der Faust auf den Tisch, dass die Gläser klirrten. »Ich sage, wir holen uns das Mädchen. Alle Recherchen und Forschungen deuten darauf hin, dass sich die Magie zu unseren Gunsten wiederherstellt, wenn wir sie zu einer Entscheidung gebracht haben. Und das dürfte nicht so schwierig sein. Familie, Freunde – die Menschen sind überaus soziale Wesen mit dem großen Manko, zu lieben!«

Moment mal. Woher wusste der Arsch eigentlich, dass es eine weibliche Magieträgerin war? Darko war sicher, dass er es nicht erwähnt hatte. Cami unterbrach seine Grübelei.

»Ich und der Pariser Clan, den ich vertrete, sehen es wie Darko. Wenn er davon überzeugt ist, einen Weg zu finden, der die Magie für beide Seiten wiederherstellt, stehe ich hinter ihm. Ich befürchte ebenfalls, dass ein Kippen der Magie in nur eine Richtung für uns alle schwerwiegende Konsequenzen haben wird. Wir sollten eine dritte Möglichkeit in Betracht ziehen. Nicht auszudenken, wenn die Magie völlig verschwunden ist, wie lange haben wir dann noch? Fünf Jahre, fünfzig oder fünfhundert.« Mit einem abschätzenden Blick auf die Brüder fuhr Camille fort. »Ein Jahr?«

Dankbar warf Darko Camille einen Blick zu, den diese mit einem schwachen Lächeln erwiderte. *Wir reden später*, las er von ihren Lippen ab. Sachte nickte er ihr zur Bestätigung zu.

»Wollt ihr das Risiko eingehen, dass die Magie nicht wieder zurückkommt? Wenn das Mädchen stirbt, haben wir die einzige Chance vertan. Darko ist bereits unser Verbindungsmann zu den Poutnik. Sie vertrauen ihm. Es spricht also nichts dagegen, dass wir es zumindest versuchen sollten.« Lächelnd verschränkte Camille ihre Arme und ließ den Blick von einem zum anderen wandern, bis er an Darko hängen blieb.

»Hmm«, meinte der Österreicher. »Grundsätzlich stimme ich Camille und Darko zu, wir sollten keine voreiligen Schlüsse ziehen. Aber ich finde, dass wir und nicht die Wanderer über das Mädchen verfügen sollten. Denen ist nicht zu vertrauen!«

»Dasselbe denken sie auch von uns, aber sie wollen endlich mit den Feindschaften aufhören. Seit Generationen kämpfen sie gegen uns. Sie sind es leid.« Sein Argument war schwach, das war ihm bewusst.

»Du weißt genauso, dass sie das nicht einfach können«, unterbrach Mateschitz seine Gedanken. »Es ist ihre Bestimmung.« Zweifelnd schielte der Wiener zu Antonio, der sich kaum am Gespräch beteiligte, sondern nur mit angestrengtem Gesichtsausdruck beobachtete. »Unsere Art hat ihre Bestimmung erschaffen. Sie werden immer unsere Feinde sein. Das ist das Gesetz der Magie.«

Vermutlich, überlegte Darko, der Mateschitz' Blick gefolgt war, verstand Antonio nicht mal die Hälfte von dem, was hier gesagt wurde. Englisch war nicht gerade Antonios Stärke. Oder er wollte einfach abwarten, welche Seite gewinnen würde.

»Angenommen wir gehen auf eine Zusammenarbeit ein. Was wollen sie von uns?«, wollte der Österreicher wissen, der die Führung des Gesprächs übernommen hatte.

»Dass wir unseren Einfluss in Politik und Wirtschaft geltend machen und uns um einen besseren Lebensstandard für sie bemühen. Ihr wisst genauso gut wie ich, dass ihre Magie das nicht ermöglichen kann, wir aber schon.«

»Das ist alles?«, beharrte der Wiener.

»Na ja, und Hilfe und Beistand bei Bedrohung.«

»Welcher Bedrohung denn?«

»Früher sind sie doch von den Menschen gejagt worden. In NS-Zeiten noch weitaus Schlimmeres!«, warf Camille ein. »Naheliegend, dass sie Schutz wollen. Gerade jetzt, wo rechtsradikale Parteien in ganz Europa stärker werden. Die haben Angst, dass sich die Geschichte wiederholt.«

»Ihr seid lächerlich. Ihr alle! Denkt ernsthaft über eine Zusammenarbeit mit den Wanderern nach?« Gernot schnaubte. »Merkt niemand, wie Darko uns zu manipulieren versucht? Fragt ihr euch nicht, wie es den Wanderern gelungen ist, einzudringen und das Clanoberhaupt zu töten?« Mit jedem Wort war Gerald lauter geworden und ereiferte sich dermaßen, dass eine Ader auf seiner Stirn pulsierte. »Wo sie doch angeblich keine Magie haben?«

»Ich weiß es nicht!« Schulterzuckend sah Darko in die Runde und dann zum leeren Türrahmen. Wie die Poutnik das angestellt hatten, wüsste er auch gern.

»Dann haben sie entweder dich betrogen«, stellte Gerald fest, »oder du uns. Wo wir wieder bei dem Punkt wären, dass du zumindest deine Finger im Spiel hattest, als dein Oberhaupt – dein Mentor – getötet wurde.«

»Ich sage, wir holen uns das Mädchen selbst!« Gernot sprang auf.
»Das hier ist Tschechien, wagt es und mein Clan wird euch in der
Luft zerreißen!«, drohte Darko. Das gefährliche Knurren in seiner
Stimme überraschte ihn selbst.

»Wir werden sehen.« Langsam erhob sich auch Gunther. »Fürs Erste
sind wir fertig. Lasst uns gehen. Ich will auf deutschem Boden sein, wenn
die Sonne aufgeht. Ich vertraue der hiesigen Gastfreundschaft nicht.«

»Ich werde euch ebenfalls verlassen und in Wien Bericht erstatten.
Wie gesagt, ich befürworte, dass wir die Situation erst mal von allen
Seiten beleuchten müssen, und wenn es sein muss, eine Zusammenarbeit
eingehen. Solange sie in Tschechien ist, ist Darko für sie und das, was
passiert, verantwortlich!« Mateschitz warf einen Blick auf seine
Smartwatch.

Zögernd, aber zustimmend nickten sie alle. Mehr gab es dazu nicht
zu sagen, einen sarkastischen Kommentar schluckte Darko gerade
noch so herunter, und stimmte ebenfalls zu. Er würde dafür sorgen,
dass Ava Prag auf keinen Fall verließ.

Einer nach dem anderen stand auf, um sich in die Nacht zu
verabschieden. Darko war froh, dass keiner vorhatte hierzubleiben,
eine Unterkunft hätte er nicht verweigern dürfen.

Schweigend begleitete Darko die Vampire zur Tür. Dort blieb er so
lange stehen, bis auch der letzte der zwei Wagen die Auffahrt
hinabfuhr und sich das große eiserne Tor hinter ihnen schloss. Erst
jetzt erlaubte er sich, erleichtert aufzuatmen. Überlebt. Wer konnte das
nach einem Besuch der Blutsbrüder schon von sich behaupten. Im
Stillen dankte er Camille für ihr rechtzeitiges Erscheinen, so wenig
zufällig es sicherlich war. Er würde sie dazu noch ausfragen. Später.

Matt fuhr er sich durch die Haare und warf einen letzten Blick auf
den Bildschirm der Überwachungskamera. Danach kehrte er in den
Salon zurück, wo er eines der Kristallgläser vom Tisch griff und sich
etwas von der roten Flüssigkeit aus der Glaskaraffe einschenkte. Zum
ersten Mal seit einer Ewigkeit fühlte sich Darko krank. Ob das auch so
eine Nebenwirkung davon war, dass die Magie wegdriftete? Er konnte
sich nicht mehr daran erinnern, wann er sich zuletzt so ausgelaugt
gefühlt hatte. Mit geschlossenen Augen atmete er einige Male tief
durch. Ungebetene Erinnerungen an seinen letzten Einsatz in den

Vierzigerjahren des vorangegangenen Jahrhunderts stiegen in ihm hoch. Der, der sein Leben beendet hatte. Der Gedanke daran ließ die Stellen schmerzen, dort, wo ihn die Kugeln erwischt hatten. Nur ein Phantomschmerz. In der Brust und im Rücken. Er zog die Kette unter seinem T-Shirt hervor und drehte die Projektile, die sein Leben beendet hatten, zwischen seinen Fingern.

Unwirsch schob er die Erinnerungen an die Vergangenheit fort und stopfte die Kette an ihren Platz zurück. Für ihn gab es nur eine Richtung, und zwar nach vorn. Um sich abzulenken, schlenderte er zu den Fenstern hinüber. Behutsam schob er den dunklen Vorhang zur Seite. Draußen färbte sich der Himmel von Schwarz zu Tiefblau. Bald würde der erste orangefarbene Streifen den Tag ankündigen. Er liebte diese Momente, kurz bevor sich die Sonne zeigte und Prag zum Leben erwachte. Fast täglich blieb er, um das Schauspiel zu beobachten. So lange, bis sich seine Haut zu röten und zu glühen begann.

Versonnen hob er das Glas an seinen Mund. Der ekelerregende Geruch verdorbenen Bluts stach ihm in die Nase und holte ihn in die Gegenwart zurück. Mit einem lauten Krall stellte er das Glas auf einem der Sideboards ab. Die rote Flüssigkeit stockte bereits und verfärbte sich unappetitlich braun.

»Sind sie endlich weg?«

Beim unerwarteten Klang von Aliks tiefer Stimme zuckte er zusammen und drehte den Kopf in die Richtung, wo einmal die Tür zum Wohnzimmer gewesen war. »Ja.« Darko seufzte tief. Matt kämmte er sich durch die Haare. »Ich hasse diese Typen!«

»Wer nicht?« Nachdenklich musterte Alik ihn. »Bist du dir sicher, dass du den Clan anführen willst? Du siehst jetzt schon so aus, als würdest du am liebsten ein paar Morde begehen wollen.«

»Was hast du vor?« Darko zeigte auf das Päckchen Zigarren in der Hand seines Bruders. Er wollte jetzt nicht über Politik oder die Blutsbrüder reden.

»Ich wollte Cyril aufmuntern und dich fragen, ob du uns Gesellschaft leistest.«

»Wo steckt der überhaupt?«

»Bei Mirjam.« Mit leiser Stimme fügte er hinzu: »Sie liegt im Sterben und es macht ihn fertig. Er wollte in ihre Träume eindringen, um ein letztes Mal bei ihr zu sein, wenn der Moment kommt.« Über Aliks graublaue Augen legte sich ein Schatten. »Es hat nicht funktioniert – wegen der Magie, du weißt schon.« Er schüttelte den Kopf. »Das macht es für unseren kleinen Bruder noch schwieriger.«

»Ich werde nie verstehen, warum Cyril Mirjam nicht verwandelt hat.«

»Weil er ihr dieses Leben nicht zumuten wollte. Weil er es hasst, ein Vampir zu sein. Abgesehen von der Gewalt und dem Blut – zusehen zu müssen, wie alle, die wir lieben, sterben. Uns vergessen. Es war schrecklich für ihn, sie damals manipulieren zu müssen, um sie um ihn trauern zu lassen, als wäre er wirklich für den Widerstand gefallen, ihr gleichzeitig den Schmerz zu nehmen und später zusehen zu müssen, wie sie eine Familie mit jemand anderem gründet, wie sie altert. Und jetzt erlebt er, wie sie stirbt.«

»So was nennt man dann wohl unsterbliche Liebe.«

»Lass deinen Sarkasmus.« Alik schnaubte verärgert. »Verrate mir lieber, wo Opas selbstgebrannter Schnaps ist.«

»Es ist die letzte Flasche«, protestierte Darko.

»Ich weiß. Perfekt für diesen Moment, oder?«

»Kannst du dich noch erinnern, als wir uns zum ersten Mal besoffen und diese Zigarren geraucht haben?« Darko deutete auf die Packung in Aliks Hand. Gegen seinen Willen verzogen sich seine Mundwinkel zu einem Lächeln.

»Und wie ich das noch weiß!« Sein Bruder lachte. »Weil du Liebeskummer hattest. »Wie hieß sie doch gleich?« Er schnippte mit den Fingern. »Ach, ich komm nicht mehr drauf.«

»Warst nicht du derjenige mit Liebeskummer?«

Alik ging nicht auf seinen Kommentar ein. »Wir haben uns die Zigarren und den Alkohol von unserem ersten Lohn gekauft. Weißt du noch?«

»Vor allem, dass uns allen furchtbar schlecht war und wir die ganze Nacht davon kotzen mussten.« Darko lachte bei der Erinnerung. »Vater hat uns erwischt und uns vor die Entscheidung gestellt, entweder eine Tracht Prügel oder zusammen mit ihm eine Zigarre rauchen. Mir war danach nie wieder so übel.«

»Und«, ergänzte Alik, »danach hat er beschlossen, dass wir ihm unseren Lohn abgeben müssen!«

»Zigarre haben wir danach jedenfalls nie wieder geraucht.«

»Bis heute.« Alik grinste. »Hey«, er klopfte dreimal gegen den Türrahmen, »wenn Mirjam … wenn es so weit ist, dass sie … geb ich dir Bescheid. Wir … wir sollten dann bei ihm sein.«

Darko nickte stumm und sah seinem Bruder hinterher, der sich nach einem letzten Blick umdrehte und in die Eingangshalle verschwand. Durch die weit geöffnete Tür beobachtete er die schlanke Gestalt seines Bruders, der sein Handy aus der Hose zog und ans Ohr hielt, während er die Treppe nach oben ging.

Vermutlich versucht er, Cyril zu erreichen, dachte Darko. In seinem Mund breitete sich ein bitterer Geschmack aus. Ihr jüngster Bruder war schon immer weicher und sentimentaler, weswegen sie ständig versucht hatten, ihn zu beschützen. Und mehr als einmal hatten sie versagt. Er hätte ihn niemals verwandeln dürfen.

»Die Unsterblichkeit bedeutet für einen Vampir etwas anderes als für Menschen.« Camille hatte sich unauffällig neben ihn gesellt und drückte ihm ein Glas mit frischem Blut in die Hand. »Hier, ich hab mich in der Küche selbst bedient und dachte, ich bringe dir eins mit.«

»Wie viel hast du von dem Gespräch mitbekommen?« Ihre Finger berührten sich, als er das Glas aus ihrer Hand nahm.

»Fast alles«, gab sie zu und wandte sich von ihm ab. »Du solltest hier ein Fenster mit UV-Filter einbauen lassen«, meinte sie leise. »In meinem Château hab ich das letztes Jahr machen lassen. Dann kann man zumindest ein wenig Sonne sehen.«

»Zu teuer«, brummte Darko.

»Ach was«, lachend legte sie einen Arm um ihn, »das dürfte das kleinste Problem sein.«

»Hmm«, er wandte sich ihr zu und strich ihr eine Strähne hinters Ohr, »dann – es passt nicht zum Stil.«

»Ich könnte noch eine Weile bleiben.« Sie schmiegte sich seitlich an ihn. »Ich könnte dir beim Renovieren helfen.«

Der Duft edlen orientalischen Parfüms stieg ihm in die Nase. »Das musst du nicht«, sagte er sanft und schob sie von sich weg. Früher fand er den Geruch unwiderstehlich, doch heute fehlte ihm die menschliche Wärme, durch die sich die verschiedenen Komponenten erst vollends entfalteten.

Überrascht sah sie ihn an. Camille war unbestreitbar schön. Mit ihrem karamellfarbenen Haar, der milchweißen Haut und diesen sanften goldbraunen Augen, die im Gegensatz zu ihrem explosiven Charakter standen. Einmal hatte er sie so richtig zum Toben gebracht. Er konnte sich nicht mehr an den Anlass erinnern, doch danach waren sie übereinander hergefallen. Und seitdem bei jeder Gelegenheit. Sie waren keine Liebenden, aber Seelenverwandte, Freunde, sie beide vereinte das Gefühl, etwas verloren zu haben, was sie sexuell zueinander hinzog. Heute war allerdings etwas anders. Darko konnte nicht sagen, was es war, das ihn kaltließ. Vielleicht war er nur erschöpft. Außerdem musste er dringend nachdenken. Nachdenken, wie er dieses Schlamassel wieder geraderücken konnte.

Fuck! Er wollte unter keinen Umständen das Vertrauen der Poutnik verlieren. Es musste einen Weg geben, der gut für alle geeignet war. Und wenn nicht, sollte Ava wenigstens selbst ihre Entscheidung treffen können. Es sollte ihr nicht so ergehen wie den meisten Vampiren. Die wenigsten von ihnen hatten freiwillig diese Lebensart gewählt. Genauso wenig wie die Poutnik, die einfach das Pech hatten, hineingeboren zu werden.

Für einen Moment flackerte Camilles Aura. Sie musterte ihn mit einem betont gleichgültigen Blick. »Okay.« Sie war eben auch seine beste Freundin, die ihn auf eine Art kannte wie kaum einer sonst. Außer ihr standen ihm nur Alik und Cyril nahe.

»Ach, Camie«, er streckte einen Arm nach ihr aus, doch sie trat von ihm weg, sodass er sie nicht berühren konnte. Seit wann war ihre Aura für ihn nur blau? Früher hatte ihn dieser Farbton, der ihn an Kornblumen erinnerte, fasziniert, jetzt war er einfach nur blau. Im Gegensatz dazu war Avas so facettenreich. Wie ein Regenbogen, nur in den unterschiedlichsten Blautönen. Noch dazu diese goldenen Sprenkel darin. Unwillkürlich tauchte ihr Bild vor seinem inneren Auge auf. Der Moment, wie sie auf der Terrasse des Clubs stand und ihn mit großem Erstaunen ansah, als er sie von sich schob. Etwas, was ihm zugegeben extrem schwergefallen war. Nichts hätte er lieber getan, als sie zu küssen, immer weiter zu küssen. Dass er nicht nach Lust und Laune in ihren menschlichen Geist eintauchen konnte, machte sie noch viel interessanter.

»Camie, bitte entschuldige. Aber ich bin einfach … keine Ahnung. Mein Kopf ist so voll und ich fühl mich erschlagen.«

»Schon gut.« Schulterzuckend winkte sie ab. »Ich steh übrigens voll hinter dir. Was die Poutnik und die Magie betrifft, bin ich überzeugt, dass mehrere von uns das Gleiche denken wie du.«

»Weißt du, was ich mich frage?« Er linste hinter den Vorhang. Das stechende Sonnenlicht ließ seine Augen schmerzen. Eilends schob er den Stoff zurück vor das Fenster. »Wie haben die Blutsbrüder und die anderen so schnell von allem Wind bekommen?«

Camille zuckte mit den Schultern. »Der Tod eines Clanoberhaupts lässt den Vampirfunk heiß laufen. Vor allem unter diesen Umständen.«

Darkos Handy klingelte. Ohne darauf zu achten, wer ihn da anrief, stellte er es auf Vibration und legte es auf den kleinen Tisch, wo es vor sich hinbrummte. »Wie hast du davon erfahren?«

»Interessiert es dich nicht, wer dich anruft? Vielleicht ist es einer deiner Poutnik-Freunde.«

Hartnäckig vibrierte sein Handy erneut. Vielleicht war es Ivana, die mit ihm über die Versammlung sprechen wollte. Oder Nikolaj? Mit dem musste er unbedingt reden.

Hoffentlich war Nikolaj so schlau und hatte noch nichts zu Luladja gesagt, bevor sie ihre Story abgestimmt hatten. Nachdem sie von der Krankenschwester hinausgeworfen worden waren, war Nikolaj allen Ernstes in die entgegengesetzte Richtung gelaufen und hatte die Treppe statt den Aufzug genommen. Um kein Aufsehen zu erregen, hatte Darko darauf verzichtet, ihm nachzurufen. Bisher hatte er aber keine Gelegenheit gehabt, das Gespräch mit ihm zu suchen. Seine Anrufe nahm er nicht an.

Vielleicht war es aber auch Ava, die ihn anrief? Unwahrscheinlich. Wenn sie ihn vorher nicht gemocht hatte, so hasste sie ihn seit Neuestem.

Camille musterte ihn neugierig, während er die Wichtigkeit des Anrufers abwägte. Er sollte einfach nachschauen. Das Vibrieren hatte aufgehört und er drückte den seitlichen Knopf, um das Display zu aktivieren. Mehrere entgangene Anrufe und eine Nachricht von Nikolaj, die aus drei Wörtern bestand: *Sie ist weg.*

Eine seltsame Mischung aus Bedauern und Erleichterung machte sich in ihm breit, dann die plötzliche Erkenntnis. Fuck!

KAPITEL 18

What the fuck!

Jäh fuhr Ava hoch. Argwöhnisch und mit klopfendem Herzen sah sie sich in dem Zimmer um. Ein breiter Sonnenstrahl fiel durch eine Lücke in der Jalousie und beleuchtete das herrschende Chaos. Neben der Tür stand ein überquellender Wäschesack. Den Schreibtisch erahnte man kaum unter den Stapeln von Büchern und leeren Pizzaschachteln. Das Durcheinander setzte sich im größeren Radius um den Tisch herum fort. Die Wände waren mit Postern ihr unbekannter Bands plakatiert, deren Mitglieder aber nach Metal- oder Rockband aussahen. Alles in allem wirkte es wie ein typisches Studenten-WG-Zimmer, ähnlich dem von Rebecca und Sarah, die sich ein Zweier-Apartment teilten, nur dass in diesem hier ein echter Chaot wohnte. Der Sticker auf dem Rucksack, der ganz oben auf dem Chaos lag, deutete darauf hin, dass es wahrscheinlich sogar dasselbe Wohnhaus war, nur eben definitiv nicht das Zimmer einer ihrer Freundinnen. Die würden keinen Fuß hier reinsetzen!

Ein schnarchendes Geräusch ließ sie zusammenfahren und lenkte ihre Aufmerksamkeit auf die Person neben ihr. Bis eben hatte sie es gekonnt verdrängt, dass sie nicht allein in diesem Bett lag. Nicht dass es befremdlich genug wäre, in ungewohnter Umgebung wach zu werden – in letzter Zeit passierte das mit regelmäßiger Häufigkeit -, aaaber neben einem Typen wach zu werden, von dem sie nur einen braunen, zerzausten Haarschopf sah, und den sie, dem Zimmer nach zu urteilen, überhaupt nicht kannte … Das war neu.

Schnell warf Ava einen Blick unter die Bettdecke. Erleichtert stellte sie fest, dass sie immerhin ihre Unterwäsche anbehalten hatte. Wie war sie bloß in diese Situation geraten?

Im Kopf ging sie den vergangenen Abend durch, den sie mit ihren Freundinnen verbracht hatte. Sie hatten Pizza gegessen und eine Serie auf Netflix angeschaut. Nach dem Staffelfinale hatte sie sich auf den Nachhauseweg gemacht.

Diese Treffen hatten mittlerweile Seltenheitswert bekommen. Seit ihrem Studium und Sarahs zusätzlicher Arbeit als Praktikantin in einem Streetworker-Programm war es schwer geworden, einen Abend zu finden, an dem sie gemeinsam Zeit hatten.

Dunkel meinte sie sich zu erinnern, dass Sarah von irgendeiner Studentenparty in einem stillgelegten Hangar gesprochen hatte, zu der sie unbedingt hingehen wollte.

War sie doch mitgegangen? Aber warum wusste sie nichts mehr davon? Ob man ihr Drogen verabreicht hatte?

Sie horchte tief in sich hinein, fühlte sich aber nicht anders als sonst. Nur müde – als hätte sie die ganze Nacht gefeiert – die obligatorischen stechenden Kopfschmerzen und etwas lichtempfindliche Augen. Aber diese Symptome begleiteten sie seit Wochen. Und zwar jeden verdammten Morgen, wenn sie nachts zuvor geschlafwandelt hatte.

War das etwa schon wieder passiert? Klar, und dabei hatte sie den ganzen Weg von ihrer Wohnung zur Halle zurückgelegt und Party gemacht, ohne es zu merken! Und im Anschluss legte sie sich einfach in fremde Betten?

Die einzige Möglichkeit rauszufinden, was wirklich geschehen war, wäre wohl, diesen Kerl da wach zu machen und einfach zu fragen.

Wenn sie sich nicht so schämen würde. Was sollte sie auch sagen? Hey, ich kenn dich zwar nicht, aber wie bin ich in deinem Bett gelandet? Vorsichtig, um ihn nicht zu wecken, krabbelte sie aus dem Bett. Wo waren bloß ihre Klamotten? Beklommen sah sie sich um. Verdammt! Was hatte sie damit gemacht! Barfuß tappte sie durch das Zimmer und sah sich um. Shit. Ersatzweise krallte sie sich ein schwarzes Shirt aus einem Wäschekorb, der neben dem Sack stand. Die Klamotten darin waren zusammengefaltet und sahen sauber aus. Misstrauisch schnupperte sie daran, roch aber nur Waschmittel und einen etwas blumigen Weichspüler, der gar nicht zu dem Stil passte, der in dem Zimmer vorherrschte. Da hatte Mama es wohl etwas zu gut gemeint.

Das impulsive Grinsen konnte sie sich bei dem Gedanken nicht verkneifen. Schnell streifte sie sich das lange Shirt über. Es reichte ihr immerhin bis über die Knie. Wenn sie wirklich in dem Studentenwohnheim war, würde sie hoffentlich nicht auffallen. Sie musste es bloß bis zu Rebecca und Sarah schaffen! An der Tür hielt sie kurz inne und lauschte. Stille.

Zögerlich öffnete sie die Tür und spähte in den Raum dahinter. In der großen Wohnküche sah es ähnlich chaotisch aus, aber zum Glück war niemand zu sehen. Der Rest der WG musste wohl selbst noch im Tiefschlaf liegen oder unterwegs sein. Auf Zehenspitzen trat sie aus dem Zimmer und schloss leise die Tür hinter sich. *Hoffentlich taucht jetzt nicht urplötzlich einer seiner Kommilitonen auf*, schoss es Ava durch den Kopf. Das Ganze hatte so etwas von einem Klischee.

»Was ist passiert?« Rebecca starrte Ava mit offenem Mund an. Ihre Augen wirkten dunkel und riesig hinter den großen Brillengläsern, ihr Haar stand in alle Richtungen ab. »Hat dich jemand …?«

Ava hörte die Panik in ihrer Stimme. Kein Wunder, dass Rebecca vom Schlimmsten ausging, sie würde wohl genauso reagieren, wenn eine ihrer Freundinnen sie aus dem Bett klingelte und nur halb bekleidet vor der Tür stand.

Kopfschüttelnd schob sich Ava an ihr vorbei. »Alles gut«, beruhigte sie ihre Freundin.

»Alles gut?«, echote Rebecca. Ungläubig starrte sie sie an und schob die Brille auf die Nase.

»Ja.« Entschlossen zog Ava die Tür hinter sich zu und ging in die Küche. »Ich hoff bloß, dass mich niemand so gesehen hat.«

»Es ist Sonntag«, erklärte Sarah gähnend, die aus ihrem Schlafzimmer tappte und nach einem kritischen Blick auf Ava sofort die Kaffeemaschine ansteuerte. »Und acht Uhr morgens.« Ihre Miene war eine einzige vorwurfsvolle Anklage. »Wollt ihr auch einen Kaffee?«

»Ja, und was gegen Kopfschmerzen.« Erschöpft ließ sich Ava auf den Stuhl gegenüber Rebecca plumpsen. »Bitte«, fügte sie leise hinzu, dann vergrub sie ihr Gesicht in den Händen. Sie war so müde, dass sie auf der Stelle einschlafen könnte. Was war sie heilfroh gewesen, nachdem sie festgestellt hatte, dass es tatsächlich das Wohnheim war, in dem auch die beiden wohnten.

»Seid ihr zwei doch auf der Party gewesen?«, fragte Rebecca. Gähnend fuhr sie sich durch ihre Haare und band sie zu einem kurzen Zopf zusammen.

»Ich weiß es nicht«, stöhnte Ava. Ihre Stimme klang dumpf zwischen den Fingern. Fröstelnd zog sie die Knie an und das Shirt bis zu den nackten Füßen hinunter.

»Wie, du weißt das nicht?«

»Hier!« Sarah stellte eine Tasse mit dampfendem Inhalt vor Ava auf den Tisch und setzte sich neben sie. »Wir haben keine Sojamilch mehr, Becky. Ich hol nachher eine am Kiosk.«

Der anregende Duft von Kaffee stieg Ava in die Nase. Froh, etwas zu haben, an dem sie sich festhalten konnte, umklammerte sie den heißen Becher. Mit geschlossenen Augen nippte sie vorsichtig an dem Getränk. Langsam entspannte sie sich etwas.

»Jetzt erzähl mal«, forderte Sarah sie ungeduldig auf, während sie seufzend mit den Fingerknöcheln über ihr rechtes Handgelenk rieb.

Ava öffnete die Augen. »Hat sich dein Tattoo wieder entzündet?« Stirnrunzelnd zeigte sie auf Sarahs Infinity-Zeichen.

»Ach das.« Ihre Freundin winkte ab und zog etwas zu hastig den Ärmel ihres rosa-türkis-karierten Pyjamas drüber. »Halb so will.«

»Du solltest damit echt mal zum Hautarzt.«

»Jetzt lenk nicht vom Thema ab.« Rebecca rührte geräuschvoll in ihrem Kaffee. »Los raus mit der Sprache. Was ist passiert, nachdem Sarah dich nach Hause gebracht hat?«

»Nichts.« Unbehaglich zog Ava ihre Schultern hoch. Schnell trank sie noch ein paar Schlucke Kaffee und sah Sarah an. »Was hast du gemacht, nachdem du bei mir weg bist?«

»Nichts Besonderes. Ich habe kurz bei der Anlaufstelle vorbeigeschaut, die ist ja bei dir in der Nähe. Danach bin ich allein zu dem Hangar gefahren. Lange war ich nicht da. Ohne euch hat es keinen richtigen Spaß gemacht. Wenn du später doch noch zur Party gefahren bist, muss ich schon weg gewesen sein.«

»Und was hast du gemacht, als du zu Hause warst?«, fragte Rebecca.

»Das weiß ich eben nicht mehr!« Verzweifelt schaute Ava mit brennenden Augen von einer zu anderen. »Ich hätte gehofft, ich wäre einfach hier eingeschlafen, und dann ... Ach, keine Ahnung!« Deprimiert starrte sie auf den Tassenhenkel, den ihre Finger haltsuchend umklammerten. »Das Einzige, an das ich mich noch klar erinnere, ist, dass wir die Serie angeschaut haben, ich mit Sarah nach Hause bin und geduscht habe. Das Nächste ist, dass ich neben dem Typen da unten wach geworden bin. Alles dazwischen ist dunkel, als hätte ich einen Filmriss.«

»Wer war denn der Typ?« Sarah musterte sie neugierig.

»Ich hab keine Ahnung, wer das war oder wie ich da hingekommen bin!«

»Habt ihr miteinander geschlafen?«

»Sarah!«

»Sorry!«

»Zu deiner Info: Nicht, dass ich mich erinnern könnte, also ich bin mir nicht sicher, aber immerhin hatte ich meine Unterwäsche an.«

»Du weißt also nicht mal das?«, neckte Rebecca sie. »Dann war der aber schlecht.«

Auch Sarah grinste, dann wurde sie schlagartig ernst. »Ich weiß, dass du so was nicht machst, aber ich muss dich trotzdem fragen.« Sarah nahm Ava die Tasse aus der Hand und stellte sie auf den Tisch. »Du hast doch nichts konsumiert?« Eindringlich sah Sarah ihr in die Augen.

»Ich nehme keine Drogen!«, fauchte Ava.

»Vielleicht hat dir jemand K.-c.-Tropfen ins Getränk gekippt?«, überlegte Rebecca und fummelte wie üblich an ihrem Nasenpiercing rum, während sie nachdachte.

»Wo und wann denn? Ich war nur bei euch und Sarah meinte, sie hätte mich nach Hause begleitet. Von euch wird mir keiner Drogen oder sonst was untergejubelt haben. Ich erinnere mich nicht mal daran, meine Wohnung wieder verlassen zu haben!«

»Wartet mal, das mit den Drogen können wir schnell klären.« Sarah sprang auf und verschwand in ihrem Zimmer. Kurz darauf kam sie mit einer kleinen Schachtel zurück. »Das ist ein Multi-Drogenschnelltest, den wir für die Kids im Programm verwenden.«

»Und wie funktioniert das?«

»Streck die Zunge raus.«

»Bäh! Ist das ekelhaft.«

»Still!«

Schnell wischte Sarah mit einem Vlies über ihre Zunge und schaute auf den Kontrollstreifen. Für ein paar Minuten herrschte angespanntes Schweigen. »Nichts«, meinte Sarah.

»Sag ich doch!«

»Ich finde, du solltest dich von einem Arzt untersuchen lassen«, nahm Rebecca das Gespräch wieder auf. »Langsam wird das echt unheimlich! Erst letzte Woche bist du bei uns auf der Couch aufgewacht, obwohl du eigentlich zu Hause sein solltest. Ich hab hinter dir die Tür zugesperrt und trotzdem warst du am nächsten Morgen da.«

»Vielleicht liegt es an dem ganzen Studistress. So wie du dich da reinhängst, wäre es kein Wunder«, warf Sarah ein. »Bestimmt traumwandelst du deswegen. Hast du nicht erzählt, dass du regelmäßig in irgendeinem anderen Zimmer wach wirst?«

»Ich weiß nicht, ob das damit zusammenhängt. Kann schon sein, dass du recht hast und ich schlafwandle«, überlegte Ava laut, »das würde zumindest erklären, dass ich mal im Wohnzimmer, mal in Mamas Zimmer wach werde. Ein anderes Mal lag ich sogar in der Dusche! Aber ...« Sie schluckte, etwas hatte sie den beiden bisher verheimlicht, weil es ihr selbst zu grotesk vorkam. »Einmal habe ich mich in einem Auto, mitten im Grenzwald, in der Nähe zur niederländischen Grenze wiedergefunden!« So jetzt war es raus. Sie holte ein paarmal tief Luft und beobachtete abwechselnd ihre Freundinnen. Dass sie Blut an den Händen gehabt hatte, verschwieg sie lieber. Bei der Erinnerung wurde ihr eiskalt und es schüttelte sie. Nichts hatte darauf hingedeutet, dass etwas passiert war. Zumindest hatte sie keine offensichtlichen Verletzungen und auch am Wagen selbst gab es nichts Auffälliges. Keine Kratzer und Beulen. Da war nur das Blut an ihren Fingern. Eine Zeit lang hatte sie die Nachrichten aus der Region verfolgt, aber nie hatte irgendwas auf ein Geschehen hingedeutet, das mit ihrem in Zusammenhang stehen könnte.

»Du hast doch gar kein Auto«, rief Sarah überrascht, während Rebecca sie mit nachdenklich gerunzelter Stirn betrachtete.

»Ich weiß!« Ava ballte die Hände zu Fäusten. »Das war das von meiner Nachbarin. Zum Glück hat sie von meiner Spritztour nichts mitbekommen. Ich übrigens auch nicht, also fragt nicht nach Details!«

»Mal überlegt, ob das alles mit deinem Unfall in Prag zusammenhängt?«, fragte Rebecca vorsichtig und legte ihr eine Hand auf die Schulter. »Seitdem hast du das doch, oder? Vielleicht ... hmm.« Kopfschüttelnd murmelte Rebecca vor sich hin. »Keine Ahnung. Aber du solltest dringend zum Arzt. Irgendwas stimmt nicht mit dem Teil, in dem die Erinnerungen gespeichert sind.«

»Ob das wirklich damit zu tun hat? Das ist schon Wochen her«, bezweifelte Ava und schüttelte Beccas Hand ab. »Vielleicht ist es ja wirklich der Uni-Stress.« Unruhig klopfte sie mit dem Finger gegen die Tasse. Wie üblich fühlte sie sich unwohl, wenn die Sprache auf Prag kam. Irgendwann, nachdem die beiden sie gefühlt jeden Tag gelöchert hatten, ob ihre *Erinnerungen* wieder da seien, hatte sie ihnen etwas hart vermittelt, dass sie weder darüber noch über Darko und Nikolaj sprechen wollte. Wenn auch unwillig hatten die Mädels ihren Wunsch akzeptiert. Seitdem vermieden alle das Thema, obwohl es oft genug über ihnen schwebte. So wie auch jetzt.

»Ich fahr nach Hause.« Ava schob den Stuhl zurück.

»Du solltest nicht allein sein.« Unschlüssig sah Rebecca sie an. »Wenn du magst, kannst du ein paar Tage hierbleiben.«

»Danke für das Angebot, aber ich werde jetzt nach Hause gehen. Ich bin todmüde.« Sie stand auf. »Könnt ihr mir ein paar Sachen zum Anziehen leihen?« Ava zupfte an dem Shirt. »Und wahrscheinlich sollte ich das zurückbringen. Vielleicht kann ich nebenbei in Erfahrung bringen, was ich in der letzten Nacht getrieben hab.«

»Sollen wir dich nach Haus begleiten?«, fragte Sarah. »Ich muss noch zum Jugendzentrum rüber und das liegt auf dem Weg.« Kopfschüttelnd winkte Ava ab. Sie hatte das dringende Bedürfnis, allein zu sein. Vorher wollte sie aber noch was klären.

Zögernd klopfte Ava an die Tür zur WG, aus der sie vorhin geflohen war. Für einen Moment überlegte sie, ob sie das Shirt einfach auf die Fußmatte legen und verschwinden sollte. Die ganze Sache war ihr auch so schon mehr als peinlich. Unvermittelt wurde die Tür aufgerissen und für eine Flucht war es zu spät.

»Maaark, sie ist wieder da!« Der Student, der ihr geöffnet hatte, musterte sie neugierig.

»Ähm, ja …« Sie spürte die Hitze in die Wangen schießen. Betreten musterte sie ihre Füße, die in Sarahs Sneakers steckten und ihr eine Nummer zu groß waren.

»Hey!« Der Typ, neben dem sie wach geworden war, drängte sich in den Türrahmen und schob seinen Kumpel zur Seite. »Wieso bist du denn abgehauen? War ich so schlecht?«

Es dauerte einen Augenblick, bis sie registrierte, dass er einen Witz gemacht hatte, und auch nur, weil er ihr fröhlich zuzwinkerte. Was hatten bloß alle damit? »Haha!«

»Willst du nicht reinkommen?«, fragte Mark freundlich und fuhr sich durch die wirren braunen Haare, während er sie anlächelte. Seine hellbraunen Augen hatten etwas Freundliches und Warmes.

»Äh, ja, … nein, ich wollte dir eigentlich nur dein Shirt zurückbringen.« Verlegen hielt sie das Kleidungsstück wie einen Schild vor sich. »Meine Freundinnen wohnen auch hier, die haben mir mit Kleidung ausgeholfen.« Warum klang das wie eine Rechtfertigung?

Schweigend nahm er ihr das Shirt aus der Hand, dann trat er zu ihr in den Gang und zog die Tür hinter sich zu. Kurz bevor diese ins Schloss fiel, rief ihm eine Männerstimme etwas zu und lachte laut.

»Sorry, ich hab vorhin nur einen Scherz gemacht. Wir haben nicht miteinander geschlafen, obwohl du es mir echt schwer gemacht hast. Aber ich bin nicht der Typ, der eine Situation ausnutzt.«

»Ich soll es dir schwer gemacht haben?« Entgeistert starrte sie ihn an. Was verdammt noch mal war in der Nacht passiert und warum erinnerte sie sich an absolut nichts – nada, niente, ništa?

»Irgendwie bist du heute anders.« Lässig lehnte er sich gegen den Türrahmen und sah sie mit einem schiefen Lächeln an. Jetzt wo er die Arme vor der Brust überkreuzt hatte, fielen ihr die breiten schwarzen Lederbänder auf. Er trug ein schwarzes Shirt mit einem Band-Logo darauf, darunter waren vier langhaarige Musiker zu sehen.

»Todessalto?«, entzifferte sie die verschnörkelte Schrift mit zusammengekniffenen Augen. Ein silberner Thoranhänger baumelte an einem schwarzen Band über seiner Brust.

»Kennst du die Band?«

»Nein.«

»Die sind gut. Ist eine deutsche Rockband. Welche Musikrichtung magst du denn?«

»Eigentlich bin ich da ziemlich vielseitig.« Ava zuckte mit den Schultern. »Aber was meinst du damit, dass ich heute anders bin?« Sie zwinkerte ihm gespielt schelmisch zu. Vielleicht verriet er ihr etwas, wenn sie mit ihm flirtete?

»Ich weiß nicht. Anders halt. Zurückhaltender. So wie du gestern auf diesem Underground-Rave abgefeiert hast, hätte man annehmen können, du wärst auf irgendwas drauf gewesen. Und wie du da in diesem Käfig getanzt hast. Hammer!«

What?! Bei seinen Worten wurde ihr kotzübel und sie fing an zu schwitzen. Sprachlos schnappte sie ein paar Mal nach Luft. Fuck! Sie hatte in einem Käfig getanzt? Auf einem Underground-Rave? Ihre Gedanken rasten in schwindelerregender Geschwindigkeit. Ob sie so tun könnte, als hätte sie einen Filmriss gehabt? Weil sie so betrunken war? Und sie wollte vermeiden, dass er dachte, dass sie annahm … O Mann, was für eine Scheiße!

»Sag mal, ist alles in Ordnung mit dir? Du siehst aus, als würdest du gleich zusammenklappen.«

»Jaja, alles okay. Ich bin nur … ziemlich fertig«, beendete Ava den Satz.

Verständnisvoll nickend betrachtete er sie nachdenklich und zupfte an seinem Anhänger herum. Zu Avas Überraschung lief er plötzlich rot an. »Hey«, begann er zögernd. »Das ist vielleicht gerade unpassend, aber hättest du vielleicht Lust, dich mit mir auf einen Kaffee zu treffen?«

»Warum?«, fragte sie ehrlich erstaunt.

»Na«, fahrig wuschelte er sich durch die Haare, »ich find dich eben interessant, aber wenn du nicht willst –«

»Eigentlich wollte ich dir nur das Shirt wiedergeben«, unterbrach Ava ihn leise. Die Situation wurde immer verfahrener. Seitdem sie sich dermaßen die Finger an Nikolaj und Darko verbrannt hatte, hatte sie alles vermieden, was mit dem männlichen Geschlecht zu tun hatte.

»Verstehe schon«, meinte Mark geknickt. »Wäre ja auch zu schön gewesen.«

»Nein, ja, vielleicht.« Sie gab sich einen Ruck. Irgendwann sollte sie das hinter sich lassen, es sei denn, sie wollte nie wieder Dates haben. »Wir können gern mal was zusammen trinken gehen. Aber jetzt ist gerade schlecht und ich muss auch ... los.«

»Warte!« Mark verschwand in seiner Wohnung, um kurz darauf mit einer bunten Plastiktüte und einer kleinen schwarzen Handtasche zurückzukommen. »Ich denke, das willst du wiederhaben.«

»Danke«, stammelte sie und wandte sich zum Gehen.

»Also, man sieht sich!«, hörte sie ihn hinter sich herrufen, als sie fluchtartig auf das Treppenhaus zustrebte. In was hatte sie sich jetzt wieder reingeritten!

In der Straßenbahn warf sie einen Blick in die Tüte. Was war das denn? Sollte das ein Kleid sein? Bestürzt musterte Ava das Stück Stoff, das sie herauszog. Das Oberteil schien fast nur aus Spitze und Mesh zu bestehen und nur über den nötigsten Stellen war ein blickdichter Streifen eingenäht. Und es war völlig durchnässt. Was zumindest eine Erklärung dafür war, dass sie nur halb bekleidet wach geworden war. Wahrscheinlich konnte sie noch froh sein, dass sie überhaupt Unterwäsche unter diesem Teil angehabt hatte.

Heimlich sah sie sich um. Hoffentlich hatte niemand mitbekommen, was sie da ausgepackt hatte. Glücklicherweise saß niemand in ihrer Nähe. Nur ein junger Mann, der zum Fenster rausschaute und ein Lied mitsummte, das aus seinen Kopfhörern drang.

177

Das wurde ja immer besser! Wütend auf sich selbst stopfte sie das Kleid in die Tüte. Das Ding würde sie zu Hause in die Mülltonne werfen. Käfig, Rave und dieses Kleid. Was war bloß los mit ihr! Nicht dass sie verklemmt wäre, aber das Teil war völlig überzogen. So was würde sie sich nie kaufen. NIE! Allein bei der Vorstellung, in dem Fetzen in einem Käfig getanzt zu haben, bekam sie Bauchschmerzen. Wo hatte sie das Ding eigentlich her? *Irgendwann hast du es aber irgendwo gekauft,* grübelte sie. O Mann, an was konnte sie sich denn noch alles nicht erinnern? Mit purer Willenskraft versuchte sie, sich die letzte Nacht in Erinnerung zu rufen. Aber bis auf ein paar flackernde Laserlichter war da nicht viel und die Wahrscheinlichkeit, dass sie sich die jetzt einbildete, weil Mark gesagt hatte, sie seien auf einem Rave gewesen, war ziemlich hoch. Wäre der Drogentest vorhin nicht eindeutig negativ gewesen, hätte sie seiner Aussage sofort geglaubt, dass sie voll drauf gewesen sei.

Mist, jetzt hatte sie auch noch ihre Station verpasst und ihr blieb nichts anderes übrig, als bei der nächsten auszusteigen und den Weg zurückzulaufen. Ava seufzte. Ein bisschen Bewegung an der frischen Luft würde sicher nicht schaden.

Vielleicht sollte sie eine Kamera in ihrer Wohnung installieren, damit sie nachvollziehen konnte, was sie nachts so trieb. Eine Tracking-App könnte sie sich zusätzlich noch aufs Handy laden. Sie musste endlich Klarheit über ihr Treiben bekommen. Schlafwandeln war ein Ding, aber dieses Erwachen an völlig unbekannten Orten, ohne zu wissen, wie sie da hingekommen war, etwas völlig anderes.

Plötzlich hatte sie das dringende Bedürfnis, die Stimme ihrer Mutter zu hören. Hektisch kramte sie in ihrer Tasche. Verdammt, wo war ihr Handy!? Panisch schüttete sie den Inhalt auf den Nachbarsitz aus. Ah, zum Glück, da war es!

Sie holte einmal tief Luft, dann öffnete sie die Kontakte und tippte auf die Nummer ihrer Mutter. Vielleicht hatte sie Glück und sie ging dran. Gleichzeitig sprang sie auf, um den Knopf zum Aussteigen zu drücken.

»Hallo.«

»Mama? Hallo!«

»This ist the voicemail of …«

178

Mailbox. Frustriert stöhnte Ava auf und stopfte ihr Telefon und den anderen Kram wieder in die Tasche. Sie wartete nicht ab, bis sich die Türen vollständig geöffnet hatten, und schlüpfte nach draußen. Durch die Zeitverschiebung sowie Job und Uni ihrerseits war es beinahe unmöglich, sie ohne Absprache ans Telefon zu bekommen. Sie würde ihrer Mutter eine Sprachnachricht schicken, sobald sie in ihrer Wohnung wäre. Müde trottete sie an den Häuserreihen vorbei. Wie sehr sie sich auf ihr Bett freute. Und auf eine heiße Dusche. Sie sah sich selbst schon zwischen Kissen und Decke verschwinden. Gleich wäre sie da, sie konnte schon den Eingangsbereich zu ihrem Wohnhaus sehen. Und jemanden, der ganz offensichtlich davor herumlungerte. Echt jetzt? Das fehlte noch! Sie hatte keine Lust auf dumme Anmachsprüche.

Beim Näherkommen kam ihr der Typ jedoch schmerzlich bekannt vor. War das etwa …? Unwillkürlich fing ihr Herz an zu flattern und das Atmen fiel ihr schwerer. Langsam setzte sie einen Schritt vor den anderen und ließ den jungen Mann nicht aus den Augen. Nein, das konnte nicht sein, oder? Woher hatte er ihre Adresse?

»Hi«, murmelte Nikolaj tonlos und hob den Kopf, als sie direkt vor ihm stand.

KAPITEL 19

»Was ist das für ein Typ bei ihr?«, fragte Darko. Während er sprach, beugte er sich zu Nikolaj vor. Mit dem Kinn deutete er hinter ihn.

»Woher soll ich das wissen?«, antwortete Nikolaj betont gleichgültig. Mit dem Rücken zum Raum saß er an der Bar und starrte in sein Glas. Er vermied es tunlichst, Ava und ihren Begleiter zu beobachten. Im Gegensatz zu Darko, der sich ganz offen in deren Richtung drehte und sie regelrecht ins Fadenkreuz nahm.

»Könntest du vielleicht aufhören, so auffallend rüberzuschauen! Sonst merkt sie noch, dass wir da sind.«

»Das weiß sie längst«, meinte Darko schulterzuckend und genehmigte sich einen großen Schluck Bier. »Und sie ignoriert uns gekonnt.« Er sprach lauter, um die Geräuschkulisse zu übertönen. »Was hast du ihr eigentlich gesagt, als du vorhin bei ihr warst?«

»Nichts!« Trübselig fuhr sich Nikolaj durch die Haare. Ob es für sie oder für ihn der größere Schock war, den anderen zu sehen, hätte er nicht zu sagen vermocht. Sein Herz hatte die ganze Zeit über schmerzhaft gepocht, während er beobachtet hatte, wie sie immer näher gekommen war. Genauso wie jetzt! Allein ihre Anwesenheit machte ihn nervös.

»Du wirst ja wohl irgendwas gesagt haben.«

»Hi.«

»Hi? Nichts weiter als hi?« Ungläubig starrte Darko ihn an. »Du hast sie wochenlang nicht gesehen und nach allem, was passiert ist, sagst du nur *Hi* und verschluckst deine Zunge? Wie hat sie reagiert?«

»Gar nicht. Sie hat sich umgedreht und ist gegangen. Was hätte ich machen sollen? Sie festnageln?«

»Wäre eine Idee gewesen.« Mit einem lauten Knall setzte Darko sein Glas auf dem Tresen ab und bedeutete dem Barkeeper, ihm noch eins zu bringen. Langsam wurde Nikolaj sauer. »Ich bin nicht du! *Ich* kann niemanden manipulieren, stehen zu bleiben oder sonst was zu tun. Abgesehen davon, hatte ich gar keine Gelegenheit dazu, mehr als das zu sagen, weil sie sofort die Kurve gekratzt hat!« Sie wiederzusehen, hatte ihn völlig aus dem Konzept gebracht. Seit Wochen hatte er sich eingeredet, dass es richtig gewesen sei, sie von sich zu stoßen. Nicht wegen Lyalya, der er aus dem Weg ging, nicht nur wegen der Tatsache, dass sie einfach nicht zu den Poutnik gehörte – was an sich schon ein riesiges Problem darstellte –, aber dann kam noch der eigentliche Grund dazu. Der, wegen dem er und Darko hier waren. Weswegen er mit dem Vampir zusammenarbeiten *musste*, ob er wollte oder nicht. Das hatte Vorrang. Schon jetzt hatte das Wegdriften der Magie schlimme Konsequenzen für sie alle. Seine Musik war … fort. Und trotzdem konnte er nicht verhindern, dass Avas Anblick seinen Kopf leer fegte und er sich wie ein erbärmlicher Idiot vorkam.

»Nein, du bist nicht ich«, sinnierte Darko in sein Glas. »Ist wahrscheinlich auch besser so. Du wärst nur ein billiger Abklatsch«, meinte er feixend. »Und nur, damit du es weißt. Ava kann man nicht manipulieren. Hab es probiert, hat nicht funktioniert«, fügte er seufzend hinzu. »Das würde die Dinge echt einfacher machen.« Nachdenklich musterte er Nikolaj von der Seite. »Aber dass du gerade mal ein *Hi* rausbekommst.« Kopfschüttelnd betrachtete er ihn von der Seite. »Wenn man nicht alles selbst macht!«

»Dann wärst du jetzt ein Häufchen Asche«, stellte Nikolaj trocken fest. Für eine Sekunde starrte Darko ihn völlig verdattert an, dann begann er laut zu lachen. »War das jetzt ein Scherz von dir?«, meinte der glucksend und klopfte ihm auf die Schulter. »Du hast ja doch Humor.«

Nikolaj schnitt ihm eine Grimasse. »Du färbst auf mich ab.«

»Wird auch Zeit, dass du dir eine Scheibe von mir abschneidest.« Darko warf ihm einen amüsierten Blick zu. Dann wurde seine Miene ernst. »Wenn du jetzt keinen besseren Einfall hast, dann unterbreche ich jetzt dieses Date da oder was immer das sein soll.« Er stieß sich vom Tresen ab und drehte sich um.

»Warte!« Spontan hatte Nikolaj einen Entschluss gefasst. »Ich sollte das machen.«

»Okay. Aber bitte … sag jetzt nicht wieder nur Hi!«

Während Nikolaj sein Glas in einem Zug leerte, kratzte er die Reste seines Muts zusammen. Er wünschte, er würde sich genauso entschlossen fühlen, wie er Darko gegenüber vorgegeben hatte.

Denk einfach dran, dass du aus einem guten Grund hier bist. Du musst sie überzeugen, wieder mit nach Prag zu kommen, weil sie ansonsten in Gefahr ist. Und wegen der Magie und … und überhaupt. Seine Hände zitterten leicht, als er zu dem Tisch hinüberschlenderte. Warum fühlte sich sein Kopf bloß so leer an, während sein Herz eine Etage tiefer rutschte. Ein paar Schritte noch und er stand direkt hinter ihr. Er musste nur noch die Hand ausstrecken, dann könnte er sie berühren. Die rotbraunen Haare hatte sie hochgesteckt. Lose Strähnen kringelten sich in ihrem Nacken. Für einen Moment schloss er die Augen und holte tief Luft. Die Erinnerung daran, wie sich ihre Haut anfühlte, war gerade nicht sehr hilfreich. Reiß dich zusammen! Denk an die Magie und sonst nichts! Und an Luladja, die er nicht schon wieder enttäuschen konnte. Es hatte regelrecht an ein Wunder gegrenzt, dass sie ihn nicht in der Luft zerrissen hatte. Selbst Darko war kleinlaut geworden. Das wollte schon was heißen. Entschlossen tippte er Ava auf die Schulter.

Auf den Wirbelsturm, der ihr Augenaufschlag in seinem Inneren auslöste, als sie sich zu ihm umdrehte, war er nicht gefasst.

»Hi!«, bekam er schon wieder nur mühsam raus. Sein Mund war plötzlich staubtrocken. Er konnte regelrecht dabei zusehen, wie sich ihr offener Blick verfinsterte und sich ihre Miene verhärtete, nachdem sie erkannte, wer sie da angetippt hatte.

»Lass uns gehen!«, sagte sie zu ihrer Begleitung. Auf die Frage, wer er sei, hörte er sie antworten, dass er jemand sei, der es im wahrsten Sinne *vergeigt* habe. Doch statt aufzustehen, blieb der Kerl einfach nur sitzen und starrte Nikolaj irritiert an.

Unsicher warf er einen schnellen Blick zu Darko, der erst wild mit den Händen fuchtelte und anschließend sein Gesicht mit einem seltsamen Ausdruck dahinter verbarg.

Verzweifelt räusperte sich Nikolaj, um seine Stimme wiederzufinden. Das von heute Mittag würde sich nicht wiederholen.

»Ava, warte!« Er hielt sie am Arm fest, als sie aufsprang und nach ihrer Jacke greifen wollte, die über dem Stuhl hing. Sie sah ihn direkt an. Ihr Blick wirkte klar und hart wie Glas.

»Was willst du?«, fragte sie schneidend. Ihre Iris hatte das Giftgrün von Uran angenommen.

»Wir müssen reden«, sprudelte Nikolaj hervor. »Unter vier Augen!«

»Ich kann solange an die Bar gehen«, schlug Avas Begleiter vor.

»Nein, Mark!«, bestimmte Ava. »Du bleibst! Und du …« Wütend funkelte sie Nikolaj an. »Lass mich gefälligst los!«

Das lief nicht so, wie er es sich vorgestellt hatte. Was hatte er auch erwartet? Fast verzweifelt suchte er nach ein wenig Wärme in ihren Augen. Keine Chance, dass sie freiwillig mit ihm gehen und ihn anhören würde. Trotzdem, er musste es versuchen. Anstatt sie also loszulassen, schlossen sich seine Finger fester um ihren Arm.

»Ich bringe sie dir gleich zurück«, rief er Mark zu, der jetzt von seinem Stuhl aufsprang. Bevor sie protestieren konnte, zog er Ava hinter sich her in eine ruhigere Ecke, wo auch der Zigarettenautomat stand. Aus den Augenwinkeln beobachtete er, wie Darko zu Avas Date hinüberschlenderte und ihn dazu brachte, sich wieder hinzusetzen. Ein Hoch auf Darkos Manipulationsfähigkeit. Im Gegensatz zu seinen eigenen Fähigkeiten schienen die des Vampirs nicht ausgelöscht zu sein. Zumindest noch nicht.

»Was willst du?«, fragte Ava und lenkte seine Aufmerksamkeit auf sie.

»Dass du mit uns nach Prag zurückkommst«, rutschte es aus ihm heraus. Wütend biss er sich auf die Innenseite seiner Wange.

»Warum sollte ich.« Sie musterte ihn mit einem verächtlichen Blick.

»Weil du in Gefahr bist!« Äh, so wollte er es eigentlich nicht sagen.

»In Gefahr?«, echote Ava und ihre Stimme troff vor Sarkasmus. »Da frag ich mich doch glatt, wie du mich überhaupt gefunden hast. Ich kann mich nicht erinnern, dir meine Adresse mitgeteilt zu haben.«

Unter ihrem wilden Blick zuckte er unbehaglich zusammen. »Es ist nicht Darkos Gebiet. Hier können wir dich nicht beschützen.«

»Seid ihr jetzt komplett durchgeknallt?« Sie riss sich von ihm los und versuchte, seitlich an ihm vorbeizukommen. Doch gefangen zwischen Wand, Automaten und ihm hatte sie keine Chance, an ihm vorbeizuschlüpfen. Unsicherheit flackerte in ihrem Blick. Ihre ohnehin nur aufgesetzte Maske fiel. Sie zitterte. Weil er ihre Angst bemerkte, trat er einen Schritt zurück und hob die Hände wie zum Zeichen für seine friedlichen Absichten.

»Gib mir bloß fünf Minuten, um dir alles zu erklären«, sagte Nikolaj. Unbehaglich sah er über seine Schulter. Darko war noch immer mit Avas Date beschäftigt und auch sonst achtete glücklicherweise niemand auf sie.

Ava verpasste ihm einen Stoß vor die Brust, der ihn taumeln ließ. Automatisch stützte er sich am Zigarettenautomaten ab, während sie an ihm vorbeihuschte. Reflexartig griff er nach ihrer Hand, hielt sie zurück. »Ava. Neodcházej, prosim.«

Etwas ließ sie innehalten und sich ihm wieder zuwenden. »So was in der Art hast du schon mal zu mir gesagt.« Ihre Augen blickten ihn unverwandt an, sie seufzte.

Nikolaj schluckte. »Geh nicht, bitte. Hör mir einfach zu, dann kannst du immer noch zu ihm zurück.« Er deutete auf ihr Date.

»Okay«, willigte sie zu seiner Überraschung ein. »Du hast fünf Minuten. Ich hör dir zu. Aber danach lässt du mich in Zukunft in Ruhe. Verstanden?«

Wortlos nickte er, noch immer hielt er ihre Hand. Die Gedanken rasten durch seinen Kopf. Er durfte das jetzt nicht vermasseln. Er holte tief Luft, dann sprudelte es aus ihm hervor: »Du weißt, was Darko und ich wirklich sind. Alles, was wir dir im Krankenhaus erzählt haben, ist wahr. Die Magie, unsere Essenz, verliert seit Jahren ihre Kraft und du bist die Einzige, die sie wiederherstellen kann.«

»Indem ich mich für eine Seite entscheide«, warf sie ein und verdrehte die Augen. »Tod oder Leben, tolle Wahl.«

Er ignorierte ihren Einwurf. »Seitdem du aus Prag fort bist, ist es schlimmer geworden. Die Magie ist komplett verschwunden. Die Vampire fangen an zu altern und zu sterben und uns wurden die Fähigkeiten und Talente genommen.« Er hielt inne, suchte etwas von dem Gefühl in ihren Augen, das er darin gesehen hatte, kurz bevor er sie zum ersten Mal geküsst hatte. »Ich habe das Einzige verloren, was mir in meinem Leben wichtig war.« Seine Stimme brach. »Ich … ich habe meine Musik verloren.«

»Hör auf!« Ava entriss ihre Hand seinem Griff, presste sich beide Fäuste gegen ihre Schläfen. »Es ist mir völlig gleichgültig, dass du dir einbildest, keine Musik mehr machen zu können. Damit hab ich nichts zu tun!«

»Ich kann mir vorstellen, wie es sich für dich anhören muss.« Wahllos drückte er auf den Knöpfen des Automaten herum. Er hatte das Gefühl, mit jedem Wort alles schlimmer zu machen. »Luladja wird einen Weg finden, der für uns alle annehmbar ist, auch für dich!« Zu spät erkannte er, dass er genau die falschen Worte gewählt hatte, denn Wut blitzte in ihren Augen auf. Unwillkürlich griff er erneut nach ihrer Hand und zog sie zu sich.

»Oh, wie großzügig.« Angewidert schnaubte Ava. Sie versuchte, ihre Hand seiner zu entziehen. »Lass mich gehen!«

Nikolaj schüttelte den Kopf, trat näher an sie heran. Sie war ihm so nah, dass er ihren Atem auf dem Gesicht spüren und den Geruch ihres Shampoos riechen konnte. Er konnte sie nicht gehen lassen, nicht so.

Unbeholfen drängte er sie mit seinem Körper an die Wand neben dem Automaten. Was würde Darko machen, überlegte er, während sich sein Herzschlag überschlug und ihm das Atmen schwerfiel. Festnageln. Von den Stellen, an denen sich ihre Körper berührten, ging ein warmes Prickeln aus. Ihre Gesichter trennten nur wenige Zentimeter voneinander. Ihm wurde heiß. Was tat er da eigentlich? Sofort lockerte er den Griff. Ein scharfer Schmerz an seinem Schienbein ließ ihn zusammenzucken. Das hatte er verdient.

»Sie werden dich jagen«, sagte Nikolaj, er stützte sich mit den Händen links und rechts von ihr ab, ließ ihr aber genug Raum zu gehen, wenn sie es wollte. Rasch warf er einen Blick zur Seite in den Gastraum, um sich zu vergewissern, dass niemand sie beobachtete. »Wir sind nicht die Einzigen, die nach dir gesucht haben, und wir werden nicht die Einzigen sein, die dich finden. Es gibt andere Vampire, denen es egal ist, wenn du …« Er brach ab. Ihre Nähe machte ihn konfus. »Bitte glaub mir, ich will nicht, dass dir etwas passiert. Dafür bist du zu wichtig!«

»Ich soll dir glauben?« Ava reckte ihr Kinn. »Warum? Erst küsst du mich und dann behauptest du, ich bin dein größtes Problem. Anschließend werde ich von irgendwelchen kriminellen Sekten-Spinnern verschleppt und beinahe umgebracht. Aber der größte Witz von allem ist, dass ich im Krankenhaus wach werde und behauptet wird, dass *ich* falsche Erinnerungen hätte. Und keiner glaubt mir, noch nicht mal meine Freundinnen. Dann kommt ihr zwei daher und erzählt mir diese kranke Story von Vampiren und Hexern und Magie, für die ich mich opfern soll? Wochenlang hör ich nichts von euch, und jetzt taucht ihr in Köln auf und wollt mich nach Prag zurückschleppen, weil ich angeblich in Gefahr bin? Und du erwartest von mir, dass ich dir vertraue oder glaube? Wie krank im Kopf seid ihr eigentlich?«

Mutlos ließ Nikolaj die Schultern hängen. Er hätte doch Darko die Sache regeln lassen sollen.

»Weißt du, was am schlimmsten ist? Dass ich so dumm war zu denken, dass da etwas zwischen uns gewesen ist.« Ava presste ihre Lippen aufeinander, ihr Kinn zitterte. »Wenn du mich noch einmal belästigst, gehe ich zur Polizei und sag ihnen, dass du mich stalkst. Was denkst du, werden sie mit jemandem wie dir machen, wenn jemand wie ich dich anzeigt? Bei all den Vorurteilen, die es gegen euch gibt.«

Jedes ihrer Worte traf ihn wie ein Faustschlag. Ihre Nähe wurde unerträglich. Ruckartig stieß er sich von der Wand ab und trat zurück. Der kalte Blick, mit dem sie ihn musterte, als sie an ihm vorbeitrat, bohrte sich tief in seine Seele.

»Man wirft Leuten wie uns vor, voller Vorurteile zu sein. Aber weißt du was? Wenn ihr niemals Nähe zulasst und uns ständig von euch wegstoßt und unter euch bleibt, wird sich an eurer Situation wenig verändern!« Sie drehte sich um und schaute über ihre Schulter zurück. »Vielleicht bist du es, der vertrauen sollte.« Mit diesen Worten ließ sie ihn allein.

Wie betäubt starrte er ihr hinterher und klammerte sich an dem Zigarettenautomaten fest, weil er seinen Beinen nicht vertraute, dass sie ihn aufrecht halten würden.

»Entschuldigung«, sagte eine Stimme neben ihm. »Ich würde mir gern eine Marlboro ziehen.«

Stumm trat Nikolaj von dem Automaten zurück und flüchtete aus dem Lokal in die Nacht hinaus.

KAPITEL 20

»War das nötig?«, fragte Darko scharf.

»Was!«, fauchte Ava.

»Das, was du zu Nikolaj gesagt hast.«

»Woher willst du wissen, was ich gesagt habe?«

»Vampirohren.« Er zeigte darauf.

»Ach, halt die Klappe! Für dich gilt dasselbe. Wenn du mich nicht in Ruhe lässt ...«

»Jaja, ich weiß, Polizei blabla ... Damit kriegst du vielleicht Nikolaj, mich aber nicht.«

Mit vor der Brust verschränkten Armen lehnte er sich in dem Stuhl zurück und sah ihr dabei zu, wie sie mit zorniger Miene ihre Jacke anzog.

»Solltest du ihm nicht hinterherlaufen?«, stänkerte sie und deutete nach draußen.

»Der kommt schon zurecht«, antwortete Darko. Kopfschüttelnd sah er sie an. Vermutlich hatte sie recht, aber das hier war wichtiger als Nikolajs Befindlichkeiten.

Ich hätte es doch selbst regeln sollen. Darko verdrehte gedanklich die Augen. »Jetzt unterhalten wir uns mal«, sagte er schließlich sachlich.

»Das denke ich nicht.« Herrisch bedeutete sie ihrem Date aufzustehen.»Komm, Mark!«

Es amüsierte Darko, wie sie ungeduldig am Arm ihres Dates zog, der sich keinen Millimeter rührte. Er verschränkte die Arme und beobachtete gelassen Avas fruchtlose Versuche, den armen Kerl zum Aufstehen zu bewegen. Schließlich bekam er Mitleid mit Mark – ein bisschen.

»Du kannst so lange an ihm herumzerren, wie du willst, aber er wird sitzen bleiben. Ich hab ihn gebeten, so lange zu bleiben und den Mund zu halten, bis ich ihm die Erlaubnis gebe, zu gehen oder zu sprechen. Also besser, du setzt dich, denn das könnte dauern.« Er machte eine entsprechende Bewegung zu dem freien Stuhl. »Ich habe uns Pommes bestellt«, fügte er augenzwinkernd hinzu und deutete auf den Teller, den eine Kellnerin just in diesem Moment brachte. »Du hast bestimmt Hunger.«

»Du kannst mich nicht manipulieren.«

»Da hast du recht. *Dich* nicht, aber ihn schon.« Er zeigte auf Mark, der tranceartig vor sich hinstarrte, als wäre er in seiner eigenen Welt.

»Und wenn ich wollte, könnte ich dein Trostpflaster hier bis zum letzten Tropfen aussaugen, ohne dass irgendjemand irgendetwas mitbekommt.«

»Mach dich nicht lächerlich.« Sie schnaubte verächtlich. »Du bist kein Vampir. Nur ein Spinner, der denkt, er wäre gefährlich.«

Ihre Wut amüsierte Darko. »Ach ja?«, entgegnete er ihr leise lachend. »Jetzt setz dich. Keine Sorge, ich werde nicht noch einmal wiederholen, was Nikolaj gesagt hat.« Prüfend musterte er sie, versuchte, sie einzuschätzen. »Ich weiß etwas viel Besseres. Ich zeig's dir.« Er gab dem leeren Stuhl gegenüber einen leichten Stoß mit seinem Fuß. »*Setz* dich«, befahl er eindringlich. »Noch einmal werde ich dich nicht bitten.«

»Du kannst mich nicht manipulieren«, wiederholte sie in trotzigem Tonfall. Trotzdem nahm sie Platz. Ihre Hände versteckte sie unter der Tischplatte.

Meine Güte, so jemand Störrisches war ihm in den letzten siebzig Jahren nicht mehr untergekommen. Bewundernswert, dass sie ihm ihre Angst nicht offen zeigte, sondern vor ihm zu verbergen versuchte. Wäre da nicht die unterschwellige Unsicherheit in ihrem Tonfall und die zitternden Hände, hätte sie ihn von ihrer Furchtlosigkeit überzeugt.

Wo sollte er beginnen? Was er vorhatte, hatte er noch nie zuvor getan, und er wusste von keinem anderen Vampir, der sich je in der Öffentlichkeit offenbart hatte.

Wie war das mit den außergewöhnlichen Maßnahmen? Ansonsten würde sie ihm niemals glauben und so langsam lief ihm die Zeit *und* die Geduld davon. »Der da scheint nett zu sein.«

»Der da heißt Mark«, gab sie zurück und mit einem Seitenblick auf ihn fügte sie hinzu: »Und er *ist* nett.«

»Nett ist der kleine Bruder von langweilig.«

Als sie nicht auf seinen Scherz einging, sondern ihn nur böse anfunkelte, wandte er sich seufzend ihrem Date zu. Dann eben die harte Tour. Er achtete genau darauf, Ava im Blickfeld zu haben, damit ihm ihre Reaktionen nicht entging. »Nimm dein Glas und zerdrück es mit der Hand, bis es zerbricht.«

»Spinnst du?« Fassungslos sah Ava ihn an. »Mark, das machst du auf keinen Fall!«

»Na los«, forderte Darko ihn auf, entspannt lehnte er sich zurück. Er nahm sich zwei, drei Pommes, auf denen er herumknabberte, als würde er einen spannenden Film anschauen. Das Glas knirschte vernehmlich. »Wehe, ich höre einen Pieps von dir!«

»Nein!« Hektisch sprang Ava auf.

Schon stand er neben ihr und drückte sie an den Schultern zurück auf ihren Stuhl. Dabei ließ er keinen Zweifel daran, dass er unmenschlich stark war.

Sorry, Mark, dachte er, *aber sie muss es sehen, damit sie es endlich glaubt.* Wegen Avas Aufschrei drehten sich die Leute am Nachbartisch um und gafften neugierig.

»Alles in Ordnung!«, rief er ihnen zu. Mit einem schiefen Lächeln setzte er sich zwischen Mark und Ava. »Ich wollte nur Mayonnaise auf die Pommes tun.«

Er fixierte die beiden Gaffer einen nach dem anderen mit seinem Blick. »Es gibt nichts zu sehen oder zu hören.« Lachend und schulterzuckend wandten sich die Menschen von ihnen ab, ohne weiter von ihnen Notiz zu nehmen.

»Zerbrich endlich das Glas«, befahl Darko harsch.

Mit einem deutlich vernehmbaren *Peng* zerbarst es. Sofort quoll Blut aus den Schnittwunden in seiner Handfläche. Darko schluckte, seitdem die Magie verschwunden war, hatte er ständig Durst. Seine Eckzähne verlängerten sich, doch er beherrschte sich. Gerade so. Wie befohlen gab Mark keinen Laut von sich, sondern starrte nur stumm und geistesabwesend auf seine Hand, von der Blut troff. Er wirkte, als wäre er in einem Traum gefangen.

Mit einem erstickten Laut schlug sich Ava die Hände vor den Mund. Ihre Gesichtsfarbe glich der weißen Papierserviette neben dem Teller. Ihr Körper zitterte.»Okay, du hast bewiesen, dass du suggestive Kräfte hast, jetzt lass ihn bitte in Ruhe«, flüsterte sie heiser.

Mitfühlend sah er erst sie und dann ihren Begleiter an. Zugegeben, ein bisschen Spaß machte ihm die Sache schon.

Aber er war noch nicht fertig. Er musste einen Schritt weitergehen, um sie nicht nur davon zu überzeugen, dass er das Handeln von Menschen beeinflussen konnte, sondern dass er wahrhaftig ein Vampir war. In echt und zum Anfassen.

»Sieh mich an und schau zu«, forderte er sie daher auf.

Es brauchte nur wenig Willenskraft, seine Fangzähne gänzlich hervorschnellen zu lassen. Er ließ sie dabei zusehen, wie seine Augen schwarz wurden – nicht nur die Iris verdunkelten sich bei dem Vorgang, sondern auch das Weiße. Dann griff er nach dem Arm des jungen Mannes und zog dessen Handfläche zu seinem Mund heran. Mit einem knackenden Geräusch bohrten sich die Zähne in das weiche Fleisch und er begann zu saugen.

Warmes, frisches Blut direkt aus der Quelle! Was für ein Unterschied zu den anonymen kalten Blutkonserven. Für einen kleinen Moment erlaubte er sich, in dem Gefühl zu schwelgen, und trank ein wenig mehr als nötig. Nicht so viel, dass er ihn heilen müsste.

Mit leisem Bedauern zwang er sich schließlich aufzuhören. Langsam ließ er Marks Arm sinken und sah ihm tief in die Augen.»Du bist in eine Schlägerei geraten. Du wolltest Ava beschützen, dabei hast du dich verletzt. Und jetzt geh nach Hause.« Er drückte Mark eine Serviette gegen die Wunde und sah ihm zu, wie dieser im Zeitlupentempo aufstand und Richtung Ausgang stolperte.

Erst als Mark aus dem Lokal verschwunden war, wandte er sich Ava direkt zu. Ihr Gesicht spiegelte deutlich den inneren Kampf zwischen Neugierde und Angst.

Schweigend schob er sich ein paar Pommes in den Mund und wartete, welches der Gefühle die Oberhand gewann. Hoffentlich rannte sie nicht plötzlich schreiend weg.

»Solltest du die überhaupt essen?«, fragte sie schließlich. Ihre Stimme zitterte.

»Hmm?«, machte er. »Du meinst wegen all dieser krebserregenden Transfette?« Er schenkte ihr sein charmantestes Lächeln. »Ich bin ein Vampir. Daran sterbe ich nicht.«

»Nikolaj hat gesagt, die Magie sei fort und die Vampire würden jetzt sterben.«

»Lese ich da etwa Sorgen in deinen Augen?« Endlich fing sie an zu glauben. Sein Mund verzog sich zu einem winzigen Lächeln. Erst jetzt bemerkte er, wie angespannt er gewesen war. »Es stimmt. Vampire altern seit Neuestem. Also ich zerfalle jetzt nicht gleich zu Asche, aber wir altern da weiter, wo unser menschliches Leben aufgehört hat. Aber ich glaub nicht, das Transfette das beschleunigen.« Demonstrativ schob er sich weitere Pommes in den Mund und ihr den Teller hin. »Übrigens funktioniert unser Stoffwechsel wie der von Menschen: Unser Herz schlägt wie eures, wir müssen atmen und haben auch sonst alle körperlichen Bedürfnisse. Allerdings ernährt uns menschliche Nahrung nicht. Es ist ähnlich wie mit Schokolade: schmeckt, ist aber kein richtiger Ersatz für vollwertige Kost.« Da sie kopfschüttelnd abwinkte, zog er den Teller zu sich zurück. Schweigend aß er weiter und wartete, dass sie das Schweigen brach.

»Ihr seid also wirklich keine Sekte?«

»Nein. Ich frage mich sowieso, wie du ausgerechnet darauf gekommen bist. Sekten sind einfach abstoßend und widerlich. Und dienen nur dazu, das riesige Ego einer einzigen Person zu befriedigen«, meinte er und schüttelte sich mit gespieltem Ekel.

»Ich weiß nicht, das liegt vermutlich daran, dass Vampire, Hexen und Magie nicht gerade alltäglich sind.« Ava zupfte an dem Ende einer Serviette herum. »Und warum weiß niemand davon?«

191

»Na ja, ein paar Menschen wussten es ja, aber entweder haben sie sich Horrorgeschichten über uns ausgedacht oder man wurde sie nicht mehr los, weil sie einem hinterherhechelten. Ewiges Leben und Jugend, du weißt schon. Abgesehen davon, ist es für die meisten Menschen gefährlich. So ähnlich wie mit der Mafia. Zu viel Wissen bekommt einem da auch nicht gut, oder?«

Eine Weile blieb es still zwischen ihnen und nur die Geräusche des Lokals waren zu hören. Leise Musik im Hintergrund, Stimmengewirr und ab und zu das Klappern von Geschirr.

Darko wartete. Er wünschte sich sehnlichst, in ihren Geist eindringen zu können. Zu wissen, was sie dachte oder fühlte. Unwillkürlich griff er nach ihrer Hand, die noch immer an der Serviette herumzupfte.

Ava sah ihn an, die Stirn gerunzelt, still und nachdenklich.

Er registrierte fasziniert, dass sie ihm ihre Finger jederzeit entziehen könnte, wenn sie wollte. Wenn sie wollte, könnte sie gehen. Er würde sie gehen lassen und darauf bauen, dass sie von selbst zu ihm zurückkam – was nicht hieß, dass er sie bis dahin aus den Augen lassen würde. Und obwohl sie könnte, tat sie es nicht. Weder entzog sie sich ihm noch ging sie.

»Nikolaj«, brach sie das Schweigen. Sie zögerte. »Er hat behauptet, ich sei in Gefahr und ihr müsstet mich beschützen?«

Darko stöhnte laut. O verdammt, Nikolaj! Warum hast du ihr das bloß gesagt! Wie sollte er das jetzt am besten erklären!

Während er nach den passenden Worten suchte, entzog sie ihm langsam ihre Hand. Mit spitzen Fingern begann sie, die blutigen Glasscherben in einer Serviette einzusammeln. Eine Mischung aus Ekel und widerwilliger Faszination zeichnete sich in ihrer Mimik ab, während sie das Blut darauf betrachtete, das in dem schummrigen Licht wie kleine, tropfenförmige Rubine wirkte.

Er durfte nicht vergessen, das zerbrochene Glas verschwinden zu lassen. Er würde es mitnehmen und irgendwo entsorgen. Oder er manipulierte den nächstbesten Kellner. Er schmunzelte. Genau wie Blutkonserven gehörte das definitiv zum Vampirleben dazu. Ein guter Vampir war ein beherrschter Manipulator ... so unter anderem.

Während er Ava stumm betrachtete, musste er erneut feststellen, dass irgendetwas an ihr anders war. Da war etwas Feinstoffliches, etwas, das er mehr erahnte, als tatsächlich sehen konnte.

Darko war so sehr in seine Betrachtungen und Gedanken vertieft, dass er erschrak, als Ava urplötzlich hochsprang und die blutige Serviette fallen ließ. Mit einem »Ich glaub, mir wird schlecht!«, verschwand sie in Richtung der Toiletten.

Sag bloß, sie kann kein Blut sehen!

Rasch sammelte er die übrigen Glasscherben ein, wischte mit einer Serviette die Blutlache auf und wickelte alles in einer weiteren ein.

»Das ist nur Ketchup«, suggerierte er der Kellnerin, die auf sein Winken hin herbeieilte und der er das blutige Päckchen in die Hand drückte. »Keine Fragen, einfach sauber machen.«

Dann folgte er Ava, langsam genug, um nicht aufzufallen, aber dennoch schnell zu den Toiletten. Ungeduldig lief er vor dem Damen-WC auf und ab.

Sollte er nachschauen? Er packte die Klinke und stieß mit Ava zusammen, die in genau dem Moment herauskam.

»Geht's wieder?« Mit einem Anflug von schlechtem Gewissen betrachtete er sie. Er hatte das ungute Gefühl, dass er vorhin wohl ein bisschen mit seiner Demonstration übertrieben und ihr zu viel zugemutet hatte. Aber er hatte keine andere Möglichkeit gesehen, um sie davon zu überzeugen, dass er und Nikolaj die Wahrheit sagten.

Umso überraschter war er nun von ihrem gefassten, fast schon abweisend kühlem Gesichtsausdruck. Mehr noch irritierte ihn der Ausdruck in ihren Augen. Kalt, lauernd.

»Jaja!« Lässig winkte sie ab. »Ich will an die frische Luft.« Ohne abzuwarten, ließ sie ihn stehen.

Überrascht von ihrem unterkühlten Tonfall sah er ihr hinterher. Dafür, dass sie erst vor ein paar Minuten aufgesprungen und auf die Toilette geflohen war, wirkte sie zu gleichgültig. Grübelnd folgte er ihr aus dem Lokal. Ihr Verhalten irritierte ihn, machte ihn aber zugleich neugierig. Wenigstens war sie nicht schreiend vor ihm davongelaufen. Vielleicht war sie schlichtweg überfordert und das war ihre Art, darauf zu reagieren?

Immerhin hatte sie ihn zuerst für einen Mädchenschlepper – bei dem Gedanken schnaubte er belustigt -, dann für einen Sektenjünger gehalten, nur um zu begreifen, dass er ein Vampir war. Sie musste tausend Fragen haben.

»Lass uns draußen irgendwohin an den Rhein setzen und du fragst mich alles, was du wissen willst«, schlug er vor.

»Ich will nicht reden.« Zielstrebig lief sie die Straße hinunter. »Lass uns lieber tanzen gehen!«

»Oookaaay.« Damit hatte er nicht gerechnet. »Was du willst. Dann entführ doch du mich.« Er zwinkerte ihr zu. »Ich bin neugierig, wohin du mich verschleppst.«

Wenn Ava der Sinn nach Ablenkung und Spaß stand – dafür wäre er zu haben. Um ehrlich zu sein, es erleichterte ihn sogar. Jede andere wäre schon längst in Panik verfallen. Jede andere hätte er manipuliert, alles zu vergessen. Das versprach, interessant zu werden. Reden konnten sie immer noch.

»Wo geht es denn hin?«, fragte er neugierig, nachdem sie eine Weile Seite an Seite am Rhein entlanggeschlendert waren, ohne ein Wort zu sagen.

Je länger sie unterwegs waren, desto industrieller wurde der Charakter der Umgebung. Lange Frachtschiffe lagen vertäut nebeneinander. Still und leer. In der Dunkelheit wirkten sie wie Geisterschiffe.

Was wollte Ava hier bloß? Hier gab es bestimmt keinen Club, der ausgerechnet an einem Sonntagabend geöffnet haben würde.

Er wollte sie gerade fragen, als sie abbog und vor einem Gebäude stehen blieb, das nach einer alten stillgelegten Fabrik aussah.

Natürlich, ein Underground-Club oder eine Undergroundparty. Darko schmunzelte. Schon wieder hatte Ava ihn überrascht. Er hätte nicht damit gerechnet, dass sie der Typ war, der auf illegalen Partys tanzte.

Der harte antreibende Beat eines Hardcore-Tracks schlug ihm entgegen, als sich die Tür öffnete. Zwei Security-Mitarbeiter versperrten Seite an Seite die Tür, doch nachdem Ava ihnen einen QR-Code auf dem Display ihres Smartphones präsentierte, nickten die beiden nur kurz und gaben den Weg frei.

Aufmerksam sah sich Darko in der riesigen Halle um. In der Mitte auf einem Betonklotz stand das Podium für die DJs.

Bis auf die flackernden Laserlichter war alles sehr minimalistisch und industriell gehalten, nur wenige bunte Banner zierten die schmucklosen grauen Wände.

Das Ganze erinnerte ihn an die Techno-Events der Neunziger, bevor diese in die großen Clubs verlegt worden waren. Lediglich der Track war typisch für den aktuell angesagten Hardstyle. Gegenüber vom Eingang war eine Bar ganz aus Acrylglas mit bunter LED-Beleuchtung, die auf den Beat abgestimmt Farbe und Rhythmus wechselte.

Fast hatte Darko erwartet, dass sie sich als Erstes etwas zu trinken holen würden, doch Ava schnappte sich seine Hand und steuerte sofort auf die Tanzfläche zu.

»Wenn du gleich zu shufflen anfängst, geh ich!«, drohte Darko scherzhaft. Dunkel konnte er sich noch daran erinnern, wie er Ava beim Tanzen im »Krvavý měsíc«-Club in Prag beobachtet hatte. Und dass ihm ihre Art, sich zu bewegen, ziemlich gefallen hatte. Daran hatte sich nichts geändert. *Ava scheint die Musik zu erfühlen, nein, sie überlässt sich dem Beat.* Im Gegensatz zu den hüpfenden Gestalten um sie herum floss der Rhythmus durch ihre Arme und ihren Oberkörper. Sie bewegte und drehte sich mit einer überraschenden Geschmeidigkeit. Doch im Vergleich zum Sommer, als sie einfach nur selbstvergessen getanzt hatte, legte sie es nun offenbar darauf an, durch ihre Bewegungen zu locken und zu verführen. Schon tanzte sie der erste Mann plump von der Seite an.

Darko rollte mit den Augen und suchte ihren Blickkontakt. Das Lächeln, das sie ihm zuwarf, ließ ihn erschaudern. Es weckte in ihm den dringenden Wunsch, sein Versprechen, sie die Welt vergessen zu lassen, wahr zu machen. Aber erst mal musste er sie vor diesem Kerl retten, der nicht zu verstehen schien, dass sich Ava nicht für ihn interessierte.

Während eines Breaks, in dem die Melodie des Tracks im Mittelpunkt stand, zog er den Mann von ihr weg und befahl ihm eindringlich zu verschwinden. Was der auch prompt tat, nur um dafür von einem weiteren Schwachkopf abgelöst zu werden. Innerlich stöhnend griff er nach Avas Hand, um sie von der Tanzfläche wegzuziehen und zur Bar zu entführen. Er konnte schließlich nicht jeden in der Halle manipulieren.

Lachend entwand sie sich ihm und lief auf eine der Plattformen zu, die in regelmäßigen Abständen um die Tanzfläche herum errichtet worden waren. Leichtfüßig erklomm sie die Minibühne und fing an, sich an der Poledance-Stange zu rekeln. Um ihre Lippen spielte ein verruchtes Lächeln, der Blick, den sie ihm zuwarf, war eine offene Einladung.

Darko wusste nicht, ob er lachen oder sich wundern sollte. Lachen, nicht weil es lächerlich wirkte, sondern im Gegenteil verdammt heiß und sexy aussah und die Männerwelt sabbernd zu ihren Füßen lag. Wundern, weil es einfach weder ihrem Typ noch dem vorherigen Lauf des Abends entsprach.

Hatte sie vorhin auf der Toilette etwa Drogen genommen? Das konnte er sich kaum vorstellen, aber wie wäre das hier sonst zu erklären? Fuck! Dafür würde er ihr den Hals umdrehen! Später. Zum Glück war Nikolaj nicht hier und bekam das alles nicht mit. Kurz fragte er sich, was der gerade trieb, und hoffte inständig, dass er nichts Dummes anstellte.

Besorgt warf er einen Blick auf sein Handy, doch Nikolaj hatte ihn weder angerufen noch geschrieben. Er wollte ihm gerade eine Nachricht tippen, als er aus dem Augenwinkel beobachtete, wie ein junger Mann versuchte, zu Ava auf die Plattform zu klettern.

Nikolaj konnte warten. Zuerst musste er Ava vor dem sabbernden Subjekt da befreien.

In dem Moment war es ihm egal, dass seine Geschwindigkeit, mit der er zu ihr rannte und vom Stand aus auf die Bühne sprang, unmenschlich war. Er hoffte, das flackernde Strobolicht, die Laser und die eventuelle Überdosis Amphetamine, die einige der Anwesenden mit Sicherheit intus hatte, würden ihr Übriges tun, das zu vertuschen.

»Genug!«, brüllte er den Typen über den Beat hinweg an und versenkte den Blick in seinen. »Du wirst die Finger von ihr lassen. Geh die Gläser an der Bar zählen!«

Mit einer wütenden Bewegung warf Darko ihn regelrecht von der Bühne und sah ihm verächtlich dabei zu, wie er sich aufrappelte. Sekundenlang starrte der Typ irritiert zu ihm empor, dann marschierte er zielstrebig zur Bar.

»Spielverderber!« Ava lachte leise.

»W…« Darko vergaß, was er sagen wollte. Seine Augen verfolgten, wie sie einmal um die Stange herumtanzte und ihn mit ihrem Blick fesselte. Die Art und Weise, wie sie ihn in diesem Moment anschaute und sich zur Musik bewegte, machten ihn sprach- und bewegungsunfähig.

Langsam kam sie auf ihn zu, tanzte um ihn herum und bewegte sich im Rhythmus der tranceartigen Melodie an seinem Körper auf und ab. Beinahe vergaß er, dass sie auf einer Bühne standen, inmitten von

Menschen, die ihnen johlend zuriefen. Ob das jetzt ihrer Art entsprach oder nicht war ihm mittlerweile herzlichst egal. Trotzdem kratzte er einen letzten Funken Verstand zusammen. Knurrend packte er sie an den Schultern und hielt sie fest. »Wenn du damit nicht sofort aufhörst, muss ich dich bestrafen!«, presste er atemlos hervor.

»Dann bestraf mich doch«, erwiderte Ava und stellte sich auf die Zehenspitzen. Herausfordernd bewegte sie ihre Hüften.

Sie waren sich so unglaublich nah, dass er ihr Blut durch ihre Halsschlagader pulsieren sah, den Hauch ihres Atems an seinem Hals spürte. Seine Selbstbeherrschung löste sich ins Nichts auf. Er vergrub seine Hand in ihren Haaren und zog sie näher heran. Ihr heißer, verschwitzter Körper drängte gegen seinen.

Ihre Gesichter waren nur Millimeter voneinander entfernt, sodass er sich nur noch ein klein wenig zu ihr hinabbeugen musste. Seine Lippen streiften ihre. Er bemerkte das Flattern in ihrer Brust, oder kam es von seiner eigenen? Nur zwei Bedürfnisse herrschten in ihm vor, das Verlangen, entweder ihr Blut zu trinken oder sie zu küssen. Für beides war das hier nicht der richtige Ort.

Er hob sie hoch und sprang elegant von der Plattform hinunter.

Vorhin, beim Betreten der Halle, hatte er mehrere alkovenartige Nischen entlang der Wände bemerkt, die er jetzt anstrebte. Ein wenig erinnerten die an Beichtstühle in der Kirche, versprachen aber immerhin etwas Privatsphäre.

Für genau das, wonach ihm gerade der Sinn stand. Vor dem Vorhang ließ er Ava sanft von seinem Arm gleiten, dann schob er sie in den schmalen Raum dahinter, zog den Stoff zu und sperrte die Umgebung aus.

Er drückte sie gegen die hölzerne Rückwand, ohne auch nur ein einziges Mal den Blickkontakt zu unterbrechen. Mit den Armen stützte er sich links und rechts von ihr ab. In fiebriger Anspannung drängte sich sein Körper an ihren. Behutsam strich er ihr eine Strähne aus dem Gesicht und streichelte über ihre Wange.

So schwer es ihm fiel, so wollte er ihr doch die Gelegenheit geben, sich anders zu entscheiden. Als sie ihre Hände in sein Haar am Nacken vergrub und ihn zu sich heranzog, wurde alles unwichtig.

Eigentlich wollte er sie zart und vorsichtig küssen, es langsam angehen lassen, doch die Heftigkeit, mit der sie auf ihn reagierte, als

197

sich ihre Lippen trafen, überrumpelte ihn derart, dass er jegliche Zurückhaltung über Bord warf.

Darko drängte sich zwischen ihre Beine, packte ihr Gesäß und hob sie hoch. Sofort schlang Ava ihre Arme um seinen Nacken und verschränkte ihre Beine in seinem Kreuz. Seine Hose fühlte sich mit einem Mal viel zu eng an. Mit einem leisen Stöhnen schob er seine Hände unter ihr Shirt und fuhr ihren Rücken hinauf. Sein Mund wanderte über ihren Hals bis zum zarten Brustansatz. Zufrieden registrierte er, wie sie mit einem heiseren Keuchen darauf reagierte und sich ihm entgegenwölbte. Langsam zog er eine heiße Spur über ihr Dekolleté zurück zu ihren Lippen. Mit seinen Händen an ihrem Rücken presste er sie noch enger an sich. Er hatte das Gefühl, als würde sein Körper in Flammen stehen. *Mehr, mehr,* schrie es in seinem Inneren. Vorsichtig löste er ihre Beine in seinem Kreuz. Für einen Moment schob er sie ein wenig von sich weg. Musterte sie eindringlich, wartete wieder ihr Einverständnis ab. Sein Atem ging so heftig, wie er es zuletzt als Mensch erlebt und bis zu diesem Augenblick vergessen hatte, wie sich das anfühlte.

»Ava«, murmelte er, bevor er sie erneut küsste und sie langsam mit sich nach unten zog, bis sie beide voreinander knieten. Fiebrig ließ er seine Hände nach vorn wandern, berührte zart ihre Brüste durch den Stoff ihres BHs, ließ sie über ihren Bauch nach unten gleiten, bis er am Bund ihrer Hose angekommen war. Ihr Keuchen ermutigte ihn. Mit einer raschen Bewegung entledigte er sich ihrer T-Shirts, dann trafen ihre Lippen erneut aufeinander. Ihre Finger krallten sich in seinen Rücken, als er sie auf seinen Schoß zog. Diese Bewegung ließ sie beide leise aufstöhnen. Die Hitze, die von ihr ausging, ließ Darko so rastlos werden, dass er kaum spürte, wie sie ihm über den Rücken kratzte. Da war nur noch heiße Haut auf Haut, Lippen auf Lippen. Biss folgte auf Biss, die Zungenspitzen umspielten einander, bis sie in einem leidenschaftlichen Tanz gefangen waren. Seine Hände zerrten den dünnen Stoff ihres BHs nach unten, kneteten mit sanfter Gewalt ihre Brüste, spielten mit ihren Knospen. Schwer keuchend ließ Ava ihren Kopf in den Nacken fallen und bewegte sich rastlos auf seinem Schoß auf und ab, was ihn schier in den Wahnsinn trieb. Nach Luft ringend fuhr er mit seiner Zunge ihren Mund nach, zog eine Spur über ihren Hals. Unkontrolliert schossen seine Vampirzähne heraus.

Ohne nachzudenken, versenkte er sie in ihrem Hals. Der Geschmack ihres Bluts explodierte in seinem Mund und machte ihn betrunken. Es kostete ihn all seine Willenskraft, mit dem Trinken innezuhalten, doch da war noch ein anderer Trieb, der stärker war als das Verlangen nach ihrem Blut.

Darko vergrub sein Gesicht an ihrem Hals, verlagerte vorsichtig sein Körpergewicht, um sie rücklings auf den Boden zu legen. Überrascht von ihrer Gegenwehr beließ er es bei dem Versuch und schaute sie verwundert an.

Das Haar hing ihr wild ins Gesicht und ihre Augen funkelten, die Stelle, an der er sie gebissen hatte, blutete stark. Am liebsten hätte er darüber geleckt, noch mehr getrunken. Er wollte sie schmecken. Wollte sie ganz.

Fasziniert beobachtete er ihr Mienenspiel, während sie lasziv über die Stelle strich, wo er sie gebissen hatte. Wie sie neugierig ihr eigenes Blut betrachtete, das dunkelrot auf ihren Fingern schimmerte. Nicht eine Sekunde zeigte sie Angst. Nur Neugier und Verlangen.

Zu seiner Überraschung leckte sie das Blut ab und schloss genießerisch die Augen. Noch bevor sein Gehirn ihr Tun einordnen konnte, drückte sie ihn mit erstaunlich viel Kraft zu Boden, und setzte sich rittlings auf ihn.

Mit dem Geschmack ihres Bluts auf den Lippen küsste sie ihn. Drängend presste sie ihren Körper gegen seinen, dann ließ sie ihren Mund an seinem Hals entlangwandern, während ihre Hand zwischen Jeans und Shorts abtauchte. Sie dort und überall an sich zu spüren, heizte Darkos Lust an und für einen Moment fragte er sich, wer hier wen verführte. Er fühlte einen scharfen Schmerz an seinem Hals.

Plötzlich wurde der Vorhang mit einem Ruck zur Seite gerissen und er starrte in zwei völlig entgeisterte Gesichter.

Die Miene des Mädchens verzog sich vor Ekel, als die grellen Strobolichter auf sie fielen und das Blut auf seinem Gesicht und Avas Hals in das flackernde Licht tauchten.

Mit einem Aufschrei, der in den Technobeats unterging, schlug sie die Hände über den Mund, drehte sich um und rannte in Richtung Tanzfläche fort.

»S-Sorry!«, stotterte ihr Begleiter. Doch statt sich umzudrehen und wegzugehen, konnte er nicht damit aufhören, Ava und Darko abwechselnd anzustarren, ein süffisantes Grinsen in seinem Gesicht. »Wir wollten euch nicht bei eurem Spielchen stören.«

Mit einem schmerzhaften Gefühl des Bedauerns schob Darko Ava von sich runter und erhob sich. Der Rausch war verflogen und er völlig klar. »Möchtest du vielleicht mitmachen?«, fragte er sarkastisch und baute sich vor ihm auf. Er schob den Vorhang zurück, um Ava vor den hungrigen Blicken des anderen zu verbergen.

Unter seinem intensiven Blick schrumpfte der Kerl in sich zusammen und wich mit hochgezogenen Schultern zurück.

»Wenn ich du wäre, würde ich gehen und mich einfach nur über die Vorlieben anderer wundern!«

Gehorsam nickte der Kerl und wich ein paar Schritte zurück, dann stürmte er seiner Begleitung hinterher.

»Idiot«, murmelte Darko. Gleichzeitig fragte er sich, ob er den Typen damit meinte oder doch eher sich selbst.

Was war da gerade passiert? Hatten er und Ava … Nein, so war das nicht geplant! Fuck! Sie hatte ihn komplett überrumpelt. Mit allem! Fuck! Mit einer hilflosen Geste fuhr er sich durch die Haare.

Was sollte er jetzt machen? Vorsichtig drehte er sich um. Langsam schob er den Vorhang zur Seite. Ava war nicht mehr da.

Fuck! Wie hatte sie es bloß geschafft, sich an ihm vorbeizuschleichen, ohne dass er es bemerkt hatte?

Er hatte sie doch nur für ein paar Sekunden aus den Augen gelassen. Unbewusst rieb er sich über den Hals und berührte dabei etwas Feuchtes, Nasses. Irritiert starrte er auf das Blut auf seinen Fingern.

War das ihres? Vorsichtig schnupperte er daran. Nein.

Heiß fiel ihm der scharfe Schmerz wieder ein, den er an der Stelle gefühlt hatte, Sekunden, bevor sie unterbrochen worden waren.

»FUCK!«, brüllte er. »FUCK! FUCK! FUCK!«

KAPITEL 21

»Fuck!« Ächzend kämpfte sich Ava in eine halb liegende Position hoch. Rasende Kopfschmerzen hämmerten auf sie ein und ihr Magen verkrampfte sich zu einem harten Klumpen. Ihr ganzer Körper fühlte sich bleiern und schwer an. Es war, als hätte sie die ganze Nacht durchgesoffen und Party gemacht. Ohne sich daran erinnern zu können. Schon wieder! Sie hatte es so satt! Hoffentlich lag sie dieses Mal wenigstens in ihrem eigenen Bett.

Blinzelnd zwang sie sich, die verklebten Lider zu öffnen, nur um sie schnell wieder zuzukneifen. Ihre Augen reagierten mit schmerzhafter Empfindlichkeit auf die geringste Spur von Helligkeit. Immerhin hatte sie in dem dämmrigen Licht die vertrauten Umrisse ihres Schlafzimmers ausmachen können. Erleichtert stieß sie die Luft aus. Sowie sie sich etwas entspannte, ließen auch die Kopfschmerzen und die Magenkrämpfe nach. Müde schloss sie die Augen, lehnte sich in ihr Kopfkissen zurück und lauschte ihren Atemzügen. Langsam driftete sie in einen Halbschlaf.

»Ava, wach auf!«

Erschrocken zuckte sie zusammen. Konnte Traum und Realität nicht auseinanderhalten.

»Hey!«

War das Darko? Mit einem Ruck saß sie senkrecht im Bett, riss die Augen auf und starrte zur Schlafzimmertür. Dort stand Darko mit vor der Brust verschränkten Armen und musterte sie mit einem eigentümlichen Blick. Wie war der in ihre Wohnung gekommen? Mit einem Mal prasselten die Erinnerungen an die Ereignisse des gestrigen Abends auf sie ein. Mark, das zerbrochene Glas, die blutige Serviette und dann fucking nichts mehr! Schritt für Schritt näherte er sich ihrem Bett, ohne sie aus den Augen zu lassen. Seine Bewegungen erinnerten sie an eine Katze, die misstrauisch um etwas herumschlich, nicht sicher, ob es sich als Gefahr oder Beute entpuppte.

Eigentlich, bemerkte Ava irritiert, schaute er gar nicht sie an, sondern fixierte eine Stelle direkt neben ihr.

»W-was ist los?« Unbehaglich zog sie die Bettdecke bis ans Kinn hoch. Sein Verhalten ließ ihren Puls in die Höhe schnellen.

»Wenn ich dir sage, dass du langsam aus dem Bett kommen und dabei einfach nur mich anschauen sollst, würdest du auf mich hören?« Er zog beide Augenbrauen fragend hoch.

Sie konnte nicht anders, als ihn sprachlos anzuschauen. Hörte sie einen spöttischen Unterton oder bildete sie sich den nur ein? Machte er sich über sie lustig? Wütend schlug sie die Bettdecke zur Seite und schwang die Beine über die Bettkante und stand auf. »Willst du mich verarschen?« Die dumpfe Beklommenheit war schlagartig verflogen. »Verschwinde gefälligst aus meinem Schlafzimmer!« Krampfhaft versuchte sie, das Schwindelgefühl zu unterdrücken, was ihr eindeutig misslang. Prompt setzte sie sich schnell wieder aufs Bett und zog die Decke über ihre nackten Oberschenkel.

»Sag nicht, ich hätte dich nicht gewarnt«, erwiderte Darko ruhig.

Überzeugt davon, dass er sie nur necken oder zumindest verunsichern wollte, schaute sie zu der Stelle, die er nach wie vor nicht aus den Augen ließ. Der Anblick ließ sie frustriert aufschreien. Nicht schon wieder! Es hatte etwas von einem Déjà-vu.

Neben ihr lag ein junger, nur halb zugedeckter Mann, den sie in ihrem Leben noch nie gesehen hatte.

Na toll! Und ausgerechnet Darko erwischte sie mehr oder weniger in flagranti. Mit brennenden Wangen zog sie die Decke bis zur Nase hoch. Am liebsten hätte sie sie sich über den Kopf gezogen. Schnell schaute sie zu Darko, der mittlerweile auf der anderen Seite des Bettes stand und sie und den Kerl abwechselnd betrachtete.

»Ehrlich, ich weiß nicht ...« Sie brach ab. War sie etwa im Begriff, sich zu rechtfertigen? Vor Darko? Der, der ihr Date gezwungen hatte, ein Glas zu zerbrechen und dann in aller Ruhe Marks Blut getrunken hatte? »Hat dich dein Sarkasmus im Stich gelassen?« Sie ging zum verbalen Angriff über.

Auf den er nicht einging, sondern sie nur stumm anstarrte. Als könnte er nicht glauben, was er sah.

Am liebsten hätte sie ihm einen schnippischen Kommentar um die Ohren gehauen, ihr fiel aber nichts Passendes ein. Dafür war es einfach zu kurz nach dem Wachwerden.

Die nächsten Sekunden – Minuten? So schien es ihr zumindest – zogen sich schweigend dahin. Erst jetzt wurde ihr die Tatsache bewusst, wie still es in dem Raum war. Es war, als würde das Zimmer selbst die Luft anhalten.

Verwirrt warf sie einen erneuten Blick zu dem Kerl, der still und reglos neben ihr lag. Ein schmaler Lichtfinger hatte sich durch die Jalousien gestohlen und blendete ihn. Irritiert registrierte sie, dass er nicht blinzelnd auf den Sonnenstrahl reagierte, sondern sie mit weit geöffneten Augen anstarrte.

Die Erkenntnis traf sie mit der Wucht einer Flutwelle. Etwas Kaltes bahnte sich seinen Weg durch ihr Rückenmark nach oben. Schlagartig verkrampfte sich ihr Magen und ließ sie würgen. Noch in derselben Sekunde verlor sie den Kampf gegen den Brechreiz und sie erbrach rote Flüssigkeit. War das Blut?

Entsetzt keuchte sie auf. Wollte etwas sagen, wollte schreien, doch ihre Stimmbänder versagten und so brachte sie nicht mehr als dieses merkwürdige Geräusch hervor, das zwischen Röcheln und Würgen lag.

Es war wie in einem dieser Träume, in denen sie schrie und schrie, aber dennoch stumm blieb. Sie erbrach noch mehr Blut, bis bittere Galle in ihrer Kehle brannte und die Augen tränten. Ihr Körper schüttelte sich unkontrolliert.

Irgendwo am Rande ihres Bewusstseins hörte sie Darko etwas davon murmeln, dass er sie doch gebeten hätte, nicht hinzuschauen.

Dunkle Flecken flimmerten vor ihren Augen und ließen ihr Sichtfeld verschwimmen. Doch leider war ihr Bewusstsein nicht so gnädig gestimmt, die Lichter vollends ausgehen zu lassen. Im Gegenteil, es bombardierte ihre Gehirnzellen mit Informationen. Der saure Geruch von Erbrochenem vermischte sich mit dem leicht süßlichen von Blut. Der Anblick des toten Kerls in der Lache aus blutigem Erbrochenen brannte sich regelrecht auf ihre Netzhaut. Unmöglich, den Blick von ihm loszureißen. Das Blut sprenkelte seine Brust und sein Gesicht. Tropfte von ihrem Kinn auf ihre Arme, und die Bettwäsche sog sich damit voll. In ihrer Brust brannte es, als würde diese auseinandergerissen werden.

»Ava«, sagte Darko leise.

Endlich schaffte sie es, den Blick von ihrem toten Bettgefährten loszueisen. Hilflos schaute sie sich um, doch alles, was sie sah, war wie in Rot getaucht. Selbst der Streifen Licht, der durch die Jalousie fiel, schimmerte in dieser Farbe.

Weil Ava nicht wusste, wohin sie sonst schauen sollte, fokussierte sie ihre zitternden Finger. Eingetrocknetes Blut klebte an den Kuppen und unter ihren Nägeln.

»Hey.« Darkos Stimme durchdrang leise den Nebel, der sich in ihrem Kopf festgesetzt hatte. »Schau mich an!«, befahl er.

Dankbar, etwas gefunden zu haben, auf das sie sich konzentrieren konnte, klammerte sich ihr Blick an seiner Gestalt fest. Endlich entrang sich ein Laut aus ihrer zugeschnürten Brust. Eine Mischung aus Schrei und Schluchzen. Das brach den Bann. Mit einem Satz sprang sie aus dem Bett und dann schrie sie wie ein Tier im eisernen Griff einer Falle.

In der Sekunde, in der ihre Knie unter ihr nachgaben, fingen Arme sie auf. Darkos Stimme flüsterte beruhigende tschechische Worte in ihr Ohr. Dann zog er sie sanft an seine Brust, hob sie hoch und trug sie aus dem Zimmer.

Endlich versank alles in willkommene Dunkelheit.

Klares, kaltes Wasser holte ihren Geist ins Hier und Jetzt zurück und spülte den süßlich-sauren Geruch fort. Langsam klärten sich ihre Gedanken und Ava wurde sich bewusst, dass sie zusammen mit Darko unter der Dusche stand.

Noch immer hielt er sie in den Armen. Müde barg sie ihren Kopf an seiner Brust. Für einen Moment ließ sie es zu, dass er sie sanft an sich drückte. Seine körperliche Nähe fühlte sich gut und richtig an, bis ihr die Leiche in ihrem Bett wieder einfiel. Der Gedanke daran ließ sie schaudern, was ihn dazu veranlasste, sie fester an sich zu pressen. Mühsam kämpfte sie sich aus seiner Umarmung frei und drehte den kalten Strahl ab. Wasser tropfte aus seinem blonden Haar, durchnässte sein weißes Shirt, dessen Stoff sich eng an seinen Körper schmiegte. Seine Kette mit den Projektilen hing halb aus dem V-Ausschnitt heraus. Trotz der Kälte wurde ihr unter seinem Blick heiß. Seinem Gesichtsausdruck und der Beule in seiner Hose nach zu urteilen, könnte sie nackt vor ihm stehen. Wie um sich vor ihm zu verstecken, verschränkte sie die Arme vor der Brust. Trotz des kalten Wassers, das ihr den Rücken hinablief, brannten ihre Wangen. Ein leichtes Lächeln umspielte seine Mundwinkel und für einen Moment hatte Ava den Eindruck, er wollte sie küssen. Unbewusst wich sie zurück, bis sie die kalten Fliesen in ihrem Rücken spürte. In der Dusche konnte sie kaum Distanz zwischen sich bringen. Es kostete sie beinahe körperliche Anstrengung, ihre Augen von seinem glühenden Blick zu lösen. Ava senkte ihren Kopf und betrachtete ihre Zehen.

»Du solltest dir etwas Trockenes anziehen«, murmelte Darko und trat rückwärts aus der Dusche heraus.

Ava musterte ihn. Zitterte er etwa? Sie schnappte sich das Badetuch, das er vom Haken an der Tür genommen hatte und ihr reichte. Schnell wickelte sie sich darin ein und trat in den engen Raum zwischen Waschbecken und Ausgang, der fast komplett von Darko eingenommen wurde. Bedacht darauf, ihn nicht zu berühren, schlängelte sie sich an ihm vorbei zum Schrank hinter der Tür, um ein Handtuch für ihn herauszukramen. Seine Nähe verursachte ihr eine Gänsehaut, die ihren ganzen Körper überzog.

All das erschien ihr so surreal. Wenn da wirklich eine Leiche in ihrem Bett lag, sollte sie doch ausflippen, oder? Stattdessen fühlte sie sich wie ferngesteuert. Ihr Kopf war seltsam taub. Als würde er sich weigern zu denken.

Sie versuchte erst mal, rational zu handeln. Zuallererst musste sie aus den nassen Sachen raus. Eingewickelt in ihrem Badetuch tapste sie aus dem Bad. Vor ihrer Schlafzimmertür blieb sie wie angewurzelt stehen.

»Das kommt bei Vampiren gelegentlich vor.« Darko war ihr aus dem Bad gefolgt. »Ehrlich, das ist uns allen schon mal passiert.«

»Mit dem Unterschied, dass *ich* kein Vampir bin!«, gab sie zurück und trat rücklings von der Tür weg. »Ich kann da nicht rein. Nie wieder.« Entschlossen wandte sie sich ab und prallte gegen Darko. Statt sich abzutrocknen, hatte der das Handtuch nur um seine Schulter gelegt und tropfte den Boden nass. Fluchend versuchte sie, sich an ihm vorbeizuschieben. Irgendwie war sein Körper ständig präsent. Ohne ihn zu berühren, käme sie in dem schmalen Flur nicht an ihm vorbei.

»Du glaubst mir also endlich?«, fragte er mit wachsamem Blick.

»Hab ich denn eine andere Wahl nach dem, was ich gestern gesehen habe? Und das ... Das da drin ... Der Mann ... Das.«

Er ergriff ihre Hand und versuchte, sie näher zu sich zu ziehen.

»Hör mal, wegen gestern —«

Mit einer heftigen Bewegung entzog sie sich ihm, gab ihm einen Schubs, der ihn Richtung Badezimmer taumeln ließ, und flüchtete ins Zimmer ihrer Mutter, das dem ihren gegenüber lag. Hastig knallte sie die Tür hinter sich zu. Schwer atmend lehnte sie sich dagegen. Da lag ein Toter in ihrem Bett und sie konnte nicht aufhören, Darko in seinem nassen Shirt anzuschauen. Was stimmte nicht mit ihr! Hatte sie ein Stockholmsyndrom?

»An was erinnerst du dich noch?« Seine Stimme drang gedämpft zu ihr herein, während sie im Schrank ihrer Mutter wühlte. Warum hatte sie bloß keine einfachen Jeans und Shirts? Nun, das hier sollte gehen, sie zog ein schlichtes schwarzes Sweatkleid heraus. Glücklicherweise hatten sie in etwa die gleiche Größe und Statur.

»Warum fragst du?«, gab sie verspätet zurück.

»Weil du den Eindruck machst, als wüsstest du nicht mehr, wie der Typ in dein Bett gekommen ist.«

Verdammt! Woher wusste er davon?! Und wollte sie wirklich ausgerechnet mit Darko darüber sprechen? Über ihre Erinnerungslücken und die anderen eigenartigen Dinge, die ihr passierten? Warum nicht? Immerhin hatte er ihr sein Geheimnis offenbart. Und er hatte sie mit einem toten Mann im Bett erwischt und schien mit der Situation umgehen zu können. Zumindest wirkte es, als wäre ihm die Situation nicht neu. War ihm das wirklich auch schon passiert?

Leise klopfte es an der Tür. »Ava, komm schon, mach auf.«

Mit wem sonst könnte sie über all das reden? Fahrig spielte sie mit den Anhängern ihres Armbands.

Sie musste – sie wollte – darüber reden, sonst wurde sie wahnsinnig! Nicht mit Rebecca und Sarah, so viel war sicher. Der Gedanke an ihre Freundinnen versetzte ihr einen schmerzhaften Stich und sie fühlte sich furchtbar einsam. Mit jedem Tag, jedem unausgesprochenen Wort wurde die Kluft zwischen ihnen tiefer. Verzweifelt vergrub sie die Hände in ihren Haaren, während sie sich vorstellte, wie sie den beiden beim nächsten Filmabend erzählte: Hey, übrigens, neulich bin ich neben einem toten Typen aufgewacht.

Plötzlich wütend knüllte sie das Badetuch zusammen und warf es quer durchs Zimmer.

»Okay.« Entschlossen stand sie auf und starrte die geschlossene Tür an. »Vorher sollten wir klären, wie du überhaupt in meine Wohnung kommst. Solltest du nicht in einem Sarg ... äh, dich vor der Sonne verstecken?« Umständlich schälte sie sich aus dem nassen Shirt.

»Solange du die Rollos unten lässt, ist das kein Problem«, gab er trocken zurück. »Wenn du endlich rauskommen würdest, könnten wir uns vernünftig unterhalten.«

Unwillig warf sie den nassen Stoff über einen Stuhl, schlüpfte in das Kleid und setzte sich auf das Bett. Nachdenklich betrachtete sie die geschlossene Tür, während sie ihre Haare zu einem strengen Zopf flocht. Als Vampir könnte er sich bestimmt locker Zutritt verschaffen. Es sprach wohl für ihn, dass er nicht gewaltsam eindrang.

»Ich kann warten, ich hab nicht vor, draußen spazieren zu gehen.«

Mit einem lauten Seufzen stand sie auf.

»Hast du vor, irgendwo hinzugehen oder hast du dich für mich rausgeputzt?«, meinte Darko, wobei er sie frech angrinste, als sie langsam die Tür öffnete.

Ava beschloss, das unkommentiert zu lassen. »Küche!«, grummelte sie und drängte sich an Darko vorbei. Ihre verschlossene Zimmertür versuchte sie auszublenden. Kaffee! Das war es, was sie jetzt brauchte.

Ohne sich zu ihm umzudrehen, wusste sie, dass er ihr folgte. Beinahe hätte sie die Jalousien dort hochgezogen, doch dann fiel ihr ein, dass das mit einem Vampir im Raum keine gute Idee wäre, daher betätigte sie lediglich den kleinen Lichtstrahler an der Abzugshaube. Die Spots über dem Herd tauchten die Arbeitsplatte in ein grelles Licht.

Mit zitternden Händen stopfte sie die Kaffeepads unnötig unsanft in die Maschine und schloss den Deckel gewaltsam.

Während der Kaffee langsam in ihre Tasse lief, starrte sie konzentriert auf das Kochbesteck, das an einer Stange über der Arbeitsfläche baumelte. Das scharrende Geräusch hinter ihr verriet, dass er sich an den kleinen Tisch gesetzt hatte.

»Willst du auch einen?«, fragte sie nervös. Vertrugen Vampire überhaupt Kaffee? Immerhin hatte er gestern Pommes gegessen, erinnerte sie sich, und mit ihnen in Prag das ein oder andere Bier getrunken.

»Ja«, hörte sie ihn sagen. »Ohne Kaffee wäre die Unsterblichkeit nur halb so schön.«

»Für dich ist echt alles ein Witz, hmm?«

»Das mit dem Kaffee meine ich ernst.«

Ungehalten stöhnte Ava. Sein leises Lachen drang an ihr Ohr und brachte sie nur noch mehr auf. Ohne sich umzudrehen, holte sie eine zweite Tasse aus dem Schrank und knallte sie unter den Kaffeeauslauf.

»Wenn du fertig bist, die Maschine zu foltern«, meinte Darko ruhig, »lass uns über gestern Abend reden.«

Entschlossen drehte sie sich zu ihm um und stellte die Tasse auf den Tisch, setzte sich aber nicht zu ihm, denn das wäre ihr zu nah gewesen. Lieber blieb sie stehen.

»Nach der Sache mit Mark bin ich doch auf die Toilette gegangen.« Während sie grübelte, was danach geschehen war, lehnte sie sich gegen die Arbeitsplatte. Nachdenklich nippte sie an ihrem Kaffee. Die Erinnerungen bis zu dem Gang zum WC waren klar und deutlich. Sie konnte sich selbst an jedes einzelne Wort ihres Streits mit Nikolaj erinnern. Stumm musste sie Darko recht geben, dass sie ziemlich grob gewesen war und verbal um sich geschlagen hatte. Aber in Nikolajs Nähe war sie wütend und traurig zugleich. Er hatte sie verletzt und trotzdem … Sie wusste, dass sie sich ihm gegenüber schäbig verhalten hatte und es tat ihr furchtbar leid. Wenn sie ihn das nächste Mal sah, würde sie sich entschuldigen.

208

»Und dann?«, unterbrach Darko ihre Gedanken.

»Blackout.«

Nachdenklich musterte Darko. »Du kannst dich also nicht mehr daran erinnern, dass du mich auf diese Technoparty geschleift hast?«

Im ersten Moment wollte sie ihm widersprechen, doch dann fiel ihr ein, wie sie Mark kennengelernt hatte. Beziehungsweise, wie sie ihn *nicht* kennengelernt hatte. Betreten sah sie zu Boden und schüttelte den Kopf.

»Auch nicht, wie du an der Stange getanzt hast?«

»Blödmann!« Aufgebracht schaute sie ihn an. »Das würde ich nie machen!« *Echt nicht?*, meldete sich ihre innere Stimme. *Du würdest auch nie neben fremden, toten Typen aufwachen, oder?*

»Ehrlich!«, verteidigte sich Darko und zog eine Grimasse. »So was würde ich mir nie ausdenken.« Nachdenklich klopfte er mit dem Finger gegen die Tasse. »Aber an den Beichtstuhl kannst du dich erinnern?«

»Beichtstuhl?«, echote sie entgeistert.

»Gut, es war kein echter, aber er sah ganz danach aus. Ich fand, das hatte was Witziges. Aber wenn du dich noch nicht mal daran erinnerst, haben wir ein echtes Problem.«

»Wieso?«, wollte Ava misstrauisch wissen.

»Och, wir haben uns geküsst und so.« Seine Augen funkelten sie fröhlich an.

»Dann ist ja gut, dass ich mich nicht erinnern kann«, konterte Ava. Gleichzeitig fragte sie sich, wie das passieren konnte. Und ob sie überhaupt wissen wollte, was noch geschehen war. Ihr schwirrte der Kopf. Wenn sie mit Darko rumgemacht haben sollte, wieso war sie dann neben einem fremden Kerl wach geworden? Hatte sie … Und vor allen Dingen, warum war der tot? Mit einem weiteren Schluck versuchte sie, die Bilder runterzuspülen. Diese leblosen Augen. All das Blut. Zitternd holte sie Luft. Der Kaffee schmeckte plötzlich ekelhaft bitter.

»Wenn ich mich aber noch richtig erinnern kann, hat es dir gefallen, von mir geküsst zu werden«, unterbrach er ihre Gedankengänge. »Aber darum geht es nicht. Siehst du das?« Er legte den Kopf zur Seite. Zwei kleine kreisrunde Stellen, die ihr bis eben nicht aufgefallen waren, hoben sich von seiner hellen Haut ab. »Das warst du.«

»Ich!?« Prustend spuckte sie den Schluck Kaffee aus, den sie gerade in ihrem Mund hatte.

»Ja, nachdem ich zuerst von dir getrunken habe«, sprach Darko ungerührt weiter. »Nicht viel, sonst würde man die hier nicht mehr sehen.« Er berührte die Stelle, die aussah wie die Narbe, die bei der Pockenimpfung zurückblieb.

»Du hast was?« Verdattert schaute Ava ihn an und unterbrach ihre Suche nach der nächsten Rolle Küchenpapier. Irrte sie sich oder hatte sich sein Gesicht ein wenig rot gefärbt? Unbewusst tastete sie über die Haut an ihrem Hals, fühlte eine leichte Erhebung. »Was …?«

»Ach, das passiert schon mal«, unterbrach er sie und winkte lässig ab, als wenn das Ganze eine unbedeutende Kleinigkeit wäre. »Die Wunden sind verheilt und kaum noch sichtbar, weil du mein Blut in deinem Kreislauf hattest, dadurch sind die im Nullkommanichts verschwunden. Und spätestens in einer Stunde ist auch keine Narbe mehr da.«

»Aber —«

»Hör mir zu.« Wieder schnitt er ihr das Wort ab. »Also ich hab dich geküsst und du mich. Ich hab dich gebissen und du mich … dann wurden wir gestört und du bist verschwunden. Als hättest du dich in Luft aufgelöst. Ich habe dich überall auf der Party gesucht, dich aber nicht finden können. Dann hab ich Nikolaj angerufen.«

»Nikolaj?« Ava klammerte sich an ihrer Tasse fest.

»Wen sonst? Ich brauchte Hilfe. Hätte ich die Polizei anrufen sollen? Oder die Feuerwehr? Wir haben getrennt voneinander die ganze Stadt nach dir abgegrast. Ich war sogar im Studentenwohnheim und hab bei deinen Freundinnen nachgeschaut und bei deinem schrägen Date von dir. Markus oder so.«

»Mark«, verbesserte Ava automatisch. Leichte Panik stieg in ihr auf. »Rebecca und Sarah …?«

»Keine Sorge, alle haben schon wieder vergessen, dass wir da waren. Der einzige Ort, wo ich dich noch nicht gesucht hatte, war bei dir zu Hause. Wo ich dich ja auch gefunden habe. Gerade rechtzeitig, bevor die Sonne aufging. Stell dir vor, wie überrascht ich war, dass ich dich ausgerechnet mit dem Kerl ertappe, der uns im Beichtstuhl gestört hat. Das hat schon eine gewisse Ironie, meinst du nicht auch?«

»Was willst du damit sagen?«, rief Ava mit erstickter Stimme. Sie wurde den Verdacht nicht los, dass da noch mehr war. Dass Darko mehr wusste, als er im bisherigen Gespräch vermittelt hatte, und dass er auf etwas Bestimmtes hinauswollte. Es war zum Verrücktwerden. Wie ein Puzzle mit tausend Teilen ohne Vorlage des fertigen Motivs. »Ist dir das in letzter Zeit öfter passiert? Seit Prag?« Vorsichtig griff er nach ihren Händen und löste die Tasse aus ihren bebenden Fingern. Sie hatte gar nicht bemerkt, dass er aufgestanden und zu ihr getreten war. Sanft strich er ihr eine Strähne aus dem Gesicht und musterte sie mit einem unergründlichen Blick. Darko schielte zur digitalen Zeitangabe an der Mikrowelle und runzelte die Stirn. »Verdammt«, murmelte er unbestimmt vor sich hin.

Ruckartig drehte Ava den Kopf zur Seite. Etwas Nasses, Warmes lief ihre Wange hinab. Zittrig rang sie tief nach Luft. Sie kam sich vor wie ein Feind in ihrem eigenen Kopf. Egal wie sehr sie an der Tür ihrer Erinnerungen rüttelte, die vergangenen Stunden blieben ihr verschlossen. Stattdessen verfolgten sie immer wieder diese blicklosen grauen Augen. Mit einem Mal hatte sie das Gefühl, ins Bodenlose zu fallen. Wieder waren es Darkos Arme, die sie vor einem Sturz bewahrten. Reflexartig schaute sie ihm in die Augen und tauchte in das Blau seiner Iris ab.

Der schrille Klang der Türklingel ließ sie beide zusammenfahren. »Der hat ein Timing«, murmelte Darko. Zögernd gab er sie frei.

»Wer ist das?« Ihre Stimme klang grell in ihren eigenen Ohren.

»Nikolaj. Und hey ...« Er hielt sie am Arm zurück, als sie zur Tür gehen wollte. »Sag ihm nichts von dem Beichtstuhl, okay?«

Mit wackeligen Knien und einem Herz, das immer weiter nach unten sackte, stolperte Ava zur Eingangstür und öffnete sie.

»Hi.« Seine Stimme war kaum mehr als ein Wispern.

Wortlos starrte Ava ihn an. Zum ersten Mal fiel ihr auf, wie furchtbar erschöpft er aussah. Tiefe Augenringe ließen seine Augen dunkler erscheinen, als sie von Natur aus waren. Schwarzer Haaransatz vermischte sich mit blondierten Haarsträhnen, deren Farbe ziemlich ausgewaschen war. Und er hatte deutlich an Gewicht verloren. Warum war ihr das gestern nicht schon aufgefallen? *Weil du da noch stinksauer auf ihn warst,* flüsterte die innere Stimme. *Da wolltest du ihn weder sehen noch anhören.*

»Du siehst schlecht aus«, meinte er heiser. Er streckte den Arm nach ihr aus, ließ ihn aber sogleich wieder sinken.

»Das musst du gerade sagen.« Ihre Stimme klang ebenso rau wie seine. Eine Mischung aus Traurigkeit und Einsamkeit umgab ihn wie eine düstere Wolke. Sie unterdrückte den Impuls, ihn berühren zu wollen. Nach gestern Abend hatte sie kein Recht dazu, ihn zu trösten.

»Darko ist in der Küche«, teilte sie ihm schließlich mit, weil sie nicht wusste, was sie sagen sollte, und ihr die Situation immer unangenehmer wurde. Als Antwort nickte er lediglich und trat an ihr vorbei in die Wohnung.

»Was ist los?«, hörte sie Darko aus der Küche rufen. »Wollt ihr da stehen bleiben?«

Noch bevor sie Nikolaj den Weg in die Küche zeigen konnte, folgte er bereits der Stimme des Tschechen. Langsam schloss Ava die Wohnungstür hinter sich zu und lehnte sich dagegen. Bedrückt schloss sie die Augen, um ihr wild schlagendes Herz zu beruhigen. Genauso hatte sie sich tags zuvor gefühlt. Nikolaj vor ihrer Tür anzutreffen, war wie ein Schock gewesen. Deswegen war sie regelrecht geflohen und hatte in einer Kurzschlussreaktion Mark um ein Date gebeten. Mit zittrigen Knien ging sie zu den beiden in die Küche.

Weil Darko wieder am Tisch saß und sich Nikolaj gegen die Arbeitsplatte lehnte, stützte sich Ava gegen den Türrahmen. Fragend sah Darko sie an, unter dem noch feuchten Stoff seines weißen Shirts zeichneten sich die Projektile an der Kette ab.

Als sie nickte, ergriff er das Wort. Ruhig hörte sich Nikolaj an, was Darko zu berichten hatte. Auch sie folgte seinen Ausführungen aufmerksam. Als er zu der Stelle mit dem Stangentanz kam, spürte sie Hitze ihren Hals hochkriechen. Peinlich berührt lehnte sie ihre Wange gegen den Holzrahmen. Heimlich warf sie Nikolaj einen Blick zu, um zu sehen, wie er darauf reagierte. Doch der hatte nur seine düstere, undurchschaubare Miene aufgesetzt und starrte auf Darkos feuchten Haarschopf. Die Bartstoppeln, die seit gestern Abend sichtlich gewachsen waren, ließen Nikolaj älter und schmaler erscheinen. Das einzige Anzeichen von Gefühl waren die fest aufeinandergepressten Lippen und das unablässige Spielen mit den beiden Silberringen an seinen Fingern. Zum Glück ließ Darko die Sache mit dem Beichtstuhl und das gegenseitige Bluttrinken unerwähnt. Unwillkürlich tastete sie ihren Hals ab. *Wieso hätte sie ihn beißen sollen? Sie ist doch kein Vampir! Vielleicht hat er sich den Teil vorhin doch nur ausgedacht,* überlegte sie wenig überzeugt. *Um sie zu necken?*

»Lasst uns erst mal diesen toten Typen loswerden«, sagte Nikolaj in die Stille hinein, die sich über sie senkte, nachdem Darko seinen Monolog beendet hatte.

»Was?!

»Moment mal!«, rief Ava. »Was soll das heißen? Wollt ihr ihn in den Rhein werfen, oder was?

»Sollen wir die Polizei rufen?«, schlug Darko vor. »Und wenn sie kommen, was willst du ihnen sagen?«

»Ich«, stammelte Ava. »Keine Ahnung!«

»Ein Poutnik, ein Vampir und du«, meinte Darko und zeigte auf sie. »Du weißt nicht, was du in der Nacht getrieben hast, wachst aber neben einem ausgebluteten Toten in deiner Wohnung auf und behauptest, nichts zu wissen?«

»Was soll ich denn sonst machen?« Verzweifelt sah sie von einem zum anderen. Wieder brannten ihre Augen. Verdammt! Keiner würde glauben, dass sie nichts mit dem Tod des Mannes zu tun hatte. Ihre Finger umklammerten den Türstock. Die Gesichter der beiden Jungs verschwammen vor ihren Augen. Reiß dich endlich zusammen! Sie konnte es sich nicht leisten, ständig zusammenzuklappen.

»Du könntest die Polizei manipulieren.« Ava wagte es nicht, einen von ihnen in die Augen zu sehen, aus Angst, in Tränen auszubrechen.

»Und dann?« Darko schüttelte den Kopf. »Irgendjemand wird ihn vermissen. Und es gab auf dem Gelände sicher Videoüberwachung. Besser, er verschwindet.«

Schluchzend griff sie sich an den Hals. Sie bekam kaum Luft. Da waren so viele widersprüchliche Gefühle in ihr, dass sie sie zu zerreißen drohten. Sie hatte Angst, die Kontrolle zu verlieren, wenn sie auch nur einen Bruchteil davon zuließe.

»Atme«, sagte Darko leise. Die Geschwindigkeit, mit der er sich bewegte, ließ sie schwindeln. Sanft rieb er über ihren Arm.

Sie zwang sich, ruhig ein- und auszuatmen und mied bewusst Nikolajs Blick, der sie mit düsterer Miene beobachtete.

»Hast du in letzter Zeit öfter solche Blackouts?«

»Ja ...« Betreten sah sie zu Boden und schluckte schwer. Ihr Mund war wie ausgetrocknet. »Seitdem ich aus Prag zurück bin.«

Schweigend betrachtete Darko sie. Sein Blick glitt über ihren Körper, schien sich in ihre Seele einbrennen zu wollen. »Weißt du, dass Vampire eine besondere Gabe haben? Abgesehen davon, dass wir unsterblich, stark und gut aussehend sind? Wir können Auren sehen. Das ist …«

»Ich weiß, was eine Aura ist.« Ava hatte sich wieder etwas im Griff, sodass sie sich traute, ihn direkt anzuschauen. Wozu erzählte er das jetzt?

»Gut. Vampire haben blaue Auren. Und zwar in jedem Blauton, den du dir vorstellen kannst. Jeder hat seinen eigenen Ton. Manchmal, wenn die Emotionen sehr stark sind, kann man das am Flackern darin ablesen. Die von Menschen ist bunt und leuchtet mal in der einen, mal in der anderen Farbe. Je nach Gemütsverfassung. Deine, und das hat mich von Anfang an irritiert, ist wie von einem Vampir, obwohl du ein Mensch bist. Allerdings nicht nur ein homogener Farbton, sondern das komplette Spektrum an Blau.« Seine Stimme klang sehnsüchtig. »Weißt du, wie schön das aussieht? Wie ein Regenbogen, der aus blauem Licht besteht und golden funkelt. Aber diese Sparkles sind jetzt weg. Gestern wusste ich nur, dass sich etwas verändert hat, konnte aber nicht sagen, was es war, aber jetzt sehe ich es. Das hätte mir sofort auffallen müssen, als ich dich gestern Abend beobachtet habe. Und dann dein Benehmen auf der Party, was gar nicht zu dir passt, deine Erinnerungslücken und dieser blutleere Typ in deinem Bett. Und du hast vorhin literweise Blut erbrochen. Wenn ich mit meiner Vermutung recht habe, dann haben wir ein Problem. Und zwar ein gewaltiges.«

»Was für ein Problem?« Ihre Stimme überschlug sich. Dass sie Blut erbrochen hatte, hatte sie bisher gekonnt verdrängt, durch Darkos Worte drängte sich diese Tatsache wieder in den Vordergrund und hinterließ ein brennendes Gefühl im Magen. »Was ist los mit mir?«, flüsterte sie.

»Du hast ein Schatten-Ich.«

»Schatten-Ich?«, echote Ava verwirrt.

»Ein Schatten-Ich ist der dunkle Teil deiner Persönlichkeit. Besser gesagt, es ist der moralisch enthemmte, wilde Seelenanteil. Normalerweise ist der Aspekt integriert, aber in extremen Situationen kann es passieren, dass er sich abspaltet.« Grübelnd fuhr er sich durch die Haare und rieb sich über das Gesicht. »Ist im Krankenhaus etwas passiert? Das würde vom Zeitpunkt nämlich passen. Seitdem scheint die Magie gänzlich verloren zu sein. Und ich bin überzeugt, dass es eine Verbindung zu dem gibt, was mit dir, uns Vampiren und Nikolajs Leuten passiert.«

Seufzend schloss Ava die Augen. Nahm dieser Albtraum denn überhaupt kein Ende mehr? Schaudernd erinnerte sie sich an den Traum, den sie gehabt hatte, bevor sie im Krankenhaus aus ihrem angeblichen Koma erwacht war – als ihr Spiegelbild aus dem Spiegel getreten war.

»Ava, sag uns, was damals passiert ist. Wie sollen wir dir sonst helfen und dich beschützen?« Nikolaj sah sie eindringlich an.

Einen letzten Moment zögerte sie noch. Sie spürte die erwartungsvollen Blicke der beiden auf sich ruhen. Nachdenklich studierte sie deren Gesichter. Dann beschloss sie, ihnen alles zu erzählen, angefangen bei dem Traum, der ihr nicht mehr wie ein solcher vorkam, dem unheimlichen Erlebnis in der U-Bahn, von all den Erinnerungslücken. Der Sache mit dem Auto, dem Schlafwandeln. Nichts ließ sie aus und als sie geendet hatte, fühlte sie eine seltsame Mischung aus Müdigkeit und Erleichterung.

Eine Weile blieb es still, nur der Lärm der Stadt drang von draußen zu ihnen herein. Irgendwo schrie ein Kind und jemand fluchte lautstark.

»Dein Schatten-Ich ist ein Vampir«, meinte Darko und brach das Schweigen. »Das ist die einzige Erklärung für alles. Für den toten Kerl im Bett, der keinen Tropfen Blut mehr in sich hat, das Blut, was du erbrochen hast, die Blackouts, dein seltsames Benehmen. Es ist ein Vampir. Das … Das dürfte eigentlich gar nicht möglich sein.«

»Aber müssten dann nicht wenigstens die Vampire …«, begann Nikolaj nachdenklich.

»Ich verstehe es auch nicht.« Wild schüttelte Darko seinen Kopf und zuckte mit den Schultern. »Vielleicht können wir uns deshalb noch selbst heilen und Gedanken manipulieren?«

»Und du bist du dir mit der Vermutung ganz sicher?«, warf Nikolaj ein.

Darko seufzte tief. »Ich hab doch erzählt, was gestern Abend passiert ist. Dass Ava mich zu einer Party geschleppt hat und sie sich nicht«, er machte eine Pause, »wie sie selbst verhalten hat. Sondern eher wie eine dunkle Zwillingsschwester. Und nachdem ich sie vorhin in dieser Situation hier vorgefunden habe, gibt es daran keinen Zweifel mehr, dass ich in der Nacht Avas Schatten-Ich begegnet bin und dass es ein Vampir ist.«

Langsam sickerten Darkos Worte in Avas Geist. »Du … Du willst also sagen, dass ich eine zweite Persönlichkeit habe?«

Ihr Kopf fühlte sich an, als würde er implodieren, während ihr ganzes Leben in kleine Fetzen gerissen wurde. »Und das ist ein Vampir!« Alles fühlte sich verdreht und verkehrt an. Ihre Gedanken schwirrten umher wie ein Mückenschwarm über feuchtem Gewässer im Sommer. Am schlimmsten war jedoch das Gefühl, sich selbst zu verlieren. Plötzlich hielt sie es nicht mehr aus. All diese Gedanken und Gefühle in ihr. Der Tote in ihrem Bett. Die Nähe der beiden in dieser kleinen Küche. Mühsam rang sie nach Luft und hatte trotzdem das Gefühl zu ersticken.

»Ich muss hier raus!«

KAPITEL 22

»Geh ihr nach!«, drängte Darko, als die Tür mit einem lauten Wumms ins Schloss gefallen war.

»Warum ich?«, gab Nikolaj schärfer zurück als beabsichtigt. »Ich kann ja jetzt wohl schlecht nach draußen, schon vergessen?« Darko zeigte auf das Fenster, dessen geschlossene Jalousien kein Tageslicht hereinließen. »Und wir sollten sie jetzt nicht allein lassen«, fügte er leiser hinzu.

Dass Darko recht hatte, war ihm bewusst, trotzdem zögerte er noch eine letzte Sekunde, dann gab er nach und folgte Ava nach draußen. Hoffentlich ist sie noch in der Nähe, dachte er, als er aus dem Wohnblock auf die Straße trat und sich blinzelnd umsah.

»Zatracenej hovno!« Fluchend überquerte er die Straße. So eine verdammte Scheiße! Wenn sie in eine der vielen Straßenbahnen gestiegen war, würde er sie niemals finden. Dann müssten sie warten, bis sie freiwillig nach Hause zurückkehrte, und er bezweifelte stark, dass das bald sein würde. Sie musste völlig durcheinander sein. Vorhin wäre sie fast zusammengebrochen. Er hatte sich gerade noch so davon abhalten können, sie festzuhalten. Er selbst würde ... Ja was? Zum Fluss runtergehen. Wenn es ihm schlecht ging, verkroch er sich zu der alten Brücke an der Moldau, um Stunden auf das Wasser zu starren.

Nikolaj mochte sich gar nicht ausmalen, was Ava im Moment empfinden musste. Das alles musste viel zu viel sein. Selbst für ihn war es das. Seine eigenen Gedanken glichen einem verknoteten Wollknäuel, mit dem eine Katze gespielt hatte. Er eilte von einer Haltestelle zur nächsten. Verdammt, sie war hier nirgendwo! Hilflos drehte er sich einmal im Kreis. Aus den Augenwinkeln registrierte er, wie ein paar ältere Damen ihre Handtaschen an ihre Körper drückten, sobald er an ihnen vorbeilief.

Nikolaj spürte ihre misstrauischen Blicke, die ihn verfolgten, als er sie passierte. Irgendjemand würde bestimmt gleich die Polizei rufen. Hovno, wo war Ava? Er musste sie so schnell wie möglich finden, aber er kannte sich in Köln nicht aus.

Nachdem er gestern aus dem Lokal geflüchtet war, war er ziellos durch die Stadt geirrt. Hatte seinen Cousin angerufen und wieder aufgelegt, einmal, zweimal, dreimal mindestens. Wenn er wenigstens seine Geige mitgenommen hätte! Aber das Instrument lag zwischen Schlafcouch und Wand eingequetscht in seinem Zimmer. Und selbst wenn er es dabeigehabt hätte, so hätte es ihm keine Erleichterung verschafft. Nicht seitdem die Musik ihre Seele verloren hatte.

Unschlüssig blieb er stehen und fuhr sich durch die Haare, die ihm wild ins Gesicht hingen, und überlegte, wohin er gehen sollte. Flüchtig betrachtete er sein Spiegelbild in den Fensterscheiben einer Bäckerei. Trotz des verschwommenen Bilds erkannte er die dunklen Augenringe deutlich. Die schwarz-blonden Haare hingen in unordentlichen Strähnen vor seiner Stirn, seine Haut wirkte grau statt braun. Er sah genauso aus, wie er sich fühlte. Verloren.

Beim Anblick der belegten Brötchen in der Auslage begann sein Magen rebellisch zu knurren und ihm wurde etwas flau. Kein Wunder, er hatte seit mindestens vierundzwanzig Stunden nichts mehr gegessen. Suchend vergrub er die Hände in seinen Hosentaschen, doch außer ein paar Saiten war da nichts.

»Ey, Kanake, verpiss dich!«, herrschte ihn ein etwa gleichaltriger Junge an, der soeben aus der Tür trat und ihn grimmig betrachtete.

»Jaaa, gib's dem Opfer!«, sagte ein anderer, der hinter seinem Freund die Bäckerei verließ. Abfällig verzog er das Gesicht, während er Nikolaj musterte. »Na, hast du Hunger?«, fragte der Erste. Kichernd stülpte er die Tüte um, aus der ein Brötchen auf den Boden fiel. Grinsend zermatschte der Typ es mit seinem Fuß. »Friss!«

»Hey!«

Die Typen zuckten zusammen und fuhren herum. In der Ladentür lehnte ein bulliger Mann mit hochrotem Kopf. Seine Bäckerschürze spannte über den dicken Bauch. Langsam nahm er die Arme herunter und ging ein paar Schritte auf sie zu. Wütend deutete er erst auf Nikolaj und dann auf das zermatschte Brötchen. »Was soll der Mist?«

»Was mischst du dich ein, du alter Sack!« Der Typ links spuckte auf den Boden aus. »Leute wie der sollten sich aus unserem Land verpissen, die kommen doch nur, um den Sozialstaat auszunutzen. Dreckiger Asyltourist.«

»Sind nicht eure Eltern seit Jahren Bürgergeldempfänger? Und ja, ich kenne eure Eltern besser, als mir lieb ist. Also, wer profitiert vom Sozialstaat?« Drohend baute sich der Bäcker vor dem Linken auf, der offensichtlich der Anführer war, und den er locker um das Doppelte an Größe und Masse überragte. Unter seinem Blick schrumpften die beiden sichtlich in sich zusammen. Der Rechte duckte sich sogar und hatte den Anstand, den Kopf zu senken. »Ihr habt ab heute Hausverbot!«

Was der andere antwortete, verstand Nikolaj nicht. Langsam wich er ein paar Schritte zurück. Als sich die beiden umdrehten und in Richtung Bushaltestelle schlenderten, warfen sie ihm im Vorbeigehen einen bösen Blick zu. Der Anführer zeigte auf ihn und fuhr sich anschließend mit dem Zeigefinger quer über den Hals.

»Ist bei dir alles okay?«

Erschrocken zuckte Nikolaj zusammen. Er hatte nicht bemerkt, dass sich der Bäcker zu ihm gesellt hatte.

Situationen wie diese kannte er zur Genüge. Am besten wäre es, einfach zu gehen, wenn man keine Prügel riskieren wollte. Früh hatte er gelernt einzuschätzen, welcher Typ Mensch vor ihm stand. Seiner Erfahrung nach wollten die meisten nur ein paar Kommentare ablassen, um vor ihren Kumpels cool dazustehen, darum lohnte es sich nie, darauf einzugehen. Konter führte meistens zu einer Schlägerei, bei der er immer in der Minderheit war. Neu war, dass ihm jemand beisprang und sogar Partei für ihn ergriff. War das hier in Deutschland tatsächlich anders als zu Hause?

»Vergiss die beiden Vollidioten. Leute wie die würde ich gern auf den Mond abschieben«, meinte der Bäcker, nachdem er ihn lange und nachdenklich gemustert hatte. »Falls die beiden dich nicht in Ruhe lassen, komm zu mir, okay.«

»Danke«, murmelte Nikolaj. Er war mit der freundlichen Art des Mannes völlig überfordert.

Der Bäcker nickte ihm aufmunternd zu, klopfte ihm auf die Schulter und nach einem letzten Blick kehrte er zurück in seinen Laden.

Rasch entfernte sich Nikolaj einige Schritte von dem Geschäft und ging vier, fünf Meter des Weges zurück, den er gekommen war. Erst jetzt bemerkte er die schmale Seitenstraße, die zur Rheinpromenade zu führen schien. Sein Herz machte einen Satz, denn an dem Geländer ganz am Ende der Gasse lehnte jemand, der aussah wie Ava.

Inständig bat er darum, dass die beiden Typen nicht wieder zurückkämen, nachdem der Bäcker wieder in seinem Laden verschwunden war. Um sicherzugehen, drehte er sich um und schaute zur Haltestelle rüber, wo die beiden Mobber soeben in einen Bus einstiegen – nicht ohne ihm den Stinkefinger zu zeigen.

Erleichtert atmete Nikolaj auf. Noch etwas zittrig drehte er sich um und lief die Gasse hinunter, die zum Fluss führte. Mit klopfendem Herzen blieb er zwei, drei Meter von ihr entfernt stehen. Jetzt war er zu hundert Prozent sicher, dass es wirklich Ava war, die mit dem Rücken zu ihm stand und die Boote zu beobachten schien, die auf dem Wasser hin und her fuhren. Die Oktobersonne verpasste ihrem Haar einen rotgoldenen Schimmer. Eine kühle Herbstbrise ließ ihn frösteln und auch Ava schlang schaudernd ihre Arme um sich. In ihrem kurzen Kleid und den schwarzen Sneakers war ihr bestimmt kalt. Noch hatte die Sonne etwas Kraft und die Temperaturen waren herbstlich mild, doch hier am Wasser war es recht frisch.

Krampfhaft überlegte Nikolaj, wie er sie auf sich aufmerksam machen sollte, ohne sie zu erschrecken. Schließlich gab er sich einen Ruck und trat an ihre Seite. Sollte sie wegrennen, würde er ihr einfach folgen. Selbst, wenn Ava durch die ganze Stadt laufen würde.

»Hey, da bist du ja«, sagte er leise.

Erschrocken zuckte sie zusammen und wandte sich ihm zu.

»Hey«, wiederholte er, als er die Tränen auf ihrem Gesicht sah, bevor sie den Kopf schnell in Richtung Fluss drehte. Die Knöchel an ihren Fingern traten deutlich hervor, während sie sich am Geländer festklammerte. »Bitte geh«, stieß Ava gepresst hervor. »Lass mich allein.« Ihre ganze Haltung drückte Ablehnung aus. Trotzdem.

»Ne!«, antwortete er schlicht. Vorsichtig berührte er sie an der Schulter, unterdrückte aber den Impuls, sie in den Arm zu nehmen und ihr über die Haare zu streichen. Einen Moment lang wünschte er sich, Darko wäre hier. Der Vampir wüsste bestimmt, was er sagen oder tun sollte, um Ava zu trösten. Im Gegensatz zu ihm.

Ihr Körper bebte vor unterdrückten Schluchzern. Immerhin schüttelte sie ihn nicht ab, lief weg oder schrie ihn an. Worüber er mehr als froh war. Denn das würde nur die Aufmerksamkeit der anderen Passanten auf sie lenken. Und darauf war er nicht sonderlich scharf. Schweigend stand er neben ihr und wartete.

»Was passiert jetzt mit ... mit ihm? Also dem To... Dem Typen in meinem Bett«, fragte Ava nach einer Weile des Schweigens.

»Darko kümmert sich drum«, erwiderte er leise, zuckte mit den Schultern. Er wandte sich ihr zu und auch sie neigte den Kopf seitlich, um ihn anzusehen. Ihre Augen waren rot, sie schniefte und wischte sich mit dem Handrücken über ihr Gesicht.

Wie von selbst glitt seine Hand ihren Arm hinab, berührte ihre Fingerspitzen. Sanft legte er seine Hand auf ihre. Ein seltsames Leuchten huschte über ihr Gesicht. Liegt es an der Nachmittagssonne?, fragte er sich, fasziniert über den goldenen Schimmer in ihren Augen. »Bist das wirklich du?«

»Wer sonst!«, schnaubte Ava und zog die Nase hoch.

»Keine Ahnung«, hilflos sah er sie an. »Ich meine ... Ich«, stammelte er. »Ach, vergiss es.« Verärgert über sich selbst starrte nun er über den Fluss. Wenn ihr Alter Ego ein Vampir war, würde es doch sicherlich nicht bei Tag herauskommen?

»Ich weiß nicht mehr, was ich denken oder fühlen soll«, sagte Ava kleinlaut in das neu aufkommende Schweigen hinein. »Wer oder was ich bin«, fügte sie kläglich hinzu.

Das konnte er nur zu gut nachvollziehen. Weil er nicht wusste, was er darauf erwidern sollte, trat er lediglich einen Schritt näher an sie heran, sodass sich ihre Schultern berührten. Schweigend schloss Nikolaj seine Augen. Angespannt erwartete er, dass sie sich sofort von ihm abwenden würde. Zu seiner Überraschung blieb sie, wo sie war. Sie rückte sogar dichter an ihn heran. Sie zitterte, als wäre ihr kalt. Wenn sie weinte, dann lautlos.

Eine Weile war nichts zu hören außer den gluckernden Wellen, die in einer sachten Bewegung gegen die Steinmauern schlugen, wenn ein Schiff vorbeikam. Gesprächsfetzen von Passanten wehten zu ihnen herüber.

»Es tut mir leid.« Ihre Stimme war nur ein heiseres Flüstern.

Perplex drehte er den Kopf erneut in ihre Richtung. Ihre Blicke kreuzten sich. Nikolaj hatte das Gefühl, als würde eine Welle über ihn hereinbrechen und mit sich fortreißen.

»Wegen gestern«, erklärte sie. »Ich war dir gegenüber nicht fair.«

»Schon gut«, hörte er sich selbst sagen, seine Stimme klang dabei genauso belegt wie ihre. Die Luft zwischen ihnen lud sich deutlich wahrnehmbar auf. Es kostete ihn enorm viel Kraft, sich aus ihrem Bann zu lösen und sich auf den Fluss zu konzentrieren, der gemächlich dahinfloss.

»Lenk mich ab«, bat sie ihn nach einer gefühlten Ewigkeit, in der sie beide stumm das Treiben auf dem Fluss beobachtet hatten.

»Wie denn?«, fragte er verdutzt.

»Keine Ahnung, erzähl mir was von dir.«

»Da gibt es nichts zu erzählen«, meinte er düster.

»Du meinst, du willst nicht.«

Seufzend wandte er sich ihr wieder zu und zuckte mit den Schultern.

»Lass uns lieber ein bisschen spazieren gehen«, schlug er stattdessen vor.

»Na gut.« Mit einem entschlossenen Ausdruck im Gesicht wischte sie sich mit dem Handrücken die Tränenspuren von den Wangen. Scheu lächelte sie ihn an, dann drehte sie sich um und entfernte sich langsam. Ihre Hand strich übers Geländer. Sie war erst wenige Meter gegangen, als sie innehielt und auf ihn wartete.

Mit einem tiefen Seufzer starrte er ihr hinterher. Vielleicht war es gar nicht schlecht, sich abzulenken und wenigstens für ein paar Augenblicke den Mist um sich herum zu vergessen. Einerseits war er froh über die körperliche Distanz, andererseits nahm er den Verlust ihrer unmittelbaren Nähe beinahe schmerzlich wahr.

Was hatte sich das Schicksal bloß gedacht, dass sie ausgerechnet ihn über den Haufen gerannt hatte? Seit diesem Moment hatte sich seine Welt verdreht und nichts war mehr wie zuvor. Nicht genug, dass er und sie nicht zur selben Welt gehörten, sondern dass sie zu allem Überfluss diejenige war, an die die Existenz der Magie gebunden war. Dass ausgerechnet sie es war, die Luladjas Ritual herbeigerufen hatte, kam ihm wie ein grausamer Witz vor.

»Lass uns ein Eis essen.« Das Lächeln, das sie ihm in dem Augenblick zuwarf, in dem sie sich wieder zu ihm umdrehte, traf ihn mit unvermittelter Wucht und fegte seinen Kopf leer. Triumphierend hielt sie zwei Münzen in die Höhe. »Reicht zwar nur für je eine Kugel, aber das ist ja egal.«

»Was ist deine Lieblingssorte?«, fragte Ava, als sie vor der Auslage einer Eisdiele standen. »Ich mag am liebsten Cookie-Dough-Eis.« Mit dem Finger deutete sie auf eine der vielen Sorten.

»Zitrone«, antwortete Nikolaj prompt und sah sich neugierig die bunte Vielfalt an.

»Wie gut, dass meine Mutter die Angewohnheit hat, in allen Taschen Kleingeld für den Einkaufswagen zu lassen « Ava fischte die Münzen aus einer versteckten Seitentasche ihres Kleids.

»Was für ein Wagen?«

»Na, den Wagen, den man durch den Supermarkt schiebt, wenn man einkauft.«

»Ach so, du meinst einen nákupní vozík.«

»Nakupi-was?«

»Nákupní vozík«, sprach Nikolaj betont langsam und musste spontan über ihre Versuche lachen, das Wort richtig auszusprechen.

Selbst der Eisverkäufer stimmte in sein Lachen ein. Schmunzelnd drückte er ihnen die Waffeln mit dem Eis in die Hände. »Bei uns nennt man es carello!«, steuerte der mit einem sympathischen Zwinkern bei.

»Wo ist deine Mutter eigentlich?« Nikolaj leckte an seinem Zitroneneis und verzog dabei das Gesicht zu einer Grimasse, die Ava zum Lächeln brachte. Sie sollte öfter lächeln.

»In New York, dort arbeitet sie für eine große Werbeagentur. Und deine?«

»Meine ist gestorben, als ich noch klein war. Kurz nachdem mein Vater verschwunden ist.«

»Tschuldigung.«

»Schon okay, ich war erst ein paar Jahre alt. Seitdem wohn ich bei meiner teta und meinem Cousin Rado.«

»Deiner teta?«

»Ja, das heißt Tante auf Tschechisch.«

»Haben die Poutnik auch eine eigene Sprache? Ich habe mal gelesen, dass es den Roma verboten ist, die Sprache jemandem wie mir beizubringen. Ist das bei euch auch so?«

»Das kommt drauf an, wen du fragst«, meinte Nikolaj ausweichend, einerseits froh, dass sie nicht weiter nach seinem Vater fragte, andererseits fühlte er sich mit dem neuen Thema auch nicht wohl, trotzdem erklärte er: »Viele aus unserer Generation können es gar nicht mehr richtig sprechen, nur noch die, die es von Eltern oder Großeltern beigebracht bekommen. An den Schulen darf nur Tschechisch gesprochen werden.«

»Wo hast du denn dann so gut Deutsch sprechen gelernt?« Mit offenherziger Neugierde schaute sie ihn an. »Auf einer weiterführenden Schule?«

»Nein.« Nikolaj schnaubte abfällig.

»Warst du nicht gern in der Schule?«

»Nein, ich war auf einer Sonderschule.«

»Hä? Du kommst mir aber nicht —«

»— so vor, als hätte ich eine geistige Behinderung?«, unterbrach er. »Fast alle von uns landen auf einer Sonderschule. Denen ist egal, ob wir da hingehören oder nicht. In den normalen Schulen will man Leute wie uns nicht.«

»Aber … das heißt ja, dass ihr später kaum Chancen habt, eine Arbeit zu finden oder zu studieren. Das ist total diskriminierend.« Empört stemmte sie eine Hand in die Hüfte. »Wie kann es sein, dass der Staat das zulässt?«

»Weil das strukturell ist.« Verbittert starrte er zu Boden, um das Mitleid in ihren Augen nicht zu sehen. »Die Regierung nennt es jetzt Praktische Schule, geändert hat sich in Wahrheit trotzdem nichts.« Er wusste gar nicht, warum er ihr ausgerechnet davon erzählte. Es reichte schon, wenn er Tag für Tag die Ausgrenzung erfuhr, da musste er nicht auch noch drüber reden. Ein wenig Eis tropfte auf seine Finger. »Was ist eigentlich mit deinem Vater?«, fragte er, um von sich abzulenken. »Was macht der?«

»Tja, mein Vater ist auch verschwunden«, hörte er sie sagen. »Besser gesagt, er will nichts von mir wissen. Er hat meine Mutter sitzen lassen, als sie mit mir schwanger war.« Schulterzuckend sah sie Nikolaj in die Augen. »Egal, lass uns von was anderem reden.«

Schweigend liefen sie ein paar Meter nebeneinanderher. Großartig, das waren genau die Themen, die man unbedingt besprechen sollte, wenn man sich auf fröhlichere Gedanken bringen wollte. Krampfhaft überlegte Nikolaj, über was sie reden könnten. In solchen Dingen war er nie gut gewesen. Was wohl daran lag, dass er selten Eis essend in Begleitung von jungen Frauen durch die Stadt schlenderte. Genau genommen war das hier eine Premiere.

»Welche Musik hörst du?«, fragte Ava schließlich. Sie wickelte sich eine einzelne Haarsträhne um den Finger.

»Wird das jetzt ein Quiz?« Er bemühte sich, scherzhaft zu klingen so wie Darko oder sein Cousin Rado, die beide ständig mit Mädchen flirteten. Bei denen kam es immer so locker rüber.

»Ich versuch nur, dich besser kennenzulernen. Ich weiß so gut wie nichts von dir.« Ava legte den Kopf schief. Nachdenklich schaute sie ihn an, dabei wickelte sie die Strähne ab, die sich verspielt an ihrem Hals kringelte. Er widerstand dem Drang, sie zu berühren. Stattdessen betrachtete er das winzige Muttermal über ihrem linken Wangenknochen. Sie hob ihre Waffel über den Kopf und biss die Spitze ab. Als sie Nikolajs irritierten Blick sah, lachte sie fröhlich auf. Die kleinen goldenen Tupfer in ihren grünen Augen funkelten. Dieses Lächeln! Immer wenn sie ihm ein Lächeln schenkte, war es, als würde die Sonne aufgehen. Unwillkürlich verzogen sich auch seine Lippen. »Ist nur so ein Tick von mir. Also ich persönlich mag eigentlich alles. Wahrscheinlich ist es einfacher auszuschließen, was ich nicht mag. Punk, Gangster-Rap … O ja und deutschen Schlager, den find ich schauderhaft!« Sie schnitt eine Grimasse. »Und du? Was magst du nicht?«

»Schwer zu sagen … ich glaub, Schlager mag ich auch nicht.«

»Wieder was gemeinsam.« Sie stupste ihn in die Seite und lächelte. »Schon mal überlegt, selbst was mit Musik zu machen? Also, ähm, beruflich«, sie stockte. »Oh, verdammt, sorry, ich hab ganz vergessen, … aber … du bist … Musiker, oder?«

»Manchmal«, sagte er langsam. »Wenn man mich nicht vom Platz jagt.«

»Was arbeitest du sonst?«

»Jeden Scheißjob, den ich bekommen kann. Ich kann nicht wählerisch sein. Zuletzt war ich Abwäscher in einer Hotelküche.«

»Und wenn du wählerisch sein könntest?«

»Zugegeben«, sagte er leise, »es wäre ein Traum für mich, ans konzervatoř für Musik zu gehen.«

»Und warum versuchst du es nicht einfach? Das, was ich damals von dir gehört habe, war echt gut.«

»Weil ich dafür, abgesehen von Geld, einen Schulabschluss auf höherem Niveau brauch.«

»Oh«, machte Ava betreten. Sie hielt ihn am Arm fest, was ihn zwang, stehen zu bleiben. »Ich wollte dich nicht … O Mann. Es tut mir leid, wirklich.«

Nikolaj seufzte resigniert. »Vergiss es einfach.« Er steckte seine freie Hand in die Hosentasche, wo er sie zur Faust ballte. Es war nicht ihre Schuld, dass sie nichts von seiner Lebensrealität wusste. »Lass uns von was anderem reden«, meinte er jetzt.

»Okay. Aber jetzt bist du dran.« Rückwärtsgehend verputzte sie den Rest ihrer Waffel, von unten nach oben. »Frag mich irgendwas. Egal was.«

»Pass lieber auf!«, rief er ihr zu, als sie fast einen Passanten über den Haufen rannte. »Fremde umzurennen … dafür hast du wirklich Talent, oder?« Unwillkürlich musste er lächeln.

»Scheint so«, meinte Ava grinsend. Ihre Augen blitzten ihn unvermutet fröhlich an. »Vielleicht hätte ich mich erkundigen sollen, ob es dafür einen Studiengang gibt. War das deine Frage?«

»Hmm.« Nikolaj tat, als müsste er überlegen. Er war ihr dankbar, dass sie so schnell das Thema wechselte. »Ja.« Er zwinkerte ihr zu und bemühte sich, nicht zu lachen, als sie ihm einen gespielt empörten Blick zuwarf. Langsam fand er Spaß an dem Frage-Antwort-Spiel.

»Hey, du spielst unfair! Überleg dir eine anständige Frage.« Das Geländer war irgendwann in eine niedrige Mauer übergegangen, auf die sie sich nun setzte und ihn erwartungsvoll anschaute.

Links von ihr führten breite Stufen bis fast ans Ufer des Flusses hinab, auf denen trotz der frischen Brise überraschend viele Menschen in kleinen Gruppen oder paarweise saßen und den Ausblick genossen.

Die untergehende Herbstsonne tauchte die Umgebung in ein warmes rotgelbes Licht und blendete ihn ein wenig, als er seinen Blick über den Fluss schweifen ließ, wo ein Container-Schiff langsam seine Bahn zog und das Wasser mit einem klatschenden Geräusch gegen das steinerne Ufer schlagen ließ.

»Das ist einer meiner Lieblingsplätze.« Ava bedeutete ihm, sich neben sie zu setzen. »Hier bin ich gern zwischen den Vorlesungen.«

»Was studierst du?«

»Marketing und Internationales.«

»Magst du das?«

»Ich weiß nicht. Glaub schon. Aber ich überlege, ob ich noch Grafikdesign dazu nehmen soll.«

Gegenüber von ihnen sah er ein junges Pärchen auf den Stufen sitzen, das sich mit dem Rücken gegen die Mauer gelehnt hatte. Die beiden waren so beschäftigt miteinander, dass sie von der Umgebung nichts wahrzunehmen schienen. Nikolaj spürte ein sehnsüchtiges Ziehen in seinem Bauch, während er die beiden beobachtete, wie sie Küsse und innige Blicke tauschten. Erstaunt stellte er fest, dass er neidisch war. Nicht auf den Mann, sondern darauf, was diese beiden miteinander hatten. Er riss den Blick los und ließ sich neben Ava auf dem Mäuerchen nieder, achtete aber darauf, ein paar Zentimeter Raum zwischen ihnen zu lassen.

»Die beiden sollten auf ihre Rucksäcke aufpassen«, meinte Ava, nachdem sie seinem Blick gefolgt war. »Süß die zwei, oder?«, fragte sie leise, als der Mann seiner Partnerin eine Strähne aus dem Gesicht strich und sie entrückt ansah.

Täuschte er sich oder lag in ihrer Stimme dieselbe Sehnsucht, die auch er fühlte? Oder bildete er sich das nur ein? Seufzend schloss er die Augen und versuchte das Bild zu verdrängen, das in ihm aufstieg. Es war richtig von ihm gewesen, die Sache zu beenden, bevor sie angefangen hatte. Aber warum war es dann so verdammt schwierig? Warum dachte er ständig an sie, selbst jetzt noch?

Die Strahlen der tief stehenden Sonne wärmten seinen Rücken, Musik drang an sein Ohr. Er drehte den Kopf in die Richtung, aus der die Töne kamen. So wie er es zu beurteilen vermochte, handelte es sich um einen Mash-up. Wenn er die Sprachen richtig erkannte, waren es spanische und deutsche Songs, die sich stimmig abwechselten und aufeinander aufbauten. Die beiden Stimmen, eine männliche und eine weibliche, hatten eine wunderschöne Harmonie zusammen. Interessiert öffnete Nikolaj die Augen und suchte den Boulevard nach den Musikern ab, bis er sie in der Nähe einer Terrasse ausmachte.

»Du schuldest mir noch eine Frage«, erinnerte ihn Ava.

»Willst du tanzen?« Spontan hatte Nikolaj einen Entschluss gefasst und war aufgesprungen.

»Äh … damit hätte ich jetzt nicht gerechnet.«

»Komm schon!«, forderte er sie auf und streckte ihr die Hand hin.

»Ich kann doch gar nicht tanzen«, murmelte Ava und schaute ihn dermaßen hilflos an, dass er lachen musste.

»Das sah in dem Club damals anders aus«, neckte er sie. Das Bedürfnis, sie zum Lächeln zu bringen, war neu für ihn. Und schön. Er machte eine knappe Bewegung mit der Hand, forderte sie auf mitzukommen.

»Sag bloß, du hattest mich beobachtet. Wo warst du da? Dich habe ich erst gesehen, als ich oben in der Bar was getrunken und nach unten geschaut hatte.«

»Ich war kurz nach euch da. Als ich die Treppe runtergekommen bin, hab ich dich fast sofort gesehen und gedacht …«, stammelnd brach er mitten im Satz ab. Nein, er würde ihr bestimmt nicht sagen, dass er mit Darko dort verabredet war, weil er sie und ihre Freundinnen nach dem Zusammenstoß verfolgt hatte. Unter ihrem neugierigen Blick lief er rot an. »Komm, ich führe auch! Du wolltest dich doch ablenken und Musik und Tanz ist der beste Weg dazu. Bei mir hilft es immer.«

»Na gut.« Nach einem letzten Zögern nahm sie seine Hand und ließ sich von ihm hochziehen. »Beschwer dich aber nicht, wenn ich deine Füße platt trample.«

Seine Finger schlossen sich behutsam um ihre, dann zog er sie schon hinter sich her. Er ließ sie auch dann nicht los, als sie schließlich vor der zweiköpfigen Band standen, um die sich bereits eine kleine Menschenansammlung gebildet hatte. Bevor sie es sich anders überlegte, hatte Nikolaj sie auf die kleine freie Fläche vor den Musikern geschoben. Dann nahm er ihre andere Hand. Für eine Sekunde schloss er bewusst die Augen, um sich auf den Takt zu konzentrieren. Mit einer Drehbewegung wirbelte er sie von sich weg und zog sie wieder zu sich heran. Sehr zum Vergnügen des Publikums, das diese Bewegung mit lauten, fröhlichen Rufen quittierte. Von dem männlichen Sänger fing er einen anerkennenden Blick auf, der seiner Kollegin ein Zeichen gab und eine schnellere spanische Nummer auf seiner Gitarre anstimmte und im Takt auf das Holz klopfte.

»Wo hast du denn so gut tanzen gelernt?«, fragte Ava etwas atemlos und versuchte sich die Haare, die sich aus dem Zopf gelöst hatten, hinter die Ohren zu streichen, mit dem Ergebnis, dass sie ihr bei der nächsten wirbelnden Bewegung wieder ins Gesicht hingen.

»Bei uns gibt es viele Hochzeiten und Feiern, da wird immer ständig getanzt.« Erneut wirbelte er sie herum. »Da lernt man es zwangsläufig.« Er lächelte bei dem Gedanken daran, wie sich seine Tante Nada abwechselnd Rado oder ihn geschnappt hatte, ohne sich dabei um ihre Proteste zu scheren. Später hatte er meistens mit Lyalya getanzt, weil es von den beiden erwartet wurde. Ab und zu auch mit der ein oder anderen entfernt verwandten Cousine oder einer ihrer Freundinnen. Hin und wieder hatten er und Lyalya sich geküsst, aber weder mit ihr oder einer anderen hatte es je etwas so Intimes wie mit Ava gegeben. »Dafür, dass du es nicht kannst, machst du es richtig gut!« Der intensive Augenkontakt nach der nächsten Drehung ließ sein Herz einen Schlag aussetzen.

»Das liegt wohl eher daran, dass du so gut führst.«

Als das Musikstück endete, schaute Nikolaj zu den beiden Musikern. Beide Sänger beobachteten Ava und ihn mit einem leisen Lächeln. Der Gitarrist zwinkerte Nikolaj zu. Dann setzten sie erneut an, spielten jetzt aber ein ruhigeres Stück.

Nikolajs Augen suchten ihren Blick, fragten stumm um Erlaubnis, und als sie langsam nickte, legten sich seine Arme um sie und er zog sie zu sich heran. Automatisch schlangen sich ihre um seinen Hals. Dabei streiften ihre verschränkten Finger seinen Nacken. Diese zarte Berührung ließ ihn schaudern und seinen Atem für einen Moment stocken. Ihre Haare rochen nach Mandel-Shampoo und Sonne. Ihr Körper schmiegte sich an seinen, als wäre er für ihn geschaffen. Ava war gut einen halben Kopf kleiner als er, daher musste sie zu ihm aufschauen. Ihre Wangen waren vom Tanzen gerötet, die Haare hatten sich aus ihrem Zopf gelöst und waren völlig zerzaust. Selbstvergessen strich er mit den Fingern sanft die Strähnen aus ihrem Gesicht. Dabei berührten sie die zarte Haut über ihren Wangenknochen und gruben sich in ihr Haar am Hinterkopf. Die andere Hand glitt wie von selbst über ihren Rücken bis zur Taille, wo sie auf ihrer Hüfte zum Liegen kam. Ihre unvermittelte Nähe ließ seinen Puls rasen. Eine Woge verzweifelter Sehnsucht traf ihn mit voller Wucht und raubte ihm den Atem. In diesem Augenblick schien die Erde aufzuhören, sich um die Sonne zu drehen, und alle Geräusche traten in den Hintergrund. Es gab nur noch sie beide. Am Rande seines Bewusstseins registrierte er, dass sie nicht länger tanzten, sondern reglos dastanden. Im Blick des anderen gefangen. Ein paar der anderen Passanten hatten sich ihnen angeschlossen und tanzten nun ebenfalls, sodass sie nicht länger den Mittelpunkt des Geschehens bildeten.

Die Luft zwischen ihnen heizte sich auf und seine Haut prickelte überall dort, wo sich seine mit ihrer berührte. Langsam schob sie sich näher an ihn heran, kaum merklich. Ihre Finger vergruben sich in seinen Haaren am Hinterkopf. Beide atmeten so schwer, als würden sie auf dem Mount Everest stehen, wo die Luft so dünn war, dass das Luftholen schmerzhaft war. Stromschläge pulsierten durch seinen ganzen Körper. Seine Hände zuckten krampfhaft und er konnte kaum klar denken.

»Was machst du nur mit mir?«, brachte er mit erstickter Stimme hervor. Er seufzte tief. Und dann zog er sie an sich, presste ihren Körper gegen seinen. Langsam senkte Nikolaj den Kopf und näherte sich Avas Lippen.

Im nächsten Moment spürte er sich an den Schultern gepackt und von ihr fortgerissen. Heißer Schmerz schoss seinen linken Arm hinauf, als ihm dieser auf den Rücken gedreht wurde. Einen Atemzug lang nahm er seine Umgebung nur undeutlich wahr. Er hörte Ava erschrocken aufschreien. Ein gedrungener blauer Schemen schob sich in sein Blickfeld, der sich kurz darauf als Polizist entpuppte.

»Alles in Ordnung?«, fragte dieser an Ava gewandt. »Da haben Sie noch mal Glück gehabt. Wir haben die Information erhalten, dass sich hier ein Taschendieb rumtreibt. Die versuchen es wirklich mit allen Tricks.« Verächtlich musterte er Nikolaj. »Sie sollten auf Ihren Umgang achten.«

Das war so typisch, dass man ihn verdächtigte. »Ich habe nichts gemacht!« In seiner Aufregung verschlimmerte sich sein Akzent. Der Mann, der ihn festhielt, verstärkte seinen Griff, während der zweite demonstrativ nach seinem Gummiknüppel griff. Mit zusammengekniffenen Augen musterte ihn der Polizist, der mit Ava gesprochen hatte.

Wütend biss er sich die Lippen blutig und hörte auf, gegen den Mann anzukämpfen. Seine Situation würde sich ansonsten nur verschlimmern, die beiden schienen regelrecht darauf zu lauern, dass er eine falsche Bewegung machte oder ein falsches Wort sagte. Sie warteten auf eine Gelegenheit, ihre Übermacht zu demonstrieren. Den Gefallen würde er ihnen bestimmt nicht tun. Stattdessen konzentrierte er sich auf Avas Gesicht, das kreidebleich geworden war. Ihre Augen funkelten zornig.

»Was soll das?«, fragte sie laut. »Er hat nichts gemacht. Wir waren die ganze Zeit zusammen und haben getanzt. Sie können die Band fragen oder die Zuschauer.«

»Junge Dame, sagen Sie uns nicht, wie wir unsere Arbeit machen sollen!«, herrschte sie der Polizist an, der Nikolaj nach wie vor eisern festhielt. »Wir haben den begründeten Verdacht, dass er der Dieb ist. Uns wurde ein junger Mann mit südländisch-orientalischem Aussehen gemeldet und der da passt ins Profil.«

»Und deswegen unterstellen Sie ihm einfach generell, ein Taschendieb zu sein?«, fragte Ava fassungslos. »Einfach, weil er so aussehen könnte? Haben Sie nicht gehört, dass ich gesagt habe, dass er es nicht sein kann, weil *wir* die ganze Zeit zusammen waren?«

»Volk wie der neigt eben zu Straftaten!«, meinte der Polizist hämisch. Unverhohlene Vorfreude stand in seinen Augen und er ließ den Gummiknüppel mehrmals in seine Hand klatschen.

»Ist okay, Ava«, sagte Nikolaj niedergeschlagen. Für sie musste die Situation neu sein. Er hingegen hatte sie bestimmt mehrere Dutzend Male erlebt. Langsam hatte er das Gefühl, sein Arm würde absterben. Sein Mund war wie ausgedörrt. Es war nicht nur der Schmerz, der ihm die Tränen in die Augen trieb.

»Ist es nicht!«, rief sie aufgebracht.

»In Ordnung«, meinte der Polizist und ließ Nikolaj so unvermittelt los, dass er nach vorn taumelte. »Dann zeig uns mal deinen Ausweis!«

»Ich … ich …«, stammelte Nikolaj. Seine Deutschkenntnisse waren auf mysteriöse Weise verschwunden.

»Dachte ich mir«, meinte der Polizist, der ihn angesprochen hatte. »Nun, dann werden wir dich mal mitnehmen.« Lässig wedelte er mit einem Paar Handschellen in der Luft.

»Hol Darko!«, stieß Nikolaj hervor. Dann klickten schon die Handschellen und er spürte das kalte Metall auf seiner Haut.

KAPITEL 23

»Das ist nicht euer Ernst!« Am liebsten würde sie dem Polizisten hinter dem Empfangstresen ins Gesicht springen. »Nikolaj hat überhaupt nichts getan! Gut, er kann sich nicht ausweisen, aber das ist doch keine Straftat! Es schleppt doch nicht jeder seinen Ausweis mit sich herum. Und was den Wohnort betrifft ... vorübergehend wohnt er bei mir.«

»Ihrem Freund wird Taschendiebstahl in mehreren Fällen vorgeworfen *und* er kann sich nicht ausweisen«, sagte der Polizist stoisch. »Die Vorwürfe berechtigen uns, ihn in Gewahrsam zu nehmen und weitere erkennungsdienstliche Maßnahmen durchzuführen. Wenn die Behörden in Tschechien seine Angaben bestätigen und ihm nichts zur Last gelegt wird, darf er gehen. Könnte allerdings sein, dass heute niemand mehr erreichbar ist und dann bleibt er über Nacht hier.«

»Wie oft soll ich noch sagen, dass er die ganze Zeit mit mir zusammen war? Wir waren spazieren, haben uns die Band angehört ... und ...« Vor lauter Aufregung verhaspelte sich Ava. Wütend ballte sie die Hände so fest zusammen, dass sich ihre Fingernägel schmerzhaft ins Fleisch bohrten. Das konnte doch nicht wahr sein! »Er hat niemanden bestohlen!«

»Jaja, das hatten Sie bereits mehrmals erwähnt. Trotzdem haben mehrere Zeugen ausgesagt, dass jemand mit südländisch-orientalischem Aussehen –«

»Aber aufgrund seines Aussehens kann man doch nicht jemanden unter Generalverdacht stellen.« Fassungslos schüttelte Ava den Kopf.

»So ist das halt. Leute mit seinem Erscheinungsbild –«

»Das ist lächerlich! Außer einer Ordnungswidrigkeit kann man ihm nichts zur Last legen! Er ist Tscheche. Ein EU-Bürger wie ich und ich kann mich gerade auch nicht ausweisen. Und was die Zeugen angeht … Dann will ich auch eine offizielle Zeugenaussage machen. JETZT.«

»Dann warten Sie gefälligst draußen, bis man Sie holt! Allerdings kann das dauern.« Der Polizist lächelte selbstgefällig. Bemessen an seinem Gesichtsausdruck würde sie verdammt lang warten.

»Na gut«, meinte Ava, sie würde sich nicht abschrecken lassen. »Ich kann warten.«

Die ersten Bedenken, ob eine Zeugenaussage eine gute Idee wäre, kamen ihr in dem Moment, sobald sie sich auf einen der ungemütlichen Stühle im Wartebereich gesetzt hatte. Sie hatte dem Polizisten gegenüber behauptet, Nikolaj würde vorübergehend bei ihr wohnen. Was, wenn man auf die Idee käme, ihre Wohnung nach angeblichem Diebesgut zu durchsuchen. Fuck!

Stöhnend vergrub sie ihr Gesicht in den Händen. Ihr eigenes Dilemma hatte sie bis eben erfolgreich verdrängt. Selbst, wenn Darko die Leiche vorher entsorgt hätte, könnte man bestimmt immer noch Spuren feststellen, oder? Was, wenn man sie wegen der Taschendiebstahl-Geschichte als Komplizin verdächtigen und sie deswegen genauer unter die Lupe nehmen und das zu dem Toten führen würde?

Mit Grauen sah sie vor ihrem inneren Auge, wie die Polizei die Leiche fand, auf der ihre Fingerabdrücke waren. Das wären doch ihre eigenen? Wenn Darko mit seiner These richtig lag, hatte zwar ihr Schatten-Ich den Mann getötet, aber Ava bezweifelte, dass sich körperliche Eigenschaften veränderten. Für die Polizei würde es so aussehen, als wäre sie die Täterin. Was sie nicht war! Oder irgendwie schon?

Immerhin hatte sie keine Kontrolle darüber, was die andere Ava trieb. Sie hatte ja noch nicht mal Erinnerungen, was in diesem Zeitraum passierte. Auweia, wenn sie das erzählte, würde man sie bestimmt in die Geschlossene stecken und nie wieder rauslassen.

Getrieben von innerer Rastlosigkeit, die mit jedem Moment, jedem Gedanken schlimmer wurde, sprang Ava auf und tigerte den Flur auf und ab. Verschiedenste Szenarien spielten sich in ihrem Kopf ab. Sie sah sich schon in Zwangsjacke eingewickelt. Oder in einer Gefängniszelle. Beide Vorstellungen machten sie fahrig.

Um den neugierigen Blicken der übrigen Wartenden zu entgehen, die sie aufmerksam verfolgten, schloss sie sich in der kleinen Besuchertoilette ein.

Mit einem leisen *Pling* erwachte die Neonröhre flackernd zum Leben. Ein winziger, enger Raum mit einem noch winzigeren Waschbecken, einem fleckigen Spiegel und der üblich weißen Kloschüssel wurde in grellweißes Licht getaucht. Die Luft roch unangenehm nach abgestandenem Urin. Aber hier war sie wenigstens allein.

Schwer atmend lehnte sie sich gegen die Tür und bemühte sich, ihre flatternden Nerven zu beruhigen.

»Ich muss weg«, murmelte Ava vor sich hin. Langsam glitt sie an der Tür zu Boden. »*Wir* müssen hier weg!«

Aber wie sollte sie das anstellen? Wie könnte sie Nikolaj aus dem Verhörraum schaffen? Sie wusste nicht einmal, wo der war. Sollte sie nach Hause laufen und Darko holen? War es draußen schon dunkel genug? Und wenn ja, wäre er vielleicht schon unterwegs, um die … die – Ava schüttelte sich –, die Leiche verschwinden zu lassen. Verdammt, warum hatte sie ihr Handy zu Hause liegen lassen. Dann könnte sie ihn wenigstens anrufen.

All die aufgestauten Gefühle, die sie in den letzten Stunden unterdrückt hatte, kamen mit einem Mal hoch. Unwillkürlich hielt sie sich die Ohren zu. Gerade so, als könnte sie sich auf diese Weise vor den Gedanken und Bildern abschirmen, die wie eine Flutwelle über sie hereinbrachen. Für einen Moment bekam sie keine Luft mehr. Es war, als würden Wassermassen sie zu Boden drücken und die Atemluft aus ihren Lungen pressen. Etwas Warmes, Feuchtes lief ihr die Nase hinunter. Mit zitternder Hand wischte sie sich übers Gesicht.

»Beruhig dich.« Sie presste sich die Fäuste gegen die Stirn. »Denk nach!«

Bewusst schloss sie ihre Lider und konzentrierte sich auf ihren Atem. Ein und aus, ein und aus. Währenddessen triefte es immer weiter aus ihrer Nase, egal wie oft sie diese hochzog. In Ermangelung eines Taschentuchs wischte sie mit der Hand über die Stelle. »Verdammt!« Fluchend starrte sie auf das Blut an ihren Fingern. Hastig stand sie auf und trat ans Waschbecken, um sich die Hände zu waschen. Beim Anblick ihres Spiegelbilds hielt sie erstarrt inne.

Ihr eigenes blutverschmiertes Gesicht starrte ihr erschrocken aus dem fleckigen Spiegel über dem Waschbecken entgegen. »Schau nicht so scheinheilig!«, fauchte sie ihr Spiegelbild an. »Der ganze Scheiß ist deine Schuld!«

Hatte sie wirklich eine Reaktion von ihrem Gegenüber erwartet? Lediglich ihre Augen funkelten sie wütend an. Immerhin hatte der Ausbruch geholfen, ihre Gedanken etwas zu klären. Nachdenklich wusch sie sich ihre Hände und spritzte sich Wasser ins Gesicht, um das Blut wegzuwischen.

»Noch hast du keine Aussage gemacht«, überlegte sie halblaut. In dem kleinen gefliesten Raum hatte ihre Stimme einen hohlen Klang. Der hallende Unterton ließ sie schaudern. Sie musste zusehen, dass sie von hier wegkam.

Wenn das Ganze nur sie allein betreffen würde, wäre das kein Problem. Sie konnte einfach diese Tür aufsperren und gehen, ohne dass sie jemand aufhalten würde. Die Polizei wusste weder wer sie war noch wo sie wohnte und sie bezweifelte stark, dass Nikolaj denen irgendetwas verraten würde. Ein Leichtes zu verschwinden. Aber das konnte sie Nikolaj nicht antun. Sie konnte ihn nicht einfach zurücklassen. Wie könnte sie ihn allein lassen? Der Ausdruck in seinen Augen, als sie ihn mitgenommen hatten, hatte ihr einen Stich ins Herz versetzt. Außerdem hatte Ava das Gefühl, an seiner Misere mitschuldig zu sein. Hätte sie nicht drum gebeten, von ihrem eigenen Mist abgelenkt zu werden ... dann wären sie beide sicherlich in ihre Wohnung zurückgekehrt und es wäre gar nicht erst zu diesem Schlamassel gekommen.

Wenn sie bloß Darkos Fähigkeiten hätte, in die Köpfe der Menschen einzudringen, um deren Gedanken zu manipulieren. Als Vampir würde sie sie beide ohne Problem rausbekommen.

Grummelnd wischte sich Ava das frische Blut aus dem Gesicht, das wie ein stetes Rinnsal aus der Nase floss. Darko war nicht hier, um ihnen zu helfen. Seufzend wandte sie sich vom Spiegel ab und zupfte ein paar Papierhandtücher aus dem Spender. Eine kaum wahrnehmbare Bewegung am äußersten Rand ihres Blickfelds lenkte ihre Aufmerksamkeit ruckartig zurück. Hatte sie sich geirrt und sich das Heben ihrer Augenbrauen eingebildet? Vorsichtig neigte sie ihren Kopf zur Seite. Ihr Spiegelbild tat es ihr nach und verzog die Lippen zu einem breiten Grinsen. Mit einem lauten Schrei zuckte sie zurück und spürte die kalte Wand in ihrem Rücken. Ihr Puls beschleunigte wie die Drehzahl eines Autos, das auf die Autobahn fuhr. Gefühlt von null auf hundert.

»Alles in Ordnung da drin?«

Shit! Jemand musste sie schreien gehört haben.

»Jaaa, es ist nur … ich hab meine Periode«, gab sie mit gepresster Stimme zurück. »Und ich hab kein Tampon!«

Fuck! Sie wollte nicht den Eindruck erwecken, sich hier zu verstecken. Unwillkürlich hielt sie ihren Atem an und lauschte. Doch das Einzige, was sie hörte, war das Rauschen in ihren Ohren. Vor der Tür blieb alles ruhig. Der Mann, der nachgefragt hatte, war gegangen.

Mit bebenden Knien und wild schlagendem Herz schlich sie sich an den Spiegel heran. Ihr Spiegelbild tat es ihr nach. Zögernd stupste sie die Oberfläche mit dem Finger an, darauf gefasst, sofort die Flucht zu ergreifen. Nichts passierte. Kein Grinsen, keine falsche Bewegung. Pure Erleichterung strömte auf sie ein.

Eine Idee – eine vielleicht wahnwitzige – keimte in ihr auf und bildete seltsame Triebe. Hatte Darko nicht gemeint, ihr Alter Ego sei ein Vampir? Sollte sie dann nicht dieselben Manipulationsfähigkeiten haben? Und wenn ja, könnte sie darauf zugreifen? Denn allem Anschein nach konnte ihr Schatten-Ich das umgekehrt. Etwas beklommen erinnerte sie sich daran, wie sie hinter dem Steuer vom Auto ihrer Nachbarin wach geworden war. Mehrere Kilometer von zu Hause weg, ohne einen Unfall zu verursachen. Warum also sollte sie nicht dieselben Optionen haben? Hatte sie eine andere Möglichkeit, als es zu versuchen?

»Hallo«, sagte Ava zu sich selbst und kam sich irrsinnig blöd dabei vor. Was Besseres fiel ihr nicht ein?

Angestrengt starrte sie in den Spiegel. Ihre Nase blutete noch ein wenig nach. Automatisch wischte sie das Blut mit der Hand weg.

Bildete sie es sich ein oder hatte ihr Spiegelbild die Augenbrauen hochgezogen und schaute sie spöttisch an? Oder war es nur sie selbst, die sich mit einem skeptischen Blick bedachte? Beklommen betrachtete sie ihr zweites Ich. Achtete auf jede Bewegung und Veränderungen in der Mimik. »Wenn du nicht in den Knast oder in der Geschlossenen landen willst, zähl ich auf deine Hilfe.« Ihr Mund fühlte sich trocken an. »Das betrifft uns beide!«

Sie legte die Handfläche auf den Spiegel neben ihr Gesicht. Dabei verschmierte sie versehentlich etwas Blut. Wie zur Antwort vermeinte sie, ein leises Echo in ihren Gedanken zu hören.

»Dann los«, sprach sie sich Mut zu. Mit bebenden Fingern drehte sie den Schlüssel herum und drückte die Klinke nach unten. Vorsichtig spähte Ava in den Flur. Hinter der gesicherten Tür am Ende lagen sicher die Verhörräume.

Hinter einer Gruppe junger Polizisten, die sich über ein Fußballspiel unterhielten, huschte sie durch die Glastür. Gerade rechtzeitig, bevor sich diese summend wieder schloss. Schnell quetschte sie sich in dem Raum zwischen Feuerlöscher und Spind. Die Polizisten waren jedoch derart in ihr Gespräch vertieft, dass sie Ava nicht bemerkt hatten. Erleichtert spähte sie um die Ecke und wartete, bis die Männer in einem Büro verschwanden.

Jetzt musste sie nur noch rausfinden, wo sie Nikolaj hingebracht hatten. Er war bestimmt irgendwo hier. Nervös zupfte sie abwechselnd an den Anhängern ihres Armbands.

Während sie darüber nachdachte, was sie sagen sollte, wenn man sie entdeckte, schlich Ava zur ersten Tür. Verschlossen. Schnell sah sie sich um, dann legte sie ihr Ohr gegen das Holz und lauschte. Nichts. Auf Zehenspitzen bewegte sie sich zur gegenüberliegenden, in der Hoffnung seine Stimme zu hören.

Bei der dritten hatte sie Glück. Unverkennbar Nikolajs warme, samtene Stimme mit seinem für ihn charakteristischen weichen Akzent und dem rollenden R. Vorsichtig lugte sie durch den schmalen Türspalt. Ihr Herz machte einen unangenehmen Hüpfer, als sie Nikolajs Gestalt ausmachte. Mit vor der Brust verschränkten Armen starrte er auf irgendwas am Boden. Seine schwarz-blonden Haarsträhnen verbargen sein Gesicht, sodass sie den Ausdruck darauf nicht lesen konnte. Noch während sie ihren Mut zusammenkratzte, wurde die Tür ganz aufgerissen und der Polizist, der ihn festgenommen hatte, prallte mit ihr zusammen. »Was machen Sie denn hier?«, fragte dieser perplex. Seine brummige Stimme passte perfekt zu seinem Äußeren. Ein Bär von Mann, die stark behaarten Arme vor der Brust verschränkt, warf er ihr einen nachsichtigen Blick zu. »Moment mal, Sie waren doch das Mädel, das der Taschendieb angetänzelt hatte! Wenn Sie eine Aussage machen wollen, müssen Sie noch etwas warten. Wir sind hier noch nicht fertig.«

»Doch, Sie sind jetzt fertig!«, hörte sich Ava selbst sagen und fixierte seinen Blick. Ihr ganzer Fokus lag auf seinen grauen Augen, genauso wie sie es bei Darko beobachtet hatte. Ihre Stimme klang fremd in ihren Ohren. Hart und kristallklar. »Nikolaj und ich können jetzt beide gehen.« Es war, als hätte sich die Wirklichkeit ein winziges Stück verschoben. Sie hatte das Gefühl, leicht neben sich zu stehen und sich selbst zu beobachten. »Es ist alles in Ordnung und es besteht kein Grund, ihn weiter festzuhalten«, fügte sie noch hinzu.

»Ja, natürlich«, meinte der Mann achselzuckend. »Es besteht kein Grund, ihn weiter festzuhalten«, wiederholte er ihre Worte. »Er kann gehen.«

»Meine Daten und Aussage haben Sie ebenfalls«, suggerierte Ava weiter.

Belämmert nickte der Polizist und trat zur Seite, sodass der Blick auf den ganzen Raum freigegeben wurde. »Ja, Ihre Daten und Aussage liegen vor.« Er wirkte wie eine aufgezogene Spielfigur.

Es funktioniert, jubelte Ava innerlich. Trotzdem zögerte sie einen Moment lang, bevor sie versuchte, Nikolaj auf sich aufmerksam zu machen. Er schien gar nicht mitbekommen zu haben, was soeben passiert war.

»Nikolaj«, rief sie und wedelte mit der Hand. »Komm!« Diese kleine Bewegung fühlte sich eigenartig an. Wie fremdgesteuert. Oder als würde ihr Gehirn einen Umweg nehmen müssen, um den Muskeln den Befehl zur Aktion zu geben.

Mit einem überraschten Ausdruck im Gesicht sah er auf. Unverwandt wanderte sein Blick von ihr zu dem Polizisten, der ihnen die Tür aufhielt.

Nikolajs Miene blieb starr, während sich sein Blick noch weiter verdüsterte, wenn das überhaupt möglich war.

Aufmunternd lächelte sie ihn an. War er nicht froh, sie zu sehen?

Nur langsam stand er auf und trat zu ihr in den Gang. Nach einem letzten schweigsamen Blick auf den Polizisten ging er den Flur hinunter, ohne auf sie zu achten.

Nachdenklich betrachtete sie seine schmale Gestalt und wie seine Hand mehrmals auf den Türöffner schlug, weil es ihm zu langsam ging. Leise summend öffnete sich die gläserne Front vor ihnen und entließ sie in den kalten Wartebereich. Bevor es sich der Polizist doch noch überlegen konnte, folgte Ava Nikolaj so schnell wie möglich ins Freie. Die Sonne war mittlerweile untergegangen. Das satte Türkisblau, in dem der Himmel vorhin geleuchtet hatte, war nun zu einem Nachtblau verdunkelt. Mit den frühen Abendstunden kam die kalte Herbstluft. Doch es lag nicht nur daran, dass Ava schaudernd die Arme um sich schlang. Denn in dem Fenster eines Autos, das vor dem Eingang parkte, erkannte sie ihr Spiegelbild, das sie spöttisch anzugrinsen schien. Schnell wandte sie sich ab. Die Worte an Nikolaj blieben ihr regelrecht im Hals stecken. Er hatte die Hände in den Hosentaschen vergraben und starrte sie mit undurchdringlicher Miene an. Eine dumpfe, greifbare Anspannung ging von seiner gesamten Haltung aus. »Hey, bist du okay?« Als sie auf ihn zutrat, stellte sie fest, dass seine Arme mit Gänsehaut überzogen waren und er leicht zitterte. Ob vor Kälte, vermochte Ava nicht zu sagen. »Lass uns heimgehen«, sagte sie leise, als er ihr keine Antwort gab, sondern sie lediglich düster und misstrauisch musterte.

Da war er wieder, dieser abweisende Nikolaj, dachte sie, nachdem sie sich schweigend auf den Weg gemacht hatten. Aus dem Augenwinkel heraus bemerkte sie, wie er sie immer wieder von der Seite musterte. Mit genau jenem düsteren Ausdruck, mit dem sie ihn kennengelernt hatte. Fingen sie etwa wieder bei null an? Sie hatte gedacht, dass sie das endlich hinter sich gelassen hätten.

Vorhin hatte sie einen Blick auf einen lockeren, unbeschwerten Nikolaj werfen können, in dessen Gegenwart sie all das Bedrückende vergaß. Einem Nikolaj mit einem offenen fröhlichen Lachen, das sein Gesicht zum Leuchten brachte. Vor allem in dem Moment, als sie beide miteinander tanzten. Da hatte sie sich ihm so nahe gefühlt, dass sie alles andere um sich herum vergessen hatte. Es hätte nicht mehr viel gefehlt und sie hätte sich an ihn verloren. An seine dunkelbraunen

Augen, die sie mit einer Wärme umfingen, die sie sich nie hätte vorstellen können. An seiner sanften Berührung, als er ihr die Haare aus dem Gesicht strich. Die bloße Erinnerung ließ ihr Herz aus dem Takt geraten. Gleichzeitig schien die Erinnerung weit in der Vergangenheit zurückzuliegen.

Wenn sie bloß wüsste, was in ihm vorging. Natürlich hatte sie nicht widerstehen können und versucht, in seinen Kopf einzudringen genau wie bei dem Polizisten vorhin. Allerdings war sie immer wieder an ihm abgeprallt. Als hätte er eine Schutzbarriere um seinen Geist.

Wenn sie wissen wollte, wie er sich fühlte oder was er dachte, musste sie ihn wohl oder übel fragen.

Sie seufzte. Im Moment fühlte sie sich zu gehemmt, um ihn anzusprechen. Die Mauer, die im Laufe des Tages eingerissen worden war, stand wieder bombensicher zwischen ihnen.

»Wo wart ihr denn? Ich wollte schon eine Vermisstenmeldung rausgeben.«

Der verlockende Duft nach frisch gekochtem Essen erinnerte Ava daran, dass sie außer der Kugel Eis nichts gegessen hatte. Wäre der Ernst der Lage nicht, hätte Ava über das Bild, das sich in ihrer kleinen Küche bot, schallend gelacht. So entlockte es ihr allenfalls ein müdes Lächeln.

Darko, der sich die Kochschürze ihrer Mutter umgebunden hatte, stand vor dem Herd und sah ihr mit vorwurfsvollem Blick entgegen. Hinter ihm eine Pfanne mit brutzelndem Inhalt. Ein Vampir, der Essen für alle kochte. In diesem Moment schien es nichts Gegensätzlicheres zu geben.

Nikolaj enthielt sich jeden Kommentars und verschwand wortlos ins Badezimmer. Das Geräusch der zuschlagenden Tür ließ Ava zusammenzucken.

»Was ist denn mit dem schon wieder los?«, wunderte sich Darko.

Ächzend ließ sich Ava am Küchentisch nieder und gab ihm eine Zusammenfassung der letzten Stunden. Nachdem sie geendet hatte, legte sie ihren Kopf auf die Arme und schloss die Augen. Sie war so müde.

»Du hast was getan?« Darkos entgeisterter Ausruf ließ sie zusammenfahren und zu ihm aufschauen. Beinahe hätte sie über seine

Gesichtsentgleisung gelacht. Er wirkte wie jemand, dem es unmöglich war, sich zu entscheiden, ob er sie vorzugsweise anbrüllen oder schütteln sollte. Der scharfe Geruch von angebranntem Essen stieg ihr in die Nase. Mit einem wilden Fluch wandte sich Darko der qualmenden Pfanne zu.

»Ich wusste gar nicht, dass du kochen kannst.« Ava versuchte, ihre Stimme darkolike klingen zu lassen. Locker-lässig mit einer ordentlichen Prise Sarkasmus.

»Haha«, antwortete Darko. »Ich bin halt ein Genussvampir.« Er warf einen Blick in die Pfanne und verzog den Mund. »Aber ich bezweifle, dass man das noch genießen kann.« Schwungvoll platzierte er die Pfanne in der Spüle und riss das Fenster auf. »Dann müsst ihr euch eben eine Pizza bestellen, während ich weg bin!« Er zog die Schürze aus und warf sie über einen der Küchenstühle.

»Was hast du vor?«

»Aufräumen, was dein Schatten-Ich hinterlassen hat. Was mich zurück zum Thema bringt.« Seine Miene war jetzt todernst. »Wie bitte kommst du auf die Idee, dich mit deinem Vampir-Ego zu verbinden? Erstens war das total unnötig, denn sie hätten Nikolaj nicht länger als zwölf Stunden festhalten können, ohne einen Richter dazu zu holen. Und schon gar nicht hätte die Polizei *deine* Wohnung deswegen durchsuchen dürfen, wofür sie übrigens einen Durchsuchungsbefehl benötigt hätten. Zweitens hat diese Aktion bestimmt Konsequenzen, von denen wir noch gar nichts ahnen. Scheiße verdammt! Warum hast du mich nicht einfach geholt?!«

Ava öffnete den Mund, um zu protestieren, doch er ließ sie gar nicht erst zu Wort kommen.

»Ich schwör's dir! Wenn ich zurück bin, kommst du mit uns nach Prag und wenn ich dich an den Haaren da hinschleifen muss. Dich kann man nicht allein lassen!«

»Das werde ich nicht!« Entrüstet sprang Ava vom Stuhl auf und funkelte ihn wütend an.

»Das ist nicht deine Entscheidung.« In seinen Augen blitzte es nicht minder gefährlich. In einem weitaus sanfteren Ton sprach er weiter. »Ava, wir müssen dein Vampir-Ich unter Kontrolle bekommen und nicht nur, um die Magie wiederherzustellen. Sondern vor allem um deinetwillen. Ich bin hier auf fremdem Territorium. Kein Vampir der

Welt würde mir helfen, wenn man mich dabei erwischt, wie ich dich von hier wegbringe. Und eins sag ich dir. Es gibt genügend unter uns, die dich für sich wollen und dich zu einer Entscheidung zwingen werden. Denen ist egal, was du willst. Sie würden nicht zögern, deinen Freunden etwas anzutun, und wenn sie sie finden, auch deiner Mutter. Sie würden nie damit aufhören, Menschen zu verletzen, die du liebst – bis du nachgeben würdest.« Er seufzte schwer. »Ich meine es ernst. Dich kann man nicht allein lassen, weil zu viele Böses wollen. Weil du zu wichtig bist für uns alle.«

»Nur deswegen?« Ava war fasziniert von dem Mienenspiel in seinem Gesicht. Zwischen Wut hatte sich Sorge und noch etwas anderes gemischt. Etwas Sanftes. Bisher war er meistens spöttisch dahergekommen, aber immer beherrscht. Zum ersten Mal ließ er sein Pokerface fallen.

»Nein, nicht nur deswegen.« Er schenkte ihr ein leises Lächeln. »Du bist mir ans Herz gewachsen.« Eine kurze Pause folgte, in der er sie nachdenklich musterte. »Ehrlich gesagt glaube ich nicht mehr daran, dass die Gleichung aufgeht. Dass derjenige die Magie bekommt, für dessen Seite du dich entscheidest. Mit deinem Vampir-Ich ist alles komplizierter geworden. Keine Ahnung, was das zu bedeuten hat, aber wir werden es herausfinden. Zusammen! Das verspreche ich dir. Ich … Luladja wird uns helfen, eine Lösung zu finden, mit der alle *leben* können. Noch ein Grund mehr, nach Prag zu kommen. Außerdem stündest du dort unter *meinem* Schutz.« Weil er sich beim Reden ständig durch das Haar gewuschelt hatte, sah er aus, als wäre er gerade aus dem Bett gefallen.

Ava unterdrückte den plötzlichen Impuls, sie glatt zu streichen. Sie wusste, dass er recht hatte. Ihr Schatten-Ich musste unter Kontrolle gebracht werden, bevor es weitere Zwischenfälle wie den von heute Morgen gab. Sie wollte, dass es aufhörte. Diese ständigen Blackouts, morgens aufzuwachen und nicht zu wissen, wo sie war. Mit dem Toten von heute Morgen hatte das eine andere Dimension bekommen. Und was die Magie betraf, wusste sie nicht so recht, was sie davon halten sollte, aber offenbar machte sie dieses Thema zu einer Trophäe für Vampirclans.

Konnte sie Darko vertrauen? Oder Nikolaj? Oder dieser Luladja? Irgendwie hatte sich alles so sehr miteinander verwoben. Auf der anderen Seite: Wollte sie ihr Leben wirklich davon abhängig machen? Davon, dass man sie benutzte? Was war mit dem, was sie für ihre

Zukunft wollte? Studieren? Einen großartigen Job bekommen und irgendwann eine Familie gründen? War das überhaupt noch möglich? Bei dem aktuellen Stand der Dinge eher unwahrscheinlich. »Bitte sei vernünftig«, unterbrach Darko ihre Gedanken. »Und bleib hier bei Nikolaj, bis ich wieder da bin.« Seine Augenfarbe hatte einen eigenartigen Glanz bekommen, den sie nicht einordnen konnte. Seine Stimme klang besorgt, als er fortfuhr. »Ich glaube, er sollte jetzt nicht allein sein.« Totschlagargument! Dem konnte Ava nicht widersprechen. Tatsächlich war Nikolaj nach wie vor im Badezimmer. Es sei denn, er hätte sich unbemerkt davongeschlichen. Zuzutrauen wäre es ihm.

»Versprich es mir«, beschwor Darko sie eindringlich. »Versprich, dass du hierbleibst.« Und dann meinte er in seiner ihr wohlbekannten Art und mit einem beißenden Unterton: »Ich kann dich zwar nicht manipulieren, aber ich kann dich an diesem Stuhl festbinden und knebeln. Glaub nicht daran, dass Nikolaj dich befreien würde, denn was dich betrifft, sind wir einer Meinung!«

»Ja, ist gut.« Sie würde hierbleiben. Zumindest fürs Erste, aber über Prag würden sie noch ein ernstes Wörtchen miteinander reden.

»Ich verstehe das nicht, jeder normale Mensch hätte zumindest ein wenig Angst vor mir und wenn es nur minimaler Instinkt ist. Aber du?« Kopfschüttelnd schob sich Darko an ihr vorbei in den Flur.

»Tja, ich bin eindeutig nicht normal«, meinte Ava und folgte ihm zu ihrem Schlafzimmer. An der Tür blieb sie stehen. Würde sie es jemals über sich bringen und diesen Raum wieder betreten können?

Beklommen beobachtete sie Darko, wie er sich ein unförmiges Bündel über die Schultern warf. Während sie fort waren, hatte er anscheinend alles aufgeräumt und geputzt. Lediglich der scharfe Geruch eines Putzmittels hing in der Luft. Sogar das Bett war frisch bezogen. Bis auf das säuberlich verschnürte Paket auf dem Boden erinnerte nichts mehr an den Vorfall. Dafür war sie ihm unendlich dankbar.

»Was hast du vor«, sie biss sich auf die Lippen, »mit ihm?«

Darko legte den Kopf schief und lächelte sie sanft an. »Das willst du nicht wissen.«

»Wenn dich jemand so sieht?«

»Manipulier ich ihn.«

Langsam begleitete sie ihn zur Tür. Nachdenklich betrachtete sie seinen Rücken. Er schulterte das Bündel, als würde es sich um eine zusammengerollte Zeitung handeln.

»Warte«, sagte sie laut in dem Moment, als er die Klinke nach unten drückte. Mit einem fragenden Ausdruck wandte er sich ihr wieder zu. Einem Impuls folgend trat sie auf ihn zu und umarmte ihn ungeschickt. »Pass auf dich auf.«

Mit dem freien Arm erwiderte er die Umarmung und drückte sie kurz fest an sich. »Bestell für mich eine Pizza mit Sardellen und Spinat.« Dann war er fort. Das Ganze passierte so schnell, als wäre er nie da gewesen. Lediglich die Tür zum Hausflur war einen Spalt offen. Ein lauter Knall aus dem Badezimmer hielt Ava davon ab, die Tür aufzureißen, um Darko hinterherschauen zu wollen. Vermutlich gäbe es außer ihrem eigenen Schatten ohnehin nichts zu sehen.

KAPITEL 24

»Nikolaj?« Verhalten klopfte es an der Tür. »Alles okay da drin?«

Nein, nichts, gar nichts war okay!

»Ja!«, log Nikolaj. Er stand vor dem Waschbecken und funkelte sein Spiegelbild wütend an. Im Becken lag ein Päckchen mit Blondierungsmittel, das er zufällig in einem der Schränke entdeckt hatte. Unschlüssig hatte er die Schachtel eine Weile in der Hand gehalten und die Gebrauchsanweisung auf der Rückseite gelesen. Beim letzten Mal hatte ihm seine Tante geholfen. Nachdem seine erste Verzweiflungstat völlig in die Hose gegangen war, hatte sie ihre Freundin Vanessa gebeten, ihr etwas aus dem Friseursalon zu besorgen, in dem diese arbeitete. Mithilfe besagter Freundin war es ihnen gelungen, ein vernünftiges Ergebnis zu erzielen und seine Haarfarbe in ein dunkleres Blond zu verwandeln. Dabei hatte Nada die ganze Zeit liebevoll mit ihm geschimpft, dass eine andere Haarfarbe nicht ändern würde, wer er sei. *Was* er sei.

Wie recht sie damit gehabt hatte! Mit einer wütenden Bewegung hatte er die Schachtel ins Waschbecken gepfeffert. Seine Schultern sackten nach unten.

»Geht's dir wirklich gut?«

Scheiße, nein!

Mit zusammengebissenen Zähnen umklammerte er den Rand des Waschbeckens. Die braune Haut seiner Finger hob sich deutlich vom weißen Porzellan ab. Blonde Haare würden nichts daran ändern, was er im Spiegel sah. Hatte er versucht. Hatte nichts geändert. Der dunkelolivfarbene Teint seiner Haut, die Farbe seiner Augen – die falsche Adresse im falschen Viertel. Äußere Merkmale, die ständig dafür sorgten, dass die Polizei, die Mehrheitsgesellschaft zuerst ihn verdächtigten und mitnahmen. Wie heute. Er hatte gedacht, er sei mittlerweile daran gewöhnt. Abgestumpft. Lag es an Avas Gegenwart, dass es ihm so vorgekommen war, als wäre es zum ersten Mal geschehen? Oder war es, weil er sich hatte fallen lassen, vergessen hatte, wer er war – wer sie war. Diese Momente mit ihr waren so einfach gewesen. So natürlich wie atmen. Oder Musik machen. Auch wenn die Magie aus seinen Liedern gewichen war, vorhin beim Tanzen hatte es sich so angefühlt, als wäre sie in Ava übergegangen. Als wäre sie jetzt sein Lied, seine Melodie, der Klang, der alles miteinander verwob. Es war wie ein Traum, aus dem ihn die Polizisten brutal rausgerissen und zurück in die Wirklichkeit geworfen hatten. Die Realität hatte ihm einen Schock versetzt. Er sollte dankbar sein, dass man ihn hier nicht einem gewissen Stadtteil zuordnen konnte wie in Prag. Dann wären sie bestimmt härter mit ihm umgesprungen. Vielleicht hätte man ihn in eine Zelle gesteckt und tagelang verrotten lassen wie seinen Cousin, kurz bevor der mit der Musik aufgehört hatte. Man hatte sie vom Jan-Hus-Denkmal am Altstädter Ring verjagt und verfolgt, weil sie wie üblich keine Genehmigung zum Spielen gehabt hatten. Wurden sie erwischt, gab es entweder Prügel oder man hatte sie zur Wache geschleift und schikaniert. Einfach weil sie es konnten. Das vorhin war quasi ein Spaziergang gewesen. Also warum tat es ihm so beschissen weh?

»Was machst du da?«

Erschrocken fuhr er zusammen. Er war so sehr mit seinen Gedanken beschäftigt, dass er nicht bemerkt hatte, wie sie ins Badezimmer gekommen war.

Zögernd drehte sich Nikolaj zu ihr um. »Nic!« Unbehaglich verschränkte er die Arme vor der Brust und versuchte, ihr den Blick auf das Waschbecken zu verstellen. »Nichts!«, wiederholte er auf Deutsch.

»Mhm, klar. Das sehe ich.« Sie trat näher an ihn heran und zeigte stirnrunzelnd auf die Schachtel, die im Waschbecken lag. »Wo hast du das denn gefunden?«

Ertappt senkte er den Kopf und rieb sich verlegen über den Nacken. »Hast du etwas Bestimmtes gesucht?«, fragte Ava. »Brauchst du etwas?« Wieder hob er nur die Achseln. Wie peinlich, dass sie ihn erwischt hatte. Es musste für sie wirken, als hätte er ihre Sachen durchsucht. Dabei hatte er sich nur von dem heillosen Chaos in seinem Inneren ablenken wollen und deswegen den Spiegelschrank geöffnet, wo er das Blondiermittel entdeckt hatte.

Er schüttelte den Kopf. Nervös biss er sich auf die Innenseite der Unterlippe. Dass sie so nah bei ihm stand, trug nicht dazu bei, dass sein Innerstes zur Ruhe kam. Er schlang die Arme um seinen Oberkörper. Seine Finger gruben sich in seine Oberarme.

»Meine Mutter färbt sich auch die Haare blond«, erklärte Ava in die unangenehme Stille hinein. Überrascht sah Nikolaj auf, traute sich aber nicht, ihr in die Augen zu schauen, sondern blickte ihr stattdessen auf die gerunzelte Stirn.

»Weil sie ihre schwarzen Haare nicht mag«, redete Ava weiter und deutete auf die Schachtel. Sie legte den Kopf schief. Sekundenlang begegneten sich ihre Blicke. »Warum du?«

»Um dazuzugehören. Und nicht sofort als das erkannt zu werden, was ich bin.« Demonstrativ schaute er an ihr vorbei, um ihr nicht weiter in die Augen sehen zu müssen. Er wollte das verdammte Mitleid nicht, das er darin las.

»Das hast du gar nicht nötig. Dich zu verstecken.«

»Du hast ja keine Ahnung!«

»Hör auf damit«, sagte Ava leise. »Hör auf damit, alles und jeden um dich herum wegzustoßen. Vor allem …« Ihre Stimme wurde brüchig und sie stockte. Jetzt war sie es, die sich auf die Lippe biss und seinem Blick auswich. »Warum tust du das?«

»Das kann ich dir sagen«, erwiderte er mit einer plötzlichen Heftigkeit, die ihn selbst überraschte. »Wegen Situationen wie heute Nachmittag! Weil so etwa ständig passiert!« Ein Teil seiner unterdrückten Gefühle brach aus ihm heraus. Ein dicker Kloß bildete sich in seinem Hals. »Ava, das ist mein Leben, Tag für Tag! Und ich …

Ich will das nicht mehr.« Mit seinen Händen und Armen unterstrich er jedes Wort überdeutlich. »Jeden verdammten Tag gibt es ein neues Drama.« In seiner Kehle bildete sich ein dicker Kloß. »Und seitdem ich dich kenne, ist irgendwie alles noch schlimmer geworden und ich … Ich will nicht …« Er verstummte.

Was?! Was wollte er nicht? Dass sie diesen Aspekt seines Lebens kennenlernte, der jedoch einen großen Teil davon ausmachte und ein Grund mehr war, sich von ihm fernzuhalten. Das wollte er doch, oder? In wilder Verzweiflung fuhr er sich derart grob durch die Haare, dass die Kopfhaut schmerzte. Sein ganzer Körper zitterte unkontrolliert. Ihre Nähe und der betroffene Ausdruck, der sich in ihrem Gesicht abzeichnete, lasteten wie ein Betonklotz auf seiner Brust und schnürte ihm die Luft ab. Er musste hier raus! Doch Ava stand zwischen ihm und der Tür. Er könnte sie einfach zur Seite schieben oder sich an ihr vorbeidrängen. Aber das hieß, dass er sie berühren müsste. Ihr nah kam. Etwas, was er unbedingt vermeiden wollte – und gleichzeitig das war, nach dem er sich am meisten sehnte.

Als sie einen weiteren Schritt auf ihn zumachte, und den Arm nach ihm ausstreckte, setzte er sich auf den Boden. Ein unbeholfener Versuch, Distanz zwischen sich zu bringen. Seine Augen brannten. Er zog die Knie dicht an sich heran, schlang seine Arme darum. In der so entstandenen Kuhle verbarg er sein Gesicht vor ihr.

»Nick.« Ihre warmen Finger strichen durch sein Haar, berührten ihn sacht an der Schulter. Ein dumpfes, raschelndes Geräusch und das Gefühl von Nähe verrieten, dass sie sich zu ihm auf den Boden gesetzt hatte. »Auch wenn du glaubst, ich würde es nicht verstehen – rede mit mir. Und ich hör dir einfach zu.«

»Es würde nichts ändern«, meinte er traurig. »Es ist, wie es ist. Ich bin selbst schuld, wenn ich will, was ich nicht haben kann.«

Hatte er das wirklich gesagt? Verdammte Scheiße. Innerlich fluchend krümmte er sich noch weiter zusammen. Die Worte waren aus ihm herausgeflossen, bevor sein Hirn sie begriffen hatte. Er versteifte sich, als sie näher zum ihm rutschte. Ihr Geruch, eine Mischung aus Mandeln und ihrem Eigengeruch, stieg ihm in die Nase. Sie war ihm so nah, dass er die Körperwärme, die sie ausstrahlte, spürte. Er müsste nur eine Hand ausstrecken, um sie zu berühren. Sein Körper verkrampfte sich.

Um Selbstbeherrschung ringend vergrub er sich tiefer in seiner Kuhle. Ungemütliches Schweigen bildete sich zwischen ihnen und verdichtete die Atmosphäre.

»Danke für vorhin«, sagte er schließlich, nur um die Stille zu brechen. Das Thema zu wechseln. Er hob den Kopf, um ihr einen flüchtigen Blick zuzuwerfen. »Dafür, dass du mich bei der Polizei nicht allein gelassen hast«, erklärte er, nachdem er ihren irritierten Gesichtsausdruck bemerkte. »Du hättest gehen können, stattdessen bist du geblieben und hast mich rausgeholt, obwohl du es nicht musstest.« Er stützte sein Kinn auf die Knie und tat, als starrte er vor sich hin – in Wahrheit beobachtete er sie heimlich.

Ava zupfte an dem Gummiband und löste ihren Zopf. Ihr Haar floss in sanften Wellen um ihre Schultern. Das schimmernde Rotbraun ließ das Grün ihrer Augen leuchten. »Ich konnte dich doch nicht allein lassen.« Ihre Stimme klang ernst. »Darko war ziemlich sauer wegen dem, was ich getan habe«, meinte sie schulterzuckend. »Vielleicht hat er ja auch ein bisschen recht«, gab Ava zu. »Aber ich würde es wieder tun! Auch wenn es laut ihm nicht nötig gewesen wäre.«

»Er war nur sauer wegen der Sache mit deinem Schatten-Ich.« Krampfhaft versuchte er, sich auf das Thema zu konzentrieren und vorzugeben, dass ihre Nähe ihm nichts ausmachte. »Weil du es benutzt hast, um mir zu helfen. Das hätte wirklich böse enden können.«

Einige Haarsträhnen fielen ihr in die Augen, als sie heftig nickte. »Hast du uns streiten gehört?«

»Ja. So wütend hab ich ihn noch nie erlebt.« Es juckte ihn in den Fingern, ihre Haare aus dem Gesicht zu schieben.

»Tja.« Ava zuckte hilflos mit den Schultern. »Ich scheine das Talent zu haben, jeden um mich herum wütend zu machen.«

»Mich nicht.«

»Ja klar.« Sie schnaubte laut. »Das glaube ich dir nicht.«

»Wieso?« Ehrlich erstaunt sah er sie an.

»Als ich dich rausgeholt habe, bist du, ohne ein Wort zu sagen, an mir vorbeispaziert. Und auf dem Heimweg hast du mich die ganze Zeit mit deinem bösen Blick gemustert.«

»Mein böser Blick? So was gibt es nicht.« Dann fiel ihm ein, wie sie es wahrscheinlich tatsächlich gemeint hatte. »Ich war nicht sauer«, bekräftigte er. »Nicht auf dich. Nur auf mich selbst. Hätte ich dich sofort zur Wohnung zurückgebracht, wäre das nicht passiert. Die Polizei hätte mich nicht mitgenommen. Du hättest dich nicht mit deinem Schatten-Ich verbunden, um mich –«

»Wenn ich dich nicht dazu überredet hätte, mich für ein paar Stunden abzulenken, wäre dir nichts passiert«, unterbrach sie ihn. Impulsiv griff er nach ihren Händen und studierte eingehend ihr Gesicht. »Nichts davon ist deine Schuld. Und als wir nach Hause gegangen sind«, er zögerte, »war ich nicht sicher, mit welcher Ava ich es zu tun hatte.«

»Du hast etwas bemerkt?«, fragte sie und schaute ihn mit großen Augen an. »In dem Moment, wo ich oder sie ... ach, keine Ahnung. Es ist schwierig zu beschreiben. Es hat sich auf jeden Fall komisch angefühlt, so als ob ich neben mir gestanden und mir selbst zugeschaut hätte.« Sie musterte ihn mit einem nachdenklichen Blick.

»Ja und nein. Du warst du und auch wieder nicht. Als hätte dich etwas Dunkles umgeben. Wie blauschwarzer Nebel. Sogar deine Stimme hat anders geklungen. Außerdem können nur Vampire Menschen auf diese Art beeinflussen, wie du – wie sie – es getan hast. Dein Schatten-Ich *ist* ein Vampir. Darko lag mit seiner Vermutung richtig. Und er macht sich völlig zu Recht deswegen Sorgen.« Nikolaj rang sich ein Lächeln ab.

Umständlich setzte er sich in den Schneidersitz, ohne dabei ihre Hände loszulassen. Ihre Finger lagen warm in seinen. Gegenüber saß Ava auf ihren Knien, halb zu ihm gebeugt, sodass ihre Gesichter auf gleicher Höhe waren, nur wenige Zentimeter voneinander entfernt.

Für ein paar Sekunden war es so leise, dass er ihren Atem hörte. Fasziniert beobachtete er, wie ihr Puls wild in ihrer Kehlgrube pochte. Ihr Blick flackerte. Wich aus, kehrte zu ihm zurück. Konnte es wirklich sein? Machte er sie genauso nervös wie sie ihn?

»Es tut mir leid.« Errötend senkte sie den Blick. »Das ... heute ... Ach, das alles!«

»Mir nicht«, sagte er mit belegter Stimme. »Ich meine, nicht das mit dir ... dem Eis ...« Hilflos begann er zu stottern. Die Situation überforderte ihn heillos. In seinem Kopf wirbelte alles durcheinander. Ihr Gespräch hatte sich in einen wild hüpfenden Flummi verwandelt, der unvorhergesehene Sprünge vollzog und immerzu die Richtung wechselte.

»Ich finde, wir sollten das mit dem Eis-Essen definitiv wiederholen.«
Ava hob den Kopf, schenkte ihm ein Lächeln. Ihre Wangen leuchteten tiefrot. Ihr Blick traf ihn mit einer Wucht, der er nichts entgegenzusetzen hatte und seinen Puls zum Rasen brachte.

Etwas in seinem Inneren verleitete ihn dazu, eine ihrer Hände loszulassen und sich eine Haarsträhne um den Finger zu wickeln, die ihr ins Gesicht fiel. Er ertrank in ihren Augen, die wie unergründliche Teiche im Wald wirkten, dunkelgrün mit goldenen Tupfen, die Sonnenstrahlen auf die Oberfläche malten, wo sie durch die Bäume brachen.

In ihrem linken Auge entdeckte er einen kleinen schwarzen Fleck. Irritiert blinzelte Nikolaj. Er war sich sicher, dass der heute Nachmittag, als sie miteinander getanzt hatten, noch nicht da gewesen war. Seine Hand zitterte leicht, als er sich fragte, ob das etwas zu bedeuten hatte oder es ihm vorher einfach nicht aufgefallen war.

»Nick?«

Der warme Klang ihrer Stimme verdrängte den Gedanken an das soeben Entdeckte. Nick. Das Wort ließ eine Saite in ihm klingen, eine Sehnsucht, die er sonst nur vom Musizieren her kannte. Und den Wunsch, sich einfach fallen zu lassen.

»Woher weißt du eigentlich jetzt, dass ich ich bin und nicht die andere?«

Nikolaj zögerte, bevor er ihr eine Antwort gab: »Ich weiß es einfach.« Er wusste es, weil in der Nähe dieser Ava sein Herz den Takt verlor, sobald er sie sah. Wohingegen die andere es schier zum Erfrieren brachte. Es hatte nur wenige Augenblicke gedauert, dann war die andere wieder verschwunden und mit ihr die dunkle eisige Wildheit, die sie verströmt hatte. Trotzdem hallte die Kälte in ihm noch immer nach. Er sah Ava an, dass sie mit seiner Aussage nicht zufrieden war. Nachdenklich spielte er mit ihren Fingern.

»Wie wäre es«, sagte er einer Eingebung folgend, »wenn ich dir einen geheimen Namen gebe, damit ich euch auseinanderhalten kann, wenn ich einmal unsicher sein sollte?« Aufmerksam musterte er sie und wartete auf eine Reaktion. »Wärst du damit einverstanden?«

»Aber nur wenn ich Madonna heißen darf«, witzelte Ava.

Er ignorierte ihren Einwurf. »Gili. Wenn ich nicht weiß, wer vor mir steht, werde ich dich danach fragen. Okay?«

»Gili.« Prüfend wiederholte sie das Wort einige Male. »Ist das tschechisch?«

»Nein, das ist ein Poutnikname.«

»Hat er eine Bedeutung?«

»Lied«, meinte er schlicht. *Moje gili – mein* Lied, fügte er stumm hinzu.

»Das klingt hübsch«, stellte sie fest. Mit der freien Hand strich sie sich die Haare hinters Ohr. Dabei stießen ihre Finger auf seine, um die nach wie vor die rotbraune Strähne gewickelt war.

Als würden sie über einen eigenen Willen verfügen, verflochten sich ihre Finger miteinander. Diese Berührung sandte elektrische Impulse durch seinen Körper. Als sie ihn mit großen Augen erstaunt anschaute, fing sein Herz an, so laut zu wummern, dass er sich für eine Sekunde fragte, ob sie es auch hörte. In ihrem Blick spiegelten sich seine eigenen Gefühle wider. Eine Mischung aus Sehnsucht und ein Staunen darüber, was zwischen ihnen vorging. Und den tiefen Wunsch, sich zu verlieren. Eine vibrierende Energie ging von ihr aus.

»Du bist ein Phänomen«, flüsterte er kurzatmig. Seine Brust hob und senkte sich immer schneller und er begann zu zittern.

»Ich dachte, ich wäre ein Problem.« Das Zittern in ihrer Stimme untergrub ihren Versuch, scherzhaft zu klingen.

»Du solltest ... gehen«, brachte er gepresst hervor. Worte, die im krassen Gegensatz zu seiner Körpersprache standen. Seine Finger wollten sich einfach nicht von ihren lösen.

Fest umklammerte er ihr Handgelenk. Er wusste, dass sie gehen sollte, aber ein Teil von ihm hoffte, dass sie blieb. Seine innere Anspannung stieg wie der Pegel eines Hochwasser führenden Flusses, der kurz davor stand, über die Mauern zu brechen, die seinen natürlichen Lauf einengten.

Ava ging nicht. Stattdessen rückte sie näher an ihn heran. Ihre Atemluft vermischte sich mit seiner. Da brach die Mauer in seinem Inneren unter dem Druck, der sich dahinter aufgestaut hatte. Er hob die andere Hand und schob sie seitlich in ihr Haar. Mit einem tiefen Atemzug zog er sie zu sich und dann war sein Mund auf ihren Lippen.

Als Ava seinen Kuss erwiderte, raubte es ihm das letzte bisschen Selbstkontrolle und ließ seine Sinne explodieren.

KAPITEL 25

Hier müsste es gehen.

Seufzend ließ er das unförmige Paket zu Boden. Jahre war es her, dass er eine Leiche beseitigen musste.

Was er zu Ava gesagt hatte, entsprach der Wahrheit. Er kannte keinen einzigen Vampir, der nicht mindestens einmal die Kontrolle verloren und dabei einen Menschen getötet hatte. Meistens einen Nahestehenden und mit dieser Schuld musste jeder von ihnen leben.

Mit zusammengekniffenen Augen starrte Darko über den Fluss und suchte die Eisenbahnbrücke ab, die den Industriehafen mit der anderen Uferseite verband. Ein dünnes schwarzes Band, das sich gegen den dunklen Nachthimmel abhob. Es hatte fast etwas Ironisches an sich, dass nur wenige Meter entfernt der Hafen der Wasserschutzpolizei lag. Andererseits war hier die perfekte Stelle. An den Stützpfeilern der Brücke war die Strömung stark genug, um das Paket unter Wasser zu ziehen und im Idealfall einige Kilometer weit davontreiben zu lassen.

Wenn er hier fertig war, würden sie nach Prag zurückkehren. Mit Ava. Freiwillig oder nicht. So gern er sie hatte, in der Sache würde er nicht mit ihr diskutieren. Je schneller, desto besser.

Zu Darkos Verdruss trieb sich jedoch eine Gruppe betrunkener Männer in seiner Nähe herum, die lautstark ein Lied nach dem anderen krakeelten. Irgendwas mit Malle im Jahr und den Namen irgendeiner Mutter. Genaueres konnte er nicht verstehen, was an deren Gelalle und nicht etwa seinen Deutschkenntnissen lag. Hoffentlich würden sie bald verschwinden. Mehrere Menschen zugleich konnte er nicht manipulieren. Es war ein Glück, dass Vampirkräfte nicht verschwunden waren, sondern sich das Verblassen der Magie auf das Altern bezog. Bislang und soweit er feststellen konnte. Die Männer kamen in seine Richtung. Leise fluchend zog er sich in den Schatten des leer stehenden Gebäudes zurück. Eigentlich hatte er nicht vorgehabt, in das Haus einzubrechen, doch die Männer taumelten in seine Richtung und er wollte nicht riskieren, gesehen zu werden. Die Tür war mit einer dicken Eisenkette gesichert, an der ein stählernes Schloss hing. Alle Fenster waren mit Holzbrettern verbarrikadiert. Mit einem lauten Knall schlug eine Flasche auf dem Boden auf und Scherben und Flüssigkeit spritzten in alle Richtungen.

»Upsss!«

Genervt rollte Darko mit den Augen. In dem folgenden brüllenden Gelächter gingen das knirschende Geräusch, mit dem er das Schloss knackte, und das Rasseln der Kette unter. Geräuschlos zog er sich mitsamt seinem Bündel in das Innere des Gebäudes zurück. Vorsichtig schloss er die Tür. Keine Sekunde zu spät.

Das dämmrige Licht der spärlichen Straßenbeleuchtung drang durch die Ritzen zwischen den Holzbrettern, die die zerstörten Fenster von außen verdeckten. Aufmerksam verfolgte Darko das Treiben vor dem Haus durch einen Spalt zwischen den Brettern. Die Männer standen jetzt direkt vor dem Fenster, hinter dem er sich verbarg. Den Stimmen nach zu urteilen, waren es mindestens drei oder vier.

»Issch bin niiisscht beschoffn!«

Mit seinem Vampirgehör war es für ihn kein Problem, jedes Wort zu hören, das Gelalle zu interpretieren war eine andere Sache. Hoffentlich verschwanden sie schnell.

»Issch kann dasch leschen!«

Genervt vergrub Darko das Gesicht in seinen Händen und unterdrückte einen vulgären Fluch.

»Öööddemiir iiischt eeein Fiiisch!«, erklang es stolz. »Veschteh isch nischt!« »Waschnscheisch!«, pflichtete einer seiner Kumpels bei, der blinzelnd neben ihm stand und die dreckige Wand musterte, die mit krakeligen Graffitis übersät war. »Na-na-di-ne wasch hierrr!«, versuchte der nun sein Glück.

Wenn die besoffenen Idioten vorhatten, alles zu entziffern, würde er bis morgen hier sitzen. Missmutig lehnte sich Darko mit dem Rücken an die Wand neben dem Fenster. So lange konnte und wollte er nicht warten. Wenn er sie nicht einfach alle töten wollte, musste er sich dringend etwas anderes einfallen lassen.

Mit einem lauten Knall zersplitterte eine weitere Flasche direkt neben dem Fenster, hinter dem er sich verbarg. Durch die zerbrochenen Fensterscheiben drang der typische hefige Geruch von Bier, begleitet von hohlem Gelächter.

»Laschszu Mottisch gehn!«, schaltete sich eine dritte Stimme ein.

Gedanklich klatschte Darko Beifall zu der Idee, zu was oder wem auch immer zu gehen. Er lugte erneut durch einen Spalt zwischen den Brettern. Da der Sprecher ein wenig zu weit rechts stand, konnte Darko ihn von seinem Platz aus nicht sehen. »Bitte geht einfach!«, schimpfte er leise. Erleichtert atmete er aus, er wollte so schnell wie möglich in Avas Wohnung zurück. Sie und Nikolaj schnappen und – er hatte entschieden – sofort zurück nach Prag zu fahren.

»Mooooment!«, meinte der, der das erste Graffiti vorgelesen hatte. »Muschpipi!« Schwankend stützte sich der Mann mit einer Hand an dem Bretterverschlag ab, während die anderen deutlich hörbar vorausgingen.

Die Ausdünstungen alkoholischen Uringeruchs krochen Darko in die Nase. Der Mann war also Alkoholiker. Angeekelt verzog er das Gesicht. Auf diese Sinneserweiterung bei seiner Verwandlung hätte er gut und gern verzichten können.

Mit einem leisen Seufzer zog der Mann draußen den Reißverschluss zu. Er tastete sich an der Mauer entlang und steuerte schwankend in die Richtung, in der seine Kumpels auf ihn warteten. In diesem Moment plärrte Darkos Handy los.

»Fuck!«, platzte dieser heraus. Fluchend holte er das klingelnde Ungeheuer aus seiner Hosentasche und drückte den Anrufer weg.

Hektisch fuhr er die Lautstärke runter. Idiot, schimpfte er stumm. Wie dämlich von ihm zu vergessen, sein Handy auf lautlos zu stellen. Vorsichtig spähte er nach draußen. Verdammte Scheiße! Der Mann war stehen geblieben und hatte sich in seine Richtung gedreht. Er stand derart schwankend da, dass selbst ein einbeiniger Piratenkapitän bei Sturm standfester wäre, und glotzte blöd. Fuck! Fuck! Fuck!

»Eee«, lallte der jetzt. »Werisnda?«

Was für eine idiotische Frage! Warum fragten die Menschen in solchen Situationen immer, wer da war? Als wenn ein Serienkiller, oder wer da sonst auf der Lauer lag – er zum Beispiel -, daraufhin herausspringen und sich höflich vorstellen würde. Er umklammerte sein Handy so fest, dass es bedenklich knirschte, und machte sich bereit zu tun, was ein Vampir tun musste.

»Komm schon, verpiss dich endlich«, murmelte Darko. »Deine Freunde rufen schon nach dir!« Nach einem letzten irritierten Blick drehte sich der Mann endlich um und stakste in unsicherem Gang zu seinen Kumpels, die ihn johlend und auf den Rücken klopfend in Empfang nahmen.

Darko wartete, bis deren Stimmen in der Ferne verklungen waren, erst dann warf er einen Blick auf das Display. Vielleicht hatten Ava oder Nikolaj ihn angerufen.

Cami. Stirnrunzelnd betrachtete er den Namen. Fünf verpasste Anrufe in den letzten paar Minuten. Es kam selten vor, dass Camille ihn anrief, meistens schrieben sie sich nur Nachrichten, und wenn sie es doch tat, aus gutem Grund. Während er noch überlegte, ob er sofort zurückrufen sollte oder nachdem er die Leiche entsorgt hätte, leuchtete das Display erneut auf.

»Cami«, begrüßte er sie knapp. »Das ist gerade verdammt schlecht.«

»Nette Begrüßung«, kam es zurück. »Egal, was du gerade machst, lass es und hör zu.«

»Cami –«

»Nein, Darko«, unterbrach sie ihn. »Hör mir zu. Vertrau mir einfach. In deinem Clan gibt es jemanden, der für die Blutsbrüder spioniert und rausgefunden hat, wo die Magieträgerin ist.« Sie atmete geräuschvoll ein. »Darko, ich weiß, dass du bei ihr bist. Seht zu, dass ihr da wegkommt.«

»Woher weißt du das?«

»Das kann ich dir nicht sagen, du musst mir einfach glauben! Sobald wir uns sehen, erkläre ich dir alles.«

»Wie viel Zeit hab ich?«

»Ein paar Stunden. Vielleicht weniger.«

Bevor Darko etwas erwidern konnte, legte sie auch schon auf. Fassungslos starrte er auf das dunkler werdende Display. Wenn Cami recht hatte, ...

»Fuck! Fuck! Fuck!« In seinem Kopf ratterte es. Der Einzige außer ihm, der wusste, wo sich Ava aufhielt, war in diesem Moment bei ihr. Nein, er verbot es sich, den Gedanken zu Ende zu denken. Er konnte sich beim besten Willen nicht vorstellen, dass Nikolaj ... Darko schüttelte den Kopf. Nein, Nikolaj war der Einzige, den er überhaupt in Avas Nähe lassen würde. Erstens, und dessen war sich Darko sicher: Ava war Nikolaj wichtig. Um das sehen zu können, brauchte er keine Kristallkugel. Er hatte mitbekommen, wie der sie ansah, wenn er dachte, niemand würde ihn beobachten. Dazu die ständige Anspannung zwischen den beiden. Selbst ein Blinder würde bemerken, dass da was war. Bei ihm wäre sie sicher. Außerdem: Die Poutnik würden nichts unternehmen, was die Zusammenarbeit gefährdete. Sie hatten dasselbe Ziel und ihre gegenseitige Schuld.

Von den Vampiren wusste niemand von seiner kleinen Auslandsreise. Weder Alik noch Cyril. Verdammt. Wer war also der Verräter? Unwillig knirschte er mit den Zähnen. Darüber würde er sich Gedanken machen, sobald er im Auto saß.

Kurz erwog er, die Leiche liegen zu lassen und sich sofort auf den Rückweg zu machen, überlegte es sich aber anders. Das Risiko, dass man diese schon morgen fand, wäre zu groß. Er musste sie sofort verschwinden lassen. Außerdem würde es nur ein paar Sekunden dauern.

Darko hoffte, dass er die Zeit noch hatte. Alles hing davon ab, wann die Information durchgesickert war. Und natürlich fragte er sich, wie Camille an diese Informationen gekommen war. Welche Rolle spielte sie dabei? In all den Jahren hatte er nie einen Grund gehabt, an ihr zu zweifeln. Damals hatte sie sich um ihn gekümmert und ihm alles gezeigt, als er ein Frischling war. Daraus war eine tiefe Freundschaft entstanden – mit gewissen Vorzügen, aber ohne jede Verpflichtung. Ohne sie hätte er sich damals wahrscheinlich selbst das Herz rausgerissen, um zu sterben, nachdem er bei seinem ersten Kontrollverlust seinen Großvater getötet hatte. Der Gedanke an ihn schmerzte ihn nach all den Jahrzehnten noch immer, so als wäre es erst vor Kurzem passiert.

Vorsichtig riskierte er einen Blick nach draußen, um zu überprüfen, dass wirklich niemand mehr in der Nähe war, bevor er das Haus verließ. Zeitgleich wählte er Avas Nummer.

»Komm schon!«, fluchte er laut. »Geh dran!« Lediglich die Mailbox schaltete sich nach einer Weile ein. Fluchend versuchte er es bei Nikolaj. Mit demselben Ergebnis. Fuck! Was trieben die zwei jetzt schon wieder! Entweder die beiden hörten das Klingeln nicht, weil deren Telefone stumm gestellt waren – Nikolaj hatte seins ständig auf lautlos -, oder aber Camilles Warnung kam bereits zu spät.

Er durfte nicht noch mehr Zeit verschwenden! Ohne weiteres Zögern warf sich Darko das Paket über die Schulter. Schneller als ein menschliches Auge erfassen konnte, lief er zu der Eisenbahnbrücke, über die der Industriehafen am Bahnverkehr angeschlossen war. Auf halber Höhe angekommen hielt er inne. Neben dem Gleis hatten Arbeiter mehrere Stahlschienen aufeinandergestapelt, die zukünftig die alten ersetzen sollten. Eine davon nahm Darko und wog sie nachdenklich in der Hand. Die mannslange Schiene hatte ihre fünfzig bis sechzig Kilo. Perfekt!

Es bedurfte kaum Kraft, das Material zu verbiegen, als wäre es Butter. Mit einer schnellen Bewegung wickelte er den Stahl ein-, zweimal um die Leiche und warf diese von der Brücke. Er sah zu, wie das Paket auf die Wasseroberfläche traf und augenblicklich versank. So schnell würde der Fluss sie nicht wieder ausspucken, so viel war sicher.

KAPITEL 26

Wer wen zuerst küsste, vermochte Ava nicht zu sagen. Hatte sie sich zu ihm gebeugt oder war er es, der sie an sich gezogen hatte? Dieser Kuss unterschied sich völlig von ihrem ersten in Prag. Damals war er schlaftrunken und von Schmerzmitteln benebelt, seine Berührungen vorsichtig und zurückhaltend gewesen. Jetzt hingegen war Nikolaj präsent wie nie zuvor. Der Kuss intensivierte sich mit jeder Sekunde und hatte etwas Verzweifeltes an sich. Seine Finger vergruben sich in ihrem Haar, während sich sein Oberkörper an ihren drängte. Nah schien ihm nicht nah genug zu sein. Ava klammerte sich an seine Schultern und ließ sich von ihm auf seinen Schoß ziehen.

»Ava?« Unsicher sah er sie an. Bevor er den Blick verlegen senkte, bemerkte sie den Zwiespalt darin, in dem er sich befand.

Er lehnte seine Stirn gegen ihre, strich ihr eine verirrte Strähne aus dem Gesicht. Dabei murmelte er etwas in einer fremden Sprache. Warme Atemluft streifte ihre Haut, brachte sie zum Schaudern.

Bedächtig zeichnete Ava mit dem Zeigefinger die Konturen seiner Wangenknochen nach. Als er den Kopf hob und sich ihre Blicke trafen, verlor sie sich in der Tiefe des Gefühls darin.

Zehntausend Volt jagten durch ihren Körper, fluteten jede Zelle mit Hitze und flüssigem Gold, als er sie erneut küsste. Wild und gierig. Seine Hände wanderten unter den Stoff ihres Kleids und an ihren nackten Oberschenkeln hinauf. Seine glühenden Finger entlockten ihr ein leises Keuchen und weckten ein heftiges Verlangen, seine Haut auf ihrer zu spüren.

Sie zupfte an seinem T-Shirt und schob ihre Hände darunter. Sengende Hitze breitete sich zwischen ihnen aus. Nikolajs Körper reagierte mit einem tiefen Beben auf ihre Berührung.

Heftig atmend löste er seinen Mund von ihren Lippen, nur um gleich darauf eine heiße Spur bis zu ihrem Schlüsselbein zu ziehen. Ava legte ihren Kopf in den Nacken und krallte sich in seinem Shirt fest. Sie hatte das Gefühl, als würde seine Hitze auf ihren Körper übergehen. All ihre Sinne konzentrierten sich nur auf seine Berührungen, blendeten die Umgebung und jeden anderen Gedanken aus.

»Ich kann das nicht mehr.« Mit einem erstickten Keuchen verbarg Nikolaj sein Gesicht an ihrem Hals. Seine Stimme klang rau und sein warmer Atem sandte Schauer über ihren Körper.

»Was?«, fragte Ava verwirrt über seinen Ausbruch.

Unvermittelt presste er sie so fest an sich, dass sie seinen Herzschlag spürte. Oder war es ihr eigener wummernder Herzschlag, der in ihren Ohren dröhnte?

»Mich zu zwingen …« Seine Lippen glitten hauchzart über ihren Hals. Seine Bartstoppeln kratzten über die empfindliche Haut. Sanft küsste er ihre Schläfe, vergrub sein Gesicht in ihrem Haar, den Mund an ihrem Ohr. »… das hier nicht zu wollen. Dich nicht zu wollen.« Er hob den Kopf, sah ihr direkt in die Augen. Da war keine Maske, keine Mauer mehr. Die Intensität darin verlieh seinem Blick eine außergewöhnliche Tiefe. »Mir einzureden, dass es für uns beide besser wäre, mich von dir fernzuhalten.« Eine einzelne Träne stahl sich aus seinem Augenwinkel.

Ava legte ihm eine Hand an die Wange, in die sich sein Gesicht wie von selbst schmiegte. Noch nie hatte er sich ihr gegenüber so offen, so verletzlich gezeigt. »Dann tu es nicht.« Sanft wischte sie die Träne fort. »Ich will nicht, dass du dich von mir fernhältst.«

Nikolaj stieß einen erstickten Laut aus. Fest zog er sie an sich, hielt sie in seinen Armen. Bebend. Nach Atem ringend.

Unendlich sanft löste sich Ava aus seiner Umarmung. Langsam erhob sie sich. Ihr Herz klopfte wild, als sie ihm ihre Hand reichte. Einen Moment befürchtete sie, er würde sie zurückweisen. Wie sonst auch. Doch er ließ sich von ihr hochziehen. Schwer atmend und bebend stand er vor ihr. In seinen Augen sah sie das Echo ihrer eigenen Gefühle. Seine Finger verwoben sich mit ihren.

Zittrig, als hätte sie zu viel Kaffee getrunken, führte sie ihn aus dem Bad in das Wohnzimmer, wo sie sich im Schneidersitz auf die große Couch setzte. Mit sanfter Gewalt zog sie ihn neben sich.

»Bist du sicher?«, fragte Nikolaj mit belegter Stimme. Dunkel und schwer lag sein Blick auf ihr.

Ava schaffte es daraufhin nur, wortlos zu nicken, und senkte die Lider. Nervös biss sie sich auf die Lippe. Zupfte unsicher am Bund seines T-Shirts. Als er seine Arme über den Kopf hob, wurde sie mutiger. Behutsam zog sie ihm sein Shirt aus. Rutschte näher an ihn heran.

Sein Brustkorb hob und senkte sich heftig, als ihre Finger neugierig über sein Schlüsselbein wanderten und der Linie bis zu seinem Jeansbund folgten.

Hart holte er Luft. Unter ihrer Handfläche schlug sein Herz wie wild, als wollte es die Barriere der Haut durchbrechen. Mit beiden Händen umfasste er ihr Gesicht, sein Blick fesselte sie.

Unwillkürlich hielt Ava die Luft an. In seinen Augen lag etwas, das sich tief in ihre Seele einbrannte. Noch nie zuvor hatte sich etwas so intensiv angefühlt wie das hier. Noch nie zuvor hatte sie sich jemandem so verbunden gefühlt wie mit Nikolaj.

»Nick.« Ihre Stimme klang heiser. Kaum mehr als ein Flüstern.

Seine schlanken Violinistenfinger mit den leicht verhornten Fingerkuppen strichen behutsam über ihre Wangenknochen. »Moje gili.« Seine Stimme dunkel, melodiös. »Miluji tě.«

Bevor sie ihn fragen konnte, was die Worte bedeuteten, küsste er sie. Dieses Mal mit einer Hingabe, die ihr Blut in glühende Lavaströme verwandelte und jeden Gedanken auslöschte.

Sie öffnete ihren Schneidersitz. Zog ihn näher, sodass er halb auf der Couch kniete. Sanft fuhren seine Hände über die Oberschenkel unter das Kleid, berührten ihre Hüften, wanderten zu ihrem Kreuz, zogen sie enger an sich. Seine streichelnden Finger entlockten ihr ein leises Stöhnen, das er mit seinem Mund einfing. Behutsam zog er an dem Stoff. Unterbrach den Kuss, um sie fragend anzuschauen. Als sie nickte, zog er ihr das Kleid in einer fließenden Bewegung über den Kopf. Er beugte sich zu ihr vor, küsste sie wieder und wieder. Seine Hände strichen über ihren Bauch, über den dünnen Stoff ihres BHs. Ihr Körper wölbte sich ihm entgegen. Honigsüße Wärme breitete sich in ihrem Bauch aus. Sie schlang ihre Beine um seine Hüften. Zog ihn näher, noch näher. Ihr Kuss vertiefte sich. Wurde fordernder. Heißer. Sie wollte ihn spüren. Das Gewicht seines Körpers, seine Haut auf ihrer, seine Hände, seine Bewegungen. Eingehüllt von seinem Geruch und seiner Wärme ließ sie sich in die Kissen sinken, zog ihn mit sich. Avas Hände glitten in die hinteren Hosentaschen seiner Jeans.

»Okay?«, wisperte sie an seinem Mund. Als er nickte, fuhr sie seine empfindliche Haut am Hosenbund entlang nach vorn, was ihm ein unterdrücktes Seufzen entlockte, öffnete erst den Knopf an seiner Jeans, dann den Reißverschluss.

»Warte.« Er stand auf, zog sich eilig seine Hose aus, dann war er wieder auf ihr. Obwohl sie beide nur noch ihre Unterwäsche voneinander trennte, kam es Ava vor, als wäre es noch heißer geworden.

»Nick.« Ihre Stimme klang ungewohnt rauchig. Schwer.

Nikolaj hob ihr Kinn an. Seine Augen waren dunkel vor Leidenschaft. »Sag das noch mal.«

»Nick.« Ava zeichnete seine Wirbelsäule nach, legte ihr Bein um seine Hüfte. Zufrieden hörte sie seinen abgehackten Atem, als er dadurch näher an ihren Körper rutschte. »Wenn du mich jetzt nicht küsst, werde ich zu deinem größten Problem.«

Aus unerfindlichen Gründen entlockte es ihm ein dunkles, vibrierendes Lachen, dann kam er ihrem Wunsch nach.

Dieser Kuss! Langsam, intensiv. Mit jeder Sekunde gieriger. Seine Hände, die über ihre Seiten strichen, ihren Slip nach unten schoben. Sie registrierte nur am Rande, dass er sich seiner Boxershorts entledigte, bevor sie sich in rastlosen Bewegungen entgegenkamen, aneinanderklammerten. Wie zwei Kometen prallten sie aufeinander und verschmolzen zu einem neuen Stern.

Ein dünner Schweißfilm überzog ihre beiden Körper. Tief atmete sie seinen Geruch ein. Ehrlich erstaunt über das, was gerade zwischen ihnen passiert war, lag sie in Nikolajs Armbeuge und musterte ihn angenehm benommen. Es war wie ein Traum, den sie sich bislang verboten hatte. Behutsam schob sie schwarz-blonde Strähnen hinter seine Ohren. Ein schöner Traum. Ein leises Lächeln umspielte seine Mundwinkel, was seiner Mimik einen sanft leuchtenden Ausdruck verlieh. Mit halb gesenkten Lidern strich er zart über ihren nackten Arm. Überall dort, wo er sie berührte, bildete sich Gänsehaut und ließ sie schaudern. Ava spürte sein hämmerndes Herz, das mit ihrem um die Wette schlug. Mit einem wohligen Seufzer zog er sie fest an sich und küsste sie auf die Stirn.

Seine Lippen wanderten von ihrer Stirn zu ihrer Nase, neckten ihren Mund. Ava reckte sich ihm entgegen, wollte mehr. Lächelnd entzog er sich ihr, ignorierte ihren halblauten Protest, hauchte stattdessen sanfte Küsse auf ihre Lider. Um sich dafür zu revanchieren, küsste sie sich langsam und an seinem Hals entlang zum Ohr. Jetzt war er es, der ihre Lippen suchte, und sie diejenige, die ihm lachend auswich. Als sie ihm zärtlich ins Ohrläppchen biss, warf er sich mit einem Keuchen auf sie.

Sie küssten sich, ihre Glieder eng miteinander verflochten. Nicht mit jener verzweifelten Wildheit von vorhin, sondern zärtlich und behutsam, jede Sekunde auskostend.

Zeit und Raum hatten völlig ihre Bedeutung verloren. Sich zu berühren, war wie eine Sucht, von der sie beide nicht ablassen konnten. Abwechselnd raunte er ihren Namen und den, den er ihr gegeben hatte, ins Ohr. Flüsterte Sätze in seiner Sprache, die sie, obwohl sie diese nicht verstand, zittern ließ und den Wunsch weckten, ihm unter die Haut zu kriechen, um ganz nah bei ihm zu sein. Immer.

Seine heiße Haut auf ihrer, die Spur glühender Küsse, die er über ihren Körper zog, trieben sie schier in den Wahnsinn. Mit Genugtuung registrierte Ava, dass Nikolaj unter ihren Berührungen genauso erzitterte wie sie unter seinen. Als sie ihre Hände in seinen Haaren vergrub, um ihn zu sich nach oben zu ziehen, schaute er sie derart hingebungsvoll an, dass ihr Herz schmerzhaft aussetzte. Die Welt fing an, sich zu drehen. Das Gefühl seines Gewichts auf ihr, sein ersticktes Aufkeuchen, die Art und Weise, wie er sich ein weiteres Mal in ihr auflöste und sich in ihr verlor – wie sie sich selbst an ihn verlor.

»Ich glaub, ich hab mich verliebt«, wisperte Ava an seiner Kehlgrube, als sie schwer atmend und aneinandergeklammert dalagen. Nikolaj vergrub seine Hände in ihren Haaren und küsste sie derart intensiv, dass es schmerzte. Dann zog er sie in seine Arme und hielt sie fest, als würde er sie nie wieder loslassen wollen. Es fühlte sich wie Nachhausekommen an.

KAPITEL 27

Der Klang ihres Lieblingssongs weckte Ava. Irritiert hob sie den Kopf, stellte aber schnell fest, dass es nur ihr Handy war, das in der Küche vor sich hin dudelte.

Seufzend ignorierte sie die beharrlichen Wiederholungen des Refrains und kuschelte sich an den warmen Körper neben ihr. Sie war noch nicht bereit für die reale Welt.

Nikolaj murmelte verschlafen und zog sie enger an sich. Irgendwann, ohne dass sie es bemerkt hatte, hatte er eine der dünnen Stoffdecken, die über der Rückenlehne des Sofas hingen, über sie beide geworfen und so einen winzigen Raum außerhalb der Realität geschaffen.

Endlich hatte der Anrufer ein Einsehen, das Telefon verstummte. Nur noch Nikolajs ruhige und langsame Atemzüge waren zu hören. Neugierig betrachtete ihn Ava. Im Schlaf wirkte er völlig tiefenentspannt. Ein leises Lächeln lag auf seinen Lippen.

Ava gab dem inneren Drängen nach, ihn zu berühren, sich zu überzeugen, dass es Realität war und kein Traum. Behutsam fuhr sie mit der Fingerkuppe über seine Schläfe und küsste ihn sanft auf die Stirn. Ein sanftes Leuchten huschte über sein Gesicht.

Erneut klingelte das Telefon. Unwillig stöhnte sie auf und wünschte sich, dass die verdammte Welt sie einfach in Ruhe ließ. Wenigstens noch für fünf Minuten.

Leider sah das der Anrufer anders und rief wieder und wieder an, da half es auch nichts, dass sie die Decke über den Kopf zog. Jäh wurde ihr klar, wer so penetrant sein könnte. Darko! Der Gedanke an ihn hatte den Effekt eines Kübels Eiswasser. Mit einem Schlag war Ava hellwach.

Wie lange hatten sie eigentlich geschlafen?

Umständlich löste sie sich aus der warmen Umarmung. Shit, etwas musste schiefgelaufen sein. Darko war schon viel zu lang fort. Während ihr mehrere Szenarien durch den Kopf schossen, was ihn aufgehalten haben mochte, suchte sie ihre Kleidung zusammen. Ihre Wangen brannten, als sie das Durcheinander von Klamotten und Sofakissen auf dem Boden sah. Wäre Darko wie geplant schon längst wieder zurück, hätte er sie und Nikolaj zusammen erwischt.

Noch mehr Blut schoss ihr in die Wangen. Nicht dass sie sich ihm gegenüber rechtfertigen müsste, aber trotzdem meldete sich ihr schlechtes Gewissen. Die Erinnerung daran, wie er mit ihr unter der Dusche gestanden und sich fürsorglich um sie gekümmert hatte, drängte sich ihr auf. Er hatte sie angesehen, als würde er sie ... Sie schüttelte den Kopf, um das Bild zu vertreiben, ganz zu schweigen von der Sache mit dem Beichtstuhl ...

Zu dem Zeitpunkt war ihm nicht klar gewesen, dass er es mit dem Schatten-Ich zu tun hatte. Und jetzt war er ihretwegen, besser gesagt der anderen Ava wegen, unterwegs, um eine Leiche verschwinden zu lassen. Und sie und Nikolaj ...

Mit einem Mal war ihr heiß und kalt zugleich. Wie mies konnte man sich fühlen, bis man daran starb?

O Mann, sie war echt so was von verkorkst! Schnell streifte sie ihr Sweatkleid über. Während sie ihr Haar zu einem wilden Knoten am Kopf drehte, betrachtete sie die friedlich schlafende Gestalt auf dem Sofa, dann gab sie sich einen Ruck.

»Nikolaj.« Sie rüttelte ihn an der Schulter. »Wach auf.«

Seine Lider flatterten und er streckte sich. Völlige Verwirrung stand ihm ins Gesicht geschrieben, die sich in einen ungläubigen Ausdruck in den Augen veränderte. Mit einem seltsamen Laut vergrub er es in seinen Händen und murmelte etwas vor sich hin.

Barfuß flüchtete Ava in die Küche, wo sie sich gegen den Türrahmen lehnte und die Arme um sich schlang. Wenn sie jetzt Bedauern in seinen Augen sehen würde, könnte sie es nicht ertragen. Hatte sie gesagt, dass sie glaubte, sich verliebt zu haben? So eine Scheiße! Es war ihr in dem Moment rausgerutscht. Was war sie doch für eine hirnlose, dämliche Kuh! Um vor Wut nicht aufzuschreien, biss sie sich auf die Innenseite der Unterlippe und ballte die Fäuste.

Er hatte nichts dazu gesagt, sie nur geküsst und dann waren sie eingeschlafen. Würde er sie wieder von sich wegstoßen?

Ihre Gedanken kamen ins Trudeln, wer wusste schon … vielleicht hatte er jetzt kein Interesse mehr … jetzt wo er bekommen hatte, was er wollte? Er hatte doch wörtlich gesagt, dass er sich zwingen musste, sie nicht zu wollen … verflucht noch mal! Das führte doch zu nichts. Früher oder später würde sie mit Nikolaj reden müssen, wenn sie Klarheit wollte.

Um nicht länger über ihn nachzudenken, lenkte sie ihre Gedanken auf Darko. Seitdem er sich auf den Weg gemacht hatte, war ihr Zeitgefühl völlig verloren gegangen.

Klar war, dass er zu lange fort war. Nervös kaute sie auf den Nägeln herum. Wo hatte sie ihr Telefon liegen lassen? Auf der Suche nach ihrem Handy scannte sie die Küche. Sie war sicher, dass es hier irgendwo lag.

»Ha, da bist du«, murmelte sie vor sich hin. Sie stieß sich vom Türrahmen ab und ging zur Kaffeemaschine, neben der ihr Handy lag. Mist, Akku leer.

Hastig schnappte sie sich das Ladegerät, das auf dem Küchentisch lag und schloss es an. Einen Moment lang starrte sie unentschlossen auf das dunkle Display, bis der Akku auf drei Prozent stand. Dann straffte sie die Schultern und schaltete es an. Tatsächlich hatte Darko mehrere Male angerufen. Neben seinen unzähligen Anrufversuchen und denen ihrer Freundinnen war da noch eine Sprachnachricht von Becca in ihrer Gruppe – nebst einer erstaunlichen Anzahl Emoticons, die Sarahs Gefühle in einer detaillierten Smiley-Palette von Sorgen bis Wut ausdrückte.

Avas schlechtes Gewissen meldete sich wieder, aber dieses Mal bezog sich das darauffolgende Schamgefühl auf ihre beiden Freundinnen. Die beiden machten sich bestimmt Sorgen um sie, nicht zuletzt wegen der Aktion, bei der sie unfreiwillig in Marks Bett wach geworden war und sich an nichts mehr erinnert hatte.

Sie hielt das Handy an ihr Ohr, um die Nachricht abzuhören. Als sie Sarahs laute, zornige Stimme hörte, zuckte sie erschrocken zusammen. Schlimmer war jedoch der ruhige, vorwurfslose Ton von Becca. Die hatte es echt drauf, sachlich auszudrücken, dass man sich wie die schlimmste Freundin aller Zeiten verhielt. Und das war schlimmer als Sarahs offener Wutausbruch. Ava verübelte ihnen nicht, dass die beiden sauer auf sie waren. Immerhin hatte sie seit ihrem Date mit Mark nichts mehr von sich hören lassen. Was fast mehr als vierundzwanzig Stunden her war. Gefühlt vor zwei Jahren. Ava rollte mit den Augen. Jep, sie wäre definitiv sauer, wenn der Fall umgekehrt läge.

Seufzend tippte sie »*alles okay*« und »*bereite mich auf die Prüfungen vor*« ein. Schnell fügte sie noch ein »*sorry*« hinzu. Das würde fürs Erste hoffentlich genügen.

Was sollte sie ihren Freundinnen auch sagen? Hey, ich habe euch gar nicht erzählt, dass Darko und Nikolaj vor meiner Tür aufgetaucht sind. Übrigens, Darko ist ein Vampir, der gerade die Leiche eines Mannes verschwinden lässt, dem mein Schatten-Ich das Blut ausgesaugt hat. Ach, und in der Zwischenzeit habe ich mit Nikolaj geschlafen, der es jetzt wahrscheinlich bereut. Zu allem Überfluss muss ich mit den beiden zusammenarbeiten, um die Magie wiederherzustellen.

Ava schnaubte. Unter keinen Umständen würde sie die beiden in dieses Chaos hineinziehen. Abgesehen davon, dass sie ihr ohnehin nicht glauben würden. Sie *könnten* ihr gar nicht glauben. Genauso wie sie zu Anfang überzeugt gewesen war, dass die beiden einer durchgeknallten Sekte angehörten.

Eine weitere WhatsApp-Nachricht stammte von Mark. Er fragte sie, ob sie es noch mal mit einem Date versuchen wolle. Dieses Mal ohne Schlägerei.

Schnell wischte sie seine Frage zur Seite. Sie wusste, dass sie ihm ehrlich antworten sollte. Nämlich, dass sie kein Interesse an einem Date hatte. Mark war ein netter Typ. Die Art Typ, den sie sich für ihre Freundinnen wünschte. Mehr nicht. Nicht für sie. Was sie zu Nikolaj in dem unbedachten Moment gesagt hatte, war nur die halbe Wahrheit. Nicht »*ich glaube*« …

»Alles in Ordnung?«

Vor Schreck fuhr sie zusammen. Ein lautes Poltern verriet, dass ihr das Telefon aus der Hand gefallen war. »Schleichst du dich immer so an!« Beinahe sofort schämte sie sich für ihren impulsiven Ausbruch. Ihre Wangen brannten.

Nikolajs Anblick, wie er da in der Tür stand mit seinen zerzausten Haaren, in Boxershorts und T-Shirt, ließ ihren Puls in die Höhe schnellen.

»Promiň, äh, sorry.« Seine Stimme klang brüchig.

Verlegen senkte Ava den Kopf. Dankbar dafür, dass sie einen Grund hatte, ihn nicht anschauen zu müssen, bückte sie sich nach ihrem Handy. Sie räusperte sich mehrmals, bevor sie fähig war zu antworten. Umständlich steckte sie das Handy wieder ans Ladegerät, wobei sie jeden direkten Blickkontakt vermied. Stattdessen betrachtete sie die Magnete auf dem Kühlschrank. »Darko hat versucht, mich zu erreichen.«

»Mich auch«, entgegnete er ernst und zeigte ihr demonstrativ sein Handy, zugleich verbarg er sein Gesicht dahinter.

Machte er das mit Absicht? In ihrem Magen bildete sich ein kalter Klumpen, ohne sagen zu können, weswegen genau eigentlich. Betreten kaute sie auf ihrer Unterlippe.

»Ich ruf ihn an.« Mit dem Handy am Ohr drehte er sich von ihr weg, um nun seinerseits die Fotos und Postkarten am Kühlschrank eingehend zu studieren.

Schnell riskierte sie einen Blick auf ihn. Da er ihr in diesem Moment den Rücken zugedreht hatte, konnte sie nur raten, was ihm durch den Kopf ging.

Noch vor wenigen Minuten hatte sie Angst davor gehabt, Bedauern oder, noch schlimmer, erneute Ablehnung in seinen Augen zu lesen. Aber es nicht zu wissen, das war ungleich schlimmer! Sie wollte – nein, sie musste – es sehen, es von ihm hören, wie er zu ihnen stand. Besser sie brachte es hinter sich. Jetzt! Sofort!

Langsam ging sie auf ihn zu, holte tief Luft und streckte die Hand aus, um ihm auf die Schulter zu tippen.

»Er geht nicht dran.« Unvermittelt drehte er sich zu ihr um und prallte gegen sie.

»Gili.« Seine Stimme klang belegt, als er den Namen nahezu tonlos flüsterte. In seinen Augen flackerte etwas auf, gleichzeitig verdunkelte sich seine Gesichtsfarbe um mehrere Nuancen.

War er auch so nervös? Um ihre brennenden Wangen vor ihm zu verbergen, starrte sie konzentriert auf ihre Zehenspitzen, unfähig, ein Wort herauszubringen.

Seine Finger griffen nach ihren Händen. Leise seufzend lehnte er seine Stirn gegen ihre. Eine Weile standen sie so da, ohne dass einer von ihnen ein Wort herausbrachte.

»Hast du ernst gemeint, was du vorhin gesagt hast?«, brach Nikolaj schließlich als Erster die Stille. Seine Finger verkrampften sich um ihre.

»Dass du glaubs-«

Der unvermittelte Krach, mit dem die Eingangstür an die gegenüberliegende Wand flog, hatte die Wirkung einer explodierenden Handgranate. Es riss sie regelrecht auseinander.

Fassungslos starrte Ava auf den Mann, der ihre Wohnung betrat. Sein eiskaltes Lächeln ließ ihr das Blut in den Adern gefrieren.

»Wenn du es mit Vampiren zu tun hast, solltest du kein Herzlichwillkommen-Schild an der Tür hängen haben. Das könnte man wörtlich verstehen.«

Zwei weitere Männer folgten ihm in den schmalen Flur und bauten sich hinter ihm auf.

»Vampire!«, zischte Nikolaj und schob sich vor Ava.

»Hallo. Mein Name ist Gerald.« Mit einem Lächeln, das seine Augen nicht erreichte, streckte er Nikolaj die Hand entgegen, die der ignorierte. Daraufhin fletschte der Mann die strahlend weißen Zähne zu einem boshaften Grinsen. »Ich bin einer der Blutsbrüder.«

Das sagte er in einem Tonfall, als müsste Ava ganz genau wissen, wer die drei waren. Als wären sie gefeierte VIPs. Ihr sagte weder sein Name noch der Begriff Blutsbrüder was. Für Nikolaj, der sich zitternd gegen Ava drängte, schien es sich anders zu verhalten.

Gerald machte sich nicht die Mühe, die beiden anderen Männer vorzustellen, woraus Ava schloss, dass die nicht besagte Brüder waren, sondern vermutlich so was wie Bodyguards.

»Da du nun weißt, mit wem du es zu tun hast, sollte das Ganze hier ohne Probleme ablaufen. Überlass uns das Mädchen da und ich lass dich gehen.«

»Nein!«, stieß Nikolaj hervor und schirmte sie weiter mit seinem Körper ab. Zu Avas Verwunderung tastete er leise fluchend an sich herab.

Gerald trat näher und blieb im Türrahmen stehen und blockierte somit den einzigen Ausweg aus der Küche. Nikolajs Zittern übertrug sich auf Ava. Mit wild klopfendem Herzen klammerte sie sich an seinem Arm fest. Über seine Schulter hinweg musterte sie den Mann gebannt. Wenn man von Václav und diesem groben Klotz absah, war Darko bisher der einzige Vampir, den sie kennengelernt hatte. Wo der jedoch seinen sarkastischen Charme versprühte, strahlte dieser, trotz seines Lächelns und seines eleganten Anzugs, eine Düsternis aus, die direkt aus der Hölle zu kommen schien. Die schwarzen Augen des Vampirs glitzerten tückisch. Der war definitiv gefährlicher als Václav. War das einer von denen, vor dem Darko und Nikolaj sie gewarnt hatten? Einer derjenigen, die Jagd auf sie machten? Ihr Herz raste mit ihren Gedanken um die Wette. So schnell, dass ihr schwindlig wurde.

Mit gespieltem Großmut, als wären sie aufsässige Kinder, betrachtete Gerald sie und schüttelte den Kopf. »Ich dachte, du wärst schlauer, Poutnik«, sagte der in einem aufgesetzt bedauernden Tonfall. »Eure Magie ist fort, was also willst du mir entgegensetzen, Kleiner? Selbst in euren besten Zeiten hätten wir jemanden wie dich zum Nachtisch verspeist.« Er lachte laut und gekünstelt. Doch dann wurde er unvermittelt ernst und durchbohrte sie beide abwechselnd mit seinem Haifischblick. »So wie ich das sehe, ist euer Beschützer nicht in der Nähe und kann nicht verhindern, wenn ich dich in der Luft zerfetze und sie mitnehme. Also, Herzchen«, er wandte sich direkt an Ava, »wenn dir sein Leben lieb ist, verabschiede dich jetzt.« Zu ihrer Überraschung drehte er sich weg, als würde er ihnen höflicherweise Zeit für einen Abschied geben wollen.

»Nikolaj.« In ihrem Mund breitete sich ein pappiger Geschmack aus. Als sie weitersprach, senkte sie unwillkürlich ihre Stimme. Wahrscheinlich würde der Vampir trotzdem alles verstehen. Ihr war wieder eingefallen, was Darko damals im Krankenhaus gesagt hatte. »Wenn ich es richtig verstanden habe, brauchen die mich lebend. Selbst sie müssen sich meinem freien Willen beugen.«

»Sie werden dich zu einer Entscheidung zwingen«, gab er genauso leise zurück. »Und wenn sie dich dafür brechen müssen.«

»Lass mich gehen!« Mühsam schluckte sie, ihre Beine zitterten so stark, dass sie das Gefühl hatte, gleich zusammenzubrechen. Sie könnte es nicht ertragen, wenn ihm etwas passierte – ihretwegen. Zögernd trat sie einen Schritt an ihm vorbei.

»Schlaues Mädchen.« Grinsend entblößte Gerald eine makellose Zahnreihe, als er sich ihnen wieder zuwandte. Heftig schüttelte Nikolaj den Kopf, dass seine schwarz-blonden Haare flogen. Mit einer Hand tastete er nach ihrer. Seine kalten Finger schlossen sich fest um ihre und zerquetschten fast ihre Hand.

»Lass los«, sagte sie laut und langsam, krampfhaft bemüht, ihrer Stimme einen festen Klang zu geben.

»Nein!« Er zog sie zurück.

»Kinder«, stöhnte Gerald in ihrem Rücken genervt auf. »Langsam geht mir die Geduld aus!« Mit einem großen Schritt überwand er die Distanz, verpasste Nikolaj einen Stoß, sodass der mit dem Hinterkopf gegen die Küchenzeile prallte und zu Boden ging. Gleichzeitig riss er Ava mit brutaler Kraft an sich.

»Du Wichser!« Heftig wandte und drehte sie sich im harten Griff des Vampirs, der davon keinerlei Notiz zu nehmen schien. Stattdessen packte er sie wie ein Paket unter dem Arm, sodass ihre Füße in der Luft zappelten. Fassungslos starrte sie auf die leblose Gestalt, die am Boden lag. »Nein, nein, nein!«

»Mach nicht so ein Drama. Er ist nicht tot. Noch nicht«, fügte Gerald hinzu. Grinsend leckte er sich über die schmalen Lippen.

Als sich Nikolaj stöhnend bewegte und aufsetzte, atmete Ava erleichtert aus. Ungelenk zog er sich an dem Küchentresen hoch und griff sich an den Hinterkopf. Mit einem entsetzten Keuchen starrte er zuerst auf das Blut an seinem Finger, dann zu ihr. Die beiden Vampire, die bisher stumm im Flur stehen geblieben waren, stießen zischende Laute aus.

»Poutnik!« Geralds Stimme war voll der Verachtung. Nikolajs Blut tangierte ihn offensichtlich nicht oder er hatte sich verdammt gut unter Kontrolle. »Richte dem Oberhaupt des tschechischen Clans aus, dass wir kein Interesse an einer Zusammenarbeit haben. Weder mit ihm und schon gar nicht mit deinesgleichen! Für seinen Gesetzesbruch werden wir ihn zur Rechenschaft ziehen.« Ohne auf eine Gegenreaktion zu warten, stellte Gerald Ava auf ihre Füße und schob sie in den Flur auf die Eingangstür zu.

Lass mich rein! Ein Raunen und Flüstern ging durch Avas Kopf und hallte in ihr wider wie ein Echo, das von jedem einzelnen Knochen zurückgeworfen wurde und selbst in ihren Zähnen spürbar war. Kalte Schauer rieselten über ihren Körper und jedes noch so kleine Härchen stellte sich prickelnd auf.

Ihr Kopf ruckte nach links, in die Richtung, aus der die Stimme zu kommen schien, und wo der mannsgroße Spiegel neben der Garderobe hing. Ein Schock durchzuckte sie wie ein Blitz aus Eis. Das Bild war zu grotesk! Unter normalen Umständen wäre sie wahrscheinlich vor Angst gestorben. Das Spiegelbild zeigte sie zweimal. Sich selbst, verschwommen durch die Gestalt im Vordergrund, die sie wie ein dunkles schwarz-rotes Negativbild überlagerte.

Ihr Schatten-Ich! Ava keuchte auf. Mit einem spürbaren Ruck blieb die Welt plötzlich stehen.

Ich kann dir helfen, wisperte die Stimme in Avas Kopf. Das Bild im Spiegel schien seine Lippen nicht zu bewegen, sondern sie einfach nur aus unheimlich schwarz-rot glühenden Augen zu mustern.

Wie?, fragte Ava stumm.

So wie ich es schon einmal getan habe. Du musst nur die Tür in deinem Geist öffnen. Und ich erledige das hier für dich.

Darko sagt …

Seit wann tust du, was er dir sagt? Das Schatten-Ich verzog die Lippen zu einem herausfordernden Grinsen. *Darko ist nicht hier, oder? Er kann dir nicht helfen. Was meinst du, was die mit uns machen, wenn die dich zu einer Entscheidung zwingen? Sie werden uns so lange foltern und quälen, bis du alles machst, was sie wollen. Wie viel ist der freie Wille dann noch wert? Was wird aus den Menschen, die du liebst. Nikolaj? Deinen Freunden? Oder Darko?* Mir *sind diese Leute egal. Ich aber liebe niemanden, doch wenn du zerbrichst, zerbreche auch ich. Also lass mich rein und ich helfe, oder aber lebe mit den Konsequenzen.*

Ava überlegte. Versuchte ihre Möglichkeiten abzuwägen. Warf einen Blick auf die beiden anderen Vampire, die auf ein Zeichen Geralds den Zugang zur Küche blockierten und Nikolaj gewaltsam davon abhielten, zu ihr zu gelangen.

Entscheide dich!

Einer der Bodyguard-Vampire hatte Nikolaj fest im Griff und riss seinen Kopf herum, sodass der Hals entblößt wurde. Er beugte sich vor, ließ dabei Ava nicht aus den Augen. Die Botschaft war deutlich. Sollte sie sich weigern, würden sie nachhelfen. Abgesehen davon, vertraute sie Gerald nicht, dass Nikolaj nichts geschehen würde. So viel zum Thema, man hätte immer eine Wahl.

Es gibt keine Wahl. Nur Entscheidungen und Konsequenzen.

Okay, unmerklich nickte Ava ihrem Spiegelbild zu. Und öffnete sich ihrem Schatten.

»Ava!«, hörte sie Nikolaj brüllen, seine Stimme klang wie aus weiter Ferne. »Tu's nicht!«

Im Spiegel sah sie, wie sich Gerald überrascht zu Nikolaj umdrehte. Für einen Moment war er abgelenkt.

Im Bruchteil einer Sekunde stieß eine unmenschliche Kraft eine Tür in Avas Geist auf und eine düstere Macht überflutete sie, drang in jede Körperzelle ein.

Wie auf der Polizeistation hatte sie auch jetzt das Gefühl, dass sich die Wirklichkeit verschob und sie – ihr ganzes Sein – zur Seite gedrängt wurde.

Fast erwartete Ava, dass sich ihr Geist wie bei den anderen Blackouts ausschaltete, während das Schatten-Ich ihren Körper in Besitz nahm. Doch dieses Mal war es anders.

Ava erschien es, als würde sie in einem Glaskasten sitzen, von wo aus sie das Geschehen verfolgen, aber nicht eingreifen konnte.

Das Negativbild im Spiegel war verschwunden, stattdessen verzog sich *ihr* Gesicht zu einem diabolischen Grinsen.

Mit einem Ruck befreite sich das Schatten-Ich mühelos aus Geralds hartem Griff. In einer fließenden Bewegung warf sie sich gegen den überrumpelten Vampir und knallte zusammen mit ihm gegen den Spiegel. Scherben prasselten wie Regen auf sie nieder, nur eine einzelne, große, gezackte blieb am oberen Rand hängen.

Ohne auch nur mit der Wimper zu zucken, riss sie Gerald das Herz aus der Brust. Einfach so. Umstandslos. Als würde sie einen Apfel vom Baum pflücken.

Mit einem fassungslosen Ausdruck im Gesicht starrte der Blutsbruder auf sein Herz, das das Schatten-Ich triumphierend in der Hand hielt.

Dann schloss er die Augen und sackte zu Boden. All das passierte im Zeitraum eines Wimpernschlags und mit brutaler Klarheit.

Ava schrie! Es war wie in einem dieser Albträume, in denen kein Ton über die Lippen drang. Nur dass es kein Traum war, sondern die Realität. Und dass *sie* auf der falschen Seite des Spiegels stand. Ihr Schatten-Ich warf ihr über die Spiegelscherbe ein süffisantes Lächeln zu. In ihren Augen tobte ein flammendes Inferno.

Sieh nur, zu was wir gemeinsam in der Lage sind.

Hinter ihr beobachtete Ava die zwei Bodyguard-Vampire. Sie hatten von Nikolaj abgelassen und wirkten hin- und hergerissen, als wüssten sie nicht, ob sie sich auf das Schatten-Ich stürzen oder fliehen sollten. Der plötzliche Tod ihres Anführers schien sie aus dem Konzept gebracht zu haben. Allerdings nur kurz. Die beiden tauschten einen Blick miteinander, dann stürzten sie auf Ava zu. Mitten in der Bewegung erstarrten die beiden jedoch. Perplex betrachtete sie ihre Brust, auf der sich jeweils ein großer roter Fleck immer schneller ausbreitete. Sekunden später gingen beide zu Boden und gaben den Blick auf denjenigen frei, der sie getötet hatte.

Mit einem Herz in jeder Hand stand Darko da und schaute sie fassungslos an. Langsam ließ er die Organe fallen. In seiner Miene spiegelte sich Unglauben und Entsetzen wider.

Darko!, schrie Ava innerlich und rannte gegen die Macht an, die ihren Geist ausgesperrt hatte. *Pass auf!* Er hörte sie nicht.

»Dich kenne ich doch!« Mit einer lässigen Bewegung ließ Schatten-Ava Geralds Herz zu Boden plumpsen, drehte dem zerstörten Spiegel den Rücken zu und wandte sich an Darko.

Lass ihn in Ruhe!, schrie Ava panisch. Sie fühlte sich wie eine Gefangene in ihrem eigenen Kopf. *Tu ihm nichts, bitte.*

Soll ich lieber den anderen nehmen? Das Schatten-Ich sprach auf telepathische Weise direkt zu ihr. *Wäre es dir lieber, ich würde Nikolaj vernaschen? Deine Entscheidung.*

Die Worte strömten aus jeder Richtung auf Ava ein, drückten sie nieder. *Die Liebe macht dich zum Opfer. Egal, wie die Geschichte am Ende ausgeht, du wirst verlieren.*

Mit den Händen an ihren Ohren krümmte sich Ava in ihrem inneren Gefängnis zusammen und beobachtete, wie ihr Körper auf Darko zusteuerte.

Entscheide dich. Denn das ist, was diese Blutsbrüder von dir verlangen werden. Was alle von dir wollen. Eine Entscheidung treffen. Für die eine oder andere Seite. Alle werden versuchen, dich zu umgarnen oder zu zerbrechen. Wie lang wirst du es aushalten?

Verzweifelt kämpfte Ava darum, die Kontrolle zurückzugewinnen, und warf sich gegen die unsichtbare Barriere in ihrem Geist, die sie trennte.

Hör auf, knurrte das Schatten-Ich.

Wütend hämmerte Ava weiter gegen die Grenze an, die unter ihrem Ansturm zu wanken schien. Sie musste hier raus!

Ich habe dich gewarnt, mit einer wirbelnden Bewegung drehte sich das Schatten-Ich wieder zu dem zerstörten Spiegel und zerschlug die große Scherbe, die noch im Rahmen hing.

Und Ava wurde in einen wilden Strudel aus Dunkelheit und spiegelnden Splittern gezogen.

KAPITEL 28

Wie versteinert starrte Darko die junge Frau an, hoffte, dass sein Pokerface nichts von seinem inneren Aufruhr verriet. Rasch scannte er ihr Energiefeld, das sich über das Kronenchakra ausbreitete und den Körper wie mit einer zweiten Haut aus Farben umhüllte. Unwillkürlich zuckte er zusammen.

Ihre blauschwarz schillernde Aura, von dunkelroten Schwaden durchzogen, wirkte auf den ersten Blick mystisch und anziehend. Doch dort, wo Avas goldene Sparkles einst wie Sterne leuchteten, existierten bei ihrem Schatten nur schwarze, leere Löcher, die jedes Licht verschlangen. Aus jeder Pore strahlte es unkontrollierte Urtümlichkeit aus, mit der eine Dunkelheit einherging, an der sich weder Gunther noch einer seiner Brüder messen konnten. Die waren Kindergarten gegen das hier.

»Na? Erkennst du mich?« Mit hochgezogenen Augenbrauen heftete sie ihren Blick auf ihn.

Bevor er ihr antwortete, riskierte Darko einen Blick zu Nikolaj, der gegen die Wand auf den Boden gesackt war. Er roch sein Blut, das an dessen Fingern klebte. Und das seinen Magen knurren ließ.

Mit weit aufgerissenen Augen starrte Nikolaj ihn und die Schatten-Ava benommen an. Sein rasender Herzschlag dröhnte in Darkos Ohren. Im Großen und Ganzen schien er aber okay zu sein. Gut, dann konnte er ihn hinterher selbst umbringen.

»Du bist der Schatten«, stellte Darko fest und verschränkte die Arme vor der Brust. Unwillkürlich fragte er sich, wie er sich auf der Technoparty dermaßen in die Irre hatte führen lassen. *Weil du es da noch nicht ahnen konntest,* rechtfertigte er sich selbst. *Und sie hat dich überrumpelt. Ein weiteres Mal gelänge ihr das nicht.* Zugegeben, sein Fehler, er hatte ihre Aura kein zweites Mal geprüft, nachdem sie die Bar verlassen hatten – warum auch?

»Respekt!« Zynisch lächelnd applaudierte Ava Nummer zwei. »Dieses Mal hast du es immerhin sofort gecheckt!«

Gemächlich trat sie auf ihn zu, wobei sie anmutig über die toten Vampire stieg, ohne diese eines Blickes zu würdigen. Nur wenige Zentimeter trennten ihre Gesichter voneinander. Ein herber, süßlicher Geruch vermischte sich mit dem Blut der toten Vampire, die vor ihren Füßen lagen. Auch wenn sie zu ihm aufschauen musste, um ihm in die Augen zu sehen, hatte diese Geste nichts Unterwürfiges an sich. In ihren tiefschwarzen Pupillen loderte ein dämonisches Feuer.

Wie zum Teufel hatte er so blind sein können!

Äußerlich beherrscht begegnete Darko wortlos ihrem lauernden Blick. Die unterschwellige Gefahr, die von ihr ausging, ließ ihn auf der Hut sein.

»Ich frage mich, ob du mich auch gewollt hättest, wenn du gewusst hättest, dass ich nicht sie bin.« Unvermittelt packte sie Darkos Shirt, ruckartig zog sie ihn zu sich heran, sodass sich ihre Oberkörper berührten, ihre Lippen strichen über seine. Eine Hand wanderte nach unten. »Wie wäre es mit einer Wiederholung?«

Was sollte das?

»Lieber nicht«, entgegnete er unterkühlt. Grob löste er ihre Hand von seinem Shirt. Am liebsten würde er sie am Hals packen, ihre Kehle zudrücken und … Er schüttelte den Kopf und schob sie auf Armeslänge weg.

»Bedauerlich.« Avas Schatten legte den Kopf zur Seite und musterte ihn mit einem brennenden Blick, verfolgte jede seiner Bewegungen. »Ich hätte gedacht, wir könnten dort weitermachen, womit wir im

Beichtstuhl aufgehört hatten. Du erinnerst dich bestimmt. Als du dachtest, ich sei sie, kanntest du keine Hemmungen.« Süffisant grinste sie ihn an und zwinkerte ihm zu. »Im Gegenteil.«

»Ich könnte kotzen, wenn ich daran denke.« Und wie er sich daran erinnerte. Trotz des diffusen Gefühls, das etwas nicht stimmte, hatte er sich verführen lassen. Wie hatten ihm nur all diese Unterschiede, die ihn jetzt regelrecht ansprangen, nicht auffallen können?

Darkos Gedanken überschlugen sich. Er brauchte einen Plan. Die echte Ava steckte noch irgendwo in diesem Körper. Fieberhaft dachte er nach: Jedes Mal verlor sie die Kontrolle, wenn das Schatten-Ich die dominante Persönlichkeit war, und wachte bei Sonnenaufgang mit Blackouts auf. Allerdings war es Ava offenbar möglich gewesen, auf die Vampirfähigkeiten zuzugreifen, ohne das Kommando abzugeben, zumindest war ihr das auf der Polizeistation gelungen. Aber wie? Vielleicht konnte man das Ganze umdrehen und Ava auf diesem Weg zurückholen, bevor wieder etwas passierte. Er musste unbedingt herausfinden, was die Trigger waren und wie sie funktionierten. Zuerst aber ... Langsam wich er in den Flur zurück.

»Zu schade, dass wir gestört worden sind.« Die Schatten-Ava folgte ihm. Bedacht. Pantherhaft.

Vielleicht könnte er sie im Badezimmer einsperren, bis ihm eine Lösung einfiel. Oder Ava von selbst zurückkehrte. Auf jeden Fall musste er verhindern, dass sie verschwand.

»Musste der Typ deswegen sterben?«, fragte er, um Zeit zu gewinnen.

»Nein.« Ihr eiskaltes Lachen sandte ihm unangenehm prickelnde Schauer über den Rücken. Ihr Gesicht verzog sich zu einem fiesen Grinsen. »Erst hab ich mit ihm gespielt, aber dann wurde er irgendwann langweilig und ich hungrig. Da habe ich ihn ausgetrunken.« In gespielter Nachdenklichkeit legte sie ihren Finger an die Lippen. »Menschen gehen so schnell kaputt.« Ihre Augenbrauen zogen sich nach oben zusammen, als wäre sie über diese Erkenntnis verwundert.

Es erschütterte Darko, dass sie von Menschen sprach, als würde es sich um eine Packung Tomatensaft handeln, die man austrank, zusammenknüllte und achtlos wegwarf. Nicht bei einem einzigen Frischling hatte er je erlebt, dass sie im Nachhinein so gänzlich ohne

Reue waren. Die meisten von ihnen litten unter Schuldgefühlen, weil die ersten Toten hauptsächlich geliebte Menschen in ihrer Nähe waren. So wie bei ihm und vielen anderen. Nach dem Blutrausch folgte der Kater, der einen in ein tiefes Loch aus Selbsthass und Schuldgefühlen zerrte. Nur noch ein paar Schritte bis zum Badezimmer. Wenn er es richtig in Erinnerung hatte, war es fensterlos und sie hätte keine Fluchtmöglichkeit. Gebannt beobachtete er ihren flackernden Blick zur offenen Tür hinaus und hielt sich bereit, falls sie Anstalten machen sollte abzuhauen.

»Schon mal was von Manipulieren gehört?«, versuchte Darko, sie abzulenken. »Das ist viel bequemer, als Leichen verschwinden zu lassen, und weniger auffällig.« Ein scharrendes Geräusch aus der Küche drang an sein Ohr.

Verdammt, Nikolaj, bleib, wo du bist! Darko wagte es nicht, an ihr vorbei in die Küche zu schauen, weil er befürchtete, ihre Aufmerksamkeit zu verlieren. Sie sollte sich voll auf ihn konzentrieren.

»Ich könnte es dir beibringen.«

»Was interessiert's mich?«, gab sie in einem gelangweilten Ton zurück und wandte sich dem Ausgang zu.

Darko spannte seine Muskeln an. Jetzt musste alles schnell gehen. Sie durfte unter keinen Umständen aus …

»Gili!« Nikolajs Stimme überschlug sich und ließ ihn zusammenzucken. »Gili, moje gili!«

Die Reaktion des Schatten-Ichs war beinahe grotesk. Sie zuckte heftig zusammen, als hätte sie etwas Schweres mit voller Wucht getroffen, und ging taumelnd in die Knie.

Ungläubig warf Darko Nikolaj einen Blick zu, der sich schwankend am Türrahmen festklammerte. Mit geschlossenen Augen und konzentrierter Miene murmelte er immer dasselbe Wort: Gili. Gili. Gili.

Was für eine Hexerei trieb er da?

Wildes Knurren lenkte Darkos Aufmerksamkeit wieder zurück auf die Schatten-Ava, die bei jedem Gili zusammenzuckte.

»Hör auf!«, fauchte sie. Ihre Stimme verwandelte sich in gequältes Röcheln. Sie sank vollends auf die Knie.

»Gili!«

Grün mischte sich in das Schwarz ihrer Augen. Goldene Punkte leuchteten flackernd in ihrer Aura auf. Erloschen, kehrten heller strahlend zurück.

»Nikolaj, mach weiter!«Verdammt, was immer er trieb, holte Ava zurück. Keuchend krümmte sich ihr Schatten, schlang ihre Arme um den Bauch, als litte sie unter heftigen Magenschmerzen. Mit einem gequälten Schrei, der in Darkos Knochen widerhallte, schloss sie die Augen und legte die Hände an ihren Kopf.

»Ich habe gesagt: *Hör auf*!« Unvermittelt schoss sie mit der Geschwindigkeit einer angreifenden Kobra auf Nikolaj zu.

Darko reagierte ohne Zögern. Blitzschnell warf er sich dazwischen, verpasste ihr einen Stoß, der sie in die entgegengesetzte Richtung taumeln ließ, und baute sich zwischen den beiden auf. Zu gern hätte er sie gegen die Wand geklatscht und ihr die Kehle aufgerissen, wenn er damit nicht auch der echten Ava schwere Verletzungen zufügen würde. Und er wollte nach Möglichkeit vermeiden, sie mit seinem Blut wieder aufzupäppeln. Wer konnte schon sagen, was er damit anrichten würde. Beim letzten Mal war das dabei herausgekommen!

»Wenn du ihm ein Haar krümmst ...«, drohte er mit eisiger Stimme. In seinen Ohren dröhnte das Blut wie ein Wasserfall. Was genau er tun würde, ließ er offen. Töten konnte er sie schlecht und das wusste sie. Aber bewusstlos schlagen wäre vielleicht eine Option.

Aufmerksam achtete er auf jedes noch so kleine Zucken ihrerseits, wappnete sich gegen einen neuen Angriff.

»Das ist interessant!« Ava Nummer zwei verzog die Lippen zu einem amüsierten Grinsen. »Wieso beschützt du ihn, obwohl ihr dasselbe wollt?« Mit dem Finger deutete sie abwechselnd auf die beiden. »Wer von euch soll sie kriegen? Ich könnte ihr die Entscheidung erleichtern. Das wäre bestimmt in eurem Sinne?« Mit einem grausamen Ausdruck in ihrer Miene ließ sie die Fangzähne hervorschnellen. »Oder würdest du freiwillig für ihn verzichten?«

»Was willst du?«, fauchte Darko. Er hatte die Nase voll von ihren Spielchen und Doppeldeutigkeiten. Der Geruch von Nikolajs Blut stieg ihm in die Nase und erinnerte ihn daran, wie hungrig er war. Seit dem einen Schluck aus Marks Hand hatte er nichts mehr zu sich genommen.

»Alles!«, antwortete sie ernst.

Dann war sie fort. Von einem Wimpernschlag auf den anderen verschwunden. Ganz vampirlike.

»Fuck!«, fluchte Darko. Sie hatte ihn reingelegt! In einem plötzlichen Anfall von Wut stürmte er durch den Gang, riss den Rahmen, der vom Spiegel noch übrig geblieben war, von der Wand und pfefferte ihn quer durch den Flur. »Fuck! Fuck! Fuck!«

Grob fuhr er sich mit den Fingern durch die Haare und drehte sich zu Nikolaj um. Erst jetzt registrierte er, dass der nur in Shirt und Boxershorts vor ihm stand. Der Rest seiner Selbstbeherrschung brach in sich zusammen. Nagender Hunger und Wut auf sich selbst, auf Ava, auf Nikolaj und die ganze verdammte Scheiße, mit der er sich seit Wochen rumplagte, ließen seine übliche Gelassenheit implodieren.

Mit einem Aufschrei stürzte er sich auf Nikolaj, stolperte fast über die Leichen der drei Vampire, riss ihn an seinem T-Shirt hoch und presste ihn derart ungestüm gegen die Wand, dass dessen Hinterkopf heftig dagegen knallte und er vor Schmerzen laut aufschrie.

»Wie kann es sein, dass ihr beide jedes Mal Scheiße baut, wenn ich nicht da bin!«, brüllte er. »Erst die Sache mit der Polizei und dann das! Euch kann man nicht für fünf Minuten aus den Augen lassen, ohne dass eine Katastrophe passiert!« Ein unkontrolliertes Knurren drang tief aus seiner Kehle, mit einem brennenden Gefühl schossen seine Fangzähne heraus. »Dafür werden sie uns jagen! Sie werden uns töten wollen!« Darko deutete mit dem Kinn auf den toten Blutsbruder. »Das hier hat wahrscheinlich einen verdammten Krieg zwischen unseren Clans ausgelöst!« Unbarmherzig hielt er Nikolaj in einem harten Griff. Dessen Abwehrversuche ignorierte er genauso wie seine Rufe. Die Worte rauschten dumpf an ihm vorbei ohne jegliche Bedeutung. Rot— schwarze Schlieren vernebelten Darkos Blick. Er stand verdammt kurz davor, die Kontrolle zu verlieren. Der Geruch von Blut und die wild pochende Hauptschlagader an Nikolajs Hals zogen ihn magnetisch an. Ein existenzieller Trieb, der gegen seinen Willen ankämpfte, gepaart mit unbeherrschter Wut, war eine tödliche Mischung.

»Ja, was ist denn hier los?«

Die Stimme holte Darko schlagartig in die Gegenwart zurück. Erschrocken zuckte er zusammen, als ihm bewusst wurde, was er im Begriff war zu tun. Langsam ließ er Nikolaj los und trat einen Schritt zurück und beobachtete seltsam betäubt, wie der sich schweratmend gegen die Wand lehnte und daran zu Boden glitt.

Innerlich kämpfte Darko noch immer gegen den Drang an, Nikolaj die Kehle aufzureißen und sich satt zu trinken. Seine Willenskraft übertrumpfte den Hunger und drängte ihn in eine Ecke zurück. Vorerst. Aber er musste unbedingt Nahrung zu sich nehmen. Für einen Moment schloss Darko die Augen und atmete bewusst ein und aus, um sich wieder zu sammeln. Erst dann drehte er sich bedächtig um.

Ein älterer Herr – wahrscheinlich ein Nachbar – stand im Türrahmen und musterte sie beide mit unverhohlener Neugier. Doch als sein Blick auf die drei leblosen Körper am Boden fiel, verwandelte sich der wissbegierige Ausdruck in seinem Gesicht in pures Entsetzen. Fluchtartig trat der den Rückzug an.

Schon war Darko bei dem Mann und hielt ihn zurück. Brutal zerrte er ihn in die Wohnung und drückte ihn gegen die Wand. Ohne Zeit zu verlieren, versenkte er seinen Blick in den des Gegenübers. »Du gibst keinen Laut von dir!« Dann schlug er ihm seine Fangzähne in den Hals und trank gierig.

Erst als Darko den sich verlangsamenden Herzschlag registrierte, zwang er sich aufzuhören. Sein Blut brannte bitter auf seiner Zunge. Menschenblut bekam einen widerlichen Geschmack, wenn sie Angst hatten. Aber in der Not fraß der Teufel bekanntlich Fliegen. Erneut sah er dem Mann tief in die Augen und drängte ihm seinen Willen auf.

»Du hast Lärm gehört und nachgesehen. Es war nur ein Streit mit einem Ex von Ava«, suggerierte Darko und deutete auf Nikolaj. »Der Gute konnte nicht ertragen, dass sie sich meinetwegen von ihm getrennt hat. Da ist er eifersüchtig geworden und hat die Tür eingetreten. Mehr ist nicht passiert und es gibt auch nichts zu sehen.«

Mit einem knackenden Geräusch biss sich Darko in den Unterarm und nötigte den Nachbarn dazu, sein Blut zu trinken. Wie im Zeitraffer begann die klaffende Wunde an seinem Hals zu heilen und verschwand schließlich, ohne Spuren zu hinterlassen. Mit glasigen Augen starrte der Mann ihn an.

»Wiederhol, was ich gesagt habe«, befahl Darko harsch. Auch wenn das Blut einen ekelhaften Nachgeschmack hatte, so war er immerhin satt. Seine Gefühle fuhren langsam runter.

»Nichts ist passiert. Nur ein Streit mit Avas Ex«, wiederholte der alte Herr emotionslos. Kopfnickend wandte er sich um und verschwand schlurfend im Treppenhaus, während er etwas davon murmelte, dass das davon käme, wenn man sich mit so einem Gesindel einließe.

Schulterzuckend wischte sich Darko den Mund ab und sah sich nach der Tür um. Wie durch ein Wunder waren das Türblatt und der Rahmen heil geblieben. Lediglich die Scharniere hatte es durch die Gewalteinwirkungen herausgerissen.

Seufzend lehnte er die Tür in ihren Rahmen. Immerhin war so der Blick in die Wohnung versperrt. Hoffentlich kreuzten nicht noch mehr neugierige Nachbarn auf.

»Jetzt zu dir«, meinte Darko. Die explosiven Gefühle und das stechende Hungergefühl waren verflogen und er hatte sich wieder völlig im Griff. Als er sich zu Nikolaj umdrehte, fiel sein Blick ins Wohnzimmer, wo Sofakissen in einem bunten Durcheinander auf dem Boden lagen.

»Du solltest doch auf sie aufpassen! Und was hast du gemacht? Geschlafen?« Stirnrunzelnd deutete er abwechselnd auf das Chaos und auf Nikolaj, der rot anlief. »Ich schwör's dir, wenn dein Großvater nicht mein Freund gewesen wäre ... Am liebsten würde ich dir den Kopf abreißen und das meine ich nicht metaphorisch!« Erneut brodelte Wut in ihm hoch. Eigentlich hatte er sich für sein Verhalten vorhin entschuldigen wollen, aber Nikolajs betretenes Schweigen und sein ausweichender Blick machten ihn einfach stinksauer. Seine Finger schlossen sich unablässig zu Fäusten. Am liebsten würde er irgendwas zerdeppern. Mit einem aufgebrachten Laut machte er seiner Frustration Luft. »Du hast Glück, dass wir keine Zeit haben! Zieh dich an und pack deinen Kram! Wir müssen sie suchen! Auch wenn ich keine Ahnung hab, wo wir anfangen sollen.«

»Luladja hat mir ein paar von den magischen Steinen mitgegeben«, murmelte Nikolaj, während er sich an Darko und den toten Vampiren vorbeischob, wobei er ihm einen bitterbösen Blick zuwarf.

»Magische Steine?« Irritiert zog Darko die Augenbrauen zusammen.

»Ja, schon bevor die Magie komplett verschwunden ist, hat Luladja Steine mit Magie aufgeladen. Quasi als eiserne Reserve. Allerdings ist die Anzahl begrenzt und die Anwendung auf einen bestimmen Verwendungszweck ausgerichtet.«

Luladja war einfach genial! Endlich erklärte es sich auch, wie es Rado und Nikolaj gelingen konnte, seine halbe Villa in die Luft zu sprengen, obwohl beide keine aktive Magie ausüben konnten.

»Und?«, forderte Darko ihn ungehalten zum Weiterreden auf, während er ungeduldig beobachtete, wie Nikolaj seine Klamotten zusammensuchte und sich anzog. »Ist da vielleicht auch einer dabei, der Find-mich heißt?«

»Unter anderem. Einer, mit dem wir sie aufspüren könnten. Ich brauch nur irgendwas Persönliches von ihr.«

»Das sagst du mir jetzt!«, knurrte Darko gereizt. »Hättest du damit nicht letzte Nacht rausrücken können, bevor sie diesen Typen gekillt hat?«

»Ich hab nur diesen einen Lokalisierungsstein und außerdem war nicht *ich* mit ihr auf der Technoparty.« In Nikolajs Tonfall lag wesentlich mehr als bloßer Vorwurf.

»Schon gut.« Darko winkte ab und bemühte sich, neutral zu klingen. Sein schlechtes Gewissen drängte er in eine staubige Ecke seines Bewusstseins. Für Feinheiten hatten sie keine Zeit. Er hatte nicht gewollt, dass Nikolaj die Sache im Beichtstuhl erfuhr.

»Das ist ihre Wohnung, also solltest du kein Problem haben, etwas Persönliches zu finden. Nimm dir, was du brauchst, und gib mir den Stein. Sobald ich Ava gefunden habe, hol ich dich ab.«

»So funktioniert das nicht«, antwortete Nikolaj kopfschüttelnd. »Der Stein führt mich zu ihr. Es ist wie ein innerer Magnet, der einen zu der gesuchten Person hinzieht.« Mit einem Seitenblick auf Darko fügte er zynisch hinzu: »Und die Magie im Stein kann nur von uns Poutnik aktiviert und benutzt werden.«

»Na, dann kommst du eben mit!« An der Tür hielt er inne, ihm war ein Gedanke gekommen. »Sag mal, welche Steine hat sie dir noch mitgegeben?«

KAPITEL 29

»Siehst du sie?« Suchend reckte Darko den Hals, sah sich auf der Domplatte um. Dank eines öffentlichen Musikevents vor dem Dom herrschte trotz der späten Stunde reger Betrieb. Der Geruch all dieser Menschen ließ seinen Magen vernehmlich knurren.

Verdammt, obwohl er sich vorhin an Avas Nachbar satt getrunken hatte, hätte er nichts gegen einen Mitternachtssnack!

Angespannt versuchte er, Ava zwischen all den Menschen auszumachen, die sich auf dem großen Platz tummelten, während er seine Eckzähne ignorierte. Der ideale Ort für einen Vampir, der Heißhunger hatte. Niemandem würde auffallen, wenn einzelne Personen verschwanden. Dafür musste der Vampir nicht einmal sonderlich talentiert sein, solange er die Kontrolle behielt. Kontrolle! Fuck! Frustriert kämmte sich Darko die Haare über den Mittelscheitel zurück. Seit die Magie fort war, wurde es immer schwieriger, die Oberhand über die Raubtierinstinkte zu behalten. Und wenn es ihm schon schwerfiel, nicht über die Leute herzufallen, wie musste es erst für Avas Schatten sein? *Wie ein Schlaraffenland!*, schoss es ihm durch den Kopf.

»Also?«, knurrte er ungeduldig und verdrängte das nagende Gefühl im Magen. Obwohl er vorhin von Avas Nachbarn getrunken hatte, war er noch immer hungrig. »Ist sie hier?«

»Nein«, entgegnete Nikolaj knapp.

»Funktioniert das überhaupt, wenn der Schatten dominant ist?« Darko musste lauter sprechen, als ihm lieb war, denn Nikolaj achtete peinlichst genau auf einen Abstand von mindestens drei Metern.

»Sie sind eins, auch wenn sie zwei verschiedene Persönlichkeiten sind. Die Kette gehört beiden.«

Um das Handgelenk hatte Nikolaj eine silberne Kette mit einem kleinen kugelförmigen Anhänger gewickelt. Das Schmuckstück hatten sie in einer Schatulle in Avas Zimmer gefunden.

Stirnrunzelnd sah Nikolaj auf den Stein, der in der Dunkelheit in einem sanften Rotton leuchtete. Als sie Avas Wohnung verlassen hatten, hatte er noch eine bläulich-weiße Färbung gehabt.

»Spürst du denn was?«, bohrte Darko nach. Je länger das Schatten-Ich draußen herumlief, desto unruhiger wurde er.

»Nicht wenn du mich ständig störst!«, entgegnete Nikolaj gereizt und warf ihm einen bitterbösen Blick zu.

Schon wollte Darko etwas Spitzes entgegnen, verzichtete aber stattdessen auf einen Schlagabtausch. Nachdenklich betrachtete er Nikolaj, der die Augen schloss und mit konzentrierter Miene in sich hineinzuhorchen schien. Als wäre der Stein ein Kompass, wandte er sich mal in die eine oder andere Richtung. Trotz seines dunkleren Teints wirkte er blass, was von dem schwarzen Haaransatz nur verstärkt wurde. Tiefe Schatten lagen unter seinen Augen. Bei all dem Chaos, das seit ihrer Ankunft in Köln herrschte, war ihm nicht bewusst gewesen, wie dreckig es Nikolaj gehen musste. Erst die Polizei, die Sache mit Ava und dann noch sein eigener Kontrollverlust.

Nikolaj war seinem Großvater unheimlich ähnlich. Ernst und pflichtbewusst. Loyal seiner Familie und seinen Leuten gegenüber. Ein teuflisch guter Geiger. Zerrissen. Er seufzte innerlich. Wenn Nikolaj bloß zulassen würde, ihn zu unterstützen. Dass sie alle es zuließen. Als Luladja ihn vor Kurzem kontaktiert und um eine Zusammenarbeit wegen der Magie gebeten hatte, war er zuerst überrascht gewesen, sah darin aber endlich eine Möglichkeit zur Zusammenarbeit in einer sich immer schneller ändernden Welt, in der sich Vampire wie Poutnik anpassen mussten, statt sich weiter zu bekämpfen. Bei einem Treffen, Anfang des Jahres, war er Nikolaj erstmals begegnet und schmerzlich an Jiri erinnert worden, dem er wie aus dem Gesicht geschnitten war. Ein Gruß aus der Vergangenheit. Er kannte sie alle. Luladjas Eltern, Nikolajs Großeltern. Sie waren damals im selben Alter gewesen. Mit Jiri hatte ihn eine tiefe Freundschaft verbunden. Dann änderte sich alles: seine Freunde deportiert und in Lager gesperrt. Ständig den Tod im Nacken. Seine Familie war der Widerstandsgruppe gegen das NS-Regime beigetreten. Ihr Haus zu einem geheimen Treffpunkt geworden. Zusammen mit seinen Brüdern, Alik und Cyril, verhalfen sie ihren Freunden und vielen anderen zur Flucht aus dem Lager. Unwillkürlich berührte Darko die Projektile an seiner Halskette. Vielleicht hatte er sich deswegen um Nikolajs Freundschaft bemüht, obwohl der sich dagegen zu sträuben schien – sowie er sich gegen jeden außerhalb seiner Familie sträubte. Weil er zu oft verletzt worden war. Und dann hatte er ihn noch fast zerfleischt.

Unwillkürlich trat Darko auf ihn zu, streckte den Arm aus und berührte ihn sacht an der Schulter. Bekümmert registrierte er, wie Nikolaj unter seiner Berührung zusammenzuckte und mit aufgerissenen Augen einen kleinen Sprung zur Seite machte. Nach der Aktion in der Küche hatte er das verdient.

»Sorry wegen vorhin«, meinte Darko betreten. »Ich war nur so hungrig und wütend«, er brach ab und schüttelte den Kopf. »Ich hab die Beherrschung verloren. Seit die Magie ... Das hätte mir nicht passieren dürfen.«

»Wir sind, wer wir sind«, antwortete Nikolaj, seine Stimme klang bitter. Dann richtete er seine Aufmerksamkeit wieder auf den Stein, dessen Licht jetzt rot pulsierte.

Nikolajs Worte machten ihn betroffen. Darko wandte den Blick zu Boden, wo er eingehend einen der unzähligen festgetretenen Kaugummis studierte, die sich deutlich vom dunklen Hintergrund abhoben. Es kam selten vor, dass er sich derart mies und schuldig fühlte. In vielerlei Hinsicht.

Noch immer war Darko sauer, aber mittlerweile hauptsächlich auf sich selbst. Er machte sich Sorgen wegen Ava, dazu kam sein schlechtes

Gewissen gegenüber Nikolaj. Außerdem nagten Camilles Informationen an ihm. Ständig ging er gedanklich alle aus dem Clan durch und fragte sich, wer von ihnen mit den Blutsbrüdern zusammenarbeitete und was der Grund dafür sein mochte. Darko schüttelte den Kopf. Das war eine Sache, um die er sich kümmern würde, wenn er wieder zu Hause wäre. Eins nach dem anderen. Höchste Priorität war es, Ava zu finden.

»Ich … Du hast allen Grund, wütend auf mich zu sein. Wir … Ich hätte nicht …« Mit einem hilflosen Gesichtsausdruck ließ Nikolaj die Schultern hängen. »Ich hätte nicht zulassen dürfen, dass Ava …«

»Hey, wenn es dich beruhigt, selbst mit Magie hättest du gegen drei Vampire nicht viel ausrichten können. Ohne den Schatten wärst du tot. Keiner konnte ahnen, dass all das passiert.« Er machte eine umfassende Handbewegung.

»Wie hat der deutsche Clan uns eigentlich so schnell finden können?«

»Vorhin, als ich die Leiche entsorgt habe, hat Camille mich angerufen. Sie hat mir mitgeteilt, dass es in meinem Clan einen Verräter gibt. Deswegen hat man euch – uns – gefunden«, antwortete Darko ruhig.

»Hovno!«, fluchte Nikolaj. »Und wer ist diese Camille?«

»Eine alte Freundin von mir.«

»Schon mal überlegt, dass diese Camille vielleicht selbst dahintersteckt? Kann man ihr denn trauen?«

»Und warum hätte sie es mir dann sagen sollen?«, verteidigte Darko Camille, obwohl er bereits selbst daran gedacht hatte. »Wie hätte sie an diese Infos kommen sollen?«

Auf dieselbe Art und Weise wie der Verräter in seinem eigenen Clan, schoss es ihm durch den Kopf. Wenn derjenige sein Handy gehackt hatte … Was bedeutete, dass es jeder sein konnte. Darko fuhr sich durch die Haare. Die Situation wurde immer unübersichtlicher. Machte er einen weiteren großen Fehler, wenn er Camie vertraute?

Nein, gab er sich selbst die Antwort. Er würde jetzt nicht wieder damit anfangen, die Französin infrage zu stellen. Nicht die, die seit seiner Verwandlung immer für ihn da gewesen war und ihn durch die erste Zeit geholfen hatte. Die ihn davon abgehalten hatte, sich selbst zu pfählen, nachdem er seinem Großvater die Kehle aufgerissen hatte …

Nikolaj zuckte mit den Schultern und konzentrierte sich auf den Stein. Murmelnd schloss er die Finger um diesen. Mit geschlossenen

Augen tastete er sich die Stufen hinab, die vom Kölner Dom weg in die Innenstadt führten.

»Kann ich irgendwas tun?«, fragte Darko. Eine beklemmende Unruhe machte sich in ihm breit. Bestimmt wunderten sich die zwei anderen Blutsbrüder, warum sie von ihrem Bruder nichts hörten, und würden sich bald auf die Suche nach ihm machen. Wenn sie die Leichen ihrer Leute und die von Gerald oder Gernot – er konnte die Namen einfach nicht auseinanderhalten – in Avas Wohnung vorfanden, dann hätten sie ein verdammt großes Problem. Das Vampirrecht war auf deren Seite. Er und Ava hatten ihnen einen Grund geliefert, ihren Tod einzufordern. Wahrscheinlich würden sie Ava leben lassen, weil sie die Magie und somit die Vampire kontrollieren und die Poutnik, mit denen sie eine jahrhundertelange Blutsfeindschaft verband, endgültig auslöschen könnte. Mit Sicherheit jedoch würden sie seinen Tod verlangen oder seinen Clan angreifen und vernichten. Von den anderen Vampirclans würde sich keiner einmischen. Sie mussten so schnell wie möglich von hier verschwinden. Darko seufzte ungeduldig.

Sie sollten längst im Auto sitzen und unterwegs nach Prag sein. Scheiße! So eine gottverdammte Scheiße! »Und wenn wir uns aufteilen?«

»Shht.« Nikolaj warf ihm beim Gehen einen eisigen Blick über die Schulter zu, dabei übersah er die letzte Stufe und strauchelte. Um ein Haar wäre er gestürzt, hätte Darko ihn nicht rechtzeitig am Ellenbogen gepackt.

Heftig machte sich Nikolaj los und schlug seine Hand weg. Wortlos wandte er sich von ihm ab und stürzte sich regelrecht in die Straße, die von der Domplatte wegführte.

»Was ist los mit dir?«, rief Darko ihm hinterher. »Ich hab mich doch entschuldigt!«

Nikolaj gab vor, sich ganz auf den Stein in seiner Hand zu konzentrieren, und bog nach rechts in eine wenig belebte Straße ab.

Mühelos holte Darko ihn ein und hielt mit ihm Schritt, während sie der breiten Einkaufsstraße folgten.

»Hey, du kannst später noch auf mich sauer sein.« Stirnrunzelnd betrachtete er Nikolaj von der Seite, der ihn ignorierte und seine Schritte beschleunigte.

Wie konnte man bloß so launisch sein? Für seine wechselnde Stimmung ihm gegenüber gab es keine Erklärung. Außer, Darko stutzte, als er sich daran erinnerte, wie wütend Nikolaj in den ersten Tagen nach Avas Abreise gewesen war und sich geweigert hatte, auch nur ein Wort mit ihm zu wechseln. Damals hatte Darko es auf die Tatsache geschoben, weil sie es so grandios vermasselt hatten. Aber eigentlich war Nikolajs Verhalten seit dem Zeitpunkt unausstehlich, an dem Ava in ihr Leben getreten war. Aber so passiv aggressiv war er erst, nachdem sie von der Krankenschwester rausgeworfen worden waren.

Wo er so darüber nachdachte, fragte er sich, wie es ihm bloß entgangen war. *Wie so viel anderes*, dachte er bitter. *Du bist echt der beschissenste Anführer, den es gibt.*

»Hey, ich wollte nicht, dass du die Sache mit dem Beichtstuhl so erfährst.« Er hielt inne und Nikolaj am Arm fest. »Es hatte nichts zu bedeuten«, beteuerte Darko und merkte im gleichen Moment, dass er sich soeben selbst belogen hatte.

»Es hatte also nichts zu bedeuten?«, fauchte Nikolaj unerwartet heftig. Zum ersten Mal sah er ihn direkt an. »Du bist echt ein Arsch.«

»Na ja, es war ja nicht die echte Ava«, versuchte sich Darko herauszureden. Er lockerte den Griff um Nikolajs Arm. Wann war es so kompliziert geworden?

»Aber das wusstest du in dem Moment nicht!« In Nikolajs Augen blitzte es gefährlich auf.

Noch nie war der Spruch, wenn Blicke töten könnten, treffender gewesen als jetzt. Darko konnte sich glücklich schätzen, dass an dem Mythos vom Bösen Blick nichts dran war. »Nikolaj, es tut mir wirklich leid.« Das war jetzt schon das zweite Mal, dass er sich heute bei ihm entschuldigte. »Ich wusste es nicht.«

Nikolaj starrte ihn einfach nur wortlos an. Seine Hände waren zu Fäusten geballt und er zitterte.

»Du hast dich in sie verliebt«, stellte Darko fest. Dass Nikolaj ihm keine Antwort gab, war Bestätigung genug. Darko seufzte tief. Schon seit er sie auf der Terrasse der Sky-Bar nach dem Streit der beiden getröstet hatte, war ihm bewusst, dass Ava an Nikolaj interessiert schien. Aber nicht, dass dies auf Gegenseitigkeit beruhte.

Bei der Erinnerung an ihren ersten Kuss musste er lächeln. Damals hatte er ihr versprochen, dass sie die Welt vergessen würde, und das hatte er durchaus ernst gemeint. Jetzt ausgerechnet mit Nikolaj in Konkurrenz zu stehen, schmeckte ihm gar nicht.

Verdrossen kickte er ein Steinchen weg, das mit Wucht gegen eine Hausmauer traf und Putz abplatzen ließ. Ups! Hastig sah er sich um. Doch zum Glück hielt sich außer ihnen beiden und einer jungen Frau, die allein unter einem Baum auf einer Bank saß und an einem Eis leckte, niemand in der Straße auf. Ihr Weg hatte sie vom Zentrum fortgeführt. Die Frau schaute irritiert in den Nachthimmel, nachdem sie von einem Stückchen Mauerwerk an der Schulter getroffen wurde.

Schulterzuckend leckte die Frau einen Augenblick später an ihrem Eis weiter und warf mit einer Neigung ihres Kopfes ihr Haar schwungvoll über die Schulter. Ihr Duft traf Darko völlig unerwartet. Jeder Muskel spannte sich unwillkürlich an, seine Reißzähne schnellten hervor und bohrten sich in seine Unterlippe. Düstere, rote Nebelschlieren verschleierten sein Sichtfeld. Er nahm nur noch einen gelbroten Fleck wahr, der sich aus der Dunkelheit schälte. Seine Raubtiersinne schalteten jede Empathie aus und konzentrierten sich auf ihren gleichmäßigen Herzschlag, während der Geruch ihrer Haut und das Rauschen ihres Pulses den Jäger in ihm triggerte. Hunger und das Verlangen nach Blut dominierten von einer Sekunde auf die andere. Schon stand er hinter der Frau und zerrte sie nach oben, riss ihren Kopf an den Haaren nach hinten und entblößte ihren Hals. Kurz davor, ihr die Zähne ins Fleisch zu schlagen. Ein anderer Duft stieg ihm in die Nase. Kräftig und mit dem Hauch von Tonkabohne und Zimt. Blutgruppe 0. Sein Lieblingsblut. Er ließ die Frau los und stieß sie zu Boden. Fauchend drehte er sich herum. Ihre Schreie nahm er nur am Rande seines Bewusstseins wahr. Getrieben von Hunger und Instinkt schoss er auf die Quelle des köstlichen Dufts zu. Brutal packte er die Beute, entblößte sein volles Gebiss und beugte sich nach vorn, um zuzubeißen. Glühend heiße Stricknadeln bohrten sich in sein Gehirn, zwangen ihn in die Knie. Schwallartig übergab er sich, bis er nur noch keuchend bittere Galle ausspuckte.

»Steh auf!« Nikolajs Stimme drang durch den Nebel aus Schmerz. Plötzlich war es vorbei. Der Druck in seinem Kopf ebbte zusammen mit seinem Hunger ab. Nur der Duft nach Blut und Zitroneneis hing noch in der Luft. Löcher aus Licht durchdrangen den dunkelroten Nebel, der über seinem Bewusstsein lag. Das Leuchten von Straßenlaternen stach in Darkos Augen. Mit einem Stöhnen kniff er sie zusammen, schmeckte Kupfer und Galle in seinem Mund. Das panische Schluchzen der Frau neben ihn holte ihn gänzlich zurück und er riss die Lider auf.

Nikolaj stand über ihn gebeugt und schaute ihn mit einem Ausdruck an, der sowohl Angst also auch Ekel zugleich war.

Erst jetzt registrierte er, dass die würzig, warme Duftnote mit dem Hauch von Bitterkeit zu Nikolaj gehörte. Stumm zählte Darko seine Atemzüge, während er Nikolaj beobachtete, der sich ein verschlissenes Stofftuch um die Hand wickelte, um die Wunde zu verbinden, die er sich offenbar selbst zugefügt hatte, um ihn von der Frau abzulenken. FUCK! Darko stöhnte laut. Was hatte er getan?

Einen Wimpernschlag später kniete er sich neben der Frau nieder und zwang sie, trotz heftigen Schwindels und hämmernder Kopfschmerzen, ihm in die Augen zu schauen. Mit heftiger Gegenwehr versuchte sie, sich zu befreien.

Verdammt! Wenn ihn jetzt auch noch die Manipulation in Stich ließ … Er riss sich zusammen, fixierte ihren Blick. »Jemand hat versucht, deine Handtasche zu stehlen. Mein Kumpel und ich waren zum Glück rechtzeitig da und haben ihn verjagt.« Er reichte ihr seine Hand und half ihr hoch. Ohne den Blick von ihr abzuwenden, tastete er nach ihrer Tasche, die noch immer auf der Bank lag. »Hier ist deine Tasche. Geh nach Hause, dir kann nichts mehr passieren.«

Aufgewühlt sah er ihr nach, bis sie wie ferngesteuert in einem Hauseingang verschwand, ohne sich noch einmal umzudrehen. Sein Atem ging schnell, viel zu schnell für einen Vampir. Seine Hand zitterte, nur leicht, aber sie zitterte, als er sich damit über den Mund wischte. »Fuck! Fuck! Fuck!«, murmelte er.

»Du hast die Kontrolle verloren«, konstatierte Nikolaj leise. Seine Stimme war frei von jedem Vorwurf.

Trotz Vampirsinne hatte er nicht bemerkt, dass er sich neben ihn gestellt hatte. »Ja, das hab ich.« Schweigen breitete sich zwischen ihnen aus. »Wie hast du das gemacht?« Darko wandte sich ihm zu. Sein Kopf drohte zu explodieren.»Ohne dich – wäre sie tot.« Er schluckte hart. Der kupfrig-saure Geschmack in seinem Mund verwandelte sich in Bitterkeit. Dieser Kontrollverlust erinnerte ihn schmerzlich an die erste Zeit seiner Verwandlung. Heftig schüttelte er den Kopf und verbannte jeden Gedanken an die Vergangenheit.»Ich weiß nicht, ob du dumm oder mutig warst. Ich hätte sie und dich getötet. Denn das eben war nicht mehr ich selbst. Also wie hast du es geschafft, mich aufzuhalten?«

»Hiermit.« Nikolaj zeigte ihm einen anderen Stein, bevor er ihn sich in die Hosentasche schob.»Luladja hat mir ihren Spezialzauber mitgegeben.« Er zuckte mit den Schultern.»Blut aktiviert die Magie darin.«

»Aha. Und was ist das für eine Hexerei?« Noch immer pochte Darkos Kopf.

»Pein.«

»Wie passend!« Er hob den Arm, um Nikolaj auf die Schulter zu klopfen. Jetzt da die Anspannung nachließ, schmerzte sein Körper ganz so, als hätte er Muskelkater.

»Es liegt an der Magie, oder?«

Darko zögerte.»Ja, seit sie fort ist, wird es immer schwieriger, sich zu kontrollieren. Der Hunger – wir brauchen mehr Blut – fast täglich … und ich … und ich … Wir Vampire verlieren …« Er ließ den Satz unbeendet, sah Nikolaj nur ernst an, der seinen Blick wissend erwiderte. Grimmig verzog Darko sein Gesicht. Das gerade hätte nicht passieren dürfen. Er ballte die Fäuste.»Soll ich das heilen?«, bot Darko an und zeigte auf Nikolajs verletzte Hand. Noch immer roch er sein Blut, aber jetzt triggerte es ihn nicht mehr.

»Nein.« Nikolaj trat einen Schritt zurück.»Lass uns jetzt einfach Ava suchen.« Seine Stimme zitterte.»Ich … Wir müssen sie so schnell wie möglich finden, bevor ihr … Bevor noch etwas Schlimmes passiert.« Nikolaj konzentrierte sich wieder ganz auf den Lokalisierungsstein, der sich erneut in ein pulsierend rotes Licht verwandelte. Er drehte sich einmal, zweimal um die eigene Achse, bevor er zielstrebig weiterging und in einer schmalen Gasse zwischen einem kleinen Elektronikfachmarkt und einer Fahrradwerkstatt verschwand.

Hastig sah Darko sich um. Niemand zu sehen. Gut! In Vampirgeschwindigkeit eilte er Nikolaj nach und prallte unsanft gegen ihn, weil der mitten auf dem Weg stehen blieb.

Gebannt starrte der auf den Lokalisierungsstein in seiner Hand, von dem ein rotes Licht ausging.

Aufgeregt beobachtete Darko, wie Nikolaj versuchsweise ein paar Schritte in jede Richtung tat und das Licht mal stärker mal schwächer pulsierte. »Hier lang!« Ohne auf ihn zu warten, spurtete Nikolaj los und bog in eine kleine Seitengasse ab.

Mit einem lauten Fluch eilte Darko ihm hinterher. Der schmale Weg entpuppte sich als Zugang zu einem düsteren Hinterhof. Der Stein leuchtete wie ein dämonisches Auge in der Dunkelheit. Die Schatten-Ava war hier irgendwo, dessen war er sicher. Er konnte sie riechen genauso wie das frische Blut.

»Siehst du sie?«

»Bin ich eine Katze?«, gab Darko sarkastisch zurück, scannte aber trotzdem den Hof ab. Er mochte zwar keine Katze sein, dennoch sah er im Dunkeln mindestens genauso gut. Zwischen einem Nebeneingang und Müllcontainern machte er etwas aus. Zwei Schemen, ineinandergeschlungen. Lautlos näherte er sich der Stelle. Für einen irrwitzigen Moment dachte er, Ava würde dort mit einem Typen rumknutschen, doch dann realisierte er, was sie wirklich trieb.

»Was denkst du dir eigentlich dabei?«, flüsterte er nur einen Wimpernschlag später in ihr Ohr. »Du musst lernen, wann du aufhören musst, sonst tötest du ihn.«

Geschwächt durch den Blutverlust hing ihr neuestes Opfer wie ein nasser Sack in den Armen der Schatten-Ava. Für Unbeteiligte, die nur kurz in ihre Richtung sahen, musste es wirken, als würde er sie leidenschaftlich umarmen.

»Hörst du seinen Herzschlag und wie er langsamer wird? Wenn du jetzt nicht aufhörst, wirst du eine Leiche entsorgen müssen, und ich schwöre dir, das machst du dieses Mal selbst. Ich räume nicht mehr hinter dir auf.«

Mit einem ekligen Schmatzen löste sich die Schatten-Ava von der Kehle ihres jüngsten Opfers und starrte ihn aus flammenden Augen an. »Könnt ihr beide mich nicht einfach in Ruhe lassen?«, knurrte sie gefährlich. Ihr Gesicht war mit rotglänzendem Blut bedeckt.

In seinem Rücken hörte er Nikolaj, der würgende Geräusche von sich gab, aber er drehte sich nicht um, sondern fixierte Avas Schatten-

Ich. Gelassen, als wäre er die Ruhe selbst, verschränkte Darko seine Arme vor der Brust und musterte sie scharf. Schließlich deutete er mit einer Hand auf ihr Opfer, das sie gegen den Müllcontainer presste, damit es nicht umfiel. In seinem provokativsten Ton, den er auf Lager hatte, meinte er:»Du weißt schon, dass das ziemlich unappetitlich aussieht, oder? Deine Essmanieren sprechen nicht sonderlich für dich.« Er wusste genau, dass er sie reizte und setzte noch einen obendrauf.»Du willst Ava sein? Du kannst ihr nicht mal annähernd das Wasser reichen. Soll ich dir sagen, was passiert wäre, wenn ich gewusst hätte, dass du es bist und nicht sie?« Lässig fuhr er sich durch seine Haare, wobei er sich Mühe gab, seinen Blick so verächtlich wie möglich über ihren Körper wandern zu lassen.»Dich hätte ich nur angefasst, um dir das Genick zu brechen!«

Mit einem wütenden Aufschrei ließ sie den Mann los, der unsanft zu Boden ging. Umstandslos griff sie an. Mit genau der Reaktion hatte er gerechnet. Er ließ zu, dass sie sich ihm näherte, dann trat er im letzten Moment einen Schritt zur Seite, sodass sie an ihm vorbeischoss. Ein heftiger Stoß in ihren Rücken ließ sie in Nikolajs Richtung trudeln.

»Jetzt!«, brüllte er, sprang und brachte sich auf einen der hässlichen grauen Balkone außer Gefahr.

Ein leises, kaum hörbares *Puff* ertönte. Fasziniert beobachtete er aus sicherer Entfernung, wie die Schatten-Ava in eine schwarz-graue Wolke eingehüllt wurde, die aus dem Stein quoll. Binnen einer Sekunde brach sie hustend auf dem gepflasterten Innenhof zusammen und blieb bewegungslos liegen.

Luladjas magische Steine waren genial.

KAPITEL 30

»Einem Raubtier lehrt man nicht, zu töten. Das ist Instinkt!«
Darkos Stimme drang an ihr Ohr, sickerte in ihr Bewusstsein.
Zusammenhanglose Wörter einer gedämpften Unterhaltung mischten sich
mit wirren Traumbildern, während sich ihr Geist aus dem Schlaf kämpfte.
»Was ihr fehlt, ist Menschlichkeit. Sie ist ohne Reue.«
In ihren Ohren rauschte es laut, weswegen sie Nikolajs gemurmelte
Reaktion auf seine Aussage nicht verstand. Selbst wenn Darkos Worte
null Sinn ergaben, war es eine Erleichterung, die Stimmen der beiden
zu hören, hieß es doch, dass sie überlebt hatten. Beide.

Das brennende Gefühl in ihrem Magen, der pappig-bittere
Geschmack im Mund und die Schmerzen in jedem einzelnen Knochen
beim Aufwachen waren ihr mittlerweile bestens vertraut. Ein kalter
Lufthauch strich ihr über die nackten Beine und etwas Hartes drückte
sich unangenehm in ihren unteren Rücken. Trotz alledem, zum ersten
Mal seit Langem fühlte sie sich nicht allein.

Der Untergrund, auf dem sie lag, vollzog eine ruckartige Bewegung
und sie knallte mit ihrem Kopf gegen etwas Hartes. Erschrocken riss

sie die Augen auf und schoss in die Höhe. Die urplötzliche Bewegung ließ sie schwindeln und im ersten Moment sah sie nur tanzende Sterne.

Sekundenlang starrte sie desorientiert in die Dunkelheit, bis sie begriff, dass sie auf der Rückbank eines fahrenden Autos saß und durch die Frontscheibe hinaussah. Wohin waren sie unterwegs? Was war passiert, sie schluckte, seitdem ihr Schatten-Ich vollends die Kontrolle übernommen hatte?

»Aua.« Sie rieb sich über die Beule am Hinterkopf. Das harte Etwas in ihrem Rücken entpuppte sich als Gurtschloss.

»Willkommen zurück«, sagte Darko trocken. »Ava oder Vampir-Bitch?« Ihre Blicke kreuzten sich im Rückspiegel. Die Augen zu schmalen Schlitzen verengt musterte er sie kurz misstrauisch, dann konzentrierte er sich wieder auf die dunkle Straße.

»Ava«, antwortete sie automatisch. Reflexartig klammerte sie sich am Vordersitz fest, weil Darko in einem waghalsigen Manöver einen anderen Autofahrer überholte und dabei den von hinten kommenden Wagen auf der Überholspur einfach ignorierte, der daraufhin aggressiv hupte und mehrfach aufblendete. Wäre ihr nicht schon schlecht gewesen, wäre ihr von seinem Fahrstil übel geworden.

»Das würde ich an ihrer Stelle auch behaupten«, brummte Darko zynisch.

»Gili?« Nikolaj drehte sich am Beifahrersitz um und schenkte ihr ein scheues Lächeln. Seine Augen leuchteten warm.

»Ja.« Vorsichtig nickte sie, jede Bewegung löste heftige Kopfschmerzen aus. Die Luft vor ihren Augen flimmerte. Ein brennendes Gefühl kroch ihre Speiseröhre hinauf.

»Es ist wirklich Ava«, hörte sie Nikolaj zu Darko sagen, während sie gegen die Welle der Übelkeit ankämpfte und die Arme um den schmerzenden Unterleib schlang. Stöhnend lehnte sie ihren Kopf gegen den Vordersitz.

»Wir sollten uns einen Namen für ihren Schatten überlegen«, meinte Darko. Die Bitterkeit in seiner Stimme war nicht zu überhören. Überrascht hob Ava den Kopf. Ihre Blicke kreuzten sich im Rückspiegel.

»Wie wär's mit Lady Arschloch!«, beantwortete Darko seine Frage selbst und starrte mit finsterer Miene in den Spiegel. »Obwohl, Bitch trifft es auch.«

»Pass auf!«, brüllte Nikolaj, der beide Arme schützend über den Kopf riss.

Fluchend bremste Darko hart ab, riss das Lenkrad herum und schoss ruckartig auf die linke Spur, um einen Zusammenstoß mit dem Lkw vor ihm zu vermeiden. Ava schleuderte es auf ihrem Platz wild hin und her. Ihr Magen rebellierte gegen die abrupte Bewegung. Mühsam schluckte sie den bitteren Geschmack runter. Was gäbe sie jetzt für einen Schluck Wasser! Das Herz hämmerte wild in ihrer Brust. Vor ihrem geistigen Auge hatte sie den Zusammenstoß klar und unvermeidlich gesehen. Ihre Finger bebten unkontrolliert, als sie nach dem Anschnallgurt und seinem Gegenstück tastete. Fröstelnd rutschte Ava auf den Mittelplatz und schnallte sich an. Angesichts Darkos Fahrweise nicht der sicherste Platz, aber so konnten sie besser miteinander kommunizieren. Ihre Zähne schlugen klappernd aufeinander. »Wohin fahren wir?«, wollte Ava wissen. Obgleich sie eine dunkle Ahnung hatte, was das Ziel betraf. »Und warum fährst du wie ein Geisteskranker!« Sie schauderte beim Blick auf die Tachonadel. »Fahr langsamer.«

»Heim, nach Prag«, antwortete Nikolaj, der sich im Sitz zu ihr herumdrehte. Seine Miene war schwer zu deuten.

»Ich hatte doch Nein gesagt!«, brauste Ava auf.

»Erklär du es ihr«, forderte Darko seinen Beifahrer auf.

»Es blieb uns nichts anderes übrig. Nicht, nachdem *sie* einen der Blutsbrüder getötet hat.« Nikolajs Finger strichen über ihren Oberschenkel, suchten nach ihrer Hand. »Du bist ja eiskalt!« Er rieb ihre Finger zwischen seine. Schon hatte er sich abgeschnallt, um seine Sweatjacke auszuziehen und sie ihr zwischen den Vordersitzen durchzureichen.

Dankbar breitete sie Nikolajs Jacke über ihre Knie aus und bedeckte die nackten Oberschenkel. Der kalte Hauch aus der Lüftung ließ sie in ihrem kurzen Kleid frösteln.

Im Rückspiegel bemerkte sie, wie Darko ihnen einen schrägen Blick zuwarf, entgegen seiner Gewohnheit jedoch schwieg. Er kam ihr verändert vor. Schweigsamer, brütender, als wäre er wütend. Oder traurig. Auch Nikolajs Verhalten war neu für sie. Es war, als hätten er und Darko die Rollen getauscht. Vor ein paar Tagen hätte Nikolaj sie bestimmt nur mit düsterer und schweigsamer Miene angeschaut. Wenn er ihr überhaupt einen Blick zugeworfen hätte, geschweige denn, ihr seine Jacke gegeben. Oder ihre Hand gehalten. Seine warmen Finger, die sich wie selbstverständlich mit ihren verschränkten, waren wie ein Anker, der sie im Hier und Jetzt hielt. Auf dieses Gefühl konzentrierte sie sich. »Dann schieß mal los.« Einerseits war sie neugierig, andererseits fragte sie sich, ob sie wirklich wissen wollte, was ihr Schatten-Ich wieder angerichtet hatte.

»Schießen?« Irritiert zog Nikolaj die Augenbrauen hoch. »Was meinst du?«

»Sag mir, was passiert ist.«

»Oh, okay.« Er runzelte die Stirn. »An was erinnerst du dich noch?«

»Wir standen in der Küche«, überlegte sie laut. Im Stillen fügte sie hinzu: *Du hast mich gefragt, ob ich es ernst gemeint hab. Wären wir nicht unterbrochen worden, hätte ich Ja gesagt. Vielleicht hätte ich mich getraut, dich zu fragen, ob du auch so empfindest. Und vielleicht hätte ich dich gefragt, was die Worte bedeuten, die du geflüstert hast.*

Verlegen wich sie seinem Blick aus und hoffte, er würde im Dunklen ihr Erröten nicht merken. Schnell fuhr sie fort: »Dann war da auf einmal dieser Vampir, der uns bedroht hat.« Kälte rieselte ihre Wirbelsäule hinab, als sie sich an die schwarzen kalten Augen erinnerte, die sie durchbohrt hatten. Ganz im Gegensatz zu seinem freundlich aufgesetzten Getue. Ava konnte nicht sagen, was davon ihr mehr Angst gemacht hatte.

»Er hat dich gegen einen Küchenschrank gestoßen, als du mich zurückhalten wolltest.« Unwillkürlich schlossen sich ihre Finger fester um seine. Geistesabwesend erwiderte sie seinen Blick. »Du hast geblutet und dich nicht mehr bewegt«, fuhr Ava tonlos fort. »Ich dachte, du seist …« Sie schluckte schwer. Gänsehaut zog über ihren Körper, ließ sie schaudern. Unwillkürlich senkte sie den Blick.

»Was ist dann passiert?«, fragte Darko in die angespannte Stille hinein, die sich zwischen ihnen ausdehnte. Nur das monotone Rauschen der Fahrt drang zu ihnen herein, während sie durch die Dunkelheit bretterten. Ab und zu erhellten Scheinwerfer anderer Autos die Nacht und tauchten sie für Sekunden in helles Licht.

»Plötzlich war *sie* da. In meinem Kopf.« Unwillkommen drängten sich die Erinnerungen gewaltsam auf und Ava musste sich regelrecht zum Weitersprechen zwingen. Nur daran zu denken hieß, die Situation neu zu durchleben. Die dämonischen Augen, die sie aus ihrem Spiegelbild angestarrt und sich in sie eingebrannt hatten. Diese brutale Wildheit, die sie überflutet und in diesen Winkel ihres Bewusstseins gesperrt hatte. Unfähig, auf Worte und Taten Einfluss zu nehmen und trotzdem zusehen zu müssen. »Sie hat mir gesagt, dass sie mir – uns – helfen könnte, wenn ich sie lasse.« Ihre Stimme versagte. Sie schluckte hart. Sanft strich Nikolajs Daumen über ihren Handrücken. Überrascht über die zärtliche Geste hob Ava den Blick.

»Und dann?«, bohrte Darko.

Ava holte tief Luft. »Dann hab ich sie reingelassen.« Nachdenklich starrte sie durch die Frontscheibe in die Dunkelheit. Wie beschrieb man einem anderen, dass das, was die Persönlichkeit ausmachte, durch eine zweite im eigenen Kopf ausgesperrt wurde? Sie verstand es ja selbst nicht. »Sowie *sie* die Kontrolle hatte, hat sie diesen Vampir getötet. Ohne mit der Wimper zu zucken – und Darko«, Ava suchte seinen Blick im Rückspiegel, »sie hat dich sofort erkannt! Du weißt schon, von dieser Technoparty!« Unbehaglich biss sich Ava auf die Lippen und schaute auf ihre Finger. Es kam ihr vor, als läge dieses Gespräch Jahre zurück. Damals hatte Darko gesagt, es sei besser, Nikolaj nichts von der Beichtstuhl-Geschichte zu erzählen. Sie fühlte sich nicht wohl bei dem Gedanken, diesen Teil der Story zu verheimlichen, obwohl das Ganze nicht unter ihrem Einfluss passiert war und sie keinerlei Erinnerungen hatte.

»Er weiß es«, meinte Darko sachlich. »Die Bitch war nicht gerade diskret.«

»Das war nicht ich«, hauchte sie. Mit brennenden Wangen schaute sie an Nikolajs Kopf vorbei auf die Straße. Ihm war doch hoffentlich bewusst, dass das auf der Party nicht sie gewesen war? Andererseits, würde er sonst hier sitzen und ihre Hand halten? Oder? Wütend schnaubte sie über ihre Gedanken. Als wenn sie keine anderen Probleme hätten. Vorsichtig versuchte sie, ihre Hand Nikolajs zu entziehen, aber er ließ sie nicht los.

»Ich weiß.«

Ihr Herz klopfte wie verrückt, als sie seinen Blick suchte und nur Wärme in seinen Augen fand.

»Dass du dich überhaupt an etwas erinnern kannst, was *sie* gemacht hat, wundert mich. Hattest du sonst nicht immer Blackouts?«, fragte

Darko und riss sie aus ihrer Versunkenheit. Einen Moment lang hatte es nur sie und Nikolaj gegeben. »Ja. Aber keine Ahnung, warum es diesmal nicht so ist. Zumindest nicht von Anfang an. Vielleicht liegt es daran, dass ich sie bewusst reingelassen habe? Also, ähm, in meinen Kopf? Erst als ich mich gegen sie zur Wehr gesetzt habe, hat sie mich ausgesperrt.« Ava stockte, starrte in die Nacht hinaus. »Kennt ihr das, wenn ihr kurz vor dem Einschlafen das Gefühl habt zu fallen? Genauso, nur tausendmal schlimmer. Da waren nur Finsternis und das Gefühl zu fallen – und dann nichts mehr. Als wäre ich bewusstlos oder so.« Sie zuckte mit den Schultern und schaute Nikolaj in die Augen. »Ich kann mich nur an eins noch erinnern: Plötzlich war da deine Stimme, irgendwo in der Dunkelheit. Du hast nach mir gerufen. Das hat *sie* verletzt und unglaublich wütend gemacht. Ich habe ihren Schmerz gefühlt. Und dann war da gar nichts mehr, bis ich hier aufgewacht bin.« Ava stöhnte. »Was hat sie dieses Mal angerichtet?«

Das Weiß trat aus Darkos Fingerknöcheln hervor, als er gewaltsam das Steuer packte. Die bedeutsamen Blicke, die sich die beiden zuwarfen, entgingen ihr keineswegs.

»Sagt schon!«

»Um es auf den Punkt zu bringen, dein Schatten-Ich hat sich erst ziemlich danebenbenommen und ist dann abgehauen.« Schnell fasste Darko die Geschehnisse zusammen.

»Bis wir sie mit Nikolajs Lokalisierungsstein gefunden haben, hat sie sich schon wieder über eine arme Seele hergemacht. Wir mussten sie ausschalten. Hat ziemlich lange gedauert, bis du wach geworden bist«, beendete er seine knappe Ausführung.

»Wie lange?«, wollte Ava wissen. Das Erzählte ließ ihre Übelkeit zurückkehren und blutige Bilder in ihrem Kopf aufsteigen. Blutgetränkte Laken, ein noch schlagendes Herz in ihrer Hand. Die Erinnerung war so stark, dass der kupfrige Geruch von Blut in ihre Nase stieg und sie es in ihrem Mund schmeckte. Nach Atem ringend versuchte sie, das aufsteigende Übelkeitsgefühl zu unterdrücken.

»Knapp fünf Stunden. Es dauert aber nicht mehr lang und wir sind zu Hause.« In Darkos Stimme schwang Erleichterung mit. »Sobald wir über der Grenze sind, sind wir in Sicherheit. Zumindest, was den deutschen Clan betrifft.«

Würgend kämpfte sie um Beherrschung, während Darko weitersprach. Die Begriffe Blutsbrüder, Territorium und Feinde rauschten an ihr vorbei, ohne dass sie die Wörter erfassen konnte. Sie konnte sich nur darauf konzentrieren, sich nicht zu übergeben. Plötzlich hielt sie es nicht mehr aus. »Darko, bleib stehen! Bitte!«

»Geht nicht. Wir sind mitten auf der Autobahn. Außerdem habe ich keine Ahnung, ob die nicht schon längst Bescheid wissen und uns verfolgen. Was meinst du, was die mit uns machen werden, sobald die bemerken, dass einer ihrer Brüder tot ist?«

»Ich mein es ernst. Wenn du nicht stehen bleibst, kotze ich dir das Auto voll!« Mühsam atmete Ava durch den offenen Mund.

»Ohh!«

Innerhalb von drei Sekunden wechselte Darko mindestens fünf Spuren und donnerte eine Autobahnabfahrt hinunter, die er um ein Haar verpasst hätte. Währenddessen schnallte sie sich ab und rutschte hinter Nikolajs Sitz. Als der Wagen wenige Meter hinter der Ausfahrt zum Stehen kam, riss Ava die Tür auf und übergab sich. Im schimmernd diffusen Licht erkannte sie, dass es sich bei ihrem Mageninhalt um Blut handelte. Na toll!

Ihr Körper krampfte und bebte unkontrolliert.

Was hast du aus mir gemacht? Tief in ihrem Inneren meinte sie, ein wildes Lachen zu hören. Hilflos würgte sie erneut und erbrach noch mehr Blut, so lange, bis nur noch Galle hochkam.

Mit hämmerndem Herzschlag lehnte sie sich stöhnend im Sitz zurück und schloss matt ihre brennenden Augen. Sie hatte das Gefühl, auf einem schmalen Grat zu wandern. Und sie hatte so wahnsinnige Angst davor, in die Dunkelheit zu fallen und nie wieder daraus auftauchen zu können. Als ihr Schatten-Ich die Kontrolle übernommen hatte, war sie sich wie eine Gefangene in ihrem eigenen Geist vorgekommen. Irgendwo in ihr lauerte ihr bösartiges Schatten-Ich. Ein Dämon, der nur auf die nächste Gelegenheit wartete auszubrechen. Und dieses Wissen strömte durch ihre Adern und vergiftete ihr Blut.

Irgendwo am Rande registrierte sie, dass sich Darko und Nikolaj laut unterhielten. Autotüren gingen auf und schlugen zu. Es war ihr egal. Alles war ihr egal. Sollten diese Blutsbrüder, wer auch immer sie waren, sie doch holen. Das, was sie mit ihr vorhatten, konnte bestimmt nicht schlimmer sein, als einen Dämon in seinem Kopf zu haben.

Sei dir nicht so sicher, meldete sich eine Stimme in ihrem Geist, die verdächtig nach ihrem Schatten-Ich klang.

Bist du wirklich da oder bilde ich mir das nur ein?, fragte sie. Als Antwort erhielt sie lediglich Schweigen.

»Hey.« Etwas strich über ihre kalte Wange.

Überrascht öffnete sie die Augen und schaute nach links. Nikolaj hatte sich zu ihr nach hinten gesetzt. Seine Jacke, die er ihr vorhin gegeben hatte und ihr von den Knien gerutscht war, lag wieder auf ihren Oberschenkeln. Vorsichtig beugte er sich über sie und zog die Tür auf ihrer Seite zu. Dann schlang er behutsam seine Arme um sie. Mit einem Mal konnte sie ihre Tränen nicht mehr zurückhalten. Eingehüllt in eine tröstliche Decke aus Körperwärme und seinem Geruch lehnte sie sich gegen Nikolajs Brust und ließ ihren Gefühlen freien Lauf, die wie eine Sturmflut aus ihr herausbrachen.

KAPITEL 31

Das wird zum Running Gag meines Lebens! Gereizt betrachtete Ava die feinen Stuckarbeiten an der hohen Zimmerdecke. Wenigstens war ihr weder schlecht noch hatte sie Kopfschmerzen oder sonst irgendwelche der obligatorischen körperlichen Anzeichen, dass ihr Schatten-Ich zwischendurch die Kontrolle übernommen hatte. Was mal eine nette Abwechslung war. Zum ersten Mal seit Tagen fühlte sie sich ausgeschlafen. Und das Beste war: keine Erinnerungslücken.

Sie erinnerte sich an alle Einzelheiten der Autofahrt. An jedes Wort ihres Gesprächs. Auch dass sie in Nikolajs Armen ein Meer geweint hatte. Unter normalen Umständen hätte sie sich für den Gefühlsausbruch geschämt. Aber umfangen von Nikolajs Wärme und seinem Geruch hatte sich der Druck ihrer aufgestauten Emotionen aufgelöst. Bei ihm hatte es sich richtig angefühlt. An Nikolaj gekuschelt war sie schließlich erschöpft eingeschlafen. Kurz vor Sonnenaufgang hatte er sie geweckt und ihr aus dem Auto geholfen. Darko hatte sie hochgehoben und über einen Kiesweg ins Haus getragen. Die Augen waren ihr wieder zugefallen, kaum, dass sie die Eingangshalle betreten hatten.

Und bis eben hatte sie tief und traumlos geschlafen, als würde ihr Unterbewusstsein wissen, dass sie in Sicherheit war, wenn die beiden in ihrer Nähe weilten.

Langsam ließ sie ihren Blick die Wand hinab wandern. Die altrosafarbene Tapete mit dem goldenen floralen Muster wirkte seltsam vertraut. Umständlich stützte sie sich auf ihren Ellenbogen auf, um sich umzusehen. Innerhalb weniger Sekunden stellte sie zwei Dinge fest. Erstens war sie allein und zweitens war es dasselbe Zimmer, in dem sie nach ihrem ominösen Autounfall erwacht war und bemerkt hatte, dass man sie entführt hatte. Sie war wieder an dem Ort, an dem ihr Leben begonnen hatte, aus den Fugen zu geraten. Mit einem enervierten Stöhnen zog sie die Decke über den Kopf.

»Alles auf Anfang«, murmelte sie in den Stoff. Augenrollend verzog sie ihr Gesicht zu einer Grimasse. Darko hatte seine Worte wahr gemacht und sie nach Prag zurückgebracht. In gewisser Hinsicht hatte er sie gekidnappt. Schon wieder! Der Gedanke brachte sie zum Kichern trotz der Ernsthaftigkeit der Lage.

Allem Anschein nach hatte ihr Schatten-Ich für ziemlich Furore gesorgt. Schaudernd erinnerte sie sich daran, wie Furcht einflößend der Typ in ihrer Wohnung gewesen war, den ihr Schatten-Ich so beiläufig getötet hatte. Eigentlich, Ava fröstelte, als sie darüber nachdachte, war es schon creepy zu wissen, dass jedes Wesen einen Schatten tief in sich trug, der den dunklen Aspekt seiner Persönlichkeit ausmachte. War dieses dunkle, dämonische Wesen wirklich auch sie? Kälte zog über ihren Körper. Ein tiefes, hämisches Lachen erklang in der Dunkelheit ihres Geistes. Bildete sie sich das ein? Sie schüttelte sich und konzentrierte sich auf die wenigen Fakten.

Nikolaj und Darko hatten ihr gesagt, dass der Vampir, den sie – Nein! Ihr Schatten – getötet hatte, einer der Blutsbrüder gewesen war und einer derjenigen, die sie ab jetzt nicht nur der Magie wegen jagen würden.

Was würden die beiden Übrigen mit ihr machen, wenn sie sie in die Finger bekämen? Und wenn sie hatten, was sie wollten? Darko hatte in dieser Situation das einzig Richtige getan, das musste sie ihm zugestehen. An seiner Stelle hätte sie vielleicht ebenso gehandelt. Nicht dass sie das ihm gegenüber jemals zugeben würde. Nur was bedeutete all das für ihre Zukunft? Würde sie jetzt ihr Leben lang auf der Flucht sein?

Das Ganze überstieg ihr Vorstellungsvermögen, weswegen sie ihre Gedanken lieber auf etwas Simples lenkte wie ihren knurrenden Magen. Wie lange sie wohl geschlafen hatte? Das gräulich diffuse Licht, das durch einen Spalt im Vorhang fiel, gab ihr keinen Anhaltspunkt zur Tageszeit. War es morgens? Oder abends? Langsam wurde ihr unter den dicken Decken zu warm. Wer von ihren Jungs wohl auf die Idee gekommen war, gleich zwei Federdecken über sie zu werfen? Zusätzlich zu Nikolajs warmer Sweatjacke, die sorgfältig über ihren Oberkörper ausgebreitet worden war. Ihre Jungs? Der Gedanke brachte sie zum Lächeln. Zum ersten Mal dachte sie an die beiden als *ihre* Jungs. Schon seltsam. Vor wenigen Tagen noch wollte sie keinen von beiden je wiedersehen und jetzt waren es ausgerechnet diese beiden, denen sie vertraute und bei denen sie sich sicher fühlte. Ava vergrub ihr Gesicht in dem weichen Stoff der Jacke. Nikolajs Geruch, der darin haftete, stieg ihr in die Nase und löste ein Gefühl der Sehnsucht nach ihm aus. Auch wenn der Gedanke verlockend war, liegen zu bleiben, gab es eine Menge Klärungsbedarf.

Seufzend kämpfte sie sich aus dem Deckenberg. Und sie musste endlich dieses Kleid loswerden. Fröstelnd schlüpfte sie in die Sneaker, die jemand ordentlich vors Bett gestellt hatte. Sie fragte sich, woher ihr Schatten-Ich die Schuhe hatte, denn es waren definitiv nicht ihre. Ein Schauer lief über ihren Körper. Einen Moment hielt sie inne, dann schnappte sie sich Nikolajs Jacke, zog sie an und kuschelte sich darin ein. Sofort fühlte sie sich besser.

Unsicher trat sie auf die Tür zu. Fast erwartete sie, dass diese wie beim letzten Mal abgeschlossen sei. Doch der Türknauf ließ sich problemlos herumdrehen und gab den Blick in den spärlich beleuchteten, menschen- und vampirleeren Flur frei.

Ava zögerte ein letztes Mal, dann verließ sie das Zimmer und folgte dem Gang bis zu dem zweigeschossigen Treppenhaus. Unschlüssig, weil sie nicht wusste, wo sie nach Nikolaj und Darko suchen sollte, beugte sie sich über das Treppengeländer und sah ins Foyer hinab. Bestimmt waren irgendwo in dieser Villa noch mehr Vampire und nach ihrer letzten Erfahrung wollte sie lieber keinem von denen allein begegnen. Die große Flügeltür mit den geschnitzten Intarsien aus ihrer Erinnerung war genauso verschwunden wie die Eingangstür und durch eine schlichte, moderne Variante ersetzt worden. Beide waren bei der Explosion zerstört worden, als Nikolaj und ein paar andere eingedrungen waren, um sie zu befreien.

Nur damit sie jetzt wieder hier stand. Unentschlossen zupfte sie an ihrem Haarband, kämmte sich mit den Fingern die Haare und drehte sie zu einem unordentlichen Knoten. Schließlich gab sie sich einen Ruck, stieß einen lauten Seufzer aus und stieg langsam Stufe um Stufe hinunter. Bedächtig ging sie auf die Tür zu, hinter der Václav sie damals erwartet hatte. Aufgeregtes Stimmengemurmel drang aus dem Raum dahinter. Mit einem Ohr an der Tür lauschte sie angestrengt. Zum Glück waren es nur die Stimmen von Nikolaj und Darko, die auf Tschechisch miteinander sprachen. Über was sie wohl diskutierten?

Zögernd berührte sie die Klinke, drückte diese aber nicht nach unten, sondern überlegte. Darko hatte versprochen, dass er ihr helfen würde, ihr Schatten-Ich unter Kontrolle zu bringen, dass er sie beschützen und sie gemeinsam das Problem mit der Magie angehen würden, sobald sie in Prag wären. Je früher, desto besser. Umso eher konnte sie in ihr altes Leben zurück. Nach Hause, zu ihrem Studium und ihren Freundinnen. Gleichzeitig fragte sie sich, ob das überhaupt noch möglich war. Oder ob sie das noch wollte. Schnell schob sie den unbequemen Gedanken fort. Quatsch! Natürlich wollte sie ihr altes Leben zurück. Studieren, sich mit Freunden treffen … ein ganz normales Leben aufbauen. Ohne Vampire und Magie.

Sie straffte sich und schob die Schultern zurück. Ohne anzuklopfen, drückte sie die Klinke herunter. Die Tür zu dem grün-goldenen Salon schwang auf.

Perplex sah sich Ava um. Das riesige Wohnzimmer war komplett anders als in ihrer Erinnerung. Die alten, schweren Möbel waren verschwunden und hatten hellen, modernen Schränken und einer großen Sofalandschaft im Landhausstil Platz gemacht. Durch die Glasfront dahinter hatte man einen atemberaubenden Blick auf Prag. Die Sonne schien erst vor wenigen Augenblicken untergegangen zu sein und der Himmel färbte sich langsam in ein dunkles Blau.

»Ava.« Nikolajs Stimme ließ sie herumfahren. Er stand neben einem Raumteiler, der ein Podest zum restlichen Wohnzimmer abgrenzte, und winkte sie zu sich.

Bei seinem Anblick begann ihr Herz prompt schneller zu schlagen. Auch wenn er ihr Lächeln nicht erwiderte, so blitzte es in seinen Augen freudig auf und ein sanftes Leuchten breitete sich in seinem Gesicht aus. Am liebsten hätte sie sich in seine Arme geworfen, traute sich aber nicht, weil ihr nicht klar war, wie sie sich verhalten sollte. So lässig wie möglich schlenderte sie zu ihm hinüber und betete, dass er ihr ihre Nervosität nicht ansah. Libellen schwirrten in ihrem Bauch, als er seine Hand nach ihr ausstreckte und sie zu sich heranzog, bis sich ihre Nasenspitzen beinahe berührten. Mit den Fingerspitzen seiner freien Hand strich er ihr die Haarsträhnen hinters Ohr, die sich aus ihrem Knoten gelöst hatten. »Gili«, murmelte er und küsste sie auf die Stirn.

Ein lautes Räuspern ließ sie beide zusammenzucken und sich in die Richtung umdrehen, aus der das Geräusch gekommen war.

In dem abgetrennten Bereich stand ein länglicher ovaler Tisch flankiert von schwarzen Lederstühlen. An der großen Wand am Kopfende hing ein gewaltiger Bildschirm, was diesem Teil des Salons einen Meeting-Raum-Charakter verlieh. In einem der Stühle saß Darko, der sie beide mit gerunzelter Stirn abwechselnd betrachtete.

Ava spürte, wie ihr das Blut in die Wangen schoss. Bis eben hatte sie nur Nikolaj wahrgenommen.

»Wenn du weiterhin die Nächte durchmachst und die Tage verschläfst, wird aus dir noch ein richtiger Vampir.« Darko zwinkerte ihr zu und deutete mit der Hand zum Fenster raus, wo sich die Nacht herabsenkte. »Wie geht's dir denn?«

»Gut.« Was durchaus der Wahrheit entsprach. Ava zuckte mit den Schultern. »Nein, ehrlich«, fügte sie hinzu, weil er sie zweifelnd anschaute. »Nichts, was eine heiße Dusche und Essen nicht wieder hinbekommen würden.« Wie aufs Stichwort meldete sich ihr Magen derart laut, dass es Darko ein Grinsen entlockte.

»Wir können uns auch beim Essen unterhalten«, schlug Darko vor. »Aber du solltest dich vorher frisch machen.« Er zog die Nase kraus. »Du stinkst nämlich.«

Kurze Zeit später saß Ava wieder an dem ovalen Tisch und langte ordentlich zu. Geduscht und in frischen Klamotten sah die Welt gleich besser aus. Auch wenn die schwarze Jeans und das langärmlige Shirt mit dem tiefen Ausschnitt und der raffinierten Schnürung ein wenig zu figurbetont für ihren Geschmack waren. Darko hatte irgendwas von einer Camille gemurmelt, als er in ihr Zimmer gekommen war und ihr die Sachen aufs Bett gelegt hatte.

»Hast du gekocht?«, fragte Ava Darko, und lud sich eine zweite Portion auf ihren Teller. Dieses Gulasch war wirklich verboten gut.

»Nein, das war ich«, meinte Nikolaj. »Ich hoffe, dir schmeckts?« In seiner Stimme schwang leichte Verunsicherung mit.

»Verdammt lecker!«

»Ich wusste gar nicht, dass du so gut kochen kannst«, bemerkte Darko, der mit einem Stück Brot seinen Teller blank wischte. »Da kann selbst ein Vampir nicht widerstehen.« Er grinste schelmisch.

»Na ja, Tante Nada war nicht immer zu Hause, weil sie so viel arbeiten muss. Und irgendwann hatten Rado und ich die Nase voll von Nudeln und Tiefkühlpizza.« Schulterzuckend spießte Nikolaj ein Stück Fleisch mit seiner Gabel auf. »So schwer ist das nicht.«

»Ich kann überhaupt nicht kochen«, gestand Ava. »Kommt also bloß nicht auf die Idee, mal gemeinsam was zu brutzeln. Bei mir verbrennt einfach alles, nur weil ich es anschaue.«

Seufzend registrierte sie die überraschten Gesichter der beiden. »Och, kommt mir jetzt bloß nicht mit: Aber du bist doch eine Frau!«

»Aber deine Mutter hat dir doch bestimmt …«, begann Nikolaj, verstummte aber sofort unter dem giftigen Blick, den sie ihm zuwarf.

»Wir sind im 21. Jahrhundert angekommen«, protestierte Ava, weil beide ihr einen eigenartigen Blick zuwarfen. »Außerdem hasse ich kochen!« Ausgerechnet vor einem Vampir und einem magielosen Hexer rechtfertigte sie ihre nicht vorhandenen Kochkünste.

Nikolaj, der neben ihr saß, nahm ihre Hand und sah sie treuherzig an. »Wirklich, es ist nicht schlimm, dass du nicht kochen kannst, du hast bestimmt andere Qualitäten.«

Fassungslos starrte Ava ihn an. Das meinte er doch nicht ernst, oder?

Erst, als die beiden anfingen zu grinsen, merkte sie, dass sie auf den Arm genommen wurde. »Mann!«, rief sie. »Ihr seid – doof!«, endete sie schwach, weil ihr keine bessere Bezeichnung für die zwei einfiel, die jetzt tatsächlich wie alberne Mädchen kicherten. Empört legte Ava die Gabel zur Seite und verschränkte die Arme vor der Brust.

»Meine Tante und Rado wären entsetzt darüber, wenn ich ihnen sage, dass meine Frau nicht kochen kann!«, prustete Nikolaj. »Ich verstehe ehrlich gesagt nicht, warum das so wichtig ist. Mir fallen da andere Dinge ein, die bedeutsamer wären.«

»Ach ja?«, fragte Ava interessiert. Die Libellen in ihrem Bauch schwirrten bei dem Wort »meine« aufgeregt umher. »Was denn?«

»Wenn sie schon nicht kochen kann, dann wenigstens putzen, waschen. Gehorsamkeit und Demut dem Mann gegenüber ist natürlich Voraussetzung und … aua!«

Eigentlich hatte sie vorgehabt, ihn nur leicht gegen den Oberarm zu boxen. »Sorry«, meinte sie und biss sich auf die Lippe, als er sie mit einem entrüsteten Blick anschaute. Sie nahm sich fest vor, demnächst ins Sonnenstudio zu gehen, damit ihr Erröten nicht mehr so auffallen würde. Noch nie in ihrem Leben war sie so oft rot geworden wie in seiner Gegenwart. Das vergnügte Funkeln in den Augen und das Zucken um den Mundwinkel verrieten seinen vorgetäuschten Unmut. Darko hatte sein Gesicht hinter einem Magazin verborgen. Seine Schultern zuckten heftig und er gab erstickte Laute von sich, als hätte er einen Anfall.

»Hey!« Jetzt hatte er sie schon wieder aufs Korn genommen. Spielerisch schlug Ava ein weiteres Mal nach ihm. Lachend wehrte sie sich halbherzig, als Nikolaj sie mit einem frechen Grinsen von ihrem Stuhl auf seinen Schoß zog und die Arme um sie schlang.

»Uff.« Seine Augen leuchteten mit einer Intensität, die ihr den Atem verschlug. »Du guckst so süß, wenn du dich ärgerst.«

»Verrätst du mir jetzt, was wichtig ist?« Ihr Herz klopfte so stark, dass sie sicher war, er müsse es spüren.

»Fallen und wissen, dass da jemand ist, der einen auffängt. Zusammen einschlafen und morgens nebeneinander aufwachen. Und wenn ein Sturm kommt, gemeinsam da durchgehen.« Nikolajs Stimme klang mit jedem Wort rauer und atemloser. Sein Gesicht näherte sich ihrem, sodass seine Lippen ihre streiften. Sein Blick vertiefte sich, zog sie in seinen Bann. »Wenn da jemand ist, der alles von mir weiß und mich trotzdem liebt.«

Er überraschte sie immer wieder. Ständig entdeckte sie neue Facetten an ihm. Wer hätte gedacht, dass er sie in der einen Sekunde necken und sich ihr in der anderen so verletzlich zeigen würde.

»Ich finde ja, dass man sich streiten können sollte«, warf Darko ein.

Schuldbewusst warf sie Darko einen Blick über die Schulter zu. Schon wieder hatte sie alles außer Nikolaj vergessen.

Darko zuckte mit den Achseln, als er ihren Blick auffing. »Das hat für mich etwas mit Ehrlichkeit und Vertrauen zu tun. Ehrlichkeit, weil man sich alles sagen kann, und genug Vertrauen, dass deswegen nichts zerbricht außer einem Teller.« Seine Miene wirkte distanziert, während er sie beide musterte. »Apropos Teller ... Ich räum die mal weg.«

»Warte! Ich helfe dir.« Schnell rutschte Ava auf ihren eigenen Stuhl rüber.

»Und dann unterhalten wir uns darüber, was wir als Nächstes unternehmen.«

»Ganz ehrlich? Ich weiß es nicht. Während du geschlafen hast, haben wir die ganze Zeit überlegt. Aber wir sind mit unserem Latein am Ende. Es gibt so viele Fragen, auf die wir keine Antwort haben. Wir wissen nicht, was dein Schatten-Ich triggert. Warum es existiert, geschweige denn, wie und ob du es wieder loswirst. Oder warum die Magie endgültig verschwunden ist, seitdem es aufgetaucht ist. Ob das Ganze überhaupt miteinander zu tun hat. Alles, was wir haben, sind Vermutungen. Deswegen bringt Nikolaj dich morgen zu Luladja, vielleicht weiß sie weiter. Er muss sich ohnehin mit ihr treffen, um ihr von den neuesten Entwicklungen zu berichten.«

»Du kommst nicht mit?«, fragte sie ihn erstaunt. Beim Gedanken, der Matriarchin der Poutnik gegenüberzustehen, wurde ihr mulmig.

»Nein, aber Nikolaj wird die ganze Zeit bei dir sein. Ich muss mich um ein paar wichtige Angelegenheiten kümmern, die meinen Clan betreffen. Unter meinen Leuten ist ein Verräter, der für die Blutsbrüder arbeitet. Deswegen haben die dich in Köln gefunden. Die Einzigen, die deine Adresse hatten, waren Nikolaj und ich. Ich muss herausfinden, wer er ist und vor allem warum. Außerdem wollen auch die anderen Vampire wissen, was die nächsten Schritte sind. Ich bin ihr Anführer und sie erwarten von mir, dass ich eine Lösung finde. Bisher haben alle immer angenommen, dass du eine Seite wählen musst, und diese die Magie zurückbekommt. Das scheint hinfällig zu sein. Wie es jetzt aussieht, bekommt niemand sie zurück. Und du weißt, was das heißt –«

»Moment«, unterbrach sie ihn. Die Flut an Informationen überforderte sie. »Wie *du* an meine Adresse gekommen bist, frag ich gar nicht erst. Aber ich vermute, dass Frau Vysoká dir sicherlich zugetan war.« *Mit ein wenig Manipulationshilfe*, dachte Ava, *bekommt man bestimmt alles, was man braucht.* »Aber warum hast du mir nicht erzählt, dass du der Chef-Vampir bist?« Gekränkt, weil er so eine wichtige Information für sich behalten hatte, musterte sie Darko. »Davon hast du bisher nichts erzählt! Ich dachte …« Keine Ahnung, was sie dachte, um ehrlich zu sein, war sie heillos verwirrt. »Und was meinst du mit Verräter?« Bislang hatte sich alles nur um sie gedreht, darüber hatte sie vergessen, dass nicht nur sie sich mit dem Magie-Problem herumschlagen musste, sondern dass eine ganze Spezies aussterben und eine andere einen wichtigen Teil ihres Seins verlieren würde. Plötzlich kam sie sich mit ihrem Problem winzig vor und verdammt egoistisch.

»Wann hätte ich das bitte machen sollen? Zwischen dem Ich-bin-wirklich-ein-Vampir und dem Chaos, das ihr zwei ständig verbreitet?« Darko winkte ab. »Nach dem Tod des alten Anführers hat man mich zum neuen ernannt. End of the fucking story.«

Irgendwie war es seltsam, sich ihn als Anführer vorzustellen. Andererseits, er war clever und hatte mehr als einmal bewiesen, dass er es verstand, die Zügel in die Hand zu nehmen und schnelle Entscheidungen zu treffen, das musste sie ihm zugestehen.

Seufzend stand Darko auf und begann, das Geschirr aufeinander-zustapeln. »Im Moment können wir nichts tun, also warum ruhst du dich nicht aus? Ich kann mir vorstellen, dass du müde bist, nach allem, was passiert ist.« Er streckte den Arm über den Tisch aus und berührte flüchtig ihre Hand. »Du bist hier sicher. Und ich verspreche dir, dass ich eine Lösung finden werde.« Sein Blick ging zu Nikolaj. »Für uns alle.«

»Eigentlich bin ich überhaupt nicht müde«, murmelte Ava schläfrig. Eine angenehme Müdigkeit hatte sie überkommen, sobald sie sich nebeneinander auf ihr Bett in dem rosa Zimmer ausgestreckt hatten. Ihre Gesichter nur wenige Zentimeter voneinander entfernt, studierte sie seine Gesichtszüge und versuchte, sich diese in allen Einzelheiten einzuprägen.

Zaghaft berührte sie eine längliche, dünne Narbe entlang seiner Schläfe. Diese intensive Nähe und die Art, wie er sie anlächelte und das Schimmern in seinen Augen, wenn er sie ansah, das war alles so neu für sie. Und furchtbar fragil, wie filigrane Kunstwerke aus Zuckerglas. Eine falsche Berührung und sie zerbrachen. Wahrscheinlich musste sie sich erst noch daran gewöhnen, dass er sich ihr gegenüber geöffnet hatte. Fürs Erste war sie einfach glücklich, neben ihm zu liegen. Vorsichtig rückte sie ein wenig näher an ihn heran, sodass sich ihre Körper leicht berührten. Woraufhin er tief Luft holte und sein Atem hörbar schneller ging.

»Ja, das sehe ich«, sagte Nikolaj, während sie versuchte, ein Gähnen zu unterdrücken. »Ich sollte langsam nach Hause«, meinte er leise, rührte sich aber keinen Zentimeter. »Aber wenn du mich weiter so anschaust, kann ich niemals gehen.« Er berührte ihre Wange und strich ihr durchs Haar.

»Dann bleib hier.« Erneut gähnte sie. Matt schloss sie die Augen und wunderte sich darüber, warum sie so müde war, obwohl sie den ganzen Tag mit Schlafen verbracht hatte.

»Ich kann nicht«, wisperte er. »Wenn bei uns ein Paar die Nacht zusammen verbringt, muss es heiraten.« Seine Hand strich seitlich an ihrem Arm entlang und blieb auf ihrer Hüfte liegen. »Wenn du also nicht heiraten willst, sollte ich gehen.«

»Willst du das denn? Heiraten?«

»Irgendwann, aber nur, wenn es die Frau ist, die ich liebe.«

Wen sonst?, dachte sie, sprach die Frage aber nicht laut aus. Ava war sich nicht sicher, ob er sie wieder neckte oder es ernst meinte. »Ist das bei euch so üblich? Wenn man die Nacht, ... Das kommt mir ziemlich ... ähm, mittelalterlich vor.«

»Nein, das machen hauptsächlich die Paare, bei denen die Familien nicht damit einverstanden sind. Meistens hilft ihnen aber jemand bei der ›Flucht‹, damit sie niemand findet. Danach kann niemand mehr etwas dagegen unternehmen. Natürlich werden die beiden öffentlich gemaßregelt, als Mahnung an andere, aber anschließend wird es in der Regel hingenommen. In bestimmten Fällen werden die beiden jedoch ausgeschlossen.«

»Das hat was von Romeo und Julia.« Schläfrig rieb sie sich über die brennenden Augen. Die Müdigkeit überlagerte ihre Konzentration.

»Du warst ein paar Tage bei mir in Köln und in der Nacht nach dem Nazimarsch auch«, erinnerte sie sich. »Heißt das jetzt —«

»Das war etwas anderes«, flüsterte er.

»Aha?«

Statt einer Antwort zog er sie fester an sich. So nah an seine Brust geschmiegt, hörte Ava das regelmäßige Pochen seines Herzens. Sie schloss die Augen.

»Nick?«

»Hmm?«

»Bleibst du so lang, bis ich eingeschlafen bin? Nur für den Fall, dass dieses Schatten-Ding zurückkommt?«

Unendlich sanft küsste er ihre geschlossenen Lider. Zufrieden seufzte sie leise auf.

KAPITEL 32

»Schläft sie?«

Nikolaj fuhr zusammen und die Tür, deren Klinke er in ebendiesem Moment behutsam nach unten drückte, fiel mit einem vernehmlichen *Rumms* ins Schloss. Hovno!

»Wie lange stehst du da schon?«, fuhr Nikolaj Darko an, eine Hand auf sein Herz gepresst, das sich nach dem Schock langsam beruhigte. Sein Erschrecken wandelte sich in Ärger.

»Lang genug.« Darko, der lässig an der Wand neben der Tür lehnte, lächelte hintergründig.

»Dann weißt du selbst, dass sie schläft. Und ich hoffe für dich, dass sie jetzt nicht deinetwegen wieder wach geworden ist.«

»Das bezweifle ich.« Darko zog eine schmale Glasphiole aus seiner Tasche und schüttelte mit einer lockeren Bewegung den klaren Inhalt darin. »Nicht mal einer Horde Elefanten, die durchs Zimmer trampeln, würde das gelingen.«

»Du hast sie vergiftet?« Ungläubig starrte Nikolaj auf das halb volle Reagenzglas in Darkos Hand.

»Psst«, machte Darko und stieß sich von der Wand ab. »Nein, Mann! Bist du irre?« Mit einem gekränkten Gesichtsausdruck schob er das Röhrchen wieder vorsichtig in seine Hosentasche. »Was denkst du von mir? Das ist nur etwas ... hmm ... Starkes zum Einschlafen. In nicht einmal einer Stunde ist das Haus voller Vampire. Da will ich kein Risiko eingehen, dass Ava auf einmal im Salon steht.«

Nikolaj holte tief Luft, schluckte seinen Fluch aber doch hinunter und beließ es dabei, ihn kopfschüttelnd anzustarren.

»Es ist nur zu ihrer Sicherheit«, verteidigte sich Darko nach einem Moment der Stille.

»Und wenn die Schatten-Ava aufwacht?« Misstrauisch verfolgte Nikolaj, wie Darko einen Schlüssel ins Schloss steckte und diesen herumdrehte. »Die Tür wird sie nicht aufhalten.«

Augenzwinkernd forderte Darko Nikolaj auf, ihm zu folgen. »Davon gehe ich nicht aus, ich hab die Dosis geringfügig angepasst.«

Nikolaj stieß einen wilden Fluch aus und ballte die Fäuste. Zähneknirschend hielt er sich davon ab, Darko das Röhrchen aus der Hosentasche zu ziehen.

»Du weißt, ich verstehe eure Sprache nicht.«

»Der Teufel soll dich holen! Du hast mich schon verstanden!«

»Der hat mich längst geholt«, entgegnete Darko trocken und drehte ihm den Rücken zu. Langsam entfernte er sich von Avas Schlafzimmer. »Übrigens«, er blieb stehen und schaute Nikolaj über die Schulter hinweg an, »warst du es, der mich auf diese Idee gebracht hat.«

»Ich?« Sprachlos starrte Nikolaj auf Darkos schmalen Rücken, der gemächlich den Flur Richtung Treppen ging, und fragte sich, was wohl die Konsequenzen wären, wenn er dem Anführer des Vampirclans das Genick bräche. »Was soll der Scheiß?« Gezwungenermaßen lief er Darko hinterher und folgte ihm durch die Galerie zum Treppenhaus.

»Beide, sowohl unsere Ava als auch dieser miese Abklatsch, waren stundenlang ausgeknockt, nachdem du mit dem Schlafstein rumgezaubert hast.«

»Warum hast du ihr nicht einfach gesagt, dass der Clan eintrifft und sie nicht runterkommen soll?«, entgegnete Nikolaj heftig. »Du kannst ihr doch nicht einfach —«

»Du siehst ja, dass ich das kann!« unterbrach ihn Darko und blieb am obersten Absatz des Treppenhauses stehen. »Hör mal«, sagte Darko und hielt ihn am Arm fest. »Wenn Ava wüsste, dass hier eine Versammlung stattfindet, in der es unter anderem um sie geht, würde sie sich weder von dir noch mir abhalten lassen aufzukreuzen, obwohl es viel zu gefährlich wäre.« Er klang frustriert. »Was ich gemacht habe, war pure Notwendigkeit!« Aufgeregt fuchtelte Darko mit den Händen in der Luft herum. »Sagt man ihr, sie soll sich von Nazis fernhalten und auf einen warten, kommt sie zurück. Erklärt man ihr, dass sie nicht auf die Fähigkeiten ihres Schatten-Ichs zugreifen soll, macht sie genau das Gegenteil.«

Vermutlich war es etwas gänzlich Neues für ihn, überlegte Nikolaj, dass sich ein Mensch seiner Gedankenmanipulation komplett entzog. Aber hinsichtlich Avas Dickschädel gab er ihm recht.

»Die Frau macht mich wahnsinnig!« Sein Tonfall sprach hilflose Verzweiflung, als Darko fortfuhr. »Solange ich nicht weiß, wer der Verräter ist, halte ich sie von den anderen Vampiren fern.«

»Wenn sie rausfindet, dass du ihr ein Schlafmittel gegeben hast, killt sie dich und das ganz ohne die Hilfe ihres Schattens.« Ein Grinsen stahl sich in Nikolajs Gesicht. Ihr menschliches Ich hätte keine Chance gegen Darko, aber es wäre bestimmt interessant, dabei zuzusehen, wie sie es versuchte.

»Das Risiko gehe ich ein.« Darko schnitt ihm eine Grimasse, das belustigte Funkeln in seinen Augen entging Nikolaj jedoch keineswegs. »Du musst es ihr allerdings nicht gerade auf die Nase binden.«

Kopfschüttelnd machte Nikolaj seinen Arm frei und lehnte sich mit dem Rücken gegen das Treppengeländer. »Wann hast du ihr das Zeug überhaupt gegeben?«, wollte er wissen und schielte zu Avas Tür am Ende des Flurs. »Ich hab nichts mitbekommen.«

»Klassiker«, antwortete Darko schulterzuckend. »Ins Glas geschüttet, während ihr rumgeflirtet habt.«

»Wir haben nicht …« Unvermittelt brach Nikolaj ab. Der Vampir hatte recht, sie hatten geflirtet. Die Erinnerung an Avas empörten Gesichtsausdruck und wie sie ihn geschlagen hatte, als er von den Qualitäten einer Ehefrau gesprochen hatte, ließ ihn schmunzeln und gleichzeitig erröten. Vor allem, weil er sie aus einem verspielten Impuls heraus auf seinen Schoß gezogen hatte. So viel Leichtigkeit. Das war völlig neu für ihn. »Du bist skrupellos, hat dir das schon mal jemand gesagt?« »Das klingt fast so, als würdest du mir ein Kompliment machen.« Darko grinste breit, dann wurde seine Miene schlagartig ernst und er reckte das Kinn in seine Richtung. »Was ist das jetzt mit euch beiden. Seid ihr zusammen, oder nicht?«

Unbehaglich drehte sich Nikolaj um und zählte die einzelnen Kristallrosen aus Muranoglas, die sich wie ein Baldachin aus Rosen über der Eingangshalle ausbreiteten und sich am Mittelpunkt des Kronleuchters zu einer einzigen Rose vereinten. Das gedämpfte Licht der dazu passenden Wandleuchten entlang der geschwungenen Treppe brach sich funkelnd in den Kristallen und warf rotschimmernde Reflexe auf die amberfarbene Stofftapete.

Ungebetene Erinnerungen an ihr Gespräch, während sie Ava gesucht hatten, und seine angestaute Wut auf Darko tauchten in seinem Kopf auf. Zornig, nicht weil er ihn angegriffen hatte, sondern weil Darko Ava schon wieder geküsst und getan hatte, als wäre es bedeutungslos, … weil … weil es ihn verrückt machte, sich die beiden zusammen vorzustellen und selbst zu wissen, wie es sich anfühlte, Ava in den Armen zu halten. Weil er in Darkos Augen ein Echo seiner eigenen Gefühle entdeckt hatte. Seine Finger umklammerten krampfhaft das Treppengeländer. Es kotzte ihn an, dass Darko auch ohne Gedankenmanipulation seine Gefühle zu lesen vermochte, die er so zwanghaft versuchte zu verstecken. Nicht zum ersten Mal beneidete er Darko für seine Freiheiten, zu fühlen und zu tun, was er wollte, während er hingegen … Er blinzelte … verpflichtet war.

»Hast du mit *ihr* geredet?«, fragte Darko bedeutungsvoll in die Stille hinein, die sich zwischen ihnen ausgebreitet hatte. Er lehnte sich rücklings gegen das Treppengeländer, was die Konstruktion sacht vibrieren ließ. Schon wieder schien Darko direkt in seinen Kopf zu sehen.

Auch wenn sich Nikolaj weiter vorbeugte und vorgab, er würde sich brennend für den marmornen Fußboden der Eingangshalle interessieren, entging ihm nicht, dass der Vampir ihn von der Seite musterte. Darko würde ihm keine Ruhe lassen, bevor er ihm nicht antwortete.

»Nein. Seitdem wir hier sind, habe ich sie weder gesprochen noch gesehen.« Plötzlich fühlte er sich unendlich müde. »Ich weiß nicht, was ich tun soll«, fügte Nikolaj leise hinzu.

Solange sie in Köln gewesen waren, hatte er vor dieser Frage davonlaufen können. Da war nur das Problem gewesen, Ava zu finden und sie zu überreden, nach Prag zurückzukehren. Er war davon überzeugt gewesen, seine Gefühle für sie im Griff zu haben. Nachdem er sie damals bewusst verletzt und von sich gestoßen hatte, hatte er nichts anderes erwartet als Wut oder Ablehnung. Nach ihrem ersten Aufeinandertreffen war er sicher gewesen, dass seine Strategie Erfolg gehabt hatte, denn sie hatte ziemlich deutlich gemacht, was sie von ihm hielt. Doch dann hatten sie diesen einen wunderschönen Tag gehabt, diesen intensiven Abend. Momentaufnahmen, von denen er nicht sagen konnte, ob sie ein Fluch oder ein Geschenk waren. Sie hatten Eis gegessen und getanzt – bis die Polizei ihn abgeführt hatte. Er war sich so sicher gewesen, dass dieses Ereignis Ava endgültig abgeschreckt hatte, stattdessen hatte sie zu ihm gestanden und ihn sogar rausgeholt. Es wäre besser gewesen, sie hätte ihn zurückgelassen – besser für sie beide. Auch heute ... gestohlene Augenblicke des Glücks ... wie ein Kartenhaus brachen diese zauberhaften Momente in sich zusammen.

»Was soll ich tun?«, murmelte er vor sich hin, stützte die Arme auf dem Treppengeländer ab.

»Du solltest eine Entscheidung treffen, bevor es dir um die Ohren fliegt.«

»Ich weiß!« Rastlos fuhr sich Nikolaj immer wieder durch die Haare und versuchte, Darkos Blick zu ignorieren. Mit einem verzweifelten Stöhnen vergrub Nikolaj schließlich das Gesicht in seinen Händen.

Eine Weile lehnten sie stumm nebeneinander, bis Darko räuspernd die Stille brach. »Ich weiß, du hattest vor, nach Hause zu gehen. Und ich weiß, dass ich dich nicht darum bitten sollte, aber eigentlich wäre es mir lieb, wenn du hierbleibst und auf Ava aufpasst, nur für alle Fälle.«

»Du weißt, dass ich das nicht kann.« Obwohl ihm nichts mehr widerstrebte, als nach Hause zu gehen.

»Okay.«

Nikolaj fühlte seinen beredeten Blick, mit dem Darko ihn von oben bis unten musterte.

»Geh schon. Ich lass mir was anderes einfallen.«

Gedankenverloren streifte Nikolaj zu Fuß durch die dunklen Straßen. Irgendwann musste es geregnet haben, denn der Asphalt glänzte nass im Licht der Straßenlaternen.

Immer und immer wieder gingen ihm Darkos Bemerkungen durch den Kopf genauso wie die letzten Stunden. Diese unbeschwerten Momente, wenn er dem Verlangen nachgab, Ava zu necken und lachen zu sehen. Ebenso der Drang, sie ständig auf die ein oder andere Weise zu berühren. So natürlich wie atmen. Einfach nur Ava und Nikolaj. Nicht Poutnik und die anderen. Nicht einmal die Magie war wichtig. Wenn er bei ihr war, zählte nur das Jetzt.

Darko hatte ihn mit seinen Fragen in die Realität zurückgeholt, die ihn jetzt unbarmherzig einholte und ihn zwang, sich mit dem auseinanderzusetzen, vor dem er lieber weglief.

Fröstelnd zog er seine Jacke zusammen, die Ava ihm zurückgegeben hatte. Ein leichter Duft nach Mandeln stieg ihm in die Nase und verursachte ein warmes Gefühl in seinem Bauch und ließ gleichzeitig seine Kehle zuschnüren.

Obwohl er kein bestimmtes Ziel gehabt hatte, seine Schritte hatten ihn automatisch zu dem heruntergekommenen Wohnhaus geleitet, in dem er mit seiner Tante, seinem Cousin und anderen Poutnik aus ihrer Gemeinschaft wohnte.

Trotz der späten Abendstunde lungerten ein paar Gestalten davor herum. In kurzer Entfernung blieb Nikolaj stehen und beobachtete, wie zwei von ihnen eine Blechdose abwechselnd hin und her schossen, bis diese scheppernd gegen die Hauswand flog. Drei weitere saßen auf der niedrigen Steinmauer links und rechts vor dem Eingang. Rauchend unterhielten sie sich lautstark. Ihre Stimmen hallten von den umliegenden Gebäuden zurück. Erst auf den zweiten Blick bemerkte Nikolaj, dass sie nicht miteinander redeten, sondern in eine hitzige Diskussion mit einem der Bewohner verwickelt waren.

Lyalyas Vater, Georgi, der mit seinem Oberkörper aus einem hell erleuchteten Fenster im vierten Stock hing, schimpfte von oben auf die Gruppe. Dabei fuchtelte er zornig mit der Faust in der Luft. Mit einem Knall schloss er das Fenster, was die drei Männer in lautes Gelächter ausbrechen ließ.

Einer von ihnen sprang auf und rief seinen Kumpanen etwas zu. Mit einem letzten Blick nach oben schnipste er seine Zigarette auf den Boden. Ein gezielter Tritt und die Blechdose zischte haarscharf am Kopf eines seiner Kumpels vorbei. Die Beleidigung, die dieser ausstieß, prallte an dem Mann ab wie Regen von einer Fensterscheibe. In dem Moment, als sich der Typ umdrehte, erkannte Nikolaj ihn. Zwischen zusammengebissenen Zähnen stieß er einen wüsten Fluch aus. Die hatten ihm gerade noch gefehlt!

Seufzend zog sich Nikolaj die Kapuze seiner Jacke über den Kopf, während er mit gesenktem Blick dem Eingang zustrebte. Wenn er Glück hatte, würden sie keine Notiz von ihm nehmen.

Die Hände tief in den Hosentaschen vergraben, wühlte er nach dem Schlüssel, dabei stießen seine Finger gegen einen runden Gegenstand.

»Nikolaj!«

Hovno! Kurz ballte er die Fäuste, blieb jedoch stehen. Er holte tief Luft, dann drehte er sich langsam um. »Miloš«, begrüßte er den Anführer der Gruppe, als hätte er ihn eben erst bemerkt. Angespannt beobachtete Nikolaj, wie der mit dem Mund eine neue Zigarette aus einer zerdrückten Packung zog.

»Wo ist dein Cousin?«, fragte der nicht unfreundlich, verstaute die Schachtel in der Innenseite der Jacke und holte ein Zippo aus seiner Jackentasche. Mit einer schnellen Handbewegung ließ Miloš den Deckel des Sturmfeuerzeugs aufschnappen und zündete mit einer übertrieben großen Flamme die Zigarette an.

Große Flamme, großes Ego. Er ballte seine Hände zu Fäusten.

»Keine Ahnung«, antwortete Nikolaj knapp, bemüht, seine Abneigung zu verbergen.

»Wenn du ihn siehst, sag ihm, er soll sich melden. Der geht mir seit Tagen aus dem Weg.« Miloš Wangen spannten sich an, als er einen tiefen Zug nahm. Langsam ließ er den Rauch aus seinen Nasenlöchern strömen. »Er schuldet mir Geld.«

Eine scharfe Antwort lag Nikolaj auf der Zunge, die er gerade noch so runterschlucken konnte. Miloš war unberechenbar. Angeblich zog der sein Messer schneller als ein Krokodil, das aus dem Wasser schoss und seine Beute mit sich riss.

Nikolaj wollte das lieber nicht auf die Probe stellen. Sollte Rado entschlossen haben, nicht mehr für Miloš zu arbeiten, wären das verdammt gute Neuigkeiten. Das mit den Schulden würden sie irgendwie regeln. Hoffentlich war Rado wirklich nur abgetaucht, um ihm aus dem Weg zu gehen und nicht etwa, weil er für irgendeinen Mist im Gefängnis saß. Im besten Fall war der bei irgendeinem Mädchen. »Ich richte es ihm aus, falls ich ihn seh'.« Nikolaj nickte ihm zu und wandte sich entschlossen ab. Seine Hand zitterte ein wenig, während er die Eingangstür aufsperrte.

»Du weißt, für dich wäre auch immer ein Platz bei uns. Du könntest bei uns viel mehr erreichen und verdienen als das, was du für deine Musik bekommst, oder hast du immer noch diese albernen Träume vom Konservatorium?«

Nur mühsam beherrschte sich Nikolaj, er wusste genau, was jetzt kam. Das hatte er schon hunderte Male gehört. Von anderen Poutnik; von Lehrern und weiteren aus der dominanten Mehrheitsgesellschaft.

»Lass es dir von jemandem wie mir gesagt sein, die nehmen dich niemals, da kannst du noch so viel Talent haben. Leute wie dich will niemand! Aber wenn du weiterhin in diesem Loch bleiben willst und Nada schuften soll, bis sie umfällt …« Er unterbrach sich selbst, stieß hörbar die Luft aus und hüllte Nikolaj mit Zigarettenqualm ein. »Das Angebot steht. Dein Vater hätte —«

Wütend fuhr Nikolaj herum. Der Schlüssel fiel ihm aus der Hand. »*Lass* meinen Vater aus dem Spiel!« Die Erwähnung seines Vaters brachte etwas in ihm zum Brodeln und ließ ihn für eine Sekunde vergessen, mit wem er es hier zu tun hatte. Wut ballte sich in seinem Bauch zusammen, wie von selbst trat er auf den anderen zu, verschränkte die Arme vor der Brust und fixierte seinen Blick.

Überrascht blinzelte Miloš ihn an. Aus dem Augenwinkel bemerkte Nikolaj, wie die zwei Typen, die während ihres Gesprächs auf der Mauer sitzen geblieben waren, nun aufstanden und sich links und rechts hinter ihrem Boss postierten. Mühsam schluckte Nikolaj, doch sein Mund war derart staubtrocken, dass es sich anfühlte, als würde er versuchen, Sand hinunterzuwürgen.

Verdammt, was würde er jetzt für einen von Luladjas magischen Steinen geben, aber er hatte alle aufgebraucht. Seine Finger klammerten sich um die kleine Kugel in seiner Tasche. Als Miloš in die Innenseite der Jacke griff, zuckte Nikolaj zusammen.

»Schon gut, komm runter, kleiner Geiger. Ich tu dir nichts.«

Miloš trat so dicht an ihn heran, dass Nikolaj sein Rasierwasser roch, das sich mit dem Geruch von Zigaretten und Schweiß vermischte und etwas unbestimmbar Süßlichem. Lachend klopfte er Nikolaj gönnerhaft auf die Schulter, dann fischte er die Zigarettenschachtel aus der Jacke, um sich eine weitere Kippe anzuzünden. Rauchkringel stiegen in die kalte Nachtluft auf. »Denk dran, Rado soll sich melden, sonst hat er ein Problem.« Nach einem letzten Blick auf Nikolaj gab er den anderen das Zeichen zu gehen.

Nikolaj sah der Gruppe hinterher. Er wartete so lange, bis die Männer in einer Seitenstraße und somit aus seinem Blickfeld verschwanden, erst dann ließ seine Anspannung nach. Umständlich klaubte er den Schlüssel vom Boden auf. Sein Glück, dass Miloš offenbar gut gelaunt war.

Nikolaj steckte den Schlüssel ins Schloss, drehte ihn grob herum. Schwer atmete er die stickig-modrige Luft ein, die den Eingangsbereich erfüllte, während die Tür mit einem dumpfen Schlag hinter ihm zufiel.

Unendlich langsam wie der alte Mann, der einen Stock über ihm wohnte, schleppte sich Nikolaj die schmale Treppe nach oben. Seine Hand strich über die abblätternde Wandfarbe. Feiner weißer Staub wirbelte auf, färbte seine Finger.

»Hi, Nikolaj!«

Innerlich stöhnend verharrte Nikolaj auf der letzten Stufe.

Natürlich hatte Darko recht, wenn er ihm riet, die Dinge zu klären. Aber nicht jetzt! Nicht, wo Lyalyas Vater, ein konservativer Hitzkopf, ohnehin schon wütend war, weil Miloš und seine Kumpels so einen Krach veranstaltet hatten. Georgi musste morgen bestimmt wieder früh raus zu seiner Arbeit in der Fleischfabrik. Kein Wunder, dass er sauer war. Nikolaj entschied, dass es warten konnte.

»Ich hab dich gerade vom Fenster aus gesehen.« Lyalyas Augen strahlten. Bevor er etwas sagen konnte, trat sie auf ihn zu, umarmte ihn und küsste ihn schnell. »Ich bin so froh, dass du wieder da bist.« Sie schmiegte sich an ihn.

»Lyalya, können wir uns morgen treffen?« Unbeholfen erwiderte er ihre Umarmung.

»Nach der Schule muss ich noch arbeiten. Aber vielleicht am Abend?« Lächelnd trat sie von ihm zurück. Schulter an Schulter gingen sie das kleine Stück bis zu ihren Wohneinheiten, die sich gegenüberlagen. Georgis zornige Stimme drang gedämpft durch das dünne Holz der Tür, hinter der Lyalyas vierköpfige Familie in ihrer Zweizimmerwohnung lebte. »Ich ... Ich muss wieder rein.« Sie griff nach seiner Hand und suchte seinen Blick. Ihre Miene verriet deutlich, dass sie lieber bei ihm bleiben würde. Als hoffte sie, dass er sie zu ihm in die Wohnung bäte. Als Kind war sie immer zu ihm und Rado geflüchtet, wenn ihr Vater ausgeflippt war. Nach ihrem vierzehnten Geburtstag hatte es ihre Mutter verboten, weil sie fand, dass eine junge Frau nichts im Schlafzimmer von Männern zu suchen hatte. Trotzdem hatte sich Lyalya bei jeder Gelegenheit zu ihnen geschlichen. »Gute Nacht.« Sie stellte sich auf die Zehenspitzen und hauchte ihm einen zarten Kuss auf die Lippen. »Ich hab dich vermisst.«

»Bis morgen.« Nikolaj beobachtete, wie sie behutsam die Tür aufdrückte und durch den Spalt huschte. Sekundenlang blieb er stehen und starrte auf die Maserung im Holz. Es fiel ihm schwer, einen klaren Gedanken zu fassen und seine Gefühle zu sortieren. Morgen. Er seufzte müde. Fahrig fummelte er seinen Schlüssel aus der Jackentasche und steckte ihn in das Schloss. Morgen würde er das klären.

Kaum dass die Tür hinter ihm zufiel, zog er sein Handy aus der Tasche. *Bin wieder zurück. Wo bist du?*, tippte er hastig. *Miloš sucht dich. Mach mir Sorgen.*

Erst, nachdem er die Nachricht an seinen Cousin getippt hatte, schaltete er das Licht ein und sah sich in der winzigen Küche um. Sein Blick fiel auf das schmale Bankgestell. Leer. Natürlich war Nada nicht da. Wie üblich zu dieser Zeit. Miloš hatte vorhin nicht nur *einen* wunden Punkt getroffen.

Ihm war bewusst, dass er seiner Tante viel zu verdanken hatte, auch dass sie hier wohnen konnten. Schaudernd dachte er an einen Besuch im Hinterland, wo sie einen Freund von Rado getroffen hatten. Dagegen war das hier Luxus. Leider war Nada die Einzige von ihnen, die einen regelmäßig bezahlten Job hatte. Doch trotz ihrer Doppelschichten reichte das Geld vorn bis hinten nicht, dafür war die

Arbeit zu schlecht bezahlt. Das Wenige, was er als Straßenmusiker dazuverdiente, war ein Tropfen auf dem heißen Stein. Ohne das Geld, das Rado von Miloš geliehen hatte, hätten sie ihre Mietrückstände niemals bezahlen können und wären wahrscheinlich obdachlos geworden oder hätten nach Žusko gehen müssen.

Brennpunkt, betitelten Zeitungen die Kleinstadt, deren Bürgermeister es Immobilienunternehmen gestattete, aus der Situation der Roma und Poutnik Profit zu schlagen. Wo sie heruntergekommene Altbauten und ehemalige Kasernen, zum Teil ohne Bad, vermieteten, und dafür die Wohnhilfe vom Staat kassierten. Was noch immer besser war, als in den anderen isolierten Wohngegenden zu leben. Slums mitten in Europa. Wer von dort kam, hatte es noch schwerer. Ein Teufelskreis.

Im hilflosen Zorn schlug Nikolaj mit der Faust gegen die Tür. Es war frustrierend, so oft er und Rado sich für einen Job beworben hatten, so oft hatte man sie aufgrund ihrer niedrigen Berufsqualifikation nicht angenommen oder gar gekündigt, sobald herausgekommen war, dass sie zu den Poutnik gehörten. Manchmal hatten sie Glück und sie durften saisonweise als Abwäscher in einem der Hotels oder Restaurants arbeiten. Lohn sahen sie am Monatsende allzu oft keinen.

Ein leises *Pling* kündigte eine Nachricht an und lenkte ihn von seinen düsteren Gedankengängen ab.

Mir geht es gut. Mach dir keine Sorgen. Sehen wir uns morgen?

Rasch tippte er eine Antwort: *Muss morgen Mittag zu Luladja.*

Dann treffen wir uns dort.

Nikolaj markierte die Nachricht mit einem Daumen-hoch, dann öffnete er den Kühlschrank und inspizierte den überschaubaren Inhalt.

Erleichtert darüber, dass es Rado offensichtlich gut ging, schnappte er sich ein geöffnetes Paket Milch und trank einen Schluck, nur um gleich darauf eine Grimasse zu schneiden. Sauer. Weil er wusste, dass Nada Joghurt draus machen würde, stellte er sie wieder zurück in den Kühlschrank, machte das Licht in der Küche aus und ging in das Zimmer, das er mit seinem Cousin teilte. Die Glühbirne, die in einer Baulampe von der Decke baumelte, flackerte kurz auf, bevor sich ihr Wolframfaden mit einer kleinen Explosion verabschiedete.

Mit dem Handy in der Hand warf er sich im Dunkeln auf seine Schlafcouch und schloss die brennenden Augen. Seine Gedanken wanderten zu Ava. Ava, die ihn anschaute und anlächelte, als wäre er etwas Besonderes. Avas empörter Blick, als sie ihn neckte. Avas Blick, kurz bevor sie sich in ihrem Badezimmer geküsst hatten. Ava schlafend. Ava, Ava, Ava. Vorhin war es ihm unendlich schwergefallen, aufzustehen und zu gehen. Nicht mal eine Stunde war er von ihr getrennt und schon vermisste er sie. Einfach nur neben ihr zu liegen, sie im Arm zu halten und beim Schlafen zu beobachten – so könnte er 24/7 verbringen. Seufzend drehte er sich auf den Rücken, starrte zur Decke empor und wünschte sich, er hätte ein Foto von ihr.

»Seid ihr zusammen?« Er wünschte, die Antwort wäre ganz klar Ja, aber… mit aller Macht hatte er versucht, sich von ihr fernzuhalten, emotional wie körperlich. Doch jedes Mal, wenn er in ihrer Nähe war, zog es ihn zu ihr. Wie Metallspäne zu einem Magneten. Jedes Mal, wenn er in ihrer Nähe war, schien die Welt ein Stück heller zu sein und er fühlte sich weniger leer und verloren. Zweifelnd fragte er sich, ob es richtig wäre, sie in sein Leben zu ziehen, ob es für Ava nicht mehr gab als das, was sie von ihm bekommen würde – mehr als das, was er ihr geben könnte. Er wusste, dass es egoistisch von ihm war, aber er konnte und wollte sich nicht mehr dazu zwingen, sich von ihr fernzuhalten.

»Ich glaub, ich hab mich verliebt.« Ihre Worte hatten ein Erdbeben in seinem Inneren ausgelöst und dabei etwas freigegeben, was tief in seiner Seele verborgen gelegen hatte.

»Miluji tě«, flüsterte er in die Stille hinein. Seine Hand glitt in die Hosentasche und umklammerte die kleine Kugel. Wenn er schon kein Foto von ihr hatte, dann wenigstens einen persönlichen Gegenstand. In diesem Moment fällte er eine Entscheidung. Moje gili – mein Lied.

KAPITEL 33

Das konnte ja noch lustig werden.

Genervt rollte Darko mit den Augen, als er die Gruppe beobachtete, die sich um einen der Ältesten geschart hatte und hitzig zu debattieren schien. Die anderen Vampire standen jeweils zu zweit oder zu dritt zusammen, wieder andere schlenderten durch den Salon, um sich gegenseitig zu begrüßen.

Es war die erste Versammlung unter Darkos Leitung, entsprechend nervös war er also. Ivana hatte sich zu seinem Bedauern mittlerweile gänzlich aus allen Belangen zurückgezogen. Wenn seine Informationen stimmten, hatte es sie nach New Orleans gezogen. Seine Einladung zu diesem Treffen hatte sie rundheraus abgelehnt.

Von den anderen Angehörigen des Clans waren nahezu alle seinem Aufruf gefolgt und hatten sich in dem großen Salon versammelt, in dem er zuvor mit Ava und Nikolaj zusammen gegessen hatte. Die meisten von ihnen stammten aus Prag oder der unmittelbaren Umgebung. Die, die weit verstreut im Hinterland wohnten, hatten es in der kurzen Zeit nicht geschafft anzureisen. Der Digitalisierung sei Dank waren diese jedoch online zugeschaltet, denn Darko war es wichtig, dass jeder bei dieser Versammlung anwesend war. Unter Václavs Führung war der Clan in kleinere Gruppen zerfallen, deren Mitglieder ihre eigenen Ziele verfolgten, die oft mit denen des Clans nichts zu tun hatten. Das wollte er ändern. Aber, bis es so weit war, seine Ideen umzusetzen, musste erst die Magie wiederhergestellt sein. Darko beobachtete Karel, der den Fixstern einer dieser Gruppen bildete. Sosehr Vampire auch anpassungsfähig waren, was technologische oder wissenschaftliche Errungenschaften betraf, aber manch einer war leider im vorherrschenden System seiner Zeit hängen geblieben. Wenn es nach Karel und seinem engsten Kreis ginge, wäre die Feudalhierarchie wohl niemals abgeschafft worden. Seine Familie gehörte seit der Entstehungszeit des böhmischen Reichs zu den führenden Familien. Und noch heute zählte der zu den reichsten und mächtigsten Vampiren, deren Einfluss bis in die höchsten Ebenen der Politik reichte. Vampire wie die Blutsbrüder, Karel und einige andere waren Meister darin, durch geschickte Gedankenmanipulation aus dem Schatten zu regieren und die Strippen zu ziehen. Die anderen konzentrierten sich darauf, sich vor einer Entdeckung zu schützen.

Karel war, nach Ivana, der Älteste des Clans, der sich stets damit brüstete, neben Karl dem Großen in die Schlacht gezogen zu sein. Nachdem Ivana in der letzten Versammlung ihre Entscheidung mitgeteilt hatte und Darko der Form halber durch den Clan bestätigt worden war, war Karel wutentbrannt aus dem Saal gestapft und bis heute untergetaucht. Eine Respektlosigkeit, mit der dieser deutlich gezeigt hatte, was er von seinem neuen Anführer hielt. Hätte Darko auf einen Verräter gewettet, hätte er auf Karel getippt.

Was, wenn mit dem Ende der Magie … Darko unterdrückte ein Zittern … all ihre Manipulationen aufgehoben würden und sich die Existenz der Vampire offenbarte? Würden die Menschen … Er verbat sich, den Gedanken weiter zu denken. Getrieben von Angst würden sie sie jagen und auslöschen. Würde auch ihre Kraft und Schnelligkeit verschwinden? Ohne ihre übermenschlichen Fähigkeiten wären sie verloren. Die Menschen würden im Namen der Wissenschaft oder für das Militär an ihnen herumexperimentieren. Schon zweimal waren die Vampire knapp einer Entdeckung entronnen. Das letzte Mal in der Zeit des NS-Regimes, als Hitler und seine Schergen eine Herrenrasse erschaffen wollten. Eine unsterbliche, nur schwer zu töten ... Eine Entdeckung wäre eine Katastrophe für sie alle. Verdammt, es lag im Interesse aller, dass die Magie wiederhergestellt wurde.

Darkos Blick fiel auf den Bildschirm, der einen Großteil der Wand hinter dem Konferenztisch in Anspruch nahm. Die gesamte Fläche des riesigen Monitors war mit unzähligen Fenstern bedeckt. Von den Gesichtern war allerdings nicht viel mehr als ein heller Fleck zu erkennen. Der Rahmen, der den jeweiligen Sprecher umgab, sprang wild hin und her, da alle versuchten, gleichzeitig zu sprechen, oder sich winkend begrüßten. Schnaubend fragte sich Darko, wie er alle dazu bringen konnte, ihm zuzuhören. Und wieso zum Teufel hatte er geglaubt, dass eine Kombination aus Online- und Präsenzmeeting eine gute Idee sei?

Müde führte er sein Glas an den Mund und trank einen großen Schluck eisgekühlten Bluts. Gedankenverloren ließ er die Eiswürfel darin kreisen und fragte sich, ob synthetisches Blut ebenfalls den typischen eisenhaltigen, leicht salzigen Geschmack haben würde, nachdem die Poutnik es belebt hätten. Wie lange würden ihre Blutreserven reichen? Seit der Nacht in Köln, in der Nikolaj ihn daran gehindert hatte, diese Frau zu zerfleischen – seitdem hatte er Dauerhunger. Und er wusste bereits von anderen Mitgliedern seines Clans, bei denen ein ganzer Jahresvorrat bereits verbraucht war.

Ein sachtes Vibrieren lenkte seine Aufmerksamkeit auf sein Handy. »Wo bist du?«, fragte er leise. Rasch sah er sich um, doch niemand schien auf ihn zu achten.

»Beim alten Apfelbaum.«

»Hast du ...?«, deutete Darko an.

»Oui!«

Ein kurzes Vibrieren kündigte eine Nachricht an. Noch auf dem Weg von Köln nach Hause hatte er sich ein zweites Handy mit einer neuen Nummer besorgt. Nur einer einzigen Person hatte er diese geschickt. Trotzdem wollte er kein Risiko eingehen und hatte abgesprochen, alle Messages in verschlüsselter Form zu senden.

Angespannt tippte Darko auf das Brief-Icon. Es war, als hätte man ihn unvermittelt in einen eisigen Gebirgssee gestoßen. Wieder und wieder las er die Nachricht. Das konnte nicht sein! Nicht er!

Unauffällig schlenderte Darko zum hintersten Regal des Raumtrenners, wo niemand ihn sah, und tat, als würde er ein bestimmtes Buch suchen. Niemand sollte etwas von dem Gespräch oder seinen Reaktionen mitbekommen.

»Bist du dir sicher?«, wisperte er ins Telefon. »Ich hab ihn gerade noch gesprochen.« Für einen winzig kleinen Moment hoffte Darko, dass sie ihm sagen würde, dass es sich um ein Versehen gehandelt hatte. »Ja.« Sie stieß einen mitleidsvollen Seufzer aus. »Wir haben die Spur zu ihm zurückverfolgt.«

»Nein.« Darko weigerte sich hartnäckig, ihr zu glauben.

»Denk nach, er kann hier nach Belieben ein und aus gehen. Er weiß, dass du ihm vertraust!« Camie holte tief Luft. »Tut mir leid. Ich weiß, wie wichtig er dir ist und wie sehr es dich verletzt, deswegen hab ich so lange gezögert, es dir zu sagen. Solange, bis ich mir zu hundert Prozent sicher war.« In ihrer Stimme lag ehrliches Bedauern. »Hör mir zu! Heute Abend wäre die ideale Gelegenheit, sie von hier wegzuschaffen. Sobald er mit ihr über der Grenze ist, kannst du nichts mehr tun. Außer einen Krieg anzufangen.«

»Darf ich dich um einen Gefallen bitten?« Darko wunderte sich selbst, wie ruhig seine Stimme nach dem Schock klang. Und das, obwohl er das Gefühl hatte, dass eine Ratte an seinem Herz nagte. Über die Buchrücken hinweg beobachtete er die anderen Vampire, sah sich suchend um. Der Schmerz in seiner Brust verstärkte sich.

»Du musst mich nicht bitten. Es geht schließlich um uns alle, auch wenn das einige nicht begriffen haben. Noch nicht.«

»Danke.« Erleichtert, dass er sich wie üblich auf Camie verlassen konnte, stieß er den Atem aus, den er unbewusst angehalten hatte. Wenigstens ihr konnte er trauen. Oder? Zweifel waren grausamer als Hoffnungslosigkeit.

»Wo ist sie?«

»Im rosaroten Zimmer.« Er hörte, wie sie überrascht die Luft anhielt. Sekundenlang herrschte Stille am anderen Ende der Leitung.

»Camie?«

»Bin unterwegs!« Sie legte auf.

Mit einem dumpfen Gefühl des Ekels löschte Darko ihre Nachricht. Der Anblick des Namens auf seinem Handydisplay hatte ihn kalt erwischt und schmerzte wie ein Fausthieb in seinem Solarplexus. Mit einem Zug leerte er sein Glas, um den bitteren Geschmack in seinem Mund hinunterzuspülen. Nur mit Mühe konnte er sich davon abhalten, das Glas an die nächste Wand zu pfeffern. Diese Aktion würde keinen allzu guten Eindruck machen, obwohl sie die Vampire vielleicht endlich zum Schweigen bringen würde, deren Stimmen plötzlich auf ihn eindrangen und seinen Kopf zum Bersten brachten. Der anfängliche Schock verwandelte sich in Wut, die sich wie Gift durch seine Adern fraß. Er zwang sich, ruhig zu atmen, und hoffte, dass seine Aura ihn nicht mit einem wilden Flackern verriet. Ein letztes Mal holte er tief Luft, dann stellte er sein Glas abrupt im Regal ab, drehte sich um und schlenderte gezielt zur Mitte der Empore. Es gab keinen Grund mehr, den Beginn der Versammlung hinauszuzögern.

Sein Blick ging zu dem großen Bildschirm, glitt weiter zu der Gruppe Vampire mit Karel in ihrer Mitte. Als hätte er Darkos Blick gespürt, hob dieser den Kopf. Mit einem zynischen Lächeln prostete er ihm mit seinem Glas zu. Karel machte eine Bemerkung, die die Gruppe um ihn herum lachend quittierte. Herablassend nickte Darko den werten Herren zu, die jetzt ihre Köpfe in seine Richtung drehten. Wenn Karel und Konsorten gekommen waren, um zuzusehen, wie er versagte, täuschten sie sich.

Zeit, das hier hinter sich zu bringen! Er hatte lange genug auf etwaige Nachzügler gewartet. Wer jetzt nicht da war, hatte eben Pech. Er drückte die Schultern durch und stellte sich für jeden gut sichtbar in den Raum. Dann pfiff er lang und durchdringend durch die Finger, um die Aufmerksamkeit auf sich zu ziehen. Die empörten Blicke quittierte er mit einem spöttischen Grinsen.

»Danke, dass ihr meinem Ruf gefolgt seid. Ich weiß, es war sehr kurzfristig.« Langsam schaute er von einem Gesicht zum anderen. Vergaß auch nicht die an den Bildschirmen. »Daher bin ich froh, dass sich so viele von euch die Zeit genommen haben.« Dem Vampir, der am nächsten zur Tür stand, gab er ein Zeichen, diese zu schließen.

Juraj reckte den Daumen hoch, als Zeichen, dass er verstanden hatte, ging zur Tür und scheuchte noch ein paar der jüngeren Vampire aus dem Foyer in den Salon.

Kurz brach ein wenig Unruhe aus, bis auch die letzten ihren Platz gefunden hatten. Der strengen Rangordnung folgend, nach Erschaffungsalter – oder Renaissancealter, wie die Vampire den Vorgang gern betitelten – standen die ältesten vorn, während die jüngeren im hinteren Bereich Aufstellung genommen hatten. Dort, wo auch er eigentlich sein sollte.

Darko wartete, bis Juraj die Tür geschlossen hatte und wieder auf seinen Platz zurückgekehrt war. Erwartungsvolle Stille kehrte ein, alle Blicke waren auf ihn gerichtet.

Nach einigen spannungsgeladenen Minuten holte Darko tief Luft und begann:»Damit wir unsere Zusammenkunft so kurz wie möglich halten können und unsere digitalen Teilnehmer alles verstehen, bitte ich euch, nicht durcheinanderzureden und eure Fragen erst am Ende zu stellen.«

Wieder ließ er seinen Blick langsam über alle schweifen, bemüht, jeden zumindest kurz direkt anzuschauen. Dann nahm er den Faden wieder auf.»Wie ihr alle sicher mitbekommen habt, ist die Magie gänzlich erloschen. Ich muss euch nicht erklären, was das für uns bedeutet.« Das aufkommende Gemurmel ignorierte er.»Was ist seitdem passiert? Wen haben wir verloren?«

»Tereza«, rief einer aus der Menge.

»Miroslav und seine Gefährtin Leda«, fügte ein weiterer hinzu.

»Drei?«, fragte Darko und atmete erleichtert auf. Nur drei. Er hatte mit mehr Verlusten gerechnet.»Weiß jemand, wie sie gestorben sind?«

»Bei allen drei war es der Krebs.« Es war Karel, der ihm antwortete, aus der ersten Reihe zu ihm nach vorn trat und sich zu den versammelten Vampiren umdrehte, sodass er Darko seinen Rücken zeigte.»Ich habe mir die Freiheit herausgenommen und eine Untersuchung ihrer Körper veranlasst. Da diese nicht wie sonst zu Staub zerfielen, konnte eine Obduktion durchgeführt werden.« Er warf Darko einen offen vorwurfsvollen Blick zu, wie um zu sagen, dass es eigentlich seine Aufgabe gewesen wäre.

»In Zukunft wirst du mich über dein Vorgehen informieren«, sagte Darko streng.»*Ich* bestimme und autorisiere die Verfahrensweisen.« Insgeheim pflichtete er Karel bei. Wahrscheinlich hätte er nicht anders gehandelt, trotzdem musste er deutlich machen, dass der Vampir seine Befugnisse überschritten hatte.

Mit einem Lächeln, das wohl fügsame Bescheidenheit vermitteln sollte, ging Karel zurück auf seinen Platz in der ersten Reihe. Den boshaften Blick, der sich in ihn bohrte, nahm Darko deutlich wahr. Dieser arrogante, heuchlerische Drecksack! Dieses Mal gab sich Darko nicht die Mühe, seine Gefühle sorgsam zu verbergen. Sollte Karel doch seine Aura flackern sehen und wissen, dass er zornig war.

»Tereza, Miroslav und Leda«, fasste Darko zusammen. Mit Schaudern erinnerte er sich an Miroslav und seine Frau. Die beiden hatten solch eine große Angst vor dem Tod gehabt, dass sie sich in ihrer Verzweiflung an einen Vampir gewandt und ihm als Bezahlung für ihre Verwandlung das Blut ihrer Tochter samt Enkelkindern zugesagt hatten. Ein zwar seltener, aber durchaus üblicher Bluthandel. Auch Tereza hatte einen ähnlich hohen Preis für ihre Wiedergeburt als Untote bezahlt. Allen dreien hatte der Handel letztens Endes nur eine kurze Flucht vor dem Tod ermöglicht. Drei zu erwartende Todesfälle angesichts des hohen biologischen Alters auf der einen Seite und der weit fortgeschrittenen Krebserkrankung vor der Verwandlung auf der anderen. Das Leben nahm dort seinen Lauf, wo es mit Magie unterbrochen worden war. Wie er vermutet hatte. Unbewusst fuhr sich Darko über die Brust, in der der Schuss sein menschliches Leben beendet hatte. Sie konnten von Glück reden, dass niemand ursprünglich tödlichen Verwundungen oder simplen Erkrankungen erlag. Noch.

»Gibt es irgendwelche Frischlinge zurzeit?«

»Nein.« Wieder war es Karel, der ihm antwortete.

»Entschuldigung«, kam es vom Bildschirm. »Das ist so nicht ganz richtig.« Die Vampirdame, die gesprochen hatte, errötete bis in die blonden Haarspitzen, als sich Darko und Karel ihr zuwandten. Ludmilla, wie das rote Kästchen, das sie umgab, verriet. Irgendwann würde er sich die Zeit nehmen, jeden von ihnen persönlich kennenzulernen. »Es gibt keine Neuzugänge mehr, weil die Verwandlung nicht mehr funktioniert.«

»Wie bitte?«, fragten Darko und Karel zugleich und sahen sich überrascht an. Unmutig runzelte Darko die Stirn und schoss einen bösen Blick auf Karel. Nach einem Augenblick senkte Karel den Kopf. Trotzdem sah er noch das wütende Funkeln darin.

»Ludmilla, erklärst du uns das bitte genauer?«, forderte Darko sie freundlich auf.

»Nun ja«, begann sie zögernd. »Vor wenigen Tagen haben mein Gefährte und ich eine schwer verletzte junge Frau auf der Landstraße gefunden. Wahrscheinlich ein Verkehrsunfall. Von dem Unfallverursacher gab es keine Spur. Na ja, sie hat mir leidgetan. Sie sah meiner Tochter so ähnlich, die an Schwindsucht gestorben ist. Daher habe ich beschlossen, sie zu verwandeln.« Ludmilla schauderte. »Das arme Ding. Sie hat geschrien wie ein wildes Tier und sich gebärdet, als wäre sie tollwütig. So etwas habe ich noch nie erlebt. Am Ende musste ich sie erlösen.«

Für einen Moment war es so still in dem Raum, dass man die übrigen Lebensjahre der Vampire vorbeirauschen hörte. Dann brach der Sturm der Stimmen los.

Wie lange noch?, überlegte Darko. Wie lange noch, bis der letzte ihrer Spezies starb. Wie lange noch, bis er starb? Fünfzig Jahre, siebzig Jahre? Durchaus möglich, er war bei seiner Verwandlung erst vierundzwanzig gewesen.

Ihre übermenschlichen Kräfte waren ihnen geblieben. Vorerst. In Köln hatte er sie ständig eingesetzt. Nicht auszudenken, was passieren würde, wenn alle Manipulationen aufgehoben wären. Vielleicht würde das noch passieren, denn das Verblassen der Magie schien ihr eigenes Verblassen zu bewirken. Der Tod erst der Anfang.

»Was ist mit der Magieträgerin, Darko?«, rief Karel. Der Vampir hatte nicht lauter als üblich gesprochen, doch durch die Schärfe, die in seiner Stimme lag, schien ihn jeder gehört zu haben. Die Gespräche brachen abrupt ab. Nach und nach verstummten auch die Vampire in den hinteren Reihen und wandten sich ihnen neugierig zu.

»Was ist mit den Poutnik und dieser grandiosen Zusammenarbeit, von der du bei deiner Amtseinführung gesprochen hattest?« Bei seinen letzten Worten troff der Sarkasmus aus seiner Stimme wie Honig aus einem zerstörten Bienenstock. »Oder waren es bloß leere Versprechungen?« Seine Blicke hatten etwas gemein mit den schmerzhaften Stichen dieser fleißigen Insekten.

Innerlich verfluchte Darko Karel dafür, dass der das Gespräch auf Ava gelenkt hatte. Nun hatte er keine andere Wahl mehr, als die unschöne Wahrheit preiszugeben. Dass er keine Ahnung hatte, wie er das hinbiegen sollte. Oder wären Lügen jetzt angebrachter, um die Gemüter erst mal zu beruhigen? Doch im Gegensatz zu seinem Vorgänger hatte er sich geschworen, seinen Leuten gegenüber ehrlich zu sein.

»Das Mädchen ist unter meiner Kontrolle.«

O Mann, wenn Ava das hören könnte! Beinahe hätte er laut aufgelacht, konnte sich jedoch zügeln.

»Na, dann soll sie sich verwandeln. Verdammt noch mal«, rief jemand aus der Menge. »Es kann doch nicht so schwierig sein, sich für ewiges Leben und Jugend zu entscheiden.« Verbitterung lag in der Stimme des Vampirs. »Deswegen haben sich neunzig Prozent der Anwesenden doch hierfür entschieden!«

»Das wird nicht mehr möglich sein.«

Die Blicke der anderen lasteten schwer wie eine Betonplatte auf Darkos Brust. Er konnte die Angst spüren, die der Großteil von ihnen verströmte. Wie sollte er das erklären? Schließlich gab er sich einen Ruck und fasste die Ereignisse zusammen, wobei er sich auf die nötigsten Fakten konzentrierte. Von ihren persönlichen Eskapaden brauchte schließlich niemand etwas zu erfahren. Das ging nur sie drei etwas an.

»Morgen wird sich Luladja mit Ava befassen. Eine Zusammenarbeit mit den Poutnik ist jetzt wichtiger denn je!« Darko wusste selbst, dass er sich an einen seidenen Faden hängte, der schon morgen reißen konnte.

»Wer weiß noch davon?«, wollte Karel wissen. »Dass die Magieträgerin unbrauchbar ist? Oder die Sache mit ihrem Schatten? Und dass sie einen der Blutsbrüder getötet hat?«

»Nun«, begann Darko unsicher. »Was den toten Blutsbruder betrifft, werden sie sicher nicht davon ausgehen, dass sie es war. Eher werden sie es mir oder Nikolaj zuschreiben. Was das andere betrifft.« Innerlich wand sich Darko, eigentlich hatte er vorgehabt, es vorerst für sich zu behalten, sah aber ein, dass es nicht anders ging. Er konnte es sich nicht erlauben, ihn zu beschützen, egal wie schmerzhaft es war, die Wahrheit würde früher oder später ans Licht kommen. Wenn dann noch herauskäme, dass er Bescheid wusste ... Darko lernte in diesem Moment die erste Lektion, was es hieß, ein guter Anführer zu sein. »Es hängt davon ab, wie viel der Verräter selbst erfahren und mitgeteilt hat. Nur seinetwegen haben sie uns in Köln gefunden.«

Ein Sturm an Stimmen barst los:

»Wer ist der Verräter?«

»Ist es einer von uns?«

»Bestimmt ein Poutnik!«

»Wie kann es sein, dass ihr Schatten-Ich ein Vampir ist? Wie kann sie beides zugleich sein?«

»So was hat es noch nie gegeben.«

»Fakt ist doch, solange das Mädchen …«

»… trotzdem eine Entscheidung treffen.«

»… Sonnengericht!«

»Leute!«, rief Darko in dem Versuch, sich Gehör zu verschaffen. »Alles, was ich weiß, habe ich euch mitgeteilt. Tatsache ist, dass die Magie verschwunden ist, seitdem der Schatten existiert. Was uns in die Situation bringt, dass wir früher oder später sterben und nicht mehr in der Lage sind, neue von uns zu erschaffen …« Er ließ den Satz unvollendet, da klar war, was dies bedeutete. »Ob und welche Auswirkungen es auf unsere Selbstheilung hat oder auf unsere anderen Vampirfähigkeiten, lässt sich im Moment nicht sicher sagen. Bis jetzt habe ich an mir selbst nichts feststellen können.« Außer dem Hunger. Er holte tief Luft, bevor er fortfuhr. »Zweiter Fakt ist: wir können – nein –, wir müssen davon ausgehen, dass die Blutsbrüder nichts unversucht lassen werden, die Magieträgerin in die Finger zu bekommen. Sie werden sie haben wollen, egal ob –«

»Was kümmert es uns, was sie mit ihr machen? Wenn sie nicht mehr in der Lage ist, sich zu verwandeln, ist ohnehin alles verloren.« Ein Vampir mit schief sitzender Brille und verstrubbeltem braunem Haar trat vor. »Sollen sich die Blutsbrüder sie doch holen.«

»Das wissen wir nicht mit Sicherheit, Martin«, wandte Karel zu Darkos Überraschung ein. »Wir übersehen vielleicht etwas. Die Magie ist aus unbekannten Gründen an das Mädchen gebunden. Wer weiß, was passiert, wenn sie getötet wird. *Ich* will nicht herausfinden, was das für uns bedeutet. Das Risiko, dass wir in derselben Sekunde sterben wie sie, will ich nicht eingehen.«

Zustimmendes Gemurmel wurde laut. Auch Darko nickte, während Karel weitersprach: »Was die Blutsbrüder betrifft: Stellt euch vor, welche Macht wir ihnen in die Hände spielen würden, wenn sie die Magieträgerin in ihre Finger bekämen. Mit dem Tod ihres Bruders, egal wer ihn letztendlich getötet hat, haben sie bloß einen guten Vorwand, uns anzugreifen.« Karel trat in den freien Raum zwischen Darko und den Versammelten. »Während sich unser Anführer darum kümmert, mit den Poutnik eine Lösung zu finden und den Verräter entlarvt, werden wir die Grenzen sichern.« Ein gemeines Lächeln umspielte seine Lippen, als er sich an ihn direkt wandte. »Ich erwarte, dass du gnadenlos bist. Egal, um wen es sich bei dem Verräter handelt. Ob einer von uns oder einer der Poutnik!« Karel drehte sich um und sprach zu den Versammelten. »Ich schlage vor, wir treffen uns in einer Woche wieder. Wenn Darko bis dahin keine Lösung gefunden hat, wird er abgesetzt und der Älteste nach Ivana wird seine Stelle einnehmen, so wie es sein sollte!«

»Also du?«, fragte Darko kalt und eröffnete das Blickduell.

»Nun, ich würde mich natürlich zur Verfügung stellen, wenn das gewünscht ist.« In gespielter Demut senkte Karel den Kopf.

Du Hund! Wütend verschränkte Darko die Arme vor der Brust. Er setzte gerade zu einer scharfen Entgegnung an, als die Tür mit einem lauten Knall gegen die Wand krachte. Ein gewaltiger gezackter Riss, der sich in dem Holz auftat, zeugte von der Wucht des Aufpralls. *Ich lasse keine Türen mehr einbauen.* Unwillkürlich verdrehte Darko die Augen. Während alle anderen zusammenzuckten, wusste er bereits, wer da in der Tür stand. Nur eine war zu einem solchen Auftritt in der Lage.

»Nun, in einem Punkt braucht ihr keine Woche mehr zu warten!«

Mit den Katzenaugen, die golden leuchteten, und ihrem karamellfarbenen Haar, das sie wild umfloss, entsprach sie seinen Vorstellungen der berühmten ägyptischen Löwengöttin. Temperament inklusive.

»Da habt ihr euren Verräter!« Ihr heftiger Stoß ließ den Mann, der sich in ihrem eisernen Griff wand, zu Boden gehen. Dabei verdrehte sie ihm die Arme nach oben, was ihn vor Schmerzen aufschreien ließ. »Ich hab ihn beim Versuch erwischt, sich Zutritt zur Magieträgerin zu verschaffen!«

Weil ihr Gefangener den Blick gesenkt hielt und eine zu weite schwarze Hoodiejacke trug, deren Kapuze fast sein ganzes Gesicht verbarg, konnte Darko nicht erkennen, um wen es sich bei dem Mann handelte. Seine Stimme war ihm jedoch nur allzu vertraut und ließ ihn gefrieren.

Das Blut, welches er vorhin getrunken hatte, kam ihm hoch. Hilflos ballte er die Fäuste, damit niemand bemerkte, wie sehr seine Hände zitterten. Es kostete ihn alle Kraft, seinen Aufruhr zu verbergen. Doch da alle Augen auf Camille ruhten, sah es ohnehin niemand.

Nur Karel schien, von seinem inneren Kampf Notiz zu nehmen. Sein Blick weilte kurz auf ihm, bevor auch der seine Aufmerksamkeit auf das Geschehen an der Tür konzentrierte.

Mit hoch erhobenem Kopf ließ Camille die teils erstaunten, teils fassungslosen Blicke an sich abperlen. Eine unnatürliche Stille hatte sich über den Raum gesenkt, als sie den Mann wieder auf seine Beine zog. Auf ein Zeichen von Karel gaben ihr die Vampire stumm den Weg frei. Dieses Mal war Darko ihm dankbar, dass er ohne Umschweife handelte. Gemessen schritt sie durch den so entstandenen Gang und stieß den Verräter grob vor sich her.

Mehr als einmal geriet dieser ins Stolpern. Verzweifelt versuchte er, ihrem Griff zu entkommen und gleichzeitig sein Gesicht zu verbergen. Als sie mit ihrem Gefangenen vor Darko stand, riss sie ihm die Kapuze vom Kopf und drückte ihn an den Schultern zu Boden, sodass dieser vor Darko und Karel kniete. Anschließend trat Camille an Darkos rechte Seite. Ihre Finger strichen heimlich über seinen Handrücken. Ein schwacher Versuch, ihn zu trösten.

Den Tatsachen ins Auge zu sehen, war etwas anderes als ein Name auf dem Display. Darko drohte, an dem Kloß in seinem Hals zu ersticken.

»Alik?« Wieder war es Karel, der zuerst handelte. »Was geht hier vor?« Seine Stimme war schneidend, als er sich an Camille wandte.

»Darko hatte bereits seit Längerem die Vermutung, einen Verräter unter euch zu haben«, erklärte Camille ruhig. Gelassen ließ sie Karels Musterung über sich ergehen.

Stirnrunzelnd betrachtete Darko sie von der Seite. Was hatte sie vor?

»Und warum hat er sich an dich gewandt?«

»Das liegt doch auf der Hand, oder?«, entgegnete sie und sah ihn mit ihren goldenen Augen offen an. »Wenn man in seinen Reihen einen Verräter vermutet, beauftragt man jemand Außenstehendes.«

»Bruder?« Mittlerweile hatte sich Darko immerhin so weit im Griff, dass er sprechen konnte. Auch wenn seine Stimme zitterte. Er ignorierte die Blicke, die man ihm zuwarf, die atemlose Stille, die sich über sie alle senkte. »Warum?« Sein Herz wollte nicht begreifen, was sein Hirn bereits anfing zu akzeptieren.

»Antworte!«, zischte Karel. Seine Stimme klang scharf wie eine frisch geschliffene Schwertklinge. »Oder muss ich nachhelfen?« Seine

Hand glitt zu seinem Dolch mit reich verziertem Griff, den er wie stets im Gürtel bei sich trug.

Unwillkürlich fragte sich Darko, ob er auch darauf schlief. Wie er so breitbeinig dastand, groß und kräftig gebaut, erweckte er durchaus den Eindruck eines Kriegers, der neben Karl dem Großen in die Schlacht gezogen war und seine Gegner mit dem Schwert niedergemäht hatte. Langsam fiel die Betäubung von ihm ab, ersetzt durch den Schmerz eines gebrochenen Herzens.

»Die Blutsbrüder ...!«, stieß Alik hervor. Gebannt starrte der auf Karels gewaltige vernarbte Pranke, deren Finger den Knauf der Waffe umspielten.

Darko blinzelte, etwas an dem Bild stimmte nicht.

»Sie haben Cyril!«

WAS?!

Nun ergab es endlich einen Sinn! Warum die Blutsbrüder bereits am Abend nach dem Überfall in seiner Villa aufgetaucht waren. Weshalb Camie kurz darauf mit dem Österreicher und dem Italiener im Schlepptau erschienen war. Vermutlich hatte sie bereits damals Nachrichten abgefangen und sich die erstbesten Mitstreiter gegriffen, damit mehrere Clanvertreter anwesend wären und sich die Blutsbrüder zurückhaltend geben mussten. Wahrscheinlich sollte er ihr für diesen Schachzug dankbar sein, allerdings hätte er es besser gefunden, wenn sie ihn ins Vertrauen gezogen hätte. Dann wäre die Situation in Köln nicht so außer Kontrolle geraten.

Er warf Camie einen Blick zu, seine spröden Lippen formten ein Wort: *Warum?*

Entschuldigend zog sie die Schultern hoch: *Pardonne-moi,* gab sie genauso lautlos zurück.

Später, schwor Darko, *würde sie ihm Rede und Antwort stehen.*

»Warum sollten sich die Blutsbrüder für Cyril interessieren?«, setzte Karel sein Verhör indes fort und musterte Alik skeptisch.

Sein Bruder senkte den braunen Haarschopf und knetete die Finger. Neun Finger! Darko keuchte leise auf. Im Alter von etwa zwölf Jahren hatte Alik den kleinen Finger verloren. Bei einer Mutprobe, die buchstäblich nach hinten losgegangen war. Bei der Erinnerung, wie sie die kleine Pappschachtel mit alter Munition auf dem Dachboden fanden, zuckten seine Mundwinkel unwillkürlich. Vor seinem inneren Auge sah er sich und seine Brüder als Kinder, die mit ihrem Fund nach draußen in den Hof liefen. Spürte den Nachhall der Aufregung auf der Suche nach Hammer und Nagel. Wie sie es bei den älteren Jugendlichen gesehen hatten, steckten sie die Projektile in die Erde und versuchten, diese mit dem Werkzeug zum Explodieren zu bringen. Sie hatten einen Mordsspaß, bis ein Querschläger Alik an der Hand verletzte und den Finger zerfetzte.

Ein heißer Schmerz zuckte durch seine Schulter und seine Brust. War die Magie bereits so dermaßen degeneriert, dass längst verheilte Wunden aus der Kindheit wieder sichtbar wurden? Würden Verletzungen, die ihnen einst den Tod gebracht hatten, wieder aufbrechen? Unwillkürlich rieb Darko über seine Schulter.

Karels harsche Stimme, ein unüberhörbares Knacken und Aliks Schmerzensschrei holten ihn aus der Vergangenheit zurück.

Dieses Mal ließ Darko ihn gewähren. Auch wenn er es nicht zugeben würde, war er froh, dass der Älteste das Verhör übernahm.

Die Situation wühlte ihn auf, trieb ihn an den Rand seiner Beherrschung. Es kostete ihn unheimlich Mühe, sich nicht einfach auf Alik zu stürzen und … zuzuschlagen … den Hals umzudrehen … ihn umzubringen … nicht.

»Mein Bruder ist nachts heimlich über die Grenze gefahren und …«, begann Alik. Er sprach derart leise, dass Darko die geflüsterte Antwort kaum hörte. Er spitzte die Ohren und beugte sich leicht nach vorn. Würde sich endlich Cyrils plötzliches Verschwinden aufklären? Mittlerweile waren das Gemurmel und die Zwischenrufe der Vampire verstummt. Jeder schien gebannt zu lauschen.

»Er hat mit Blut gedealt.« Nervös knetete Alik seine Finger. »Mit AB negativ.« Seine Stimme war kaum mehr als ein Hauch. »W-w-weil er selbst abhängig war … ist …«

Ein entsetztes Raunen ging durch den Raum. Darko hörte, wie Karel scharf die Luft einsog. Neben ihm bewegte sich Camille unruhig und stieß einen leisen französischen Fluch aus. Jeder wusste, dass diese Blutgruppe Vampire high machte und absolut abhängig. Sie hatte dieselbe verheerende Wirkung auf ihre Spezies wie Heroin auf Menschen, weswegen es europaweit in keiner ihrer Blutbanken zu bekommen war und zudem streng verboten. Das einzige echte Verbot, das es in der Vampirwelt gab.

»Seit wann?«, fragte Darko, obwohl er die Antwort bereits ahnte. »Seit Mirjams Tod.« Sein Bruder umklammerte das Handgelenk, welches Karel ihm vorhin gebrochen hatte. *Mirjam.*

»Wo?«, stieß Darko zwischen den Zähnen hervor und verschränkte die Arme vor der Brust. *Mirjam.* Die Liebe hatte mehr Opfer auf dem Gewissen als alle Vampire zusammengenommen.

Kurz blitzte Cyrils Gesicht vor seinem inneren Auge auf. Lachend, verliebt, als er ihnen Mirjam vorgestellt hatte. Kaum zwanzig. Verzweifelt, nachdem er verwandelt worden war und ihr suggeriert hatte, dass sie drei für den Widerstand gefallen waren. Und jetzt, endgültig zerbrochen.

»Sie haben ihn im Teufelsdreck erwischt und jetzt erpressen sie mich.« Plötzlich sah Alik auf, suchte Darkos Blick. »Was hätte ich sonst tun sollen?«

»Du hättest zu mir kommen sollen!«, fuhr Darko auf. »Wir hätten eine Lösung gefunden! Alik, wir sind zusammen aufgewachsen. Wir drei. Weißt du noch? Statt mir zu vertrauen, hast du mich verraten. Einer der Brüder ist ums Leben gekommen, als sie Ava und Nikolaj in ihrer Wohnung angegriffen haben. *Ich* war gezwungen, zwei ihrer Leute zu töten, um sie zu beschützen. Auf *ihrem* Territorium. Wegen eurer Geheimnisse haben wir einen Kriegszustand! Und all das, weil sich unser Bruder zum Sklaven einer beschissenen Droge gemacht hat?« Die mühsam aufgebaute Selbstbeherrschung zerbrach. Mit einer rasend schnellen Bewegung überbrückte Darko die Distanz zwischen sich und Alik. Ungestüm riss er ihn an seiner Hoodiejacke hoch. »Wo ist Cyril jetzt?«, knurrte er.

»Bei ihnen in Berlin. Sie drohen damit, ihn umzubringen, wenn ich nicht versuche, Ava zu ihnen über die Grenze zu bringen, oder dir etwas sage. Sie ... sie ... haben mir ein Video geschickt, in dem sie ihn quälen. Darko, sie spritzen ihm synthetisches Blut. Für jeden Tag, der verstreicht, einen Milliliter. Du weißt, was das bedeutet. Wir haben es beide gesehen. In diesem Labor.«

Cyrils Tod. Das bedeutete es.

Ruckartig ließ Darko seinen Bruder los, sodass dieser taumelte. Eine Kälte ähnlich der, die ihn eingehüllt hatte, als er gestorben war, kroch von seinem Scheitelpunkt nach unten Richtung Herz. Diese widerlichen Bastarde. Cyril würde einen langsamen, qualvollen Tod sterben. Niemand konnte ihn davor noch retten.

»Ich musste …«

»Alik«, murmelte Darko traurig. »Dein Bruder – unser Bruder – ist so gut wie tot.« Er warf Karel einen Blick zu, der die beiden beobachtete. Irrte er oder lag Bedauern in dessen Augen? Er schaute zu den versammelten Vampiren, die immer unruhiger wurden. Sie warteten. Mit einem Seufzer holte er tief Luft. Seine Stimme zitterte leicht, als er weitersprach: »Vor einiger Zeit war ich zusammen mit Václav, Ivana und Karel in Grönland. Wir waren dazu eingeladen worden, uns die Forschungsergebnisse anzuschauen. Dort haben die uns an einem verurteilten Vampir die Wirkung von synthetischem Blut vorgeführt.« Er biss sich auf die Lippe bei der Erinnerung an die gequälten Schreie und das Toben, während der Vampir von innen heraus zu kochen begann, sobald er das Serum in seinem Kreislauf hatte. »Eine minimale Dosis tötet wie ein schleichendes Gift. Unser Bruder stirbt bereits und das weißt du!«

Und wenn er nicht daran starb, würden sie ihn töten, sobald sie erfuhren, dass der Verrat entdeckt worden war.

»Nein! Nein! Nein!« Alik kam auf ihn zu und gab Darko einen halbherzigen Stoß. »Du lügst!«

Darko packte Alik an seinen Ellenbogen. »Schau mich an! Du weißt, dass ich die Wahrheit sage. Wenn du mir nicht glaubst, frag ihn. Frag Karel!«

Mit der zweiten Hand griff er Alik unters Kinn und zwang ihn, den Ältesten anzusehen, der langsam, aber deutlich sichtbar nickte.

»Alik, bitte, das ist wichtig.« Er hielt seinen Freund – seinen Bruder – weiterhin an den Armen fest. »Was hast du ihnen mitgeteilt!«

»Nichts, ich schwöre es. Nur die Adresse. Und dass du und dieser Poutnik sie holen wolltet. Sonst nichts. Ich weiß doch gar nichts. Als ich ihnen gesagt habe, dass du sie hierhergebracht hast, haben sie verlangt, dass ich sie entführe. Cyril stirbt, wenn ich es nicht tu! Bitte, du musst mir glauben! Ich wollte doch nur meinen Bruder retten. Das verstehst du doch? Oder?« Flehentlich schaute Alik ihn an.

Darko überlegte. Er glaubte ihm. Aber Cyril war verloren. Sie beide wussten, dass ihr Bruder verloren war. Als er seinen besten Freund zu sich heranzog und ihn umarmte, spürte er dessen Zittern, das sich in Wellen auf ihn übertrug. Er drückte ihn so fest an sich, dass er kaum Luft bekam und es ihn schmerzte. Ein leiser Schluchzer drang tief aus

Aliks Kehle, als er sich an Darko festklammerte. Es erinnerte ihn an eine mondlose Nacht, an taunasses Gras. Daran, wie sie sich in den Armen gehalten hatten, nachdem die tödlichen Kugeln ihn getroffen hatten.

»Vergib mir«, flüsterte Darko ihm ins Ohr. Dann schob er seinen Bruder von sich. Noch in derselben Bewegung stieß er seinen Arm in Aliks Brustkorb und riss ihm das Herz raus.

KAPITEL 34

»Dobré ráno«, raunte Nikolaj in Avas Ohr. »Guten Morgen.«
Unmöglich, das glimmende Lächeln zu unterdrücken, als sie sich zu
ihm umdrehte und ihn aus schlaftrunkenen Augen verwirrt anschaute.
Intuitiv schob er ihr das wirre Haar aus dem Gesicht und zog sie
sacht an sich.
Als sie sich murmelnd an ihn kuschelte, rauschte eine Flut aus
Endorphinen durch seinen Körper. Sie hier in seinen Armen, das war
ein völlig fremdes und gleichzeitig unendlich vertrautes Gefühl.
Obwohl er die halbe Nacht kein Auge zugetan hatte, war er hellwach und
bebte vor Energie. Kurz vor Sonnenaufgang war er aufgestanden und mit
der Straßenbahn hergefahren. Nachdem er in der Vampirvilla angekommen
war, hatte er es sich anstandshalber in Darkos Salon gemütlich gemacht und
gewartet, bis es hell geworden war. Währenddessen war er mehrmals kurz
davor, Lyalya eine Nachricht zu schreiben. Mehr als einmal zog er das
Handy aus der Hose und begann zu schreiben. Löschte den Text, schrieb
erneut. So lange, bis er es seufzend weglegte. Er würde sich gedulden und
später unter vier Augen mit ihr reden.

Irgendwann hatte er beschlossen, dass es jetzt spät genug wäre, um nach oben in Avas Zimmer zu gehen. Von Darko hatte er, bis auf die Sprachnachrichten, nichts gesehen oder gehört. Kein Wunder, lag es doch in der Natur von Vampiren, den Tag zu verschlafen.

»Hey«, murmelte er in ihr Haar und rüttelte sie leicht an der Schulter, als sie wieder weggedämmert war. »Aufwachen!«

»Svielsufrüh«, nuschelte sie und vergrub ihr Gesicht in seiner Halsbeuge. Plötzlich richtete sie sich ruckartig auf. »Ich dachte, du wolltest nicht über Nacht bleiben.« Völlig entgeistert starrte sie ihn an. »Müssen wir jetzt heiraten?«

Lachend zog Nikolaj sie halb auf sich und wuschelte durch ihr ohnehin verstrubbeltes Haar. »Nein«, er grinste, »aber ich hab den Eindruck, du hättest nichts dagegen, wenn wir ... Au!« Empört schob er sie von sich runter und warf sich über sie. Mit den Armen stützte er sich links und rechts von ihr ab. Seine Haare fielen ihm in wilden Strähnen vor die Augen.

»Und wovon träumst du nachts?« Erneut knuffte sie ihn in die Seite.

»Von dir?«, antwortete er prompt. Um weitere Boxversuche zu unterbinden, fing er ihre Hände ein und fixierte sie über ihrem Kopf. Nur wenige Zentimeter trennten ihre Gesichter voneinander. Sein Herz verdoppelte die Anzahl seiner Schläge. Er müsste seinen Kopf nur ein klein wenig senken, um Ava zu küssen, die ihn mit großen Augen sprachlos anschaute. Ihr Atem setzte hörbar aus.

»Ich ...«, begann er und schluckte plötzlich nervös. Ihr Gesichtsausdruck brachte ihn aus dem Konzept. Alles, was er sich nachts zuvor ausgemalt hatte, alles, was er ihr sagen wollte, war weggewischt. Wie die Kreidezeichnungen der Kinder auf den Straßen von einem plötzlichen Regenschauer fortgewaschen wurden. Jäh ließ er ihre Hände los.

»Tut mir leid, wenn ich ...«, wieder räusperte er sich, »ich wollte dich nicht ...« Er setzte sich auf seine Knie. Aufgewühlt fuhr er sich immer wieder durchs Haar, dabei heftete er seinen Blick auf das verschlungene Rosenmuster der Tapeten über dem Kopfteil des Bettes, damit er dem unbestimmten Ausdruck in ihren Augen nicht begegnen musste. In seinem Kopf herrschte heilloses Durcheinander.

»Ich war heute Nacht zu Hause, aber ich hab dich vermisst und deswegen bin ich mit der ersten Straßenbahn wieder hergefahren. Ich wollte dich fragen, ob wir … Dann hab ich unten gewartet, aber … Ich wollte mit dir reden, aber wenn ich gehen soll —«

»Nick.« Ava unterbrach seinen unbeholfenen Redefluss. Sie klang derart heiser, dass er reflexartig zu ihr sah. Ihre Blicke trafen sich, versanken ineinander. Das Kribbeln in seinem Bauch verstärkte sich zu elektrischen Impulsen, die blitzartig durch seinen Körper jagten. Sachte zupfte sie an seinem Shirt. Mit einem Seufzer, der gleichzeitig sein Verlangen nach ihr und Erleichterung ausdrückte, ließ er zu, dass sie ihn zu sich zog. Als ihre Lippen auf seine trafen, war jedes weitere Wort überflüssig.

»Hast du heute eigentlich schon mit Darko gesprochen?«, fragte Ava, die mit der Hand über die taunasse Sitzfläche wischte. Achselzuckend ließ sie sich auf der Parkbank nieder.

Ihre Frage ließ ihn aufhorchen. Hatte sie etwa bemerkt, dass Darko ihr Schlafmittel ins Glas gekippt hatte?

»Warum?«, fragte er misstrauisch und reichte ihr einen Becher mit heißem Kaffee, den sie dankend annahm.

»Ich weiß nicht«, entgegnete sie. »Ich frag mich, ob mit ihm alles okay ist. Hast du die kaputte Tür nicht bemerkt?«

»Doch.« Beruhigt atmete er aus und setzte sich neben sie. Seinen Kaffee stellte er auf dem niedrigen Mäuerchen vor der Bank ab. »Darko hat mir nachts eine Nachricht geschickt, dass ich mir deswegen keine Sorgen machen soll, und geschworen, nie wieder eine neue Tür zu kaufen.« Bei dem Gedanken daran, dass Rado und er zumindest beim ersten Mal schuld waren, stahl sich ein Grinsen auf sein Gesicht.

»Wie das wohl passiert ist?«, sinnierte Ava laut. »Vielleicht hatte er ja ein heißes Vampirdate.« Sie kicherte in sich hinein. Schlagartig wurde sie wieder ernst und stöhnte laut. »Hoffentlich war es nicht wieder das Schatten-Ich!« Röte kroch ihre Wangen empor, die sie hastig hinter dem Pappbecher zu verstecken suchte.

»Er wird es uns bestimmt erzählen«, entgegnete Nikolaj ausweichend, ein heißer Stich durchzuckte ihn. Fahrig kramte er in einer mitgebrachten Papiertüte. Er wollte jetzt weder über Darko reden noch erwähnen, dass es in der Nacht zu einem Zusammentreffen der Vampire gekommen war. Und schon gar nicht wollte er über ihren Scheißschatten nachdenken. Ohnehin war Darko in seiner Sprachnachricht seltsam kurz angebunden gewesen und hatte nur ein Treffen für den Abend vorgeschlagen, wenn möglich im Beisein mit Luladja. Doch all das schob Nikolaj gerade weit von sich.

Jetzt in diesem Augenblick – bloß eine kurze Weile – wollte er einfach nur Ava und Nikolaj sein.

Es hatte ihn Überwindung gekostet, in der kleinen Bäckerei an der Haltestelle ein einfaches Frühstück zu besorgen, wofür er seine letzten paar Münzen zusammengekratzt hatte.

Die Verkäufer waren nicht gerade für ihre Freundlichkeit bekannt. Erst vor Kurzem hatte sein Cousin einen heftigen Disput mit dem Besitzer gehabt, weil er vor dem Geschäft Gitarre gespielt hatte. Nikolaj, der ebenfalls darin verwickelt gewesen war, hatte gehofft, dass ihn die Bäckermeisterin hinter der Theke nicht wiedererkannte.

Wäre er nicht in Avas Begleitung gewesen, hätte ihn die mollige Kassiererin bestimmt umgehend rausgeworfen. So jedoch hatte sie Ava nur seltsame Blicke zugeworfen, ganz so, als würde sie sich fragen, warum sich ein Mädchen wie sie mit einem Jungen wie ihn einließ. Ihn hatte sie die ganze Zeit völlig unverhohlen misstrauisch beäugt und sein Geld sorgsam gezählt. Zweimal! Beim Verlassen des kleinen Ladengeschäfts, als Ava nach seiner Hand gegriffen hatte, bekam die Verkäuferin Schnappatmung.

»Danke.« Ava nahm das Croissant entgegen, welches er ihr reichte. Dabei berührten sich ihre Finger und die Verkäuferin war vergessen.

»Woher weißt du, wie ich meinen Kaffee trinke?«, fragte sie verwundert.

»Ich kann mich nicht erinnern, erwähnt zu haben, dass ich am liebsten Caffè Latte mag. Und dann noch mit der richtigen Menge Zucker.«

»Ich hab dich beobachtet.« Er knüllte die leere Papiertüte zusammen und warf sie zielsicher in den Mülleimer. »Du machst die Tasse immer zuerst halb voll mit Kaffee und dann kommt Milch bis zum Rand und ein Löffel Zucker.« Stirnrunzelnd betrachtete er sie. »Aber du rührst nie um. Warum?«

»Du hast mich beim Kaffeetrinken beobachtet?«

Ertappt senkte Nikolaj den Kopf und studierte eingehend den Pappbecher in seiner Hand. »Ich fand das irgendwie süß.«

»Du findest es also süß, wie ich meinen Kaffee trinke?« Sie kicherte leise. »Ja … Nein … doch nicht nur …« Lachte sie ihn etwa aus? Überrascht hob er den Kopf. Ihre grünen Augen glitzerten fröhlich. »Na, was kann ich denn dafür, dass du so komische Ticks hast?« Er schnitt ihr eine Grimasse. »Hab ich nicht!«, protestierte Ava energisch und funkelte ihn empört an. »Und was ist dann das?« Lachend wich er ihr aus, als sie spielerisch nach ihm schlug, während er gleichzeitig versuchte, den dampfenden Inhalt seines Bechers nicht zu verschütten.

»Warum verprügelst du mich immer?«, beschwerte er sich.

»Erstens verprügle ich dich nicht, und zweitens finde *ich* deinen Blick süß, wenn *du* mich so anschaust wie jetzt!«

»Aha, dann wäre es wohl besser für meine Gesundheit, wenn ich dir böse Blicke zuwerfe?« Er setzte eine grimmige Miene auf und musterte sie so finster wie möglich. Allerdings war er nicht in der Lage, das Ganze länger als ein paar Sekunden durchzuziehen. Er gab es auf, als sie sich kichernd hinter ihrem Pappbecher und den Resten ihres Croissants verbarg. Bei dem Versuch, ihr Lachen zu unterdrücken, verschluckte sie sich.

Kopfschüttelnd schlug er ihr mit einer Hand auf den Rücken, während sie gleichzeitig hustete und lachte. Erst nach ein paar Minuten ließ der Hustenanfall nach.

Mit einer energischen Bewegung wischte sich Ava die Haare aus dem roten Gesicht und trank ihren Kaffee aus. Über den Rand des Pappbechers warf sie ihm ein fröhliches Lächeln zu. Ein Lächeln, das so typisch für sie war, so strahlend und ansteckend, und gegen das er von Anfang an einfach machtlos war.

Behutsam nahm er ihr den Kaffeebecher aus der Hand und stellte ihn zusammen mit seinem auf der niedrigen Mauer vor ihnen ab, die den Sitzplatz zum Abhang abtrennte. Er wollte – er musste – ihr endlich alles sagen. Wenn nicht jetzt, würde er nie den Mut dazu finden.

»Warum hast du mich eigentlich hierhergeschleppt?«, kam sie ihm zuvor und schaute ihn fragend an. »Du schmeißt mich aus dem warmen Bett, wo es so schön kuschelig war, und zerrst mich dann durch halb Prag? Noch dazu am frühen Morgen.« Sie verbarg ihr Gesicht hinter ihrem Oberarm, um ein Gähnen zu verstecken. »Außerdem dachte ich, dass wir heute zu Luladja gehen würden.«

»Ich wollte dir vorher meinen Lieblingsort zeigen«, meinte er schlicht. *Und um in Ruhe mit dir zu reden*, fügte er stumm hinzu. Er zögerte, suchte nach den richtigen Worten, um das Thema zu beginnen, das bereits die ganze Nacht in ihm rumorte. »Hier hat man einen schönen Blick über die Stadt. Und so früh am Morgen kann man ihn in Ruhe genießen«, sagte er stattdessen, ihrem gespannten Blick hilflos ausgeliefert.

Die meisten Menschen kamen während der Abenddämmerung hierher, wenn die Dächer golden in der untergehenden Sonne leuchteten. Aber Nikolaj bevorzugte die morgendliche Stimmung, wenn sich alles langsam regte und die Stadt zum Leben erwachte. Diese Zeit erschien ihm immer als die friedlichste.

»Es ist wirklich wunderschön!« Ava legte ihren Kopf auf seine Schulter. »Das muss ich zugeben, obwohl ich ein schrecklicher Morgenmuffel bin.«

»Was ist ein Morgenmuffel?«, fragte er und runzelte die Stirn.

»Jemand wie ich, der es hasst, früh morgens aufgeweckt zu werden. Und mindestens einen Liter Kaffee braucht, um wach zu werden.«

Leicht bebend kuschelte sie sich an seine Seite. »Lass mich raten, du bist bestimmt einer dieser ekelhaften Menschen, die aufwachen und – bling – putzmunter sind!« Sie streckte ihm die Zunge raus.

»Ich steh gern früh auf«, antwortete er. »Ist dir kalt?«, fragte er besorgt, weil sie nicht aufhörte zu zittern. Ihm machte die morgendliche Kälte nicht viel aus. Er war es gewohnt, bei nahezu jedem Wetter draußen zu sein.

Fast ohne sein Zutun, wie selbstverständlich, legte sich sein Arm um ihre Schultern. Seltsam, wie gut und natürlich sich all das mit ihr anfühlte.

»Ein bisschen.«

»Warte.« Umständlich rutschte er ein wenig hin und her, bis er hinter ihr saß, sodass sich mit ihrem Rücken gegen seine Brust lehnen konnte. Dann schlang er beide Arme um sie und drückte sie fest an sich. Seine Finger verschränkten sich mit ihren.

Eine Weile saßen sie beide völlig still da. Versonnen lauschte er ihren und seinen Atemzügen, dem sanften Rauschen der Bäume und dem gelegentlichen Zwitschern eines Singvogels.

Unten breitete sich die Altstadt aus, in der das alte jüdische Stadtviertel Josefov eingebettet lag wie in einem Nest. Über der Moldau hing noch ein wenig herbstlicher Morgennebel, der sich hartnäckig weigerte, vor dem Tag zu fliehen. Sonnenstrahlen malten helle Flecken auf das Laub der Bäume und Sträucher unterhalb der Mauer.

Mit dem Kinn auf ihrer Schulter atmete Nikolaj tief die kühle Luft ein, inhalierte den leicht modrigen Geruch feuchten Herbstlaubs und Erde. Ab und zu fuhr der Wind durch ihre Haare, wirbelte es durcheinander und verwob es mit seinem. Blondschwarz und Braunrot. Ihre Atemzüge hatten sich synchronisiert. Noch in hundert Jahren würde er schwören, dass ihre Herzen in genau diesem Moment ihren gemeinsamen Takt gefunden hatten.

Während die Zeit scheinbar stillstand, hatte die Sonne an Kraft gewonnen und der Nebel über dem Fluss trat seinen Rückzug an.

Könnte er doch bloß die Welt noch für ein paar Sekunden am Weiterdrehen hindern. Weil er die verzauberte Atmosphäre, die sich um sie herum aufgebaut hatte, nicht zerstören wollte, verschob er das Gespräch auf einen besseren Moment.

Nicht jetzt, sagte er sich. Reden konnten sie gleich – später. Aber nicht jetzt. Unwillkürlich drückte er sie fester an sich, vergrub sein Gesicht in ihren Haaren und küsste sanft ihren Nacken.

Ava seufzte leise.»Weißt du, was wirklich schön war?« Sie drehte den Kopf, um ihm in die Augen zu schauen.»Dass du gestern Abend das Letzte und heute das Erste warst, was ich gesehen habe.« Ihre Wangen färbten sich bei diesen Worten in bezauberndes Tiefrot. Trotzdem hielt sie seinem Blick stand.

Nikolajs Herz machte einen seltsamen Stolperer. Er ließ eine ihrer Hände los und berührte behutsam mit den Fingern ihre Wange. Nachdenklich ließ er seine Hand auf ihr ruhen. Nur leicht, als bestünde sie aus dünnem chinesischem Porzellan, das mit einer unbedachten Bewegung zerbrechen würde. Warmes, dunkles Goldbraun auf Cremeweiß. Sein Herz klopfte so laut, dass es ihn nicht überraschen würde, wenn sich die wenigen Spaziergänger im Park zu ihm umdrehen würden.

Das Grün ihrer Augen leuchtete in einer unglaublichen Intensität und sie sahen bis tief in sein Innerstes. So tief, dass es ihn schaudern ließ.

War der schwarze Fleck darin größer geworden?

»Jedes Mal, wenn du das machst, verlieb ich mich noch ein bisschen mehr«, flüsterte sie mit belegter Stimme und legte ihre Hand über seine. Vergessen war der schwarze Fleck und alles andere. »Moje gili.« Er ließ seine Finger durch ihre offenen Haare wandern. Legte Strähne für Strähne über ihre Schultern. Die Sonne ließ sie im selben dunklen Rotton aufleuchten wie die Blätter an den Bäumen. Behutsam zog er sie seitlich auf seinen Schoß und hauchte Küsse auf ihre Lider, ihre Stirn, ihre Wangen. »Miluji tě«, wisperte er an ihren Lippen. Er konnte sich nicht länger zurückhalten, aufseufzend vergrub er seine Hände in ihren Haaren. Mit wild schlagendem Herz küsste er sie leidenschaftlich, wieder und wieder. Schenkte ihr sein ganzes Wesen, ohne etwas zurückzuhalten.

»Was hat der Typ vorhin gerufen?«, fragte Ava, als sie Hand in Hand durch das Gassenwirrwar bummelten.

»Ob wir kein Bett zu Hause haben.« Die Aussage des Joggers hatte ihn unvermittelt in die Gegenwart zurückgeworfen.

»Hmpf!«, machte Ava und schaute ihn vorwurfsvoll an. »Hätten wir, aber du wolltest ja unbedingt raus.«

»Ach, jetzt bin ich schuld«, entgegnete er lachend. Abrupt blieb er stehen, wartete kurz und zog sie mit Schwung zurück. Der Weg war etwas abschüssig, sodass sie regelrecht in seine Arme flog.

»Na, wenn *du* dich nicht beherrschen kannst!«, entgegnete sie mit einem frechen Grinsen und stellte sich auf die Zehenspitzen, um ihm auf Augenhöhe zu sein. Ihre Blicke huschten schnell nach links und rechts. Ihre Lippen berührten seine kurz, aber herausfordernd.

»Du hast mich mit einem Zauber belegt«, scherzte Nikolaj atemlos. Unwillkürlich presste er ihren Körper enger an seinen. Wenn das so weiter ging, würden sie ihr Ziel nie erreichen!

»Apropos Zauber.«

Ava löste sich behutsam aus seiner Umarmung. Worüber er einerseits Bedauern andererseits auch Erleichterung empfand. Mit gewisser Zufriedenheit registrierte er, dass ihr Atem ebenso schwer ging wie seiner.

»Also!«, nahm Ava sowohl den Faden als auch den Weg wieder auf. Langsam ging sie ein Stück voraus die Gasse entlang, dann drehte sie sich zu ihm um. »Wie ist sie so? Luladja, meine ich.«

»Sie ist unsere Große Mutter«, erklärte Nikolaj, während er ihr folgte. »Unsere Älteste und die Anführerin der Poutnik. Niemand sonst kennt alle Geschichten und Lieder unseres Volkes so gut wie sie. Außerdem ist sie die mächtigste unserer Hexen, besser gesagt, sie war es, bevor die Magie verschwunden ist«, fügte er zur Erklärung hinzu, weil er Avas fragenden Blick bemerkte. »Wir müssen hier lang.«

Die schmale Straße, durch die sie nun gingen, wirkte wenig einladend. Hierher verirrte sich kaum ein Tourist. Die wenigen Fenster in den Erdgeschossen waren allesamt vergittert. Die ehemals gelb gestrichenen Wände rußgeschwärzt. So weit vom Zentrum entfernt, hatte sich die Stadt keine Mühe gemacht, die Gasse zu verschönern. Vielleicht hatten die Planer sie schlicht vergessen.

Prag war nicht nur die Stadt der Türme, sondern auch die der Kopfsteinpflaster. Das derart glatt vom morgendlichen Tau war, dass sich Nikolaj konzentrieren musste, um nicht auszurutschen.

»Wie ist das eigentlich mit dir? Kannst du zaubern?« Sie klammerte sich an seinem Arm fest, als sie ins Stolpern geriet.

»Nein, nicht alle von uns haben magische Fähigkeiten. Das hat sich über die Jahrhunderte verwässert. Was zum Teil auch daran liegt, dass von anderen Roma-Gruppen eingeheiratet wurde.«

»Aber du hast doch mit deiner Musik die Stimmung beeinflusst.«

»Ja, das ist aber eine Gabe und hat nichts mit aktiver Magieausübung zu tun. Außerdem ist das zusammen mit der Magie verschwunden.« Als er ihren verwirrten Blick bemerkte, setzte er zu einem neuen Erklärungsversuch an. »Zum Beispiel meine Tante Nada, sie hat eine Gabe fürs Heilen, kann aber keine komplexen Zauber ausführen. Mein Cousin Rado ist einfach nur Musiker, er hat weder eine magisch verstärkte Gabe noch aktive Magie zur Verfügung, so wie fast alle aus unserer Generation. Was mich betrifft, bin ich da eine Ausnahme. Aber Luladja kann mit einem Blick dein Blut zum Kochen bringen, wenn sie es will. Ich glaube, sie ist die Mächtigste, die wir je hatten.«

»Wie beruhigend.« Nach Luft japsend blieb Ava stehen und schnitt ihm eine Grimasse. »Verdammt, ist die Gasse steil.«

Nikolaj betrachtete sie mit einem sanften Lächeln. »Du bist nicht sonderlich fit, hmm?«

Ava streckte ihm als Antwort die Zunge raus. »Woher«, sie klang noch ein wenig atemlos, ging aber langsam wieder weiter, »wusstest du eigentlich, dass ich es bin, also die, an die die Magie gebunden ist? Allein Deutschland hat über zweiundachtzig Millionen Einwohner und Tschechien selbst fast elf Millionen und dann noch all die Touristen, das ist doch kein Zufall.«

»Das war auch kein Zufall. Im Februar hat Luladja zusammen mit den anderen Ältesten beschlossen, ein letztes großes Ritual durchzuführen, solange noch genügend Magie da war. Alle von uns waren dort, um ihr dabei zu helfen. Auch wenn wir zu achtundneunzig Prozent keine aktiven Kräfte mehr haben, so liegt es doch in unserem Blut, und das zusammen mit der Energie eines Kraftorts birgt genügend magisches Potenzial.«

»Was ist ein Kraftort?«

»Ein Ort, der aufgrund seiner Geschichte und den Geschehnissen von sich aus magisch ist. Das können wir für große Zauber nutzen.«

»Also der Grund, weswegen ich unbedingt nach Prag wollte, war …?«

»Wahrscheinlich ihr Ruf«, beendete Nikolaj den Satz.

»Aber an was hast du oder sie oder wer auch immer bemerkt, dass ich es bin? Ich hab doch keinen Stempel auf der Stirn.«

»Na ja, im Prinzip schon. Durch das Ritual hast du eine magische Signatur, die aber nur für uns Poutnik sichtbar ist.«

»Äh!« Unvermittelt blieb Ava stehen und rieb sich hektisch über die Stirn, bevor sie weiterging. »Das geht aber wieder weg, oder?«

»Nein, du trägst jetzt für immer ein Schild mit meinem Namen.« Er konnte es sich nicht verkneifen, sie zu necken, fügte aber schnell hinzu: »Keine Sorge, es ist nichts, was man mit dem Auge erkennt. Eher ein inneres Sehen, ein Gefühl … nichts, was man mit dem Verstand begreifen kann«, bemühte er sich zu erklären. Etwas unbehaglich zog er die Schultern zusammen und vergrub die Hände in den Taschen. »Es ist so ähnlich wie das Aurasehen bei den Vampiren.«

»Aha. Ich verstehe es zwar nicht ganz, aber okay. Ihr habt mich markiert, damit ihr mich erkennt, wenn ich einem von euch über den Weg laufe. Aber woher wusstest du, dass wir in dem Club auftauchen würden? Magisches GPS, oder was?«

»Das hatte mit Magie nichts zu tun.« Peinlich berührt hielt er jetzt inne und holte tief Luft. »Nachdem du und deine Freundin gegangen seid – nachdem du mich über den Haufen gerannt hast -, bin ich euch gefolgt. Zu dem Restaurant.«

Zu gut erinnerte er sich daran, wie er die drei dort beobachtet und sich gefragt hatte, wie es wohl wäre, ein Teil davon zu sein. Dazuzugehören. Ein Leben wie sie zu führen. Er räusperte sich hart. »Danach bin ich euch bis zur Pension hinterhergegangen. Dort hab ich dann gewartet, bis du wieder rauskommst. Als ihr dann in dem Vampir-Club verschwunden seid, habe ich Darko angerufen. Den Rest kennst du.«

»Der ›Krvavý-Měsíc‹ ist ein Vampirclub?«

»Ja, er gehört den Vampiren. Ich hoffe, du hast den Clubcocktail nicht getrunken?«

»Äh, doch, warum … sag bloß … war da …?«

»Krvavý měsíc heißt übersetzt Blutmond.«

»Oh! Ich weiß nicht, was ich gruseliger finden soll, dass du mich gestalkt hast oder dass ich in einem Vampirclub einen Blutcocktail getrunken habe.« Sie starrte ihn mit aufgerissenen Augen an. »Da fällt mir ein: Damals waren da zwei Frauen, die eine seltsame Wirkung auf mich hatten. Ich hab mich zu ihnen hingezogen gefühlt. Spirituell meine ich. Waren die beiden Vampire? Aber eigentlich können die mich doch gar nicht manipulieren.«

Er nickte: »Das liegt an dem Dampf aus den Nebelmaschinen. Der ist mit einer Mischung aus Gas und Drogen versetzt, die eine beruhigende Wirkung auf Menschen hat. Sodass sie keine Angst haben oder Schmerzen, wenn ein Vampir sie beißt. Im Gegenteil. Sie merken es nicht mal. Sie erweitert dein Bewusstsein, macht high und bei vielen Lust auf Sex.« Nikolajs Wangen verfärbten sich tiefrot.

»Gehst du da deswegen so gern hin?«

»Ich war das erste Mal dort«, verteidigte sich Nikolaj. »Und auch nur weil ich dir gefolgt bin.«

»Ich ärger dich nur.« Sie wischte ihm eine schwarzblonde Strähne aus den Augen und lächelte ihn an. »By the way, also wenn du sagst, ich hab kein magisches GPS, wie haben Darko und du mich in Köln gefunden?«

»Darko hat eure Frau Vysoká manipuliert, ihm die Adresse zu geben.«

»Das dachte ich mir. Aber ich meinte mein Schatten-Ich. Wie habt ihr sie gefunden?«

»Luladja und die anderen Hexen haben Steine mit Magie für bestimmte Zwecke aufgeladen. Dich hab ich mithilfe eines Lokalisierungszaubers und einem persönlichen Gegenstand gefunden und damals, als wir dich rausgeholt haben, hat Rado einen Explosionsstein benutzt.«

Eine Weile schlenderten sie stumm nebeneinanderher. Wegen des rutschigen Kopfsteinpflasters kamen sie allerdings nicht sonderlich schnell voran.

»Was hat Luladja jetzt mit mir vor?«, fragte Ava nach einer Weile.

»Dich kennenlernen. Erst mal. Wenn sich jemand mit Magie und der Geschichte auskennt, dann sie.«

»Wohnst du eigentlich auch hier?«, fragte Ava, als sie vor einem gelbgrauen Gebäude stehen blieben, dessen bröckelige Fassade schon bessere Tage gesehen hatte. Vor dem Zweiten Weltkrieg. Er fühlte, wie ihre Hand nach seiner tastete.

»Nein, ein paar Straßen weiter weg.« Ihre wachsende Unsicherheit übertrug sich auf ihn, während sie das Haus musterte.

»Du musst keine Angst haben.« Kurz drückte er ihre Hand, dann ließ er sie los und trat einen Schritt zur Seite. Besser, wenn man sie nicht auf diese Weise zusammen sah, dort wo jeder ihn und seine Familie kannte. »Komm.«

»Dobrý den«, begrüßte ihn ein Mann, der soeben aus der Tür trat und sie neugierig musterte.

»Dobrý den«, erwiderte Nikolaj. Mit einer angedeuteten Verbeugung hielt er Ava die Tür auf und betrat hinter ihr das schlecht beleuchtete Treppenhaus.

Nikolaj vermied jede Berührung, als er sich an ihr vorbeischob, um vorauszugehen. Auch wenn er ihren Gesichtsausdruck nicht sehen konnte, glaubte er zu wissen, was sie bei dem Anblick dachte. Der muffige Geruch, der über einem zusammenschlug, sobald man das Haus betrat, machte ihn selbst jedes Mal beklommen. Und wütend auf die Immobilienhaie, die zwar Miete einkassierten, aber nichts gegen den Verfall unternahmen.

Beinahe jede Glühbirne, die in nackten Fassungen von schwarzen, langen Kabeln herabhing, war ausgebrannt und sie mussten aufpassen, im fensterlosen Hausflur nicht eine Treppenstufe zu übersehen.

Stumm bedankte er sich für das Glück, dass er mit seiner Familie in dem alten Hotel wohnen durfte, für dessen Besitzer Nada arbeitete. Dort war es nicht halb so schlimm wie hier.

Luladja lebte im letzten Stock des zehnstöckigen Wohnhauses, in dem es keinen funktionierenden Lift gab. Daher blieb ihnen nichts anderes übrig, als zu Fuß die schmale, gewundene Treppe zu bewältigen. Mehr als einmal drückten sie sich gegen die Wand, um jemandem Platz zu machen, der auf dem Weg nach unten war. Vor Luladjas Wohnungstür blieben sie beide schwer atmend stehen.

Besorgt musterte er Ava, die merkwürdig still war, seitdem sie das Gebäude betreten hatten. Trotz des Treppensteigens sah sie erschreckend blass aus.

»Hey.« Nikolaj schaute sich rasch um, dann nahm er ihre Hände in seine.»Mach dir keine Sorgen. Luladja weiß bestimmt, wie wir das mit deinem Schatten-Ich geradebiegen und das mit der Magie wieder hinbekommen.« Aufmunternd lächelte er sie an und schob ihr eine Strähne aus dem Gesicht.»Dir wird nichts passieren. Und du musst nichts machen, was du nicht willst. Ehrenwort.« Aus dem Augenwinkel schielte er die Treppe hinunter. Niemand zu sehen. Er beugte sich zu ihr vor und küsste sie sanft. Obwohl er sich erst vor wenigen Minuten vorgenommen hatte, weder ihre Nähe zu suchen und schon gar nicht sie zu küssen, vor allem nicht hier. Gegen das überwältigende Gefühl, das jedes Mal seine Sinne flutete, wenn er sie auf diese Weise berührte, kam er aber nicht an. Wenn er gedacht hatte, es würde mit jedem Mal weniger intensiv werden, war das Gegenteil der Fall – es wurde immer schlimmer und er hatte immer weniger die Kontrolle darüber. Und wenn er ehrlich war ... er wollte sich auch gar nicht mehr dagegenstemmen.

Impulsiv drängte er sie gegen die Wand neben der Tür und presste seinen Körper hart gegen ihren. Kam sich dabei vor wie ein Drogenabhängiger. Er war süchtig nach ihrer Berührung, süchtig danach, sie bei sich zu haben und ihren Körper an seinem zu spüren. War sie nicht bei ihm, fühlte er sich leer. Dann war sein Körper seltsam müde und sein Geist taub. In diesen Momenten verlangte alles in ihm, wenigstens nur in ihrer Nähe sein zu dürfen. Irgendwo in den Tiefen seines Hinterkopfs wusste er, dass er das hier nicht durfte. Dass er nicht so empfinden sollte. Und dass es kein gutes Ende für sie beide nehmen würde. Dieser Gedanke erfüllte ihn mit einer Verzweiflung, die den Kuss leidenschaftlicher und intensiver werden, die sein Herz schmerzhaft in seiner Brust hämmern ließ. Seine Hände glitten unter ihr Shirt, strichen über ihre glühende Haut und über den Rücken nach oben. Er hörte sie leise aufseufzen. Fühlte, wie ihr Körper auf ihn reagierte und sie sich an seine Schultern klammerte. Zwei Ertrinkende auf hoher See, die einen letzten Atemzug teilten, bevor sie in die Tiefen des Ozeans gezogen wurden.

Ein lautes Räuspern ließ sie beide zusammenzucken.

Ruckartig löste sich Nikolaj von Ava. Diesmal klopfte sein Herz vor Schreck. Mit zittrigen Fingern zog er seine Hoodiejacke nach unten, bevor er sich langsam zu der Person umdrehte, die sie ertappt hatte. »Rado!« Er schwankte zwischen Entsetzen und Erleichterung.

In den Augen seines Cousins, der jetzt die Arme vor der Brust verschränkte, tobte ein Gewittersturm.

»Was machst du hier?« Schuldbewusst warf er Ava einen Blick über die Schulter zu, die hastig ihre Haare glättete und ebenfalls ihr Oberteil nach unten zog. Unbewusst versuchte er, sie mit seinem Rücken zu verdecken. Die Blicke, die Rado in ihre Richtung abschoss, weckten seinen Beschützerinstinkt.

»Ich«, betonte sein Cousin mit kirrender Kälte in seiner Stimme, »wollte mich doch hier mit dir treffen. Schon vergessen?«

Verdammt, das war ihm wirklich völlig entfallen!

»Hi«, meinte Ava in die peinliche Stille hinein. »Ich bin Ava.« Sie trat an Nikolajs Seite und streckte Rado die Hand hin, der diese Geste ignorierte.

»Das hab ich mir fast gedacht«, entgegnete Rado mit einem sarkastischen Unterton und warf Nikolaj einen vielsagenden Blick zu.

»Děláš si ze mě prdel? Nikolaj!«

Bist du jetzt völlig durchgedreht, schien dieser Blick auszudrücken. Einen Augenblick später packte ihn sein Cousin mit einem wütenden Gesichtsausdruck an seiner Jacke. »Jdi do píči!« Bei jedem Fluch schüttelte er ihn. »Du dämlicher Idiot. Wir machen uns die ganze Zeit Sorgen und du? Du machst mit dieser coura rum!«

KAPITEL 35

»Co se to tady sakra děje?«

Mit einem uneleganten Hopser und einem lauten Schrei rettete sich Ava im letzten Moment, als die Tür jäh aufgerissen wurde und sie beinahe erschlug.

»Was zum Teufel ist hier los? Nikolaj! Rado!« Der Tonfall der Frau klang scharf, autoritätsbewusst. Den beiden blieb keine Sekunde Zeit zu reagieren, schon ergoss sich ein tschechischer Wortschwall über die jungen Männer, die aufeinander losgegangen waren, mit der Wirkung eines Kübels Eiswasser, der sie fluchend auseinanderspringen ließ.

Rado trat zwei, drei Schritte zurück, allerdings nicht ohne Nikolaj vorher einen Schubser zu verpassen, der ihn gegen Ava taumeln ließ. Die Lippen fest zu schmalen Strichen zusammengepresst, warf der ihnen einen grimmigen Blick zu.

Warum regte der sich so auf? Ihretwegen? Irritiert rieb sich Ava über die Arme. Irgendwie kam er ihr bekannt vor. Hatten sie sich schon mal gesehen?

Die Frau, die in den Streit der beiden reingeplatzt war, bedeutete ihnen einzutreten.

Nicht ohne einen letzten bösen Blick in ihre Richtung folgte Rado ihr in die Wohnung und ließ Ava und Nikolaj allein im Flur zurück.

Mit einem unverständlichen Fluch auf den Lippen drehte sich Nikolaj zu ihr um. Zögernd hob er die Hand, wie um ihr Gesicht zu berühren. Seine Finger zitterten. Mitten in der Bewegung hielt er jedoch inne, abrupt senkte er den Arm wieder. Während er ein paarmal tief ein- und ausatmete und zum Sprechen anzusetzen schien, flackerte sein Blick unstet zwischen ihr und der Tür hin und her.

Als sie nach seiner Hand greifen wollte, trat er kopfschüttelnd von ihr weg. Mit gesenktem Kopf gab er ihr den Weg frei und bedeutete ihr einzutreten.

Sprachlos starrte Ava ihn an. Was sollte das schon wieder? Frustriert wünschte sie sich einen Google-Übersetzer für Nikolajisch.

Das Treffen mit Luladja fing ja ganz grandios an!

Angespannt und furchtbar neugierig zugleich trat sie an Nikolaj vorbei. Verunsichert blieb Ava nahe der Tür stehen und sah sich in dem Raum um, der Küche und Wohnzimmer zugleich war. Rado fläzte sich auf das altersschwache Sofa neben dem Esstisch und starrte sie mit unverhohlener Abneigung an. Erst nachdem Nikolaj die Tür hinter sich zugezogen und sich neben sie gestellt hatte, wandte Rado den Blick von ihr ab und sagte etwas im harschen Tonfall.

»Wenn du was zu sagen hast, Rado, sprich deutsch!«, forderte Nikolaj ihn auf. »Damit dich alle verstehen.« Er streifte ihren Handrücken, eine stumme Mitteilung, dass er hier bei ihr war.

Rado schnaubte nur übertrieben und durchbohrte sie beide abwechselnd mit Augen wie Goldquarz, goldbraun glänzend und hart. Der doppelte Cut in seiner Augenbraue verschärfte seinen bösen Blick.

»Das ist Luladja und das da«, Nikolaj seufzte tief und zeigte auf das Sofa, »ist mein Cousin Rado, der Spaß daran hat, Dinge und Mitmenschen zum Explodieren zu bringen.«

Also doch. Damit war ihre Vermutung bestätigt, dass Rado dabei gewesen war, als sie aus der Vampirvilla befreit worden war.

Obwohl ihr schrecklich unbehaglich zumute war, kam Ava nicht umhin, Rado unter halbgesenkten Wimpern neugierig zu betrachten. Sein Cousin schien nur wenig älter zu sein, war etwas kleiner, aber kräftiger gebaut als Nikolaj. Im Gegensatz zu ihm trug der die dunkelbraunen Haare kurz. Die Seiten waren sorgfältig ausrasiert, das Deckhaar kunstvoll verstrubbelt. Anders als sein Cousin, der hauptsächlich in abgetragenen dunklen Jeans und Hoodie rumlief, war Rado definitiv stylisher gekleidet. Zu schwarzer Ripped-Jeans trug er eine ebenfalls schwarze Kunstlederjacke und darunter ein hautenges weißes Shirt und eine Perlenkette. Beides betonte seine olivfarbene Haut, die eine Nuance dunkler war als Nikolajs. Rado schien sein Äußeres eher zu unterstreichen, statt zu verstecken. Als er die Arme lässig hinter dem Kopf kreuzte, rutschte sein Shirt über die Hüften und ließ durchtrainierte Unterbauchmuskeln sehen, die dort, wo der Hosenbund begann, in ein V übergingen.

Auf seine Weise sah er verdammt gut aus, das musste Ava ihm versonnen zugestehen. Ein Umstand, dessen er sich mit Sicherheit bewusst war. Rado war die Sorte Mann, die Frauen reihenweise das Herz brach. Vorausgesetzt, er schüchterte sie vorher nicht mit diesem Gift-Blick ein, den er ihr die ganze Zeit zuwarf. War das für die Männer in dieser Familie üblich? Auch Nikolaj hatte zu Beginn ihr gegenüber ständig eine grimmige Miene aufgesetzt. Oder lag es schlichtweg daran, dass sein Cousin sie offenbar nicht ausstehen konnte?

»Du bist Ava?«

Ava zuckte zusammen. Rado hatte ihre gesamte Aufmerksamkeit für sich beansprucht, darüber hatte sie die ältere Frau fast vergessen. Nikolajs Cousin grinste frech und strich sich über den Dreitagebart. Erst jetzt registrierte sie, dass der Typ sich ihrer Musterung sehr wohl bewusst gewesen war!

Avas Wangen brannten. Enerviert verdrehte sie die Augen und wandte sich schnell der kleinen, rundlichen Frau zu, die auf einem der Küchenstühle Platz genommen hatte und sie mit einem offenen, warmen Blick musterte. Silbergrau-glänzende Strähnen zogen sich wie Spinnenfäden durch ihr schwarzes Haar. Trotz der feinen Falten rund um Augen und Mund strahlte sie etwas Altersloses aus. Unmöglich, ihr Alter zu schätzen.

Auch Luladja betrachtete sie neugierig. Ihre Augen schienen nicht nur über Avas Gestalt zu wandern, sondern viel tiefer zu blicken. Sie warf ihr ein verschmitztes Lächeln zu, nachdem sie Nikolaj mit einem leicht belustigten Seitenblick gestreift hatte.

»Sie wissen über alles Bescheid?«, fragte Ava beklommen. Errötend überlegte sie, was genau ihr Darko und Nikolaj erzählt haben mochten. Hoffentlich hatten die beiden die schmutzigen Details ausgelassen. »Darko hat mich über das Nötigste aufgeklärt.« Luladja nickte. Langsam und stark akzentuiert sprach sie weiter. »Möchtest du Tee oder Kaffee?«

»Kaffee«, antwortete sie prompt.

»Mit viel Milch und einem Löffel Zucker«, fügte Nikolaj hinzu, als sich Luladja erhob und an den alten Gasherd mit den zwei Kochfeldern trat, wo sie geschäftig herumhantierte. Es klickte leise und blaue Flammen erwachten zum Leben.

Aus dem Augenwinkel bemerkte Ava, dass Nikolaj sie mit einem Lächeln bedachte, bevor seine Fingernägel seine komplette Konzentration in Anspruch zu nehmen schienen. Rasch sah sie zu Rado rüber, der sie und seinen Cousin mit zusammengezogenen Augenbrauen beobachtete.

Als sich ihre Blicke begegneten, reckte Ava herausfordernd ihr Kinn, woraufhin es leicht um seine Mundwinkel zuckte und in seinen Augen blitzte. *Versteh einer die Männer in dieser Familie*, dachte Ava gereizt. Unbewusst straffte sie die Schultern, um etwas größer zu wirken. Böse funkelte sie Rado an. Von dem da würde sie sich auf keinen Fall beeindrucken lassen. Oder einschüchtern. Ava schnaubte.

»Bitte, setz dich«, sagte Luladja, die sich ihnen wieder zuwandte. Sie zeigte auf den Stuhl gegenüber. »Ihr zwei auch«, fügte sie hinzu und wies demonstrativ zum Esstisch, bedachte sowohl Nikolaj als auch Rado mit einem strengen Blick und deckte den Tisch mit den winzigsten Kaffeetassen, die Ava jemals gesehen hatte.

Ava ließ sich auf den zugewiesenen Platz nieder und erwartete, dass sich Nikolaj neben sie setzte. Doch Rado war schneller. Lümmelte er eben noch lässig auf dem Sofa herum, war er jetzt blitzartig aufgesprungen. Er schnappte sich den Stuhl, auf den sich Nikolaj setzen wollte, an der Rückenlehne. Wirbelte diesen einmal herum, sodass die Sitzfläche in den offenen Raum wies. Breit grinsend ließ er sich darauf nieder. Nikolaj blieb nichts anderes übrig, als sich auf den Platz neben Luladja zu setzen und seinem Cousin verärgerte Blicke zuzuwerfen.

Luladja schüttelte bei diesem Schauspiel nur wortlos den Kopf und verdrehte die Augen. Dann drehte sie sich um und murmelte etwas in den Kühlschrank, den sie schwungvoll aufriss.

Ava war sich sicher, dass sie so etwas wie »Jungs« stöhnte. Zumindest hörte es sich nach der tschechischen Variante davon an.

Rados unmittelbare Nähe war ihr unangenehm, weswegen sie mit ihrem Stuhl so weit von ihm wegrutschte, wie es der Platz zwischen ihr und der Wand erlaubte. Trotzdem streifte er sie am Oberarm, als er sich mit seinem Oberkörper über die Stuhllehne lehnte, die verdächtig knarzte. Sein Kinn legte er auf die Handrücken seiner aufgestützten Arme. Ein weißes Perlenarmband passend zu seiner Halskette zierte sein Handgelenk. Der Typ strahlte eine arrogante Lässigkeit aus, die Ava bis aufs Blut reizte. Ungehalten presste sie die Lippen zusammen, damit sie bloß keinen zynischen Kommentar abgab. Stattdessen schaute sie zu Nikolaj, der nur entschuldigend mit den Achseln zuckte. Nach dem Motto: So ist er halt!

Skeptisch betrachtete Ava die schwarze, dampfende Flüssigkeit in ihrer Tasse. Vorsichtig füllte sie diese mit einem großen Schluck Milch auf, ließ aber den Zucker weg. Bedächtig, um nur ja nichts zu verschütten, balancierte sie die Tasse zwischen den Fingern, deren Inhalt gefährlich schwappte. Etwas argwöhnisch nippte sie an dem Kaffee. Unwillkürlich verzog sie den Mund. Verflucht, war der stark!

»Türkischer Kaffee«, erklärte Luladja, die sich ihr gegenüber an den Tisch gesetzt hatte und ihren Gesichtsausdruck bemerkte. Als sie nach ihrer Tasse griff, bemerkte Ava geometrische Symbole und Linien in verblasstem Schwarz auf ihren langen Fingern.

Es war Ava fast peinlich, als sie unter den aufmerksamen Blicken der anderen ihre Tasse bis zum Rand mit noch mehr Milch auffüllte. Auch die Wohnküche füllte sich – mit Schweigen.

Ava räusperte sich. Ihre Kehle fühlte sich rau und trocken an. Schnell nahm sie einen weiteren großen Schluck Kaffee. Sollte sie was sagen? Und was? Sie zermarterte sich das Hirn.

Sorry, dass die Magie im Arsch ist? Grandiose Art, ein Gespräch zu beginnen. Unbewusst schüttelte sie den Kopf. »Darko meinte, Sie wüssten, wie wir das Magieproblem lösen?«, eröffnete sie hölzern. Das war zwar nicht exakt das, was der Vampir gesagt hatte, aber die Stille war mittlerweile derart angespannt, dass sie sie einfach brechen musste.

»Leider nicht.« Kopfschüttelnd erstickte Luladja mit diesem Wort Avas Hoffnung auf eine baldige Rückkehr in ihr altes Leben. »Was nicht heißt, dass wir keinen Ausweg finden, aber die Situation hat sich verändert.« Stirnrunzelnd musterte die alte Frau Ava. Als sie den Kop schief legte, bewegten sich die winzigen Pendel an ihren goldfarbenen Ohrhängern. »Was haben die beiden dir erzählt?«

Ava neigte den Kopf. »Nur dass sowohl die Poutnik als auch die Vampire dachten, dass für diejenigen die Magie wiederhergestellt wird, für deren Seite ich mich entscheide. Aber seitdem mein Schatten-Ich aufgetaucht ist, scheint das weder für die einen noch für die anderen zu gelten, weil die Magie gänzlich verschwunden ist.« Verlegen sah sie von Nikolaj zu der Hexe. »Rudimentär zusammengefasst.«

»Anfang des Jahres haben wir ein Ritual ausgeführt. Wir haben all unsere Hoffnung darin gesetzt, dass es uns zu demjenigen führt, der unseren Legenden zufolge an die Magie gebunden ist.«

»Tja, und da habt ihr ausgerechnet mich bekommen!« Deprimiert starrte Ava auf den goldverzierten Henkel ihrer Tasse. »Nikolaj hat mir das mit dem Ritual erzählt. Ich frage mich die ganze Zeit: Warum ausgerechnet ich? Weshalb ist die Magie an mich gebunden? Weder meine Mutter noch ich haben etwas mit Magie zu tun. Oder mit Vampiren! Oder euch. Und was zur Hölle soll das mit meinem Schatten-Ich? Wo kommt es her? Was will es? Wie hängt das mit der Magie zusammen?«

Ava stieß ein hartes Lachen aus, obwohl ihr eher nach Heulen zumute war. In Worte zu fassen, was in ihr vorging, schien unmöglich. Damit niemand ihre Tränen sah, die ihr plötzlich in die Augen schossen, drehte Ava den Kopf zur Wand. Wütend auf sich selbst ballte sie die Hände zu Fäusten. Statt Antworten gab es stets nur mehr Fragen. Klirrend setzte sie ihre Tasse auf den Unterteller ab. Ava senkte ihren Kopf und vergrub ihn in ihren Händen.

»Ich wünschte, ich könnte all deine Fragen beantworten«, sagte Luladja in mildem Tonfall. »Aber die Situation ist einzigartig. Wir haben all die alten Lieder und Geschichten gesammelt und geprüft. Aber so etwas hat es bisher nie gegeben. Etwas wie dich hat es vorher noch nie gegeben. Du bist Mensch *und* Vampir in einer Person. Etwas, das völlig unmöglich und widernatürlich ist.«Luladja sah sie ernst an. »Darko hat mir von seiner Vermutung erzählt, dass dein komaähnlicher Zustand das Schatten-Ich hervorgerufen hat und ich glaube, dass er damit recht hat. Warum es aber ein Vampir oder vampirartig ist, kann niemand von uns sagen. Normalerweise wird man erst zu einem, wenn man stirbt und Vampirblut im Organismus hat. Darko ist aber hundertprozentig sicher, dass du zwar schwer verletzt, aber am Leben warst, als er dir von seinem Blut gegeben hat, um dich zu heilen. Der einzige Grund, warum er dich ins Krankenhaus gebracht hat, war, weil du nicht wach geworden bist. Wärst du also gestorben …«

»Wäre ich wenigstens ein ganzer Vampir und die Magie immerhin für die zurück und nicht futsch!«, unterbrach Ava sie und schaute Luladja in die Augen. »Vielleicht bin ich ja kaputt«, spottete sie über sich selbst. »So bin ich nichts Halbes oder Ganzes.«

»Nein«, sagte die Hexe kopfschüttelnd. »*Du* bist nach wie vor menschlich, nur ein Anteil deiner Seele ist vampirisch«, fuhr sie fort. »Ich glaube auch, dass das Koma oder Darkos Blut, vielleicht ebendiese Kombination, etwas hervorgelockt hat, was schon immer Teil von dir war und sich nun als zweite Persönlichkeit manifestiert hat.«

»Das versteh ich nicht«, warf Nikolaj ein. »Es würde doch bedeuten, dass sie schon immer beides war? Man ist aber entweder das eine oder andere.« Stirnrunzelnd zupfte er an der Tischdecke. »Und Vampire können keine Kinder zeugen.«

»Wenn wir all das wüssten, wären wir einen Schritt weiter«, entgegnete Luladja.

Eine Weile blieb es wieder still, in der jeder intensiv nach einer Lösung im Bodensatz der Tassen zu suchen schien.

»Wie alt bist du?«, fragte Luladja in die Stille hinein.

Überrascht von der scheinbar zusammenhanglosen Frage schaute Ava von ihrer Tasse auf. »Vor Kurzem bin ich einundzwanzig geworden«, antwortete Ava und musterte Luladja mit zusammengekniffenen Augen. Worauf wollte sie hinaus? Gleichzeitig erinnerte sie sich an das Versprechen ihrer Mutter, ihren Geburtstag zusammen in New York zu feiern. Der Gedanke an ihre Mutter schmerzte wie hundert kleine Nadelstiche. Seit über einem Jahr war sie in den USA, seitdem hatten sie sich nicht mehr gesehen.

»Wann hattest du Geburtstag?« Nikolaj sah sie überrascht an. »Warum …?«

»Vor knapp zwanzig Jahren hat das Verblassen der Magie angefangen«, unterbrach ihn Luladja und runzelte nachdenklich die Stirn. »Was hat denn das eine mit dem anderen zu tun?«, unterbrach Rado sie, der dem Gespräch bisher stumm gefolgt war. Ava schwirrte der Kopf. »Moment, lasst mich mal kurz zusammenfassen. Erstens: Du denkst, ich bin Mensch und Vampir zugleich, obwohl das unmöglich ist. Zweitens: Nach dem Auftauchen meines Schatten-Ichs hat es die Magie vollständig lahmgelegt. Aber davor gings doch mit der Magie schon bergab.« Mittlerweile hatte sie das Gefühl, überhaupt nichts mehr zu verstehen. »Vielleicht hat das Ganze nichts mit mir zu tun? Was wäre, wenn ich nicht ins Koma gefallen wäre … wäre die Magie irgendwann von selbst verschwunden? Wenn ich euch nie begegnet wäre, wäre das Schatten-Ich früher oder später von selbst aufgetaucht? Wie so eine tickende Zeitbombe in mir? Was, wenn nichts von alledem passiert wäre?«

»Du bist aber hier und all das passiert«, entgegnete Nikolaj. Er faltete die Hände hinter dem Kopf zusammen und starrte an die Decke. »Vielleicht ist das Schatten-Ich unsere einzige Option, alles wieder in Ordnung zu bringen.«

»Wie soll es … Aber wir nehmen doch an, dass mein Koma das Schatten-Ich getriggert hat und die Magie deswegen weg ist. Wie kann es da …« Ava brach ab. Irgendwo gab es einen Fehler in dem Gedankenkonstrukt. »Ich bin ein Mensch mit zweiter Persönlichkeit, aber nach wie vor bin ich die, die meistens die Kontrolle hat. Vielleicht ist es deshalb lediglich ein Anteil von mir, weil ich ›nur‹ im Koma war, was die vollständige Verwandlung in einen Vampir blockiert hat?«

Gänsehaut bildete sich auf ihren Armen. Schaudernd verdrängte Ava die Vorstellung, was geschehen würde, wenn der Schattenanteil den Hauptaspekt ihrer Persönlichkeit ausmachen würde. Würde dasselbe mit ihr passieren wie mit der Magie? Würde sie verblassen, bis nichts mehr von *ihr* übrig blieb?

Ava schüttelte unwillig den Kopf. Sie hatte das Gefühl, dass ein entscheidendes Puzzlestück fehlte. »Ach, ich habe keine Ahnung!« Sie warf die Hände in die Luft. »Das erklärt alles nicht, warum es ein

Vampir ist, was es will und warum die Magie hinüber ist. Und schon gar nicht, wie wir all das wieder rückgängig machen können.«

»Vielleicht sollten wir uns mal mit deinem Schatten-Ich unterhalten!«, meinte Rado mit einem sarkastischen Unterton. Er richtete seine goldbraunen Augen auf Ava und verzog die Lippen zu einem spöttischen Grinsen.

»Haha … du kannst ja warten, bis es auftaucht und dich vernascht«, fauchte Ava, die sich nicht mehr zurückhalten konnte, »und das meine ich wörtlich und nicht sexuell.«

»Könntest du es beschwören?«, fragte Luladja neugierig.

Unsicher zuckte Ava mit den Schultern. »Ich weiß nicht, wie so was funktioniert. Meistens kommt es nach Lust und Laune und immer nachts.«

»Völlig normal für einen Vampir«, meinte Rado grinsend und an Nikolaj gewandt. »Hast du den Schatten schon mal gesehen?«

»Ja, und das war kein Spaß. Also vergiss es!«

»Ach, mit so einer halben Portion werde ich schon fertig.« Rado machte eine wegwerfende Handbewegung.

»Nein, wirst du nicht«, schoss Nikolaj aufgebracht zurück. »Es ist anders als ein normaler Vampir. Viel wilder. Dunkler! Es hat ohne Weiteres einen Blutsbruder getötet.«

Brütendes Schweigen legte sich nach Nikolajs Worten über sie wie eine bleierne Decke.

»Ich hab nicht mal das Gefühl, dass es ein richtiger Vampir ist«, sagte Nikolaj leise zu niemand Bestimmtem.

Angespannt spielte Ava mit dem Kaffeelöffel, während sie überlegte. Eingehend betrachtete sie ihr verzerrtes Spiegelbild auf der Rückseite des Löffels, als ihr plötzlich ein Gedanke kam.

Deswegen hatte sie in der vergangenen Nacht so gut geschlafen! Es lag an den Spiegeln! Weder in dem rosa Zimmer noch in den anderen Räumen von Darkos Villa hatte sie einen einzigen gesehen. Doch auf der Polizeistation, bei ihr zu Hause … die spiegelnde Oberfläche in der U-Bahn, als es ihr zum ersten Mal begegnet war. In ihrem Traum – von dem sie mittlerweile überzeugt war, dass es keiner war – war es da nicht sogar aus dem Spiegel getreten? Der kleine Raum schien sich um sie herum zusammenzuziehen und drohte, sie zu ersticken. Mit einem Knall legte sie den Löffel auf den Tisch und deckte ihn mit den Händen ab.

»Was ist los?«, wollte Nikolaj wissen. Seine ganze Körperhaltung drückte Anspannung aus und sein Blick war voller Sorge, während Rado sie zwar überrascht, aber nur mäßig interessiert musterte. Luladja hingegen strahlte konzentrierte Aufmerksamkeit aus.

Avas Hand zitterte heftig, als sie nach der Tasse griff, um den Kloß im Hals runterzuspülen. Beinahe verschluckte sie sich an dem Kaffeesatz, der unerwartet mit dem letzten Schluck in ihren Mund drang. Prustend spuckte sie den Bodensatz in die Tasse.

»Sorry«, entschuldigte sie sich betreten. »Mir ist eben eingefallen, wann mein Schatten-Ich auftaucht. Und zwar ...«, unbewusst senkte sie die Stimme zu einem Flüstern, »wenn Spiegel in meiner Nähe sind.«

»Meinst du, die sind wie eine Tür?«, fragte Nikolaj.

Nachdenklich zwirbelte Ava eine Haarsträhne. Die Spiegel waren kein Zugang. »Nein, ich glaube Spiegel sind für das Schatten-Ich ein Kommunikationsmittel.« Ihr lief es kalt den Rücken hinunter, als sie an den Abend in ihrer Wohnung zurückdachte, an dem sie bis zu einem gewissen Punkt alles mitbekommen hatte, bis das Schatten-Ich sie aus ihrem eigenen Kopf ausgesperrt und in die Dunkelheit gestürzt hatte. Auch da hatte es zuerst über den Spiegel mit ihr kommuniziert. Sie hatte es darin gesehen, davon war sie überzeugt. »Ich weiß nicht, ob es eine gute Idee ist, wenn wir es rufen. Was ist, wenn es die Kontrolle übernimmt? Bisher hat es jedes Mal jemanden verletzt oder sogar getötet.« Was wäre, wenn das Schatten-Ich auf Nikolaj losgehen würde, nur um sie zu verletzen?

»Aber es ist Tag«, warf Rado ein. »Und es ist ein Vampir. Es wäre also ziemlich dämlich, wenn es jetzt rauskommt, oder?«

»Vielleicht können wir es in einen Spiegel rufen und so mit ihm kommunizieren«, schlug Ava zögernd vor. »Rado hat recht. Es ist Tag, daher wird es jetzt bestimmt nicht meinen Körper übernehmen.«

Allein der Gedanke, ihrem Schatten-Ich gegenüberzustehen und mit ihm zu reden, sorgte dafür, dass sich ihr Magen schmerzhaft verknotete und ihr übel wurde. »Ich mache es!« Haltsuchend klammerte sie sich an der Tischplatte fest.

»Nein! Das machst du nicht!« Nikolaj sprang so ruckartig auf, dass sein Stuhl umfiel. »Ava, lass es! Wir wissen immer noch nicht, welche Konsequenzen das für dich haben könnte.«

»Hast du eine bessere Idee?«, unterbrach Ava ihn bedrückt. »Wenn wir verstehen könnten, was es ist und was es will, finden wir vielleicht auch einen Weg, um die Magie wiederherzustellen. Und wie ich es loswerde, bevor es mein Leben komplett ruiniert!«

»Das ist Wahnsinn und das weißt du.« Trotz seiner starren, aufgesetzten Miene schien Nikolaj zu zittern.

»Was habe ich zu verlieren?«

»Vielleicht mehr, als du denkst!«, flüsterte Nikolaj heiser. Er lief um den Tisch herum, drängte sich zwischen sie und Rado und riss sie vom Stuhl hoch. Dass er dabei seinen Cousin samt Möbelstück beinahe umwarf, schien er nicht zu registrieren. Genauso wenig wie dessen lautstarke Proteste.

So fest umklammerte er ihre Handgelenke, dass die unter seinem harten Griff schmerzten. Sein Atem ging schnell, als wäre er gerannt. »Tu es nicht«, flehte er. »Prosím! Bitte.«

Ava vermochte nicht zu sagen, was sie plötzlich zornig werden ließ. Dass Nikolajs Griff ihr wehtat oder die Tatsache, dass er ihre Entscheidung nicht akzeptierte. »Um eins klarzustellen!« Entrüstet entriss sie ihm ihre Hände. Mit der Wand in ihrem Rücken konnte sie weder vor noch zurück, also beschränkte sie sich darauf, ihn so giftig wie möglich anzufunkeln. »Sag du mir nicht, was ich tun soll! Es reicht schon, dass ich ständig gegen meinen Willen verschleppt werde!«

»Du weißt selbst, warum wir dich aus Köln rausschaffen mussten!«, brüllte Nikolaj.

Erschrocken zuckte sie zusammen. So aufgebracht hatte sie ihn bisher noch nie erlebt. Sein Gesicht wirkte fahl. Seine Schultern bebten und die Hände hatte er zu Fäusten geballt. Und all das heizte ihren Zorn erst richtig an.

»Mir egal!«, schrie sie zurück. »Hier wird niemand mehr gegen meinen Willen handeln. Wenn ich das machen will, tu ich es. Das ist allein meine Entscheidung!«

»Weißt du was?«, schoss Nikolaj scharf zurück und hob die Hände. »Mach, was du willst!« Er wandte sich von ihr ab, durchmaß die Wohnküche mit wenigen Schritten. Demonstrativ stellte er sich ans Fenster am anderen Ende des Zimmers, heftig riss er den Vorhang zur Seite und schaute hinaus.

Sprachlos starrte Ava auf seine vor Wut bebende Gestalt. Ging's noch? Wenn jemand einen Grund hatte, sauer zu sein, dann war das ja wohl bitte sie!

Schon lag ihr etwas Scharfes auf der Zunge, doch dann hörte sie leises Kichern. Irritiert wandte sich Ava von Nikolajs Rücken ab, nur um nicht weniger verwirrt Luladja dabei zu beobachten, die aufstand, ihre Tassen vom Tisch räumte und in die Spüle stellte. Während sie diese abspülte, zuckten die ganze Zeit ihre Schultern wie unter einem unterdrückten Lachanfall.

Rado schnaubte missbilligend, und murmelte auf Tschechisch vor sich hin, was mit Sicherheit wenig Schmeichelhaftes über sie ausdrückte.

Entschlossen straffte Ava die Schultern und holte tief Luft. »Hast du einen Spiegel?«

KAPITEL 36

Beißender Qualm reizte Avas Augen zu Tränen. Unwillig rieb sie sich mit dem Handrücken über die Lider, während sie weitere Teelichter aus der Tüte fischte, die sie in der Wohnung verteilen und anzünden sollte.

»Weißt du eigentlich, wie ähnlich du ihr bist?«

Hätte Luladja nicht Deutsch gesprochen, wäre sie davon ausgegangen, sie würde mit einem der beiden Jungs reden. Verwundert hielt Ava inne und schaute zu Luladja, die das Zimmer mit einem qualmenden Bündel ausräucherte. Sie hatte in ihrem Tun innegehalten und schien Avas Anblick in sich aufzusaugen.

»Meinst du mich?« Verdattert zeigte Ava auf ihre Brust.

Luladja nickte, ein melancholisches Lächeln umspielte ihre Mundwinkel.

»Wem soll ich denn ähnlich sein?« Gespannt wartete Ava auf die Antwort, mit welcher Prominenz sie verglichen wurde.

»Deiner Mutter.«

Irritiert schüttelte Ava den Kopf. Trotz Luladjas starkem Akzent hatte sie jedes Wort verstanden. Zumindest akustisch.

Hilfesuchend wandte sie sich an Nikolaj, der mit Rado soeben einen mannshohen Spiegel aus einem anderen Zimmer in die Wohnküche trug. Sie hoffte, dass er als Dolmetscher einspringen und das sprachliche Missverständnis so aufklären würde. Aber Nikolaj erwiderte ihren Blick nur unverwandt und frostig. Seit ihrem Ausbruch vorhin hatte er kein Wort mehr zu ihr gesagt.

»Da verwechselst du bestimmt etwas«, meinte Ava schließlich und spielte nachlässig mit dem Feuerzeug in ihrer Hand. »Du meinst bestimmt eine Schauspielerin. Oder Sängerin.«

Nach einer gefühlt endlos langen Minute, in der alle Luladja wortlos anstarrten, kam Ava zu dem Schluss, dass sie sich falsch ausgedrückt haben musste. So was kam vor, wenn man sich in einer anderen Sprache als seiner Muttersprache unterhielt. »Du irrst dich. Meine Mutter und ich ähneln uns kein bisschen. Wir haben weder dieselbe Haar- noch Augenfarbe.«

Sie dachte an den sanften sommerlichen Braunton, den ihre Mutter selbst im tiefsten Winter hatte und auf den sie immer so neidisch war. Ava schien hingegen nach ihrem Vater zu kommen, helle, zu Sonnenbrand neigende Haut und rotbraune Haare. Toll! Immerhin war sie nicht mit Sommersprossen geschlagen, abgesehen von den paar auf ihrer Nase, die auftauchen, sobald die Sonnenstrahlen im Frühling stärker wurden.

»Ich kenne deine Mutter, seitdem sie ein kleines Mädchen war.«

»Woher solltest du sie kennen?«, fragte Ava. »Du irrst dich.«

»Nein.« Luladja schüttelte beharrlich den Kopf und trat auf sie zu. »Bereits nachdem du die Wohnung betreten hattest, hatte ich das Gefühl, dich zu kennen.« Sie streckte ihre Hand nach Avas Gesicht aus, berührte sie jedoch nicht. »Ich sehe sie in deinen Gesichtszügen.« In ihrem Blick lag noch immer diese melancholische Traurigkeit. »Ich höre sie, wenn du sprichst. Vor allem, wenn du fauchst wie eine kočka – eine Kadsche.«

»Sie meint eine Katze.«

Unwillkürlich trat Ava einen Schritt zurück. »Du irrst dich!«, wiederholte sie.

»Woher solltest du ihre Mutter kennen?«, warf auch Nikolaj jetzt ein, der neben dem Spiegel stand und argwöhnisch die Stirn runzelte.

»Weil«, Luladja seufzte schwer, »sie eine von uns ist.« In ihrer Stimme lag ein leichtes Zittern. »Nach all den Jahren weiß ich endlich, was aus ihr geworden ist.«

Ava verschränkte beide Arme vor der Brust. »Das ist unmöglich.«

»Deine Mutter heißt Tsera, nicht wahr?«, fragte Luladja.

»Teresa.« Die Ähnlichkeit des Namens war bestimmt Zufall.

»Wie alt ist sie jetzt?«, sinnierte Luladja. »Achtunddreißig, neununddreißig?«

»Achtunddreißig«, erwiderte Ava prompt. Luladjas Blick schien in weite Ferne zu schweifen. »Vor knapp zwanzig Jahren ist Tsera fortgegangen, niemand wusste wohin oder warum.« Sie warf Ava einen Blick zu. »Warum ich weiß, dass du Tseras Tochter bist? Weil sie meine Großnichte ist, weil ich sie mit großgezogen habe. Ich kenne sie in- und auswendig. Jetzt weiß ich, warum dich mein Ruf hierhergeführt hat. Es ist unser Blut in dir, das darauf reagiert hat.« Versonnen strich sie mit dem Zeigefinger über die verblassten Tätowierungen, folgte den Linien und Mustern, als würden sie ihr eine Geschichte erzählen, die nur sie hörte. »Sie war wie eine Tochter für mich«, sprach Luladja in die sich ausbreitende schwere Stille hinein.

»Meine Mutter war nie in Tschechien, sie hat immer in Köln gelebt … Sie kann niemals eine von euch sein. Das hätte sie mir erzählt, wenn —«

»Bist du sicher?«, mischte sich Rado jetzt ein. Er musterte sie mit hochgezogenen Augenbrauen und neu erwachtem Interesse. »Viele von uns verheimlichen, wer sie sind, wenn sie können.«

»Warum hätte sie das tun sollen?«

»Ich weiß nicht, sag du es mir … Schau dich doch um. So viel müsste selbst eine wie du mittlerweile gecheckt haben!«

»Lass sie in Ruhe, Rado«, fuhr Nikolaj seinen Cousin an. »Sie ist nicht so wie die anderen!« Er wandte sich ihr direkt zu. Endlich kehrte die Wärme in seine dunklen Augen zurück. »Das hat sie mehr als einmal bewiesen.«

»Hast du je mit deiner Mutter über ihre Vergangenheit oder über deinen Vater gesprochen?«, wollte Luladja wissen.

»Mein biologischer Vater ist abgehauen, bevor ich geboren wurde. Was die Familie meiner Mutter betrifft: Die hatten ständig Streit miteinander, sie durfte keine eigene Meinung haben oder überhaupt ihr Ding machen und ihre Eltern haben ihr alles verboten. Alles, was sie getan hat, war in deren Augen falsch. Und als sie dann auch noch mit mir schwanger wurde, hat es das Fass zum Überlaufen gebracht. Sie ist fortgegangen und hat den Kontakt abgebrochen. Meine Mutter hat sich alles, was sie hat und was sie ist, selbst erarbeitet und mich allein großgezogen. Es hat immer nur uns zwei gegeben und sie hat alles dafür getan, dass es uns gut ging.«

»Wenn sie wirklich eine von uns war, dann ist sie wahrscheinlich weglaufen, weil sie schwanger und unverheiratet war«, konsternierte Rado.

»Und wenn der Vater des Kindes keiner von uns war, hätte die Familie und die Gemeinschaft ihn niemals akzeptiert und deine Mutter mit irgendeinem verheiratet, den ihre Eltern für sie noch hätten finden können.«

»Mit einer Zwangsehe wäre sie niemals einverstanden gewesen«, schnaubte Ava empört. Was für eine lächerliche Vorstellung. Klar, als wenn ihre stolze und selbstbewusste Mutter so etwas mit sich hätte machen lassen. NEVER!

»Dann wäre ja geklärt, warum sie —«

»Hör auf damit!« So langsam wurde Ava sauer. »Meine Mutter war und ist keine von euch. Es muss eine andere Erklärung geben, warum das Ritual ausgerechnet mich hergeführt hat.« Avas Kiefer mahlten. Allerdings war es eine sehr gute Erklärung dafür. Aber warum war sie und nicht ihre Mutter von dem Ruf angezogen worden? Wenn es stimmte, sollte sie da nicht auch ein Fünkchen Magie in sich tragen, oder war sie wie die anderen der jüngeren Generation? Und warum, verfluchte Scheiße, dachte sie darüber überhaupt nach?

Nachdenklich spielte sie mit dem Feuerzeug herum, mit dem sie die Kerzen vorhin angezündet hatte. Große und kleine Flammen schnellten empor, während sie überlegte. Gegen ihren Willen spulten sich die Gedanken weiter ab.

Ihre Mutter hatte selten von ihrer Vergangenheit gesprochen. Wenn sie als kleines Mädchen nach ihren Großeltern gefragt hatte, war die Antwort stets dieselbe: Die wollten genauso wenig mit ihr zu tun haben wie der Vater. Als sie älter wurde, hatte sie aufgehört, nach ihrem Vater oder der Familie zu fragen. Es verhielt sich leider wirklich so, wie Ava es vorhin erzählt hatte, und die Großeltern väterlicherseits wussten wahrscheinlich nicht einmal, dass sie existierte, weil ihre Mutter sie nie kennengelernt hatte. Wäre es anders, hätten diese in all den Jahren bestimmt mal nachgefragt.

Fragen und immer noch mehr Fragen geisterten durch Avas Kopf, und sie konnte nicht verhindern, dass sie Zweifel beschlichen.

Der Ausdruck in Luladjas Miene schnitt Ava ins Herz. Es musste furchtbar schmerzhaft sein, ein Familienmitglied auf diese Weise zu verlieren. Nicht zu wissen, wo es war und ob ihm etwas zugestoßen war – ob es noch lebte. Und etwas an ihr brach alte Narben auf. Glücklicherweise schien Luladja das Thema fürs Erste nicht weiter vertiefen zu wollen. Vielleicht hatte sie aber auch eingesehen, dass sie sich irrte. Gut möglich, dass vor zwanzig Jahren eine Poutnik verschwunden war, aber diese war definitiv nicht ihre Mutter. Täglich verschwanden irgendwo Menschen, so traurig das auch war. Sie sollten sich auf Naheliegenderes konzentrieren. Wie das Schatten-Ich. Ava streckte ihren Rücken durch und wandte sich um. Ihr Entschluss geriet in derselben Sekunde ziemlich ins Wanken, als sie sich in dem großen Spiegel betrachtete, den die Jungs gegen die Wand gelehnt hatten. Luladja und sie hatten vorhin die Vorhänge zugezogen, damit kein Tageslicht auf dessen Oberfläche traf. Nur ein paar Kerzen und die kleine Lampe über dem Herd sorgten für die nötigste Beleuchtung. Die beiden jungen Männer hatten sich an den Fenstern postiert, um im Notfall die Vorhänge aufzureißen und das Schatten-Ich mit dem Sonnenlicht, das von draußen hereindrang, in Schach zu halten.

»Ziehen wir's durch.«

Allein der Anblick ihres Spiegelbildes verursachte, dass ihr Herz beschleunigte und der Schweiß aus allen Poren brach. Mit einem Mal war sich Ava nicht mehr sicher, ob das Ganze eine so gute Idee war. Doch für einen Rückzieher war es jetzt zu spät. Nicht, nachdem sie so vehement darauf bestanden und Nikolaj angebrüllt hatte, der sich nur Sorgen um sie machte. Wenn das hier vorbei war, würde sie sich bei ihm entschuldigen müssen. Sie würde sich etwas einfallen lassen, um es wiedergutzumachen. Unwillkürlich lächelte sie in sich hinein. Später.

Je schneller sie das Kommende hinter sich brachte, desto schneller konnte sie Nikolaj um ein richtiges erstes Date bitten. Popcorn und Kino wären schön.

Sie richtete sich zu ihrer geballten Größe ihrer ein Meter fünfundsechzig auf und drückte die Schultern nach hinten. *Bist du da?*, fragte sie stumm, streckte den Rücken durch und horchte auf eine Antwort. Dabei ließ sie ihr Spiegelbild nicht aus den Augen. Ihr Körper zitterte vor Anspannung. Nichts passierte.

Komm schon, ich weiß, dass du da bist. Ich will mit dir reden.

Wieder nichts. Keine Verschiebung der Wirklichkeit, kein Hologramm im Spiegel, noch nicht mal das Licht flackerte. Sollte sie froh oder enttäuscht darüber sein, dass ihr Schatten-Ich nicht auftauchte? »Was ist los?«, fragte Luladja. »Klappt es nicht?« »Nein«, antwortete Ava kopfschüttelnd. Auch ihr Gegenstück schüttelte seinen Kopf. Es war einfach nur ein stinknormales Spiegelbild. »Vielleicht muss es doch nachts sein?«, meinte Rado und zog ein langes Gesicht.

Wahrscheinlich hatte er sich schon auf den Teil mit dem Vernaschen gefreut, dachte Ava sarkastisch. Wenn es kommt, wäre er sicher ein gefundenes Fressen. Kaum hatte sie das gedacht, kam sie sich schrecklich gemein vor. Auch wenn er ihr nicht sonderlich sympathisch war, wollte sie nicht, dass ihm etwas zustieß.

»Nein«, sagte Ava. »Als ich Nikolaj bei der Polizei rausgeholt habe, war es auch Tag.« Sie versuchte, sich die Situation von damals in Erinnerung zu rufen. Nachdenklich runzelte sie die Stirn und starrte auf ihr Spiegelbild. Was hatte sie getan oder gesagt? Unwillkürlich fasste sie sich an die Nase und schaute auf ihre Finger.

»Sie hat dich bei der Polizei rausgeholt?«, hörte sie Rado verblüfft fragen.

»Ich hab dir doch gesagt, dass sie anders ist.«

»Blut«, murmelte sie. »Ja, ich hatte Nasenbluten! Und als die Vampire in meine Wohnung eingebrochen sind, hat der Blutsbruder dich gestoßen.« Sie sah Nikolaj an. »Du hast geblutet!«

Das ist es. Das Schatten-Ich wurde von Blut angelockt. Wie ein Hai! Ein gruseliger Gedanke, der Ava einen eiskalten Schauer über den Rücken jagte.

»Luladja, kannst du mir bitte ein Messer geben?«, fragte Ava mit zittriger Stimme. *Reiß dich zusammen! Ein oder zwei Tropfen Blut reichen sicherlich aus.*

»Ano. Ja!« Rado stieß sich von der Wand ab und zog einen kleinen Gegenstand aus der Tasche, den er ihr in die Hand drückte.

Es dauerte einen Augenblick, bis Ava registrierte, dass es sich bei dem länglichen Objekt aus glattem mattschwarzem Material um ein Springmesser handelte.

»Warte.« Er drückte auf einen kleinen Knopf am Griff. Eine spitze, zweischneidige Klinge schnellte heraus.

Gänsehaut bildete sich auf ihren Armen, während sie die tückische Stichwaffe entgegennahm und sie betrachtete.

»Warum hast du ein Messer?«, fuhr Nikolaj seinen Cousin an, winkte aber sogleich ab. »Sag lieber nichts, ich will es gar nicht wissen.« Unsanft schob er Rado zur Seite und nahm Ava das Messer aus der Hand.

»Hey!«, protestierte sie leise, war jedoch erleichtert, dass er ihr das Springmesser abgenommen hatte.

Nikolaj rollte mit den Augen. »Keine Sorge, ich hab's begriffen«, meinte er mit leichter Bitterkeit. »Deine Entscheidung. Ich will dir nur helfen.«

Für einen Moment kreuzten sich ihre Blicke. Hastig senkte Ava ihren Kopf, damit sie den gekränkten Ausdruck in seinem Gesicht nicht ertragen musste. Wegen ihres Ausbruchs hatte sie schreckliche Gewissensbisse.

»Gib mir das Feuerzeug«, befahl er und streckte die Hand danach aus. Etwas verwirrt kramte sie in ihrer Hosentasche und reichte es Nikolaj. Den wilden Fluch seines Cousins ignorierend, hielt er die Spitze des Messers in die Flamme.

»Hand!«, forderte er sie auf, gleichzeitig trat er näher. Vorsichtig schlossen sich seine warmen Finger um ihr Gelenk. Das Ganze hatte etwas irrational Intimes an sich. Obwohl außer ihnen noch Rado und Luladja mit im Raum waren, registrierte Ava nur, wie Nikolajs Finger sacht über ihre Pulsadern strich, und seinen Atem, der ihre Wangen kitzelte.

»Autsch!« Der Moment verging und Ava starrte auf den Blutstropfen, der perlengleich aus der Fingerkuppe quoll. Das war so surreal.

»Und jetzt?«, drängte Rado, der sich in ihr Blickfeld schob, dabei verdeckte er den Spiegel.

»Vielleicht machst du ihr erst mal Platz?« Luladja, die das Ganze von ihrem Platz am Esstisch beobachtete, warf ihm einen mütterlich amüsierten Blick zu. Im Gegensatz zu Rado und Nikolaj strahlte sie eine gelassene Ruhe aus.

Benommen trat Ava an Rado vorbei. Ihre Knie fühlten sich schwach und wackelig an, als sie die kalte, glatte Oberfläche des Spiegels berührte, um ihr Blut aufzutragen.

Bist du da?, wiederholte Ava stumm ihre Frage.

Das Spiegelbild zwinkerte.

Erschrocken hüpfte Ava zurück und prallte gegen Nikolaj, der sie instinktiv an den Hüften festhielt.

Uh, wie ich sehe, hast du dich endlich für einen entschieden. Mit einem süffisanten Grinsen warf ihr Schatten-Ich einen Blick auf Nikolaj. *Dann hast du bestimmt nichts dagegen, wenn ich mir seinen Cousin schnappe, oder? Den kannst du ohnehin nicht leiden, also sollte es dich nicht stören und er sieht wie ein Leckerbissen aus.* Das Schatten-Ich leckte sich verspielt über die Lippen.

»Woher weißt du das?«, fragte Ava überrascht. Beim Klang ihrer Stimme zuckte sie zusammen. Unbewusst hatte sie laut gesprochen.

Ich bin du, antwortete es in einem Ton der Selbstverständlichkeit. *Ich weiß, was du weißt.*

Warum kann ich mich nie an etwas erinnern?

Weil du nicht willst.

»Ist es jetzt da?«, fragte Rado neugierig. Er war drauf und dran, Ava zur Seite zu schieben, um einen Blick in den Spiegel zu werfen. »Was sagt es?«

Aus dem Augenwinkel bemerkte sie, wie Nikolaj seinen Cousin vom Spiegel wegzog. Seine Miene wirkte mehr als angespannt.

Können die dich nicht sehen oder hören? Irritiert drehte sich Ava zu den anderen um, die sie fragend musterten.

Dummkopf, ich bin in deinem *Kopf, nicht in dem der anderen. Nur du hörst und siehst mich. Nur der eine da,* das Schatten-Ich deutete mit dem Kinn auf Nikolaj, *hat ein äußerst feines Gespür.*

»Wenn du alles weißt, dann verrate mir doch: Wer oder was bist du? Was wir sind? Bist du ein Vampir oder etwas anderes?« Ava redete absichtlich laut, damit die anderen sie hörten, kam sich dabei allerdings ziemlich albern vor, wie sie da vor einem Spiegel stand und mit sich selbst sprach.

Du hörst nicht zu! Ich weiß nur das, was du weißt. Was bedeutet …

»Du hast keine Ahnung, oder?«

Aber was ich will, kann ich dir sagen. Das Schatten-Ich deutete ihr, näher zu kommen, als wenn es ihr etwas zuflüstern wollte.

Impulsiv trat Ava unmittelbar vor den Spiegel. »Was willst du von mir?«

Alles! Je öfter ich die Kontrolle habe, desto mehr wirst du dich verlieren und desto präsenter werde ich. Bis du verschwunden bist und nichts mehr von dir übrig ist und es nur noch mich gibt!

»Das lass ich nicht zu!« Etwas Kaltes griff nach ihrem Herz, zerdrückte es und raubte ihr die Atemluft.

Wie willst du das verhindern? Das Schatten-Ich grinste hämisch. Mit jedem Wort schien es dunkler im Raum zu werden. *Die Stärke hast du nicht!*

»Nikolaj!«

Überrascht über die fremde feminine Stimme, die ein krasser Gegensatz zu der düsteren Atmosphäre im Raum war, fuhr Ava herum. Von dem Mädchen, das sich in Nikolajs Arme warf, sah sie nur wirbelndes, langes schwarzes Haar. Und Nikolajs bestürzten Gesichtsausdruck. Als die junge Frau von ihm abließ und sich Ava zuwandte, erkannte sie in ihr die von dem Markt, der von den Nazis überfallen worden war, deren Bruder sie gefunden hatten. Das Mädchen, um das er seinen Arm gelegt und mit ihm gelacht hatte.

Ein unangenehmer Ruck ging durch Avas Magen, als sie zögernd die Hand schüttelte, die ihr die andere mit einem strahlenden Lächeln reichte. »Wir kennen uns doch von dem Markt«, bestätigte die junge Frau ihre Vermutung. »Dann musst du wohl Ava sein?« Der Blick, mit dem sie ihr begegnete, war völlig unbedarft. »Ich bin Lyalya, Nikolajs Verlobte.«

KAPITEL 37

»Hi«, murmelte Ava tonlos. Ihre Stimme klang wie aus weiter Ferne in ihren Ohren. Mechanisch schüttelte sie Lyalyas Hand. Es war, als würde sie eine Fremde dabei beobachten, wie sie einstudierte Höflichkeiten austauschte. Das infernalische Lachen ihres Schatten-Ichs toste wie ein Sturm durch ihren Körper, als Lyalya einen Arm um Nikolaj legte und ihm ein leuchtendes Lächeln schenkte.

Wie paralysiert schaute Nikolaj zu ihr, seine Verlobte schien er nicht wahrzunehmen. Das Wörtchen Fuck stand ihm so deutlich ins Gesicht geschrieben, dass es jeden geringsten Zweifel beseitigte.

Abrupt drehte Ava den beiden ihren Rücken zu. Sie hielt seinen Anblick nicht länger aus. Wie er so dastand und sie völlig geschockt anstarrte, die Verzweiflung, die in seinen Augen aufkeimte ... Lieber begegnete sie den schwarzen Augen ihres Schatten-Ichs, durch die rote Blitze zuckten.

Ein letzter Blick in den Spiegel verriet ihr, dass sich Nikolaj von Lyalya losmachte, die verständnislos abwechselnd ihren Verlobten und Avas Rücken musterte. Sah, wie er die Hand nach ihr ausstreckte und seine Lippen lautlose Worte formten.

Ava ignorierte ihn. Wenn sie nicht auf der Stelle ging, würde sie entweder schreien oder ihn umbringen. Oder in Tränen ausbrechen. Daher nickte sie lediglich Luladja zum Abschied zu, schaffte es irgendwie zur Tür raus.

Sekunden später stolperte sie betäubt die steile Treppe hinunter, beherrscht von einem einzigen Gedanken: Sie musste von hier weg – weg, weg, weg.

Endlich draußen, stürzte sie sich wahllos in die erste Gasse, die von dem Gebäude fortführte.

»Ava!«

Beim Klang seiner Stimme spurtete sie los und bog erneut in irgendeine schmale Straße ab. Keinen Plan wohin – Hauptsache fort – fort von ihm.

»Scheiße, Mann! Bleib stehen!«

Ava dachte nicht daran, stehen zu bleiben, sondern legte im Gegenteil noch einen Gang zu. Ihre Lungen brannten und die Straßen und Häuser verschmolzen vor ihren Augen zu einer gelb-grauen Masse von den Tränen, die ihren Blick trübten.

Immer wieder glitt sie auf dem rutschigen Kopfsteinpflaster aus, das sie entlanghetzte. Ein Schluchzen entrang sich ihrer zugeschnürten Kehle.

In der Hoffnung ihn endgültig abzuschütteln, bog sie willkürlich in eine andere Seitenstraße ab, nur um festzustellen, dass sie in einem winzigen, verdreckten Innenhof gelandet war.

»Mist! So eine verdammte Scheiße!«, fluchte sie ungehemmt. Der Gefühlsausbruch klärte ihren Geist zumindest ein wenig. Niedergeschlagen wischte sie ihre Augen trocken und holte tief Luft, um ihre Emotionen und ihren Atem wieder unter Kontrolle zu bringen.

»Ava.«

Ruckartig drehte sie sich um.

Nikolaj stand in dem schmalen Eingang zum Hinterhof und blockierte den einzigen Ausweg. Langsam trat er näher.

Ihr Herz setzte schmerzhaft aus und sie bekam keine Luft mehr.

Hektisch sah sie sich nach einem Fluchtweg um. Wenn sie wegwollte, musste sie an ihm vorbei. Eine andere Option gab es nicht, außer vielleicht, eines der Häuser SEK-like zu stürmen. Ihn mithilfe des Schatten-Ichs zu manipulieren, stand außer Frage. Allein der

Gedanke, sich seiner Fähigkeiten zu bedienen, erfüllte sie mit Abscheu. Abgesehen davon, dass ihr diese spezifische Kunst bei Nikolaj ohnehin keinen Vorteil verschaffte. Wie sie war er gegen vampirische Manipulationsversuche immun, das hatte Darko ihr erklärt. »Gili.« Kaum hörbar nannte er sie bei dem Namen, den er für sie ausgesucht hatte. Sein Atem klang schwer. Nicht nur vom schnellen Lauf, sondern als lastete auf seiner Brust dasselbe tonnenschwere Gewicht wie auf ihrer. »Hör mir zu. Bitte!« Er trat einige Schritte näher heran und streckte die Hand nach ihr aus.

»Verschwinde!«, fauchte Ava. Sie wich vor ihm zurück, bis sie eine raue Wand in ihrem Rücken spürte. In ihrem Inneren stieg ein Druck an, der es ihr schwer machte, gleichmäßig zu atmen.

»Lass es mich erklären«, bat er leise, überbrückte die restliche Distanz zwischen ihnen und griff nach ihren Händen. In seiner Mimik spiegelte sich ein Echo derselben Verzweiflung und desselben Kummers, gegen die sie ankämpfte.

Und die sich allmählich in Zorn verwandelten. Wollte er sie verarschen?

Aufgebracht versuchte sie, ihm die Hände zu entreißen, doch sein Griff um ihre Gelenke war zu fest. »Lass mich los!« Sie bündelte all die Kälte und Wut, die sich in ihr ausbreitete, um sie ihm in einem einzigen vernichtenden Blick entgegenzuschleudern. Und scheiterte. Ihre Wut löste sich auf wie Nebel in der Sonne. Resigniert ließ sie den Kopf sinken und kämpfte nicht länger gegen die Tränen an, die sich nun langsam ihren Weg über ihre Wangen suchten. »Lass mich gehen«, flüsterte sie mit gebrochener Stimme. »Bitte.«

»Nein.« Wild schüttelte Nikolaj den Kopf und zog sie näher zu sich. »Nein, ich kann dich nicht gehen lassen. Nicht ohne —«

»Ist sie deine Verlobte? Ja oder nein?« Ava presste ihre Lippen fest aufeinander, um den Schluchzer zu unterdrücken, der in ihrer Kehle aufstieg. Während sie innerlich das Gefühl hatte zu erfrieren, jagte seine unmittelbare Nähe einen Hitzeschauer nach dem anderen über ihren Körper. Wechselseitig wie Gegenstrom rauschten die gegensätzlichen Empfindungen durch sie hindurch und drohten, sie zu sprengen.

»Ja, aber —«

»Mehr muss ich nicht wissen«, unterbrach sie ihn. Erneut versuchte sie, sich vergeblich von ihm loszureißen. »Wann hattest du vor, mir davon zu erzählen? Wenn du sie heiratest? Liebst du sie?«

»Nein, ich liebe sie nicht. Außer Freundschaft war zwischen ihr und mir nie etwas. Die Verlobung wurde von unseren Familien arrangiert, als wir beide noch Kinder waren.« Mit einer Hand fasste er sie an ihrem Kinn, zwang sie, ihn anzusehen.

»Warum hast du dann nie erwähnt, dass da jemand ist?«

»Ich … Ich habe es vergessen? Seitdem ich dich kenne —«

»Vergessen? Na klar, so was vergisst man ja auch.« Wut war definitiv hilfreicher.

»Ich wollte mit ihr reden und die Verbindung lösen! Sobald ich die Gelegenheit für ein Gespräch unter vier Augen hätte. Alles andere wäre ihr gegenüber nur unfair.«

»*Das* hast du aber offensichtlich nicht!« Plötzlicher Hass schlug über ihr zusammen wie eine gewaltige Woge und sie verspürte den Wunsch, Nikolaj zu verletzen. »Weißt du, was ich eher glaube?«, fragte sie mit harter Stimme. »Du hast mich nur verarscht und ausgenutzt. Wahrscheinlich wolltest du dir nur die Zeit bis zur Ehe vertreiben!«

»Nein, so war das nicht!«, verteidigte sich Nikolaj heftig. »So war das nie. Ich —«

»Ich versteh das schon. Zum Vögeln ist jemand wie ich gut genug.« Ihre Stimme brach. Verbittert schaute sie ihn an. Die ganze Zeit über hatte er ihr nur etwas vorgemacht. Verdammt noch mal, er hatte eine Verlobte! Dabei hatte er erst gestern noch behauptet, dass er nur eine Frau heiraten wolle, die er liebte. Tief in ihrem Inneren zerbrach etwas. Zersplitterte wie Glas. Scharfe Scherben bohrten sich mit jedem Atemzug tiefer in ihre Lungen.

»So siehst du das also?« Jetzt funkelte es in seinen Augen gefährlich. »Das denkst du wirklich von mir?« Mit einer verächtlich anmutenden Bewegung gab er ihr Kinn und Handgelenk frei und trat einige Schritte zurück. »Ich war dir gegenüber immer ehrlich. Als ich gesagt habe, dass jemand wie du ein Problem für jemanden wie mich sei, hab ich das ernst gemeint. Wirklich, ich wollte mich von dir fernhalten. Weil ich wusste, dass es das Beste ist. Für dich. Für mich. Du hast keine Ahnung, wie sehr ich dagegen angekämpft habe … und trotzdem hab ich mich —«

384

»Halt die Klappe!« Impulsiv hielt Ava ihre Ohren zu. »Ich will nichts mehr hören.«

Unvermittelt versetzte sie ihm einen Stoß, der ihn von ihr wegtaumeln ließ. Nach einem letzten abschätzigen Blick wandte sie sich zum Gehen, aber Nikolaj packte sie am Oberarm und riss sie zurück. Das brachte das Fass endgültig zum Überlaufen und Ava explodierte. Noch im Schwung der Bewegung holte sie aus und schlug ihm mit der flachen Hand ins Gesicht.

Völlig perplex starrte Nikolaj sie an und ließ los. Sekundenschnell verfärbte sich die Stelle knallrot.

»Wenn du mich noch einmal so anfasst ...« Vor lauter Wut klang ihre Stimme zittrig. »Nikolaj, ich schwör's dir ... dann lass ich das Schatten-Ich auf dich los.« Bebend fuhr Ava fort. »Das war's! Wir beide ... wir sind ... Das mit uns ist am Ende!« Mit ihren Händen unterstrich sie jedes einzelne Wort. Als sie sich dieses Mal umdrehte, hielt er sie nicht wieder auf.

KAPITEL 38

»Was ist passiert?«

Lyalyas kühle Finger strichen zart über die geschwollene Stelle auf seiner Wange.

Unfähig, ihr in die Augen zu schauen, starrte er auf den kleinen runden Leberfleck, der ihr linkes Jochbein zierte. Noch immer meinte Nikolaj, Avas harten Schlag zu spüren. Aber weitaus schlimmer nagte das Loch in seinem Herzen, das sie mit ihren Worten gerissen hatte.

Warum tat Leere bloß so verdammt weh? Seine Fingernägel gruben sich in das Fleisch seiner Handballen. Die aufgerissene Haut um seine Knöchel spannte sich. Zerschunden und blutig. Dass Ava dachte, er hätte sie ... Um den Schmerz im Inneren auszugleichen, hatte er mit der Faust gegen die Wand geschlagen.

Er wusste, er hätte Ava daran hindern müssen zu gehen. Nicht seinetwegen, sondern weil es unverantwortlich war und seine verflixte Pflicht gewesen wäre, die er, mal wieder, vernachlässigt hatte. Wie immer, wenn es um sie ging.

Die Anrufung war nicht beendet worden, wer konnte schon sagen, welche Konsequenzen das für Ava haben würde. Wenn ihr etwas zustieße, wäre es seine Schuld. Und wenn deswegen die Magie unrettbar verloren war ... geschweige denn ... Nikolaj wagte es nicht, den Gedanken zu Ende zu denken.

Schlimmer als seine Schuldgefühle der Gemeinschaft gegenüber wog jedoch, dass Ava behauptet hatte, er würde sie nur ausnutzen und dass das zwischen ihnen zu Ende sei. In diesem Moment war er zu keiner Reaktion fähig gewesen, außer betäubt dazustehen und ihr hinterherzuschauen. Als ihm klar geworden war, was da soeben passiert war, hatte er es nicht über sich gebracht, in Luladjas Wohnung zu gehen, wo sie alle darauf warteten, dass er mit Ava zurückkehrte. Stattdessen hatte er sie verloren – wortwörtlich.

Alles in ihm zog sich zu einem schmerzhaften Klumpen zusammen und er drohte zu ersticken. Wie jedes Mal, wenn er daran dachte. Ständig.

Auf der Flucht vor seinen Gedanken und Gefühlen hatte er sich daher in das pulsierende Leben und die Touristenströme geworfen, die sich im Herzen Prags durch die Gassen der Altstadt schoben. Doch nichts konnte ihn von der Leere, die ihn zu zerfressen drohte, ablenken.

Jetzt, Stunden später, fand er sich vor der Tür zu Lyalyas Wohnung wieder, mit dem dringenden Bedürfnis, wenigstens irgendetwas richtig zu machen.

»Lyalya.« Er riss sich von dem Anblick ihres Leberflecks los und holte tief Luft. Sanft, aber bestimmt nahm er ihre Hand von seiner Wange. »Es gibt etwas, was ich dir sagen muss.«

Das Leuchten in ihren Augen war kaum zu ertragen. Er schluckte und wich ihrem Blick aus. Wäre es weniger unangenehm, wenn sie nicht wie Geschwister aufgewachsen wären? Würde er dann vielleicht anders empfinden?

Mit brüderlicher Zuneigung musterte er die zierliche Lyalya, die in der Tür stand und ihn erwartungsvoll anlächelte. Mit einer leichten Bewegung des Kopfes warf sie ihr langes schwarzes Haar über ihre Schultern nach hinten.

Als Kinder waren sie ständig zusammen gewesen. Später hatten Rado und er Musik gemacht, während sie daneben gesessen und ihre ersten Entwürfe gezeichnet hatte. Sie drei waren immer füreinander da gewesen und hatten aufeinander aufgepasst. Dass sie wie eine Schwester für ihn war, machte das Ganze wirklich nicht einfacher. Selbst die wenigen Küsse zwischen ihnen, zu denen er sich hatte hinreißen lassen, weil sie ohnehin heiraten würden, hatten sich platonisch angefühlt. Nicht so, wie er es sich zwischen Mann und Frau vorstellte, und in keinster Weise so wie zwischen Ava und ihm.

»Willst du nicht reinkommen?« Lyalya öffnete die Tür ein Stück weit und deutete ihm einzutreten.

Im Hintergrund hörte er den Fernseher und die dröhnende Stimme ihres Vaters, der sich über irgendetwas aufregte. Ein Fußballspiel, schloss er aus dem wütenden Gebrüll.

Nikolaj schüttelte ablehnend den Kopf.

Früher oder später musste er sich auch mit Georgi auseinandersetzen, wobei ihm niemals am liebsten wäre. Ihr Vater konnte verdammt unangenehm werden und Nikolaj wollte sich nicht vorstellen, was der ihm antun würde, sobald er hiervon erfuhr. In jedem Fall würde das, was er vorhatte, mindestens einen Skandal innerhalb der Gemeinschaft verursachen. Allein bei dem Gedanken daran wurde ihm schlecht.

Für's Erste war es aber eine Sache, die nur ihn und Lyalya etwas anging. »Bitte, komm raus«, bat er leise.

Lyalya zuckte wortlos die Schulter, trat aber zu ihm in den Flur und zog die Tür leise zu.

Nervös betrachtete Nikolaj seine Fingernägel, dann gab er sich einen Ruck. »Lyalya, wie lange sind wir bereits verlobt?«

Überrascht schaute sie ihn an und zuckte mit den Achseln. »Irgendwie schon immer, oder?« Mit einem schiefen Lächeln strich sie sich ihre schwarzen Haare hinter die Ohren. »Warum?« Ihre Augen glänzten hoffnungsvoll.

Müde vergrub er sein Gesicht in den Händen. Verdammt, das Gespräch entwickelte sich in die völlig falsche Richtung. Warum war das so schwierig? Auch wenn er Lyalya nicht auf diese Art liebte, war sie trotz alledem ein wichtiger Teil seines Lebens und es lag ihm fern, sie zu verletzen.

Er seufzte. *Bring's hinter dich, du Feigling!*

Nikolaj ließ die Hände sinken und schaute sie an. »Es tut mir leid, aber ich löse unsere Verlobung auf.«

So, nun war es raus.

Lyalyas Gesichtsfarbe wechselte innerhalb von Sekunden von Rot zu Kalkweiß. »Was hab ich falsch gemacht?« Ihre Stimme zitterte. Dennoch sah sie ihm fest in die Augen.

Unwillkürlich griff er nach ihren Händen. »Nichts. Gar nichts.«

»Ist es wegen ihr?«

»Wie ... Woher weißt du das?«, fragte er, zu perplex, um irgendetwas abzustreiten.

»Ich habe deinen Blick gesehen, bevor du ihr hinterhergelaufen bist.« Sie biss sich auf die Lippe, entriss ihm unsanft ihre Hände und wich zurück.

»Ja ... Ich meine ... Nein ... nicht nur.« Innerlich verfluchte er sich dafür, dass er ständig das Falsche sagte. »Weil die Verlobung nicht unsere Entscheidung war«, sagte er matt, »sondern eine Vereinbarung zwischen unseren Eltern, als wir noch Kinder waren.« Nervös wippte er auf seinen Zehenspitzen auf und ab. »Und weil ich mich seit Langem frage, ob es für uns beide das Richtige ist.«

Lyalya schüttelte ungläubig den Kopf. »Das Richtige?«

»Du hast jemand Besseres als mich verdient«, sagte er in die aufkommende Stille hinein.

»Wen denn?«, fragte sie leise und schaute ihn direkt an. Ihre dunklen Augen schimmerten verräterisch.

»Jemanden, den du wirklich liebst?«, schlug er mit einem hilflosen Achselzucken vor. »Einen anderen ... einer, der dich genauso liebt?«

»Einen anderen?!«, fuhr sie ihn mit plötzlicher Heftigkeit an. Ihre Lippen zitterten. Sie stieß einen erstickten Laut aus und schlug sich die Hände vor den Mund. Mit geschlossenen Augen stand sie da und rang sichtbar hart um Fassung.

»Lyalya, bitte glaub mir, wenn ich dir sage, dass du mir wichtig bist ... und wenn es anders wäre ... Ich mag dich wirklich ... aber ... Du bist wie eine kleine Schwester.«

»Du *magst* mich!« Sie nahm die Hände herunter und schaute ihn entgeistert an. »Ich bin also wie eine Schwester für dich?« Ihre Finger schlossen sich zu kleinen Fäusten und sie richtete sich zu ihrer vollen Größe auf. Ihr Gesicht verzog sich zu einer wütenden Grimasse. »Hau ab!«

Wortlos trat Nikolaj ein paar Schritte zurück. Ihr Blick durchlöcherte ihn, während er rückwärts zu seiner Wohnungstür gegenüber stolperte. Umständlich tastete er nach der Klinke in seinem Rücken, während er nach Worten suchte. »Lyalya«, begann er, aber angesichts einer wüsten Gestik ihrerseits beschloss er, nichts mehr zu sagen. Jedes weitere Wort würde alles nur noch verschlimmern.

Stolz hob sie ihr Kinn. »Geh endlich!«

Langsam drückte er die Klinke nach unten. »Es tut mir leid«, sagte er leise. Er warf seiner ehemaligen Verlobten einen letzten bedauernden Blick zu, dann drehte er sich um und öffnete die Tür zu seiner Wohnung. Sobald er sie hinter sich zugezogen hatte, lehnte er sich dagegen und schloss die Augen.

Ein lauter Knall ließ ihn zusammenzucken. Kurz darauf hallte ein zweiter dröhnend durch den Flur. Das alte Hotel war hellhörig genug, dass er Georgis wütendes Gebrüll und Lyalyas nicht minder laute Antwort hören konnte.

Für einen Moment war er überzeugt, dass ihr Vater jede Sekunde aus der Wohnung stürzen und ihn zur Sau machen würde. Nach einem weiteren lautstarken Intermezzo von gegenüber blieb es jedoch wider Erwarten ruhig. Erleichtert stieß er die Luft aus, die er unbewusst angehalten hatte.

Gratulation! Jetzt hatte er auch noch eine Schwester verloren. Dass er die Verlobung gelöst hatte, würde sie ihm nie verzeihen.

Irgendwie hatte er sich Erleichterung erhofft, wenn er das Gespräch mit Lyalya hinter sich gebracht hätte, aber das Gegenteil war der Fall. Aber er hatte doch das Richtige getan, oder? Bis eben war ihm nie in den Sinn gekommen, dass Lyalya mehr als Freundschaft für ihn empfinden könnte.

Frustriert stieß er sich von der Tür ab und schlurfte in sein Zimmer. Sein Blick fiel auf ihre ungemachten Betten und blieb an Rados Gitarre hängen, die auf einem Haufen Kleidungsstücke lag, die sein Cousin achtlos auf die Matratze geworfen hatte.

Nikolajs eigenes Instrument lag, sorgfältig verstaut, in dem abgewetzten alten Koffer zwischen Sofa und Wand. Seitdem die Magie nach Avas Heimreise völlig zum Erliegen gekommen war, hatte er lediglich ein einziges Mal darauf gespielt. Besser gesagt, er hatte es versucht. Doch sosehr er sich bemüht hatte, die Musik hatte ihren Zauber verloren. Klang hohl – seelenlos.

Schwerfällig sank er auf seine Schlafcouch und zog den Instrumentenkoffer wider besseres Wissen hervor. Er hatte das heftige

Bedürfnis, sich mit Musik zu beschäftigen. Den drängenden Wunsch in eine andere Welt, ein anderes Leben, zu entfliehen.

Mit einem leisen Klicken sprangen die angerosteten Scharniere auf. Vorsichtig klappte er den altersschwachen Deckel auf und seine Hand strich sanft über das glänzende Holz seines Instrumentes. Gedankenverloren fuhr er die Schrammen am Korpus nach. Erinnerungen daran, wie Ava ihn über den Haufen gerannt hatte, stiegen in ihm hoch und versetzten ihn an den Tag zurück, als er ihr zum ersten Mal begegnet war. Behutsam nahm er die Geige aus ihrem Bett aus abgenutztem Samt, drehte sie nachdenklich hin und her.

Ava war die Erste außerhalb der Poutnik, die ihm ohne Argwohn begegnet war und ihn nicht mit Verachtung behandelt hatte. Die Erste, für die es keine Rolle spielte, was er war.

Wie sie diesem Typen einfach so in die Parade gefahren war und ihn verteidigt hatte, ohne ihn zu kennen, hatte ihn ehrlich beeindruckt und sein Interesse geweckt.

Und dann hatten sie und ihre Freundin ihm geholfen, das Geld wieder einzusammeln und noch mehr zu verdienen. So viel hatte er noch nie an einem einzigen Tag eingenommen. Selten hatte ihm die Straßenmusik mehr Spaß gemacht. Obwohl er es nicht gezeigt, sondern versucht hatte, ihr Angst einzujagen. Sie war ihm nie etwas schuldig gewesen. Freudlos lachte er auf.

Und als sich ihre Hände zum ersten Mal berührt hatten, war sein Herz für einen Moment stehen geblieben. Nicht nur, weil er im selben Augenblick die magische Signatur des Rituals an ihr wahrgenommen hatte.

Gedankenverloren strich er über die Saiten. Früher hatte sich sein Instrument unter seinen Fingern warm und lebendig angefühlt. Jetzt spürte er nichts. Gar nichts. Die Violine war nur ein kaltes totes Ding.

Es schüttelte ihn wie vor Ekel. Jäh legte er die Geige auf die Bettdecke und starrte sie an, als wäre sie etwas Abstoßendes.

Blieb ihm denn überhaupt nichts mehr?

Unbeholfen zog er die Knie an sich. Verzweifelt hämmerte er mit seinem Kopf dagegen. Wieder und wieder. Doch der Schmerz war machtlos gegen all die Gedanken und Emotionen, die wie ein plötzlicher Gewittersturm auf ihn einprasselten.

Ava wollte ihn nicht mehr. Lyalya würde ihn bis an ihr Lebensende hassen und die Musik hatte ihn verlassen. Die Magie – verloren. Nichts war mehr von Bedeutung.

Eine Welle der Einsamkeit schwappte über ihn. Alles war so leer und wurde von Verzweiflung und Dunkelheit aufgesaugt, die nach ihm griffen und ihn betäubten. Das Einzige, das übrig blieb, war Schmerz und Schuld.

Von plötzlicher innerer Unruhe gejagt sprang er auf, lief rastlos hin und her, soweit es der Platz in dem vollgestopften Zimmer zuließ. Sein Leben kam ihm vor wie ein Scherbenhaufen. Nicht dass es vorher besser gewesen wäre, aber zumindest war es überschaubar, vorhersehbar und er hatte seine Musik gehabt. Von seinen üblichen Problemen abgesehen, mit denen alle Poutnik zu kämpfen hatten. Mit alldem hatte er sich arrangiert. Dann war Ava plötzlich in diesem Leben aufgetaucht, hatte alles einmal auf den Kopf gedreht und in ein wildes Up-Side-Down verwandelt. Hatte Wünsche und Bedürfnisse in ihm geweckt, von denen er gar nicht gewusst hatte, dass er sie tief in seinem Inneren weggeschlossen hatte. Je vehementer er sich dagegen gewehrt hatte, desto mehr wollte er es. Bis er nachgegeben hatte. Nur um jetzt durch ein Labyrinth zu irren, das bloß aus unstillbarer Sehnsucht und tiefem Schmerz zu bestehen schien.

Nikolaj zerrte am Kragen seines Pullovers. Das Zimmer wurde ihm zu eng genauso wie sein Leben.

Ihm war so verdammt heiß. Heftig riss er an seinem Hoodie herum. Er bekam keine Luft mehr und ihm wurde schwindlig. Haltsuchend umklammerten seine schwitzigen Finger die Kante des Schranks.

Er vermisste Ava so sehr, dass es körperlich schmerzte. Jedes Mal, wenn er an sie dachte, verkrampfte sein Körper. Nicht an sie zu denken, war aber unmöglich. Ebenso gut könnte man einem Fisch das Schwimmen verbieten. Sie war einfach überall. Selbst wenn sie nicht bei ihm war, bildete er sich ein, ihren Atem auf seiner Haut zu spüren. Bildete sich ein, das leise Geräusch zu hören, das sie von sich gab, jedes Mal wenn er sie küsste und sie nachgab.

Würde es jetzt immer so sein? Wie würde es bloß sein, wenn sie sich wiedersahen?

Früher oder später würden sie sich wieder begegnen, denn es galt noch immer, das Problem mit der Magie zu lösen. Unabhängig von seinen

Gefühlen musste er seine Pflicht erfüllen. Hovno! Er schlug die Fäuste vor die Stirn. Er *musste* sich ablenken, bevor er komplett irre wurde. Zuerst machte er sein, dann Rados Bett, danach begann er die verstreuten Klamotten seines Cousins aufzuräumen. Dabei fiel etwas aus einer der Hosentaschen zu Boden. Mechanisch bückte er sich, um es aufzuheben. Neugierig drehte er das kleine Säckchen zwischen den Fingern. Zusammengepresstes weißes Pulver befand sich darin.

»Was machst du da?«

Erschrocken zuckte Nikolaj zusammen und fuhr herum. Sein Cousin stand in der Tür und musterte ihn mit einem undeutbaren Blick. Er hatte nicht bemerkt, dass Rado ins Zimmer gekommen war.

»Gib das her.« Fordernd streckte der die Hand in seine Richtung aus.

»Was ist das?«, fragte Nikolaj, obwohl er sich seinen Teil bereits dachte. Er weigerte sich, seinem Cousin das Tütchen zurückzugeben.

»Pervitin«, antwortete Rado zähneknirschend. »Jetzt gib her.«

»Du bringst Drogen hierher?« Wütend kniff Nikolaj die Augen zu Schlitzen zusammen. Seine Finger schlossen sich fest um das winzige Päckchen. Endlich hatte er einen Kanal für seine Gefühle gefunden.

»Es ist das letzte, was ich noch verkaufen muss, danach ist Schluss damit.«

»Aha, und Miloš weiß das auch?«

»Nein.« Rado trat näher heran. »Noch nicht. Und bevor du mir wieder mit Vorbehalten kommst …« Seine Stimme klang zynisch, als er weitersprach. »Sag *du* mir lieber, warum ihr nicht zurückgekommen seid? Wir haben ewig auf euch gewartet. Was ist mit deinem sladky broucek?« Er zeigte auf Nikolaj. »Ziehst du wegen der so ein Gesicht? Sie gehört nicht mal zu uns.«

»Erstens ist sie nicht *mein* süßes Käferchen und zweitens, wenn es stimmt, was Luladja sagt, ist sie eine von uns.« Zum ersten Mal wurde ihm bewusst, dass Ava eine von ihnen war. Konnte das etwa bedeuten …

»Das ist sie nicht«, widersprach Rado bestimmt und verschränkte die Arme vor der Brust. »Sag schon, wo ist sie jetzt? Hoffentlich nicht bei den Vampiren.«

Nikolaj schüttelte den Kopf. »Ich weiß nicht, wo sie ist.« Er bemühte sich, seiner Stimme einen lockeren Klang zu geben.

»Sag mir nicht, dass du sie nicht gefunden hast!?«

»Doch, aber … ich … ähm …«, druckste Nikolaj herum.

»Du hast sie gehen lassen?«, unterbrach Rado ihn und starrte ihn an, als wäre sein Cousin von allen guten Geistern verlassen.

»So kann man es nicht nennen.« Abgeschlagen ließ sich Nikolaj auf Rados Bett sinken.

»Du solltest das mit ihr beenden«, meinte Rado kalt. »Sie tut dir nicht gut. Du vergisst —«

»Tja, da war sie schneller!«, fuhr Nikolaj verbittert auf. »Ava will mich nicht mehr. Das hat sie mir deutlich zu verstehen gegeben.« Gepresst lachte er auf.

»Will ich wissen, was passiert ist?« Rado musterte prüfend sein Gesicht. »Hat sie dich geschlagen? Das macht sie mir glatt sympathisch.« Er verschränkte die Arme vor der Brust und sah kopfschüttelnd auf ihn hinab. »Übrigens, kannst froh sein, dass nur ich euch beim Rumknutschen erwischt habe.« Mit einem Ächzen ließ sich Rado neben Nikolaj aufs Bett fallen. »Gut, dass Lyalya nichts davon mitbekommen hat, sonst wäre eure Verlobung Geschichte.«

»Die hab ich vor zehn Minuten aufgelöst.« Nikolaj warf sich auf den Rücken und starrte an die fleckige Decke.

»Bist du irre? Georgi wird dich in Stücke schneiden! Und das wegen dieser —«

»Ich hab's echt versaut.« Er hörte seinem Cousin nur halb zu, während der weiter vor sich hin schimpfte. »Mit Ava.«

»Aber warum … weshalb löst du dann die Verlobung auf?« Verwirrt sah Rado ihn an. »Das ergibt keinen Sinn.« Eine Weile blieb es still, bis Rado das Schweigen brach. »Schau mal … es ist besser so. Seitdem du diese Ava kennengelernt hast, bist du nicht mehr du selbst. Seit Wochen bist du total durch den Wind. Du verschwindest mit dem Vampir nach Köln — obwohl ich hätte gehen können. Du meldest dich tagelang nicht und dann erwische ich euch vor Luladjas Tür, obwohl … Oh, verdammt Mann! Was hast du dir dabei gedacht! Das sieht dir überhaupt nicht ähnlich.« Er stieß Nikolaj in die Seite. »Du gehst jetzt, oder vielleicht besser morgen, zu Lyalya rüber, entschuldigst dich und machst das Ganze rückgängig. Sag ihr, du warst besoffen. Tu dir selbst einen Gefallen und vergiss die andere!«

»Nein«, sagte Nikolaj bestimmt. Wenn er eins gelernt hatte, dann, dass er sich von niemandem mehr herumdiktieren ließ. »Sag du mir gefälligst nicht, was ich tun soll. Dir war es auch egal, als ich nicht wollte, dass du für Miloš arbeitest! Jetzt verkaufst du seine Scheißdrogen. Irgendwann bringt es dich ins Gefängnis! Und das, obwohl du selbst Polizist werden wolltest.«

»Das ist was ganz anderes! Und du weißt genau, warum ich das mache!« Rados Gesicht lief dunkel an.

»Ja«, Nikolaj winkte ab. Schon tat es ihm leid, dass er Rado deswegen angegriffen hatte. Er wollte nicht auch noch mit seinem Cousin streiten. »Ich mach mir eben Sorgen um dich. Miloš wirkte angepisst, als ich ihn gestern gesehen hab.«

»Mir passiert nichts.« Rado setzte sich auf, angelte nach seiner Gitarre und zupfte wahllos an ein paar Saiten, bis er abrupt die Melodie abwürgte. »Sagst du mir jetzt, was da vorhin eigentlich los war? Warum ist sie abgehauen? Wegen Lyalya?«

Nikolaj drehte seinen Kopf zu Rado, der ihn mit einer Mischung aus ehrlicher Besorgnis und unverhohlener Neugier musterte. Sosehr er seinen Cousin liebte, so wenig wollte er mit ihm über Ava reden. Kopfschüttelnd wandte sich Nikolaj wieder ab und starrte erneut an die Decke.

Rado schnaubte laut. »Komm schon! Spuck's aus! Du verhältst dich echt nicht wie du selbst. Ich verstehe auch nicht, warum du keine Musik mehr machst.«

»Weil es nicht geht. Die Magie ist weg und damit auch die Musik!« Stöhnend schnappte sich Nikolaj eins von Rados Shirts, die er vorhin zusammengefaltet auf einen Stapel gelegt hatte, und zog es über den Kopf. Allerdings ließ sich sein Cousin nicht so einfach ausblenden.

»Bullshit! Ja, die Magie ist weg. Aber dass du Talent hast, kann man nicht bestreiten. Die Magie hebt nur hervor, was ohnehin in dir ist. Aber du versuchst es noch nicht mal mehr. Das ist, was ich meine, wenn ich sage, sie tut dir nicht gut!«

»Ich *habe* es versucht, aber es *geht nicht mehr!*« Warum konnte sein Cousin ihn nicht in Ruhe lassen! Wütend pfefferte er das Shirt quer durch den Raum.

»Jetzt komm mal wieder runter!«

»Du verstehst es echt nicht?«, herrschte Nikolaj seinen Cousin an und sprang auf.

»Dann erklär's mir!«

Eine unglaubliche Wut auf alles und jeden packte Nikolaj. Glich sein Innerstes vorher einem unter Druck gesetzten Behälter, so verwandelte es sich jetzt in einen überschäumenden Hexenkessel, der sich mit aller Macht entlud.

Mit einem lauten Schrei hechtete er zu seiner Schlafcouch und packte die Violine am Hals. Krachend traf die Geige gegen den Türstock. Holzsplitter wirbelten durch die Luft, das Instrument gab ein unwirklich klingendes Stöhnen von sich, als die Saiten eine nach der anderen rissen. Eine Kakofonie aus schrillen Misstönen erfüllte das Zimmer.

»Die Musik in mir ist gestorben!« Wieder und wieder schlug Nikolaj mit dem Instrument gegen den Holzrahmen, bis er nur noch den zerstörten Hals in der Hand hielt. Adrenalin rauschte durch seinen Körper und verschleierte seinen Blick. Am Rande seines Bewusstseins hörte er seinen Cousin entsetzt aufschreien.

»Lyalya kann und will ich nicht heiraten. Nicht jetzt! Nicht später! Nie! Ich liebe sie nicht und werde es nie!« Sein Atem ging stoßweise und er hatte das Gefühl zu platzen. »Ich … Ich kann nicht mehr.« All die unausgesprochenen Gedanken und Emotionen wüteten in seinem Inneren und stiegen seine Kehle hoch. Mit einem Schrei wirbelte er herum und warf die Reste des Instruments quer durchs Zimmer.

Fast hätte das Trümmerteil Rado an der Schulter erwischt, wenn der sich nicht rechtzeitig zur Seite geworfen hätte.

Die Energie wich so unvermittelt aus Nikolaj, wie sie ihn aufgeputscht hatte, und er sank auf die Knie. »Rado, ich liebe sie. Sie ist moje gili. Mein Lied. Ich will nur sie, aber sie hasst mich jetzt! Und schuld daran bin nur ich! Weil ich alles kaputtmache, sobald etwas gut ist.« Seine Augen brannten. »Warum tut es so beschissen weh?«

Vor ihm auf dem Boden lag die kleine Plastiktüte, die er zwischen Rados Sachen entdeckt hatte. Sekundenlang fragte er sich, wie sie dort hingekommen war, dann griff er danach. Mit einem Ruck riss Nikolaj es auf und schüttete den Inhalt in seinen Mund, bevor Rado ihn aufhalten konnte.

KAPITEL 39

Stille Tränen schlichen langsam über ihr Gesicht, während sie in die Fluten der Moldau hinabschaute. Ihre Finger umklammerten krampfhaft die Eisenstrebe des Brückengeländers. Der Druck in ihrer Brust baute sich immer stärker auf. Obwohl es einer diese traumhaften Herbsttage war, der sich in einem goldenen Licht dem Ende zuneigte, erschien Ava alles blass und gedämpft wie auf einer Sepia-Fotografie.

Zuerst war sie plan- und orientierungslos durch die Gassen und Straßen geirrt, um ihren Gefühlen und Gedanken zu entkommen. Hatte sich in die Menschenmengen gestürzt, in der Hoffnung sich abzulenken. Doch alles, was sie fühlte, war Einsamkeit inmitten der Massen, die sie zunehmend zu ersticken drohten. Also war sie letztendlich auch davor geflohen. Ihr Weg hatte sie auf die alte Vyšehrad-Eisenbahnbrücke geführt, wo nur vereinzelt Menschen unterwegs waren. Immerhin passte die grauschwarze Atmosphäre, die die kahlen, kalten Stahlträger ausstrahlten, ausgezeichnet zu ihrer eigenen Stimmung.

Wie weit es wohl in die Tiefe ging und wie stark die Strömung sein mochte?, überlegte Ava.

Der Wunsch, sich hineinzustürzen, einfach abzutauchen, stieg in ihr auf. Nicht in selbstmörderischer Absicht, aber sich fallen und vom Fluss tragen zu lassen, zu vergessen, das waren recht verlockende Vorstellungen. Stille in ihrem Kopf – Stille in ihrem Herzen, das wünschte sie sich jetzt am meisten. Ihre Gedanken und Gefühle waren beherrscht von Chaos. Sie musste unbedingt mit jemand Vertrautem sprechen, bevor ihr der Schädel platzte. Vielleicht würde ihr das dabei helfen, sich wieder zu sortieren.

Unschlüssig zog sie ihr Handy aus der hinteren Tasche ihrer Jeans. Verwundert starrte sie auf das dunkle Display. War der Akku leer? Sie betätigte probehalber den Powerknopf. Erleichtert nahm sie die leise Intromelodie zur Kenntnis. Wann hatte sie das Handy ausgeschaltet? Ava konnte sich nicht daran erinnern. Eine Reihe verschiedener Plingtöne verkündete eine ganze Serie von diversen Nachrichten.

Seufzend rief sie über ihre WhatsApp-Gruppe Rebecca und Sarah an, nachdem sie deren Nachrichten überflogen hatte, die hauptsächlich aus einer wilden Mischung an wütenden und besorgten Emoticons zwischen Sprachnachrichten zu bestehen schienen. Sie machte sich gar nicht erst die Mühe, die Voicemails abzuhören, sie konnte sich denken, worum es dabei ging. Sarah war die Erste, die abnahm.

»Ava!«, brüllte sie aufgebracht ins Telefon. »Was ist los? Wo steckst du? Ich hab Mark getroffen, der meint, ihr wärt in eine Schlägerei verwickelt gewesen, und du schreibst was von lernen.«

»Ich bin in Prag«, antwortete Ava langsam. Automatisch hielt sie das Telefon weiter weg von ihrem Ohr. Scheiße! Was sollte sie ihr eigentlich erzählen? Zwar ratterte ihr Hirn wie verrückt, spuckte aber nichts Brauchbares aus.

»Wird auch Zeit, dass du das klärst«, brummte Sarah zu ihrer Überraschung.

»Wie meinst du das?«, fragte Ava. Angespannt umklammerte sie mit der freien Hand eine Gitterstange. Sie hatte mit wilden Vorwürfen gerechnet.

»Na ja, du warst seit dem Sommer einfach nicht mehr dieselbe, und deine Aussetzer haben uns echt Sorgen gemacht.« Kurze Stille, dann fuhr Sarah fort. »Warum hast du denn nicht Bescheid gesagt? Wir hätten dich ja begleiten können. Konfrontationstherapien sind nicht so ohne.«

»Ähm … das war … spontan.« Ganz gelogen war das nicht, oder?

Zwar waren es Darko und Nikolaj gewesen, die sie ungefragt ins Auto verfrachtet hatten – zugegeben, zu diesem Zeitpunkt war sie nicht in der Lage gewesen, sich zu sträuben – aber im Grunde genommen war es Konfrontation.

»Sorry, ich hätte es euch sagen sollen«, sagte Ava ehrlich zerknirscht.

»Ja, das hättest du.«

»Ich … Ich wollte euch nicht damit belasten.«

»Und? Wie läuft's?« Sarahs Stimme hatte einen unverhohlen neugierigen Unterton angenommen. »Hast du die beiden Jungs getroffen?«

»Ich bin kaum achtundvierzig Stunden hier, aber ja, und ich wohne bei Darko«, antwortete Ava. Nachdem sie die Worte ausgesprochen hatte, fiel ihr wieder ein, dass Sarah ein Faible für den Vampir gehabt hatte. »Ähm … ja!«

Doch Sarah antwortete mit einem herzhaften Lachen darauf. »Schon gut. Mittlerweile weiß ich, dass ich keine Chance hatte. Ehrlich gesagt, weiß ich gar nicht mehr, was ich so toll an dem fand. Aber irgendwie hatte er mich damals echt in den Bann gezogen.«

Du weißt gar nicht, wie nah du damit an die Wahrheit rankommst, dachte Ava.

»Und was ist mit dem anderen? Nikolaj, oder?«

»Wie du schon sagst … Konfrontationstherapie.« Avas Stimme klang etwas atemlos, weil sich alles in ihr zusammenzog. Allein Nikolajs Namen zu hören, verursachte einen scharfen Schmerz in ihrer Brust.

»Du bist also in den besten Händen.« Sarah begann, lauthals zu lachen. »Na, warum auch nicht! Aber vergiss bloß das Verhüten nicht. Nicht dass das Kind nachher zwei Väter hat!«, meinte sie mit einem süffisanten Unterton in der Stimme.

»Du bist versaut!« Gegen ihren Willen musste Ava grinsen, obwohl ihre Freundin die Situation ziemlich falsch interpretierte. »Natürlich haben wir verhütet. Also eh nur Nikolaj und ich … also nicht …«

Ava holte tief Luft, brennende Röte schoss ihr ins Gesicht. O Mann, das war alles so dermaßen peinlich, vor allem weil Sarah die ganze Zeit vor sich hin kicherte. Zumindest eine von ihnen schien sich ja köstlich zu amüsieren. »Sorry, Sarah, aber ich stehe hier vor dem Krankenhaus und hab einen Termin mit dem Arzt, der mich damals behandelt hat«, schwindelte sie. Der Schmerz in ihrer Brust bei jedem Gedanken an

Nikolaj schnürte ihr die Luft ab und sie wollte nicht, dass Sarah den Eindruck bekäme, etwas sei nicht in Ordnung. Also noch weniger, als diese ohnehin schon annahm. Nicht dass sie noch auf die Idee käme, ihr hinterher zu reisen, denn das würde sie ihr zutrauen. Ihre Freundinnen wollte sie unter keinen Umständen in diese wilde Geschichte ziehen.

»Okay. Dann geh du mal rein, ich geb Rebecca Bescheid, sobald sie aus der Vorlesung zurück ist. Hey, ich muss los, die Kids warten auf mich. Und viel Spaß mit den beiden oder meinetwegen auch zu dritt. Ciao, ciao!«

»Ciao!« Schnell legte Ava auf. Es hatte gutgetan, Sarahs Stimme und Frotzeleien zu hören. Und sie fühlte sich ein kleinwenig weniger beschissen.

Pling. Automatisch schaute sie auf das Display. Eine Push-Info verkündete, dass Sarah sie auf Instagram markiert hatte. Seufzend öffnete Ava die Story.

»#praha #Throwback #bestfriendsforever #besttripever« stand quer über dem Bild, das ihre Freundin gepostet hatte. Das Foto zeigte sie drei mit dem riesigen Kerl, dessen Namen sie schon längst wieder vergessen hatte. Drei junge Frauen, die auf der Brüstung balancierten und in die Kamera lachten. Von dem Foto ging eine Unbeschwertheit aus, die eine tiefe Sehnsucht in ihr weckte. War das wirklich erst wenige Monate her? Gefühlt war es ein halbes Leben!

Wehmütig betrachtete Ava das Bild. Nicht ein halbes Leben, sondern ein komplett anderes Leben. Verzweifelt wünschte sie sich in dieses zurück. Keine Magie, kein Schatten-Ich. Keine Vampire. Nur ganz normale Freunde, die studierten, feierten und einfach nur Spaß hatten. Kein Darko, kein Nikolaj … autsch. Unwillig schüttelte sie den Kopf. Das mit Nikolaj war Geschichte, zumindest das war klar.

Nun, wenn sie ihr Leben zurückwollte, sollte sie dafür sorgen, dass sie es zurückbekam. Und wo fing man am besten an, wenn nicht bei den Wurzeln?

Ava holte tief Luft, dann drückte sie entschlossen die Kurzwahltaste.

Wieder und wieder rief sie ihre Mutter an. Es war ihr scheißegal, ob die sich in diesem Augenblick in einem Meeting, im Bett oder in der Hölle befand. Sie würde sie so lange anrufen, bis sie dranging und wenn sie morgen noch auf der Brücke stand.

Nach dem achten Versuch nahm ihre Mutter endlich ab.

»Ava? Ich ruf dich später zurück, ich bin in einem wichtigen Gespräch!«

»Ja, das bist du«, fauchte Ava, die mit jedem Versuch, ihre Mutter zu erreichen, wütender geworden war. »Mit *mir*!«

»Ist etwas passiert?«, fragte ihre Mutter mit besorgter Stimme. »So kenn ich dich gar nicht.«

»Und ich kenne dich nicht!«, fiel Ava sie an. Alle ihre Gefühle kanalisierten sich plötzlich in einem einzigen. Wut! »Wer oder was bist du?!«

»Was meinst du?« Teresa wirkte ungeduldig.

»Vielleicht muss ich deutlicher werden.« Ihre Stimme zitterte, nein, ihr ganzer Körper zitterte. »Bist du eine Poutnik? Ja oder nein?«

»Wie kommst du darauf?« Irrte sie sich oder lag Angst in der Stimme ihrer Mutter? »Bist du etwa betrunken? Für so einen Blödsinn hab ich jetzt keine Zeit.«

Ava beschloss, es darauf ankommen zu lassen. »Schöne Grüße von Luladja, sie vermisst dich.«

Für einen Moment machte sie sich Sorgen, dass ihre Mutter aufgelegt hatte, weil es am anderen Ende der Leitung totenstill blieb.

»Mama?«

»Ich buche dir sofort ein Flugticket nach New York!«

»Woher willst du überhaupt wissen, zu welchem Flughafen ich muss!«

»Du bist in Prag, stimmt's? Bei ihnen.«

»Es ist also wahr?«

Ihre Mutter antwortete nicht sofort. Angespannt umklammerte Ava das Telefon. Die Fingernägel der anderen Hand bohrten sich in ihren Oberarm. Dann hörte sie, wie ihre Mutter laut einatmete. »Ja. Und deshalb will ich, dass du sofort zum Flughafen fährst und dich in den nächsten Flieger setzt. Ich hätte dir nie erlauben dürfen, allein in Deutschland zu bleiben ... oder nach Prag zu fahren ... aber ich dachte ... wenn du Luladja kennengelernt hast ...« Die Stimme ihrer Mutter brach zitternd ab. »Sobald du bei mir bist, werde ich dir alles erklären und —«

»Nein!«, brauste Ava auf. »Ich gehe nirgendwohin. Nicht, solange ich nicht weiß, wer du wirklich bist! Wer ich bin. Und wer verdammt noch mal mein Vater ist!«

»Ich weiß nicht, wie es den Poutnik gelungen ist, dich zu finden, aber —«

»Mama, sie haben ein Ritual gemacht.«

»Mist!«

»Du weißt, was das bedeutet?«

»Ja, verdammt. Ich wollte nie, dass du in diese ganze Geschichte gezogen wirst. Ja, es ist wahr, ich bin eine Poutnik, eine von denen, die keine magischen Kräfte oder Gaben haben. Dass ich damals weggelaufen bin, als ich schwanger wurde, war keine Lüge. Ich habe mich in jemanden verliebt, den meine Familie, den sie, niemals akzeptiert hätten. Wenn sie herausgefunden hätten, wer dein Vater ist … Ich weiß nicht, was sie uns angetan hätten.« Die Stimme ihrer Mutter wurde krächzend und brach ab. Lautstark rang sie nach Atem und räusperte sich. »Deshalb bin ich nach Köln geflüchtet und habe unsere Herkunft verleugnet. Zum Glück sieht man mir meine Herkunft nicht an, vor allem nicht mit blondiertem Haar. Die meisten gingen davon aus, dass ich aus Italien oder Spanien stamme, und ich hab sie in dem Glauben gelassen. Anfangs hatte ich ständig Angst, dass man uns findet. Mit der Zeit war ich sicher, meine Spuren verwischt zu haben. So sehr, dass ich mir keine Sorgen gemacht habe, als du mit deinen Freundinnen nach Prag wolltest. Hätte ich versucht, dich abzuhalten, hättest du erst recht nachgefragt. Bei den Millionen Touristen hätte ich nie erwartet, dass du ihnen über den Weg laufen würdest, geschweige denn als eine von ihnen erkannt wirst. Aber dass die Poutnik nach so langer Zeit ein Ritual machen würden …!«

»Mama, ich hab mit Luladja gesprochen. Sie haben mit dem Ritual denjenigen gesucht, an den die Magie gebunden ist, weil sie verschwindet. Und das hat mich zu ihnen geführt. Wenn es nicht daran liegt, wer du bist … wer ist mein Vater?«

»Alles, was ich wollte, war ein gutes Leben für uns!«, verteidigte sich ihre Mutter.

»Und mein Vater? Wo ist er? Wer ist er? Warum hätten sie ihm oder uns etwas antun sollen, nur weil er keiner von ihnen ist?« Ava fiel Rados Kommentar über die Zwangsehe ein, Nikolajs arrangierte Verlobung. Unwillkürlich spukte das Wort Ehrenmord durch ihre Gedanken. Sie schüttelte den Kopf und fuchtelte mit der Hand durch die Luft, als wäre es eine lästige Fliege, die sie versuchte zu vertreiben.

Nein, ihre Intuition sagte ihr, dass da noch mehr war.

»Nein, nicht weil er kein Poutnik ist.« Sie hörte, wie ihre Mutter tief Luft holte. Als sie weitersprach, klang ihre Stimme distanziert. »Sondern weil er nicht mal ein Mensch ist. Weil er … weil er … beides ist: kein Sterblicher, nicht ganz Vampir, sondern irgendwas dazwischen. Ein Paradoxon. Niemand außer mir kennt sein Geheimnis. Dein Vater ist derjenige, an den die Magie gebunden ist. Und wenn die Magie fort ist, heißt es, dass dein Vater —«

»Was?! Dass er tot ist?«, brüllte Ava unvermittelt. Wütend trat sie gegen das Brückengeländer. Bis eben hatte sie nicht erwogen, dass sie ihren Vater suchen und hätte kennenlernen können.

»Bitte komm auf dem schnellsten Weg nach New York.«

»Ich soll weglaufen? Wie du?«

»Werd nicht unfair … Du hast ja keine Ahnung!«

»Genau, ich hab keine Ahnung. Und deswegen sitz ich in dieser Scheiße, weil du mich mein Leben lang angelogen hast. Und dass mein Vater nichts von uns wissen wollte, war wahrscheinlich auch eine Lüge.«

»Es tut mir leid.«

»Mir tut es auch leid, Mama. Aber im Gegensatz zu dir werde ich nicht weglaufen!« Mit diesen Worten drückte sie ihre Mutter weg.

Ava zitterte. Sie war so sauer. Und traurig und müde.

Ihr Handy klingelte mit unfassbar nervtötender, fröhlicher Melodie. *»Mama«* stand im Display.

Sie drückte sie weg. Wieder und wieder. Wut kochte in ihr hoch. Ihre Mutter hatte sie ihr Leben lang angelogen, ihr Vater war vermutlich tot, Nikolaj hatte sie verarscht und ausgenutzt und Darko … was auch immer … wahrscheinlich benutzte der sie auch nur. Sie hatte die Nase voll davon, wie eine Figur auf dem Spielbrett herumgeschoben zu werden. Wieder klingelte das Handy. Entschieden warf sie es in die Moldau. Es wurde Zeit, dass sie die Dinge selbst in die Hand nahm.

Ganz schönes Schlamassel, ertönte die spöttische Stimme des Schatten-Ichs in ihrem Kopf.

»Lass mich in Ruhe!«, verlangte Ava. Seltsam, dass sie mit ihm sprach, als wäre es eine echte Person.

Wenn du mich lässt, zerreiße ich alle in Stücke, die uns verletzt haben.

Du meinst, die mich verletzt haben?, antwortete Ava stumm, weil eine Gruppe junger Menschen an ihr vorbeiging. Wie konnte das Schatten-Ich mit ihr Kontakt aufnehmen, so ganz ohne spiegelnde Oberfläche und Blut?

Nein, ich meine uns. Schon vergessen, wir sind eins. Was dir passiert, passiert auch mir. Wir können uns das Bewusstsein, deinen Körper auch teilen, schlug es im höflichen Ton vor. *Ich zerreiße sie und du genießt einfach die Show.*

Kommt nicht infrage! Avas Finger umklammerten die stählernen Sprossen des Geländers.

Die haben uns alle verarscht, du könntest ruhig mal deinen Gefühlen freien Lauf lassen. Es ist so viel besser als dieses ständige Suhlen im Selbstmitleid.

Ich suhle nicht im Selbstmitleid.

Doooch. Außerdem ist mir langweilig.

Und weil dir langweilig ist, willst du ein paar Leute killen?

Hauptsächlich. Und ich hab Hunger. Nicht zu vergessen, dass sie dich angelogen haben, dich ausgenutzt …

Das ist aber noch lange kein Grund, sie umzubringen. Wehe, du krümmst ihnen ein Haar.

Wehe, was? Das gehässige Lachen ihres Schatten-Ich hallte in ihrem Kopf wider. *Als wenn du mich daran hindern könntest. Außerdem hast nicht du dir innerhalb von ein paar Stunden mehrmals vorgestellt, du wärst ich? Wie ich diesen Rado vernasche. Nikolaj hast du es sogar angedroht, dass –*

Ich bin nicht du!, unterbrach Ava und unterdrückte das Schwindelgefühl, das sich allmählich in ihr ausbreitete.

O doch, du bist genauso wie ich. Nur unterdrückst du deine Dunkelheit! Deine Wut! Deinen Hunger! Das Schatten-Ich schnalzte abfällig mit der Zunge, bevor es weiterfuhr: *Ich unterdrücke nichts. Ich bin all das. Komm schon, ich weiß, dass du es auch willst. Von mir aus nehmen wir uns ein paar wildfremde Touris vor, wenn dir das lieber ist.*

Kalte Finger strichen ihre Wirbelsäule hinab, ließen sie zittern. Das Schatten-Ich sprach etwas an, was eine Saite in ihr zum Schwingen brachte. Kreischend, misstönend. Eine Melodie in all ihrer hässlichen und dunklen Schönheit.

»N-E-I-N!« Ava schrie so laut auf, dass ein Passant, der zufällig an ihr vorbeiging, erschrocken zusammenzuckte. Er warf ihr einen seltsamen Blick zu und beschleunigte seine Schritte.

Gut so! Lauf weg!

Okay, dann mach ich es halt allein, ich wollte nur höflich fragen, bevor ich gleich deinen Körper übernehme.

Du kannst jetzt gar nichts machen. Sie würde sofort zu Darko in die Villa zurückkehren und ihn bitten, sie in den Keller zu sperren.

Besorgt warf Ava einen Blick in den Himmel, zwar neigte sich die Sonne langsam, aber noch hatte sie genügend Zeit.

Ihr Schatten-Ich schnaubte belustigt. *Du denkst wirklich, ich bräuchte noch Spiegel oder die Nacht?* Laut lachte es auf. *Das kommt davon, wenn man Rituale macht und sie nicht beendet.*

In Avas Ohren knackte und knisterte es.

Die einzige Barriere ist deine mentale Stärke. Und mit allem Respekt, die ist gerade mächtig angeknackst.

Dann soll Darko mich eben k. o. schlagen. Du brauchst meinen menschlichen Körper und wenn der ausgeknockt ist, kannst du gar nichts. Ava grinste triumphierend.

Nicht zu vergessen, die Sonne scheint. Sie deutete in den Himmel.

O ja, dein Körper ist menschlich. Mit all seinen Vorteilen.

Die Worte des Schatten-Ichs erzeugten einen seltsamen Nachhall. Langsam sickerten sie in ihren Verstand und formten einen Gedanken. Ava erstarrte. Verdammt, hieß es das, was sie dachte?

Genau das heißt es.

Die Lippen des Schatten-Ichs – Fuck, nein, ihre eigenen Gesichtszüge – verzerrten sich ohne ihr Zutun zu einer Grimasse.

Eins verspreche ich dir.

Panisch rieb sich Ava übers Gesicht, ohne ihre Mimik willentlich verändern zu können. Sie fühlte nur, wie sich ihr Mund zu einem immer breiteren Grinsen verzog.

Wenn ich fertig bin und dich wieder ausspucke, wirst du feststellen, dass du es genauso genießt wie ich. Und dafür wirst du dich hassen, auf Knien wirst du nach mir rufen und mich anflehen! DU WIRST ICH SEIN WOLLEN.

Eine gewaltige Welle aus wogender schwarzer Dunkelheit baute sich in Avas Innerem auf. Für einen Moment blieb die Zeit stehen, dann brach der Tsunami über Avas Geist und riss sie fort.

FORTSETZUNG FOLGT...

405

NACHWORT

Ich bin happy und zufrieden, aber gleichzeitig auch aufgeregt und nervös. Denn ich hoffe sehr, dass dich, liebe*r Leser*in, diese Geschichte mitgenommen und neugierig auf mehr gemacht hat. Vielleicht hast du darin auch etwas gefunden, was du vorher noch nicht kanntest.

An dieser Stelle möchte ich erwähnen, dass die Poutnik keine real existierende Minderheit sind, sondern von mir frei erfunden wurden. Das tschechische Wort Poutnik bedeutet Reisender, Pilger. Ein Wanderer auch im spirituellen Sinn, was im Kontext der Geschichte wunderbar passt und somit der Grund für den Namen meiner Gruppe war.

Zu dem Zeitpunkt, an dem ich diesen Knopf »Veröffentlichen« gedrückt habe, um mein erstes Buch auf die Reise zu schicken, liegen bereits Jahre der Arbeit hinter mir. Begonnen hat es mit einem Traum. Besser gesagt, einem winzigen Erinnerungsfetzen daraus, den ich mir notiert habe. Und der mich verfolgt hat. Kaum zu glauben, aber ursprünglich war diese Story einmal eine Kurzgeschichte, die aber schon immer ein Buch werden wollte. Oder zwei? Oder drei? Und diese Charaktere? So eigenwillig, so beharrlich! Und nicht zum Schweigen zu bringen. Die unbedingt wollten, dass ich ihre Geschichte erzähle.

Diese kreative Zeit war die intensivste und hat mir unheimlich Spaß gemacht. Das Überarbeiten war der herausforderndste Part. Im dritten war es dann schließlich Teamarbeit.

Daher vielen Dank an meine geschätzte Lektorin, die mit viel Empathie und Geduld den Figuren nachgespürt und so der Geschichte noch mehr Tiefe und Charakter verliehen hat. Durch dich habe ich meine Leute noch mal besser kennengelernt.

Vielen Dank an meine Coverdesignerin, die dieses hinreißende Cover entworfen hat. Es war Liebe auf den ersten Blick.

Und natürlich danke an dich, liebe*r Leser*in. Danke für dein Interesse, das du an meiner Geschichte zeigst, und bis hierher gelesen hast, für die Zeit, die du an der Seite meiner Protagonisten geblieben bist. Die drei und ich freuen uns sehr darauf, wenn wir dich in Band 2 wieder mitnehmen dürfen.

Vielen Dank natürlich meinem Mann, der mich nach jedem Schub Selbstkritik und Zweifel gepusht hat, gefälligst weiterzumachen, und der das volle Vertrauen darin hat, dass ich meinen Weg machen werde.

Nicht zu vergessen, all meine Freunde, die mich bei dieser Reise begleitet haben. Zum Teil von Anfang an. Linda, Ellen, Berenice, Nicole, Christina, Carina. Ein dickes Dankeschön geht an euch. Für's Ermutigen und dafür, dass ihr an mich und meine Geschichten glaubt.

Aber danke an all die Zweifler da draußen – in meinem Inneren. Ihr habt mich gerade dazu beflügelt weiterzumachen, Stein für Stein zur Seite zu räumen oder einfach drum herumzugehen. Es geht nur nach vorn, niemals zurück.

DORA FERIA

Foto: @Focus Blue Fotografie

Die 1981 geborene Tirolerin wuchs im Herzen der Alpen in einem kleinen Hotel auf, welches von ihren Großeltern geführt wurde.

Schon als kleines Mädchen erzählte sie im Kreis ihrer Cousinen von ihren Träumen, die sie in Geschichten verwandelte. Inspiriert von zwischenmenschlichen Begegnungen, den Mythen der Berge und anderen Kulturen, ihrem Faible für Historisches und Märchen webt sie ihre Geschichten und verknüpft Altes mit Neuem, wobei ihr Charaktere auf Augenhöhe wichtig sind.

Vor einigen Jahren wanderte sie an den Niederrhein aus, wo sie heute mit ihrem Mann und ihren tierischen Gefährten zusammenlebt. Nach der Arbeit gibt es für sie nichts Besseres, als sich in fantastische Geschichten zu verlieren. Schreibt sie nicht, so tanzt sie leidenschaftlich, ist in ihrem Garten zu finden oder trifft sich mit Freunden und Menschen aus aller Welt.